Collection fondée par Félix Guirand, Agrégé des Lettres

Au Bonheur des Dames

Émile Zola

Roman

Édition présentée,
annotée et commentée
par Gérard GENGEMBRE,
agrégé de lettres modernes

© Éditions Larousse 2009
ISBN : 978-2-03-584442-2

SOMMAIRE

Avant d'aborder l'œuvre

Au Bonheur des Dames

Émile Zola

Pour approfondir

AVANT D'ABORDER L'ŒUVRE

AVANT D'ABORDER L'ŒUVRE

Fiche d'identité de l'auteur

Zola

Nom : Émile Zola.

Naissance : le 2 avril 1840, à Paris.

Famille : père, François Zola, de nationalité italienne, ingénieur ; mère, Émilie Aubert. Installation à Aix-en-Provence en 1843 ; mort du père en 1848 ; la famille est dans une situation matérielle et financière très difficile.

Formation : en pension à Aix, puis boursier au lycée Saint-Louis à Paris en 1858. Il échoue au bac en 1859. Il entre chez Hachette en 1862 et devient français.

Début de carrière : il fréquente écrivains et artistes, commence à écrire en 1854 et collabore à divers journaux dès 1863 ; il quitte Hachette en 1866 pour se consacrer au journalisme et à la littérature. *Thérèse Raquin* paraît en 1867.

Premiers succès : en 1868, la préface de la 2e édition de *Thérèse Raquin* définit le naturalisme. La publication des *Rougon-Macquart* (20 romans au total jusqu'en 1893) commence en 1870-1871 avec *La Fortune des Rougon*.

Évolution de la carrière littéraire : intense production journalistique et littéraire ; résidence alternée ente Paris et Médan ; Zola est reconnu comme le chef de file du naturalisme, mais ne parvient pas à se faire élire à l'Académie française ; il prend la défense de Dreyfus, notamment avec un article intitulé « J'accuse », paru dans *L'Aurore* le 13 janvier 1898. Condamné pour diffamation, il s'exile à Londres puis rentre en France en 1899. Il entreprend deux autres séries, *Les Trois Villes* et *Les Quatre Évangiles*.

Mort : par asphyxie, à Paris, dans la nuit du 28 au 29 septembre 1902. On suspecte une origine criminelle à sa mort.

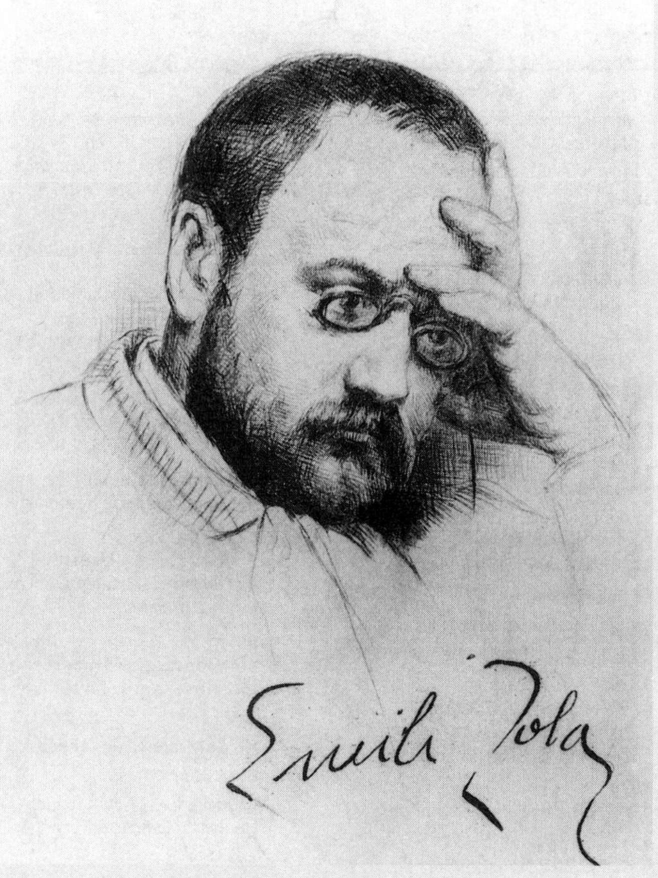

« Zola à la signature ». Estampe de Desboutin.

Repères chronologiques

Vie et œuvre de Zola	*Événements politiques et culturels*
1840 **Naissance de Zola à Paris.**	**1840** Hugo, *Les Rayons et les Ombres.*
1844 Installation à Aix-en-Provence où il entre en pension. Amitié avec Paul Cézanne.	**1844** Balzac, *Splendeurs et misères des courtisanes* (fin en 1847). Dumas, *Les Trois Mousquetaires ; Le Comte de Monte-Cristo.*
1858 Paris, lycée Saint-Louis.	**1848** 24 février : chute de la monarchie de Juillet. 10 décembre : proclamation de la IIe République. Louis Napoléon Bonaparte élu président.
1859 Échec au bac ; vie de bohème et petits travaux jusqu'en 1862.	**1850** Courbet, *L'Enterrement à Ornans.*
1862 Naturalisation française.	**1851** **2 décembre : coup d'État de Louis Napoléon Bonaparte.**
1863 Premières productions littéraires ; journalisme.	**1852** **2 décembre : proclamation de l'Empire. Aristide Boucicaut fonde *Le Bon Marché*.**
1864 *Contes à Ninon*, première œuvre publiée. Zola, chef de la publicité chez Hachette.	**1855** **Création du grand magasin du Louvre, rue de Rivoli.**
1867 *Thérèse Raquin.*	**1856** **Fin de la guerre de Crimée.**
1868 Articles dans la presse d'opposition.	**1857** Baudelaire, *Les Fleurs du mal.* Flaubert, *Madame Bovary.*
1870 Mariage avec Gabrielle Alexandrine Meley. *La Fortune des Rougon* paraît en feuilleton.	**1862** Hugo, *Les Misérables.*
1873 ***Le Ventre de Paris.***	**1863** Manet, *Le Déjeuner sur l'herbe.*
1877 **Scandale de *L'Assommoir*.** Fortune de Zola.	**1865** **Création des Magasins du Printemps.**
1878 Achat de la maison de Médan. ***Une page d'amour.***	
1880 Zola quitte le journalisme.	

Vie et œuvre de Zola	*Événements politiques et culturels*
Le Roman expérimental, recueil d'articles. *Les Soirées de Médan*. *Nana*.	**1867** **Exposition universelle de Paris.**
1881 *Les Romanciers naturalistes*, recueil d'articles.	**1868** Manet fait le portrait de Zola.
1883 ***Au Bonheur des Dames*.**	**1869** Flaubert, *L'Éducation sentimentale*. **Agrandissement du *Bon Marché*.**
1885-1887 ***Germinal***. *L'Œuvre*. *La Terre*. Publication contre Zola du Manifeste des Cinq.	**1870** **Déclaration de guerre à la Prusse. 4 septembre : proclamation de la IIIe République.**
1888 *Le Rêve*. Rencontre de Jeanne Rozerot, qui deviendra sa maîtresse.	**1871** 28 janvier : armistice. 18 mars-28 mai : Commune de Paris.
1890-1892 *La Bête humaine*. *L'Argent*. *La Débâcle*.	**1873** Mac-Mahon président. Ordre moral.
1894 Début d'une nouvelle série, *Les Trois Villes*.	**1874** Exposition des impressionnistes.
1896 Interventions dans l'affaire Dreyfus.	**1875** **Constitution de la IIIe République.**
1898 **« J'accuse » dans *L'Aurore*. Condamnation et départ de France.**	**1879** Jules Grévy président.
1899 Retour en France et début d'une nouvelle série, *Les Quatre Évangiles*.	**1880** Lois scolaires de Jules Ferry.
1902 Mort par asphyxie.	**1882** Gratuit depuis 1881, l'enseignement primaire devient obligatoire.
1903 Publication posthume de *Vérité*. La série des *Quatre Évangiles* reste inachevée.	**1884** Huysmans, *À rebours*.
1908 Transfert des cendres de Zola au Panthéon.	**1885** Maupassant, *Bel-Ami*.
	1886 Rimbaud, *Illuminations*.
	1896 Jarry, *Ubu roi*.
	1898 Félix Vallotton peint *Le Bon Marché*.

Fiche d'identité de l'œuvre

Au Bonheur des Dames

Genre :
roman.

Auteur :
Émile Zola, en 1883.

Objets d'étude :
le narratif ; le réalisme et le naturalisme ; le roman et ses personnages : vision de l'homme et du monde.

Registres :
épique, lyrique, didactique.

Structure : 14 chapitres.

Forme : récit en prose.

Principaux personnages : Octave Mouret, directeur du *Bonheur des Dames* ; Denise Baudu, son employée modèle ; Baudu, l'oncle de Denise, dont le magasin *Au Vieil Elbeuf* périclite.

Sujet : Denise Baudu arrive à Paris chez son oncle propriétaire du *Vieil Elbeuf*, fortement concurrencé par le *Bonheur des Dames*, où elle va se placer (chap. I-II). Chez sa maîtresse, Mouret rencontre Hartmann, un riche baron qui finance l'expansion du magasin. Le lancement d'une soie nouvelle récompense les efforts d'Octave, alors que Denise végète (chap. III-V). Renvoyée par un supérieur auquel elle s'est refusée, puis réengagée, Denise attire l'attention de son patron (chap. VI-X) ; elle devient la reine du magasin. Les petits commerçants agonisent (chap. XI-XIII). Le triomphe de Mouret éclate lors de la vente du blanc. On devine que Denise va épouser Mouret (chap. XIV).

Publication du roman : publié à Paris en feuilleton dans le *Gil Blas* entre le 17 décembre 1882 et le 1er mars 1883, puis en volume chez Charpentier dès le 3 mars 1883.

Lectures de l'œuvre : le roman s'inscrit dans le tableau général du Paris du second Empire brossé par Zola dans *Les Rougon-Macquart* et met en scène l'épopée du grand magasin.

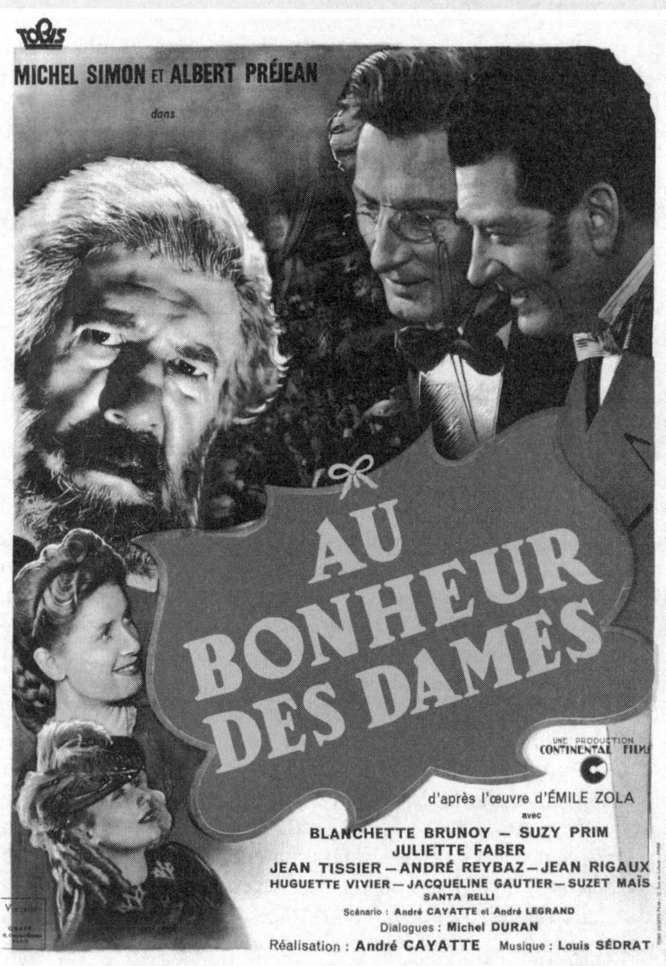

Au Bonheur des Dames, film de André Cayatte, 1943.

L'œuvre dans son siècle

Un roman naturaliste

Zola s'inscrit dans la tradition solidement établie depuis Balzac qui érige le roman en genre dominant de la littérature au XIXe siècle, que l'on peut appeler « le siècle du roman ». En effet, le roman est peut-être le genre littéraire le plus transformé, et de la manière la plus durable. Non seulement son « poids économique » ne cesse de s'accroître, non seulement il est de plus en plus reconnu comme forme à part entière, mais il devient à partir de 1830 le moyen privilégié d'expression de nombreux écrivains. Genre apparemment affranchi des règles contraignantes, il peut s'ouvrir à un univers inabordable aux autres formes, traiter des sujets inédits, rendre compte du monde moderne. Débordant les formes classiques, s'appropriant toutes les formes d'expression, exploitant tous les procédés, il n'a pour loi que son expansion indéfinie, et « s'empare de secteurs de plus en plus vastes de l'expérience humaine » (Marthe Robert). Sa souplesse lui autorise de se fractionner, se diversifier en une infinité de sous-genres, de formes spécifiques selon le sujet, la forme, la composition, les possibilités de la lecture, le public... Il supplante le théâtre, qui reste bien entendu plus vivace que jamais, mais se trouve dépassé comme genre de la totalisation. Le roman populaire, loin d'être un sous-genre, s'impose comme forme majeure. Il confère au roman des techniques, un rythme, une atmosphère que des ambitions beaucoup plus grandes vont reprendre, retravailler et magnifier. La différence entre les catégories du roman tient moins au talent des auteurs qu'aux enjeux du monde et à la vision qu'ils en ont. Le roman se prête donc de manière inégalable à la représentation de l'existence moderne. Isolement de l'individu, déterminismes sociaux et matériels, multiplication et transformations des relations, intrication des rapports de toute nature, des réseaux multiples : le traitement de la durée, la prolifération des personnages, des objets, des lieux rendent compte de cette extension prodigieuse. Le roman retrace donc des apprentissages, des conquêtes, des désillusions, des stagnations, des ambitions et des frustrations, des réussites et des échecs : il offre l'infinie possibilité d'écriture des projets humains.

Le roman naturaliste constitue à partir des années 1870 l'une des tendances majeures du genre. Onzième titre de la série des

Rougon-Macquart, *Au Bonheur des Dames* prend place dans la continuité du programme tracé dès l'origine du projet global, résumé par le sous-titre de la série : « Histoire naturelle et sociale d'une famille sous le second Empire ». Le roman s'inscrit dans l'Histoire, son mouvement, ses fractures, conflits et dynamiques. Il peint un âge social. Non seulement le repérage historique est exact et précis, mais encore la description et l'analyse des milieux comme des conditions sociales mettent au jour des rapports et des déterminismes. Voir et savoir : telle est la première ambition du naturalisme.

Un décor moderne dans le Paris du XIXe siècle

PARIS AVAIT DÉJÀ ÉTÉ UN DÉCOR et un thème romanesques centraux dans le roman balzacien, dont la plupart des sujets s'inscrivent dans la première moitié du XIXe siècle. Le romancier entreprenait de peindre les « riches et sublimes tableaux » du Paris moderne (*La Femme de trente ans*, chapitre paru en 1831). En 1833, *Ferragus* célèbre « le plus délicieux des monstres », la « ville aux cent mille romans », la « tête du monde » dont seuls les « hommes d'étude et de pensée, de poésie et de plaisir » savent « récolter [...] la masse de jouissances flottantes, à toute heure, entre ses murailles ». Paris devient laboratoire du fantastique, décrit dans la vision dantesque qui ouvre *La Fille aux yeux d'or*, cinq cercles de l'Enfer parcourus par le mouvement ascensionnel de l'argent. « Oh ! à Paris, là est la liberté de l'intelligence, là est la vie : une vie étrange et féconde, une vie communicative, une vie chaude, une vie de lézard et une vie de soleil, une vie artiste et une vie amusante, une vie à contrastes » (chronique parue dans *Le Diable à Paris*, 1845) : cet hymne à la capitale va de pair avec une peinture de la Babylone moderne, du lieu de concentration de l'énergie, du Moloch qui dévore la jeunesse venue de province. Séduisante, inquiétante, chatoyante, la Ville par excellence sera successivement ou tour à tour paysage, femme, monstre, cité de flammes et de flots, références polysémiques qui se monnaient en fleuve, torrent, égout, creuset, forge, fournaise, soleil, enfer. Fleuve de feu ou bourbier, Paris est aussi une divinité dévorante. Au centre de cette fresque trône la société capitaliste naissante, étagée des employés aux banquiers, champions de la nouvelle aristocratie d'argent, et le faubourg Saint-Germain, patrie de l'aristocratie du sang, légitimiste et catholique. « À la fois toute la gloire et toute l'infamie de la France » (*Illusions perdues,* 1837-1843), Paris est décrit tel un Moloch qui pompe l'énergie de la nation. Par excellence lieu des affaires et de la politique, théâtre de la comédie sociale la plus élaborée, la capitale brille de tous les prestiges que lui confèrent son mystère et la fascination qu'elle exerce sur les provinciaux et sur le romancier lui-même. Elle consume les forces vitales avec une effrayante rapidité. Patrie des gens supérieurs, qui fascine aussi les femmes, Paris, combiné dramatiquement avec la figure et le parcours du jeune homme, offre à Balzac l'illustration idéale : concentrer les significations, enraciner le tragique de la condition moderne dans les structures sociales de la ville. Le provincial confère à son ambition l'efficacité nécessaire en comprenant la réalité parisienne. Le roman naturaliste continue sur cette lancée, et traite du Paris post-balzacien, celui d'après 1850.

En effet, à partir de *La Curée*, Zola place l'intrigue de plusieurs romans des *Rougon-Macquart* dans le Paris transformé dès le début des années 1850 par les travaux d'Haussmann, préfet de la Seine, une capitale en pleine évolution, vibrante d'énergie, définie par l'esthétique du second Empire, marquée par le goût du monumental et de l'éclectisme, où se tracent de nouvelles avenues, où se construisent de nouveaux édifices, où se dispose notamment dans les gares une nouvelle architecture de verre et de fer, où se créent des espaces verts, où se développe une nouvelle population, encore augmentée par l'annexion de 18 communes de la petite banlieue en 1860, qui fait passer Paris de 12 à 20 arrondissements, où les banques ont de plus en plus pignon sur rue, car l'argent est le carburant nécessaire de toute cette expansion, où une nouvelle bourgeoisie vient s'ajouter à celle déjà plus ancienne dans l'enrichissement et alimente la catégorie des consommateurs friands de nouveautés, où se multiplient enfin les activités humaines, et parmi elles le commerce moderne, symbolisé par le grand magasin.

Le grand magasin, un nouvel univers

Véritable microcosme, le grand magasin offre au romancier un terrain de choix. Circonscrit dans l'espace, localisé dans le temps, il s'agit d'un phénomène aisément cernable et sur lequel une documentation abondante peut être facilement réunie. Surtout, c'est un monde nouveau ouvert aux Parisiens et qui fascine tout le monde. Le lectorat ne pouvait qu'être captivé par la description de cette nouveauté caractéristique du monde moderne. Le grand magasin possède ses lois propres, il détermine les rapports entre direction et employés, entre employés, entre employés et clients, il a son temps et son rythme propres, il définit son espace, son décor, son dispositif. Il fonctionne comme une microsociété et comme une machine, il a une fonction économique et symbolique, lieu d'un culte moderne, il est le temple de la femme.

SUR LE PLAN COMMERCIAL, parmi les innovations, liées à la quête incessante de nouveaux produits susceptibles d'attirer la clientèle, d'où l'appellation de « magasins de nouveautés », on compte l'entrée libre, le prix fixe, affiché par une étiquette, mettant fin à la pratique du marchandage, le prix sacrifié sur certains produits, la réclame, la grande diversité des marchandises, l'organisation des rayons. Tout est calculé pour séduire et vendre. Plus encore que la peinture de ces pratiques, le roman met en scène un mythe moderne, qui tient de la machine et du monstre comparable au Minotaure de la mythologie antique. Machine à vapeur et ogre à la fois, le grand magasin zolien est ainsi une création littéraire naturaliste qui métamorphose la réalité.

LA CRITIQUE MODERNE met l'accent sur cet aspect du roman : « Ce conte bleu est un bon documentaire sur la naissance, le développement, le financement, l'organisation, les procédés de vente, la condition des employés, la psychologie des acheteuses, l'architecture nouvelle du fer et du verre des Grands Magasins [...] Le Grand Magasin est un organisme vivant qui avale les marchandises et les femmes, broie tout alentour et tue impitoyablement tout ce qui lui résiste » (Colette Becker, Gina Gourdin-Servenière, Véronique Lavielle, *Dictionnaire d'Émile Zola*, « Bouquins », Robert Laffont, 1993, p. 44).

Une œuvre à succès

SANS CONNAÎTRE LE SUCCÈS fulgurant de *Nana* ou de *Germinal*, le roman obtient un grand succès auprès des lecteurs et il est salué par la critique, même de la part de ceux qui n'aimaient guère Zola, comme Édouard Drumont, auteur et journaliste nationaliste et antisémite, qui attaquera violemment le défenseur de Dreyfus : « Même avec ses taches, avec ses quelques manques de goût, *Au Bonheur des Dames* reste une œuvre d'une indiscutable valeur » (*La Liberté*, 23 mars 1883). Une des lectures les plus intéressantes est due à un écrivain, alors proche de Zola, Joris-Karl Huysmans, dans une lettre datée de mars 1883 : « [...] Après une première et rapide lecture, ce qui poigne c'est la force de reins qu'il faut avoir pour bâtir un pareil édifice – et, j'ajouterai, la puissance incomparable de clarté que vous possédez, pour expliquer d'une façon aussi nette, aussi visible, les rouages d'un tel colosse. Or, à ce point de vue, le fonctionnement du *Bonheur des Dames* est une vraie merveille de lucidité. [...] Quant à la partie plastique du monstre – la foule, les étalages, vous pouvez croire que je les ai savourés. Je ne sais pas comment diable vous faites, pour arriver à ces variétés sur des sujets qui n'en semblent pas comporter ; car enfin, c'était le diable que de représenter ce magasin toujours en ébullition, sans répéter ses effets, et je sentais, chaque fois, un casse-cou, avec l'étonnement de le voir toujours évité. C'est égal, il a fallu une habileté vraiment extraordinaire pour conduire cette progression du déballage jusqu'à l'incendie final du blanc, un feu d'artifice, un éblouissement singulier qui fait comme une apothéose de féerie sur les ruines du quartier en cendres. [...] Quant aux amours de Mouret et de Denise, ils ont dans cette terrible poussière qui emplit les halls et cette danse de l'argent qui comble le livre, une fraîcheur toute singulière. Cette humble a une grâce de bonté tout exquise et elle vous a donné de bien poignantes pages, lorsque vous avez conté ses souffrances, au milieu du magasin, [...], anéantie sous le poids de l'odieuse machine à forger l'or. – En somme, je n'en suis nullement surpris car je l'attendais – c'est plein d'un puissant souffle. C'est surtout ce mot-là qui me revenait en lisant les pages. – C'est un vrai livre dont vous devez être fier et très fier... » Ajoutons que, à l'instar de plusieurs des titres des *Rougon-Macquart* (*L'Assommoir, Germinal, Nana*...), le succès du roman ne se dément pas au cours du XXe siècle et en ce début de XXIe siècle.

Lire l'œuvre aujourd'hui

L'écriture zolienne

Elle met en place un ensemble de réseaux métaphoriques qui traduisent une représentation mythique de l'homme et du monde, informée par une idéologie repérable par exemple dans le discours sur la femme ou sur les conflits sociaux. L'histoire s'y résume de manière très expressive dans un processus de dramatisation généralisée empruntant beaucoup aux procédures romanesques de la première moitié du XIXe siècle.

Reportage ethnographique, anthropologie mythique, le roman zolien met en scène une succession de catastrophes conjointement « héréditaires » et historiques : ainsi de la fêlure originelle planant sur la famille Rougon-Macquart ; ainsi du coup d'État du 2 décembre 1851, vécu comme une véritable agression faite à la France. Tout tend à culminer vers une crise fondamentale qui lézarde toute une société. L'histoire et la nature se trouvent donc assimilées, rendant le changement nécessaire : la transformation s'avère « mécaniquement » inéluctable. Du côté du personnage, individu mis en fiction, les lectures psychanalytiques dégagent un ensemble de complexes reliant l'œuvre à la biographie de l'auteur et traduisant la condition du sujet moderne.

Zola et nous

Peintre de la vie moderne de la seconde moitié du XIXe siècle, Zola, pour l'essentiel, n'est pas irrémédiablement daté. Si sa foi dans la science et sa morale naturaliste ne nous concernent plus guère, du moins dans les termes qu'il utilise, sa vision du monde, si on la sépare du principe héréditaire dont la valeur scientifique n'est plus aussi grande de nos jours, reste fascinante. Elle déploie en effet un jeu de forces et fait intervenir des déterminismes complexes. Si la polémique et la satire à l'égard du second Empire – Zola dénonce férocement le régime impérial – ne doivent pas déformer la réalité historique de cette période dont les historiens montrent aujourd'hui qu'elle ne fut pas aussi noire que l'image que nous en donne le romancier, le questionnement de la modernité apparaît toutefois comme précurseur.

Par ailleurs, nul plus que Zola n'a lié naturalisme et idéal social, rêvant à une société de justice et de fraternité. Dès l'origine de la doctrine, il réfute l'accusation d'immoralité constamment lancée contre les naturalistes et reprend à son compte la notion de morale. Mais le naturalisme ne développe pas une morale univoque : « Nous montrons le mécanisme du futile et du nuisible. Nous dégageons le déterminisme des phénomènes humains et sociaux pour qu'on puisse un jour dominer et diriger ces phénomènes. En un mot, nous travaillons avec tout le siècle à la grande œuvre qui est la conquête de la nature, la puissance de l'homme décuplée. » Dans *Le Roman expérimental*, Zola énonce clairement l'ambition morale du naturalisme, affirmant avec énergie : « C'est nous qui avons la force, c'est nous qui avons la morale. »

On rappellera simplement ici la place que tint Zola dans le combat dreyfusard. Les derniers ouvrages sont consacrés à l'exposé de sa foi sociale. Il exalte les luttes du peuple et décrit la Cité future. Le mythe de la rédemption informe alors le cycle des *Quatre Évangiles*, dont Zola écrit : « C'est la conclusion naturelle de toute mon œuvre ; après la longue constatation de la réalité, une prolongation dans demain, et d'une façon logique, mon amour de la force et de la santé, de la fécondité et du travail, mon besoin latent de justice, éclatant enfin. Puis je finis le siècle, j'ouvre le siècle prochain. Tout cela basé sur la science, le rêve que la science autorise. »

Heurs et malheurs de la société de consommation

Dans *Les Choses*, en 1965, Georges Perec expose la fascination d'un jeune couple face à la profusion des biens de consommation et des objets proposés dans les magasins. Cette fiction semblait être en phase avec la société de consommation dont les économistes et les sociologues faisaient alors la théorie, assurant que l'humanité occidentale était parvenue à un nouveau stade de son épanouissement spirituel, lequel passait par le bonheur matériel. En réalité, une véritable aliénation moderne se mettait en place : celle des individus soumis à leur désir d'achat et de possession, au prix de leur réduction à la condition de jouets. Ces personnages étaient bien les héritiers des clientes d'*Au Bonheur des Dames*.

Le développement du grand commerce a envahi les zones urbaines et périurbaines ; les grandes surfaces, immenses temples de la consommation, y promettent l'abondance et la diversité des offres et des services, répondant à tous les besoins et les réinventant inlassablement. Lieux d'une vie artificielle, ces espaces constituent un environnement aliénant. L'individu n'est plus qu'un client, un consommateur ou plutôt un acheteur : dépossédé de lui-même, il n'est plus qu'une somme d'argent prête à être dépensée. Paradoxalement, ces « machines » à consommer usent de leur pouvoir de séduction afin de faire circuler l'argent ; mais, dans le même temps, elles génèrent la frustration si l'argent vient à manquer. Faisant naître des désirs et les renouvelant sans cesse, elles imposent la tyrannie du quantitatif. *Au Bonheur des Dames* est bien le roman moderne qui expose cette dimension contemporaine de la vie économique, sociale et culturelle.

J'ai aimé Flaubert de tout mon cœur, et il est resté mon culte, le culte même de la littérature.

Émile Zola

Autographe d'Émile Zola.

Au Bonheur des Dames

Émile **Zola**

Roman (1882-1883)

Au Bonheur des Dames

I

Denise était venue à pied de la gare Saint-Lazare, où un train de Cherbourg l'avait débarquée avec ses deux frères, après une nuit passée sur la dure banquette d'un wagon de troisième classe[1]. Elle tenait par la main Pépé, et Jean la suivait, tous les trois brisés du voyage, effarés et perdus, au milieu du vaste Paris, le nez levé sur les maisons, demandant à chaque carrefour la rue de la Michodière, dans laquelle leur oncle Baudu demeurait. Mais, comme elle débouchait enfin sur la place Gaillon, la jeune fille s'arrêta net de surprise.

– Oh ! dit-elle, regarde un peu, Jean !

Et ils restèrent plantés, serrés les uns contre les autres, tout en noir, achevant les vieux vêtements du deuil de leur père. Elle, chétive pour ses vingt ans, l'air pauvre, portait un léger paquet ; tandis que, de l'autre côté, le petit frère, âgé de cinq ans, se pendait à son bras, et que, derrière son épaule, le grand frère, dont les seize ans superbes florissaient, était debout, les mains ballantes.

– Ah bien, reprit-elle après un silence, en voilà un magasin !

C'était, à l'encoignure de la rue de la Michodière et de la rue Neuve-Saint-Augustin[2], un magasin de nouveautés dont les étalages éclataient en notes vives, dans la douce et pâle journée d'octobre. Huit heures sonnaient à Saint-Roch[3], il n'y avait sur les trottoirs que le Paris matinal, les employés filant à leurs bureaux et les ménagères courant les boutiques. Devant la porte, deux commis, montés sur une échelle double, finissaient de pendre des lainages, tandis que, dans une vitrine de la rue Neuve-Saint-Augustin, un autre commis, agenouillé et le dos tourné, plissait délicatement une pièce de soie bleue. Le magasin, vide encore de clientes, et où le personnel arrivait à peine, bourdonnait à l'intérieur comme une ruche qui s'éveille.

---

1. **La dure banquette d'un wagon de troisième classe :** il existait en effet trois classes dans les trains de l'époque. La troisième était la plus économique.
2. **L'encoignure de la rue de la Michodière et de la rue Neuve-Saint-Augustin :** dans le IIe arrondissement de Paris, transformé par les travaux d'Haussmann et la construction de l'Opéra.
3. **Saint-Roch :** église située rue Saint-Honoré.

– Fichtre ! dit Jean. Ça enfonce Valognes[1]... Le tien n'était pas si beau.

Denise hocha la tête. Elle avait passé deux ans là-bas, chez Cornaille, le premier marchand de nouveautés de la ville ; et ce magasin, rencontré brusquement, cette maison énorme pour elle, lui gonflait le cœur, la retenait, émue, intéressée, oublieuse du reste. Dans le pan coupé[2] donnant sur la place Gaillon, la haute porte, toute en glace, montait jusqu'à l'entresol[3], au milieu d'une complication d'ornements, chargés de dorures. Deux figures allégoriques[4], deux femmes riantes, la gorge nue et renversée, déroulaient l'enseigne : *Au Bonheur des Dames*. Puis, les vitrines s'enfonçaient, longeaient la rue de la Michodière et la rue Neuve-Saint-Augustin, où elles occupaient, outre la maison d'angle, quatre autres maisons, deux à gauche, deux à droite, achetées et aménagées récemment. C'était un développement qui lui semblait sans fin, dans la fuite de la perspective, avec les étalages du rez-de-chaussée et les glaces sans tain de l'entresol, derrière lesquelles on voyait toute la vie intérieure des comptoirs. En haut, une demoiselle, habillée de soie, taillait un crayon, pendant que, près d'elle, deux autres dépliaient des manteaux de velours.

– *Au Bonheur des Dames*, lut Jean avec son rire tendre de bel adolescent, qui avait eu déjà une histoire de femme à Valognes. Hein ? c'est gentil, c'est ça qui doit faire courir le monde !

Mais Denise demeurait absorbée, devant l'étalage de la porte centrale. Il y avait là, au plein air de la rue, sur le trottoir même, un éboulement de marchandises à bon marché, la tentation de la porte, les occasions qui arrêtaient les clientes au passage. Cela partait de haut, des pièces de lainage et de draperie, mérinos, cheviottes, molletons[5], tombaient de l'entresol, flottantes comme des drapeaux, et dont les tons neutres, gris ardoise, bleu marine, vert olive, étaient coupés par les pancartes blanches des étiquettes. À côté, encadrant le seuil, pendaient également des lanières de fourrure, des bandes

---

1. **Valognes :** petite ville du Cotentin, dans le département de la Manche.
2. **Pan coupé :** surface oblique élevée à l'angle de deux murs.
3. **Entresol :** demi-étage entre le rez-de-chaussée et le 1er étage.
4. **Figures allégoriques :** figures représentant sous une forme humaine des idées abstraites.
5. **Mérinos, cheviottes, molletons :** variétés de lainages, plus ou moins fins.

étroites pour garnitures[1] de robe, la cendre fine des dos de petit-gris[2], la neige pure des ventres de cygne, les poils de lapin de la fausse hermine et de la fausse martre[3]. Puis, en bas, dans des casiers, sur des tables, au milieu d'un empilement de coupons, débordaient des articles de bonneterie vendus pour rien, gants et fichus de laine tricotés, capelines[4], gilets, tout un étalage d'hiver aux couleurs bariolées, chinées, rayées, avec des taches saignantes de rouge. Denise vit une tartanelle[5] à quarante-cinq centimes, des bandes de vison d'Amérique à un franc, et des mitaines à cinq sous. C'était un déballage géant de foire, le magasin semblait crever et jeter son trop-plein à la rue.

L'oncle Baudu était oublié. Pépé lui-même, qui ne lâchait pas la main de sa sœur, ouvrait des yeux énormes. Une voiture les força tous trois à quitter le milieu de la place ; et, machinalement, ils prirent la rue Neuve-Saint-Augustin, ils suivirent les vitrines, s'arrêtant de nouveau devant chaque étalage. D'abord, ils furent séduits par un arrangement compliqué : en haut, des parapluies, posés obliquement, semblaient mettre un toit de cabane rustique ; dessous, des bas de soie, pendus à des tringles, montraient des profils arrondis de mollets, les uns semés de bouquets de roses, les autres de toutes nuances, les noirs à jours[6], les rouges à coins brodés, les chair[7] dont le grain satiné avait la douceur d'une peau de blonde ; enfin, sur le drap de l'étagère, des gants étaient jetés symétriquement, avec leurs doigts allongés, leur paume étroite de vierge byzantine[8], cette grâce raidie et comme adolescente des chiffons de femme qui n'ont pas été portés. Mais la dernière vitrine surtout les retint. Une exposition de soies, de satins et de velours, y épanouissait, dans une gamme souple et vibrante, les tons les plus délicats des fleurs : au sommet, les velours, d'un noir

---

1. **Garnitures :** ornements.
2. **Petit-gris :** fourrure d'un écureuil de Russie.
3. **Hermine [...] martre :** animaux dont on utilise la fourrure très recherchée pour les vêtements.
4. **Capelines :** chapeaux de femme à larges bords.
5. **Tartanelle :** étoffe de laine à carreaux de différentes couleurs.
6. **À jours :** décorés de petits trous.
7. **Chair :** de couleur chair.
8. **Vierge byzantine :** les sujets religieux dans l'art byzantin sont représentés avec des mains longues et fines.

profond, d'un blanc de lait caillé ; plus bas, les satins, les roses, les bleus, aux cassures vives, se décolorant en pâleurs d'une tendresse infinie ; plus bas encore, les soies, toute l'écharpe de l'arc-en-ciel, des pièces retroussées en coques, plissées comme autour d'une taille qui se cambre, devenues vivantes sous les doigts savants des commis ; et, entre chaque motif, entre chaque phrase colorée de l'étalage, courait un accompagnement discret, un léger cordon bouillonné[1] de foulard crème. C'était là, aux deux bouts, que se trouvaient, en piles colossales, les deux soies dont la maison avait la propriété exclusive, le Paris-Bonheur et le Cuir-d'Or[2], des articles exceptionnels, qui allaient révolutionner le commerce des nouveautés.

– Oh ! cette faille[3] à cinq francs soixante[4] ! murmura Denise, étonnée devant le Paris-Bonheur.

Jean commençait à s'ennuyer. Il arrêta un passant.

– La rue de la Michodière, monsieur ?

Quand on la lui eut indiquée, la première à droite, tous trois revinrent sur leurs pas, en tournant autour du magasin. Mais, comme elle entrait dans la rue, Denise fut reprise par une vitrine, où étaient exposées des confections[5] pour dames. Chez Cornaille, à Valognes, elle était spécialement chargée des confections. Et jamais elle n'avait vu cela, une admiration la clouait sur le trottoir. Au fond, une grande écharpe en dentelle de Bruges, d'un prix considérable, élargissait un voile d'autel, deux ailes déployées, d'une blancheur rousse ; des volants de point d'Alençon se trouvaient jetés en guirlandes ; puis, c'était, à pleines mains, un ruissellement de toutes les dentelles, les malines, les valenciennes[6], les applications de Bruxelles, les points de Venise[7], comme une tombée de neige. À droite et à gauche, des pièces

---

1. **Bouillonné :** froncé.
2. **Le Paris-Bonheur et le Cuir-d'Or :** deux soies (à lisière bleu et argent, à lisière rouge et jaune), vendues au magasin du Louvre à partir de 1882.
3. **Faille :** sorte de soie, plus mate que le taffetas, assez épaisse, à gros grains.
4. **Francs :** au XIXe siècle, un franc équivaut approximativement à 3 euros, mais avec un pouvoir d'achat plus élevé.
5. **Confections :** prêt-à-porter.
6. **Les malines, les valenciennes :** les dentelles fabriquées à Malines, à Valenciennes.
7. **Bruges [...] Alençon [...] [...] Bruxelles [...] Venise :** les noms de ville désignent des types de dentelle différents.

de drap dressaient des colonnes sombres, qui reculaient encore ce lointain de tabernacle[1]. Et les confections étaient là, dans cette chapelle élevée au culte des grâces de la femme : occupant le centre, un article hors ligne, un manteau de velours, avec des garnitures de renard argenté ; d'un côté, une rotonde[2] de soie, doublée de petit-gris ; de l'autre, un paletot[3] de drap, bordé de plumes de coq ; enfin, des sorties-de-bal[4], en cachemire blanc, en matelassé blanc, garnies de cygne ou de chenille[5]. Il y en avait pour tous les caprices, depuis les sorties-de-bal à vingt-neuf francs jusqu'au manteau de velours affiché dix-huit cents francs. La gorge ronde des mannequins gonflait l'étoffe, les hanches fortes exagéraient la finesse de la taille, la tête absente était remplacée par une grande étiquette, piquée avec une épingle dans le molleton rouge du col ; tandis que les glaces, aux deux côtés de la vitrine, par un jeu calculé, les reflétaient et les multipliaient sans fin, peuplaient la rue de ces belles femmes à vendre, et qui portaient des prix en gros chiffres, à la place des têtes.

– Elles sont fameuses ! murmura Jean, qui ne trouva rien d'autre pour dire son émotion.

Du coup, il était lui-même redevenu immobile, la bouche ouverte. Tout ce luxe de la femme le rendait rose de plaisir. Il avait la beauté d'une fille, une beauté qu'il semblait avoir volée à sa sœur, la peau éclatante, les cheveux roux et frisés, les lèvres et les yeux mouillés de tendresse. Près de lui, dans son étonnement, Denise paraissait plus mince encore, avec son visage long à bouche trop grande, son teint fatigué déjà, sous sa chevelure pâle. Et Pépé, également blond, d'un blond d'enfance, se serrait davantage contre elle, comme pris d'un besoin inquiet de caresses, troublé et ravi par les belles dames de la vitrine. Ils étaient si singuliers et si charmants, sur le pavé, ces trois blonds vêtus pauvrement de noir, cette fille triste entre ce joli enfant et ce garçon superbe, que les passants se retournaient avec des sourires.

---

1. **Tabernacle :** dans une église, petite armoire au centre de l'autel et renfermant les hosties.
2. **Rotonde :** manteau à larges plis formant cercle.
3. **Paletot :** manteau court.
4. **Sorties-de-bal :** une sortie de bal est un vêtement chaud porté sur la robe de bal pour se protéger du froid en sortant.
5. **Chenille :** ornement de velours en forme de chenille.

Depuis un instant, un gros homme à cheveux blancs et à grande face jaune, debout sur le seuil d'une boutique, de l'autre côté de la rue, les regardait. Il était là, le sang aux yeux, la bouche contractée, mis hors de lui par les étalages du *Bonheur des Dames*, lorsque la vue de la jeune fille et de ses frères avait achevé de l'exaspérer. Que faisaient-ils, ces trois nigauds, à bâiller ainsi devant des parades de charlatan ?

– Et l'oncle ? fit remarquer brusquement Denise, comme éveillée en sursaut.

– Nous sommes rue de la Michodière, dit Jean, il doit loger par ici.

Ils levèrent la tête, se retournèrent. Alors, juste devant eux, au-dessus du gros homme, ils aperçurent une enseigne verte, dont les lettres jaunes déteignaient sous la pluie : *Au Vieil Elbeuf, draps et flanelles, Baudu, successeur de Hauchecorne.*

La maison, enduite d'un ancien badigeon rouillé, toute plate au milieu des grands hôtels Louis XIV qui l'avoisinaient, n'avait que trois fenêtres de façade ; et ces fenêtres, carrées, sans persiennes, étaient simplement garnies d'une rampe de fer, deux barres en croix. Mais, dans cette nudité, ce qui frappa surtout Denise, dont les yeux restaient pleins des clairs étalages du *Bonheur des Dames*, ce fut la boutique du rez-de-chaussée, écrasée de plafond, surmontée d'un entresol très bas, aux baies de prison, en demi-lune. Une boiserie, de la couleur de l'enseigne, d'un vert bouteille que le temps avait nuancé d'ocre et de bitume, ménageait, à droite et à gauche, deux vitrines profondes, noires, poussiéreuses, où l'on distinguait vaguement des pièces d'étoffe entassées. La porte, ouverte, semblait donner sur les ténèbres humides d'une cave.

– C'est là, reprit Jean.

– Eh bien ! il faut entrer, déclara Denise. Allons, viens, Pépé.

Tous trois pourtant se troublaient, saisis de timidité. Lorsque leur père était mort, emporté par la même fièvre qui avait pris leur mère, un mois auparavant, l'oncle Baudu, dans l'émotion de ce double deuil, avait bien écrit à sa nièce qu'il y aurait toujours chez lui une place pour elle, le jour où elle voudrait tenter la fortune à Paris ; mais cette lettre remontait déjà à près d'une année, et la jeune fille se repentait maintenant d'avoir ainsi quitté Valognes, en un coup de tête, sans avertir son oncle. Celui-ci ne les connaissait point, n'ayant plus remis les pieds là-bas, depuis qu'il en était parti tout jeune, pour entrer comme petit commis chez le drapier Hauchecorne, dont il avait fini par épouser la fille.

– Monsieur Baudu ? demanda Denise, en se décidant enfin à s'adresser au gros homme, qui les regardait toujours, surpris de leurs allures.

– C'est moi, répondit-il.

Alors, Denise rougit fortement et balbutia :

– Ah ! tant mieux !... Je suis Denise, et voici Jean, et voici Pépé... Vous voyez, nous sommes venus, mon oncle.

Baudu parut frappé de stupéfaction. Ses gros yeux rouges vacillaient dans sa face jaune, ses paroles lentes s'embarrassaient. Il était évidemment à mille lieues de cette famille qui lui tombait sur les épaules.

– Comment ! comment ! vous voilà ! répéta-t-il à plusieurs reprises. Mais vous étiez à Valognes !... Pourquoi n'êtes-vous pas à Valognes ?

De sa voix douce, un peu tremblante, elle dut lui donner des explications. Après la mort de leur père, qui avait mangé jusqu'au dernier sou dans sa teinturerie, elle était restée la mère des deux enfants. Ce qu'elle gagnait chez Cornaille ne suffisait point à les nourrir tous les trois. Jean travaillait bien chez un ébéniste, un réparateur de meubles anciens ; mais il ne touchait pas un sou. Pourtant, il prenait goût aux vieilleries, il taillait des figures dans du bois ; même, un jour, ayant découvert un morceau d'ivoire, il s'était amusé à faire une tête, qu'un monsieur de passage avait vue ; et justement, c'était ce monsieur qui les avait décidés à quitter Valognes, en trouvant à Paris une place pour Jean, chez un ivoirier.

– Vous comprenez, mon oncle, Jean entrera dès demain en apprentissage, chez son nouveau patron. On ne me demande pas d'argent, il sera logé et nourri... Alors, j'ai pensé que Pépé et moi, nous nous tirerions toujours d'affaire. Nous ne pouvons pas être plus malheureux qu'à Valognes.

Ce qu'elle taisait, c'était l'escapade amoureuse de Jean, des lettres écrites à une fillette noble de la ville, des baisers échangés par-dessus un mur, tout un scandale qui l'avait déterminée au départ ; et elle accompagnait surtout son frère à Paris pour veiller sur lui, prise de terreurs maternelles, devant ce grand enfant si beau et si gai, que toutes les femmes adoraient.

L'oncle Baudu ne pouvait se remettre. Il reprenait ses questions. Cependant, quand il l'eut ainsi entendue parler de ses frères, il la tutoya.

– Ton père ne vous a donc rien laissé ? Moi, je croyais qu'il y avait encore quelques sous. Ah ! je lui ai assez conseillé, dans mes lettres, de ne pas prendre cette teinturerie ! Un brave cœur, mais pas deux liards[1] de tête !... Et tu es restée avec ces gaillards sur les bras, tu as dû nourrir ce petit monde !

Sa face bilieuse s'était éclairée, il n'avait plus les yeux saignants dont il regardait le *Bonheur des Dames*. Brusquement, il s'aperçut qu'il barrait la porte.

– Allons, dit-il, entrez, puisque vous êtes venus... Entrez, ça vaudra mieux que de baguenauder[2] devant des bêtises.

Et, après avoir adressé aux étalages d'en face une dernière moue de colère, il livra passage aux enfants, il pénétra le premier dans la boutique, en appelant sa femme et sa fille.

– Élisabeth, Geneviève, arrivez donc, voici du monde pour vous !

Mais Denise et les petits eurent une hésitation devant les ténèbres de la boutique. Aveuglés par le plein jour de la rue, ils battaient des paupières comme au seuil d'un trou inconnu, tâtant le sol du pied, ayant la peur instinctive de quelque marche traîtresse. Et, rapprochés encore par cette crainte vague, se serrant davantage les uns contre les autres, le gamin, toujours dans les jupes de la jeune fille et le grand derrière, ils faisaient leur entrée avec une grâce souriante et inquiète. La clarté matinale découpait la noire silhouette de leurs vêtements de deuil, un jour oblique dorait leurs cheveux blonds.

– Entrez, entrez, répétait Baudu.

En quelques phrases brèves, il mettait au courant Mme Baudu et sa fille. La première était une petite femme mangée d'anémie, toute blanche, les cheveux blancs, les yeux blancs, les lèvres blanches. Geneviève, chez qui s'aggravait encore la dégénérescence de sa mère, avait la débilité[3] et la décoloration d'une plante grandie à l'ombre. Pourtant, des cheveux noirs magnifiques, épais et lourds, poussés comme par miracle dans cette chair pauvre, lui donnaient un charme triste.

– Entrez, dirent à leur tour les deux femmes. Vous êtes les bienvenus.

---

1. **Liards :** le liard est une ancienne monnaie valant un quart de sou, et donc de peu de valeur.
2. **Baguenauder :** flâner.
3. **Débilité :** extrême faiblesse.

Et elles firent asseoir Denise derrière le comptoir. Aussitôt, Pépé monta sur les genoux de sa sœur, tandis que Jean, adossé contre une boiserie, se tenait près d'elle. Ils se rassuraient, regardaient la boutique, où leurs yeux s'habituaient à l'obscurité. Maintenant, ils la voyaient, avec son plafond bas et enfumé, ses comptoirs de chêne polis par l'usage, ses casiers séculaires aux fortes ferrures. Des ballots de marchandises sombres montaient jusqu'aux solives[1]. L'odeur des draps et des teintures, une odeur âpre de chimie, semblait décuplée par l'humidité du plancher. Au fond, deux commis et une demoiselle rangeaient des pièces de flanelle blanche.

– Peut-être ce petit monsieur-là prendrait-il volontiers quelque chose ? dit Mme Baudu en souriant à Pépé.

– Non, merci, répondit Denise. Nous avons bu une tasse de lait dans un café, devant la gare.

Et, comme Geneviève regardait le léger paquet qu'elle avait posé par terre, elle ajouta :

– J'ai laissé notre malle là-bas.

Elle rougissait, elle comprenait qu'on ne tombait pas de la sorte chez le monde. Déjà, dans le wagon, dès que le train avait quitté Valognes, elle s'était sentie pleine de regret ; et voilà pourquoi, à l'arrivée, elle avait laissé la malle et fait déjeuner les enfants.

– Voyons, dit tout d'un coup Baudu, causons peu et causons bien... Je t'ai écrit, c'est vrai, mais il y a un an ; et vois-tu, ma pauvre fille, les affaires n'ont guère marché, depuis un an...

Il s'arrêta, étranglé par une émotion qu'il ne voulait pas montrer. Mme Baudu et Geneviève, l'air résigné, avaient baissé les yeux.

– Oh ! continua-t-il, c'est une crise qui passera, je suis bien tranquille... Seulement, j'ai diminué mon personnel, il n'y a plus ici que trois personnes, et le moment n'est guère venu d'en engager une quatrième. Enfin, je ne puis te prendre comme je te l'offrais, ma pauvre fille.

Denise l'écoutait, saisie, toute pâle. Il insista, en ajoutant :

– Ça ne vaudrait rien, ni pour toi, ni pour nous.

– C'est bien, mon oncle, finit-elle par dire péniblement. Je tâcherai de m'en tirer tout de même.

Les Baudu n'étaient pas de mauvaises gens. Mais ils se plaignaient de n'avoir jamais eu de chance. Au temps où leur commerce mar-

1. **Solives :** pièces de charpente sur lesquelles sont fixés les planchers.

chait, ils avaient dû élever cinq garçons, dont trois étaient morts à vingt ans ; le quatrième avait mal tourné, le cinquième venait de partir pour le Mexique[1], comme capitaine. Il ne leur restait que Geneviève. Cette famille avait coûté gros, et Baudu s'était achevé, en achetant à Rambouillet, le pays du père de sa femme, une grande baraque de maison. Aussi toute une aigreur grandissait-elle, dans sa loyauté maniaque de vieux commerçant.

– On prévient, reprit-il en se fâchant peu à peu de sa propre dureté. Tu pouvais m'écrire, je t'aurais répondu de rester là-bas... Quand j'ai appris la mort de ton père, parbleu ! je t'ai dit ce qu'on dit d'habitude. Mais tu tombes là, sans crier gare... C'est très embarrassant.

Il haussait la voix, il se soulageait. Sa femme et sa fille restaient les regards à terre, en personnes soumises qui ne se permettaient jamais d'intervenir. Cependant, tandis que Jean blêmissait, Denise avait serré contre sa poitrine Pépé terrifié. Elle laissa tomber deux grosses larmes.

– C'est bien, mon oncle, répéta-t-elle. Nous allons nous en aller.

Du coup, il se contint. Un silence embarrassé régna. Puis, il reprit d'un ton bourru :

– Je ne vous mets pas à la porte... Puisque vous êtes entrés maintenant, vous coucherez toujours en haut, ce soir. Nous verrons après.

Alors, Mme Baudu et Geneviève comprirent, sur un regard, qu'elles pouvaient arranger les choses. Tout fut réglé. Il n'y avait point à s'occuper de Jean. Quant à Pépé, il serait à merveille chez Mme Gras, une vieille dame qui habitait un grand rez-de-chaussée, rue des Orties, où elle prenait en pension complète des enfants jeunes, moyennant quarante francs par mois. Denise déclara qu'elle avait de quoi payer le premier mois. Il ne restait donc qu'à la placer elle-même. On lui trouverait bien une place dans le quartier.

– Est-ce que Vinçard ne demandait pas une vendeuse ? dit Geneviève.

– Tiens ! c'est vrai ! cria Baudu. Nous irons le voir après déjeuner. Il faut battre le fer pendant qu'il est chaud.

Pas un client n'était venu déranger cette explication de famille. La boutique restait noire et vide. Au fond, les deux commis et la demoiselle continuaient leur besogne avec des paroles chuchotées et sifflantes. Pourtant, trois dames se présentèrent, Denise resta seule un

1. **Venait de partir pour le Mexique :** allusion à l'expédition militaire française envoyée en 1862, et qui se termina de manière catastrophique en 1867.

instant. Elle baisa Pépé, le cœur gros, à l'idée de leur prochaine séparation. L'enfant, câlin comme un petit chat, cachait sa tête, sans prononcer une parole. Quand Mme Baudu et Geneviève revinrent, elles le trouvèrent bien sage, et Denise assura qu'il ne faisait jamais plus de bruit : il restait muet les journées entières, vivant de caresses. Alors, jusqu'au déjeuner, toutes trois parlèrent des enfants, du ménage, de la vie à Paris et en province, par phrases courtes et vagues, en parentes un peu embarrassées de ne pas se connaître. Jean était allé sur le seuil de la boutique et n'en bougeait plus, intéressé par la vie des trottoirs, souriant aux jolies filles qui passaient.

À dix heures, une bonne parut. D'ordinaire, la table était servie pour Baudu, Geneviève et le premier commis. Il y avait une seconde table à onze heures pour Mme Baudu, l'autre commis et la demoiselle.

– À la soupe ! cria le drapier, en se tournant vers sa nièce.

Et, comme tous étaient assis déjà dans l'étroite salle à manger, derrière la boutique, il appela le premier commis qui s'attardait.

– Colomban !

Le jeune homme s'excusa, ayant voulu finir de ranger les flanelles. C'était un gros garçon de vingt-cinq ans, lourd et madré[1]. Sa face honnête, à la grande bouche molle, avait des yeux de ruse.

– Que diable ! il y a temps pour tout, disait Baudu, qui, installé carrément, découpait un morceau de veau froid, avec une prudence et une adresse de patron, pesant les minces parts du coup d'œil, à un gramme près.

Il servit tout le monde, coupa même le pain. Denise avait pris Pépé auprès d'elle, pour le faire manger proprement. Mais la salle obscure l'inquiétait ; elle la regardait, elle se sentait le cœur serré, elle qui était habituée aux larges pièces, nues et claires, de sa province. Une seule fenêtre ouvrait sur une petite cour intérieure, communiquant avec la rue par l'allée noire de la maison ; et cette cour, trempée, empestée, était comme un fond de puits, où tombait un rond de clarté louche. Les jours d'hiver, on devait allumer le gaz du matin au soir. Lorsque le temps permettait de ne pas allumer, c'était plus triste encore. Il fallut un instant à Denise, pour accoutumer ses yeux et distinguer suffisamment les morceaux sur son assiette.

---

1. **Madré :** rusé, malin.

– Voilà un gaillard qui a bon appétit, déclara Baudu en constatant que Jean avait achevé son veau. S'il travaille autant qu'il mange, ça fera un rude homme... Mais toi, ma fille, tu ne manges pas ?... Et dis-moi, maintenant qu'on peut causer, pourquoi ne t'es-tu pas mariée, à Valognes ?

Denise lâcha son verre qu'elle portait à sa bouche.

– Oh ! mon oncle, me marier ! vous n'y pensez pas !... Et les petits ?

Elle finit par rire, tant l'idée lui semblait baroque. D'ailleurs, est-ce qu'un homme aurait voulu d'elle, sans un sou, pas plus grosse qu'une mauviette, et pas belle encore ? Non, non, jamais elle ne se marierait, elle avait assez de deux enfants.

– Tu as tort, répétait l'oncle, une femme a toujours besoin d'un homme. Si tu avais trouvé un brave garçon, vous ne seriez pas tombés sur le pavé de Paris, toi et tes frères, comme des bohémiens.

Il s'interrompit, pour partager de nouveau, avec une parcimonie[1] pleine de justice, un plat de pommes de terre au lard, que la bonne apportait. Puis, désignant de la cuiller Geneviève et Colomban :

– Tiens ! reprit-il, ces deux-là seront mariés au printemps, si la saison d'hiver est bonne.

C'était l'habitude patriarcale de la maison. Le fondateur, Aristide Finet, avait donné sa fille Désirée à son premier commis Hauchecorne ; lui Baudu, débarqué rue de la Michodière avec sept francs dans sa poche, avait épousé la fille du père Hauchecorne, Élisabeth : et il entendait à son tour céder sa fille Geneviève et la maison à Colomban, dès que les affaires reprendraient. S'il retardait ainsi un mariage décidé depuis trois ans, c'était par un scrupule, un entêtement de probité : il avait reçu la maison prospère, il ne voulait point la passer aux mains d'un gendre, avec une clientèle moindre et des opérations douteuses.

Baudu continua, présenta Colomban qui était de Rambouillet, comme le père de Mme Baudu ; même il existait entre eux un cousinage éloigné. Un gros travailleur, qui, depuis dix années, trimait dans la boutique, et qui avait gagné ses grades rondement ! D'ailleurs, il n'était pas le premier venu, il avait pour père ce noceur de Colomban, un vétérinaire connu de tout Seine-et-Oise, un artiste dans sa partie, mais tellement porté sur sa bouche[2], qu'il mangeait tout.

1. **Parcimonie :** économie.

2. **Porté sur sa bouche :** expression familière pour désigner une personne gourmande.

– Dieu merci ! dit le drapier pour conclure, si le père boit et court la gueuse, le fils a su apprendre ici le prix de l'argent.

Pendant qu'il parlait, Denise examinait Colomban et Geneviève. Ils étaient à table l'un près de l'autre ; mais ils y restaient bien tranquilles, sans une rougeur, sans un sourire. Depuis le jour de son entrée, le jeune homme comptait sur ce mariage. Il avait passé par les différentes étapes, petit commis, vendeur appointé, admis enfin aux confidences et aux plaisirs de la famille, le tout patiemment, menant une vie d'horloge, regardant Geneviève comme une affaire excellente et honnête. La certitude de l'avoir l'empêchait de la désirer. Et la jeune fille, elle aussi, s'était accoutumée à l'aimer, mais avec la gravité de sa nature contenue, et d'une passion profonde qu'elle ignorait elle-même, dans son existence plate et réglée de tous les jours.

– Quand on se plaît et qu'on le peut, crut devoir dire Denise en souriant, pour se montrer aimable.

– Oui, on finit toujours par là, déclara Colomban, qui n'avait pas encore lâché une parole, mâchant avec lenteur.

Geneviève, après avoir jeté sur lui un long regard, dit à son tour :

– Il faut s'entendre, ensuite, ça va tout seul.

Leurs tendresses avaient poussé dans ce rez-de-chaussée du vieux Paris. C'était comme une fleur de cave. Depuis dix ans, elle ne connaissait que lui, vivait les journées à son côté, derrière les mêmes piles de drap, au fond des ténèbres de la boutique ; et, matin et soir, tous deux se retrouvaient coude à coude, dans l'étroite salle à manger, d'une fraîcheur de puits. Ils n'auraient pas été plus cachés, plus perdus en pleine campagne, sous des feuillages. Seul un doute, une crainte jalouse devait faire découvrir à la jeune fille qu'elle s'était donnée à jamais, au milieu de cette ombre complice, par vide de cœur et ennui de tête.

Cependant, Denise avait cru remarquer une inquiétude naissante, dans le regard jeté par Geneviève sur Colomban. Aussi répondit-elle, d'un air d'obligeance :

– Bah ! quand on s'aime, on s'entend toujours.

Mais Baudu surveillait la table avec autorité. Il avait distribué des languettes de brie, et pour fêter ses parents, il demanda un second dessert, un pot de confiture de groseilles, largesse qui parut surprendre Colomban. Pépé, jusque-là très sage, se conduisit mal devant les confitures. Jean, pris d'intérêt pendant la conversation sur le mariage, dévisageait la cousine Geneviève, qu'il trouvait trop molle, trop pâle, et qu'il comparait au fond de lui à un petit lapin blanc, avec des oreilles noires et des yeux rouges.

– Assez causé, et place aux autres ! conclut le drapier, eh donnant le signal de se lever de table. Ce n'est pas une raison, quand on se permet un extra, pour abuser de tout.

Mme Baudu, l'autre commis et la demoiselle vinrent s'attabler à leur tour. Denise, de nouveau, resta seule, assise près de la porte, en attendant que son oncle pût la conduire chez Vinçard. Pépé jouait à ses pieds, Jean avait repris son poste d'observation, sur le seuil. Et, pendant près d'une heure, elle s'intéressa aux choses qui se passaient autour d'elle. De loin en loin, entraient des clientes : une dame parut, puis deux autres. La boutique gardait son odeur de vieux, son demi-jour, où tout l'ancien commerce, bonhomme et simple, semblait pleurer d'abandon. Mais, de l'autre côté de la rue, ce qui la passionnait, c'était le *Bonheur des Dames*, dont elle apercevait les vitrines, par la porte ouverte. Le ciel demeurait voilé, une douceur de pluie attiédissait l'air, malgré la saison ; et, dans ce jour blanc, où il y avait comme une poussière diffuse de soleil, le grand magasin s'animait, en pleine vente.

Alors, Denise eut la sensation d'une machine, fonctionnant à haute pression, et dont le branle[1] aurait gagné jusqu'aux étalages. Ce n'étaient plus les vitrines froides de la matinée ; maintenant, elles paraissaient comme chauffées et vibrantes de la trépidation intérieure. Du monde les regardait, des femmes arrêtées s'écrasaient devant les glaces, toute une foule brutale de convoitise. Et les étoffes vivaient, dans cette passion du trottoir : les dentelles avaient un frisson, retombaient et cachaient les profondeurs du magasin, d'un air troublant de mystère ; les pièces de drap elles-mêmes, épaisses et carrées, respiraient, soufflaient une haleine tentatrice ; tandis que les paletots se cambraient davantage sur les mannequins qui prenaient une âme, et que le grand manteau de velours se gonflait, souple et tiède, comme sur des épaules de chair, avec les battements de la gorge et le frémissement des reins. Mais la chaleur d'usine dont la maison flambait, venait surtout de la vente, de la bousculade des comptoirs, qu'on sentait derrière les murs. Il y avait là le ronflement

1. **Branle :** mouvement oscillant.

continu de la machine à l'œuvre, un enfournement de clientes, entassées devant les rayons, étourdies sous les marchandises, puis jetées à la caisse. Et cela réglé, organisé avec une rigueur mécanique, tout un peuple de femmes passant dans la force et la logique des engrenages.

Denise, depuis le matin, subissait la tentation. Ce magasin, si vaste pour elle, où elle voyait entrer en une heure plus de monde qu'il n'en venait chez Cornaille en six mois, l'étourdissait et l'attirait ; et il y avait, dans son désir d'y pénétrer, une peur vague qui achevait de la séduire. En même temps, la boutique de son oncle lui causait un sentiment de malaise. C'était un dédain irraisonné, une répugnance instinctive pour ce trou glacial de l'ancien commerce. Toutes ses sensations, son entrée inquiète, l'accueil aigri de ses parents, le déjeuner triste sous un jour de cachot, son attente au milieu de la solitude ensommeillée de cette vieille maison agonisante, se résumaient en une sourde protestation, en une passion de la vie et de la lumière. Et, malgré son bon cœur, ses yeux retournaient toujours au *Bonheur des Dames*, comme si la vendeuse en elle avait eu le besoin de se réchauffer au flamboiement de cette grande vente.

– En voilà qui ont du monde, au moins, laissa-t-elle échapper.

Mais elle regretta cette parole, en apercevant les Baudu près d'elle. Mme Baudu, qui avait achevé de déjeuner, était debout, toute blanche, ses yeux blancs fixés sur le monstre ; et, résignée, elle ne pouvait le voir, le rencontrer ainsi de l'autre côté de la rue, sans qu'un désespoir muet gonflât ses paupières. Quant à Geneviève, elle surveillait avec une inquiétude croissante Colomban, qui, ne se croyant pas guetté, restait en extase, les regards levés sur les vendeuses des confections, dont on apercevait le comptoir, derrière les glaces de l'entresol. Baudu, la bile au visage, se contenta de dire :

– Tout ce qui reluit n'est pas d'or. Patience !

La famille, évidemment, renfonçait le flot de rancune qui lui montait à la gorge. Une pensée d'amour-propre l'empêchait de se livrer si vite, devant ces enfants arrivés du matin. Enfin, le drapier fit un effort, se détourna pour s'arracher au spectacle de la vente d'en face.

– Eh bien ! reprit-il, voyons chez Vinçard. Les places sont courues, demain il ne serait plus temps peut-être.

Mais, avant de sortir, il donna l'ordre au second commis d'aller à la gare prendre la malle de Denise. De son côté, Mme Baudu, à laquelle la jeune fille confiait Pépé, décida qu'elle profiterait d'un moment, pour mener le petit rue des Orties, chez Mme Gras, afin de causer et de s'entendre. Jean promit à sa sœur de ne pas bouger de la boutique.

– Nous en avons pour deux minutes, expliqua Baudu, pendant qu'il descendait la rue Gaillon avec sa nièce. Vinçard a créé une spécialité de soie, où il fait encore des affaires. Oh ! il a de la peine comme tout le monde, mais c'est un finaud qui joint les deux bouts par une avarice de chien... Je crois pourtant qu'il veut se retirer à cause de ses rhumatismes.

Le magasin se trouvait rue Neuve-des-Petits-Champs, près du passage Choiseul. Il était propre et clair, d'un luxe tout moderne, petit pourtant, et pauvre de marchandises. Baudu et Denise trouvèrent Vinçard en grande conférence avec deux messieurs.

– Ne vous dérangez pas, cria le drapier. Nous ne sommes pas pressés, nous attendrons.

Et revenant par discrétion vers la porte, se penchant à l'oreille de la jeune fille, il ajouta :

– Le maigre est au *Bonheur* second à la soie, et le gros est un fabricant de Lyon.

Denise comprit que Vinçard poussait son magasin à Robineau, le commis du *Bonheur des Dames*. L'air franc, la mine ouverte, il donnait sa parole d'honneur, avec la facilité d'un homme que les serments ne gênaient pas. Selon lui, sa maison était une affaire d'or ; et, dans l'éclat de sa grosse santé, il s'interrompait pour geindre, pour se plaindre de ses sacrées douleurs, qui le forçaient à manquer sa fortune. Mais Robineau, nerveux et tourmenté, l'interrompait avec impatience : il connaissait la crise que les nouveautés traversaient, il citait une spécialité de soie tuée déjà par le voisinage du *Bonheur*.

Vinçard, enflammé, éleva la voix.

– Parbleu ! la culbute de ce grand serin de Vabre[1] était fatale.

Sa femme mangeait tout... Puis, nous sommes ici à plus de cinq cents mètres, tandis que Vabre se trouvait porte à porte avec l'autre.

Alors, Gaujean, le fabricant de soie, intervint. De nouveau, les voix baissèrent. Lui, accusait les grands magasins de ruiner la fabrication française ; trois ou quatre lui faisaient la loi, régnaient en maîtres sur

1. **Vabre :** ici qualifié de nigaud, il apparaît dans *Pot-Bouille* (1882). Il est marié à Berthe, l'une des conquêtes d'Octave Mouret.

le marché ; et il laissait entendre que la seule façon de les combattre était de favoriser le petit commerce, les spécialités surtout, auxquelles l'avenir appartenait. Aussi offrait-il des crédits très larges à Robineau.

– Voyez comme le *Bonheur* s'est conduit à votre égard ! répétait-il. Aucun compte des services rendus, des machines à exploiter le monde !... La situation de premier[1] vous était promise depuis longtemps, lorsque Bouthemont, qui arrivait du dehors et qui n'avait aucun titre, l'a obtenue du coup.

La plaie de cette injustice saignait encore chez Robineau. Pourtant, il hésitait à s'établir, il expliquait que l'argent ne venait pas de lui ; c'était sa femme qui avait hérité de soixante mille francs, et il se montrait plein de scrupules devant cette somme, il aurait mieux aimé, disait-il, se couper tout de suite les deux poings, que de la compromettre dans de mauvaises affaires.

– Non, je ne suis pas décidé, finit-il par conclure. Laissez-moi le temps de réfléchir, nous en recauserons.

– Comme vous voudrez, dit Vinçard en cachant son désappointement sous un air bonhomme. Mon intérêt n'est pas de vendre. Allez, sans mes douleurs...

Et, revenant au milieu du magasin :

– Qu'y a-t-il pour votre service, monsieur Baudu ?

Le drapier, qui écoutait d'une oreille, présenta Denise, conta ce qu'il voulut de son histoire, dit qu'elle avait travaillé deux ans en province.

– Et, comme vous cherchez une bonne vendeuse, m'a-t-on appris...

Vinçard affecta un grand désespoir.

– Oh ! c'est jouer de guignon[2] ! Sans doute, j'ai cherché une vendeuse pendant huit jours. Mais je viens d'en arrêter une, il n'y a pas deux heures.

Un silence régna. Denise semblait consternée. Alors, Robineau qui la regardait avec intérêt, apitoyé sans doute par sa mine pauvre, se permit un renseignement.

– Je sais qu'on a besoin chez nous de quelqu'un, au rayon des confections.

Baudu ne put retenir ce cri de son cœur :

– Chez vous, ah ! non, par exemple !

---

1. **Premier :** chef de rayon, chargé des achats et de la gestion.
2. **Guignon :** malchance.

Puis, il resta embarrassé. Denise était devenue toute rouge : entrer dans ce grand magasin, jamais elle n'oserait ! et l'idée d'y être la comblait d'orgueil.

– Pourquoi donc ? reprit Robineau surpris. Ce serait au contraire une chance pour mademoiselle... Je lui conseille de se présenter demain matin à Mme Aurélie, la première. Le pis qui puisse lui arriver, c'est de n'être pas acceptée.

Le drapier, pour cacher sa révolte intérieure, se jeta dans des phrases vagues : il connaissait Mme Aurélie, ou du moins son mari, Lhomme, le caissier, un gros qui avait eu le bras droit coupé par un omnibus. Puis, revenant brusquement à Denise :

– D'ailleurs, c'est son affaire, ce n'est pas la mienne... Elle est bien libre.

Et il sortit, après avoir salué Gaujean et Robineau. Vinçard l'accompagna jusqu'à la porte, en renouvelant l'expression de ses regrets. La jeune fille était demeurée au milieu du magasin, intimidée, désireuse d'obtenir du commis des renseignements plus complets. Mais elle n'osa pas ; elle salua à son tour et dit simplement :

– Merci, monsieur.

Sur le trottoir, Baudu n'adressa pas la parole à sa nièce. Il marchait vite, il la forçait à courir, comme emporté par ses réflexions. Rue de la Michodière, il allait rentrer chez lui, lorsqu'un boutiquier voisin, debout sur la porte, l'appela d'un signe. Denise s'arrêta pour l'attendre.

– Quoi donc, père Bourras ? demanda le drapier.

Bourras était un grand vieillard à tête de prophète, chevelu et barbu, avec des yeux perçants sous de gros sourcils embroussaillés. Il tenait un commerce de cannes et de parapluies, faisait les raccommodages, sculptait même des manches, ce qui lui avait conquis une célébrité d'artiste dans le quartier. Denise donna un coup d'œil aux vitrines de la boutique, où les parapluies et les cannes s'alignaient par files régulières. Mais elle leva les yeux, et la maison surtout l'étonna : une masure prise entre le *Bonheur des Dames* et un grand hôtel Louis XIV, poussée on ne savait comment dans cette fente étroite, au fond de laquelle ses deux étages bas s'écrasaient. Sans les soutiens de droite et de gauche, elle serait tombée, les ardoises de sa toiture tordues et pourries, sa façade de deux fenêtres couturée de lézardes, coulant en longues taches de rouille sur la boiserie à demi mangée de l'enseigne.

– Vous savez qu'il a écrit à mon propriétaire pour acheter la maison, dit Bourras en regardant fixement le drapier de ses yeux de flamme.

Baudu blêmit davantage et plia les épaules. Il y eut un silence, les deux hommes restaient face à face, avec leur air profond.

– Il faut s'attendre à tout, murmura-t-il enfin.

Alors, le vieillard s'emporta, secoua ses cheveux et sa barbe de fleuve.

– Qu'il achète la maison, il la payera quatre fois sa valeur !... Mais je vous jure que, moi vivant, il n'en aura pas une pierre. Mon bail est encore de douze ans... Nous verrons, nous verrons !

C'était une déclaration de guerre. Bourras se tournait vers le *Bonheur des Dames*, que ni l'un ni l'autre n'avait nommé. Un instant, Baudu hocha la tête en silence ; puis il traversa la rue pour rentrer chez lui, les jambes cassées, en répétant seulement :

– Ah ! mon Dieu !... ah ! mon Dieu !...

Denise, qui avait écouté, suivit son oncle. Mme Baudu rentrait aussi avec Pépé ; et, tout de suite, elle dit que Mme Gras prendrait l'enfant quand on voudrait. Mais Jean venait de disparaître, ce fut une inquiétude pour sa sœur. Quand il revint, le visage animé, parlant du boulevard avec passion, elle le regarda d'un air triste qui le fit rougir. On avait apporté leur malle, ils coucheraient en haut, sous les toits.

– À propos, et chez Vinçard ? demanda Mme Baudu.

Le drapier conta sa démarche inutile, puis ajouta qu'on avait indiqué une place à leur nièce ; et, le bras tendu vers le *Bonheur des Dames*, dans un geste de mépris, il lâcha ces mots :

– Tiens ! là-dedans !

Toute la famille en demeura blessée. Le soir, la première table était à cinq heures. Denise et les deux enfants reprirent leur place, avec Baudu, Geneviève et Colomban. Un bec de gaz éclairait la petite salle à manger, où s'étouffait l'odeur de la nourriture. Le repas fut silencieux. Mais, au dessert, Mme Baudu, qui ne pouvait tenir en place, quitta la boutique pour venir s'asseoir derrière sa nièce. Et, alors, le flot contenu depuis le matin creva, tous se soulagèrent, en tapant sur le monstre.

– C'est ton affaire, tu es bien libre, répéta d'abord Baudu. Nous ne voulons pas t'influencer... Seulement, si tu savais quelle maison !

Par phrases coupées, il conta l'histoire de cet Octave Mouret. Toutes les chances ! Un garçon tombé du Midi à Paris, avec l'audace aimable d'un aventurier ; et, dès le lendemain, des histoires de femme, une continuelle exploitation de la femme, le scandale d'un flagrant délit, dont le quartier parlait encore ; puis, la conquête brusque et inexplicable de Mme Hédouin, qui lui avait apporté le *Bonheur des Dames*[1].

– Cette pauvre Caroline ! interrompit Mme Baudu. Elle était un peu ma parente. Ah ! si elle avait vécu, les choses tourneraient autrement. Elle ne nous laisserait pas assassiner... Et c'est lui qui l'a tuée. Oui, dans ses constructions ! Un matin, en visitant les travaux, elle est tombée dans un trou. Trois jours après, elle mourait. Elle qui n'avait jamais été malade, qui était si bien portante, si belle !... Il y a de son sang sous les pierres de la maison.

Au travers des murs, elle désignait le grand magasin de sa main pâle et tremblante. Denise, qui écoutait comme on écoute un conte de fées, eut un léger frisson. La peur qu'il y avait, depuis le matin, au fond de la tentation exercée sur elle, venait peut-être du sang de cette femme, qu'elle croyait voir maintenant dans le mortier rouge du sous-sol.

– On dirait que ça lui porte bonheur, ajouta Mme Baudu, sans nommer Mouret.

Mais le drapier haussait les épaules, dédaigneux de ces fables de nourrice. Il reprit son histoire, il expliqua la situation, commercialement. Le *Bonheur des Dames* avait été fondé en 1822 par les frères Deleuze. À la mort de l'aîné, sa fille, Caroline, s'était mariée avec le fils d'un fabricant de toile, Charles Hédouin ; et, plus tard, étant devenue veuve, elle avait épousé ce Mouret. Elle lui apportait donc la moitié du magasin. Trois mois après le mariage, l'oncle Deleuze décédait à son tour sans enfants ; si bien que, lorsque Caroline avait laissé ses os dans les fondations, ce Mouret était resté seul héritier, seul propriétaire du *Bonheur*. Toutes les chances !

– Un homme à idées, un brouillon dangereux qui bouleversera le quartier, si on le laisse faire ! continua Baudu. Je crois que Caroline, un peu romanesque elle aussi, a dû être prise par les projets extravagants du monsieur... Bref, il l'a décidée à acheter la maison de gauche, puis la maison de droite ; et lui-même, quand il a été seul, en a acheté deux autres ; de sorte que le magasin a grandi, toujours grandi, au point qu'il menace de nous manger tous, maintenant !

---

1. **La conquête [...] *Bonheur des Dames*** : voir *Pot-Bouille* où Octave Mouret était l'employé de Mme Hédouin, propriétaire du *Bonheur des Dames*, alors un petit magasin, avant de l'épouser et d'en hériter.

Il s'adressait à Denise, mais il parlait pour lui, remâchant, par un besoin fiévreux de se satisfaire, cette histoire qui le hantait. Dans la famille, il était le bilieux, le violent aux poings toujours serrés. Mme Baudu n'intervenait plus, immobile sur sa chaise ; Geneviève et Colomban, les yeux baissés, ramassaient et mangeaient par distraction des miettes de pain. Il faisait si chaud, si étouffé dans la petite pièce, que Pépé s'était endormi sur la table, et que les yeux de Jean lui-même se fermaient.

– Patience ! reprit Baudu, saisi d'une soudaine colère, les faiseurs[1] se casseront les reins ! Mouret traverse une crise, je le sais. Il a dû mettre tous ses bénéfices dans ses folies d'agrandissement et de réclame. En outre, pour trouver des capitaux, il s'est avisé de décider la plupart de ses employés à placer leur argent chez lui. Aussi est-il sans un sou maintenant, et si un miracle ne se produit pas, s'il n'arrive pas à tripler sa vente, comme il l'espère, vous verrez quelle débâcle !... Ah ! je ne suis pas méchant, mais ce jour-là, j'illumine, parole d'honneur !

Il poursuivit d'une voix vengeresse, on eût dit que la chute du *Bonheur des Dames* devait rétablir la dignité du commerce compromise. Avait-on jamais vu cela ? un magasin de nouveautés où l'on vendait de tout ! un bazar alors ! Aussi le personnel était gentil : un tas de godelureaux[2] qui manœuvraient comme dans une gare, qui traitaient les marchandises et les clientes comme des paquets, lâchant le patron ou lâché par lui pour un mot, sans affection, sans mœurs, sans art ! Et il prit tout d'un coup à témoin Colomban : certes, lui, Colomban, élevé à la bonne école, savait de quelle façon lente et sûre on arrivait aux finesses, aux roueries du métier. L'art n'était pas de vendre beaucoup, mais de vendre cher. Puis, il pouvait dire comment on l'avait traité, comment il était devenu de la famille, soigné lorsqu'il tombait malade, blanchi et raccommodé, surveillé paternellement, aimé enfin !

– Bien sûr, répétait Colomban, après chaque cri du patron.

– Tu es le dernier, mon brave, finit par déclarer Baudu attendri. Après toi, on n'en fera plus... Toi seul me consoles, car si c'est une pareille bousculade qu'on appelle à présent le commerce, je n'y entends rien, j'aime mieux m'en aller.

---

1. **Faiseurs :** hommes d'affaires peu scrupuleux.
2. **Godelureaux :** terme familier désignant de manière péjorative des jeunes gens préoccupés de leur apparence.

Geneviève, la tête penchée sur une épaule, comme si son épaisse chevelure noire eût pesé trop lourd à son front pâle, examinait le commis souriant ; et, dans son regard, il y avait un soupçon, un désir de voir si Colomban, travaillé d'un remords, ne rougirait pas, sous de tels éloges. Mais, en garçon rompu[1] aux comédies du vieux négoce, il gardait sa carrure tranquille, son air bonasse, avec son pli de ruse aux lèvres.

Cependant, Baudu criait plus fort, en accusant ce déballage d'en face, ces sauvages, qui se massacraient entre eux avec leur lutte pour la vie, d'en arriver à détruire la famille. Et il citait leurs voisins de campagne, les Lhomme, la mère, le père, le fils, tous les trois employés dans la baraque, des gens sans intérieur, toujours dehors, ne mangeant chez eux que le dimanche, une vie d'hôtel et de table d'hôte enfin ! Certes, sa salle à manger n'était pas grande, on aurait pu même y souhaiter plus de jour et plus d'air ; mais au moins sa vie tenait là, il y avait vécu dans la tendresse des siens. En parlant, ses yeux faisaient le tour de la petite pièce ; et un tremblement le prenait, à l'idée inavouée que les sauvages pourraient un jour, s'ils achevaient de tuer sa maison, le déloger de ce trou où il avait chaud, entre sa femme et sa fille. Malgré l'assurance qu'il affectait, quand il annonçait la culbute finale, il était plein de terreur au fond, il sentait bien le quartier envahi, dévoré peu à peu.

– Ce n'est pas pour te dégoûter, reprit-il en tâchant d'être calme. Si ton intérêt est d'entrer là-dedans, je serai le premier à te dire : Entres-y.

– Je le pense bien, mon oncle, murmura Denise, étourdie, et dont le désir d'être au *Bonheur des Dames* grandissait, au milieu de toute cette passion.

Il avait posé les coudes sur la table, il la fatiguait de son regard.

– Mais, voyons, toi qui es de la partie, dis-moi s'il est raisonnable qu'un simple magasin de nouveautés se mette à vendre de n'importe quoi. Autrefois, quand le commerce était honnête, les nouveautés comprenaient les tissus, pas davantage. Aujourd'hui, elles n'ont plus que l'idée de monter sur le dos des voisins et de tout manger... Voilà ce dont le quartier se plaint, car les petites boutiques commencent à y souffrir terriblement. Ce Mouret les ruine... Tiens ! Bédoré et sœur, la bonneterie de la rue Gaillon, a déjà perdu la moitié de sa clientèle.

---

1. **Rompu :** habitué.

Chez Mlle Tatin, la lingère du passage Choiseul, on en est à baisser les prix, à lutter de bon marché. Et l'effet du fléau, de cette peste, se fait sentir jusqu'à la rue Neuve-des-Petits-Champs, où je me suis laissé dire que MM. Vanpouille frères, les fourreurs, ne pouvaient tenir le coup... Hein ? des calicots[1] qui vendent des fourrures, c'est trop drôle ! Une idée du Mouret encore !

– Et les gants, dit Mme Baudu. N'est-ce pas monstrueux ? il a osé créer un rayon de ganterie !... Hier, comme je passais rue Neuve-Saint-Augustin, Quinette se trouvait sur sa porte, l'air si triste, que je n'ai pas voulu lui demander si les affaires allaient bien.

– Et les parapluies, reprit Baudu. Ça, c'est le comble ! Bourras est persuadé que le Mouret a voulu simplement le couler ; car, enfin, à quoi ça rime-t-il, des parapluies avec des étoffes ?... Mais Bourras est solide, il ne se laissera pas égorger. Nous allons rire, un de ces jours.

Il parla d'autres commerçants, il passa le quartier en revue.

Parfois, des aveux lui échappaient : si Vinçard tâchait de vendre, tous n'avaient plus qu'à faire leurs paquets, car Vinçard était comme les rats, qui filent des maisons, quand elles vont crouler. Puis, aussitôt, il se démentait, il rêvait une alliance, une entente des petits détaillants pour tenir tête au colosse. Depuis un moment, il hésitait à parler de lui, les mains agitées, la bouche tiraillée par un tic nerveux. Enfin, il se décida.

– Moi, jusqu'ici, je n'ai pas trop à me plaindre. Oh ! il m'a fait du tort, le gredin ! Mais il ne tient encore que les draps de dame, les draps légers, pour robes, et les draps plus forts, pour manteaux. On vient toujours chez moi acheter les articles d'homme, les velours de chasse, les livrées[2] ; sans parler des flanelles et des molletons, dont je le défie bien d'avoir un assortiment aussi complet... Seulement, il m'asticote, il croit me faire tourner le sang, parce qu'il a mis son rayon de draperie, là, en face. Tu as vu son étalage, n'est-ce pas ? Toujours, il y plante ses plus belles confections, au milieu d'un encadrement de pièces de drap, une vraie parade de saltimbanque pour raccrocher les filles... Foi d'honnête homme ! je rougirais d'employer de tels moyens. Depuis près de cent ans, le *Vieil Elbeuf* est connu, et il n'a pas besoin à sa porte de pareils attrape-nigauds. Tant que je

---

1. **Calicot :** toile de coton assez grossière, puis, par extension, commis dans un magasin de nouveautés.
2. **Livrées :** uniformes de domestiques.

vivrai, la boutique restera telle que je l'ai prise, avec ses quatre pièces d'échantillon, à droite et à gauche, pas davantage !

L'émotion gagnait toute la famille. Geneviève se permit de prendre la parole, après un silence.

– Notre clientèle nous aime, papa. Il faut espérer... Aujourd'hui encore, Mme Desforges et Mme de Boves sont venues. J'attends Mme Marty pour des flanelles.

– Moi, déclara Colomban, j'ai reçu hier une commande de Mme Bourdelais. Il est vrai qu'elle m'a parlé d'une cheviotte[1] anglaise, affichée en face dix sous meilleur marché, la même que chez nous, paraît-il.

– Et dire, murmura Mme Baudu de sa voix fatiguée, que nous avons vu cette maison-là grande comme un mouchoir de poche ! Parfaitement, ma chère Denise, lorsque les Deleuze l'ont fondée, elle avait seulement une vitrine sur la rue Neuve-Saint-Augustin, un vrai placard, où deux pièces d'indienne[2] s'étouffaient avec trois pièces de calicot. On ne pouvait pas se retourner dans la boutique, tant c'était petit... À cette époque, le *Vieil Elbeuf*, qui existait depuis plus de soixante ans, était déjà tel que tu le vois aujourd'hui... Ah ! tout cela est changé, bien changé !

Elle secouait la tête, ses paroles lentes disaient le drame de sa vie. Née au *Vieil Elbeuf*, elle en aimait jusqu'aux pierres humides, elle ne vivait que pour lui et par lui ; et, autrefois glorieuse de cette maison, la plus forte, la plus richement achalandée du quartier, elle avait eu la continuelle souffrance de voir grandir peu à peu la maison rivale, d'abord dédaignée, puis égale en importance, puis débordante, menaçante. C'était pour elle une plaie toujours ouverte, elle se mourait du *Vieil Elbeuf* humilié, vivant encore ainsi que lui par la force de l'impulsion, mais sentant bien que l'agonie de la boutique serait la sienne, et qu'elle s'éteindrait, le jour où la boutique fermerait.

Le silence régna. Baudu battait la retraite[3] du bout des doigts sur la toile cirée. Il éprouvait une lassitude, presque un regret, de s'être ainsi soulagé une fois de plus. Dans cet accablement, toute la famille

---

1. **Cheviotte :** sorte de lainage. Voir aussi page 23, note 5.
2. **Indienne :** cotonnade peinte ou imprimée.
3. **Retraite :** musique militaire indiquant la marche en arrière d'une armée ; .ici, évocation imagée du sort réservé à la boutique.

d'ailleurs, les yeux vagues, continuait à remuer les amertumes de son histoire. Jamais la chance ne leur avait souri. Les enfants étaient élevés, la fortune venait, lorsque brusquement la concurrence apportait la ruine. Et il y avait encore la maison de Rambouillet, cette maison de campagne où le drapier faisait depuis dix ans le rêve de se retirer, une occasion, disait-il, une antique bâtisse qu'il devait réparer continuellement, qu'il s'était décidé à louer, et dont les locataires ne le payaient point. Ses derniers gains passaient là, il n'avait eu que ce vice, dans sa probité méticuleuse, obstinée aux vieux usages.

– Voyons, déclara-t-il brusquement, il faut laisser la table aux autres... En voilà des paroles inutiles !

Ce fut comme un réveil. Le bec de gaz sifflait, dans l'air mort et brûlant de la petite pièce. Tous se levèrent en sursaut, rompant le triste silence. Cependant, Pépé dormait si bien, qu'on l'allongea sur des pièces de molleton. Jean, qui bâillait, était déjà retourné à la porte de la rue.

– Et, pour finir, tu feras ce que tu voudras, répéta de nouveau Baudu à sa nièce. Nous te disons les choses, voilà tout... Mais tes affaires sont tes affaires.

Il la pressait du regard, il attendait une réponse décisive.

Denise, que ces histoires avaient passionnée davantage pour le *Bonheur des Dames*, au lieu de l'en détourner, gardait son air tranquille et doux, d'une volonté têtue de Normande au fond. Elle se contenta de répondre :

– Nous verrons, mon oncle.

Et elle parla de monter se coucher de bonne heure avec les enfants, car ils étaient très fatigués tous les trois. Mais six heures sonnaient à peine, elle voulut bien rester un moment encore dans la boutique. La nuit s'était faite, elle retrouva la rue noire, trempée d'une pluie fine et drue, qui tombait depuis le coucher du soleil. Ce fut pour elle une surprise : quelques instants avaient suffi, la chaussée était trouée de flaques, les ruisseaux roulaient des eaux sales, une boue épaisse, piétinée, poissait les trottoirs ; et, sous l'averse battante, on ne voyait plus que le défilé confus des parapluies, se bousculant, se ballonnant, pareils à de grandes ailes sombres, dans les ténèbres. Elle recula d'abord, prise de froid, le cœur serré davantage par la boutique mal éclairée, lugubre à cette heure. Un souffle humide, l'haleine du vieux quartier, venait de la rue : il semblait que le ruissellement des parapluies coulât jusqu'aux comptoirs, que le pavé avec sa boue et ses flaques entrât, achevât de moisir l'antique rez-de-chaussée, blanc de salpêtre. C'était toute une vision de l'ancien Paris mouillé, dont elle grelottait, avec un étonnement navré de trouver la grande ville si glaciale et si laide.

Mais, de l'autre côté de la chaussée, le *Bonheur des Dames* allumait les files profondes de ses becs de gaz. Et elle se rapprocha, attirée de nouveau et comme réchauffée à ce foyer d'ardente lumière. La machine ronflait toujours, encore en activité, lâchant sa vapeur dans un dernier grondement, pendant que les vendeurs repliaient les étoffes et que les caissiers comptaient la recette. C'était, à travers les glaces pâlies d'une buée, un pullulement vague de clartés, tout un intérieur confus d'usine. Derrière le rideau de pluie qui tombait, cette apparition reculée, brouillée, prenait l'apparence d'une chambre de chauffe géante, où l'on voyait passer les ombres noires des chauffeurs, sur le feu rouge des chaudières. Les vitrines se noyaient, on ne distinguait plus, en face, que la neige des dentelles, dont les verres dépolis d'une rampe de gaz avivaient le blanc ; et, sur ce fond de chapelle, les confections s'enlevaient en vigueur, le grand manteau de velours, garni de renard argenté, mettait le profil d'une femme sans tête, qui courait par l'averse à quelque fête, dans l'inconnu des ténèbres de Paris.

Denise, cédant à la séduction, était venue jusqu'à la porte, sans se soucier du rejaillissement des gouttes, qui la trempait. À cette heure de nuit, avec son éclat de fournaise, le *Bonheur des Dames* achevait de la prendre tout entière. Dans la grande ville, noire et muette sous la pluie, dans ce Paris qu'elle ignorait, il flambait comme un phare, il semblait à lui seul la lumière et la vie de la cité. Elle y rêvait son avenir, beaucoup de travail pour élever les enfants, avec d'autres choses encore, elle ne savait quoi, des choses lointaines dont le désir et la crainte la faisaient trembler. L'idée de cette femme morte dans les fondations lui revint ; elle eut peur, elle crut voir saigner les clartés ; puis, la blancheur des dentelles l'apaisa, une espérance lui montait au cœur, toute une certitude de joie ; tandis que la poussière d'eau volante lui refroidissait les mains et calmait en elle la fièvre du voyage.

– C'est Bourras, dit une voix derrière son dos.

Elle se pencha, elle aperçut Bourras, immobile au bout de la rue, devant la vitrine où elle avait remarqué, le matin, toute une construction ingénieuse, faite avec des parapluies et des cannes. Le grand vieillard s'était glissé dans l'ombre, pour s'emplir les yeux de cet étalage triomphal ; et, la face douloureuse, il ne sentait pas même la pluie qui battait sa tête nue, dont les cheveux blancs ruisselaient.

– Il est bête, fit remarquer la voix, il va prendre du mal.

Alors, en se tournant, Denise vit qu'elle avait de nouveau les Baudu derrière elle. Malgré eux, comme Bourras qu'ils trouvaient bête, ils revenaient toujours là, devant ce spectacle qui leur crevait le cœur. C'était une rage à souffrir. Geneviève, très pâle, avait constaté que Colomban regardait, à l'entresol, les ombres des vendeuses passer sur les glaces ; et, pendant que Baudu étranglait de rancune rentrée, les yeux de Mme Baudu s'étaient emplis de larmes, silencieusement.

– N'est-ce pas, que tu t'y présenteras demain ? finit par demander le drapier, tourmenté d'incertitude, et sentant bien d'ailleurs que sa nièce était conquise comme les autres.

Elle hésita, puis avec douceur :

– Oui, mon oncle, à moins que cela ne vous fasse trop de peine.

II

LE LENDEMAIN, à sept heures et demie, Denise était devant le *Bonheur des Dames.* Elle voulait s'y présenter avant de conduire Jean chez son patron, qui demeurait loin, dans le haut du faubourg du Temple[1]. Mais, avec ses habitudes matinales, elle s'était trop pressée de descendre : les commis arrivaient à peine ; et, craignant d'être ridicule, prise de timidité, elle resta à piétiner un instant sur la place Gaillon.

Un vent froid qui soufflait, avait déjà séché le pavé. De toutes les rues, éclairées d'un petit jour pâle sous le ciel de cendre, les commis débouchaient vivement, le collet de leur paletot relevé, les mains dans les poches, surpris par ce premier frisson de l'hiver. La plupart filaient seuls et s'engouffraient au fond du magasin, sans adresser

---

1. **Faubourg du Temple :** quartier populaire du XIe arrondissement.

ni une parole ni même un regard à leurs collègues, qui allongeaient le pas autour d'eux ; d'autres allaient par deux ou par trois, parlant vite, tenant la largeur du trottoir ; et tous, du même geste, avant d'entrer, jetaient dans le ruisseau leur cigarette ou leur cigare.

Denise s'aperçut que plusieurs de ces messieurs la dévisageaient en passant. Alors, sa timidité augmenta, elle ne se sentit plus la force de les suivre, elle résolut de n'entrer à son tour que lorsque le défilé aurait cessé, rougissante à l'idée d'être bousculée, sous la porte, au milieu de tous ces hommes. Mais le défilé continuait, et pour échapper aux regards, elle fit lentement le tour de la place. Quand elle revint, elle trouva, planté devant le *Bonheur des Dames*, un grand garçon, blême et dégingandé[1], qui, depuis un quart d'heure, semblait attendre comme elle.

– Mademoiselle, finit-il par lui demander d'une voix balbutiante, vous êtes peut-être vendeuse dans la maison ?

Elle resta si émotionnée d'entendre ce garçon inconnu lui adresser la parole, qu'elle ne répondit pas d'abord.

– C'est que, voyez-vous, continua-t-il en s'embrouillant davantage, j'ai l'idée de voir si l'on ne pourrait pas m'y prendre, et vous m'auriez donné un renseignement.

Il était aussi timide qu'elle, il se risquait à l'aborder, parce qu'il la sentait tremblante comme lui.

– Ce serait avec plaisir, monsieur, répondit-elle enfin. Mais je ne suis pas plus avancée que vous, je suis là pour me présenter aussi.

– Ah ! très bien, dit-il tout à fait décontenancé.

Et ils rougirent fortement, leurs deux timidités demeurèrent un instant face à face, attendries par la fraternité de leurs situations, n'osant pourtant se souhaiter tout haut une bonne réussite. Puis, comme ils n'ajoutaient rien et qu'ils se gênaient de plus en plus, ils se séparèrent gauchement, ils recommencèrent à attendre chacun de son côté, à quelques pas l'un de l'autre.

Les commis entraient toujours. Maintenant, Denise les entendait plaisanter, quand ils passaient près d'elle, en lui jetant un coup d'œil oblique. Son embarras grandissait d'être ainsi en spectacle, elle se décidait à faire dans le quartier une promenade d'une demi-heure, lorsque la vue d'un jeune homme, qui arrivait rapidement par la rue

1. **Dégingandé :** que sa grande taille rend maladroit.

Port-Mahon, l'arrêta une minute encore. Évidemment, ce devait être un chef de rayon, car tous les commis le saluaient. Il était grand, la peau blanche, la barbe soignée ; et il avait des yeux couleur de vieil or, d'une douceur de velours, qu'il fixa un instant sur elle, au moment où il traversa la place. Déjà il entrait dans le magasin, indifférent, qu'elle restait immobile, toute retournée par ce regard, emplie d'une émotion singulière, où il y avait plus de malaise que de charme. Décidément, la peur la prenait, elle se mit à descendre lentement la rue Gaillon, puis la rue Saint-Roch, en attendant que le courage lui revînt.

C'était mieux qu'un chef de rayon, c'était Octave Mouret en personne. Il n'avait pas dormi, cette nuit-là, car au sortir d'une soirée chez un agent de change, il était allé souper avec un ami et deux femmes, ramassées dans les coulisses d'un petit théâtre. Son paletot boutonné cachait son habit et sa cravate blanche. Vivement, il monta chez lui, se débarbouilla, se changea ; et, quand il vint s'asseoir devant son bureau, dans son cabinet de l'entresol, il était solide, l'œil vif, la peau fraîche, tout à la besogne, comme s'il eût passé dix heures au lit. Le cabinet, vaste, meublé de vieux chêne et tendu de reps[1] vert, avait pour seul ornement un portrait de cette Mme Hédouin dont le quartier parlait encore. Depuis qu'elle n'était plus, Octave lui gardait un souvenir attendri, se montrait reconnaissant à sa mémoire de la fortune dont elle l'avait comblé en l'épousant. Aussi, avant de se mettre à signer les traites posées sur son buvard, adressa-t-il au portrait un sourire d'homme heureux. N'était-ce pas toujours devant elle qu'il revenait travailler, après ses échappées de jeune veuf, au sortir des alcôves où le besoin du plaisir l'égarait ?

On frappa, et, sans attendre, un jeune homme entra, grand et maigre, aux lèvres minces, au nez pointu, très correct d'ailleurs avec ses cheveux lissés, où des mèches grises se montraient déjà. Mouret avait levé les yeux ; puis, continuant de signer :

– Vous avez bien dormi, Bourdoncle ?

– Très bien, merci, répondit le jeune homme, qui marchait à petits pas, comme chez lui.

Bourdoncle, fils d'un fermier pauvre des environs de Limoges, avait débuté jadis au *Bonheur des Dames*, en même temps que

1. **Reps :** tissu d'ameublement.

Mouret, lorsque le magasin occupait l'angle de la place Gaillon. Très intelligent, très actif, il semblait alors devoir supplanter aisément son camarade, moins sérieux, et qui avait toutes sortes de fuites, une apparente étourderie, des histoires de femme inquiétantes ; mais il n'apportait pas le coup de génie de ce Provençal passionné, ni son audace, ni sa grâce victorieuse. D'ailleurs, par un instinct d'homme sage, il s'était incliné devant lui, obéissant, et cela sans lutte, dès le commencement. Lorsque Mouret avait conseillé à ses commis de mettre leur argent dans la maison, Bourdoncle s'était exécuté un des premiers, lui confiant même l'héritage inattendu d'une tante ; et, peu à peu, après avoir passé par tous les grades, vendeur, puis second, puis chef de comptoir à la soie, il était devenu un des lieutenants du patron, le plus cher et le plus écouté, un des six intéressés qui aidaient celui-ci à gouverner le *Bonheur des Dames*, quelque chose comme un conseil de ministres sous un roi absolu. Chacun d'eux veillait sur une province. Bourdoncle était chargé de la surveillance générale.

– Et vous, reprit-il familièrement, avez-vous bien dormi ?

Lorsque Mouret eut répondu qu'il ne s'était pas couché, il hocha la tête, en murmurant :

– Mauvaise hygiène.

– Pourquoi donc ? dit l'autre avec gaieté ! Je suis moins fatigué que vous, mon cher. Vous avez les yeux bouffis de sommeil, vous vous alourdissez, à être trop sage... Amusez-vous donc, ça vous fouettera les idées !

C'était toujours leur dispute amicale. Bourdoncle, au début, avait battu ses maîtresses, parce que, disait-il, elles l'empêchaient de dormir. Maintenant, il faisait profession de haïr les femmes, ayant sans doute au-dehors des rencontres dont il ne parlait pas, tant elles tenaient peu de place dans sa vie, et se contentant au magasin d'exploiter les clientes, avec un grand mépris pour leur frivolité à se ruiner en chiffons imbéciles. Mouret, au contraire, affectait des extases, restait devant les femmes ravi et câlin, emporté continuellement dans de nouveaux amours ; et ses coups de cœur étaient comme une réclame à sa vente, on eût dit qu'il enveloppait tout le sexe de la même caresse, pour mieux l'étourdir et le garder à sa merci.

– J'ai vu Mme Desforges, cette nuit, reprit-il. Elle était délicieuse à ce bal.

– Ce n'est pas avec elle que vous avez soupé ensuite ? demanda l'associé.

Mouret se récria.

– Oh ! par exemple ! elle est très honnête, mon cher... Non, j'ai soupé avec Héloïse, la petite des Folies[1]. Bête comme une oie, mais si drôle !

Il prit un autre paquet de traites et continua de signer. Bourdoncle marchait toujours à petits pas. Il alla jeter un coup d'œil dans la rue Neuve-Saint-Augustin, par les hautes glaces de la fenêtre, puis revint en disant :

– Vous savez qu'elles se vengeront.

– Qui donc ? demanda Mouret, auquel la conversation échappait.

– Mais les femmes.

Alors, il s'égaya davantage, il laissa percer le fond de sa brutalité, sous son air d'adoration sensuelle. D'un haussement d'épaules, il parut déclarer qu'il les jetterait toutes par terre, comme des sacs vides, le jour où elles l'auraient aidé à bâtir sa fortune. Bourdoncle, entêté, répétait de son air froid :

– Elles se vengeront... Il y en aura une qui vengera les autres, c'est fatal.

– As pas peur ! cria Mouret en exagérant son accent provençal. Celle-là n'est pas encore née, mon bon. Et, si elle vient, vous savez...

Il avait levé son porte-plume, il le brandissait, et il le pointa dans le vide, comme s'il eût voulu percer d'un couteau un cœur invisible. L'associé reprit sa marche, s'inclinant comme toujours devant la supériorité du patron, dont le génie plein de trous le déconcertait pourtant. Lui, si net, si logique, sans passion, sans chute possible, en était encore à comprendre le côté fille du succès, Paris se donnant dans un baiser au plus hardi.

Un silence régna. On n'entendait que la plume de Mouret. Puis, sur des questions brèves posées par lui, Bourdoncle fournit des renseignements au sujet de la grande mise en vente des nouveautés d'hiver, qui devait avoir lieu le lundi suivant. C'était une très grosse affaire, la maison y jouait sa fortune, car les bruits du quartier avaient un fond de vérité, Mouret se jetait en poète dans la spéculation, avec un tel faste, un besoin tel du colossal, que tout semblait devoir craquer sous lui. Il y avait là un sens nouveau du

1. **Folies :** théâtre ou café-concert indéterminé ; plusieurs établissements portaient ce nom.

négoce, une apparente fantaisie commerciale, qui autrefois inquiétait Mme Hédouin, et qui aujourd'hui encore, malgré de premiers succès, consternait parfois les intéressés. On blâmait à voix basse le patron d'aller trop vite ; on l'accusait d'avoir agrandi dangereusement les magasins, avant de pouvoir compter sur une augmentation suffisante de la clientèle ; on tremblait surtout en le voyant mettre tout l'argent de la caisse sur un coup de cartes, emplir les comptoirs d'un entassement de marchandises, sans garder un sou de réserve. Ainsi, pour cette mise en vente, après les sommes considérables payées aux maçons, le capital entier se trouvait dehors : une fois de plus, il s'agissait de vaincre ou de mourir. Et lui, au milieu de cet effarement, gardait une gaieté triomphante, une certitude des millions, en homme adoré des femmes, et qui ne peut être trahi. Lorsque Bourdoncle se permit de témoigner certaines craintes, à propos du développement exagéré donné à des rayons dont le chiffre d'affaires restait douteux, il eut un beau rire de confiance en criant :

– Laissez donc, mon cher, la maison est trop petite !

L'autre parut abasourdi, pris d'une peur qu'il ne cherchait plus à cacher. La maison trop petite ! une maison de nouveautés où il y avait dix-neuf rayons, et qui comptait quatre cent trois employés !

– Mais sans doute, reprit Mouret, nous serons forcés de nous agrandir avant dix-huit mois... J'y songe sérieusement. Cette nuit, Mme Desforges m'a promis de me faire rencontrer demain chez elle avec une personne... Enfin, nous en causerons, quand l'idée sera mûre.

Et, ayant fini de signer les traites, il se leva, il vint donner des tapes amicales sur les épaules de l'intéressé, qui se remettait difficilement. Cet effroi des gens prudents, autour de lui, l'amusait. Dans un des accès de brusque franchise, dont il accablait parfois ses familiers, il déclara qu'il était au fond plus juif que tous les juifs du monde : il tenait de son père, auquel il ressemblait physiquement et moralement, un gaillard qui connaissait le prix des sous ; et, s'il avait de sa mère ce brin de fantaisie nerveuse, c'était là peut-être le plus clair de sa chance, car il sentait la force invincible de sa grâce à tout oser.

– Vous savez bien qu'on vous suivra jusqu'au bout, finit par dire Bourdoncle.

Alors, avant de descendre dans le magasin jeter leur coup d'œil habituel, tous deux réglèrent encore certains détails. Ils examinèrent le spécimen d'un petit cahier à souches que Mouret venait d'inventer pour les notes de débit. Ce dernier, ayant remarqué que les marchandises démodées, les rossignols, s'enlevaient d'autant plus rapidement que la guelte[1] donnée aux commis était plus forte, avait basé sur cette observation un nouveau commerce. Il intéressait désormais ses vendeurs à la vente de toutes les marchandises, il leur accordait un tant pour cent sur le moindre bout d'étoffe, le moindre objet vendu par eux : mécanisme qui avait bouleversé les nouveautés, qui créait entre les commis une lutte pour l'existence, dont les patrons bénéficiaient. Cette lutte devenait du reste entre ses mains la formule favorite, le principe d'organisation qu'il appliquait constamment. Il lâchait les passions, mettait les forces en présence, laissait les gros manger les petits, et s'engraissait de cette bataille des intérêts. Le spécimen du cahier fut approuvé : en haut, sur la souche et sur la note à détacher, se trouvaient l'indication du rayon et le numéro du vendeur ; puis, répétées également des deux côtés, il y avait des colonnes pour le métrage, la désignation des articles, les prix ; et le vendeur signait simplement la note, avant de la remettre au caissier. De cette façon, le contrôle était des plus faciles, il suffisait de collationner[2] les notes remises par la caisse au bureau de défalcation, avec les souches restées entre les mains des commis. Chaque semaine, ces derniers toucheraient ainsi leur tant pour cent et leur guelte, sans erreur possible.

– Nous serons moins volés, fit remarquer Bourdoncle avec satisfaction. Vous avez eu là une idée excellente.

– Et j'ai songé cette nuit à autre chose, expliqua Mouret. Oui, mon cher, cette nuit, à ce souper... J'ai envie de donner aux employés du bureau de défalcation une petite prime, pour chaque erreur qu'ils relèveront dans les notes de débit, en les collationnant... Vous comprenez, nous serons certains dès lors qu'ils n'en négligeront pas une seule, car ils en inventeraient plutôt.

Il se mit à rire, pendant que l'autre le regardait d'un air admiratif. Cette application nouvelle de la lutte pour l'existence l'enchantait, il avait le génie de la mécanique administrative, il rêvait d'organiser la maison de manière à exploiter les appétits des autres, pour le contentement tranquille et complet de ses propres appétits. Quand

1. **Guelte :** prime donnée à un vendeur, proportionnelle à ses ventes.

2. **Collationner :** comparer.

on voulait faire rendre aux gens tout leur effort, disait-il souvent, et même tirer d'eux un peu d'honnêteté, il fallait d'abord les mettre aux prises avec leurs besoins.

– Eh bien ! descendons, reprit Mouret. Il faut s'occuper de cette mise en vente... La soie est arrivée d'hier, n'est-ce pas ? et Bouthemont doit être à la réception.

Bourdoncle le suivit. Le service de la réception se trouvait dans le sous-sol, du côté de la rue Neuve-Saint-Augustin. Là, au ras du trottoir, s'ouvrait une cage vitrée, où les camions déchargeaient les marchandises. Elles étaient pesées, puis elles basculaient sur une glissoire rapide, dont le chêne et les ferrures luisaient, polis sous le frottement des ballots et des caisses. Tous les arrivages entraient par cette trappe béante ; c'était un engouffrement continu, une chute d'étoffes qui tombait avec un ronflement de rivière. Aux époques de grande vente surtout, la glissoire lâchait dans le sous-sol un flot intarissable, les soieries de Lyon, les lainages d'Angleterre, les toiles des Flandres, les calicots d'Alsace, les indiennes de Rouen ; et, parfois, les camions devaient prendre la file ; les paquets en coulant faisaient, au fond du trou, le bruit sourd d'une pierre jetée dans une eau profonde.

Lorsqu'il passa, Mouret s'arrêta un instant devant la glissoire. Elle fonctionnait, des files de caisses descendaient toutes seules, sans qu'on vît les hommes dont les mains les poussaient, en haut ; et elles semblaient se précipiter d'elles-mêmes, ruisseler en pluie d'une source supérieure. Puis, des ballots parurent, tournant sur eux-mêmes comme des cailloux roulés. Mouret regardait, sans prononcer une parole. Mais, dans ses yeux clairs, cette débâcle[1] de marchandises qui tombait chez lui, ce flot qui lâchait des milliers de francs à la minute, mettait une courte flamme. Jamais encore il n'avait eu une conscience si nette de la bataille engagée. C'était cette débâcle de marchandises qu'il s'agissait de lancer aux quatre coins de Paris. Il n'ouvrit pas la bouche, il continua son inspection.

Dans le jour gris qui venait des larges soupiraux, une équipe d'hommes recevait les envois, tandis que d'autres déclouaient les caisses et ouvraient les ballots, en présence des chefs de rayon. Une

1. **Débâcle :** ici au sens de fort courant provoqué par la rupture ou la fonte des glaces d'un cours d'eau gelé.

agitation de chantier emplissait ce fond de cave, ce sous-sol où des piliers de fonte soutenaient les voûtins, et dont les murs nus étaient cimentés.

– Vous avez tout, Bouthemont ? demanda Mouret, en s'approchant d'un jeune homme à fortes épaules, en train de vérifier le contenu d'une caisse.

– Oui, tout doit y être, répondit ce dernier. Mais j'en ai pour la matinée à compter.

Le chef de rayon consultait la facture d'un coup d'œil, debout devant un grand comptoir, sur lequel un de ses vendeurs posait, une à une, les pièces de soie qu'il sortait de la caisse. Derrière eux, s'alignaient d'autres comptoirs, encombrés également de marchandises, que tout un petit peuple de commis examinaient. C'était un déballage général, une confusion apparente d'étoffes, étudiées, retournées, marquées, au milieu du bourdonnement des voix.

Bouthemont, qui devenait célèbre sur la place, avait une face ronde de joyeux compère, avec une barbe d'un noir d'encre et de beaux yeux marron. Né à Montpellier, noceur, braillard, il était médiocre pour la vente ; mais, pour l'achat, on ne connaissait pas son pareil. Envoyé à Paris par son père, qui tenait là-bas un magasin de nouveautés, il avait absolument refusé de retourner au pays, quand le bonhomme s'était dit que le garçon en savait assez long pour lui succéder dans son commerce ; et, dès lors, une rivalité avait grandi entre le père et le fils, le premier tout à son petit négoce provincial, indigné de voir un simple commis gagner le triple de ce qu'il gagnait lui-même, le second plaisantant la routine du vieux, faisant sonner ses gains et bouleversant la maison, à chacun de ses passages. Comme les autres chefs de comptoir, celui-ci touchait, outre ses trois mille francs d'appointements fixes, un tant pour cent sur la vente. Montpellier, surpris et respectueux, répétait que le fils Bouthemont avait, l'année précédente, empoché près de quinze mille francs ; et ce n'était qu'un commencement, des gens prédisaient au père exaspéré que ce chiffre grossirait encore.

Cependant, Bourdoncle avait pris une des pièces de soie, dont il examinait le grain d'un air attentif d'homme compétent. C'était une faille à lisière bleu et argent, le fameux Paris-Bonheur, avec laquelle Mouret comptait porter un coup décisif.

– Elle est vraiment très bonne, murmura l'intéressé.

– Et elle fait surtout plus d'effet qu'elle n'est bonne, dit Bouthemont. Il n'y a que Dumonteil pour nous fabriquer ça… À mon dernier voyage, quand je me suis fâché avec Gaujean, celui-ci voulait bien mettre cent métiers sur ce modèle, mais il exigeait vingt-cinq centimes de plus par mètre.

Presque tous les mois, Bouthemont allait ainsi en fabrique, vivant des journées à Lyon, descendant dans les premiers hôtels, ayant l'ordre de traiter les fabricants à bourse ouverte. Il jouissait d'ailleurs d'une liberté absolue, il achetait comme bon lui semblait, pourvu que, chaque année, il augmentât dans une proportion fixée d'avance le chiffre d'affaires de son comptoir ; et c'était même sur cette augmentation qu'il touchait son tant pour cent d'intérêt. En somme, sa situation, au *Bonheur des Dames*, comme celle de tous les chefs, ses collègues, se trouvait être celle d'un commerçant spécial, dans un ensemble de commerces divers, une sorte de vaste cité du négoce.

– Alors, c'est décidé, reprit-il, nous la marquons cinq francs soixante… Vous savez que c'est à peine le prix d'achat.

– Oui ! oui, cinq francs soixante, dit vivement Mouret, et si j'étais seul, je la donnerais à perte.

Le chef de rayon eut un bon rire.

– Oh ! moi, je ne demande pas mieux… Ça va tripler la vente, et comme mon seul intérêt est d'arriver à de grosses recettes…

Mais Bourdoncle restait grave, les lèvres pincées. Lui, touchait son tant pour cent sur le bénéfice total, et son affaire n'était pas de baisser les prix. Justement, le contrôle qu'il exerçait consistait à surveiller la marque, pour que Bouthemont, cédant au seul désir d'accroître le chiffre de vente, ne vendît pas à trop petit gain. Du reste, il était repris par ses inquiétudes anciennes, devant des combinaisons de réclame qui lui échappaient. Il osa montrer sa répugnance, en disant :

– Si nous la donnons à cinq francs soixante, c'est comme si nous la donnions à perte, puisqu'il faudra prélever nos frais qui sont considérables… On la vendrait partout à sept francs.

Du coup, Mouret se fâcha. Il tapa de sa main ouverte sur la soie, il cria nerveusement :

– Mais je le sais, et c'est pourquoi je désire en faire cadeau à nos clientes… En vérité, mon cher, vous n'aurez jamais le sens de la femme. Comprenez donc qu'elles vont se l'arracher, cette soie !

– Sans doute, interrompit l'intéressé, qui s'entêtait, et plus elles se l'arracheront, plus nous perdrons.

– Nous perdrons quelques centimes sur l'article, je le veux bien. Après ? le beau malheur, si nous attirons toutes les femmes et si nous les tenons à notre merci, séduites, affolées devant l'entassement de nos marchandises, vidant leur porte-monnaie sans compter ! Le tout, mon cher, est de les allumer, et il faut pour cela un article qui flatte, qui fasse époque. Ensuite, vous pouvez vendre les autres articles aussi cher qu'ailleurs, elles croiront les payer chez vous meilleur marché. Par exemple, notre Cuir-d'Or, ce taffetas à sept francs cinquante, qui se vend partout ce prix, va passer également pour une occasion extraordinaire, et suffira à combler la perte du Paris-Bonheur... Vous verrez, vous verrez !

Il devenait éloquent.

– Comprenez-vous ! je veux que dans huit jours le Paris-Bonheur révolutionne la place. Il est notre coup de fortune, c'est lui qui va nous sauver et qui nous lancera. On ne parlera que de lui, la lisière bleu et argent sera connue d'un bout de la France à l'autre... Et vous entendrez la plainte furieuse de nos concurrents. Le petit commerce y laissera encore une aile. Enterrés, tous ces brocanteurs qui crèvent de rhumatismes, dans leurs caves !

Autour du patron, les commis qui vérifiaient les envois, écoutaient en souriant. Il aimait parler et avoir raison. Bourdoncle, de nouveau, céda. Cependant, la caisse s'était vidée, deux hommes en déclouaient une autre.

– C'est la fabrication qui ne rit pas ! dit alors Bouthemont. À Lyon, ils sont furieux contre vous, ils prétendent que vos bons marchés les ruinent... Vous savez que Gaujean m'a positivement déclaré la guerre. Oui, il a juré d'ouvrir de longs crédits aux petites maisons, plutôt que d'accepter mes prix.

Mouret haussa les épaules.

– Si Gaujean n'est pas raisonnable, répondit-il, Gaujean restera sur le carreau... De quoi se plaignent-ils ? Nous les payons immédiatement, nous prenons tout ce qu'ils fabriquent, c'est bien le moins qu'ils travaillent à meilleur compte... Et, d'ailleurs, il suffit que le public en profite.

Le commis vidait la seconde caisse, pendant que Bouthemont s'était remis à pointer les pièces, en consultant la facture. Un autre commis, sur le bout du comptoir, les marquait ensuite en chiffres connus, et la vérification finie, la facture, signée par le chef de rayon, devait être montée à la caisse centrale. Un instant encore, Mouret regarda ce travail, toute cette activité autour de ces déballages qui montaient et menaçaient de noyer le sous-sol ; puis, sans ajouter un mot, de l'air d'un capitaine satisfait de ses troupes, il s'éloigna, suivi de Bourdoncle.

Lentement, tous deux traversèrent le sous-sol. Les soupiraux, de place en place, jetaient une clarté pâle ; et, au fond des coins noirs, le long d'étroits corridors, des becs de gaz brûlaient, continuellement. C'était dans ces corridors que se trouvaient les réserves, des caveaux barrés par des palissades, où les divers rayons serraient le trop-plein de leurs articles. En passant, le patron donna un coup d'œil au calorifère qu'on devait allumer le lundi pour la première fois, et au petit poste de pompiers qui gardait un compteur géant, enfermé dans une cage de fer. La cuisine et les réfectoires, d'anciennes caves transformées en petites salles, étaient à gauche, vers l'angle de la place Gaillon. Enfin, à l'autre bout du sous-sol, il arriva au service du départ. Les paquets que les clientes n'emportaient point, y étaient descendus, triés sur des tables, classés dans des compartiments dont chacun représentait un quartier de Paris ; puis, par un large escalier débouchant juste en face du *Vieil Elbeuf*, on les montait aux voitures, qui stationnaient près du trottoir. Dans le fonctionnement mécanique du *Bonheur des Dames*, cet escalier de la rue de la Michodière dégorgeait sans relâche les marchandises englouties par la glissoire de la rue Neuve-Saint-Augustin, après qu'elles avaient passé, en haut, à travers les engrenages des comptoirs.

– Campion, dit Mouret au chef du départ, un ancien sergent à figure maigre, pourquoi six paires de draps, achetées hier par une dame vers deux heures, n'ont-elles pas été portées le soir ?

– Où demeure cette dame ? demanda l'employé.

– Rue de Rivoli, au coin de la rue d'Alger... Mme Desforges.

À cette heure matinale, les tables de triage étaient nues, les compartiments ne contenaient que les quelques paquets restés de la veille. Pendant que Campion fouillait parmi ces paquets, après avoir consulté un registre, Bourdoncle regardait Mouret, en songeant que ce diable d'homme savait tout, s'occupait de tout, même aux tables des restaurants de nuit et dans les alcôves de ses maîtresses. Enfin, le chef du départ découvrit l'erreur : la caisse avait donné un faux numéro et le paquet était revenu.

– Quelle est la caisse qui a débité ça ? demanda Mouret. Hein ? vous dites la caisse 10...

Et, se retournant vers l'intéressé :

– La caisse 10, c'est Albert, n'est-ce pas ?... Nous allons lui dire deux mots.

Mais, avant de faire un tour dans le magasin, il voulut monter au service des expéditions, qui occupait plusieurs pièces du deuxième étage. C'était là qu'arrivaient toutes les commandes de la province et de l'étranger ; et, chaque matin, il allait y voir la correspondance. Depuis deux ans, cette correspondance grandissait de jour en jour. Le service, qui avait d'abord occupé une dizaine d'employés, en nécessitait plus de trente déjà. Les uns ouvraient les lettres, les autres les lisaient, aux deux côtés d'une même table ; d'autres encore les classaient, leur donnaient à chacune un numéro d'ordre, qui se répétait sur un casier ; puis, quand on avait distribué les lettres aux différents rayons et que les rayons montaient les articles, on mettait au fur et à mesure ces articles dans les casiers, d'après les numéros d'ordre. Il ne restait qu'à vérifier et qu'à emballer, au fond d'une pièce voisine, où une équipe d'ouvriers clouait et ficelait du matin au soir.

Mouret posa sa question habituelle :

– Combien de lettres, ce matin, Levasseur ?

– Cinq cent trente-quatre, monsieur, répondit le chef de service. Après la mise en vente de lundi, j'ai peur de ne pas avoir assez de monde. Hier, nous avons eu beaucoup de peine à arriver.

Bourdoncle hochait la tête de satisfaction. Il ne comptait pas sur cinq cent trente-quatre lettres, un mardi. Autour de la table, les employés coupaient et lisaient, avec un bruit continu de papier froissé, tandis que, devant les casiers, commençait le va-et-vient des articles. C'était un des services les plus compliqués et les plus considérables de la maison : on y vivait dans un coup de fièvre perpétuel, car il fallait réglementairement que les commandes du matin fussent toutes expédiées le soir.

– On vous donnera le monde dont vous aurez besoin, Levasseur, finit par répondre Mouret, qui d'un regard avait constaté le bon état du service. Vous le savez, quand il y a du travail, nous ne refusons pas des hommes.

En haut, sous les combles, se trouvaient les chambres où couchaient les vendeuses. Mais il redescendit, et il entra à la caisse centrale, installée près de son cabinet. C'était une pièce fermée par un vitrage à guichet de cuivre, dans laquelle on apercevait un énorme coffre-fort, scellé au mur. Deux caissiers y centralisaient les recettes, que, chaque soir, montait Lhomme, le premier caissier de la vente, et faisaient ensuite face aux dépenses, payaient les fabricants, le personnel, tout le petit monde qui vivait de la maison. La caisse communiquait avec une autre pièce, meublée de cartons verts, où dix employés vérifiaient les factures. Puis venait encore un bureau, le bureau de défalcation : six jeunes gens, penchés sur des pupitres noirs, ayant derrière eux des collections de registres, y arrêtaient les comptes du tant pour cent des vendeurs, en collationnant les notes de débit. Ce service, tout nouveau, fonctionnait mal.

Mouret et Bourdoncle avaient traversé la caisse et le bureau de vérification. Quand ils passèrent dans l'autre bureau, les jeunes gens qui riaient, le nez en l'air, eurent une secousse de surprise. Alors, Mouret, sans les réprimander, leur expliqua le système de la petite prime qu'il avait imaginé de leur payer, pour chaque erreur découverte dans les notes de débit ; et, quand il fut sorti, les employés, cessant de rire et comme fouettés, se remirent passionnément au travail, cherchant des erreurs.

Au rez-de-chaussée, dans le magasin, Mouret alla droit à la caisse 10, où Albert Lhomme se polissait les ongles, en attendant la clientèle. On disait couramment : « la dynastie des Lhomme », depuis que Mme Aurélie, la première des confections, après avoir poussé son mari au poste de premier caissier, était parvenue à obtenir une caisse de détail pour son fils, un grand garçon pâle et vicieux, qui ne pouvait rester nulle part et qui lui donnait les plus vives inquiétudes. Mais, devant le jeune homme, Mouret s'effaça : il répugnait à compromettre sa grâce dans un métier de gendarme, il gardait par goût et par tactique son rôle de dieu aimable. Légèrement du coude, il toucha Bourdoncle, l'homme chiffre, qu'il chargeait d'ordinaire des exécutions.

– Monsieur Albert, dit ce dernier sévèrement, vous avez encore mal pris une adresse, le paquet est revenu... C'est insupportable.

Le caissier crut devoir se défendre, appela en témoignage le garçon qui avait fait le paquet. Ce garçon, nommé Joseph, appartenait, lui aussi, à la dynastie des Lhomme, car il était le frère de lait d'Albert, et il devait sa place à l'influence de Mme Aurélie. Comme le jeune homme voulait lui faire dire que l'erreur venait de la cliente, il balbutiait, il tordait la barbiche qui allongeait son visage couturé, combattu entre sa conscience d'ancien soldat et sa gratitude pour ses protecteurs.

– Laissez donc Joseph tranquille, finit par crier Bourdoncle, et surtout ne répondez pas davantage... Ah ! vous êtes heureux que nous ayons égard aux bons services de votre mère !

Mais, à ce moment, Lhomme accourut. De sa caisse, située près de la porte, il apercevait celle de son fils, qui se trouvait au rayon de la ganterie. Déjà tout blanc, alourdi par sa vie sédentaire, il avait une figure molle, effacée, comme usée au reflet de l'argent qu'il comptait sans relâche. Son bras amputé ne le gênait nullement dans cette besogne, et l'on allait même par curiosité le voir vérifier la recette, tellement les billets et les pièces glissaient rapidement dans sa main gauche, la seule qui lui restât. Fils d'un percepteur de Chablis, il était tombé à Paris comme employé aux écritures, chez un négociant du Port-aux-Vins[1]. Puis, demeurant rue Cuvier, il avait épousé la fille de son concierge, petit tailleur alsacien ; et, depuis ce jour, il était resté soumis devant sa femme, dont les facultés commerciales le frappaient de respect. Elle se faisait plus de douze mille francs aux confections, tandis que lui touchait seulement cinq mille francs d'appointements fixes. Et sa déférence pour une femme apportant de telles sommes dans le ménage, s'élargissait jusqu'à son fils, qui venait d'elle.

– Quoi donc ? murmura-t-il, Albert est en faute ?

Alors, selon son habitude, Mouret rentra en scène, pour jouer le rôle du bon prince. Quand Bourdoncle s'était fait craindre, lui soignait sa popularité.

– Une bêtise, murmura-t-il. Mon cher Lhomme, votre Albert est un étourdi qui devrait bien prendre exemple sur vous.

Puis, changeant de conversation, se montrant plus aimable encore :

– Et ce concert, l'autre jour ?... Étiez-vous bien placé ?

Une rougeur monta aux joues blanches du vieux caissier. Il n'avait que ce vice, la musique, un vice secret qu'il satisfaisait solitairement, courant les théâtres, les concerts, les auditions ; malgré son bras

1. **Port-aux-Vins :** la Halle aux Vins à Paris, aujourd'hui disparue.

amputé, il jouait du cor, grâce à un système ingénieux de pinces ; et, comme Mme Lhomme détestait le bruit, il enveloppait son instrument de drap, le soir, ravi quand même jusqu'à l'extase par les sons étrangement sourds qu'il en tirait. Au milieu de la débandade forcée de leur foyer, il s'était fait dans la musique un désert. Ça et l'argent de sa caisse, il ne connaissait rien autre, en dehors de son admiration pour sa femme.

– Très bien placé, répondit-il, les yeux brillants. Vous êtes trop bon, monsieur.

Mouret, qui goûtait une jouissance personnelle à satisfaire les passions, donnait parfois à Lhomme les billets que les dames patronnesses[1] lui avaient mis sur la gorge. Et il acheva de l'enchanter, en disant :

– Ah ! Beethoven, ah ! Mozart... Quelle musique !

Sans attendre une réponse, il s'éloigna, il rejoignit Bourdoncle, en train déjà de faire le tour des rayons. Dans le hall central, une cour intérieure qu'on avait vitrée, se trouvait la soie. Tous deux suivirent d'abord la galerie de la rue Neuve-Saint-Augustin, que le blanc occupait d'un bout à l'autre. Rien d'anormal ne les frappa, ils passèrent lentement au milieu des commis respectueux. Puis, ils tournèrent dans la rouennerie[2] et la bonneterie, où le même ordre régnait. Mais, aux lainages, le long de la galerie qui revenait perpendiculairement à la rue de la Michodière, Bourdoncle reprit son rôle de grand exécuteur, en apercevant un jeune homme assis sur un comptoir, l'air brisé par une nuit blanche ; et ce jeune homme, nommé Liénard, fils d'un riche marchand de nouveautés d'Angers, courba le front sous la réprimande, ayant la seule peur, dans sa vie de paresse, d'insouciance et de plaisir, d'être rappelé en province par son père. Dès lors, les observations tombèrent dru comme grêle, la galerie de la rue de la Michodière reçut l'orage : à la draperie, un vendeur au pair[3], de ceux qui débutaient et qui couchaient dans leurs rayons, était rentré après onze heures ; à la mercerie, le second venait de se laisser prendre au fond du sous-sol, achevant une cigarette. Et ce fut surtout à la ganterie que la tempête éclata, sur la tête d'un des rares Parisiens de la maison, le joli Mignot, ainsi qu'on

1. **Dames patronnesses :** femmes qui se consacrent aux œuvres de bienfaisance.
2. **Rouennerie :** toiles de coton fabriquées à Rouen.
3. **Au pair :** logé et nourri sans salaire.

l'appelait, bâtard déclassé d'une maîtresse de harpe : son crime était d'avoir fait un scandale au réfectoire, en se plaignant de la nourriture. Comme il y avait trois tables, une à neuf heures et demie, l'autre à dix heures et demie, et l'autre à onze heures et demie, il voulut expliquer qu'étant de la troisième table, il avait toujours des fonds de sauce, des portions rognées.

– Comment ! la nourriture n'est pas bonne ? demanda d'un air naïf Mouret, ouvrant enfin la bouche.

Il ne donnait qu'un franc cinquante par jour et par homme au chef, un terrible Auvergnat, lequel trouvait encore moyen d'emplir ses poches ; et la nourriture était réellement exécrable. Mais Bourdoncle haussa les épaules : un chef qui avait quatre cents déjeuners et quatre cents dîners à servir, même en trois séries, ne pouvait guère s'attarder aux raffinements de son art.

– N'importe, reprit le patron bonhomme, je veux que tous nos employés aient une nourriture saine et abondante... Je parlerai au chef.

Et la réclamation de Mignot fut enterrée. Alors, revenus à leur point de départ, debout près de la porte, au milieu des parapluies et des cravates, Mouret et Bourdoncle reçurent le rapport d'un des quatre inspecteurs, chargés de la surveillance du magasin. Le père Jouve, un ancien capitaine, décoré à Constantine[1], encore bel homme avec son grand nez sensuel et sa calvitie majestueuse, leur signala un vendeur qui, sur une simple remontrance de sa part, l'avait traité de « vieux ramolli » ; et le vendeur fut immédiatement congédié.

Cependant, le magasin restait vide de clientes. Seules les ménagères du quartier traversaient les galeries désertes. À la porte, l'inspecteur qui pointait l'arrivée des employés, venait de refermer son registre et inscrivait à part les retardataires. C'était le moment où les vendeurs s'installaient dans leurs rayons, que les garçons avaient balayés et époussetés dès cinq heures. Chacun casait son chapeau et son pardessus, en étouffant un bâillement, la mine blanche encore de sommeil. Les uns échangeaient des mots, regardaient en l'air, semblaient se dérouiller pour une nouvelle journée de travail ; d'autres, sans se presser, retiraient les serges[2] vertes, dont ils avaient, la veille au soir,

1. **Constantine :** ville d'Algérie (aujourd'hui Qacentina), prise par les Français en 1837.

2. **Serges :** lainages utilisés ici pour protéger les tissus plus précieux.

couvert les marchandises, après les avoir repliées ; et les piles d'étoffes apparaissaient, rangées symétriquement, tout le magasin était propre et en ordre, d'un éclat tranquille dans la gaieté matinale, en attendant que la bousculade de la vente l'ait une fois de plus obstrué et comme rétréci d'une débâcle de toile, de drap, de soie, et de dentelle.

Sous la lumière vive du hall central, au comptoir des soieries, deux jeunes gens causaient à voix basse. L'un, petit et charmant, les reins solides, la peau rose, cherchait à marier des couleurs de soie, pour un étalage intérieur. Il se nommait Hutin, était le fils d'un cafetier d'Yvetot, et avait su, en dix-huit mois, devenir un des premiers vendeurs, par une souplesse de nature, une continuelle caresse de flatterie, qui cachait un appétit furieux, mangeant tout, dévorant le monde, même sans faim, pour le plaisir.

– Écoutez, Favier, je l'aurais giflé à votre place, parole d'honneur ! disait-il à l'autre, un grand garçon bilieux, sec et jaune, qui était né à Besançon d'une famille de tisserands, et qui, sans grâce, cachait sous un air froid une volonté inquiétante.

– Ça n'avance guère, de gifler les gens, murmura-t-il avec flegme. Il vaut mieux attendre.

Tous deux parlaient de Robineau, qui surveillait les commis, tandis que le chef du comptoir était au sous-sol. Hutin minait sourdement le second, dont il voulait la place. Déjà, pour le blesser et le faire partir, le jour où la situation de premier qu'on lui avait promise s'était trouvée libre, il avait imaginé d'amener Bouthemont du dehors. Cependant, Robineau tenait bon, et c'était maintenant une bataille de chaque heure. Hutin rêvait d'ameuter contre lui le rayon entier, de le chasser à force de mauvais vouloir et de vexations. D'ailleurs, il opérait de son air aimable, il excitait surtout Favier, qui venait à sa suite comme vendeur, et qui paraissait se laisser conduire, mais avec de brusques réserves, où l'on sentait toute une campagne personnelle, menée en silence.

– Chut ! dix-sept[1] ! dit-il vivement à son collègue, pour le prévenir par ce cri consacré de l'approche de Mouret et de Bourdoncle.

Ceux-ci, en effet, continuaient leur inspection en traversant le hall. Ils s'arrêtèrent, ils demandèrent à Robineau des explications, au

1. **Dix-sept :** cri argotique pour signaler l'arrivée du directeur. On dirait aujourd'hui « vingt-deux ».

sujet d'un stock de velours, dont les cartons empilés encombraient une table. Et, comme celui-ci répondait que la place manquait :
– Je vous le disais, Bourdoncle, s'écria Mouret en souriant, le magasin est déjà trop petit ! Il faudra un jour abattre les murs jusqu'à la rue de Choiseul... Vous verrez l'écrasement, lundi prochain !

Et, à propos de cette mise en vente qu'on préparait dans tous les comptoirs, il interrogea de nouveau Robineau, il lui donna des ordres. Mais, depuis quelques minutes, sans cesser de parler, il suivait du regard le travail de Hutin, qui s'attardait à mettre des soies bleues à côté de soies grises et de soies jaunes, puis qui se reculait, pour juger de l'harmonie des tons. Brusquement, il intervint.
– Mais pourquoi cherchez-vous à ménager l'œil ? dit-il. N'ayez donc pas peur, aveuglez-le... Tenez ! du rouge ! du vert ! du jaune !

Il avait pris les pièces, il les jetait, les froissait, en tirait des gammes éclatantes. Tous en convenaient, le patron était le premier étalagiste de Paris, un étalagiste révolutionnaire à la vérité, qui avait fondé l'école du brutal et du colossal dans la science de l'étalage. Il voulait des écroulements, comme tombés au hasard des casiers éventrés, et il les voulait flambants des couleurs les plus ardentes, s'avivant l'un par l'autre. En sortant du magasin, disait-il, les clientes devaient avoir mal aux yeux. Hutin, qui, au contraire, était de l'école classique de la symétrie et de la mélodie cherchées dans les nuances, le regardait allumer cet incendie d'étoffes au milieu d'une table, sans se permettre la moindre critique, mais les lèvres pincées par une moue d'artiste dont une telle débauche blessait les convictions.
– Voilà ! cria Mouret, quand il eut fini. Et laissez-le... Vous me direz s'il raccroche les femmes, lundi !

Justement, comme il rejoignait Bourdoncle et Robineau, une femme arrivait, qui resta quelques secondes plantée et suffoquée devant l'étalage. C'était Denise. Après avoir hésité près d'une heure dans la rue, en proie à une terrible crise de timidité, elle venait de se décider enfin. Seulement, elle perdait la tête, au point de ne pas comprendre les explications les plus claires ; et les commis auxquels elle demandait en balbutiant Mme Aurélie, avaient beau lui indiquer l'escalier de l'entresol, elle remerciait, puis elle tournait à gauche, si on lui avait dit de tourner à droite ; de sorte que, depuis dix minutes, elle battait[1] le

1. **Battait :** allait en tous sens.

rez-de-chaussée, allant de rayon en rayon, au milieu de la curiosité méchante et de l'indifférence maussade des vendeurs. C'était à la fois, en elle, une envie de se sauver et un besoin d'admiration qui la retenait. Elle se sentait perdue, toute petite dans le monstre, dans la machine encore au repos, tremblant d'être prise par le branle dont les murs frémissaient déjà. Et la pensée de la boutique du *Vieil Elbeuf*, noire et étroite, agrandissait encore pour elle le vaste magasin, le lui montrait doré de lumière, pareil à une ville, avec ses monuments, ses places, ses rues, où il lui semblait impossible qu'elle trouvât jamais sa route.

Cependant, elle n'avait point osé jusque-là se risquer dans le hall des soieries, dont le haut plafond vitré, les comptoirs luxueux, l'air d'église lui faisaient peur. Puis, quand elle y était enfin entrée, pour échapper aux commis du blanc qui riaient, elle avait comme buté tout d'un coup contre l'étalage de Mouret ; et, malgré son effarement, la femme se réveillant en elle, les joues subitement rouges, elle s'oubliait à regarder flamber l'incendie des soies.

– Tiens ! dit crûment Hutin à l'oreille de Favier, la grue de la place Gaillon.

Mouret, tout en affectant d'écouter Bourdoncle et Robineau, était flatté au fond du saisissement de cette fille pauvre, de même qu'une marquise est remuée par le désir brutal d'un charretier qui passe. Mais Denise avait levé les yeux, et elle se troubla davantage, quand elle reconnut le jeune homme qu'elle prenait pour un chef de rayon. Elle s'imagina qu'il la regardait avec sévérité. Alors, ne sachant plus comment s'éloigner, égarée tout à fait, elle s'adressa une fois encore au premier commis venu, à Favier qui se trouvait près d'elle.

– Mme Aurélie, s'il vous plaît ?

Favier, désagréable, se contenta de répondre de sa voix sèche :

– À l'entresol.

Et Denise, ayant hâte de n'être plus sous les regards de tous ces hommes, disait merci et tournait de nouveau le dos à l'escalier, lorsque Hutin céda naturellement à son instinct de galanterie. Il l'avait traitée de grue, et ce fut de son air aimable de beau vendeur qu'il l'arrêta.

– Non, par ici, mademoiselle... Si vous voulez bien vous donner la peine...

Même il fit quelques pas devant elle, la conduisit au pied de l'escalier, qui se trouvait à la gauche du hall. Là, il inclina la tête, il lui sourit, du sourire qu'il avait pour toutes les femmes.

– En haut, tournez à gauche... Les confections sont en face.

Cette politesse caressante remuait profondément Denise. C'était comme un secours fraternel qui lui arrivait. Elle avait levé les yeux, elle contemplait Hutin, et tout en lui la touchait, le joli visage, le regard dont le sourire dissipait sa crainte, la voix qui lui semblait d'une douceur consolante. Son cœur se gonfla de gratitude, elle donna son amitié, dans les quelques paroles décousues que l'émotion lui permit de balbutier.

– Vous êtes trop bon... Ne vous dérangez pas... Merci mille fois, monsieur.

Déjà Hutin rejoignait Favier, auquel il disait tout bas, de sa voix crue :

– Hein ? quelle désossée !

En haut, la jeune fille tomba droit dans le rayon des confections. C'était une vaste pièce, entourée de hautes armoires en chêne sculpté, et dont les glaces sans tain donnaient sur la rue de la Michodière. Cinq ou six femmes, vêtues de robes de soie, très coquettes avec leurs chignons frisés et leurs crinolines[1] rejetées en arrière, s'y agitaient en causant. Une, grande et mince, la tête trop longue, ayant une allure de cheval échappé, s'était adossée à une armoire, comme brisée déjà de fatigue.

– Madame Aurélie ? répéta Denise.

La vendeuse la regarda sans répondre, d'un air de dédain pour sa mise pauvre, puis s'adressant à une de ses camarades, petite, d'une mauvaise chair blanche, avec une mine innocente et dégoûtée, elle demanda :

– Mademoiselle Vadon, savez-vous où est la première ?

Celle-là, qui était en train de ranger des rotondes par ordre de taille, ne prit même pas la peine de lever la tête.

– Non, mademoiselle Prunaire, je n'en sais rien, dit-elle du bout des lèvres.

Un silence se fit. Denise restait immobile, et personne ne s'occupait plus d'elle. Pourtant, après avoir attendu un instant, elle s'enhardit jusqu'à poser une nouvelle question.

– Croyez-vous que Mme Aurélie reviendra bientôt ?

Alors, la seconde du rayon, une femme maigre et laide qu'elle n'avait pas vue, une veuve à la mâchoire saillante et aux cheveux durs, lui cria d'une armoire où elle vérifiait des étiquettes :

---

1. **Crinolines :** armatures de cerceaux flexibles servant à gonfler la jupe des robes.

– Attendez, si c'est à Mme Aurélie en personne que vous désirez parler.

Et, questionnant une autre vendeuse, elle ajouta :

– Est-ce qu'elle n'est pas à la réception ?

– Non, madame Frédéric, je ne crois pas, répondit celle-ci. Elle n'a rien dit, elle ne peut pas être loin.

Denise, ainsi renseignée, demeura debout. Il y avait bien quelques chaises pour les clientes ; mais, comme on ne lui disait pas de s'asseoir, elle n'osa en prendre une, malgré le trouble qui lui cassait les jambes. Évidemment, ces demoiselles avaient flairé la vendeuse qui venait se présenter, et elles la dévisageaient, elles la déshabillaient du coin de l'œil, sans bienveillance, avec la sourde hostilité des gens à table qui n'aiment pas se serrer pour faire place aux faims du dehors. Son embarras grandit, elle traversa la pièce à petits pas et alla regarder dans la rue, afin de se donner une contenance. Juste devant elle, le *Vieil Elbeuf*, avec sa façade rouillée et ses vitrines mortes, lui parut si laid, si malheureux, vu ainsi du luxe et de la vie où elle se trouvait, qu'une sorte de remords acheva de lui serrer le cœur.

– Dites, chuchotait la grande Prunaire à la petite Vadon, avez-vous vu ses bottines ?

– Et la robe donc ! murmurait l'autre.

Les yeux toujours vers la rue, Denise se sentait mangée. Mais elle était sans colère, elle ne les avait trouvées belles ni l'une ni l'autre, pas plus la grande avec son chignon de cheveux roux tombant sur son cou de cheval, que la petite, avec son teint de lait tourné, qui amollissait sa face plate et comme sans os. Clara Prunaire, fille d'un sabotier des bois de Vivet, débauchée par les valets de chambre au château de Mareuil, quand la comtesse la prenait pour les raccommodages, était venue plus tard d'un magasin de Langres, et se vengeait à Paris sur les hommes des coups de pied dont le père Prunaire lui bleuissait les reins. Marguerite Vadon, née à Grenoble où sa famille tenait un commerce de toiles, avait dû être expédiée au *Bonheur des Dames*, pour y cacher une faute, un enfant fait par hasard ; et elle se conduisait très bien, elle devait retourner là-bas diriger la boutique de ses parents et épouser un cousin, qui l'attendait.

– Ah bien ! reprit à voix basse Clara, en voilà une qui ne pèsera pas lourd ici !

Mais elles se turent, une femme d'environ quarante-cinq ans entrait. C'était Mme Aurélie, très forte, sanglée dans sa robe de soie noire, dont le corsage, tendu sur la rondeur massive des épaules et de la gorge, luisait comme une armure. Elle avait, sous des bandeaux[1] sombres, de grands yeux immobiles, la bouche sévère, les joues larges et un peu tombantes ; et, dans sa majesté de première, son visage prenait l'enflure d'un masque empâté de César.

– Mademoiselle Vadon, dit-elle d'une voix irritée, vous n'avez donc pas remis hier à l'atelier le modèle du manteau à taille[2] ?

– Il y avait une retouche à faire, madame, répondit la vendeuse, et c'est Mme Frédéric qui l'a gardé.

Alors, la seconde tira le modèle d'une armoire, et l'explication continua. Tout pliait devant Mme Aurélie, quand elle croyait avoir à défendre son autorité. Très vaniteuse, au point de ne pas vouloir être appelée de son nom de Lhomme qui la vexait, et de renier la loge[3] de son père, dont elle parlait comme d'un tailleur en boutique, elle n'était bonne femme que pour les demoiselles souples et caressantes, tombant en admiration devant elle. Autrefois, dans l'atelier de confection qu'elle avait voulu monter à son compte, elle s'était aigrie, sans cesse traquée par la mauvaise chance, exaspérée de se sentir des épaules à porter la fortune et de n'aboutir qu'à des catastrophes ; et, aujourd'hui encore, même après son succès au *Bonheur des Dames*, où elle gagnait douze mille francs par an, il semblait qu'elle gardât une rancune au monde, elle se montrait dure pour les débutantes, comme la vie s'était d'abord montrée dure pour elle.

– Assez de paroles ! finit-elle par dire sèchement, vous n'êtes pas plus raisonnable que les autres, madame Frédéric... Qu'on fasse la retouche tout de suite.

Pendant cette explication, Denise avait cessé de regarder dans la rue. Elle se doutait bien que cette dame était Mme Aurélie ; mais, inquiétée par les éclats de sa voix, elle restait debout, elle attendait toujours. Les vendeuses, enchantées d'avoir mis aux prises la première et la seconde du rayon, étaient retournées à leur besogne, d'un air de profonde indifférence. Quelques minutes se passèrent, personne n'avait la charité de tirer la jeune fille de sa gêne. Enfin, ce fut Mme Aurélie elle-même qui l'aperçut et qui, s'étonnant de la voir immobile, lui demanda ce qu'elle désirait.

1. **Bandeaux :** mèches de cheveux tirées et lissées sur les tempes.
2. **Manteau à taille :** qui marque la taille.
3. **Loge :** loge de concierge.

– Madame Aurélie, je vous prie ?

– C'est moi.

Denise avait la bouche sèche, les mains froides, reprise d'une de ses anciennes peurs d'enfant, lorsqu'elle tremblait d'être fouettée. Elle bégaya sa demande, dut la recommencer pour la rendre intelligible. Mme Aurélie la regardait de ses grands yeux fixes, sans qu'un pli de son masque d'empereur daignât s'attendrir.

– Quel âge avez-vous donc ?

– Vingt ans, madame.

– Comment vingt ans ! mais vous n'en paraissez pas seize !

De nouveau, les vendeuses levaient la tête. Denise se hâta d'ajouter :

– Oh ! je suis très forte !

Mme Aurélie haussa ses larges épaules. Puis, elle déclara :

– Mon Dieu ! je veux bien vous inscrire. Nous inscrivons ce qui se présente... Mademoiselle Prunaire, donnez-moi le registre.

On ne le trouva pas tout de suite, il devait être entre les mains de l'inspecteur Jouve. Comme la grande Clara allait le chercher, Mouret arriva, toujours suivi de Bourdoncle. Ils achevaient le tour des comptoirs de l'entresol, ils avaient traversé les dentelles, les châles, les fourrures, l'ameublement, la lingerie, et ils finissaient par les confections. Mme Aurélie s'écarta, causa un moment avec eux d'une commande de paletots qu'elle comptait faire chez un des gros entrepreneurs de Paris ; d'ordinaire, elle achetait directement et sous sa responsabilité ; mais, pour les achats importants, elle préférait consulter la direction. Ensuite, Bourdoncle lui conta la nouvelle négligence de son fils Albert, qui parut la désespérer : cet enfant la tuerait ; au moins, le père, s'il n'était pas fort, avait pour lui de la conduite. Toute cette dynastie des Lhomme, dont elle était le chef incontesté, lui donnait parfois bien du mal.

Cependant, Mouret, surpris de retrouver Denise, se pencha pour demander à Mme Aurélie ce que cette jeune fille faisait là ; et, quand la première eut répondu qu'elle se présentait comme vendeuse, Bourdoncle, avec son dédain de la femme, fut suffoqué de cette prétention.

– Allons donc ! murmura-t-il, c'est une plaisanterie ! Elle est trop laide.

– Le fait est qu'elle n'a rien de beau, dit Mouret, n'osant la défendre, bien que touché encore de son extase en bas, devant l'étalage.

Mais on apportait le registre, et Mme Aurélie revint vers Denise. Celle-ci ne faisait décidément pas une bonne impression. Elle était très propre, dans sa mince robe de laine noire ; on ne s'arrêtait pas à cette pauvreté de la mise, car on fournissait l'uniforme, la robe de soie réglementaire ; seulement, elle paraissait bien chétive et elle avait le visage triste. Sans exiger des filles belles, on les voulait agréables, pour la vente. Et, sous les regards de ces dames et de ces messieurs, qui l'étudiaient, qui la pesaient, comme une jument que des paysans marchandent à la foire, Denise achevait de perdre contenance.

– Votre nom ? demanda la première, la plume à la main, prête à écrire sur le bout d'un comptoir.

– Denise Baudu, madame.

– Votre âge ?

– Vingt ans et quatre mois.

Et elle répéta, en se hasardant à lever les yeux sur Mouret, sur ce prétendu chef de rayon qu'elle rencontrait toujours, et dont la présence la troublait :

– Je n'en ai pas l'air, mais je suis très solide.

On sourit. Bourdoncle regardait ses ongles avec impatience. La phrase d'ailleurs tomba au milieu d'un silence décourageant.

– Dans quelle maison avez-vous été, à Paris ? reprit la première.

– Mais, madame, j'arrive de Valognes.

Ce fut un nouveau désastre. D'ordinaire, le *Bonheur des Dames* exigeait de ses vendeuses un stage d'un an dans une des petites maisons de Paris. Denise alors désespéra ; et, sans la pensée des enfants, elle serait partie pour mettre fin à cet interrogatoire inutile.

– Où étiez-vous à Valognes ?

– Chez Cornaille.

– Je le connais, bonne maison, laissa échapper Mouret.

Jamais d'habitude il n'intervenait dans cet embauchage des employés, les chefs de rayon ayant la responsabilité de leur personnel. Mais, avec son sens délicat de la femme, il sentait chez cette jeune fille un charme caché, une force de grâce et de tendresse, ignorée d'elle-même. La bonne renommée de la maison de début était d'un grand poids ; souvent, elle décidait de l'acceptation. Mme Aurélie continua d'une voix plus douce :

– Et pourquoi êtes-vous sortie de chez Cornaille ?

– Des raisons de famille, répondit Denise en rougissant. Nous avons perdu nos parents, j'ai dû suivre mes frères... D'ailleurs, voici un certificat.

Il était excellent. Elle recommençait à espérer, quand une dernière question la gêna.

– Avez-vous d'autres références à Paris ?... Où demeurez-vous ?

– Chez mon oncle, murmura-t-elle, hésitant à le nommer, craignant qu'on ne voulût jamais de la nièce d'un concurrent. Chez mon oncle Baudu, là, en face.

Du coup, Mouret intervint une seconde fois.

– Comment, vous êtes la nièce de Baudu !... Est-ce que c'est Baudu qui vous envoie ?

– Oh ! non, monsieur !

Et elle ne put s'empêcher de rire, tant l'idée lui parut singulière. Ce fut une transfiguration. Elle restait rose, et le sourire, sur sa bouche un peu grande, était comme un épanouissement du visage entier. Ses yeux gris prirent une flamme tendre, ses joues se creusèrent d'adorables fossettes, ses pâles cheveux eux-mêmes semblèrent voler, dans la gaieté bonne et courageuse de tout son être.

– Mais elle est jolie ! dit tout bas Mouret à Bourdoncle.

L'intéressé refusa d'en convenir, d'un geste d'ennui. Clara avait pincé les lèvres, tandis que Marguerite tournait le dos. Seule Mme Aurélie approuva Mouret de la tête, quand il reprit :

– Votre oncle a eu tort de ne pas vous amener, sa recommandation suffisait... On prétend qu'il nous en veut. Nous sommes d'esprit plus large, et s'il ne peut occuper sa nièce dans sa maison, eh bien ! nous lui montrerons que sa nièce n'a eu qu'à frapper chez nous pour être accueillie... Répétez-lui que je l'aime toujours beaucoup, qu'il doit s'en prendre, non pas à moi, mais aux nouvelles conditions du commerce. Et dites-lui qu'il achèvera de se couler, s'il s'entête dans un tas de vieilleries ridicules.

Denise redevint toute blanche. C'était Mouret. Personne n'avait dit son nom, mais il se désignait lui-même et elle le devinait maintenant, elle comprenait pourquoi ce jeune homme lui avait causé une telle émotion, dans la rue, au rayon des soieries, à présent encore. Cette émotion, où elle ne pouvait lire, pesait de plus en plus sur son cœur, comme un poids trop lourd. Toutes les histoires contées par son oncle, revenaient à sa mémoire, grandissant Mouret, l'entourant d'une légende, faisant de lui le maître de la terrible machine, qui depuis le matin la tenait dans les dents de fer de ses engrenages. Et, derrière sa jolie tête, à la barbe soignée, aux yeux couleur de vieil or, elle voyait la femme morte, cette Mme Hédouin, dont le sang avait scellé les pierres de la maison. Alors, elle fut reprise du froid de la veille, elle crut qu'elle avait simplement peur de lui.

Mme Aurélie, cependant, fermait le registre. Il lui fallait une seule vendeuse, et il y avait déjà dix demandes inscrites. Mais elle était trop désireuse d'être agréable au patron pour hésiter. La demande toutefois suivrait son cours, l'inspecteur Jouve irait aux renseignements, ferait son rapport, et la première prendrait une décision.

– C'est bien, mademoiselle, dit-elle majestueusement, pour réserver son autorité. On vous écrira.

L'embarras tint encore Denise immobile, pendant un instant. Elle ne savait de quel pied sortir, au milieu de tout ce monde. Enfin, elle remercia Mme Aurélie ; et, lorsqu'elle dut passer devant Mouret et Bourdoncle, elle salua. Ceux-ci, d'ailleurs, qui ne s'occupaient déjà plus d'elle, ne lui rendirent pas même son salut, très attentifs à examiner avec Mme Frédéric le modèle du manteau à taille. Clara eut un geste vexé, en regardant Marguerite, comme pour prédire que la nouvelle vendeuse n'aurait pas beaucoup d'agrément au rayon. Sans doute Denise sentit derrière elle cette indifférence et cette rancune, car elle descendit l'escalier avec le même trouble qu'elle l'avait monté, en proie à une singulière angoisse, se demandant si elle devait se désespérer ou se réjouir d'être venue. Pouvait-elle compter sur la place ? elle recommençait à en douter, dans le malaise qui l'avait empêchée de comprendre nettement. De toutes ses sensations, deux persistaient et effaçaient peu à peu les autres : le coup porté en elle par Mouret, profond jusqu'à la peur ; puis, l'amabilité de Hutin, la seule joie de sa matinée, un souvenir d'une douceur charmante, qui l'emplissait de gratitude. Quand elle traversa le magasin pour sortir, elle chercha le jeune homme, heureuse à l'idée de le remercier encore des yeux, et elle fut triste de ne pas le voir.

– Eh bien ! mademoiselle, avez-vous réussi ? lui demanda une voix émue, comme elle était enfin sur le trottoir.

Elle se retourna, elle reconnut le grand garçon blême et dégingandé, qui lui avait adressé la parole, le matin. Lui aussi sortait du *Bonheur des Dames*, et il paraissait plus effrayé qu'elle, tout ahuri de l'interrogatoire qu'il venait de subir.

– Mon Dieu ! je n'en sais rien, monsieur, répondit-elle.

– C'est comme moi, alors. Ils ont une manière de vous regarder et de vous parler, là-dedans !... Je suis pour les dentelles, je sors de chez Crèvecœur, rue du Mail.

Ils étaient de nouveau l'un devant l'autre ; et, ne sachant de quelle façon se quitter, ils se mirent à rougir. Puis, le jeune homme, pour dire encore quelque chose dans l'excès de sa timidité, osa demander, de son air gauche et bon :

– Comment vous nommez-vous, mademoiselle ?

– Denise Baudu.

– Moi, je me nomme Henri Deloche.

Maintenant, ils souriaient. Ils cédèrent à la fraternité de leurs situations, ils se tendirent la main.

– Bonne chance !

– Oui, bonne chance !

III

CHAQUE SAMEDI, de quatre à six, Mme Desforges offrait une tasse de thé et des gâteaux aux personnes de son intimité, qui voulaient bien la venir voir. L'appartement se trouvait au troisième, à l'encoignure des rues de Rivoli et d'Alger ; et les fenêtres des deux salons ouvraient sur le jardin des Tuileries.

Justement, ce samedi-là, comme un domestique allait l'introduire dans le grand salon, Mouret aperçut de l'antichambre, par une porte restée ouverte, Mme Desforges qui traversait le petit salon. Elle s'était arrêtée en le voyant, et il entra par là, il la salua d'un air de cérémonie. Puis, quand le domestique eut refermé la porte, il saisit vivement la main de la jeune femme, qu'il baisa avec tendresse.

– Prends garde, il y a du monde ! dit-elle tout bas, en désignant d'un signe la porte du grand salon. Je suis allée chercher cet éventail pour le leur montrer.

Et, du bout de l'éventail, elle lui donna gaiement un léger coup au visage. Elle était brune, un peu forte, avec de grands yeux jaloux. Mais il avait gardé sa main, il demanda :

– Viendra-t-il ?

– Sans doute, répondit-elle. J'ai sa promesse.

Tous deux parlaient du baron Hartmann, directeur du Crédit immobilier. Mme Desforges, fille d'un conseiller d'État, était veuve d'un homme de Bourse qui lui avait laissé une fortune, niée par les uns, exagérée par les autres. Du vivant même de celui-ci, disait-on, elle s'était montrée reconnaissante pour le baron Hartmann, dont les conseils de grand financier profitaient au ménage ; et, plus tard, après la mort du mari, la liaison devait avoir continué, mais toujours discrètement, sans une imprudence, sans un éclat. Jamais Mme Desforges ne s'affichait, on la recevait partout, dans la haute bourgeoisie où elle était née. Même aujourd'hui que la passion du banquier, homme sceptique et fin, tournait à une simple affection paternelle, si elle se permettait d'avoir des amants qu'il lui tolérait, elle apportait, dans ses coups de cœur, une mesure et un tact si délicats, une science du monde si adroitement appliquée, que les apparences restaient sauves et que personne ne se serait permis de mettre tout haut son honnêteté en doute. Ayant rencontré Mouret chez des amis communs, elle l'avait détesté d'abord ; puis, elle s'était donnée plus tard, comme emportée dans le brusque amour dont il l'attaquait, et, depuis qu'il manœuvrait de manière à tenir par elle le baron, elle se prenait peu à peu d'une tendresse vraie et profonde, elle l'adorait avec la violence d'une femme de trente-cinq ans déjà, qui n'en avouait que vingt-neuf, désespérée de le sentir plus jeune, tremblant de le perdre.

– Est-il au courant ? reprit-il.

– Non, vous lui expliquerez vous-même l'affaire, répondit-elle, cessant de le tutoyer.

Elle le regardait, elle songeait qu'il ne devait rien savoir, pour l'employer ainsi auprès du baron, en affectant de le considérer simplement comme un vieil ami à elle. Mais il lui tenait toujours la main, il l'appelait sa bonne Henriette, et elle sentit son cœur se fondre. Silencieusement, elle tendit les lèvres, les appuya sur les siennes ; puis, à voix basse :

– Chut ! on m'attend... Entre derrière moi.

Des voix légères venaient du grand salon, assourdies par les tentures. Elle poussa la porte, dont elle laissa les deux battants ouverts, et elle remit l'éventail à une des quatre dames qui étaient assises au milieu de la pièce.

– Tenez ! le voilà, dit-elle. Je ne savais plus, jamais ma femme de chambre ne l'aurait trouvé.

Et, se tournant, elle ajouta de son air gai :

– Entrez donc, monsieur Mouret, passez par le petit salon. Ce sera moins solennel.

Mouret salua ces dames, qu'il connaissait. Le salon, avec son meuble Louis XVI de brocatelle[1] à bouquets, ses bronzes dorés, ses grandes plantes vertes, avait une intimité tendre de femme, malgré la hauteur du plafond ; et par les deux fenêtres, on apercevait les marronniers des Tuileries, dont le vent d'octobre balayait les feuilles.

– Mais il n'est pas vilain du tout, ce chantilly[2] ! s'écria Mme Bourdelais, qui tenait l'éventail.

C'était une petite blonde de trente ans, le nez fin, les yeux vifs, une amie de pension d'Henriette, qui avait épousé un sous-chef du ministère des Finances. De vieille famille bourgeoise, elle menait son ménage et ses trois enfants avec une activité, une bonne grâce, un flair exquis de la vie pratique.

– Et tu as payé le morceau vingt-cinq francs ? reprit-elle en examinant chaque maille de la dentelle. Hein ? tu dis à Luc, chez une ouvrière du pays ?... Non, non, ce n'est pas cher... Mais il a fallu que tu le fisses monter.

– Sans doute, répondit Mme Desforges. La monture me coûte deux cents francs.

Alors, Mme Bourdelais se mit à rire. Si c'était là ce qu'Henriette appelait une occasion ! Deux cents francs, une simple monture d'ivoire, avec un chiffre ! et pour un bout de chantilly, qui lui avait bien fait économiser cent sous ! On trouvait à cent vingt francs les mêmes éventails tout montés. Elle cita une maison, rue Poissonnière.

Cependant, l'éventail faisait le tour de ces dames. Mme Guibal lui accorda à peine un coup d'œil. Elle était grande et mince, de cheveux roux, avec un visage noyé d'indifférence, où ses yeux gris mettaient par moments, sous son air détaché, les terribles faims de l'égoïsme. Jamais on ne la voyait en compagnie de son mari, un avocat connu au Palais, qui, disait-on, menait de son côté la vie libre, tout à ses loisirs et à ses plaisirs.

– Oh ! murmura-t-elle en passant l'éventail à Mme de Boves, je n'en ai pas acheté deux dans ma vie... On vous en donne toujours de trop.

La comtesse répondit d'une voix finement ironique :

– Vous êtes heureuse, ma chère, d'avoir un mari galant.

1. **Brocatelle :** tissu imitant le brocart, étoffe rehaussée d'or et d'argent.
2. **Chantilly :** dentelle noire à fond clair.

Et, se penchant vers sa fille, une grande personne de vingt ans et demi :

– Regarde donc le chiffre, Blanche. Quel joli travail !... C'est le chiffre qui a dû augmenter ainsi la monture.

Mme de Boves venait de dépasser la quarantaine. C'était une femme superbe, à encolure de déesse, avec une grande face régulière et de larges yeux dormants, que son mari, inspecteur général des haras, avait épousée pour sa beauté. Elle paraissait toute remuée par la délicatesse du chiffre, comme envahie d'un désir dont l'émotion pâlissait son regard. Et, brusquement :

– Donnez-nous donc votre avis, monsieur Mouret. Est-ce trop cher, deux cents francs, cette monture ?

Mouret était resté debout, au milieu des cinq femmes, souriant, s'intéressant à ce qui les intéressait. Il prit l'éventail, l'examina ; et il allait se prononcer, lorsque le domestique ouvrit la porte, en disant :

– Mme Marty.

Une femme maigre entra, laide, ravagée de petite vérole, mise avec une élégance compliquée. Elle était sans âge, ses trente-cinq ans en valaient quarante ou trente, selon la fièvre nerveuse qui l'animait. Un sac de cuir rouge, qu'elle n'avait pas lâché, pendait à sa main droite.

– Chère madame, dit-elle à Henriette, vous m'excuserez, avec mon sac... Imaginez-vous, en venant vous voir, je suis entrée au *Bonheur*, et comme j'ai encore fait des folies, je n'ai pas voulu laisser ceci en bas, dans mon fiacre, de peur d'être volée.

Mais elle venait d'apercevoir Mouret, elle reprit en riant :

– Ah ! monsieur, ce n'était point pour vous faire de la réclame, puisque j'ignorais que vous fussiez là... Vous avez vraiment en ce moment des dentelles extraordinaires.

Cela détourna l'attention de l'éventail, que le jeune homme posa sur un guéridon. Maintenant, ces dames étaient prises du besoin curieux de voir ce que Mme Marty avait acheté. On la connaissait pour sa rage de dépense, sans force devant la tentation, d'une honnêteté stricte, incapable de céder à un amant, mais tout de suite lâche et la chair vaincue, devant le moindre bout de chiffon. Fille d'un petit employé, elle ruinait aujourd'hui son mari, professeur de cinquième au lycée Bonaparte, qui devait doubler ses six mille francs d'appointements en courant le cachet, pour suffire au budget sans cesse croissant du ménage. Et elle n'ouvrait pas son sac, elle le serrait sur ses genoux, parlait de sa fille Valentine, âgée de quatorze ans, une de ses coquetteries les plus chères, car elle l'habillait comme elle, de toutes les nouveautés de la mode, dont elle subissait l'irrésistible séduction.

– Vous savez, expliqua-t-elle, on fait cet hiver aux jeunes filles des robes garnies d'une petite dentelle... Naturellement, quand j'ai vu une valenciennes très jolie...

Elle se décida enfin à ouvrir le sac. Ces dames allongeaient le cou, lorsque, dans le silence, on entendit le timbre de l'antichambre.

– C'est mon mari, balbutia Mme Marty pleine de trouble. Il doit venir me chercher, en sortant de Bonaparte.

Vivement, elle avait refermé le sac, et elle le fit disparaître sous un fauteuil, d'un mouvement instinctif. Toutes ces dames se mirent à rire. Alors, elle rougit de sa précipitation, elle le reprit sur ses genoux, en disant que les hommes ne comprenaient jamais et qu'ils n'avaient pas besoin de savoir.

– M. de Boves, M. de Vallagnosc, annonça le domestique.

Ce fut un étonnement, Mme de Boves elle-même ne comptait pas sur son mari. Ce dernier, bel homme, portant les moustaches à l'impériale, de l'air militairement correct aimé des Tuileries, baisa la main de Mme Desforges, qu'il avait connue jeune, chez son père. Et il s'effaça pour que l'autre visiteur, un grand garçon pâle, d'une pauvreté de sang distinguée, pût à son tour saluer la maîtresse de la maison. Mais, à peine la conversation reprenait-elle, que deux légers cris s'élevèrent :

– Comment ! c'est toi, Paul !

– Tiens ! Octave !

Mouret et Vallagnosc se serraient les mains. À son tour, Mme Desforges témoignait sa surprise. Ils se connaissaient donc ? Certes, ils avaient grandi côte à côte, au collège de Plassans ; et le hasard était qu'ils ne se fussent pas encore rencontrés chez elle.

Cependant, les mains toujours liées, ils passèrent en plaisantant dans le petit salon, au moment où le domestique apportait le thé, un service de Chine sur un plateau d'argent, qu'il posa près de Mme Desforges, au milieu du guéridon de marbre, à légère galerie de cuivre. Ces dames se rapprochaient, causaient plus haut, toutes aux paroles sans fin qui se croisaient ; pendant que M. de Boves, debout derrière elles, se penchait par instants, disait un mot avec sa galanterie de beau fonctionnaire. La vaste pièce, si tendre et si gaie d'ameublement, s'égayait encore de ces voix bavardes, coupées de rires.

– Ah ! ce vieux Paul ! répétait Mouret.

Il s'était assis près de Vallagnosc, sur un canapé. Seuls au fond du petit salon, un boudoir très coquet tendu de soie bouton d'or, loin des oreilles et ne voyant plus eux-mêmes ces dames que par la porte grande ouverte, ils ricanèrent, les yeux dans les yeux, en s'allongeant des tapes sur les genoux. Toute leur jeunesse s'éveillait, le vieux collège de Plassans, avec ses deux cours, ses études humides, et le réfectoire où l'on mangeait tant de morue, et le dortoir où les oreillers volaient de lit en lit, dès que le pion ronflait. Paul, d'une ancienne famille parlementaire, petite noblesse ruinée et boudeuse, était un fort en thème, toujours premier, donné en continuel exemple par le professeur, qui lui prédisait le plus bel avenir ; tandis qu'Octave, à la queue de la classe, pourrissait parmi les cancres, heureux et gras, se dépensant au-dehors en plaisirs violents. Malgré leur différence de nature, une camaraderie étroite les avait pourtant rendus inséparables, jusqu'à leur baccalauréat, dont ils s'étaient tirés, l'un avec gloire, l'autre tout juste d'une façon suffisante, après deux épreuves fâcheuses[1]. Puis, l'existence les avait emportés, et ils se retrouvaient au bout de dix ans, changés et vieillis.

– Voyons, demanda Mouret, que deviens-tu ?

– Mais je ne deviens rien.

Vallagnosc, dans la joie de leur rencontre, gardait son air las et désenchanté ; et, comme son ami, étonné, insistait, en disant :

– Enfin, tu fais bien quelque chose... Que fais-tu ?

– Rien, répondit-il.

Octave se mit à rire. Rien, ce n'était pas assez. Phrase à phrase, il finit par obtenir l'histoire de Paul, l'histoire commune des garçons pauvres, qui croient devoir à leur naissance de rester dans les professions libérales, et qui s'enterrent au fond d'une médiocrité vaniteuse, heureux encore quand ils ne crèvent pas la faim, avec des diplômes plein leurs tiroirs. Lui, avait fait son droit par tradition de famille ; puis, il était demeuré à la charge de sa mère veuve, qui ne savait

1. **Malgré [...] fâcheuses :** voir *La Conquête de Plassans* (1874), où sont évoquées les études d'Octave ; il échoue deux fois au baccalauréat et se voit donc envoyé à Marseille pour y apprendre le commerce.

déjà comment placer ses deux filles. Une honte enfin l'avait pris, et, laissant les trois femmes vivre mal des débris de leur fortune, il était venu occuper une petite place au ministère de l'Intérieur, où il se tenait enfoui, comme une taupe dans son trou.

– Et qu'est-ce que tu gagnes ? reprit Mouret.

– Trois mille francs.

– Mais c'est une pitié ! Ah ! mon pauvre vieux, ça me fait de la peine pour toi... Comment ! un garçon si fort, qui nous roulait tous ! Et ils ne te donnent que trois mille francs, après t'avoir abruti pendant cinq ans déjà ! Non, ce n'est pas juste !

Il s'interrompit, il fit un retour sur lui-même.

– Moi, je leur ai tiré ma révérence... Tu sais ce que je suis devenu ?

– Oui, dit Vallagnosc. On m'a conté que tu étais dans le commerce. Tu as cette grande maison de la place Gaillon, n'est-ce pas ?

– C'est cela... Calicot, mon vieux !

Mouret avait relevé la tête, et il lui tapa de nouveau sur le genou, il répéta avec la gaieté solide d'un gaillard sans honte pour le métier qui l'enrichissait :

– Calicot, en plein !... Ma foi, tu te rappelles, je ne mordais guère à leurs machines, bien qu'au fond je ne me sois jamais jugé plus bête qu'un autre. Quand j'ai eu passé mon bachot, pour contenter ma famille, j'aurais parfaitement pu devenir un avocat ou un médecin comme les camarades ; mais ces métiers-là m'ont fait peur, tant on voit de gens y tirer la langue... Alors, mon Dieu ! j'ai jeté la peau d'âne au vent, oh ! sans regret, et j'ai piqué une tête dans les affaires.

Vallagnosc souriait d'un air d'embarras. Il finit par murmurer :

– Il est de fait que ton diplôme de bachelier ne doit pas te servir à grand-chose pour vendre de la toile.

– Ma foi ! répondit Mouret joyeusement, tout ce que je demande, c'est qu'il ne me gêne pas... Et, tu sais, quand on a eu la bêtise de se mettre ça entre les jambes, il n'est pas commode de s'en dépêtrer. On s'en va à pas de tortue dans la vie, lorsque les autres, ceux qui ont les pieds nus, courent comme des dératés.

Puis, remarquant que son ami semblait souffrir, il lui prit les mains, il continua :

– Voyons, je ne veux pas te faire de la peine, mais avoue que tes diplômes n'ont satisfait aucun de tes besoins... Sais-tu que mon chef de rayon, à la soie, touchera plus de douze mille francs cette année ?

Parfaitement ! un garçon d'une intelligence très nette, qui s'en est tenu à l'orthographe et aux quatre règles... Les vendeurs ordinaires, chez moi, se font trois et quatre mille francs, plus que tu ne gagnes toi-même ; et ils n'ont pas coûté tes frais d'instruction, ils n'ont pas été lancés dans le monde, avec la promesse signée de le conquérir... Sans doute, gagner de l'argent n'est pas tout. Seulement, entre les pauvres diables frottés de science qui encombrent les professions libérales, sans y manger à leur faim, et les garçons pratiques, armés pour la vie, sachant à fond leur métier, ma foi ! je n'hésite pas, je suis pour ceux-ci contre ceux-là, je trouve que les gaillards comprennent joliment leur époque !

Sa voix s'était échauffée ; Henriette, qui servait le thé, avait tourné la tête. Quand il la vit sourire, au fond du grand salon, et qu'il aperçut deux autres dames prêtant l'oreille, il s'égaya le premier de ses phrases.

– Enfin, mon vieux, tout calicot qui débute est aujourd'hui dans la peau d'un millionnaire.

Vallagnosc se renversait mollement sur le canapé. Il avait fermé les yeux à demi, dans une pose de fatigue et de dédain, où une pointe d'affectation s'ajoutait au réel épuisement de sa race.

– Bah ! murmura-t-il, la vie ne vaut pas tant de peine. Rien n'est drôle.

Et, comme Mouret, révolté, le regardait d'un air de surprise, il ajouta :

– Tout arrive et rien n'arrive. Autant rester les bras croisés.

Alors, il dit son pessimisme, les médiocrités et les avortements de l'existence. Un moment, il avait rêvé de littérature, et il lui était resté de sa fréquentation avec des poètes une désespérance universelle. Toujours, il concluait à l'inutilité de l'effort, à l'ennui des heures également vides, à la bêtise finale du monde. Les jouissances rataient, il n'y avait pas même de joie à mal faire.

– Voyons, est-ce que tu t'amuses, toi ? finit-il par demander.

Mouret en était arrivé à une stupeur d'indignation. Il cria :

– Comment ! si je m'amuse !... Ah ! ça, que chantes-tu ? Tu en es là, mon vieux !... Mais, sans doute, je m'amuse, et même lorsque les choses craquent, parce qu'alors je suis furieux de les entendre craquer. Moi, je suis un passionné, je ne prends pas la vie tranquillement, c'est ce qui m'y intéresse peut-être.

Il jeta un coup d'œil vers le salon, il baissa la voix.

– Oh ! il y a des femmes qui m'ont bien embêté, ça je le confesse.

Mais, quand j'en tiens une, je la tiens, que diable ! et ça ne rate pas toujours, et je ne donne ma part à personne, je t'assure... Puis, ce ne sont pas encore les femmes, dont je me moque après tout. Vois-tu, c'est de vouloir et d'agir, c'est de créer enfin... Tu as une idée, tu te bats pour elle, tu l'enfonces à coups de marteau dans la tête des gens, tu la vois grandir et triompher... Ah ! oui, mon vieux, je m'amuse !

Toute la joie de l'action, toute la gaieté de l'existence sonnait dans ses paroles. Il répéta qu'il était de son époque. Vraiment, il fallait être mal bâti, avoir le cerveau et les membres attaqués, pour se refuser à la besogne, en un temps de si large travail, lorsque le siècle entier se jetait à l'avenir. Et il raillait les désespérés, les dégoûtés, les pessimistes, tous ces malades de nos sciences commençantes, qui prenaient des airs pleureurs de poètes ou des mines pincées de sceptiques, au milieu de l'immense chantier contemporain. Un joli rôle, et propre, et intelligent, que de bâiller d'ennui devant le labeur des autres !

– C'est mon seul plaisir, de bâiller devant les autres, dit Vallagnosc en souriant de son air froid.

Du coup, la passion de Mouret tomba. Il redevint affectueux.

– Ah ! ce vieux Paul, toujours le même, toujours paradoxal !... Hein ? nous ne nous retrouvons pas pour nous quereller. Chacun a ses idées, heureusement. Mais il faudra que je te montre ma machine en branle, tu verras que ce n'est pas si bête... Allons, donne-moi des nouvelles. Ta mère et tes sœurs se portent bien, j'espère ? Et n'as-tu pas dû te marier à Plassans, il y a six mois ?

Un mouvement brusque de Vallagnosc l'arrêta ; et, comme celui-ci avait fouillé le salon d'un regard inquiet, il se tourna à son tour, il remarqua que Mlle de Boves ne les quittait pas des yeux. Grande et forte, Blanche ressemblait à sa mère ; seulement, chez elle, le masque s'empâtait déjà, les traits gros, soufflés d'une mauvaise graisse. Paul, sur une question discrète, répondit que rien n'était fait encore ; peut-être même rien ne se ferait. Il avait connu la jeune personne chez Mme Desforges, où il était venu beaucoup l'autre hiver, mais où il ne reparaissait que rarement, ce qui expliquait comment il avait pu ne pas s'y rencontrer avec Octave. À leur tour, les Boves le recevaient, et il aimait surtout le père, un ancien viveur qui prenait sa retraite dans l'administration. D'ailleurs, pas de fortune : Mme de Boves n'avait apporté à son mari que sa beauté de Junon, la famille vivait d'une dernière ferme hypothéquée, au mince produit de laquelle s'ajoutaient heureusement les neuf mille francs touchés par le comte, comme inspecteur général des haras. Et ces dames, la mère et la fille, très serrées d'argent par celui-ci, que des coups de tendresse continuaient à dévorer au-dehors, en étaient parfois réduites à refaire leurs robes elles-mêmes.

– Alors, pourquoi ? demanda simplement Mouret.

– Mon Dieu ! il faut bien en finir, dit Vallagnosc, avec un mouvement fatigué des paupières. Et puis, il y a des espérances, nous attendons la mort prochaine d'une tante.

Cependant, Mouret, qui ne quittait plus du regard M. de Boves, assis, près de Mme Guibal, empressé, avec le rire tendre d'un homme en campagne, se retourna vers son ami et cligna les yeux d'un air tellement significatif, que ce dernier ajouta :

– Non, pas celle-ci... Pas encore, du moins... Le malheur est que son service l'appelle aux quatre coins de la France, dans les dépôts d'étalons, et qu'il a de la sorte de continuels prétextes pour disparaître. Le mois passé, tandis que sa femme le croyait à Perpignan, il vivait à l'hôtel, en compagnie d'une maîtresse de piano, au fond d'un quartier perdu.

Il y eut un silence. Puis, le jeune homme, qui surveillait à son tour les galanteries du comte auprès de Mme Guibal, reprit tout bas :

– Ma foi, tu as raison... D'autant plus que la chère dame n'est guère farouche, à ce qu'on raconte. Il y a sur elle une histoire d'officier bien drôle... Mais regarde-le donc ! est-il comique, à la magnétiser du coin de l'œil ! La vieille France, mon cher !... Moi, je l'adore, cet homme-là, et il pourra bien dire que c'est pour lui, si j'épouse sa fille !

Mouret riait, très amusé. Il questionna de nouveau Vallagnosc, et quand il sut que la première idée d'un mariage, entre celui-ci et Blanche, venait de Mme Desforges, il trouva l'histoire meilleure encore. Cette bonne Henriette goûtait un plaisir de veuve à marier les gens ; si bien que, lorsqu'elle avait pourvu les filles, il lui arrivait de laisser les pères choisir des amies dans sa société ; mais cela naturellement, en toute bonne grâce, sans que le monde y trouvât jamais matière à scandale. Et Mouret, qui l'aimait en homme actif et pressé, habitué à chiffrer ses tendresses, oubliait alors tout calcul de séduction et se sentait pour elle une amitié de camarade.

Justement, elle parut à la porte du petit salon, suivie d'un vieillard, âgé d'environ soixante ans, dont les deux amis n'avaient pas remarqué l'entrée. Ces dames prenaient par moments des voix aiguës, que le léger tintement des cuillers dans les tasses de Chine accompagnait ; et l'on entendait de temps à autre, au milieu d'un court silence, le bruit d'une soucoupe trop vivement reposée sur le marbre du guéridon. Un brusque rayon du soleil couchant, qui venait de paraître au bord d'un grand nuage, dorait les cimes des marronniers du jardin, entrait par les fenêtres en une poussière d'or rouge, dont l'incendie allumait la brocatelle et les cuivres des meubles.

– Par ici, mon cher baron, disait Mme Desforges. Je vous présente M. Octave Mouret, qui a le plus vif désir de vous témoigner sa grande admiration.

Et, se tournant vers Octave, elle ajouta :

– M. le baron Hartmann.

Un sourire pinçait finement les lèvres du vieillard. C'était un homme petit et vigoureux, à grosse tête alsacienne, et dont la face épaisse s'éclairait d'une flamme d'intelligence, au moindre pli de la bouche, au plus léger clignement des paupières. Depuis quinze jours, il résistait au désir d'Henriette, qui lui demandait cette entrevue ; non pas qu'il éprouvât une jalousie exagérée, résigné en homme d'esprit à son rôle de père ; mais parce que c'était le troisième ami dont Henriette lui faisait faire la connaissance, et qu'à la longue, il craignait un peu le ridicule. Aussi, en abordant Octave, avait-il le rire discret d'un protecteur riche, qui, s'il veut bien se montrer charmant, ne consent pas à être dupe.

– Oh ! monsieur, disait Mouret avec son enthousiasme de Provençal, la dernière opération du Crédit immobilier a été si étonnante ! Vous ne sauriez croire combien je suis heureux et fier de vous serrer la main.

– Trop aimable, monsieur, trop aimable, répétait le baron toujours souriant :

Henriette les regardait de ses yeux clairs, sans un embarras. Elle restait entre les deux, levait sa jolie tête, allait de l'un à l'autre ; et, dans sa robe de dentelle qui découvrait ses poignets et son cou délicats, elle avait un air ravi, à les voir si bien d'accord.

– Messieurs, finit-elle par dire, je vous laisse causer.

Puis, se tournant vers Paul, qui s'était mis debout, elle ajouta :

– Voulez-vous une tasse de thé, monsieur de Vallagnosc ?

– Volontiers, madame.

Et tous deux rentrèrent dans le salon.

Lorsque Mouret eut repris sa place sur le canapé, près du baron Hartmann, il se répandit en nouveaux éloges à propos des opérations du Crédit immobilier. Puis, il attaqua le sujet qui lui tenait au cœur, il parla de la nouvelle voie, du prolongement de la rue Réaumur, dont on allait ouvrir une section, sous le nom de rue du 10-Décembre[1], entre la place de la Bourse et la place de l'Opéra. L'utilité publique était déclarée depuis dix-huit mois, le jury d'expropriation venait d'être nommé, tout le quartier se passionnait pour cette trouée énorme, s'inquiétant de l'époque des travaux, s'intéressant aux maisons condamnées. Il y avait près de trois ans que Mouret attendait ces travaux, d'abord dans la prévision d'un mouvement plus actif des affaires, ensuite avec des ambitions d'agrandissement, qu'il n'osait avouer tout haut, tant son rêve s'élargissait. Comme la rue du 10-Décembre devait couper la rue de Choiseul et la rue de la Michodière, il voyait le *Bonheur des Dames* envahir tout le pâté entouré par ces rues et la rue Neuve-Saint-Augustin, il l'imaginait déjà avec une façade de palais sur la voie nouvelle, dominateur, maître de la ville conquise. Et de là était né son vif désir de connaître le baron Hartmann, lorsqu'il avait appris que le Crédit immobilier, par un traité passé avec l'administration, prenait l'engagement de percer et d'établir la rue du 10-Décembre, à la condition qu'on lui abandonnerait la propriété des terrains en bordure.

– Vraiment, répétait-il en tâchant de montrer un air naïf, vous leur livrerez la rue toute faite, avec les égouts, les trottoirs, les becs de gaz ? Et les terrains en bordure suffiront pour vous indemniser ? Oh ! c'est curieux, très curieux !

Enfin, il arriva au point délicat. Il avait su que le Crédit immobilier faisait, secrètement, acheter les maisons du pâté où se trouvait le *Bonheur des Dames*, non seulement celles qui devaient tomber sous la pioche des démolisseurs, mais encore les autres, celles qui allaient rester debout. Et il flairait là le projet de quelque établissement futur, il était très inquiet pour les agrandissements dont il élargissait le rêve, pris de peur à l'idée de se heurter un jour contre une société puissante, propriétaire d'immeubles qu'elle ne lâcherait certainement pas. C'était même cette peur qui l'avait décidé à mettre au plus tôt un lien entre le baron et lui, le lien aimable d'une femme, si étroit entre les

1. **Rue du 10-Décembre :** aujourd'hui rue du 4-Septembre.

hommes de nature galante. Sans doute, il aurait pu voir le financier dans son cabinet, pour causer à l'aise de la grosse affaire qu'il voulait lui proposer. Mais il se sentait plus fort chez Henriette, il savait combien la possession commune d'une maîtresse rapproche et attendrit. Être tous les deux chez elle, dans son parfum aimé, l'avoir là prête à les convaincre d'un sourire, lui semblait une certitude de succès.

– N'avez-vous pas acheté l'ancien hôtel Duvillard, cette vieille bâtisse qui me touche ? finit-il par demander brusquement.

Le baron Hartmann eut une courte hésitation, puis il nia. Mais, le regardant en face, Mouret se mit à rire ; et il joua dès lors le rôle d'un bon jeune homme, le cœur sur la main, rond en affaires.

– Tenez ! monsieur le baron, puisque j'ai l'honneur inespéré de vous rencontrer, il faut que je me confesse... Oh ! je ne vous demandé pas vos secrets. Seulement, je vais vous confier les miens, persuadé que je ne saurais les placer en des mains plus sages... D'ailleurs, j'ai besoin de vos conseils, il y a longtemps que je n'osais vous aller voir.

Il se confessa en effet, il raconta ses débuts, il ne cacha même pas la crise financière qu'il traversait, au milieu de son triomphe. Tout défila, les agrandissements successifs, les gains remis continuellement dans l'affaire, les sommes apportées par ses employés, la maison risquant son existence à chaque mise en vente nouvelle, où le capital entier était joué comme sur un coup de cartes. Pourtant, ce n'était pas de l'argent qu'il demandait, car il avait en sa clientèle une foi de fanatique. Son ambition devenait plus haute, il proposait au baron une association, dans laquelle le Crédit immobilier apporterait le palais colossal qu'il voyait en rêve, tandis que lui, pour sa part, donnerait son génie et le fonds de commerce déjà créé. On estimerait les apports, rien ne lui paraissait d'une réalisation plus facile.

– Qu'allez-vous faire de vos terrains et de vos immeubles ? demandait-il avec insistance. Vous avez une idée, sans doute. Mais je suis bien certain que votre idée ne vaut pas la mienne. Songez à cela. Nous bâtissons sur les terrains une galerie de vente, nous démolissons ou nous aménageons les immeubles, et nous ouvrons les magasins les plus vastes de Paris, un bazar qui fera des millions.

Et il laissa échapper ce cri du cœur :

– Ah ! si je pouvais me passer de vous !... Mais vous tenez tout, maintenant. Et puis, je n'aurais jamais les avances nécessaires... Voyons, il faut nous entendre, ce serait un meurtre.

– Comme vous y allez, cher monsieur ! se contenta de répondre le baron Hartmann. Quelle imagination !

Il hochait la tête, il continuait de sourire, décidé à ne pas rendre confidence pour confidence. Le projet du Crédit immobilier était de créer, sur la rue du 10-Décembre, une concurrence au Grand-Hôtel, un établissement luxueux, dont la situation centrale attirerait les étrangers. D'ailleurs, comme l'hôtel devait occuper seulement les terrains en bordure, le baron aurait pu quand même accueillir l'idée de Mouret, traiter pour le reste du pâté de maisons, d'une superficie très vaste encore. Mais il avait déjà commandité deux amis d'Henriette, il se lassait un peu de son faste de protecteur complaisant. Puis, malgré sa passion de l'activité, qui lui faisait ouvrir sa bourse à tous les garçons d'intelligence et de courage, le coup de génie commercial de Mouret l'étonnait plus qu'il ne le séduisait. N'était-ce pas une opération fantaisiste et imprudente, ce magasin gigantesque ? Ne risquait-on pas une catastrophe certaine, à vouloir élargir ainsi hors de toute mesure le commerce des nouveautés ? Enfin, il ne croyait pas, il refusait.

– Sans doute, l'idée peut séduire, disait-il. Seulement, elle est d'un poète... Où prendriez-vous la clientèle pour emplir pareille cathédrale ?

Mouret le regarda un moment en silence, comme stupéfait de son refus. Était-ce possible ? un homme d'un tel flair, qui sentait l'argent à toutes les profondeurs ! Et, tout d'un coup, il eut un geste de grande éloquence, il montra ces dames dans le salon, en criant :

– La clientèle, mais la voilà !

Le soleil pâlissait, la poussière d'or rouge n'était plus qu'une lueur blonde, dont l'adieu se mourait dans la soie des tentures et les panneaux des meubles. À cette approche du crépuscule, une intimité noyait la grande pièce d'une tiède douceur. Tandis que M. de Boves et Paul de Vallagnosc causaient devant une des fenêtres, les yeux perdus au loin sur le jardin, ces dames s'étaient rapprochées, faisaient là, au milieu, un étroit cercle de jupes, d'où montaient des rires, des paroles chuchotées, des questions et des réponses ardentes, toute la passion de la femme pour la dépense et le chiffon. Elles causaient toilette, Mme de Boves racontait une robe de bal.

– D'abord, un transparent de soie mauve, et puis, là-dessus, des volants de vieil alençon, haut de trente centimètres...

– Oh ! s'il est permis ! interrompait Mme Marty. Il y a des femmes heureuses !

Le baron Hartmann, qui avait suivi le geste de Mouret, regardait ces dames, par la porte restée grande ouverte. Et il les écoutait d'une oreille, pendant que le jeune homme, enflammé du désir de le convaincre, se livrait davantage, lui expliquait le mécanisme du nouveau commerce des nouveautés. Ce commerce était basé maintenant sur le renouvellement continu et rapide du capital, qu'il s'agissait de faire passer en marchandises le plus de fois possible, dans la même année. Ainsi, cette année-là, son capital, qui était seulement de cinq cent mille francs, venait de passer quatre fois et avait ainsi produit deux millions d'affaires. Une misère, d'ailleurs, qu'on décuplerait, car il se disait certain de faire plus tard reparaître le capital quinze et vingt fois, dans certains comptoirs.

– Vous entendez, monsieur le baron, toute la mécanique est là. C'est bien simple, mais il fallait le trouver. Nous n'avons pas besoin d'un gros roulement de fonds. Notre effort unique est de nous débarrasser très vite de la marchandise achetée, pour la remplacer par d'autre, ce qui fait rendre au capital autant de fois son intérêt. De cette manière, nous pouvons nous contenter d'un petit bénéfice ; comme nos frais généraux s'élèvent au chiffre énorme de seize pour cent, et que nous ne prélevons guère sur les objets que vingt pour cent de gain, c'est donc un bénéfice de quatre pour cent au plus ; seulement, cela finira par faire des millions, lorsqu'on opérera sur des quantités de marchandises considérables et sans cesse renouvelées... Vous suivez, n'est-ce pas ? rien de plus clair.

Le baron hocha de nouveau la tête. Lui, qui avait accueilli les combinaisons les plus hardies, et dont on citait encore les témérités, lors des premiers essais de l'éclairage au gaz, restait inquiet et têtu.

– J'entends bien, répondit-il. Vous vendez bon marché pour vendre beaucoup, et vous vendez beaucoup pour vendre bon marché... Seulement, il faut vendre, et j'en reviens à ma question : à qui vendrez-vous ? comment espérez-vous entretenir une vente aussi colossale ?

Un éclat brusque de voix, venu du salon, coupa les explications de Mouret. C'était Mme Guibal qui aurait préféré les volants de vieil Alençon en tablier seulement.

– Mais, ma chère, disait Mme de Boves, le tablier en était couvert aussi. Jamais je n'ai rien vu de plus riche.

– Tiens ! vous me donnez une idée, reprenait Mme Desforges. J'ai déjà quelques mètres d'alençon... Il faut que j'en cherche pour une garniture.

Et les voix tombèrent, ne furent plus qu'un murmure. Des chiffres sonnaient, tout un marchandage fouettait les désirs, ces dames achetaient des dentelles à pleines mains.

– Eh ! dit enfin Mouret, quand il put parler, on vend ce qu'on veut, lorsqu'on sait vendre ! Notre triomphe est là.

Alors, avec sa verve provençale, en phrases chaudes qui évoquaient les images, il montra le nouveau commerce à l'œuvre. Ce fut d'abord la puissance décuplée de l'entassement, toutes les marchandises accumulées sur un point, se soutenant et se poussant ; jamais de chômage ; toujours l'article de la saison était là ; et, de comptoir en comptoir, la cliente se trouvait prise, achetait ici l'étoffe, plus loin le fil, ailleurs le manteau, s'habillait, puis tombait dans des rencontres imprévues, cédait au besoin de l'inutile et du joli. Ensuite, il célébra la marque en chiffres connus[1]. La grande révolution des nouveautés partait de cette trouvaille. Si l'ancien commerce, le petit commerce agonisait, c'était qu'il ne pouvait soutenir la lutte des bas prix, engagée par la marque. Maintenant, la concurrence avait lieu sous les yeux mêmes du public, une promenade aux étalages établissait les prix, chaque magasin baissait, se contentait du plus léger bénéfice possible ; aucune tricherie, pas de coup de fortune longtemps médité sur un tissu vendu le double de sa valeur, mais des opérations courantes, un tant pour cent régulier prélevé sur tous les articles, la fortune mise dans le bon fonctionnement d'une vente, d'autant plus large qu'elle se faisait au grand jour. N'était-ce pas une création étonnante ? Elle bouleversait le marché, elle transformait Paris, car elle était faite de la chair et du sang de la femme.

– J'ai la femme, je me fiche du reste ! dit-il dans un aveu brutal, que la passion lui arracha.

À ce cri, le baron Hartmann parut ébranlé. Son sourire perdait sa pointe ironique, il regardait le jeune homme, gagné peu à peu par sa foi, pris pour lui d'un commencement de tendresse.

– Chut ! murmura-t-il paternellement, elles vont vous entendre.

Mais ces dames parlaient maintenant toutes à la fois, tellement excitées, qu'elles ne s'écoutaient même plus entre elles. Mme de Boves achevait la description de la toilette de soirée : une tunique de soie mauve, drapée et retenue par des nœuds de dentelle ; le corsage décolleté très bas, et encore des nœuds de dentelle aux épaules.

1. **En chiffres connus :** à prix fixe et non marchandé.

– Vous verrez, disait-elle, je me fais faire un corsage pareil avec un satin...

– Moi, interrompait Mme Bourdelais, j'ai voulu du velours, oh ! une occasion !

Mme Marty demandait :

– Hein ? combien la soie ?

Puis, toutes les voix repartirent ensemble. Mme Guibal, Henriette, Blanche, mesuraient, coupaient, gâchaient. C'était un saccage d'étoffes, la mise au pillage des magasins, un appétit de luxe qui se répandait en toilettes jalousées et rêvées, un bonheur tel à être dans le chiffon, qu'elles y vivaient enfoncées, ainsi que dans l'air tiède nécessaire à leur existence.

Mouret, cependant, avait jeté un coup d'œil vers le salon. Et, en quelques phrases dites à l'oreille du baron Hartmann, comme s'il lui eût fait de ces confidences amoureuses qui se risquent parfois entre hommes, il acheva d'expliquer le mécanisme du grand commerce moderne. Alors, plus haut que les faits déjà donnés, au sommet, apparut l'exploitation de la femme. Tout y aboutissait, le capital sans cesse renouvelé, le système de l'entassement des marchandises, le bon marché qui attire, la marque en chiffres connus qui tranquillise. C'était la femme que les magasins se disputaient par la concurrence, la femme qu'ils prenaient au continuel piège de leurs occasions, après l'avoir étourdie devant leurs étalages. Ils avaient éveillé dans sa chair de nouveaux désirs, ils étaient une tentation immense, où elle succombait fatalement, cédant d'abord à des achats de bonne ménagère, puis gagnée par la coquetterie, puis dévorée. En décuplant la vente, en démocratisant le luxe, ils devenaient un terrible agent de dépense, ravageaient les ménages, travaillaient au coup de folie de la mode, toujours plus chère. Et si, chez eux, la femme était reine, adulée et flattée dans ses faiblesses, entourée de prévenances, elle y régnait en reine amoureuse, dont les sujets trafiquent, et qui paye d'une goutte de son sang chacun de ses caprices. Sous la grâce même de sa galanterie, Mouret laissait ainsi passer la brutalité d'un juif vendant de la femme à la livre : il lui élevait un temple, la faisait encenser par une légion de commis, créait le rite d'un culte nouveau ; il ne pensait qu'à elle, cherchait sans relâche à imaginer des séductions plus grandes ; et, derrière elle, quand il lui avait vidé la poche et détraqué les nerfs, il était plein du secret mépris de l'homme auquel une maîtresse vient de faire la bêtise de se donner.

– Ayez donc les femmes, dit-il tout bas au baron, en riant d'un rire hardi, vous vendrez le monde !

Maintenant, le baron comprenait. Quelques phrases avaient suffi, il devinait le reste, et une exploitation si galante l'échauffait, remuait en lui son passé de viveur. Il clignait les yeux d'un air d'intelligence, il finissait par admirer l'inventeur de cette mécanique à manger les femmes. C'était très fort. Il eut le mot de Bourdoncle, un mot que lui souffla sa vieille expérience.

– Vous savez qu'elles se rattraperont.

Mais Mouret haussa les épaules, dans un mouvement d'écrasant dédain. Toutes lui appartenaient, étaient sa chose, et il n'était à aucune. Quand il aurait tiré d'elles sa fortune et son plaisir, il les jetterait en tas à la borne, pour ceux qui pourraient encore y trouver leur vie. C'était un dédain raisonné de Méridional et de spéculateur.

– Eh bien ! cher monsieur, demanda-t-il pour conclure, voulez-vous être avec moi ? L'affaire des terrains vous semble-t-elle possible ?

Le baron, à demi conquis, hésitait pourtant à s'engager de la sorte. Un doute restait au fond du charme qui opérait peu à peu sur lui. Il allait répondre d'une façon évasive, lorsqu'un appel pressant de ces dames lui évita cette peine. Des voix répétaient, au milieu de légers rires :

– Monsieur Mouret ! monsieur Mouret !

Et comme celui-ci, contrarié d'être interrompu, feignait de ne pas entendre, Mme de Boves, debout depuis un moment, vint jusqu'à la porte du petit salon.

– On vous réclame, monsieur Mouret... Ce n'est guère galant de vous enterrer dans les coins pour causer d'affaires.

Alors, il se décida, et avec une bonne grâce apparente, un air de ravissement, dont le baron fut émerveillé. Tous deux se levèrent, passèrent dans le grand salon.

– Mais je suis à votre disposition, mesdames, dit-il en entrant, le sourire aux lèvres.

Un brouhaha de triomphe l'accueillit. Il dut s'avancer davantage, ces dames lui firent place au milieu d'elles. Le soleil venait de se coucher derrière les arbres du jardin, le jour tombait, une ombre fine noyait peu à peu la vaste pièce. C'était l'heure attendrie du crépuscule, cette minute de discrète volupté, dans les appartements parisiens, entre la clarté de la rue qui se meurt et les lampes qu'on allume encore à l'office. M. de Boves et Vallagnosc, toujours debout devant la fenêtre, jetaient sur le tapis une nappe d'ombre ; tandis que, immobile dans le dernier coup de lumière qui venait de l'autre fenêtre, M. Marty, entré discrètement depuis quelques minutes, mettait son profil pauvre, une redingote étriquée et propre, un visage blêmi par le professorat, et que la conversation de ces dames sur la toilette achevait de bouleverser.

– Est-ce toujours pour lundi prochain, cette mise en vente ? demandait justement Mme Marty.

– Mais sans doute, madame, répondit Mouret d'une voix de flûte, une voix d'acteur qu'il prenait, quand il parlait aux femmes.

Henriette alors intervint.

– Vous savez que nous irons toutes... On dit que vous préparez des merveilles.

– Oh ! des merveilles ! murmura-t-il d'un air de fatuité modeste, je tâche simplement d'être digne de vos suffrages.

Mais elles le pressaient de questions. Mme Bourdelais, Mme Guibal, Blanche elle-même, voulaient savoir.

– Voyons, donnez-nous des détails, répétait Mme de Boves avec insistance. Vous nous faites mourir.

Et elles l'entouraient, lorsque Henriette remarqua qu'il n'avait seulement pas pris une tasse de thé. Alors, ce fut une désolation ; quatre d'entre elles se mirent à le servir, mais à la condition qu'il répondrait ensuite. Henriette versait, Mme Marty tenait la tasse, pendant que Mme de Boves et Mme Bourdelais se disputaient l'honneur de le sucrer. Puis, quand il eut refusé de s'asseoir, et qu'il commença à boire son thé lentement, debout au milieu d'elles, toutes se rapprochèrent, l'emprisonnèrent du cercle étroit de leurs jupes. La tête levée, les regards luisants, elles lui souriaient.

– Votre soie, votre Paris-Bonheur, dont tous les journaux parlent ? reprit Mme Marty, impatiente.

– Oh ! répondit-il, un article extraordinaire, une faille à gros grain, souple, solide... Vous la verrez, mesdames. Et vous ne la trouverez que chez nous, car nous en avons acheté la propriété exclusive.

– Vraiment ! une belle soie à cinq francs soixante ! dit Mme Bourdelais enthousiasmée. C'est à ne pas croire.

Cette soie, depuis que les réclames étaient lancées, occupait dans leur vie quotidienne une place considérable. Elles en causaient, elles se la promettaient, travaillées de désir et de doute. Et, sous la curiosité bavarde dont elles accablaient le jeune homme, apparaissaient leurs tempéraments particuliers d'acheteuses : Mme Marty, emportée par sa rage de dépense, prenant tout au *Bonheur des Dames*, sans choix, au hasard des étalages ; Mme Guibal, s'y promenant des heures sans jamais faire une emplette, heureuse et satisfaite de donner un simple régal à ses yeux ; Mme de Boves, serrée d'argent, toujours torturée d'une envie trop grosse, gardant rancune aux marchandises, qu'elle ne pouvait emporter ; Mme Bourdelais, d'un flair de bourgeoise sage et pratique, allant droit aux occasions, usant des grands magasins avec une telle adresse de bonne ménagère, exempte de fièvre, qu'elle y réalisait de fortes économies ; Henriette enfin, qui, très élégante, y achetait seulement certains articles, ses gants, de la bonneterie, tout le gros linge.

– Nous avons d'autres étoffes étonnantes de bon marché et de richesse, continuait Mouret de sa voix chantante. Ainsi, je vous recommande notre Cuir-d'Or, un taffetas d'un brillant incomparable... Dans les soies de fantaisie, il y a des dispositions charmantes, des dessins choisis entre mille par notre acheteur ; et, comme velours, vous trouverez la plus riche collection de nuances... Je vous avertis qu'on portera beaucoup de drap cette année. Vous verrez nos matelassés, nos cheviottes...

Elles ne l'interrompaient plus, elles resserraient encore leur cercle, la bouche entrouverte par un vague sourire, le visage rapproché et tendu, comme dans un élancement de tout leur être vers le tentateur. Leurs yeux pâlissaient, un léger frisson courait sur leurs nuques. Et lui gardait son calme de conquérant, au milieu des odeurs troublantes qui montaient de leurs chevelures. Il continuait à boire, entre chaque phrase, une petite gorgée de thé, dont le parfum attiédissait ces odeurs plus âpres, où il y avait une pointe de fauve. Devant une séduction si maîtresse d'elle-même, assez forte pour jouer ainsi de la femme, sans se prendre aux ivresses qu'elle exhale, le baron Hartmann, qui ne le quittait pas du regard, sentait son admiration grandir.

– Alors, on portera du drap ? reprit Mme Marty, dont le visage ravagé s'embellissait de passion coquette. Il faudra que je voie.

Mme Bourdelais, qui gardait son œil clair, dit à son tour :

– N'est-ce pas ? la vente des coupons est le jeudi, chez vous... J'attendrai, j'ai tout mon petit monde à vêtir.

Et, tournant sa fine tête blonde vers la maîtresse de la maison :

– Toi, c'est toujours Sauveur qui t'habille ?

– Mon Dieu ! oui, répondit Henriette, Sauveur est très chère, mais il n'y a qu'elle à Paris qui sache faire un corsage... Et puis, M. Mouret a beau dire, elle a les plus jolis dessins, des dessins qu'on ne voit nulle part. Moi, je ne peux pas souffrir de retrouver ma robe sur les épaules de toutes les femmes.

Mouret eut d'abord un sourire discret. Ensuite, il laissa entendre que Mme Sauveur achetait chez lui ses étoffes ; sans doute, elle prenait directement chez les fabricants certains dessins, dont elle s'assurait la propriété ; mais, pour les soieries noires, par exemple, elle guettait les occasions du *Bonheur des Dames*, faisait des provisions considérables, qu'elle écoulait en doublant et en triplant les prix.

– Ainsi, je suis bien certain que des gens à elle vont nous enlever notre Paris-Bonheur. Pourquoi voulez-vous qu'elle aille payer cette soie en fabrique plus cher qu'elle ne la paiera chez nous ?... Ma parole d'honneur ! nous la donnons à perte.

Ce fut le dernier coup porté à ces dames. Cette idée d'avoir de la marchandise à perte fouettait en elles l'âpreté de la femme, dont la jouissance d'acheteuse est doublée, quand elle croit voler le marchand. Il les savait incapables de résister au bon marché.

– Mais nous vendons tout pour rien ! cria-t-il gaiement, en prenant derrière lui l'éventail de Mme Desforges, resté sur le guéridon. Tenez ! voici cet éventail... Vous dites qu'il a coûté ?

– Le chantilly vingt-cinq francs, et la monture deux cents, dit Henriette.

– Eh bien ! le chantilly n'est pas cher. Pourtant, nous avons le même à dix-huit francs... Quant à la monture, chère madame, c'est un vol abominable. Je n'oserais vendre la pareille plus de quatre-vingt-dix francs.

– Je le disais bien ! cria Mme Bourdelais.

– Quatre-vingt-dix francs ! murmura Mme de Boves, il faut vraiment ne pas avoir un sou pour s'en passer.

Elle avait repris l'éventail, l'examinait de nouveau avec sa fille Blanche ; et, sur sa grande face régulière, dans ses larges yeux dormants, montait l'envie contenue et désespérée du caprice qu'elle ne pourrait contenter. Puis, une seconde fois, l'éventail fit le tour de ces dames, au milieu des remarques et des exclamations. M. de Boves et Vallagnosc, cependant, avaient quitté la fenêtre. Tandis que le premier revenait se placer derrière Mme Guibal, dont il fouillait du regard le corsage, de son air correct et supérieur, le jeune homme se penchait vers Blanche, en tâchant de trouver un mot aimable.

– C'est un peu triste, n'est-ce pas ? mademoiselle, cette monture blanche avec cette dentelle noire.

– Oh ! moi, répondit-elle toute grave, sans qu'une rougeur colorât sa figure soufflée, j'en ai vu un en nacre et plumes blanches. Quelque chose de virginal !

M. de Boves, qui avait surpris sans doute le regard navré dont sa femme suivait l'éventail, dit enfin son mot dans la conversation.

– Ça se casse tout de suite, ces petites machines.

– Ne m'en parlez pas ! déclara Mme Guibal avec sa moue de belle rousse, jouant l'indifférence. Je suis lasse de faire recoller les miens.

Depuis un instant, Mme Marty, très excitée par la conversation, retournait fiévreusement son sac de cuir rouge sur ses genoux. Elle n'avait pu encore montrer ses achats, elle brûlait de les étaler, dans une sorte de besoin sensuel. Et, brusquement, elle oublia son mari, elle ouvrit le sac, sortit quelques mètres d'une étroite dentelle roulée autour d'un carton.

– C'est cette valenciennes pour ma fille, dit-elle. Elle a trois centimètres, et délicieuse, n'est-ce pas ?... Un franc quatre-vingt-dix.

La dentelle passa de main en main. Ces dames se récriaient. Mouret affirma qu'il vendait ces petites garnitures au prix de fabrique. Pourtant, Mme Marty avait refermé le sac, comme pour y cacher des choses qu'on ne montre pas. Mais, devant le succès de la valenciennes, elle ne put résister à l'envie d'en tirer encore un mouchoir.

– Il y avait aussi ce mouchoir... De l'application de Bruxelles[1], ma chère... Oh ! une trouvaille ! Vingt francs !

Et, dès lors, le sac devint inépuisable. Elle rougissait de plaisir, une pudeur de femme qui se déshabille la rendait charmante et embarrassée, à chaque article nouveau qu'elle sortait. C'était une cravate en blonde espagnole[2] de trente francs ; elle n'en voulait pas, mais le commis lui avait juré qu'elle tenait la dernière et qu'on allait les augmenter. C'était ensuite une voilette en chantilly : un peu chère, cinquante francs ; si elle ne la portait pas, elle en ferait quelque chose pour sa fille.

1. **Application de Bruxelles :** étoffe ornée de dentelle de Bruxelles.
2. **Blonde espagnole :** dentelle écrue, légère, originellement fabriquée en Espagne.

– Mon Dieu ! les dentelles, c'est si joli ! répétait-elle avec son sourire nerveux. Moi, quand je suis là-dedans, j'achèterais le magasin.

– Et ceci ? lui demanda Mme de Boves en examinant un coupon de guipure[1].

– Ça, répondit-elle, c'est un entre-deux[2]... Il y en a vingt-six mètres. Un franc le mètre, comprenez-vous !

– Tiens ! dit Mme Bourdelais surprise, que voulez-vous donc en faire ?

– Ma foi, je ne sais pas... Mais elle était si drôle de dessin !

À ce moment, comme elle levait les yeux, elle aperçut en face d'elle son mari terrifié. Il avait blêmi davantage, toute sa personne exprimait l'angoisse résignée d'un pauvre homme, qui assiste à la débâcle de ses appointements, si chèrement gagnés. Chaque nouveau bout de dentelle était pour lui un désastre, d'amères journées de professorat englouties, des courses au cachet dans la boue dévorées, l'effort continu de sa vie aboutissant à une gêne secrète, à l'enfer d'un ménage nécessiteux. Devant l'effarement croissant de son regard, elle voulut rattraper le mouchoir, la voilette, la cravate ; et elle promenait ses mains fiévreuses, elle répétait avec des rires gênés :

– Vous allez me faire gronder par mon mari... Je t'assure, mon ami, que j'ai été encore très raisonnable ; car il y avait une grande pointe de cinq cents francs, oh ! merveilleuse !

– Pourquoi ne l'avez-vous pas achetée ? dit tranquillement Mme Guibal. M. Marty est le plus galant des hommes.

Le professeur dut s'incliner, en déclarant que sa femme était bien libre. Mais, à l'idée du danger de cette grande pointe, un froid de glace lui avait coulé dans le dos ; et, comme Mouret affirmait justement que les nouveaux magasins augmentaient le bien-être des ménages de la bourgeoisie moyenne, il lui lança un terrible regard, l'éclair de haine d'un timide qui n'ose étrangler les gens.

D'ailleurs, ces dames n'avaient pas lâché les dentelles. Elles s'en grisaient. Les pièces se déroulaient, allaient et revenaient de l'une à l'autre, les rapprochant encore, les liant de fils légers. C'était, sur leurs genoux, la caresse d'un tissu miraculeux de finesse, où leurs mains coupables s'attardaient. Et elles emprisonnaient Mouret plus étroitement, elles l'accablaient de nouvelles questions. Comme le

1. **Guipure :** dentelle très ajourée.

2. **Entre-deux :** bande de dentelle coupant un tissu.

jour continuait de baisser, il devait par moments pencher la tête, effleurer de sa barbe leurs chevelures, pour examiner un point, indiquer un dessin. Mais, dans cette volupté molle du crépuscule, au milieu de l'odeur échauffée de leurs épaules, il demeurait quand même leur maître, sous le ravissement qu'il affectait. Il était femme, elles se sentaient pénétrées et possédées par ce sens délicat qu'il avait de leur être secret, et elles s'abandonnaient, séduites ; tandis que lui, certain dès lors de les avoir à sa merci, apparaissait, trônant brutalement au-dessus d'elles, comme le roi despotique du chiffon.

– Oh ! monsieur Mouret ! monsieur Mouret ! balbutiaient des voix chuchotantes et pâmées, au fond des ténèbres du salon.

Les blancheurs mourantes du ciel s'éteignaient dans les cuivres des meubles. Seules les dentelles gardaient un reflet de neige sur les genoux sombres de ces dames, dont le groupe confus semblait mettre autour du jeune homme de vagues agenouillements de dévotes. Une dernière clarté luisait au flanc de la théière, une lueur courte et vive de veilleuse, qui aurait brûlé dans une alcôve attiédie par le parfum du thé. Mais, tout d'un coup, le domestique entra avec deux lampes, et le charme fut rompu. Le salon s'éveilla, clair et gai. Mme Marty replaçait les dentelles au fond de son petit sac ; Mme de Boves mangeait encore un baba, pendant qu'Henriette, qui s'était levée, causait à demi-voix avec le baron, dans l'embrasure d'une fenêtre.

– Il est charmant, dit le baron.

– N'est-ce pas ? laissa-t-elle échapper, dans un cri involontaire de femme amoureuse.

Il sourit, il la regarda avec une indulgence paternelle. C'était la première fois qu'il la sentait conquise à ce point ; et, trop supérieur pour en souffrir, il éprouvait seulement une compassion, à la voir aux mains de ce gaillard si tendre et si parfaitement froid. Alors, il crut devoir la prévenir, il murmura sur un ton de plaisanterie :

– Prenez garde, ma chère, il vous mangera toutes.

Une flamme de jalousie éclaira les beaux yeux d'Henriette. Elle devinait sans doute que Mouret s'était simplement servi d'elle pour se rapprocher du baron. Et elle jurait de le rendre fou de tendresse, lui dont l'amour d'homme pressé avait le charme facile d'une chanson jetée à tous les vents.

– Oh ! répondit-elle, en affectant de plaisanter à son tour, c'est toujours l'agneau qui finit par manger le loup.

Alors, très intéressé, le baron l'encouragea d'un signe de tête. Elle était peut-être la femme qui devait venir et qui vengerait les autres.

Lorsque Mouret, après avoir répété à Vallagnosc qu'il voulait lui montrer sa machine en branle, se fut approché pour dire adieu, le baron le retint dans l'embrasure de la fenêtre, en face du jardin noir de ténèbres. Il cédait enfin à la séduction, la foi lui était venue, en le voyant au milieu de ces dames. Tous deux causèrent un instant à voix basse. Puis, le banquier déclara :

– Eh bien ! j'examinerai l'affaire... Elle est conclue, si votre vente de lundi prend l'importance que vous dites.

Ils se serrèrent la main, et Mouret, l'air ravi, se retira, car il dînait mal, quand il n'allait pas, le soir, jeter un coup d'œil sur la recette du *Bonheur des Dames.*

IV

CE LUNDI-LÀ, le 10 octobre, un clair soleil de victoire perça les nuées grises, qui depuis une semaine assombrissaient Paris. Toute la nuit encore, il avait bruiné, une poussière d'eau dont l'humidité salissait les rues ; mais, au petit jour, sous les haleines vives qui emportaient les nuages, les trottoirs s'étaient essuyés ; et le ciel bleu avait une gaieté limpide de printemps.

Aussi, le *Bonheur des Dames*, dès huit heures, flambait-il aux rayons de ce clair soleil, dans la gloire de sa grande mise en vente des nouveautés d'hiver. Des drapeaux flottaient à la porte, des pièces de lainage battaient l'air frais du matin, animant la place Gaillon d'un vacarme de fête foraine ; tandis que, sur les deux rues, les vitrines développaient des symphonies d'étalages, dont la netteté des glaces avivait encore les tons éclatants. C'était comme une débauche de couleurs, une joie de la rue qui crevait là, tout un coin de consommation largement ouvert, et où chacun pouvait aller se réjouir les yeux.

Mais, à cette heure, il entrait peu de monde, quelques rares clientes affairées, des ménagères du voisinage, des femmes désireuses d'éviter l'écrasement de l'après-midi. Derrière les étoffes qui le pavoisaient, on sentait le magasin vide, sous les armes et attendant la pratique[1], avec ses parquets cirés, ses comptoirs débordant de marchandises. La foule pressée du matin donnait à peine un coup d'œil aux vitrines, sans ralentir le pas. Rue Neuve-Saint-Augustin et place Gaillon, où les voitures devaient se ranger, il n'y avait encore, à neuf heures, que deux fiacres. Seuls les habitants du quartier, les petits commerçants surtout, remués par un tel déploiement de banderoles et de panaches, formaient des groupes, sous les portes, aux coins des trottoirs, le nez levé, pleins de remarques amères. Ce qui les indignait, c'était, rue de la Michodière, devant le bureau du départ, une des quatre voitures que Mouret venait de lancer dans Paris : des voitures à fond vert, rechampies[2] de jaune et de rouge, et dont les panneaux fortement vernis prenaient au soleil des éclats d'or et de pourpre. Celle-là, avec son bariolage tout neuf, écartelée du nom de la maison sur chacune de ses faces, et surmontée en outre d'une pancarte où la mise en vente du jour était annoncée, finit par s'éloigner au trot d'un cheval superbe, lorsqu'on eut achevé de l'emplir des paquets restés de la veille ; et, jusqu'au boulevard, Baudu, qui blêmissait sur le seuil du *Vieil Elbeuf*, la regarda rouler, promenant à travers la ville ce nom détesté du *Bonheur des Dames*, dans un rayonnement d'astre.

Cependant, quelques fiacres arrivaient et prenaient la file. Chaque fois qu'une cliente se présentait, il y avait un mouvement parmi les garçons de magasin, rangés sous la haute porte, habillés d'une livrée, l'habit et le pantalon vert clair, le gilet rayé jaune et rouge. Et l'inspecteur Jouve, l'ancien capitaine retraité, était là, en redingote et en cravate blanche, avec sa décoration, comme une enseigne de vieille probité, accueillant les dames d'un air gravement poli, se penchant vers elles pour leur indiquer les rayons. Puis, elles disparaissaient dans le vestibule, changé en un salon oriental.

Dès la porte, c'était ainsi un émerveillement, une surprise qui, toutes, les ravissait. Mouret avait eu cette idée. Le premier, il venait d'acheter dans le Levant, à des conditions excellentes, une collection de tapis anciens et de tapis neufs, de ces tapis rares que, seuls, les marchands de curiosités vendaient jusque-là, très cher ; et il allait en inonder le marché, il les cédait presque à prix coûtant, en tirait

1. **Pratique :** clientèle.
2. **Rechampies :** dont les ornements se détachent sur le fond.

simplement un décor splendide, qui devait attirer chez lui la haute clientèle de l'art. Du milieu de la place Gaillon, on apercevait ce salon oriental, fait uniquement de tapis et de portières[1], que des garçons avaient accrochés sous ses ordres. D'abord, au plafond, étaient tendus des tapis de Smyrne, dont les dessins compliqués se détachaient sur des fonds rouges. Puis, des quatre côtés, pendaient des portières : les portières de Karamanie et de Syrie, zébrées de vert, de jaune et de vermillon ; les portières de Diarbékir, plus communes, rudes à la main, comme des sayons[2] de berger ; et encore des tapis pouvant servir de tentures, les longs tapis d'Ispahan, de Téhéran et de Kermancha, les tapis plus larges de Schoumaka et de Madras, floraison étrange de pivoines et de palmes, fantaisie lâchée dans le jardin du rêve. À terre, les tapis recommençaient, une jonchée de toisons grasses : il y avait, au centre, un tapis d'Agra, une pièce extraordinaire à fond blanc et à large bordure bleu tendre, où couraient des ornements violâtres, d'une imagination exquise ; partout, ensuite, s'étalaient des merveilles, les tapis de la Mecque aux reflets de velours, les tapis de prière du Daghestan à la pointe symbolique, les tapis du Kurdistan, semés de fleurs épanouies ; enfin, dans un coin, un écroulement à bon marché, des tapis de Gheurdès, de Coula et de Kircheer, en tas, depuis quinze francs. Cette tente de pacha somptueux était meublée de fauteuils et de divans, faits avec des sacs de chameau, les uns coupés de losanges bariolés, les autres plantés de roses naïves. La Turquie, l'Arabie, la Perse, les Indes étaient là. On avait vidé les palais, dévalisé les mosquées et les bazars. L'or fauve dominait, dans l'effacement des tapis anciens, dont les teintes fanées gardaient une chaleur sombre, un fondu de fournaise éteinte, d'une belle couleur cuite de vieux maître[3]. Et des visions d'Orient flottaient sous le luxe de cet art barbare, au milieu de l'odeur forte que les vieilles laines avaient gardée du pays de la vermine et du soleil.

Le matin, à huit heures, lorsque Denise, qui allait justement débuter ce lundi-là, avait traversé le salon oriental, elle était restée saisie, ne reconnaissant plus l'entrée du magasin, achevant de se troubler

1. **Portières :** tentures masquant une porte.
2. **Sayons :** vêtements de dessus.
3. **Vieux maître :** peintre renommé.

dans ce décor de harem, planté à la porte. Un garçon l'ayant conduite sous les combles et remise entre les mains de Mme Cabin, chargée du nettoyage et de la surveillance des chambres, celle-ci l'installa au numéro 7, où l'on avait déjà monté sa malle. C'était une étroite cellule mansardée, ouvrant sur le toit par une fenêtre à tabatière[1], meublée d'un petit lit, d'une armoire de noyer, d'une table de toilette et de deux chaises. Vingt chambres pareilles s'alignaient le long d'un corridor de couvent, peint en jaune ; et, sur les trente-cinq demoiselles de la maison, les vingt qui n'avaient pas de famille à Paris couchaient là, tandis que les quinze autres logeaient au-dehors, quelques-unes chez des tantes ou des cousines d'emprunt. Tout de suite, Denise ôta la mince robe de laine, usée par la brosse, raccommodée aux manches, la seule qu'elle eût apportée de Valognes. Puis, elle passa l'uniforme de son rayon, une robe de soie noire, qu'on avait retouchée pour elle, et qui l'attendait sur le lit. Cette robe était encore un peu grande, trop large aux épaules. Mais elle se hâtait tellement, dans son émotion, qu'elle ne s'arrêta point à ces détails de coquetterie.

Jamais elle n'avait porté de la soie. Quand elle redescendit, endimanchée, mal à l'aise, elle regardait luire la jupe, elle éprouvait une honte aux bruissements tapageurs de l'étoffe.

En bas, comme elle entrait au rayon, une querelle éclatait. Elle entendit Clara dire d'une voix aiguë :

– Madame, je suis arrivée avant elle.

– Ce n'est pas vrai, répondait Marguerite. Elle m'a bousculée à la porte, mais j'avais déjà mis le pied dans le salon.

Il s'agissait de l'inscription au tableau de ligne, qui réglait les tours de vente. Les vendeuses s'inscrivaient sur une ardoise, dans leur ordre d'arrivée ; et, chaque fois qu'une d'elles avait eu une cliente, elle remettait son nom à la queue. Mme Aurélie finit par donner raison à Marguerite.

– Toujours des injustices ! murmura furieusement Clara.

Mais l'entrée de Denise réconcilia ces demoiselles. Elles la regardèrent, puis se sourirent. Pouvait-on se fagoter de la sorte ! La jeune fille alla gauchement s'inscrire au tableau de ligne, où elle se trouvait la dernière. Cependant, Mme Aurélie l'examinait avec une moue inquiète. Elle ne put s'empêcher de dire :

---

1. **Fenêtre à tabatière :** fenêtre à charnière.

– Ma chère, deux comme vous tiendraient dans votre robe. Il faudra la faire rétrécir... Et puis, vous ne savez pas vous habiller. Venez donc, que je vous arrange un peu.

Et elle l'emmena devant une des hautes glaces, qui alternaient avec les portes pleines des armoires, où étaient serrées les confections. La vaste pièce, entourée de ces glaces et de ces boiseries de chêne sculpté, garnie d'une moquette rouge à grands ramages, ressemblait au salon banal d'un hôtel, que traverse un continuel galop de passants. Ces demoiselles complétaient la ressemblance, vêtues de leur soie réglementaire, promenant leurs grâces marchandes, sans jamais s'asseoir sur la douzaine de chaises réservées aux clientes seules. Toutes avaient, entre deux boutonnières du corsage, comme piqué dans la poitrine, un grand crayon qui se dressait, la pointe en l'air ; et l'on apercevait, sortant à demi d'une poche, la tache blanche du cahier de notes de débit. Plusieurs risquaient des bijoux, des bagues, des broches, des chaînes ; mais leur coquetterie, le luxe dont elles luttaient, dans l'uniformité imposée de leur toilette, était leurs cheveux nus, des cheveux débordants, augmentés de nattes et de chignons quand ils ne suffisaient pas, peignés, frisés, étalés.

– Tirez donc la ceinture par-devant, répétait Mme Aurélie. Là, vous n'avez plus de bosse dans le dos, au moins... Et vos cheveux, est-il possible de les massacrer ainsi ! Ils seraient superbes, si vous vouliez.

C'était, en effet, la seule beauté de Denise. D'un blond cendré, ils lui tombaient jusqu'aux chevilles ; et, quand elle se coiffait, ils la gênaient, au point qu'elle se contentait de les rouler et de les retenir en un tas, sous les fortes dents d'un peigne de corne. Clara, très ennuyée par ces cheveux, affectait d'en rire, tellement ils étaient noués de travers, dans leur grâce sauvage.

Elle avait appelé d'un signe une vendeuse du rayon de la lingerie, une fille à figure large, l'air agréable. Les deux rayons, qui se touchaient, étaient en continuelle hostilité ; mais ces demoiselles s'entendaient parfois pour se moquer des gens.

– Mademoiselle Cugnot, voyez donc cette crinière, répétait Clara, que Marguerite poussait du coude, en feignant aussi d'étouffer de rire.

Seulement, la lingère n'était pas en train de plaisanter. Elle regardait Denise depuis un instant, elle se rappelait ce qu'elle avait souffert elle-même, les premiers mois, dans son rayon.

– Eh bien ! quoi ? dit-elle. Toutes n'en ont pas, de ces crinières !

Et elle retourna à la lingerie, laissant les deux autres gênées. Denise, qui avait entendu, la suivit d'un regard de remerciement, tandis que Mme Aurélie lui remettait un cahier de notes de débit à son nom, en disant :

– Allons, demain, vous vous arrangerez mieux... Et, maintenant, tâchez de prendre les habitudes de la maison, attendez votre tour de vente. La journée d'aujourd'hui sera dure, on va pouvoir juger ce dont vous êtes capable.

Cependant, le rayon restait désert, peu de clientes montaient aux confections, à cette heure matinale. Ces demoiselles se ménageaient, droites et lentes, pour se préparer aux fatigues de l'après-midi. Alors, Denise, intimidée par la pensée qu'elles guettaient son début, tailla son crayon, afin d'avoir une contenance ; puis, imitant les autres, elle se l'enfonça dans la poitrine, entre deux boutonnières. Elle s'exhortait au courage, il fallait qu'elle conquît sa place. La veille, on lui avait dit qu'elle entrait au pair, c'est-à-dire sans appointements fixes ; elle aurait uniquement le tant pour cent et la guelte sur les ventes qu'elle ferait. Mais elle espérait bien arriver ainsi à douze cents francs, car elle savait que les bonnes vendeuses allaient jusqu'à deux mille, quand elles prenaient de la peine. Son budget était réglé, cent francs par mois lui permettaient de payer la pension de Pépé et d'entretenir Jean, qui ne touchait pas un sou ; elle-même pourrait acheter quelques vêtements et du linge. Seulement, pour atteindre ce gros chiffre, elle devait se montrer travailleuse et forte, ne pas se chagriner des mauvaises volontés autour d'elle, se battre et arracher sa part aux camarades, s'il le fallait. Comme elle s'excitait ainsi à la lutte, un grand jeune homme qui passait devant le rayon, lui sourit ; et, lorsqu'elle eut reconnu Deloche, entré de la veille au rayon des dentelles, elle lui rendit son sourire, heureuse de cette amitié qu'elle retrouvait, voyant dans ce salut un bon présage.

À neuf heures et demie, une cloche avait sonné le déjeuner de la première table. Puis, une nouvelle volée appela la deuxième. Et les clientes ne venaient toujours pas. La seconde, Mme Frédéric, qui, dans sa rigidité maussade de veuve, se plaisait aux idées de désastre, jurait en phrases brèves, que la journée était perdue : on ne verrait pas quatre chats, on pouvait fermer les armoires et s'en aller ; prédiction qui assombrissait la face plate de Marguerite, très âpre au gain, tandis que Clara, avec ses allures de cheval échappé, rêvait déjà d'une partie au bois de Verrières, si la maison croulait. Quant à Mme Aurélie, muette, grave, elle promenait son masque de César à travers le vide du rayon, en général qui a une responsabilité dans la victoire et la défaite.

Vers onze heures, quelques dames se présentèrent. Le tour de vente de Denise arrivait. Justement, une cliente fut signalée.

– La grosse de province, vous savez, murmura Marguerite.

C'était une femme de quarante-cinq ans, qui débarquait de loin en loin à Paris, du fond d'un département perdu. Là-bas, pendant des mois, elle mettait des sous de côté ; puis, à peine descendue de wagon, elle tombait au *Bonheur des Dames*, elle dépensait tout. Rarement, elle demandait par lettre, car elle voulait voir, avait la joie de toucher la marchandise, faisait jusqu'à des provisions d'aiguilles, qui, disait-elle, coûtaient les yeux de la tête, dans sa petite ville. Tout le magasin la connaissait, savait qu'elle se nommait Mme Boutarel et qu'elle habitait Albi, sans s'inquiéter du reste, ni de sa situation, ni de son existence.

– Vous allez bien, madame ? demandait gracieusement Mme Aurélie qui s'était avancée. Et que désirez-vous ? On est à vous tout de suite.

Puis, se tournant :

– Mesdemoiselles !

Denise s'approchait, mais Clara s'était précipitée. D'habitude, elle se montrait paresseuse à la vente, se moquant de l'argent, en gagnant davantage au-dehors, et sans fatigue.

Seulement, l'idée de souffler une bonne cliente à la nouvelle venue, l'éperonnait.

– Pardon, c'est mon tour, dit Denise révoltée.

Mme Aurélie l'écarta d'un regard sévère, en murmurant :

– Il n'y a pas de tour, je suis la seule maîtresse ici... Attendez de savoir, pour servir les clientes connues.

La jeune fille recula ; et, comme des larmes lui montaient aux yeux, elle voulut cacher cet excès de sensibilité, elle tourna le dos, debout devant les glaces sans tain, feignant de regarder dans la rue. Allait-on l'empêcher de vendre ? Toutes s'entendraient-elles, pour lui enlever ainsi les ventes sérieuses ? La peur de l'avenir la prenait, elle se sentait écrasée entre tant d'intérêts lâchés. Cédant à l'amertume de son abandon, le front contre la glace froide, elle regardait en face le *Vieil Elbeuf*, elle songeait qu'elle aurait dû supplier son oncle de la garder ;

peut-être lui-même désirait-il revenir sur sa décision, car il lui avait semblé bien ému, la veille. Maintenant, elle était toute seule, dans cette maison vaste, où personne ne l'aimait, où elle se trouvait blessée et perdue ; Pépé et Jean vivaient chez des étrangers, eux qui n'avaient jamais quitté ses jupes ; c'était un arrachement, et les deux grosses larmes qu'elle retenait faisaient danser la rue dans un brouillard.

Derrière elle, pendant ce temps, bourdonnaient des voix :

– Celui-ci m'engonce, disait Mme Boutarel.

– Madame a tort, répétait Clara. Les épaules vont à la perfection... À moins que madame ne préfère une pelisse[1] à un manteau.

Mais Denise tressaillit. Une main s'était posée sur son bras, Mme Aurélie l'interpellait avec sévérité.

– Eh bien ! vous ne faites rien maintenant, vous regardez passer le monde ?... Oh ! ça ne peut pas marcher comme ça !

– Puisqu'on m'empêche de vendre, madame.

– Il y a d'autre ouvrage pour vous, mademoiselle. Commencez par le commencement... Faites le déplié[2].

Afin de contenter quelques clientes qui étaient venues, on avait dû bouleverser déjà les armoires ; et, sur les deux longues tables de chêne, à gauche et à droite du salon, traînait un fouillis de manteaux, de pelisses, de rotondes, des vêtements de toutes les tailles et de toutes les étoffes. Sans répondre, Denise se mit à les trier, à les plier avec soin et à les classer de nouveau dans les armoires. C'était la besogne inférieure des débutantes. Elle ne protestait plus, sachant qu'on exigeait une obéissance passive, attendant que la première voulût bien la laisser vendre, ainsi qu'elle semblait d'abord en avoir l'intention. Et elle pliait toujours, lorsque Mouret parut. Ce fut pour elle une secousse ; elle rougit, elle se sentit reprise de son étrange peur, en croyant qu'il allait lui parler. Mais il ne la voyait seulement pas, il ne se rappelait plus cette petite fille, que l'impression charmante d'une minute lui avait fait appuyer.

– Madame Aurélie ! appela-t-il d'une voix brève.

Il était légèrement pâle, les yeux clairs et résolus pourtant. En faisant le tour des rayons, il venait de les trouver vides, et la possibilité

1. **Pelisse :** manteau doublé de fourrure.
2. **Déplié :** opération consistant à replier et à ranger les vêtements auparavant dépliés pour être présentés aux clientes.

d'une défaite s'était brusquement dressée, dans sa foi entêtée à la fortune. Sans doute, onze heures sonnaient à peine ; il savait par expérience que la foule n'arrivait guère que l'après-midi. Seulement, certains symptômes l'inquiétaient : aux autres mises en vente, un mouvement se produisait dès le matin ; puis, il ne voyait même pas de femmes en cheveux[1], les clientes du quartier, qui descendaient chez lui en voisines. Comme tous les grands capitaines, au moment de livrer sa bataille, une faiblesse superstitieuse l'avait pris, malgré sa carrure habituelle d'homme d'action. Ça ne marcherait pas, il était perdu, et il n'aurait pu dire pourquoi ; il croyait lire sa défaite sur les visages mêmes des dames qui passaient.

Justement, Mme Bouratel, elle qui achetait toujours, s'en allait en disant :

– Non, vous n'avez rien qui me plaise... Je verrai, je me déciderai.

Mouret la regarda partir. Et, comme Mme Aurélie accourait à son appel, il l'emmena à l'écart ; tous deux échangèrent quelques mots rapides. Elle eut un geste désolé, elle répondait visiblement que la vente ne s'allumait pas. Un instant, ils restèrent face à face, gagnés par un de ces doutes que les généraux cachent à leurs soldats. Ensuite, il dit tout haut, de son air brave :

– Si vous avez besoin de monde, prenez une fille de l'atelier... Elle aidera toujours un peu.

Il continua son inspection, désespéré. Depuis le matin, il évitait Bourdoncle, dont les réflexions inquiètes l'irritaient. En sortant de la lingerie, où la vente marchait plus mal encore, il tomba sur lui, il dut subir l'expression de ses craintes. Alors, il l'envoya carrément au diable, avec une brutalité qu'il ne ménageait pas même à ses hauts employés, dans les heures mauvaises.

– Fichez-moi donc la paix ! Tout va bien... Je finirai par flanquer les trembleurs à la porte.

Mouret se planta, seul et debout, au bord de la rampe du hall. De là, il dominait le magasin, ayant autour de lui les rayons de l'entresol, plongeant sur les rayons du rez-de-chaussée. En haut, le vide lui parut navrant : aux dentelles, une vieille dame faisait fouiller tous les cartons, sans rien acheter ; tandis que trois vauriennes, à la lingerie, choisissaient longuement des cols à dix-huit sous. En bas, sous les

1. **Femmes en cheveux :** femmes du peuple, sans chapeau.

galeries couvertes, dans les coups de lumière qui venaient de la rue, il remarqua que les clientes commençaient à être plus nombreuses. C'était un lent défilé, une promenade devant les comptoirs, espacée, pleine de trous ; à la mercerie, à la bonneterie, des femmes en camisole[1] se pressaient ; seulement, il n'y avait presque personne au blanc ni aux lainages. Les garçons de magasin, avec leur habit vert dont les larges boutons de cuivre luisaient, attendaient le monde, les mains ballantes. Par moments, passait un inspecteur, l'air cérémonieux, raidi dans sa cravate blanche. Et le cœur de Mouret était surtout serré par la paix morte du hall ; le jour y tombait de haut, d'un vitrage aux verres dépolis, qui tamisait la clarté en une poussière blanche, diffuse et comme suspendue, sous laquelle le rayon des soieries semblait dormir, au milieu d'un silence frissonnant de chapelle. Le pas d'un commis, des paroles chuchotées, un frôlement de jupe qui traversait, y mettaient seuls des bruits légers, étouffés dans la chaleur du calorifère[2]. Pourtant, des voitures arrivaient : on entendait l'arrêt brusque des chevaux ; puis, des portières se refermaient violemment. Au-dehors, montait un lointain brouhaha, des curieux qui se bousculaient en face des vitrines, des fiacres qui stationnaient sur la place Gaillon, toute l'approche d'une foule. Mais, en voyant les caissiers inactifs se renverser derrière leur guichet, en constatant que les tables aux paquets restaient nues, avec leurs boîtes à ficelle et leurs mains[3] de papier bleu, Mouret, indigné d'avoir peur, croyait sentir sa grande machine s'immobiliser et se refroidir sous lui.

– Dites donc, Favier, murmura Hutin, regardez le patron, là-haut... Il n'a pas l'air à la noce.

– En voilà une sale baraque ! répondit Favier. Quand on pense que je n'ai pas encore vendu !

Tous deux, guettant les clientes, se soufflaient ainsi de courtes phrases, sans se regarder. Les autres vendeurs du rayon étaient en train d'empiler des pièces de Paris-Bonheur, sous les ordres de Robineau ; tandis que Bouthemont, en grande conférence avec une jeune femme maigre, paraissait prendre à demi-voix une commande importante. Autour d'eux, sur des étagères d'une élégance frêle, les soies, pliées

1. **Camisole :** vêtement court porté sur la chemise.
2. **Calorifère :** appareil de chauffage.
3. **Mains :** rames de papier.

dans de longues chemises de papier crème, s'entassaient comme des brochures de format inusité. Et, encombrant les comptoirs, des soies de fantaisie, des moires[1], des satins, des velours, semblaient des plates-bandes de fleurs fauchées, toute une moisson de tissus délicats et précieux. C'était le rayon élégant, un salon véritable, où les marchandises, si légères, n'étaient plus qu'un ameublement de luxe.

– Il me faut cent francs pour dimanche, reprit Hutin. Si je ne me fais pas mes douze francs par jour en moyenne, je suis flambé... J'avais compté sur leur mise en vente.

– Bigre ! cent francs, c'est raide, dit Favier. Moi, je n'en demande que cinquante ou soixante... Vous vous payez donc des femmes chic ?

– Mais non, mon cher. Imaginez-vous, une bêtise : j'ai parié et j'ai perdu... Alors, je dois régaler cinq personnes, deux hommes et trois femmes... Sacré mâtin ! la première qui passe, je la tombe de vingt mètres de Paris-Bonheur !

Un moment encore, ils causèrent, ils se dirent ce qu'ils avaient fait la veille et ce qu'ils comptaient faire dans huit jours. Favier pariait aux courses, Hutin canotait et entretenait des chanteuses de café-concert. Mais un même besoin d'argent les fouettait, ils ne songeaient qu'à l'argent, ils se battaient pour l'argent du lundi au samedi, puis ils mangeaient tout le dimanche. Au magasin, c'était là leur préoccupation tyrannique, une lutte sans trêve ni pitié. Et ce malin de Bouthemont qui venait de prendre pour lui l'envoyée de Mme Sauveur, cette femme maigre avec laquelle il causait ! une belle affaire, deux ou trois douzaines de pièces, car la grande couturière avait les bouchées grosses. À l'instant, Robineau s'était bien avisé, lui aussi, de souffler une cliente à Favier !

– Oh ! celui-là, il faut lui régler son compte, reprit Hutin qui profitait des plus minces faits pour ameuter le comptoir contre l'homme dont il voulait la place. Est-ce que les premiers et les seconds devraient vendre !... Parole d'honneur ! mon cher, si jamais je deviens second, vous verrez comme j'agirai gentiment avec vous autres.

Et toute sa petite personne normande, aimable et grasse, jouait la bonhomie, énergiquement. Favier ne put s'empêcher de lui jeter un regard oblique ; mais il garda son flegme d'homme bilieux, il se contenta de répondre :

1. **Moires :** étoffes aux reflets changeants.

– Oui, je sais... Moi, je ne demande pas mieux.

Puis, voyant une dame s'approcher, il ajouta plus bas :

– Attention ! voilà pour vous.

C'était une dame couperosée, avec un chapeau jaune et une robe rouge. Tout de suite Hutin devina la femme qui n'achèterait pas. Il se baissa vivement derrière le comptoir, en feignant de rattacher les cordons d'un de ses souliers ; et, caché, il murmurait :

– Ah ! non, par exemple ! qu'un autre se la paie... Merci ! pour perdre mon tour !

Cependant, Robineau l'appelait :

– À qui la ligne, messieurs ? À M. Hutin ?... Où est M. Hutin ?

Et, comme celui-ci ne répondait décidément pas, ce fut le vendeur inscrit à la suite qui reçut la dame couperosée. En effet, elle voulait simplement des échantillons, avec les prix ; et elle retint le vendeur plus de dix minutes, elle l'accabla de questions. Seulement, le second avait vu Hutin se relever, derrière le comptoir. Aussi, lorsqu'une nouvelle cliente se présenta, intervint-il d'un air sévère, en arrêtant le jeune homme qui se précipitait.

– Votre tour est passé... Je vous ai appelé, et comme vous étiez là derrière...

– Mais, monsieur, je n'ai pas entendu.

– Assez !... Inscrivez-vous à la queue... Allons, monsieur Favier, c'est à vous.

D'un regard, Favier, très amusé au fond de l'aventure, s'excusa auprès de son ami. Hutin, les lèvres pâles, avait détourné la tête. Ce qui l'enrageait, c'était qu'il connaissait bien la cliente, une adorable blonde qui venait souvent au rayon et que les vendeurs appelaient entre eux : « la jolie dame », ne sachant rien d'elle, pas même son nom. Elle achetait beaucoup, faisait porter dans sa voiture, puis disparaissait. Grande, élégante, mise avec un charme exquis, elle paraissait fort riche et du meilleur monde.

– Eh bien ! et votre cocotte[1] ? demanda Hutin à Favier, lorsque celui-ci revint à la caisse, où il avait accompagné la dame.

– Oh ! une cocotte, répondit celui-ci. Non, elle a l'air trop comme il faut. Ça doit être la femme d'un boursier ou d'un médecin, enfin je ne sais pas, quelque chose dans ce genre.

---

1. **Cocotte :** femme entretenue par plusieurs amants.

– Laissez donc ! c'est une cocotte... Avec leurs airs de femmes distinguées, est-ce qu'on peut dire aujourd'hui !

Favier regardait son cahier de notes de débit.

– N'importe ! reprit-il, je lui en ai collé pour deux cent quatre-vingt-treize francs. Ça me fait près de trois francs.

Hutin pinça les lèvres, et il soulagea sa rancune sur les cahiers de notes de débit : encore une drôle d'invention qui leur encombrait les poches ! Il y avait entre eux une lutte sourde. Favier, d'habitude, affectait de s'effacer, de reconnaître la supériorité de Hutin, quitte à le manger par-derrière. Aussi ce dernier souffrait-il des trois francs emportés d'une façon si aisée, par un vendeur qu'il ne reconnaissait pas de sa force. Une belle journée, vraiment ! Si ça continuait, il ne gagnerait pas de quoi payer de l'eau de Seltz[1] à ses invités. Et, dans la bataille qui s'échauffait, il se promenait devant les comptoirs, les dents longues, voulant sa part, jalousant jusqu'à son chef, en train de reconduire la jeune femme maigre, à laquelle il répétait :

– Eh bien ! c'est entendu. Dites-lui que je ferai mon possible pour obtenir cette faveur de M. Mouret.

Depuis longtemps, Mouret n'était plus à l'entresol, debout près de la rampe du hall. Brusquement, il reparut en haut du grand escalier qui descendait au rez-de-chaussée ; et, de là, il domina encore la maison entière. Son visage se colorait, la foi renaissait et le grandissait, devant le flot de monde qui, peu à peu, emplissait le magasin. C'était enfin la poussée attendue, l'écrasement de l'après-midi, dont il avait un instant désespéré, dans sa fièvre ; tous les commis se trouvaient à leur poste, un dernier coup de cloche venait de sonner la fin de la troisième table ; la désastreuse matinée, due sans doute à une averse tombée vers neuf heures, pouvait encore être réparée, car le ciel bleu du matin avait repris sa gaieté de victoire. Maintenant, les rayons de l'entresol s'animaient, il dut se ranger pour laisser passer les dames qui, par petits groupes, montaient à la lingerie et aux confections ; tandis que, derrière lui, aux dentelles et aux châles, il entendait voler de gros chiffres. Mais la vue des galeries, au rez-de-chaussée, le rassurait surtout : on s'écrasait devant la mercerie, le blanc et les lainages eux-mêmes étaient envahis, le défilé des acheteuses se serrait, presque toutes en chapeau à présent, avec

1. **Eau de Seltz :** eau gazeuse.

quelques bonnets de ménagères attardées. Dans le hall des soieries, sous la blonde lumière, des dames s'étaient dégantées, pour palper doucement des pièces de Paris-Bonheur, en causant à demi-voix. Et il ne se trompait plus aux bruits qui lui arrivaient du dehors, roulements de fiacres, claquements de portières, brouhaha grandissant de foule. Il sentait, à ses pieds, la machine se mettre en branle, s'échauffer et revivre, depuis les caisses où l'or sonnait, depuis les tables où les garçons de magasin se hâtaient d'empaqueter les marchandises, jusqu'aux profondeurs du sous-sol, au service du départ, qui s'emplissait de paquets descendus, et dont le grondement souterrain faisait vibrer la maison. Au milieu de la cohue, l'inspecteur Jouve se promenait gravement, guettant les voleuses.

– Tiens ! c'est toi ! dit Mouret tout à coup, en reconnaissant Paul de Vallagnosc, que lui amenait un garçon. Non, non, tu ne me déranges pas... Et, d'ailleurs, tu n'as qu'à me suivre, si tu veux tout voir, car aujourd'hui je reste sur la brèche.

Il gardait des inquiétudes. Sans doute le monde venait, mais la vente serait-elle le triomphe espéré ? Pourtant, il riait avec Paul, il l'emmena gaiement.

– Ça paraît vouloir s'allumer un peu, dit Hutin à Favier. Seulement, je n'ai pas de chance, il y a des jours de guignon, ma parole !... Je viens encore de faire un Rouen[1], cette tuile ne m'a rien acheté.

Et il désignait du menton une dame qui s'en allait, en jetant des regards dégoûtés sur toutes les étoffes. Ce ne serait pas avec ses mille francs d'appointements qu'il s'engraisserait, s'il ne vendait rien ; d'habitude, il se faisait sept ou huit francs de tant pour cent et de guelte, ce qui lui donnait, avec son fixe, une dizaine de francs par jour, en moyenne. Favier n'arrivait guère qu'à huit ; et voilà que ce sabot[2] lui enlevait les morceaux de la bouche, car il sortait de débiter une nouvelle robe. Un garçon froid qui n'avait jamais su égayer une cliente ! C'était exaspérant.

– Les bonnetons et les bobinards ont l'air de battre monnaie, murmura Favier en parlant des vendeurs de la bonneterie et de la mercerie.

Mais Hutin, qui fouillait le magasin du regard, dit brusquement :

1. **Faire un Rouen :** rater une vente (allusion à la crise cotonnière qui affecta notamment Rouen).

2. **Sabot :** terme familier pour « incapable ».

– Connaissez-vous Mme Desforges, la bonne amie du patron ?... Tenez ! cette brune à la ganterie, celle à qui Mignot essaie des gants.

Il se tut, puis il reprit tout bas, comme parlant à Mignot, qu'il ne quittait plus des yeux :

– Va, va, mon bonhomme, frotte-lui bien les doigts, pour ce que ça t'avance ! On les connaît, tes conquêtes !

Il y avait, entre lui et le gantier, une rivalité de jolis hommes, qui tous deux affectaient de coqueter[1] avec les clientes. D'ailleurs, ils n'auraient pu, ni l'un ni l'autre, se vanter d'aucune bonne fortune réelle ; Mignot vivait sur la légende d'une femme de commissaire de police tombée amoureuse de lui, tandis que Hutin avait véritablement conquis à son rayon une passementière[2], lasse de traîner les hôtels louches du quartier ; mais ils mentaient, ils laissaient volontiers croire à des aventures mystérieuses, à des rendez-vous donnés par des comtesses, entre deux achats.

– Vous devriez la faire, dit Favier de son air de pince-sans-rire.

– C'est une idée ! s'écria Hutin. Si elle vient ici, je l'entortille, il me faut cent sous !

À la ganterie, toute une rangée de dames étaient assises devant l'étroit comptoir, tendu de velours vert, à coins de métal nickelé ; et les commis souriants amoncelaient devant elles les boîtes plates, d'un rose vif, qu'ils sortaient du comptoir même, pareilles aux tiroirs étiquetés d'un cartonnier. Mignot surtout penchait sa jolie figure poupine, donnait de tendres inflexions à sa voix grasseyante[3] de Parisien. Déjà il avait vendu à Mme Desforges douze paires de gants de chevreau, des gants Bonheur, la spécialité de la maison. Elle avait ensuite demandé trois paires de gants de Suède. Et, maintenant, elle essayait des gants de Saxe, par crainte que la pointure ne fût pas exacte.

– Oh ! à la perfection, madame ! répétait Mignot. Le six trois quarts serait trop grand pour une main comme la vôtre.

À demi couché sur le comptoir, il lui tenait la main, prenait les doigts un à un, faisant glisser le gant d'une caresse longue, reprise et appuyée ; et il la regardait comme s'il eût attendu, sur son visage, la défaillance d'une joie voluptueuse. Mais elle, le coude au bord du velours, le poignet

1. **Coqueter :** flirter.
2. **Passementière :** couseuse d'ornements sur les vêtements.
3. **Grasseyante :** qui ne prononce pas nettement les « r ».

levé, lui livrait ses doigts de l'air tranquille dont elle donnait son pied à sa femme de chambre, pour que celle-ci boutonnât ses bottines. Il n'était pas un homme, elle l'employait aux usages intimes avec son dédain familier des gens à son service, sans le regarder même.

– Je ne vous fais pas de mal, madame ?

Elle répondit non, d'un signe de tête. L'odeur des gants de Saxe, cette odeur de fauve comme sucrée du musc, la troublait d'habitude ; et elle en riait parfois, elle confessait son goût pour ce parfum équivoque, où il y a de la bête en folie, tombée dans la boîte à poudre de riz d'une fille[1]. Mais, devant ce comptoir banal, elle ne sentait pas les gants, ils ne mettaient aucune chaleur sensuelle entre elle et ce vendeur quelconque faisant son métier.

– Et avec ça, madame ?

– Rien, merci... Veuillez porter ça à la caisse 10, pour Mme Desforges, n'est-ce pas ?

En habituée de la maison, elle donnait son nom à une caisse et y envoyait chacune de ses emplettes, sans se faire suivre par un commis. Quand elle se fut éloignée, Mignot cligna les yeux, en se tournant vers son voisin, auquel il aurait bien voulu laisser croire que des choses extraordinaires venaient de se passer.

– Hein ? murmura-t-il crûment, on la ganterait jusqu'au bout !

Cependant, Mme Desforges continuait ses achats. Elle revint à gauche, s'arrêta au blanc, pour prendre des torchons ; puis, elle fit le tour, poussa jusqu'aux lainages, au fond de la galerie.

Comme elle était contente de sa cuisinière, elle désirait lui donner une robe. Le rayon des lainages débordait d'une foule compacte, toutes les petites bourgeoises s'y portaient, tâtaient les étoffes, s'absorbaient en muets calculs ; et elle dut s'asseoir un instant. Dans les cases s'étageaient de grosses pièces, que les vendeurs descendaient, une à une, d'un brusque effort des bras. Aussi, commençaient-ils à ne plus se reconnaître sur les comptoirs envahis, où les tissus se mêlaient et s'écroulaient. C'était une mer montante de teintes neutres, de tons sourds de laine, les gris fer, les gris jaunes, les gris bleus, où éclataient çà et là des bariolures écossaises, un fond rouge sang de flanelle. Et les étiquettes blanches des pièces étaient comme une volée de rares flocons blancs, mouchetant un sol noir de décembre.

1. **Fille :** courtisane, prostituée.

Derrière une pile de popeline[1], Liénard plaisantait avec une grande fille en cheveux, une ouvrière du quartier, envoyée par sa patronne pour réassortir du mérinos[2]. Il abominait ces jours de grosse vente, qui lui cassaient les bras, et il tâchait d'esquiver la besogne, largement entretenu par son père, se moquant de vendre, en faisait tout juste assez pour ne pas être mis à la porte.

– Écoutez donc, mademoiselle Fanny, disait-il. Vous êtes toujours pressée... Est-ce que la vigogne[3] croisée allait bien, l'autre jour ? Vous savez que j'irai toucher ma guelte chez vous.

Mais l'ouvrière s'échappait en riant, et Liénard se trouva devant Mme Desforges, à laquelle il ne put s'empêcher de demander :

– Que désire madame ?

Elle voulait une robe pas chère, solide pourtant. Liénard, dans le but d'épargner ses bras, ce qui était son unique souci, manœuvra pour lui faire prendre une des étoffes déjà dépliées sur le comptoir. Il y avait là des cachemires, des serges, des vigognes, et il lui jurait qu'il n'existait rien de meilleur, on n'en voyait pas la fin. Mais aucun ne semblait la satisfaire. Elle avait avisé, dans une case, un escot[4] bleuâtre. Alors, il finit par se décider, il descendit l'escot, qu'elle jugea trop rude. Ensuite, ce furent une cheviotte, des diagonales[5], des grisailles, toutes les variétés de la laine, qu'elle eut la curiosité de toucher, pour le plaisir, décidée au fond à prendre n'importe quoi. Le jeune homme dut ainsi déménager les cases les plus hautes ; ses épaules craquaient, le comptoir avait disparu sous le grain soyeux des cachemires et des popelines, sous le poil rêche des cheviottes, sous le duvet pelucheux des vigognes. Tous les tissus et toutes les teintes y passaient. Même, sans avoir la moindre envie d'en acheter, elle se fit montrer de la grenadine[6] et de la gaze de Chambéry. Puis, quand elle en eut assez :

– Oh ! mon Dieu ! la première est encore la meilleure. C'est pour ma cuisinière... Oui, la serge à petit pointillé, celle à deux francs.

---

1. **Popeline :** étoffe de laine et soie.
2. **Mérinos :** lainage fin. Voir aussi page 23, note 5.
3. **Vigogne :** tissu de laine de vigogne, sorte de lama.
4. **Escot :** lainage généralement utilisé pour les vêtements de deuil ou de religieuse.
5. **Diagonales :** étoffes au tissage en diagonale.
6. **Grenadine :** soie légère pour dentelles.

Et lorsque Liénard eut métré, pâle d'une colère contenue :

– Veuillez porter ça à la caisse 10... Pour Mme Desforges.

Comme elle s'éloignait, elle reconnut près d'elle Mme Marty, accompagnée de sa fille Valentine, une grande demoiselle de quatorze ans, maigre et hardie, qui jetait déjà sur les marchandises des regards coupables de femme.

– Tiens ! c'est vous, chère madame ?

– Mais oui, chère madame... Hein ? quelle foule !

– Oh ! ne m'en parlez pas, on étouffe. Un succès !... Avez-vous vu le salon oriental ?

– Superbe ! inouï !

Et, au milieu des coups de coude, bousculées par le flot croissant des petites bourses qui se jetaient sur les lainages à bon marché, elles se pâmèrent au sujet de l'exposition des tapis. Puis, Mme Marty expliqua qu'elle cherchait une étoffe pour un manteau ; mais elle n'était pas fixée, elle avait voulu se faire montrer du matelassé de laine.

– Regarde donc, maman, murmura Valentine, c'est trop commun.

– Venez à la soie, dit Mme Desforges. Il faut voir leur fameux Paris-Bonheur.

Un instant, Mme Marty hésita. Ce serait bien cher, elle avait si formellement juré à son mari d'être raisonnable ! Depuis une heure, elle achetait, tout un lot d'articles la suivait déjà, un manchon et des ruches[1] pour elle, des bas pour sa fille. Elle finit par dire au commis qui lui montrait le matelassé :

– Eh bien ! non, je vais à la soie... Tout cela ne fait pas mon affaire.

Le commis prit les articles et marcha devant ces dames.

À la soie, la foule était aussi venue. On s'écrasait surtout devant l'étalage intérieur, dressé par Hutin, et où Mouret avait donné les touches du maître. C'était, au fond du hall, autour d'une des colonnettes de fonte qui soutenaient le vitrage, comme un ruissellement d'étoffe, une nappe bouillonnée tombant de haut et s'élargissant jusqu'au parquet. Des satins clairs et des soies tendres jaillissaient d'abord : les satins à la reine, les satins renaissance, aux tons nacrés d'eau de source ; les soies légères aux transparences de cristal, vert Nil, ciel indien, rose de mai, bleu Danube. Puis, venaient des tissus plus forts, les satins merveilleux, les soies duchesse, teintes chaudes,

1. **Ruches** : bandes de tulle ou de dentelle servant d'ornement.

roulant à flots grossis. Et, en bas, ainsi que dans une vasque, dormaient les étoffes lourdes, les armures[1] façonnées, les damas[2], les brocarts, les soies perlées et lamées, au milieu d'un lit profond de velours, tous les velours, noirs, blancs, de couleur, frappés à fond de soie ou de satin, creusant avec leurs taches mouvantes un lac immobile où semblaient danser des reflets de ciel et de paysage. Des femmes, pâles de désirs, se penchaient comme pour se voir. Toutes, en face de cette cataracte lâchée, restaient debout, avec la peur sourde d'être prises dans le débordement d'un pareil luxe et avec l'irrésistible envie de s'y jeter et de s'y perdre.

– Te voilà donc ! dit Mme Desforges, en trouvant Mme Bourdelais installée devant un comptoir.

– Tiens ! bonjour ! répondit celle-ci, qui serra les mains à ces dames. Oui, je suis entrée donner un coup d'œil.

– Hein ? c'est prodigieux, cet étalage ! On en rêve... Et le salon oriental, as-tu vu le salon oriental ?

– Oui, oui, extraordinaire !

Mais, sous cet enthousiasme qui allait être décidément la note élégante du jour, Mme Bourdelais gardait son sang-froid de ménagère pratique. Elle examinait avec soin une pièce de Paris-Bonheur, car elle était uniquement venue pour profiter du bon marché exceptionnel de cette soie, si elle la jugeait réellement avantageuse. Sans doute elle en fut contente, elle en demanda vingt-cinq mètres, comptant bien couper là-dedans une robe pour elle et un paletot pour sa petite fille.

– Comment ! tu pars déjà ? reprit Mme Desforges. Fais donc un tour avec nous.

– Non, merci, on m'attend chez moi... Je n'ai pas voulu risquer les enfants dans cette foule.

Et elle s'en alla, précédée du vendeur qui portait les vingt-cinq mètres de soie, et qui la conduisit à la caisse 10, où le jeune Albert perdait la tête, au milieu des demandes de factures dont il était assiégé. Quand le vendeur put s'approcher, après avoir débité sa vente d'un trait de crayon sur son cahier à souches, il appela cette vente, que le caissier inscrivit au registre ; puis, il y eut un contre-

1. **Armures :** tissus proches de la serge.

2. **Damas :** le damas est un tissu monochrome à dessins mats sur fond satiné.

appel, et la feuille détachée du cahier fut embrochée dans une pique de fer, près du timbre aux acquits.

– Cent quarante francs, dit Albert.

Mme Bourdelais paya et donna son adresse, car elle était à pied, elle ne voulait pas s'embarrasser les mains. Déjà, derrière la caisse, Joseph tenait la soie, l'empaquetait ; et le paquet, jeté dans un panier roulant, fut descendu au service du départ, où toutes les marchandises du magasin semblaient maintenant vouloir s'engouffrer avec un bruit d'écluse.

Cependant, l'encombrement devenait tel à la soie, que Mme Desforges et Mme Marty ne purent d'abord trouver un commis libre. Elles restèrent debout, mêlées à la foule des dames qui regardaient les étoffes, les tâtaient, stationnaient là des heures, sans se décider. Mais un grand succès s'indiquait surtout pour le Paris-Bonheur, autour duquel grandissait une de ces poussées d'engouement, dont la brusque fièvre décide d'une mode en un jour. Tous les vendeurs n'étaient occupés qu'à métrer de cette soie ; on voyait, au-dessus des chapeaux, luire l'éclair pâle des lés[1] dépliés, dans le continuel va-et-vient des doigts le long des mètres de chêne, suspendus à des tiges de cuivre ; on entendait le bruit des ciseaux mordant le tissu, et cela sans arrêt, au fur et à mesure du déballage, comme s'il n'y avait pas eu assez de bras pour suffire aux mains gloutonnes et tendues des clientes.

– C'est qu'elle n'est vraiment pas vilaine pour cinq francs soixante, dit Mme Desforges, qui avait réussi à s'emparer d'une pièce, sur le bord d'une table.

Mme Marty et sa fille Valentine éprouvaient une désillusion. Les journaux en avaient tant parlé, qu'elles s'attendaient à quelque chose de plus fort et de plus brillant. Mais Bouthemont venait de reconnaître Mme Desforges, et désireux de faire sa cour à une belle personne qu'on prétendait toute-puissante sur le patron, il s'avançait avec son amabilité un peu grosse. Comment ! on ne la servait pas ! c'était impardonnable ! Elle devait se montrer indulgente, car on ne savait vraiment plus où donner de la tête. Et il cherchait des chaises au milieu des jupes voisines, il riait de son rire bon enfant, où il y avait un amour brutal de la femme, qui ne semblait pas déplaire à Henriette.

---

1. **Lés :** le lé est la largeur d'étoffe entre deux lisières.

– Dites donc, murmura Favier, en allant prendre un carton de velours dans une case, derrière Hutin, voilà Bouthemont qui vous fait votre particulière.

Hutin avait oublié Mme Desforges, mis hors de lui par une vieille dame, qui, après l'avoir gardé un quart d'heure, venait d'acheter un mètre de satin noir pour un corset. Dans les moments de presse, on ne tenait plus compte du tableau de ligne, les vendeurs servaient au hasard des clientes. Et il répondait à Mme Boutarel, en train d'achever son après-midi au *Bonheur des Dames*, où elle était déjà restée trois heures le matin, lorsque l'avertissement de Favier lui causa un sursaut. Est-ce qu'il allait manquer la bonne amie du patron, dont il avait juré de tirer cent sous ? Ce serait le comble de la malchance, car il ne s'était pas encore fait trois francs, avec tous ces autres chignons qui traînaient !

Bouthemont, justement, répétait très haut :

– Voyons, messieurs, quelqu'un par ici !

Alors, Hutin passa Mme Boutarel à Robineau inoccupé.

– Tenez ! madame, adressez-vous au second... il vous répondra mieux que moi.

Et il se précipita, il se fit remettre les articles de Mme Marty par le vendeur aux lainages, qui avait accompagné ces dames. Ce jour-là, une excitation nerveuse devait troubler la délicatesse de son flair. D'habitude, au premier coup d'œil jeté sur une femme, il disait si elle achèterait, et la quantité. Puis, il dominait la cliente, il se hâtait de l'expédier pour passer à une autre, en lui imposant son choix, en lui persuadant qu'il savait mieux qu'elle l'étoffe dont elle avait besoin.

– Madame, quel genre de soie ? demanda-t-il de son air le plus galant.

Mme Desforges ouvrait à peine la bouche, qu'il reprenait :

– Je sais, j'ai votre affaire.

Quand la pièce de Paris-Bonheur fut dépliée, sur un coin étroit du comptoir, entre des amoncellements d'autres soies, Mme Marty et sa fille s'approchèrent. Hutin, un peu inquiet, comprit qu'il s'agissait d'abord d'une fourniture pour celles-ci. Des paroles à demi-voix s'échangeaient, Mme Desforges conseillait son amie.

– Oh ! sans doute, murmurait-elle, une soie de cinq francs soixante n'en vaudra jamais une de quinze, ni même une de dix.

– Elle est bien chiffon, répétait Mme Marty. J'ai peur que, pour un manteau, elle n'ait point assez de corps.

Cette remarque fit intervenir le vendeur. Il avait une politesse exagérée d'homme qui ne peut se tromper.

– Mais, madame, la souplesse est la qualité de cette soie. Elle ne se chiffonne pas... C'est absolument ce qu'il vous faut.

Impressionnées par une telle assurance, ces dames se taisaient. Elles avaient repris l'étoffe, l'examinaient de nouveau, lorsqu'elles se sentirent touchées à l'épaule. C'était Mme Guibal qui, depuis une heure, marchait dans le magasin, d'un pas de promenade, donnant à ses yeux la joie des richesses entassées, sans acheter seulement un mètre de calicot. Et il y eut encore là une explosion de bavardages.

– Comment ! c'est vous !

– Oui, c'est moi, un peu bousculée seulement.

– N'est-ce pas ? il y a du monde, on ne circule plus... Et le salon oriental ?

– Ravissant !

– Mon Dieu ! quel succès !... Restez donc, nous irons là-haut ensemble.

– Non, merci, j'en viens.

Hutin attendait, cachant son impatience sous le sourire qui ne quittait pas ses lèvres. Est-ce qu'elles allaient le tenir longtemps là ? Les femmes vraiment se gênaient peu, c'était comme si elles lui avaient volé de l'argent dans sa bourse. Enfin, Mme Guibal s'éloigna, continua sa lente promenade en tournant d'un air ravi, autour du grand étalage de soies.

– Moi, à votre place, j'achèterais le manteau tout fait, dit Mme Desforges en revenant au Paris-Bonheur, ça vous coûtera moins cher.

– Il est vrai qu'avec les garnitures et la façon, murmura Mme Marty. Puis, on a le choix.

Toutes trois s'étaient levées. Mme Desforges reprit, debout devant Hutin :

– Veuillez nous conduire aux confections.

Il resta saisi, n'étant pas habitué à de pareilles défaites. Comment ! la dame brune n'achetait rien ! son flair l'avait donc trompé ! Il abandonna Mme Marty, il insista auprès d'Henriette, essaya sur elle sa puissance de bon vendeur.

– Et vous, madame, ne désirez-vous pas voir nos satins, nos velours ?... Nous avons des occasions extraordinaires.

– Merci, une autre fois, répondit-elle tranquillement, en ne le regardant pas plus qu'elle n'avait regardé Mignot.

Hutin dut reprendre les articles de Mme Marty et marcher devant ces dames, pour les mener aux confections. Mais il eut encore la douleur de voir que Robineau était en train de vendre à Mme Boutarel un fort métrage de soie. Décidément, il n'avait plus de nez, il ne ferait pas quatre sous. Une rage d'homme dépouillé, mangé par les autres, s'aigrissait sous la correction aimable de ses manières.

– Au premier, mesdames, dit-il, sans cesser de sourire.

Ce n'était plus chose facile que de gagner l'escalier. Une houle compacte de têtes roulait sous les galeries, s'élargissant en fleuve débordé au milieu du hall. Toute une bataille du négoce montait, les vendeurs tenaient à merci ce peuple de femmes, qu'ils se passaient des uns aux autres, en luttant de hâte. L'heure était venue du branle formidable de l'après-midi, quand la machine surchauffée menait la danse des clientes et leur tirait l'argent de la chair. À la soie surtout, une folie soufflait, le Paris-Bonheur ameutait une foule telle, que, pendant plusieurs minutes, Hutin ne put faire un pas ; et Henriette, suffoquée, ayant levé les yeux, aperçut en haut de l'escalier Mouret, qui revenait toujours à cette place, d'où il voyait la victoire. Elle sourit, espérant qu'il descendrait la dégager. Mais il ne la distinguait même pas dans la cohue, il était encore avec Vallagnosc, occupé à lui montrer la maison, la face rayonnante de triomphe. Maintenant, la trépidation intérieure étouffait les bruits du dehors ; on n'entendait plus ni le roulement des fiacres, ni le battement des portières ; il ne restait, au-delà du grand murmure de la vente, que le sentiment de Paris immense, d'une immensité qui toujours fournirait des acheteuses. Dans l'air immobile, où l'étouffement du calorifère attiédissait l'odeur des étoffes, le brouhaha augmentait, fait de tous les bruits, du piétinement continu, des mêmes phrases cent fois répétées autour des comptoirs, de l'or sonnant sur le cuivre des caisses assiégées par une bousculade de porte-monnaie, des paniers roulants dont les charges de paquets tombaient sans relâche dans les caves béantes. Et, sous la fine poussière, tout arrivait à se confondre, on ne reconnaissait pas la division des rayons : là-bas, la mercerie paraissait noyée ; plus loin, au blanc, un angle de soleil, entré par la vitrine de la rue Neuve-Saint-Augustin, était comme une flèche d'or dans la neige ; ici, à la ganterie et aux lainages, une masse épaisse de chapeaux, et de chignons barrait les lointains du magasin. On ne voyait même plus les toilettes, les coiffures seules surnageaient, bariolées de plumes et de rubans ; quelques chapeaux d'homme mettaient des taches noires, tandis que le teint pâle des femmes, dans la fatigue et la chaleur, prenait des transparences de camélia. Enfin, grâce à ses coudes vigoureux, Hutin ouvrit un chemin à ces dames en marchant devant elles. Mais, quand elle eut monté l'escalier, Henriette ne trouva plus Mouret, qui venait de plonger Vallagnosc en pleine foule, pour achever de l'étourdir, et pris lui-même du besoin physique de ce bain du succès. Il perdait délicieusement haleine, c'était là contre ses membres comme un long embrassement de toute sa clientèle.

– À gauche, mesdames, dit Hutin, de sa voix prévenante, malgré son exaspération qui grandissait.

En haut, l'encombrement était le même. On envahissait jusqu'au rayon de l'ameublement, le plus calme d'ordinaire. Les châles, les fourrures, la lingerie grouillaient de monde. Comme ces dames traversaient le rayon des dentelles, une nouvelle rencontre se produisit. Mme de Boves était là, avec sa fille Blanche, toutes deux enfoncées dans des articles que Deloche leur montrait. Et Hutin dut faire encore une station, le paquet à la main.

– Bonjour !... Je pensais à vous.

– Moi, je vous ai cherchée. Mais comment voulez-vous qu'on se retrouve, au milieu de ce monde ?

– C'est magnifique, n'est-ce pas ?

– Éblouissant, ma chère. Nous ne tenons plus debout.

– Et vous achetez ?

– Oh ! non, nous regardons. Ça nous repose un peu, d'être assises.

En effet, Mme de Boves, n'ayant guère dans son porte-monnaie que l'argent de sa voiture, faisait sortir des cartons toutes sortes de dentelles, pour le plaisir de les voir et de les toucher. Elle avait senti chez Deloche le vendeur débutant, d'une gaucherie lente, qui n'ose résister aux caprices des dames ; et elle abusait de sa complaisance effarée, elle le tenait depuis une demi-heure, demandant toujours de nouveaux articles. Le comptoir débordait, elle plongeait les mains dans ce flot montant de guipures, de malines, de valenciennes, de chantilly, les doigts tremblants de désir, le visage peu à peu chauffé d'une joie sensuelle ; tandis que Blanche, près d'elle, travaillée de la même passion, était très pâle, la chair soufflée et molle.

Cependant, la conversation continuait, Hutin les aurait giflées, immobile, attendant leur bon plaisir.

– Tiens ! dit Mme Marty, vous regardez des cravates et des voilettes pareilles aux miennes.

C'était vrai, Mme de Boves, que les dentelles de Mme Marty tourmentaient depuis le samedi, n'avait pu résister au besoin de se frotter du moins aux mêmes modèles, puisque la gêne où son mari la laissait ne lui permettait pas de les emporter. Elle rougit légèrement, elle expliqua que Blanche avait voulu voir les cravates de blonde espagnole. Puis, elle ajouta :

– Vous allez aux confections... Eh bien ! à tout à l'heure. Voulez-vous dans le salon oriental ?

– C'est ça, dans le salon oriental... Hein ? superbe !

Elles se séparèrent en se pâmant, au milieu de l'encombrement produit par la vente des entre-deux et des petites garnitures à bas prix. Deloche, heureux d'être occupé, s'était remis à vider les cartons devant la mère et la fille. Et, lentement, parmi les groupes pressés le long des comptoirs, l'inspecteur Jouve se promenait de son allure militaire, étalant sa décoration, gardant ces marchandises précieuses et fines, si faciles à cacher au fond d'une manche. Quand il passa derrière Mme de Boves, surpris de la voir les bras plongés dans un tel flot de dentelles, il jeta un regard vif sur ses mains fiévreuses.

– À droite, mesdames, dit Hutin en reprenant sa marche.

Il était hors de lui. N'était-ce donc pas assez de lui faire manquer une vente, en bas ? Voilà qu'elles l'attardaient maintenant, à chaque détour du magasin ! Et, dans son irritation, il y avait surtout la rancune des rayons de tissus contre les rayons d'articles confectionnés, en lutte continuelle, se disputant les clientes, se volant leur tant pour cent et leur guelte. La soie, plus que les lainages encore, enrageait, lorsqu'il lui fallait conduire aux confections une dame, qui se décidait pour un manteau, après s'être fait montrer des taffetas et des failles.

– Mademoiselle Vadon ! dit Hutin d'une voix qui se fâchait, lorsqu'il fut enfin dans le comptoir.

Mais celle-ci passa sans l'écouter, toute à une vente qu'elle bâclait. La pièce était pleine, une queue de monde la traversait dans un bout, entrant et sortant par la porte des dentelles et celle de la lingerie, qui se faisaient face ; tandis que, au fond, des clientes en taille essayaient des vêtements, les reins cambrés devant les glaces. La moquette rouge étouffait le bruit des pas, la voix haute et lointaine du rez-de-chaussée se mourait, ce n'était plus que le murmure discret ; la chaleur d'un salon, alourdie par toute une cohue de femmes.

– Mademoiselle Prunaire ! cria Hutin.

Et, comme celle-là ne s'arrêtait pas davantage, il ajouta entre ses dents, de manière à ne pouvoir être entendu :

– Tas de guenons !

Lui, surtout, ne les aimait guère, les jambes cassées de monter l'escalier pour leur amener des acheteuses, furieux du gain qu'il les accusait de lui prendre ainsi dans la poche. C'était une lutte sourde, où elles-mêmes apportaient une égale âpreté ; et, dans leur fatigue commune, toujours sur pied, la chair morte, les sexes disparaissaient, il ne restait plus face à face que des intérêts contraires, irrités par la fièvre du négoce.

– Alors, il n'y a personne ? demanda Hutin.

Mais il aperçut Denise. On l'occupait au déplié depuis le matin, on ne lui avait abandonné que quelques ventes douteuses, qu'elle avait manquées d'ailleurs. Quand il la reconnut, occupée à débarrasser une table d'un tas énorme de vêtements, il courut la chercher.

– Tenez ! mademoiselle, servez donc ces dames qui attendent.

Vivement, il lui mit sur le bras les articles de Mme Marty, qu'il était las de promener. Son sourire revenait, et il y avait, dans ce sourire, la secrète méchanceté d'un vendeur d'expérience, se doutant de l'embarras où il allait jeter ces dames et la jeune fille. Celle-ci, cependant, demeurait tout émue devant cette vente inespérée qui se présentait. Pour la seconde fois, il lui apparaissait comme un ami inconnu, fraternel et tendre, toujours prêt dans l'ombre à la sauver. Ses yeux brillèrent de gratitude, elle le suivit d'un long regard, pendant qu'il jouait des coudes, afin de regagner son rayon au plus vite.

– Je désirerais un manteau, dit Mme Marty.

Alors, Denise la questionna. Quel genre de manteau ? Mais la cliente n'en savait rien, elle n'avait pas d'idée, elle voulait voir les modèles de la maison. Et la jeune fille, très lasse déjà, étourdie par le monde, perdit la tête ; elle n'avait jamais servi qu'une clientèle rare, chez Cornaille, à Valognes ; elle ignorait encore le nombre des modèles, et leur place, dans les armoires. Aussi n'en finissait-elle plus de répondre aux deux amies qui s'impatientaient, lorsque Mme Aurélie aperçut Mme Desforges, dont elle devait connaître la liaison, car elle se hâta de venir demander :

– On s'occupe de ces dames ?

– Oui, cette demoiselle qui cherche là-bas, répondit Henriette. Mais elle n'a pas l'air très au courant, elle ne trouve rien.

Du coup, la première acheva de paralyser Denise, en allant lui dire à demi-voix :

– Vous voyez bien que vous ne savez pas. Tenez-vous tranquille, je vous prie.

Et appelant :

– Mademoiselle Vadon, un manteau !

Elle resta, pendant que Marguerite montrait les modèles. Celle-ci prenait avec les clientes une voix sèchement polie, une attitude désagréable de fille vêtue de soie, frottée à toutes les élégances, dont elle gardait, à son insu même, la jalousie et la rancune. Lorsqu'elle entendit Mme Marty dire qu'elle ne voulait pas dépasser deux cents francs, elle eut une moue de pitié. Oh ! madame mettrait davantage, il était impossible avec deux cents francs que madame trouvât quelque chose de convenable. Et elle jetait, sur un comptoir, les manteaux ordinaires, d'un geste qui signifiait : « Voyez donc, est-ce pauvre ! » Mme Marty n'osait les trouver bien. Elle se pencha pour murmurer à l'oreille de Mme Desforges :

– Hein ? n'aimez-vous pas mieux être servie par des hommes ?... On est plus à l'aise.

Enfin, Marguerite apporta un manteau de soie garni de jais, qu'elle traitait avec respect. Et Mme Aurélie appela Denise.

– Servez à quelque chose, au moins... Mettez ça sur vos épaules.

Denise, frappée au cœur, désespérant de jamais réussir dans la maison, était demeurée immobile, les mains ballantes. On allait la renvoyer sans doute, les enfants seraient sans pain. Le brouhaha de la foule bourdonnait dans sa tête, elle se sentait chanceler, les muscles meurtris d'avoir soulevé des brassées de vêtements, besogne de manœuvre qu'elle n'avait jamais faite. Pourtant, il lui fallut obéir, elle dut laisser Marguerite draper le manteau sur elle, comme sur un mannequin.

– Tenez-vous droite, dit Mme Aurélie.

Mais, presque aussitôt, on oublia Denise. Mouret venait d'entrer avec Vallagnosc et Bourdoncle ; et il saluait ces dames, il recevait leurs compliments pour sa magnifique exposition des nouveautés d'hiver. On se récria forcément sur le salon oriental. Vallagnosc, qui achevait sa promenade à travers les comptoirs, témoignait plus de surprise que d'admiration ; car, après tout, pensait-il dans sa nonchalance de pessimiste, ce n'était jamais que beaucoup de calicot à la fois. Quant à Bourdoncle, il oubliait qu'il était de l'établissement, il félicitait aussi son patron, afin de lui faire oublier ses doutes et ses préoccupations inquiètes du matin.

– Oui, oui, ça marche assez bien, je suis content, répétait Mouret radieux, répondant par un sourire aux tendres regards d'Henriette. Mais il ne faut pas que je vous dérange, mesdames.

Alors, tous les yeux revinrent sur Denise. Elle s'abandonnait aux mains de Marguerite, qui la faisait tourner lentement.

– Hein ? qu'en pensez-vous ? demanda Mme Marty à Mme Desforges.

Cette dernière décidait, en arbitre suprême de la mode.

– Il n'est pas mal, et de coupe originale... Seulement, il me semble peu gracieux de la taille.

– Oh ! intervint Mme Aurélie, il faudrait le voir sur madame elle-même. Vous comprenez, il ne fait aucun effet sur mademoiselle, qui n'est guère étoffée... Redressez-vous donc, mademoiselle, donnez-lui toute son importance.

On sourit. Denise était devenue très pâle. Une honte la prenait, d'être ainsi changée en une machine qu'on examinait et dont on plaisantait librement. Mme Desforges, cédant à une antipathie de nature contraire, agacée par le visage doux de la jeune fille, ajouta méchamment :

– Sans doute, il irait mieux si la robe de mademoiselle était moins large.

Et elle jetait à Mouret le regard moqueur d'une Parisienne, que l'attifement[1] ridicule d'une provinciale égayait. Celui-ci sentit la caresse amoureuse de ce coup d'œil, le triomphe de la femme heureuse de sa beauté et de son art. Aussi, par gratitude d'homme adoré, crut-il devoir railler à son tour, malgré la bienveillance qu'il éprouvait pour Denise, dont sa nature galante subissait le charme secret.

– Puis, il faudrait être peignée, murmura-t-il.

Ce fut le comble. Le directeur daignait rire, toutes ces demoiselles éclatèrent. Marguerite risqua un léger gloussement de fille distinguée qui se retient ; Clara avait lâché une vente, pour se faire du bon sang à son aise ; même des vendeuses de la lingerie étaient venues, attirées par la rumeur. Quant à ces dames, elles s'amusaient plus discrètement, d'un air d'intelligence mondaine ; tandis que, seul le profil impérial de Mme Aurélie ne riait pas, comme si les beaux cheveux sauvages et les

1. **Attifement** : accoutrement.

fines épaules virginales de la débutante l'eussent déshonorée, dans la bonne tenue de son rayon. Denise avait encore pâli, au milieu de tout ce monde qui se moquait. Elle se sentait violentée, mise à nu, sans défense. Quelle était donc sa faute, pour qu'on s'attaquât de la sorte à sa taille trop mince, à son chignon trop lourd ? Mais elle souffrait surtout du rire de Mouret et de Mme Desforges, avertie par un instinct de leur entente, le cœur défaillant d'une douleur inconnue ; cette dame était bien mauvaise, de s'en prendre ainsi à une pauvre fille qui ne disait rien ; et lui, décidément, la glaçait d'une peur où tous ses autres sentiments sombraient, sans qu'elle pût les analyser. Alors, dans son abandon de paria, atteinte à ses plus intimes pudeurs de femme et révoltée contre l'injustice, elle étrangla les sanglots qui lui montaient à la gorge.

– N'est-ce pas ? Qu'elle se peigne demain, c'est inconvenant, répétait à Mme Aurélie le terrible Bourdoncle, qui dès l'arrivée avait condamné Denise, plein de mépris pour ses petits membres.

Et la première vint enfin enlever le manteau des épaules de celle-ci, en lui disant tout bas :

– Eh bien ! mademoiselle, voilà un joli début. Vraiment, si vous avez voulu montrer ce dont vous êtes capable... On n'est pas plus sotte.

Denise, de peur que les larmes ne lui jaillissent des yeux, se hâta de retourner au tas de vêtements qu'elle transportait et qu'elle classait sur un comptoir. Là, au moins, elle était perdue dans la foule, la fatigue l'empêchait de penser. Mais elle sentit près d'elle la vendeuse de la lingerie, qui, le matin déjà, avait pris sa défense. Cette dernière venait de suivre la scène, elle lui murmurait à l'oreille :

– Ma pauvre fille, ne soyez donc pas si sensible. Renfoncez ça, autrement on vous en fera bien d'autres... Moi qui vous parle, je suis de Chartres. Oui, parfaitement, Pauline Cugnot ; et mes parents sont meuniers, là-bas... Eh bien ! on m'aurait mangée, les premiers jours, si je ne m'étais pas mise en travers... Allons, du courage ! donnez-moi la main, nous causerons gentiment, quand vous voudrez.

Cette main qui se tendait, redoubla le trouble de Denise. Elle la serra furtivement, elle se hâta d'enlever une lourde charge de paletots, craignant encore de mal faire et d'être grondée, si on lui savait une amie.

Cependant, Mme Aurélie elle-même venait de poser le manteau sur les épaules de Mme Marty, et l'on se récriait : Oh ! très bien !

ravissant ! tout de suite, ça prenait une tournure. Mme Desforges déclara qu'on ne trouverait pas mieux. Il y eut des saluts, Mouret prit congé, tandis que Vallagnosc, qui avait aperçu aux dentelles Mme de Boves et sa fille, se hâta d'aller offrir son bras à la mère. Déjà Marguerite, debout devant une des caisses de l'entresol, appelait les divers achats de Mme Marty, qui paya et qui donna l'ordre de porter le paquet dans sa voiture. Mme Desforges avait retrouvé tous ses articles à la caisse 10. Puis, ces dames se rencontrèrent une fois encore dans le salon oriental. Elles partaient, mais ce fut au milieu d'une crise bavarde d'admiration. Mme Guibal elle-même s'exaltait.

– Oh ! délicieux !... On se dirait là-bas !

– N'est-ce pas, un vrai harem ? Et pas cher !

– Les Smyrne, ah ! les Smyrne ! quels tons, quelle finesse !

– Et ce Kurdistan, voyez donc ! un Delacroix[1] !

Lentement, la foule diminuait. Des volées de cloche, à une heure d'intervalle, avaient déjà sonné les deux premières tables du soir ; la troisième allait être servie, et dans les rayons, peu à peu déserts, il ne restait que des clientes attardées, à qui leur rage de dépense faisait oublier l'heure. Du dehors ne venaient plus que les roulements des derniers fiacres, au milieu de la voix empâtée de Paris, un ronflement d'ogre repu, digérant les toiles et les draps, les soies et les dentelles, dont on le gavait depuis le matin. À l'intérieur, sous le flamboiement des becs de gaz, qui, brûlant dans le crépuscule, avaient éclairé les secousses suprêmes de la vente, c'était comme un champ de bataille encore chaud du massacre des tissus. Les vendeurs, harassés de fatigue, campaient parmi la débâcle de leurs casiers et de leurs comptoirs, que paraissait avoir saccagés le souffle furieux d'un ouragan. On longeait avec peine les galeries du rez-de-chaussée, obstruées par la débandade des chaises ; il fallait enjamber, à la ganterie, une barricade de cartons, entassés autour de Mignot ; aux lainages, on ne passait plus du tout, Liénard sommeillait au-dessus d'une mer de pièces, où des piles restées debout, à moitié détruites, semblaient des maisons dont un fleuve débordé charrie les ruines ; et, plus loin, le blanc avait neigé à terre, on butait contre des banquises de serviettes, on marchait sur les flocons légers des

1. **Delacroix** : peintre romantique (1798-1863), qui peignit notamment des sujets orientaux.

mouchoirs. Mêmes ravages en haut, dans les rayons de l'entresol : les fourrures jonchaient les parquets, les confections s'amoncelaient comme des capotes de soldats mis hors de combat, les dentelles et la lingerie, dépliées, froissées, jetées au hasard, faisaient songer à un peuple de femmes qui se serait déshabillé là, dans le désordre d'un coup de désir ; tandis que, en bas, au fond de la maison, le service du départ, en pleine activité, dégorgeait toujours les paquets dont il éclatait et qu'emportaient les voitures, dernier branle de la machine surchauffée. Mais, à la soie surtout, les clientes s'étaient ruées en masse ; là, elles avaient fait place nette ; on y passait librement, le hall restait nu, tout le colossal approvisionnement du Paris-Bonheur venait d'être déchiqueté, balayé, comme sous un vol de sauterelles dévorantes. Et, au milieu de ce vide, Hutin et Favier feuilletaient leurs cahiers de débit, calculaient leur tant pour cent, essoufflés de la lutte. Favier s'était fait quinze francs, Hutin n'avait pu arriver qu'à treize, battu ce jour-là, enragé de sa mauvaise chance. Leurs yeux s'allumaient de la passion du gain, tout le magasin autour d'eux alignait également des chiffres et flambait d'une même fièvre, dans la gaieté brutale des soirs de carnage.

– Eh bien ! Bourdoncle, cria Mouret, tremblez-vous encore ?

Il était revenu à son poste favori, en haut de l'escalier de l'entresol, contre la rampe ; et, devant le massacre d'étoffes qui s'étalait sous lui, il avait un rire victorieux. Ses craintes du matin, ce moment d'impardonnable faiblesse que personne ne connaîtrait jamais, le jetait à un besoin tapageur de triomphe. La campagne était donc définitivement gagnée, le petit commerce du quartier mis en pièces, le baron Hartmann conquis, avec ses millions et ses terrains. Pendant qu'il regardait les caissiers penchés sur leurs registres, additionnant les longues colonnes de chiffres, pendant qu'il écoutait le petit bruit de l'or, tombant de leurs doigts dans les sébiles de cuivre, il voyait déjà le *Bonheur des Dames* grandir démesurément, élargir son hall, prolonger ses galeries jusqu'à la rue du 10-Décembre.

– Et maintenant, reprit-il, êtes-vous convaincu que la maison est trop petite ?... On aurait vendu le double.

Bourdoncle s'humiliait, ravi du reste d'être dans son tort. Mais un spectacle les rendit graves. Comme tous les soirs, Lhomme, premier caissier de la vente, venait de centraliser les recettes particulières de chaque caisse ; après les avoir additionnées, il affichait la recette totale, en embrochant dans sa pique de fer la feuille où elle était inscrite ; et il montait ensuite cette recette à la caisse centrale, dans un portefeuille et dans des sacs, selon la nature du numéraire. Ce jour-là, l'or et l'argent dominaient, il gravissait lentement l'escalier, portant trois sacs énormes. Privé de son bras droit, coupé au coude, il les serrait de son bras gauche contre sa poitrine, il en maintenait un avec son menton, pour l'empêcher de glisser. Son souffle fort s'entendait de loin, il passait, écrasé et superbe, au milieu du respect des commis.

– Combien, Lhomme ? demanda Mouret.

Le caissier répondit :

– Quatre-vingt mille sept cent quarante-deux francs dix centimes !

Un rire de jouissance souleva le *Bonheur des Dames.* Le chiffre courait. C'était le plus gros chiffre qu'une maison de nouveautés eût encore jamais atteint en un jour.

Et, le soir, lorsque Denise monta se coucher, elle s'appuyait aux cloisons de l'étroit corridor, sous le zinc de la toiture. Dans sa chambre, la porte fermée, elle s'abandonna sur le lit, tellement les pieds lui faisaient du mal. Longtemps, elle regarda d'un air hébété la table de toilette, l'armoire, toute cette nudité d'hôtel garni[1]. C'était donc là qu'elle allait vivre ; et sa première journée se creusait, abominable, sans fin. Jamais elle ne trouverait le courage de la recommencer. Puis, elle s'aperçut qu'elle était vêtue de soie ; cet uniforme l'accablait, elle eut l'enfantillage, pour défaire sa malle, de vouloir remettre sa vieille robe de laine, restée au dossier d'une chaise. Mais quand elle fut rentrée dans ce pauvre vêtement à elle, une émotion l'étrangla, les sanglots qu'elle contenait depuis le matin crevèrent brusquement en un flot de larmes chaudes. Elle était retombée sur le lit, elle pleurait au souvenir de ses deux enfants, elle pleurait toujours sans avoir la force de se déchausser, ivre de fatigue et de tristesse.

1. **Hôtel garni :** hôtel louant des chambres meublées au mois, voire à l'année.

V

LE LENDEMAIN, Denise était descendue au rayon depuis une demi-heure à peine, lorsque Mme Aurélie lui dit de sa voix brève :

– Mademoiselle, on vous demande à la direction.

La jeune fille trouva Mouret seul, assis dans le grand cabinet tendu de reps vert. Il venait de se rappeler « la mal peignée », comme la nommait Bourdoncle ; et lui qui répugnait d'ordinaire au rôle de gendarme, il avait eu l'idée de la faire comparaître pour la secouer un peu, si elle était toujours fagotée en provinciale. La veille, malgré sa plaisanterie, il avait éprouvé devant Mme Desforges une contrariété d'amour-propre, en voyant discuter l'élégance d'une de ses vendeuses. C'était, chez lui, un sentiment confus, un mélange de sympathie et de colère.

– Mademoiselle, commença-t-il, nous vous avions prise par égard pour votre oncle, et il ne faut pas nous mettre dans la triste nécessité...

Mais il s'arrêta. En face de lui, de l'autre côté du bureau, Denise se tenait droite, sérieuse et pâle. Sa robe de soie n'était plus trop large, serrant sa taille ronde, moulant les lignes pures de ses épaules de vierge ; et, si sa chevelure, nouée en grosses tresses, restait sauvage, elle tâchait du moins de se contenir. Après s'être endormie toute vêtue, les yeux épuisés de larmes, la jeune fille, en se réveillant vers quatre heures, avait eu honte de cette crise de sensibilité nerveuse. Et elle s'était mise immédiatement à rétrécir la robe, elle avait passé une heure devant l'étroit miroir, le peigne dans ses cheveux, sans pouvoir les réduire, comme elle l'aurait voulu.

– Ah ! Dieu merci ! murmura Mouret, vous êtes mieux, ce matin... Seulement, ce sont encore ces diablesses de mèches !

Il s'était levé, il vint corriger sa coiffure, du même geste familier dont Mme Aurélie avait essayé de le faire la veille.

– Tenez ! rentrez donc ça derrière l'oreille... Le chignon est trop haut.

Elle n'ouvrait pas la bouche, elle se laissait arranger. Malgré son serment d'être forte, elle était arrivée toute froide dans le cabinet, avec la certitude qu'on l'appelait pour lui signifier son renvoi. Et l'évidente bienveillance de Mouret ne la rassurait pas, elle continuait à le redouter, à ressentir près de lui ce malaise qu'elle expliquait par un trouble bien naturel, devant l'homme puissant dont sa destinée dépendait. Quand il la vit si tremblante sous ses mains qui lui effleuraient la nuque, il eut regret de ce mouvement d'obligeance, car il craignait surtout de perdre son autorité.

– Enfin, mademoiselle, reprit-il en mettant de nouveau le bureau entre elle et lui, tâchez de veiller sur votre tenue. Vous n'êtes plus à Valognes, étudiez nos Parisiennes... Si le nom de votre oncle a suffi pour vous ouvrir notre maison, je veux croire que vous tiendrez ce que votre personne m'a semblé promettre. Le malheur est que tout le monde ici ne partage point mon avis... Vous voilà prévenue, n'est-ce pas ? Ne me faites pas mentir.

Il la traitait en enfant, avec plus de pitié que de bonté, sa curiosité de féminin simplement mise en éveil par la femme troublante qu'il sentait naître chez cette enfant pauvre et maladroite. Et elle, pendant qu'il la sermonnait, ayant aperçu le portrait de Mme Hédouin, dont le beau visage régulier souriait gravement dans le cadre d'or, se trouvait reprise d'un frisson, malgré les paroles encourageantes qu'il lui adressait. C'était la dame morte, celle que le quartier l'accusait d'avoir tuée, pour fonder la maison sur le sang de ses membres.

Mouret parlait toujours.

– Allez, dit-il enfin, assis et continuant à écrire.

Elle s'en alla, elle eut dans le corridor un soupir de profond soulagement.

À partir de ce jour, Denise montra son grand courage. Sous les crises de sa sensibilité, il y avait une raison sans cesse agissante, toute une bravoure d'être faible et seul, s'obstinant gaiement au devoir qu'elle s'imposait. Elle faisait peu de bruit, elle allait devant elle, droit à son but, par-dessus les obstacles ; et cela simplement, naturellement, car sa nature même était dans cette douceur invincible.

D'abord, elle eut à surmonter les terribles fatigues du rayon. Les paquets de vêtements lui cassaient les bras, au point que, pendant les six premières semaines, elle criait la nuit en se retournant, courbaturée, les épaules meurtries. Mais elle souffrit plus encore de ses souliers, de gros souliers apportés de Valognes, et que le manque d'argent l'empêchait de remplacer par des bottines légères. Toujours debout, piétinant du matin au soir, grondée si on la voyait s'appuyer une minute contre la boiserie, elle avait les pieds enflés, des petits pieds de fillette qui semblaient broyés dans des brodequins de torture ; les talons battaient de fièvre, la plante s'était couverte d'ampoules, dont la peau arrachée se collait à ses bas. Puis, elle éprouvait un délabrement du corps entier, les membres et les organes tirés par cette lassitude des jambes, de brusques troubles dans son sexe de femme, que trahissaient les pâles couleurs de sa chair. Et elle, si mince, l'air si fragile, résista, pendant que beaucoup de vendeuses devaient quitter les nouveautés, atteintes de maladies spéciales. Sa bonne grâce à souffrir, l'entêtement de sa vaillance la maintenaient souriante et droite, lorsqu'elle défaillait, à bout de forces, épuisée par un travail auquel des hommes auraient succombé.

Ensuite, son tourment fut d'avoir le rayon contre elle. Au martyre physique s'ajoutait la sourde persécution de ses camarades. Après deux mois de patience et de douceur, elle ne les avait pas encore désarmées. C'étaient des mots blessants, des inventions cruelles, une mise à l'écart qui la frappait au cœur, dans son besoin de tendresse. On l'avait longtemps plaisantée sur son début fâcheux ; les mots de « sabot », de « tête de pioche » circulaient, celles qui manquaient une vente étaient envoyées à Valognes, elle passait enfin pour la bête du comptoir. Puis, lorsqu'elle se révéla plus tard comme une vendeuse remarquable, au courant désormais du mécanisme de la maison, il y eut une stupeur indignée ; et, à partir de ce moment, ces demoiselles s'entendirent de manière à ne jamais lui laisser une cliente sérieuse. Marguerite et Clara la poursuivaient d'une haine instinctive, serraient les rangs pour ne pas être mangées par cette nouvelle venue, qu'elles redoutaient sous leur affectation de dédain. Quant à Mme Aurélie, elle était blessée de la réserve fière de la jeune fille, qui ne tournait pas autour de sa jupe d'un air d'admiration caressante ; aussi l'abandonnait-elle aux rancunes de ses favorites, des préférées de sa cour, toujours agenouillées, occupées à la nourrir d'une flatterie continue, dont sa forte personne autoritaire avait besoin pour s'épanouir. Un instant, la seconde, Mme Frédéric, parut ne pas entrer dans le complot ; mais ce devait être par inadvertance, car elle se montra également dure dès qu'elle s'aperçut des ennuis où ses bonnes manières pouvaient la mettre.

Alors l'abandon fut complet, toutes s'acharnèrent sur « la mal peignée », celle-ci vécut dans une lutte de chaque heure, n'arrivant avec tout son courage qu'à se maintenir au rayon, difficilement.

Maintenant, telle était sa vie. Il lui fallait sourire, faire la brave et la gracieuse, dans une robe de soie qui ne lui appartenait point ; et elle agonisait de fatigue, mal nourrie, mal traitée, sous la continuelle menace d'un renvoi brutal. Sa chambre était son unique refuge, le seul endroit où elle s'abandonnait encore à des crises de larmes, lorsqu'elle avait trop souffert durant le jour. Mais un froid terrible y tombait du zinc de la toiture, couverte des neiges de décembre ; elle devait se pelotonner dans son lit, jeter tous ses vêtements sur elle, pleurer sous la couverture, pour que la gelée ne lui gerçât pas le visage. Mouret ne lui adressait plus la parole. Quand elle rencontrait le regard sévère de Bourdoncle pendant le service, elle était prise d'un tremblement, car elle sentait en lui un ennemi naturel, qui ne lui pardonnerait pas la plus légère faute. Et, au milieu de cette hostilité générale, l'étrange bienveillance de l'inspecteur Jouve l'étonnait ; s'il la trouvait à l'écart, il lui souriait, cherchait un mot aimable ; deux fois, il lui avait évité des réprimandes, sans qu'elle lui en témoignât de la gratitude, plus troublée que touchée de sa protection.

Un soir, après le dîner, comme ces demoiselles rangeaient les armoires, Joseph vint avertir Denise qu'un jeune homme la demandait, en bas. Elle descendit, très inquiète.

– Tiens ! dit Clara, la mal peignée a donc un amoureux ?

– Faut avoir faim, dit Marguerite.

En bas, sous la porte, Denise trouva son frère Jean. Elle lui avait formellement défendu de se présenter ainsi au magasin, ce qui produisait le plus mauvais effet. Mais elle n'osa le gronder, tellement il paraissait hors de lui, sans casquette, essoufflé d'être venu en courant du faubourg du Temple.

– As-tu dix francs ? balbutia-t-il. Donne-moi dix francs ou je suis un homme perdu.

Ce grand galopin aux cheveux blonds envolés, était si drôle, avec son beau visage de fille, en lançant cette phrase de mélodrame, qu'elle aurait souri, sans l'angoisse où la mettait la demande d'argent.

– Comment ! dix francs ? murmura-t-elle. Qu'y a-t-il donc ?

Il rougit, il expliqua qu'il avait rencontré la sœur d'un camarade. Denise le fit taire, gagnée par son embarras, n'ayant pas besoin d'en savoir davantage. À deux reprises, il était accouru déjà pratiquer des emprunts semblables ; mais il s'agissait seulement, la première fois de vingt-cinq sous, et la seconde de trente sous. Toujours il retombait dans des histoires de femme.

– Je ne peux pas te donner dix francs, reprit-elle. Le mois de Pépé n'est pas encore payé, et j'ai tout juste l'argent. Il me restera à peine de quoi acheter des bottines dont j'ai grand besoin... À la fin, tu n'es pas raisonnable, Jean. C'est très mal.

– Alors, je suis perdu, répéta-t-il avec un geste tragique. Écoute, petite sœur : c'est une grande brune, nous sommes allés au café en compagnie du frère, moi je ne me doutais pas que les consommations...

Elle dut l'interrompre de nouveau, et comme des larmes montaient aux yeux du cher écervelé, elle tira son porte-monnaie, en sortit une pièce de dix francs, qu'elle lui glissa dans la main. Tout de suite, il se mit à rire.

– Je savais bien... Mais, parole d'honneur ! jamais plus désormais ! Il faudrait être un fameux chenapan.

Et il reprit sa course, après l'avoir baisée sur les joues comme un fou. Dans le magasin, des employés s'étonnaient.

Cette nuit-là, Denise dormit d'un mauvais sommeil. Depuis son entrée au *Bonheur des Dames*, l'argent était son cruel souci. Elle restait toujours au pair, sans appointements fixes ; et, comme ces demoiselles du rayon l'empêchaient de vendre, elle arrivait tout juste à payer la pension de Pépé, grâce aux clientes sans conséquence qu'on lui abandonnait. C'était pour elle une misère noire, la misère en robe de soie. Souvent elle devait passer la nuit, elle entretenait son mince trousseau, reprisant son linge, raccommodant ses chemises comme de la dentelle ; sans compter qu'elle avait posé des pièces à ses souliers, aussi adroitement qu'un cordonnier aurait pu le faire. Elle risquait des lessives dans sa cuvette. Mais sa vieille robe de laine l'inquiétait surtout ; elle n'en avait pas d'autre, elle était forcée de la remettre chaque soir, quand elle quittait la soie d'uniforme, ce qui l'usait terriblement ; une tache lui donnait la fièvre, le moindre accroc devenait une catastrophe. Et rien à elle, pas un sou, pas de quoi acheter les menus objets dont une femme a besoin ; elle avait dû attendre quinze jours pour renouveler sa provision de fil et d'aiguilles. Aussi étaient-ce des désastres, lorsque Jean, avec ses histoires d'amour, tombait tout d'un coup et saccageait le budget. Une pièce de vingt sous emportée creusait un gouffre. Quant à trouver dix francs le lendemain, il ne fallait pas y songer un instant. Jusqu'au petit jour, elle eut des cauchemars, Pépé jeté à la rue, tandis qu'elle retournait les pavés de ses doigts meurtris, pour voir s'il n'y avait pas de l'argent dessous.

Le lendemain, justement, elle eut à sourire, à jouer son rôle de fille bien mise. Des clientes connues vinrent au rayon, Mme Aurélie l'appela plusieurs fois, lui jeta sur les épaules des manteaux, afin qu'elle en fît valoir les coupes nouvelles. Et, tandis qu'elle se cambrait, avec des grâces imposées de gravure de mode, elle songeait aux quarante francs de la pension de Pépé, qu'elle avait promis de payer le soir. Elle se passerait bien encore de bottines, ce mois-là ; mais, en joignant même aux trente francs qui lui restaient, les quatre francs mis de côté sou à sou, cela ne lui ferait jamais que trente-quatre francs ; et, où prendrait-elle six francs pour compléter la somme ? C'était une angoisse dont son cœur défaillait.

– Remarquez, les épaules sont libres, disait Mme Aurélie. C'est très distingué et très commode... Mademoiselle peut croiser les bras.

– Oh ! parfaitement, répétait Denise, qui gardait un air aimable. On ne le sent pas... Madame en sera contente.

Maintenant, elle se reprochait d'être allée, l'autre dimanche, chercher Pépé chez Mme Gras, pour le promener aux Champs-Élysées. Le pauvre enfant sortait si rarement avec elle ! Mais il avait fallu lui acheter du pain d'épice et une pelle, puis le mener voir Guignol ; et tout de suite cela était monté à vingt-neuf sous. Vraiment, Jean ne songeait guère au petit, lorsqu'il faisait des sottises. Ensuite, tout retombait sur elle.

– Du moment qu'il ne plaît pas à madame..., reprenait la première. Tenez ! mademoiselle, mettez la rotonde, afin que madame juge.

Et Denise marchait à petits pas, la rotonde aux épaules, en disant :

– Elle est plus chaude... C'est la mode de cette année.

Jusqu'au soir, derrière sa bonne grâce de métier, elle se tortura ainsi pour savoir où trouver de l'argent. Ces demoiselles, débordées, lui laissèrent faire une vente importante ; mais on était au mardi, il fallait attendre quatre jours, avant de toucher la semaine. Après le dîner, elle résolut de remettre au lendemain sa visite chez Mme Gras. Elle s'excuserait, dirait avoir été retenue ; et d'ici là, peut-être aurait-elle les six francs.

Comme Denise évitait les moindres dépenses, elle montait se coucher de bonne heure. Que pouvait-elle faire sur les trottoirs, sans un sou, avec sa sauvagerie, et toujours inquiétée par la grande ville, où elle ne connaissait que les rues voisines du magasin ? Après s'être risquée jusqu'au Palais-Royal, pour prendre l'air, elle rentrait vite, s'enfermait, se mettait à coudre ou à savonner. C'était, le long du couloir des chambres, une promiscuité de caserne, des filles souvent peu soignées, des commérages d'eaux de toilette et de linges sales, toute une aigreur qui se dépensait en brouilles et en raccommodements continuels. Du reste, défense de remonter pendant le jour ; elles ne vivaient pas là, elles y logeaient la nuit, n'y rentrant le soir qu'à la dernière minute, s'en échappant le matin, endormies encore, mal réveillées par un débarbouillage rapide ; et ce coup de vent qui balayait sans cesse le couloir, la fatigue des treize heures de travail qui les jetait au lit sans un souffle, achevaient de changer les combles en une auberge traversée par la maussaderie éreintée d'une débandade de voyageurs. Denise n'avait pas d'amie. De toutes ces demoiselles, une seule, Pauline Cugnot, lui témoignait quelque tendresse ; et encore, les rayons des confections et de la lingerie, installés côte à côte, se trouvant en guerre ouverte, la sympathie des deux vendeuses avait dû jusque-là se borner à de rares paroles, échangées en courant. Pauline occupait bien une chambre voisine, à droite de la chambre de Denise ; mais, comme elle disparaissait au sortir de table et ne revenait pas avant onze heures, cette dernière l'entendait seulement se mettre au lit, sans jamais la rencontrer, en dehors des heures de travail.

Cette nuit-là, Denise s'était résignée à faire de nouveau le cordonnier. Elle tenait ses souliers, les examinait, regardait comment elle pourrait les mener au bout du mois. Enfin, avec une forte aiguille, elle avait pris le parti de recoudre les semelles, qui menaçaient de quitter l'empeigne. Pendant ce temps, un col et des manches trempaient dans la cuvette, pleine d'eau de savon.

Chaque soir, elle entendait les mêmes bruits, ces demoiselles qui rentraient une à une, de courtes conversations chuchotées, des rires, parfois des querelles, qu'on étouffait. Puis, les lits craquaient, il y avait des bâillements ; et les chambres tombaient à un lourd sommeil. Sa voisine de gauche rêvait souvent tout haut, ce qui l'avait effrayée d'abord. Peut-être, d'autres, à son exemple, veillaient-elles pour se raccommoder, malgré le règlement ; mais ce devait être avec les précautions qu'elle prenait elle-même, les gestes ralentis, les moindres chocs évités, car un silence frissonnant sortait seul des portes closes.

Onze heures étaient sonnées depuis dix minutes, lorsqu'un bruit de pas lui fit lever la tête. Encore une de ces demoiselles qui se trouvait en retard ! Et elle reconnut Pauline, en entendant celle-ci ouvrir la porte d'à côté. Mais elle demeura stupéfaite : la lingère revenait doucement et frappait chez elle.

– Dépêchez-vous, c'est moi.

Il était défendu aux vendeuses de se recevoir dans leurs chambres. Aussi Denise tourna-t-elle la clef vivement, pour que sa voisine ne fût pas surprise par Mme Cabin, qui veillait à la stricte observation du règlement.

– Elle était là ? demanda-t-elle en refermant la porte.

– Qui ? Mme Cahin ? dit Pauline. Oh ! ce n'est pas d'elle que j'ai peur... Avec cent sous !

Puis, elle ajouta :

– Voici longtemps que je veux causer. En bas, on ne peut jamais... Puis, vous m'avez eu l'air si triste ce soir, à table !

Denise la remerciait, la priait de s'asseoir, touchée de son air bonne fille. Mais, dans le trouble où cette visite imprévue la mettait, elle n'avait pas lâché le soulier qu'elle était en train de recoudre ; et les yeux de Pauline tombèrent sur ce soulier. Elle hocha la tête, regarda autour d'elle, aperçut les manches et le col dans la cuvette.

– Ma pauvre enfant, je m'en doutais, reprit-elle. Allez ! Je connais ça. Dans les premiers temps, quand je suis arrivée de Chartres, et que le père Cugnot ne m'envoyait pas un sou, j'en ai lavé de ces chemises ! Oui, oui, jusqu'à mes chemises ! J'en avais deux, vous en auriez toujours trouvé une qui trempait.

Elle s'était assise, essoufflée d'avoir couru. Sa large face, aux petits yeux vifs, à la grande bouche tendre, avait une grâce, sous l'épaisseur des traits. Et, sans transition, tout d'un coup, elle conta son histoire : sa jeunesse au moulin, le père Cugnot ruiné par un procès, et qui l'avait envoyée à Paris faire fortune, avec vingt francs dans la poche ; ensuite, ses débuts comme vendeuse, d'abord au fond d'un magasin des Batignolles, puis au *Bonheur des Dames,* de terribles débuts, toutes les blessures et toutes les privations ; enfin, sa vie actuelle, les deux cents francs qu'elle gagnait par mois, les plaisirs qu'elle prenait, l'insouciance où elle laissait couler ses journées. Des bijoux, une broche, une chaîne de montre, luisaient sur sa robe de drap gros bleu[1], pincée coquettement à la taille ; et elle souriait sous sa toque de velours, ornée d'une grande plume grise.

1. **Drap gros bleu :** drap bleu foncé.

Denise était devenue très rouge, avec son soulier. Elle voulait balbutier une explication.

– Puisque ça m'est arrivé ! répéta Pauline. Voyons, je suis votre aînée, j'ai vingt-six ans et demi, sans que cela paraisse... Contez-moi vos petites affaires.

Alors, Denise céda, devant cette amitié qui s'offrait si franchement. Elle s'assit en jupon, un vieux châle noué sur les épaules, près de Pauline en toilette ; et une bonne causerie s'engagea entre elles. Il gelait dans la chambre, le froid semblait y couler des murs mansardés, d'une nudité de prison ; mais elles ne s'apercevaient pas que leurs doigts avaient l'onglée[1], elles étaient toutes à leurs confidences. Peu à peu, Denise se livra, parla de Jean et de Pépé, dit combien la question d'argent la torturait ; ce qui les amena toutes deux à tomber sur ces demoiselles des confections. Pauline se soulageait.

– Oh ! les mauvaises teignes ! Si elles se conduisaient en bonnes camarades, vous pourriez vous faire plus de cent francs.

– Tout le monde m'en veut, sans que je sache pourquoi, disait Denise gagnée par les larmes. Ainsi M. Bourdoncle est sans cesse à me guetter, pour me prendre en faute, comme si je le gênais... Il n'y a guère que le père Jouve...

L'autre l'interrompit.

– Ce vieux singe d'inspecteur ! Ah ! ma chère, ne vous y fiez point... Vous savez, les hommes qui ont des grands nez comme ça ! Il a beau étaler sa décoration, on raconte une histoire qu'il aurait eue chez nous, à la lingerie... Mais que vous êtes donc enfant de vous chagriner ainsi ! Est-ce malheureux d'être si sensible ! Pardi ! ce qui vous arrive, arrive à toutes : on vous fait payer la bienvenue[2].

Elle lui saisit les mains, elle l'embrassa, emportée par son bon cœur. La question d'argent était plus grave. Certainement, une pauvre fille ne pouvait soutenir ses deux frères, payer la pension du petit et régaler les maîtresses du grand, en ramassant les quelques sous douteux dont les autres ne voulaient point ; car il était à craindre qu'on ne l'appointât pas avant la reprise des affaires, en mars.

– Écoutez, il est impossible que vous teniez le coup davantage, dit Pauline. Moi, à votre place...

---

1. **Onglée :** engourdissement du bout des doigts dû au froid.
2. **Faire payer la bienvenue :** faire subir des brimades au nouveau venu.

Mais un bruit, venu du corridor, la fit taire. C'était peut-être Marguerite, qu'on accusait de se promener en chemise de nuit, pour moucharder le sommeil des autres. La lingère, qui serrait toujours les mains de son amie, la regarda un moment en silence, l'oreille tendue. Puis, elle recommença très bas, d'un air de tendre conviction :

– Moi, à votre place, je prendrais quelqu'un.

– Comment, quelqu'un ? murmura Denise, sans comprendre d'abord.

Lorsqu'elle eut compris, elle retira ses mains, elle resta toute sotte. Ce conseil la gênait comme une idée qui ne lui était jamais venue, et dont elle ne voyait pas l'avantage.

– Oh ! non, répondit-elle simplement.

– Alors, continua Pauline, vous ne vous en sortirez pas, c'est moi qui vous le dis !... Les chiffres sont là : quarante francs pour le petit, des pièces de cent sous de temps à autre au grand ; et vous ensuite, vous qui ne pouvez toujours aller mise comme une pauvresse, avec des souliers dont ces demoiselles plaisantent ; oui, parfaitement, vos souliers vous font du tort... Prenez quelqu'un, ce sera beaucoup mieux.

– Non, répéta Denise.

– Eh bien ! vous n'êtes pas raisonnable... C'est forcé, ma chère, et si naturel ! Nous avons toutes passé par là. Moi, tenez ! j'étais au pair, comme vous. Pas un liard. On est couchée et nourrie, bien sûr ; mais il y a la toilette, puis il est impossible de rester sans un sou, renfermée dans sa chambre, à regarder voler les mouches. Alors, mon Dieu ! il faut se laisser aller...

Et elle parla de son premier amant, un clerc d'avoué, qu'elle avait connu dans une partie, à Meudon. Après celui-là, elle s'était mise avec un employé des postes. Enfin, depuis l'automne, elle fréquentait un vendeur du *Bon Marché*, un grand garçon très gentil, chez lequel elle passait toutes ses heures libres. Jamais qu'un à la fois, du reste. Elle était honnête, elle s'indignait lorsqu'on parlait de ces filles qui se donnent au premier venu.

– Je ne vous dis point de vous mal conduire, au moins ! reprit-elle vivement. Ainsi je ne voudrais pas être rencontrée en compagnie de votre Clara, de peur qu'on ne m'accusât de faire la noce comme elle. Mais, quand on est tranquillement avec quelqu'un, et qu'on n'a aucun reproche à s'adresser... Ça vous semble donc vilain ?

– Non, répondit Denise. Ça ne me va pas, voilà tout.

Il y eut un nouveau silence. Dans la petite chambre glacée, toutes deux se souriaient, émues de cette conversation à voix basse.

– Et puis, il faudrait d'abord avoir de l'amitié pour quelqu'un, reprit-elle, les joues roses.

La lingère fut très étonnée. Elle finit par rire, et elle l'embrassa une seconde fois, en disant :

– Mais, ma chérie, quand on se rencontre et qu'on se plaît ! Êtes-vous drôle ! On ne vous forcera pas... Voyons, voulez-vous que dimanche Baugé nous conduise quelque part à la campagne ? Il amènera un de ses amis.

– Non, répéta Denise avec une douceur entêtée.

Alors, Pauline n'insista plus. Chacune était maîtresse d'agir à son goût. Ce qu'elle en avait dit, c'était par bonté de cœur, car elle éprouvait un véritable chagrin de voir si malheureuse une camarade. Et, comme minuit allait sonner, elle se leva pour partir. Mais, auparavant, elle força Denise à accepter les six francs qui lui manquaient, en la suppliant de ne pas se gêner, de ne les rendre que lorsqu'elle gagnerait davantage.

– Maintenant, ajouta-t-elle, éteignez votre bougie, pour qu'on ne sache pas quelle porte s'ouvre... Vous la rallumerez ensuite.

La bougie éteinte, toutes deux se serrèrent encore les mains ; et Pauline fila légèrement, rentra chez elle, sans laisser d'autres bruits que le frôlement de sa jupe, au milieu du sommeil, écrasé de fatigue, des autres petites chambres.

Avant de se mettre au lit, Denise voulut achever de recoudre son soulier et faire son savonnage. Le froid devenait plus vif, à mesure que la nuit avançait. Mais elle ne le sentait pas, cette causerie avait remué tout le sang de son cœur. Elle n'était point révoltée, il lui semblait bien permis d'arranger l'existence comme on l'entendait, lorsqu'on se trouvait seule et libre sur la terre. Jamais elle n'avait obéi à des idées, sa raison droite et sa nature saine la maintenaient simplement dans l'honnêteté où elle vivait. Vers une heure, elle se coucha enfin. Non, elle n'aimait personne. Alors, à quoi bon déranger sa vie, gâter le dévouement maternel qu'elle avait voué à ses deux frères ? Pourtant, elle ne s'endormait pas, des frissons tièdes montaient à sa nuque, l'insomnie faisait passer devant ses paupières closes des formes indistinctes, qui s'évanouissaient dans la nuit.

À partir de ce moment, Denise s'intéressa aux histoires tendres de son rayon. En dehors des heures de gros travail, on y vivait dans une préoccupation constante de l'homme. Des commérages couraient, des aventures égayaient ces demoiselles pendant huit jours. Clara était un scandale, avait trois entreteneurs, disait-on, sans compter la queue d'amants de hasard, qu'elle traînait derrière elle ; et, si elle ne quittait pas le magasin, où elle travaillait le moins possible, dans le dédain d'un argent gagné plus agréablement ailleurs, c'était pour se couvrir aux yeux de sa famille ; car elle avait la continuelle terreur du père Prunaire, qui menaçait de tomber à Paris lui casser les bras et les jambes à coups de sabot. Au contraire, Marguerite se conduisait bien, on ne lui connaissait pas d'amoureux ; cela causait une surprise, toutes se racontaient son aventure, les couches qu'elle était venue cacher à Paris ; alors, comment avait-elle pu faire cet enfant, si elle était vertueuse ? et certaines parlaient d'un hasard, en ajoutant qu'elle se gardait maintenant pour son cousin de Grenoble. Ces demoiselles plaisantaient aussi Mme Frédéric, lui prêtaient des relations discrètes avec de grands personnages ; la vérité était qu'on ne savait rien de ses affaires de cœur ; elle disparaissait le soir, raidie dans sa maussaderie de veuve, l'air pressé, sans que personne pût dire où elle courait si fort. Quant aux passions de Mme Aurélie, à ses prétendues fringales de jeunes hommes obéissants, elles étaient certainement fausses : on inventait cela entre vendeuses mécontentes, histoire de rire. Peut-être la première avait-elle témoigné autrefois trop de maternité à un ami de son fils, seulement elle occupait aujourd'hui, dans les nouveautés, une situation de femme sérieuse, qui ne s'amusait plus à de pareils enfantillages. Puis, venait le troupeau, la débandade du soir, neuf sur dix que des amants attendaient à la porte ; c'était, sur la place Gaillon, le long de la rue de la Michodière et de la rue Neuve-Saint-Augustin, toute une faction d'hommes immobiles, guettant du coin de l'œil ; et, quand le défilé commençait, chacun tendait le bras, emmenait la sienne, disparaissait en causant, avec une tranquillité maritale.

Mais ce qui troubla le plus Denise, ce fut de surprendre le secret de Colomban. À toute heure, elle le trouvait de l'autre côté de la rue, sur le seuil du *Vieil Elbeuf*, les yeux levés et ne quittant pas du regard ces demoiselles des confections. Quand il se sentait guetté par elle, il rougissait, détournait la tête, comme s'il eût redouté que la jeune fille ne le vendît à sa cousine Geneviève, bien qu'il n'y eût plus aucun rapport entre les Baudu et leur nièce, depuis l'entrée de celle-ci au *Bonheur des Dames*. D'abord, elle le crut amoureux de Marguerite, à voir ses airs transis d'amant qui désespère, car Marguerite, sage et couchant au magasin, n'était point commode. Puis, elle resta stupéfaite, lorsqu'elle acquit la certitude que les regards ardents du commis s'adressaient à Clara. Il y avait des mois qu'il brûlait ainsi, sur le trottoir d'en face, sans trouver le courage de se déclarer ; et cela pour une fille libre, qui demeurait rue Louis-le-Grand, qu'il aurait pu aborder, avant qu'elle s'en allât chaque soir au bras d'un nouvel homme ! Clara elle-même ne paraissait pas se douter de sa conquête. La découverte de Denise l'emplit d'une émotion douloureuse. Était-ce donc si bête, l'amour ? Quoi ! ce garçon qui avait tout un bonheur sous la main, et qui gâtait sa vie, et qui adorait une gueuse comme un saint-sacrement[1] ! À partir de ce jour, elle éprouva un serrement de cœur, chaque fois qu'elle aperçut, derrière les carreaux verdâtres du *Vieil Elbeuf*, le profil pâle et souffrant de Geneviève.

Le soir, Denise songeait ainsi, en regardant ces demoiselles s'en aller avec leurs amants. Celles qui ne couchaient pas au *Bonheur des Dames*, disparaissaient jusqu'au lendemain, rapportaient à leurs rayons l'odeur du dehors dans leurs jupes, tout un inconnu troublant. Et la jeune fille devait parfois répondre par un sourire au signe de tête amical dont la saluait Pauline, que Baugé attendait régulièrement dès huit heures et demie, debout à l'angle de la fontaine Gaillon. Puis, après être sortie la dernière et avoir fait son tour furtif de promenade, toujours seule, elle était rentrée la première, elle travaillait ou se couchait, la tête occupée d'un rêve, prise de curiosité sur cette existence de Paris, qu'elle ignorait. Certes, elle ne jalousait pas ces demoiselles, elle était heureuse de sa solitude, de cette sauvagerie où elle vivait enfermée, comme au fond d'un refuge ; mais son imagination l'emportait, tâchait de deviner les choses, évoquait les plaisirs sans cesse contés devant elle, les cafés, les restaurants, les théâtres, les dimanches passés sur l'eau et dans les guinguettes. Toute une fatigue d'esprit lui en restait, un désir mêlé de lassitude ; et il lui semblait être déjà rassasiée de ces amusements, dont elle n'avait jamais goûté.

1. **Saint-sacrement :** pain consacré lors de l'eucharistie dans le rituel chrétien et, par extension, chose des plus précieuses.

Cependant, il y avait peu de place pour les songeries dangereuses, au milieu de son existence de travail. Dans le magasin, sous l'écrasement des treize heures de besogne, on ne pensait guère à des tendresses, entre vendeurs et vendeuses. Si la bataille continuelle de l'argent n'avait effacé les sexes, il aurait suffi, pour tuer le désir, de la bousculade de chaque minute, qui occupait la tête et rompait les membres. À peine pouvait-on citer quelques rares liaisons d'amour, parmi les hostilités et les camaraderies d'homme à femme, les coudoiements sans fin de rayon à rayon. Tous n'étaient plus que des rouages, se trouvaient emportés par le branle de la machine, abdiquant leur personnalité, additionnant simplement leurs forces, dans ce total banal et puissant de phalanstère[1]. Au-dehors seulement, reprenait la vie individuelle, avec la brusque flambée des passions qui se réveillaient.

Denise vit pourtant un jour Albert Lhomme, le fils de la première, glisser un billet dans la main d'une demoiselle de la lingerie, après avoir traversé plusieurs fois le rayon, d'un air d'indifférence. On arrivait alors à la morte-saison d'hiver, qui va de décembre à février ; et elle avait des moments de repos, des heures passées debout, les yeux perdus dans les profondeurs du magasin, à attendre les clientes. Les vendeuses des confections voisinaient surtout avec les vendeurs des dentelles, sans que l'intimité forcée allât plus loin que des plaisanteries, échangées tout bas. Il y avait, aux dentelles, un second farceur qui poursuivait Clara de confidences abominables, simplement pour rire, si détaché au fond qu'il n'essayait seulement pas de la retrouver dehors ; et c'étaient ainsi, d'un comptoir à l'autre, entre ces messieurs et ces demoiselles, des coups d'œil d'intelligence, des mots qu'eux seuls comprenaient, parfois des causeries sournoises, le dos à demi tourné, l'air rêveur, pour donner le change au terrible Bourdoncle. Quant à Deloche, longtemps il se contenta de sourire en regardant Denise ; puis, il s'enhardit, lui murmura un mot d'amitié, lorsqu'il la coudoya. Le jour où elle aperçut le fils de Mme Aurélie donnant un billet à la lingère, Deloche justement lui demandait si elle avait bien déjeuné, par besoin de s'intéresser à elle, et ne trouvant rien de plus aimable. Lui aussi vit la tache blanche de la lettre ;

---

1. **Phalanstère :** communauté de travailleurs. Ce système fut conçu par Fourier (1772-1837), théoricien du socialisme utopique.

il regarda la jeune fille, tous deux rougirent de cette intrigue nouée devant eux.

Mais Denise, sous ces haleines chaudes qui éveillaient peu à peu la femme en elle, gardait encore sa paix d'enfant. Seule, la rencontre de Hutin lui remuait le cœur. Du reste, ce n'était à ses yeux que de la reconnaissance, elle se croyait uniquement touchée de la politesse du jeune homme. Il ne pouvait amener une cliente au rayon, sans qu'elle demeurât confuse. Plusieurs fois, en revenant d'une caisse, elle se surprit faisant un détour, traversant inutilement le comptoir des soieries, la gorge gonflée d'émotion. Un après-midi, elle y trouva Mouret qui semblait la suivre d'un sourire. Il ne s'occupait plus d'elle, ne lui adressait de loin en loin une parole que pour la conseiller sur sa toilette et la plaisanter, en fille manquée, en sauvage qui tenait du garçon et dont il ne tirerait jamais une coquette, malgré sa science d'homme à bonnes fortunes ; même il en riait, il descendait jusqu'à des taquineries, sans vouloir s'avouer le trouble que lui causait cette petite vendeuse, avec ses cheveux si drôles. Devant ce sourire muet, Denise trembla, comme si elle était en faute. Savait-il donc pourquoi elle traversait la soierie, lorsqu'elle-même n'aurait pu expliquer ce qui la poussait à un pareil détour ?

Hutin, d'ailleurs, ne paraissait nullement s'apercevoir des regards reconnaissants de la jeune fille. Ces demoiselles n'étaient pas son genre, il affectait de les mépriser, en se vantant plus que jamais d'aventures extraordinaires avec des clientes : à son comptoir, une baronne avait eu le coup de foudre, et la femme d'un architecte lui était tombée entre les bras, un jour qu'il allait chez elle pour une erreur de métrage. Sous cette hâblerie normande, il cachait simplement des filles ramassées au fond des brasseries et des cafés-concerts. Comme tous les jeunes messieurs des nouveautés, il avait une rage de dépense, se battant la semaine entière à son rayon, avec une âpreté d'avare, dans le seul désir de jeter le dimanche son argent à la volée, sur les champs de courses, au travers des restaurants et des bals ; jamais une économie, pas une avance, le gain aussitôt dévoré que touché, l'insouciance absolue du lendemain. Favier n'était pas de ces parties. Hutin et lui, si liés au magasin, se saluaient à la porte et ne se parlaient plus ; beaucoup de vendeurs, en continuel contact, devenaient ainsi des étrangers, ignorant leurs vies, dès qu'ils mettaient le pied dans la rue. Mais Hutin avait pour intime Liénard. Tous deux habitaient le même hôtel, l'hôtel de Smyrne, rue Sainte-Anne, une maison noire entièrement occupée par des employés de commerce. Le matin, ils arrivaient ensemble ; puis le soir, le premier libre, lorsque le déplié de son comptoir était fait, allait attendre l'autre au café Saint-Roch, rue Saint-Roch, un petit café où se réunissaient d'habitude les commis du *Bonheur des Dames*, braillant et buvant, jouant aux cartes dans la fumée des pipes. Souvent, ils restaient là, ne partaient que vers une heure, lorsque le maître de l'établissement, fatigué, les jetait dehors. D'ailleurs, depuis un mois, ils passaient la soirée trois fois par semaine au fond d'un « beuglant »[1] de Montmartre ; et ils emmenaient des camarades, ils y faisaient un succès à Mlle Laure, forte chanteuse, la dernière conquête de Hutin, dont ils appuyaient le talent de si violents coups de canne et de telles clameurs, qu'à deux reprises déjà la police avait dû intervenir.

L'hiver passa de la sorte, Denise obtint enfin trois cents francs d'appointements fixes. Il était temps, ses gros souliers ne tenaient plus. Le dernier mois, elle évitait même de sortir, pour ne pas les crever d'un coup.

– Mon Dieu ! mademoiselle, vous faites un bruit avec vos chaussures ! répétait souvent Mme Aurélie, d'un air agacé. C'est insupportable... Qu'avez-vous donc aux pieds ?

Le jour où Denise descendit chaussée de bottines d'étoffe, qu'elle avait payées cinq francs, Marguerite et Clara s'étonnèrent à demi-voix, de façon à être entendues.

– Tiens ! la mal peignée qui a lâché ses galoches, dit l'une.

– Ah bien ! reprit l'autre, elle a dû en pleurer... C'étaient les galoches de sa mère.

D'ailleurs, un soulèvement général se produisit contre Denise. Le comptoir avait fini par découvrir son amitié avec Pauline, et il voyait une bravade dans cette affection donnée à une vendeuse d'un comptoir ennemi. Ces demoiselles parlaient de trahison, l'accusaient d'aller répéter à côté leurs moindres paroles. La guerre de la lingerie et des confections en prit une violence nouvelle, jamais elle n'avait soufflé si rudement : des mots furent échangés, raides comme des balles, et il y eut même une gifle, un soir, derrière les cartons de

1. **Beuglant** : terme familier désignant un café-concert populaire.

chemises. Peut-être, cette lointaine querelle venait-elle de ce que la lingerie portait des robes de laine, lorsque les confections étaient vêtues de soie ; en tout cas, les lingères parlaient de leurs voisines avec des moues révoltées d'honnêtes filles ; et les faits leur donnaient raison, on avait remarqué que la soie semblait influer sur les débordements des confectionneuses. Clara était souffletée du troupeau de ses amants, Marguerite elle-même avait reçu son enfant à la tête, tandis qu'on accusait Mme Frédéric de passions cachées. Tout cela à cause de cette Denise !

– Mesdemoiselles, pas de vilains mots, tenez-vous ! disait Mme Aurélie d'un air grave, au milieu des colères déchaînées de son petit peuple. Montrez qui vous êtes.

Elle préférait se désintéresser. Comme elle le confessait un jour, répondant à une question de Mouret, ces demoiselles ne valaient pas plus cher les unes que les autres. Mais, brusquement, elle se passionna, lorsqu'elle apprit de la bouche de Bourdoncle qu'il venait de trouver au fond du sous-sol, son fils en train d'embrasser une lingère, cette vendeuse à qui le jeune homme glissait des lettres. C'était abominable, et elle accusa carrément la lingerie d'avoir fait tomber Albert dans un guet-apens ; oui, le coup était monté contre elle, on cherchait à la déshonorer en perdant un enfant sans expérience, après s'être convaincu que son rayon restait inattaquable. Elle ne criait si fort que pour embrouiller les choses, car elle n'avait aucune illusion sur son fils, elle le savait capable de toutes les sottises. Un instant, l'affaire faillit devenir grave, le gantier Mignot s'y trouva mêlé ! il était l'ami d'Albert, il avantageait les maîtresses que ce dernier lui adressait, des filles en cheveux qui fouillaient pendant des heures dans les cartons ; et il y avait, en outre, une histoire de gants de Suède donnés à la lingère, dont personne n'eut le dernier mot. Enfin, le scandale fut étouffé, par égard pour la première des confections, que Mouret lui-même traitait avec déférence. Bourdoncle, huit jours plus tard, se contenta de congédier, sous un prétexte, la vendeuse coupable de s'être laissé embrasser. S'ils fermaient les yeux sur les terribles noces du dehors, ces messieurs ne toléraient pas la moindre gaudriole dans la maison.

Et ce fut Denise qui souffrit de l'aventure. Mme Aurélie, toute renseignée qu'elle était, lui garda une sourde rancune ; elle l'avait vue rire avec Pauline, elle crut à une bravade, à des commérages sur les amours de son fils. Alors, dans le rayon, elle isola la jeune fille davantage encore. Depuis longtemps, elle projetait d'emmener ces demoiselles passer un dimanche, près de Rambouillet, aux Rigolles, où elle avait acheté une propriété, sur ses cent premiers mille francs d'économie ; et, tout d'un coup, elle se décida, c'était une façon de punir Denise, de la mettre ouvertement à l'écart. Seule, cette dernière ne fut pas invitée. Quinze jours à l'avance, le rayon ne causa que de la partie : on regardait le ciel attiédi par le soleil de mai, on occupait déjà chaque heure de la journée, on se promettait tous les plaisirs, des ânes, du lait, du pain bis. Et rien que des femmes, ce qui était plus amusant ! D'habitude, Mme Aurélie tuait de la sorte ses jours de congé, en se promenant avec des dames ; car elle avait si peu l'habitude de se trouver en famille, elle était si mal à son aise, si dépaysée, les rares soirs où elle pouvait dîner chez elle, entre son mari et son fils, qu'elle préférait, même ces soirs-là, lâcher le ménage et aller dîner au restaurant. Lhomme filait de son côté, ravi de reprendre son existence de garçon, et Albert, soulagé, courait à ses gueuses ; si bien que, désaccoutumés du foyer, se gênant et s'ennuyant ensemble le dimanche, tous les trois ne faisaient guère que traverser leur appartement, ainsi qu'un hôtel banal où l'on couche à la nuit. Pour la partie de Rambouillet, Mme Aurélie déclara simplement que les convenances empêchaient Albert d'en être, et que le père lui-même montrerait du tact en refusant de venir ; ce dont les deux hommes furent enchantés. Cependant, le bienheureux jour approchait, ces demoiselles ne tarissaient plus, racontaient des préparatifs de toilette, comme si elles partaient pour un voyage de six mois ; tandis que Denise devait les entendre, pâle et silencieuse dans son abandon.

– Hein ? elles vous font rager ? lui dit un matin Pauline. C'est moi, à votre place, qui les attraperais ! Elles s'amusent, je m'amuserais, pardi !... Accompagnez-nous dimanche, Baugé me mène à Joinville.

– Non, merci, répondit la jeune fille avec sa tranquille obstination.

– Mais pourquoi ?... Vous avez encore peur qu'on ne vous prenne de force ?

Et Pauline riait d'un bon rire. Denise sourit à son tour. Elle savait bien comment arrivaient les choses : c'était dans une partie semblable que chacune de ces demoiselles avait connu son premier amant, un ami amené comme par hasard ; et elle ne voulait pas.

– Voyons, reprit Pauline, je vous jure que Baugé n'amènera personne. Nous ne serons que tous les trois... Puisque ça vous déplaît, je n'irais pas vous marier, bien sûr.

Denise hésitait, tourmentée d'un tel désir qu'un flot de sang montait à ses joues. Depuis que ses camarades étalaient leurs plaisirs champêtres, elle étouffait, prise d'un besoin de plein ciel, rêvant de grandes herbes où elle entrait jusqu'aux épaules, d'arbres géants dont les ombres coulaient sur elle comme une eau fraîche. Son enfance, passée dans les verdures grasses du Cotentin, s'éveillait, avec le regret du soleil.

– Eh bien, oui, dit-elle enfin.

Tout fut réglé. Baugé devait venir prendre ces demoiselles à huit heures, sur la place Gaillon ; de là, on irait en fiacre à la gare de Vincennes. Denise, dont les vingt-cinq francs d'appointements fixes étaient chaque mois dévorés par les enfants, n'avait pu que rafraîchir sa vieille robe de laine noire, en la garnissant de biais de popeline à petits carreaux ; et elle s'était fait elle-même un chapeau, avec une forme de capote recouverte de soie et ornée d'un ruban bleu. Dans cette simplicité, elle avait l'air très jeune, un air de fille grandie trop vite, d'une propreté de pauvre, un peu honteuse et embarrassée du luxe débordant de ses cheveux, qui crevaient la nudité de son chapeau. Au contraire, Pauline étalait une robe de soie printanière, à raies violettes et blanches, une toque appareillée, chargée de plumes, des bijoux au cou et aux mains, toute une richesse de commerçante cossue. C'était comme une revanche de la semaine, de la soie le dimanche, lorsqu'elle se trouvait condamnée à la laine dans son rayon ; tandis que Denise, qui traînait sa soie d'uniforme du lundi au samedi, reprenait le dimanche la laine mince de sa misère.

– Voilà Baugé, dit Pauline, en désignant un grand garçon debout près de la fontaine.

Elle présenta son amant, et tout de suite Denise fut à son aise, tellement il lui parut brave homme. Baugé, énorme, d'une force lente de bœuf au labour, avait une longue face flamande, où des yeux vides riaient avec une puérilité d'enfant. Né à Dunkerque, fils cadet d'un épicier, il était venu à Paris, presque chassé par son père et son frère, qui le jugeaient trop bête. Cependant, au *Bon Marché,* il se faisait trois mille cinq cents francs. Il était stupide, mais très bon pour les toiles. Les femmes le trouvaient gentil.

– Et le fiacre ? demanda Pauline.

Il fallut aller jusqu'au boulevard. Déjà le soleil chauffait, la belle matinée de mai riait sur le pavé des rues ; et pas un nuage au ciel, toute une gaieté volait dans l'air bleu, d'une transparence de cristal. Un sourire involontaire entrouvrait les lèvres de Denise ; elle respirait fortement, il lui semblait que sa poitrine se dégageait d'un étouffement de six mois. Enfin, elle ne sentait donc plus sur elle l'air enfermé, les pierres lourdes du *Bonheur des Dames* ! elle avait donc devant elle toute une journée de libre campagne ! et c'était comme une nouvelle santé, une joie infinie, où elle entrait avec des sensations neuves de gamine. Pourtant, dans le fiacre, elle détourna les yeux, gênée, lorsque Pauline mit un gros baiser sur les lèvres de son amant.

– Tiens ! dit-elle, la tête toujours à la portière, M. Lhomme, là-bas... Comme il marche !

– Il a son cor, ajouta Pauline qui s'était penchée. En voilà un vieux toqué ! Si l'on ne dirait pas qu'il court à un rendez-vous !

Lhomme, en effet, l'étui de son instrument sous le bras, filait le long du Gymnase[1], le nez tendu, riant d'aise tout seul, à l'idée du régal qu'il se promettait. Il allait passer la journée chez un ami, une flûte d'un petit théâtre, où des amateurs faisaient le dimanche de la musique de chambre, dès leur café au lait.

– À huit heures ! quel enragé ! reprit Pauline. Et vous savez que Mme Aurélie et toute sa clique ont dû prendre le train de Rambouillet qui part à six heures vingt-cinq... Pour sûr, le mari et la femme ne se rencontreront pas.

Toutes deux causèrent de la partie de Rambouillet. Elles ne souhaitaient pas de la pluie aux autres, parce qu'elles auraient aussi gobé le bouillon ; mais, s'il pouvait crever un nuage là-bas, sans que les éclaboussures en vinssent jusqu'à Joinville, ce serait drôle tout de même. Puis, elles tombèrent sur Clara, une gâcheuse qui ne savait comment dépenser l'argent de ses entreteneurs : est-ce qu'elle n'achetait pas trois paires de bottines à la fois, des bottines qu'elle jetait le lendemain, après les avoir coupées avec des ciseaux, à cause de ses pieds qui étaient pleins de bosses ? D'ailleurs, ces demoiselles des nouveautés ne se montraient guère plus raisonnables que ces

1. **Gymnase :** théâtre.

messieurs : elles mangeaient tout, jamais un sou d'économie, des deux et des trois cents francs passaient par mois à des chiffons et à des friandises.

– Mais il n'a qu'un bras ! dit tout à coup Baugé. Comment fait-il pour jouer du cor ?

Il n'avait pas quitté Lhomme des yeux. Alors, Pauline, qui s'amusait parfois de sa naïveté, lui raconta que le caissier appuyait l'instrument contre un mur ; et il la crut parfaitement, en trouvant ça très ingénieux. Puis, lorsque, prise de remords, elle lui expliqua de quelle façon Lhomme adaptait à son moignon un système de pinces, dont il se servait ensuite comme d'une main, il hocha la tête, saisi de méfiance, déclarant qu'on ne lui ferait pas avaler celle-là.

– Tu es trop bête ! finit-elle par dire en riant. Ça ne fait rien, je t'aime tout de même.

Le fiacre roulait, on arriva à la gare de Vincennes, juste pour un train. C'était Baugé qui payait ; mais Denise avait déclaré qu'elle entendait prendre sa part des dépenses ; on réglerait le soir. Ils montèrent en secondes, toute une gaieté bourdonnante s'échappait des wagons. À Nogent, une noce débarqua, au milieu des rires. Enfin, ils descendirent à Joinville, passèrent dans l'île tout de suite, pour commander le déjeuner ; et ils restèrent là, le long des berges, sous de hauts peupliers qui bordaient la Marne. L'ombre était froide, une haleine vive soufflait dans le soleil, élargissait au loin, sur l'autre rive, la pureté limpide d'une plaine, déroulant des cultures. Denise s'attardait derrière Pauline et son amant, qui marchaient les bras à la taille ; elle avait cueilli une poignée de boutons d'or, elle regardait l'eau couler, heureuse, le cœur défaillant, baissant la tête, quand Baugé se penchait pour baiser la nuque de son amie. Des larmes lui montèrent aux yeux. Cependant, elle ne souffrait pas. Qu'avait-elle à étouffer ainsi, et pourquoi cette vaste campagne, où elle s'était promis tant d'insouciance, l'emplissait-elle d'un regret vague dont elle n'aurait pu dire la cause ? Puis, au déjeuner, les rires bruyants de Pauline l'étourdirent. Celle-ci, qui adorait la banlieue d'une passion de cabotine vivant au gaz, dans l'air épais des foules, avait voulu manger sous un berceau[1], malgré la fraîcheur du vent. Elle s'égayait des souffles brusques qui rabattaient la nappe, elle trouvait drôle la

1. **Berceau** : voûte de feuillage.

tonnelle, nue encore, avec son treillage repeint, dont les losanges se découpaient sur le couvert. D'ailleurs, elle dévorait, d'une gourmandise affamée de fille mal nourrie au magasin, se donnant dehors une indigestion des choses qu'elle aimait ; c'était son vice, tout son argent passait là, en gâteaux, en crudités, en petits plats dégustés lestement aux heures libres. Comme Denise semblait avoir assez des œufs, de la friture et du poulet sauté, elle se retint, elle n'osa commander des fraises, une primeur encore chère, de crainte de trop augmenter l'addition.

– Maintenant, qu'allons-nous faire ? demanda Baugé, lorsque le café fut servi.

D'habitude, l'après-midi, Pauline et lui rentraient dîner à Paris, pour finir leur journée dans un théâtre. Mais, sur le désir de Denise, ils décidèrent qu'on resterait à Joinville ; ce serait drôle, on se donnerait de la campagne par-dessus la tête. Et, tout l'après-midi, ils battirent les champs. Un instant, l'idée d'une promenade en canot fut discutée ; puis, ils l'abandonnèrent, Baugé ramait trop mal. Mais leur flânerie, au hasard des sentiers, revenait quand même le long de la Marne ; ils s'intéressaient à la vie de la rivière, aux escadres de yoles[1] et de norvégiennes[2], aux équipes de canotiers qui la peuplaient. Le soleil baissait, ils retournaient vers Joinville, lorsque deux yoles, descendant le courant et luttant de vitesse, échangèrent des bordées d'injures, où dominaient les cris répétés de « caboulots » et de « calicots ».

– Tiens ! dit Pauline, c'est M. Hutin.

– Oui, reprit Baugé, qui étendait la main devant le soleil, je reconnais la yole d'acajou... L'autre yole doit être montée par une équipe d'étudiants.

Et il expliqua la vieille haine qui mettait souvent aux prises la jeunesse des écoles et les employés de commerce. Denise, en entendant prononcer le nom de Hutin, s'était arrêtée ; et, les yeux fixes, elle suivait la mince embarcation, elle cherchait le jeune homme parmi les rameurs, sans distinguer autre chose que les taches blanches de deux femmes, dont l'une, assise à la barre, avait un chapeau rouge. Les voix se perdirent au milieu du grand ruissellement de la rivière.

---

1. **Yoles :** une yole est une embarcation étroite et allongée, mue à l'aviron.
2. **Norvégiennes :** une norvégienne est une barque recourbée à l'avant.

– À l'eau, les caboulots[1] !

– Les calicots, à l'eau ! à l'eau !

Le soir, on retourna au restaurant de l'île. Mais l'air était devenu trop vif, il fallut manger dans une des deux salles fermées, où l'humidité de l'hiver trempait encore les nappes d'une fraîcheur de lessive. Dès six heures, les tables manquèrent, les promeneurs se hâtaient, cherchaient un coin ; et les garçons apportaient toujours des chaises, des bancs, rapprochaient les assiettes, entassaient le monde. On étouffait maintenant, on fit ouvrir les fenêtres. Dehors, le jour pâlissait, un crépuscule verdâtre tombait des peupliers, si rapide, que le restaurateur, mal outillé pour ces repas à couvert, n'ayant pas de lampes, dut faire mettre une bougie sur chaque table. Le bruit était assourdissant, des rires, des appels, des chocs de vaisselle ; au vent des fenêtres, les bougies s'effaraient et coulaient ; tandis que des papillons de nuit battaient des ailes, dans l'air chauffé par l'odeur des viandes, et que traversaient de petits souffles glacés.

– Hein ? s'amusent-ils ? disait Pauline enfoncée dans une matelote[2], qu'elle déclarait extraordinaire.

Elle se pencha pour ajouter :

– Vous n'avez pas reconnu M. Albert, là-bas ?

C'était, en effet, le jeune Lhomme, au milieu de trois femmes équivoques, une vieille dame en chapeau jaune, à mine basse de pourvoyeuse[3], et deux mineures, deux fillettes de treize ou quatorze ans, déhanchées, d'une effronterie gênante. Lui, très ivre déjà, tapait son verre sur la table, parlait de rosser le garçon, s'il n'apportait pas des liqueurs tout de suite.

– Ah bien ! reprit Pauline, en voilà une famille ! la mère à Rambouillet, le père à Paris et le fils à Joinville... Ils ne se marcheront pas sur les pieds.

Denise, qui détestait le bruit, souriait pourtant, goûtait la joie de ne plus penser, au milieu d'un tel vacarme. Mais, tout d'un coup, il y eut, dans la salle voisine, un éclat de voix qui couvrit les autres. C'étaient des hurlements, que des gifles durent suivre, car on entendit des poussées, des chaises abattues, toute une lutte, où revenaient les cris de la rivière :

---

1. **Caboulots :** les habitués des cabarets et des beuglants.
2. **Matelote :** poisson cuisiné dans une sauce au vin et aux oignons.
3. **Pourvoyeuse :** l'intermédiaire entre les prostituées et les clients.

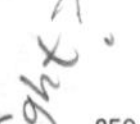

– À l'eau, les calicots !

– Les caboulots, à l'eau ! à l'eau !

Et, lorsque la grosse voix du cabaretier eut calmé la bataille, Hutin brusquement parut. En vareuse rouge, une toque renversée derrière le crâne, il avait à son bras la grande fille blanche, la barreuse, qui, pour porter les couleurs de la yole, s'était planté une touffe de coquelicots sur l'oreille. Des clameurs, des applaudissements accueillirent leur entrée ; et il rayonnait, il bombait la poitrine en se dandinant avec le roulis des marins, il étalait un coup de poing qui lui bleuissait la joue, tout gonflé de la joie d'être remarqué. Derrière eux, l'équipe suivait. Une table fut prise d'assaut, le tapage devint formidable.

– Il paraît, expliqua Baugé, après avoir écouté les conversations derrière lui, il paraît que les étudiants ont reconnu la femme de Hutin, une ancienne du quartier, qui chante à présent dans un beuglant, à Montmartre. Et alors on s'est cogné pour elle... Ces étudiants, ça ne paie jamais les femmes !

– En tout cas, dit Pauline d'un air pincé, elle est joliment laide, celle-là, avec ses cheveux carotte... Vrai, je ne sais où M. Hutin les ramasse, mais elles sont toutes plus sales les unes que les autres.

Denise avait pâli. C'était en elle un froid de glace, comme si, goutte à goutte, le sang de son cœur se fût retiré. Déjà, sur la berge, devant la yole rapide, elle avait senti un premier frisson ; et, maintenant, elle ne pouvait douter, cette fille était bien avec Hutin. La gorge serrée, les mains tremblantes, elle ne mangeait plus.

– Qu'avez-vous ? demanda son amie.

– Rien, balbutia-t-elle, il fait un peu chaud.

Mais la table de Hutin était voisine, et quand il eut aperçu Baugé, qu'il connaissait, il engagea la conversation d'une voix aiguë, pour continuer à occuper la salle.

– Dites donc, cria-t-il, êtes-vous toujours vertueux, au *Bon Marché* ?

– Pas tant que ça, répondit l'autre très rouge.

– Laissez donc ! ils ne prennent que des vierges, et ils ont un confessionnal en permanence pour les vendeurs qui les regardent... Une maison où l'on fait des mariages, merci !

Des rires s'élevèrent. Liénard, qui était de l'équipe, ajouta :

– Ce n'est pas comme au *Louvre*... Il y a une accoucheuse attachée au comptoir des confections. Parole d'honneur !

La gaieté redoubla. Pauline elle-même éclatait, tellement l'accoucheuse lui semblait drôle. Mais Baugé restait vexé des plaisanteries sur l'innocence de sa maison. Il se lança tout d'un coup.

– Avec ça que vous êtes bien, au *Bonheur des Dames* ! Flanqués à la porte pour un mot ! et un patron qui a l'air de raccrocher ses clientes !

Hutin ne l'écoutait plus, entamait l'éloge de la *Place Clichy*. Il y connaissait une jeune fille qui était si convenable que les acheteuses n'osaient s'adresser à elle, de peur de l'humilier. Ensuite, il rapprocha son couvert, il raconta qu'il avait fait cent quinze francs pendant la semaine ; oh ! une semaine épatante, Favier laissé à cinquante-deux francs, tout le tableau de ligne roulé ; et ça se voyait, n'est-ce pas ? il bouffait la monnaie, il ne se coucherait pas avant d'avoir liquidé les cent quinze francs. Puis, comme il se grisait, il tomba sur Robineau, ce gringalet de second qui affectait de se tenir à part, au point de ne pas vouloir, dans la rue, marcher avec un de ses vendeurs.

– Taisez-vous, dit Liénard, vous parlez trop, mon cher.

La chaleur avait grandi, les bougies coulaient sur les nappes tachées de vin ; et, par les fenêtres ouvertes, lorsque le bruit des dîneurs tombait brusquement, entrait une voix lointaine, prolongée, la voix de la rivière et des grands peupliers, qui s'endormaient dans la nuit calme. Baugé venait de demander l'addition, en voyant que Denise n'allait pas mieux, toute blanche, le menton convulsé par les larmes qu'elle retenait ; mais le garçon ne reparaissait plus, et elle dut subir encore les éclats de voix de Hutin. Maintenant, il se disait plus chic que Liénard, parce que Liénard mangeait simplement l'argent de son père, tandis que lui mangeait de l'argent gagné, le fruit de son intelligence. Enfin, Baugé paya, les deux femmes sortirent.

– En voilà une du *Louvre*, murmura Pauline dans la première salle, en regardant une grande fille mince qui mettait son manteau.

– Tu ne la connais pas, tu n'en sais rien, dit le jeune homme.

– Avec ça ! et la façon de se draper !... Rayon de l'accoucheuse, va ! Si elle a entendu, elle doit être contente !

Ils étaient dehors. Denise eut un soupir de soulagement. Elle avait cru mourir, dans cette chaleur suffocante, au milieu de ces cris ; et elle expliquait toujours son malaise par le manque d'air. À présent, elle respirait. Une fraîcheur tombait du ciel étoilé. Comme les deux jeunes filles quittaient le jardin du restaurant, une voix timide murmura dans l'ombre :

– Bonsoir, mesdemoiselles.

C'était Deloche. Elles ne l'avaient pas vu au fond de la première salle, où il dînait seul, après être venu de Paris à pied, pour le plaisir. En reconnaissant cette voix amie, Denise, souffrante, céda machinalement au besoin d'un soutien.

– Monsieur Deloche, vous rentrez avec nous, dit-elle. Donnez-moi votre bras.

Déjà Pauline et Baugé marchaient devant. Ils s'étonnèrent. Ils n'auraient pas cru que ça se ferait ainsi, et avec ce garçon. Pourtant, comme on avait une heure encore avant de prendre le train, ils allèrent jusqu'au bout de l'île, ils suivirent la berge, sous les grands arbres ; et, de temps à autre, ils se retournaient, ils murmuraient :

– Où sont-ils donc ? Ah ! les voici... C'est drôle tout de même.

D'abord, Denise et Deloche avaient gardé le silence. Lentement, le vacarme du restaurant se mourait, prenait une douceur musicale, au fond de la nuit ; et ils entraient plus avant dans le froid des arbres, encore fiévreux de cette fournaise, dont les bougies s'éteignaient une à une, derrière les feuilles. En face d'eux, c'était comme un mur de ténèbres, une masse d'ombre, si compacte, qu'ils ne distinguaient pas même la trace pâle du sentier. Cependant, ils allaient avec douceur, sans crainte. Puis, leurs yeux s'accoutumèrent, ils virent à droite les troncs des peupliers, pareils à des colonnes sombres portant les dômes de leurs branches, criblés d'étoiles ; tandis que, sur la droite, l'eau par moments avait dans le noir un luisant de miroir d'étain. Le vent tombait, ils n'entendaient plus que le ruissellement de la rivière.

– Je suis très content de vous avoir rencontrée, finit par balbutier Deloche, qui se décida à parler le premier. Vous ne savez pas combien vous me faites plaisir, en consentant à vous promener avec moi.

Et, les ténèbres aidant, après bien des paroles embarrassées, il osa dire qu'il l'aimait. Depuis longtemps, il voulait le lui écrire ; et jamais elle ne l'aurait su peut-être, sans cette belle nuit complice, sans cette eau qui chantait et ces arbres qui les couvraient du rideau de leurs ombrages. Pourtant, elle ne répondait point, elle marchait toujours à son bras, du même pas de souffrance. Il cherchait à lui voir le visage, lorsqu'il entendit un léger sanglot.

– Oh ! mon Dieu ! reprit-il, vous pleurez, mademoiselle, vous pleurez... Est-ce que je vous ai fait de la peine ?

– Non, non, murmura-t-elle.

Elle tâchait de retenir ses larmes, mais elle ne le pouvait pas. À table déjà, elle avait cru que son cœur éclatait. Et, maintenant, elle s'abandonnait dans cette ombre, des sanglots venaient de l'étouffer, en pensant que, si Hutin se trouvait à la place de Deloche et lui disait ainsi des tendresses, elle serait sans force. Cet aveu qu'elle se faisait enfin l'emplissait de confusion. Une honte lui brûlait la face, comme si elle fût tombée sous ces arbres, aux bras de ce garçon qui s'étalait avec des filles.

– Je ne voulais pas vous offenser, répétait Deloche que les larmes gagnaient.

– Non, écoutez, dit-elle d'une voix encore tremblante, je n'ai aucune colère contre vous. Seulement, je vous en prie, ne me parlez plus comme vous venez de le faire... Ce que vous demandez est impossible. Oh ! vous êtes un bon garçon, je veux bien être votre amie, mais pas davantage... Entendez-vous, votre amie !

Il frémissait. Après quelques pas faits en silence, il balbutia :

– Enfin, vous ne m'aimez pas ?

Et, comme elle lui évitait le chagrin d'un non brutal, il reprit d'une voix douce et navrée :

– D'ailleurs, je m'y attendais... Jamais je n'ai eu de chance, je sais que je ne puis être heureux. Chez moi, on me battait. À Paris, j'ai toujours été un souffre-douleur. Voyez-vous, lorsqu'on ne sait pas prendre les maîtresses des autres, et qu'on est assez gauche pour ne pas gagner de l'argent autant qu'eux, eh bien ! on devrait crever tout de suite dans un coin... Oh ! soyez tranquille, je ne vous tourmenterai plus. Quant à vous aimer, vous ne pouvez m'en empêcher, n'est-ce pas ? Je vous aimerai pour rien, comme une bête... Voilà ! tout fiche le camp, c'est ma part dans la vie.

À son tour, il pleura. Elle le consolait, et dans leur effusion amicale, ils apprirent qu'ils étaient du même pays, elle de Valognes, lui de Briquebec, à treize kilomètres. Ce fut un nouveau lien. Son père à lui, petit huissier nécessiteux, d'une jalousie maladive, le rossait en le traitant de bâtard, exaspéré de sa longue figure blême et de ses cheveux de chanvre, qui, disait-il, n'étaient pas dans la famille. Ils en arrivèrent à parler des grands herbages entourés de haies vives, des sentiers couverts qui se perdent sous les ormes, des routes gazonnées comme des allées de parc. Autour d'eux, la nuit pâlissait encore, ils distinguaient les joncs de la rive, la dentelle des ombrages, noire sur le scintillement des étoiles ; et un apaisement leur venait, ils oubliaient leurs maux, rapprochés par leur malchance, dans une amitié de bons camarades.

– Eh bien ? demanda vivement Pauline à Denise, en la prenant à part, quand ils furent devant la station.

La jeune fille comprit au sourire et au ton de tendre curiosité. Elle devint très rouge, en répondant :

– Mais jamais, ma chère ! Puisque je vous ai dit que je ne voulais pas !... Il est de mon pays. Nous causions de Valognes.

Pauline et Baugé restèrent perplexes, dérangés dans leurs idées, ne sachant plus que croire. Deloche les quitta sur la place de la Bastille ; comme tous les jeunes gens au pair, il couchait au magasin, où il devait être à onze heures. Ne voulant pas rentrer avec lui, Denise, qui s'était fait donner une permission de théâtre, accepta d'accompagner Pauline chez Baugé. Celui-ci, pour se rapprocher de sa maîtresse, était venu demeurer rue Saint-Roch. On prit un fiacre, et Denise demeura stupéfaite, lorsque, en chemin, elle sut que son amie allait passer la nuit avec le jeune homme. Rien n'était plus facile, on donnait cinq francs à Mme Cabin, toutes ces demoiselles en usaient. Baugé fit les honneurs de sa chambre, garnie de vieux meubles Empire, envoyés par son père. Il se fâcha quand Denise parla de régler, puis finit par accepter les quinze francs soixante, qu'elle avait posés sur la commode ; mais il voulut alors lui offrir une tasse de thé, et il se battit contre une bouilloire à esprit-de-vin[1], fut obligé de redescendre acheter du sucre. Minuit sonnait, quand il emplit les tasses.

– Il faut que je m'en aille, répétait Denise.

Et Pauline répondait :

– Tout à l'heure... Les théâtres ne ferment pas si tôt.

Denise était gênée dans cette chambre de garçon. Elle avait vu son amie se mettre en jupon et en corset, elle la regardait préparer le lit, l'ouvrir, taper les oreillers de ses bras nus ; et ce petit ménage d'une nuit d'amour, fait devant elle, la troublait, lui causait une honte, en éveillant de nouveau, dans son cœur blessé, le souvenir de Hutin. Ce n'était guère salutaire des journées pareilles. Enfin, à minuit un quart, elle les quitta. Mais elle partit confuse, lorsque, en réponse à son souhait innocent d'une bonne nuit, Pauline cria étourdiment :

---

1. **Bouilloire à esprit-de-vin :** bouilloire qui fonctionne à l'alcool à brûler, autre nom de l'esprit-de-vin.

– Merci, la nuit sera bonne !

La porte particulière qui menait à l'appartement de Mouret et aux chambres du personnel, se trouvait rue Neuve-Saint-Augustin. Mme Cabin tirait le cordon, puis donnait un coup d'œil, pour pointer la rentrée. Une veilleuse éclairait faiblement le vestibule. Denise se trouva dans cette lueur, hésitante, prise d'une inquiétude, car en tournant le coin de la rue, elle avait vu la porte se refermer sur l'ombre vague d'un homme. Ce devait être le patron, rentrant de soirée ; et l'idée qu'il était là, dans le noir, à l'attendre peut-être, lui causait une de ces peurs étranges, dont il la bouleversait encore, sans motif raisonnable. Quelqu'un remua au premier, des bottes craquaient. Alors, elle perdit la tête, elle poussa une porte qui donnait sur le magasin, et qu'on laissait ouverte, pour les rondes de surveillance. Elle était dans le rayon de la rouennerie.

– Mon Dieu ! comment faire ? balbutia-t-elle, au milieu de son émotion.

La pensée lui vint qu'il existait, en haut, une autre porte de communication, conduisant aux chambres. Seulement, il fallait traverser tout le magasin. Elle préféra ce voyage, malgré les ténèbres qui noyaient les galeries. Pas un bec de gaz ne brûlait, il n'y avait que des lampes à huile, accrochées de loin en loin aux branches des lustres ; et ces clartés éparses, pareilles à des taches jaunes, et dont la nuit mangeait les rayons, ressemblaient aux lanternes pendues dans des mines. De grandes ombres flottaient, on distinguait mal les amoncellements de marchandises, qui prenaient des profils effrayants, colonnes écroulées, bêtes accroupies, voleurs à l'affût. Le silence lourd, coupé de respirations lointaines, élargissait encore ces ténèbres. Pourtant, elle s'orienta : le blanc, à sa gauche, faisait une coulée pâle, comme le bleuissement des maisons d'une rue, sous un ciel d'été ; alors, elle voulut traverser tout de suite le hall, mais elle se heurta dans des piles d'indienne et jugea plus sûr de suivre la bonneterie, puis les lainages. Là, un tonnerre l'inquiéta, le ronflement sonore de Joseph, le garçon, qui dormait derrière les articles de deuil. Elle se jeta vite dans le hall, que le vitrage éclairait d'une lumière crépusculaire ; il semblait agrandi, plein de l'effroi nocturne des églises, avec l'immobilité de ses casiers et les silhouettes de ses grands mètres, qui dessinaient des croix renversées. Maintenant elle fuyait. À la mercerie, à la ganterie, elle faillit enjamber encore des garçons de service, et elle se crut seulement sauvée, lorsqu'elle trouva enfin l'escalier. Mais, en haut, devant le rayon des confections, une terreur la saisit, en apercevant une lanterne, dont l'œil clignotant marchait : c'était une ronde, deux pompiers en train de marquer leur passage aux cadrans des indicateurs. Elle resta une minute sans comprendre, elle les regarda passer des châles à l'ameublement, puis à la lingerie, épouvantée de leur manœuvre étrange, de la clef qui grinçait, des portes de tôle qui retombaient avec un bruit de massacre. Quand ils approchèrent, elle se réfugia au fond du salon des dentelles, d'où le brusque appel d'une voix la fit aussitôt ressortir, pour gagner la porte de communication en courant. Elle avait reconnu la voix de Deloche, il couchait dans son rayon, sur un petit lit de fer, qu'il dressait lui-même tous les soirs ; et il n'y dormait pas encore, il y revivait, les yeux ouverts, les heures douces de la soirée.

– Comment ! c'est vous, mademoiselle ! dit Mouret, que Denise trouva devant elle, dans l'escalier, une petite bougie de poche à la main.

Elle balbutia, voulut expliquer qu'elle venait de chercher quelque chose au rayon. Mais il ne se fâchait point, il la regardait de son air à la fois paternel et curieux.

– Vous aviez donc une permission de théâtre ?

– Oui, monsieur.

– Et vous êtes-vous divertie ?... À quel théâtre êtes-vous allée ?

– Monsieur, je suis allée à la campagne.

Cela le fit rire. Puis, il demanda, en appuyant sur les mots :

– Toute seule ?

– Non, monsieur, avec une amie, répondit-elle, les joues empourprées, honteuse de la pensée qu'il avait sans doute.

Alors, il se tut. Mais il la regardait toujours, dans sa petite robe noire, coiffée de son chapeau garni d'un seul ruban bleu. Est-ce que cette sauvageonne finirait par devenir une jolie fille ? Elle sentait bon de sa course au grand air, elle était charmante avec ses beaux cheveux épeurés[1] sur son front. Et lui qui, depuis six mois, la traitait en enfant, qui la conseillait parfois, cédant à des idées d'expérience, à des envies méchantes de savoir comment une femme poussait et se perdait dans Paris, il ne riait plus, il éprouvait un sentiment indéfinissable de surprise et de crainte, mêlé de tendresse. Sans doute, c'était un amant qui l'embellissait ainsi. À cette pensée, il lui sembla qu'un oiseau favori, dont il jouait, venait de le piquer au sang.

1. **Épeurés :** comme dressés sous l'effet de la peur.

– Bonsoir, monsieur, murmura Denise, en continuant de monter, sans attendre.

Il ne répondit pas, la regarda disparaître. Puis, il rentra chez lui.

VI

QUAND la morte-saison d'été fut venue, un vent de panique souffla au *Bonheur des Dames*. C'était le coup de terreur des congés, les renvois en masse dont la direction balayait le magasin, vide de clientes pendant les chaleurs de juillet et d'août.

Mouret, chaque matin, lorsqu'il faisait avec Bourdoncle son inspection, prenait à part les chefs de comptoir, qu'il avait poussés, l'hiver, pour que la vente ne souffrît pas, à engager plus de vendeurs qu'il ne leur en fallait, quitte à écrémer ensuite leur personnel. Il s'agissait maintenant de diminuer les frais, en rendant au pavé un bon tiers des commis, les faibles qui se laissaient manger par les forts.

– Voyons, disait-il, vous en avez là-dedans qui ne font pas votre affaire... On ne peut les garder pourtant à rester ainsi, les mains ballantes.

Et, si le chef de comptoir hésitait, ne sachant lesquels sacrifier :

– Arrangez-vous, six vendeurs doivent vous suffire... Vous en reprendrez en octobre, il en traîne assez dans les rues !

D'ailleurs, Bourdoncle se chargeait des exécutions. Il avait, de ses lèvres minces, un terrible : « Passez à la caisse ! » qui tombait comme un coup de hache. Tout lui devenait prétexte pour déblayer le plancher. Il inventait des méfaits, il spéculait sur les plus légères négligences. « Vous étiez assis, monsieur : passez à la caisse ! – Vous répondez, je crois : passez à la caisse ! – Vos souliers ne sont pas cirés : passez à la caisse ! » Et les braves eux-mêmes tremblaient, devant le massacre qu'il laissait derrière lui. Puis, la mécanique ne fonctionnant pas assez vite, il avait imaginé un traquenard, où, en quelques jours, il étranglait sans fatigue le nombre de vendeurs condamnés d'avance. Dès huit heures, il se tenait debout sous la porte, sa montre à la main ; et, à trois minutes de retard, l'implacable :

« Passez à la caisse ! » hachait les jeunes gens essoufflés. C'était de la besogne vivement et proprement faite.

– Vous avez une sale figure, vous ! finit-il par dire un jour à un pauvre diable dont le nez de travers l'agaçait. Passez à la caisse !

Les protégés obtenaient quinze jours de vacances, qu'on ne leur payait pas, ce qui était une façon plus humaine de diminuer les frais. Du reste, les vendeurs acceptaient leur situation précaire, sous le fouet de la nécessité et de l'habitude. Depuis leur débarquement à Paris, ils roulaient sur la place, ils commençaient leur apprentissage à droite, le finissaient à gauche, étaient renvoyés ou s'en allaient d'eux-mêmes, tout d'un coup, au hasard de l'intérêt. L'usine chômait, on supprimait le pain aux ouvriers ; et cela passait dans le branle indifférent de la machine, le rouage inutile était tranquillement jeté de côté, ainsi qu'une roue de fer, à laquelle on ne garde aucune reconnaissance des services rendus. Tant pis pour ceux qui ne savaient pas se tailler leur part !

Maintenant, les rayons ne causaient plus d'autre chose. Chaque jour, de nouvelles histoires circulaient. On nommait les vendeurs congédiés, comme, en temps d'épidémie, on compte les morts. Les châles et les lainages surtout furent éprouvés : sept commis y disparurent en une semaine. Puis, un drame bouleversa la lingerie, où une acheteuse s'était trouvée mal, en accusant la demoiselle qui la servait de manger de l'ail ; et celle-ci fut chassée sur l'heure, bien que, peu nourrie et toujours affamée, elle achevât simplement au comptoir toute une provision de croûtes de pain. La direction se montrait impitoyable, devant la moindre plainte des clientes ; aucune excuse n'était admise, l'employé avait toujours tort, devait disparaître ainsi qu'un instrument défectueux, nuisant au bon mécanisme de la vente ; et les camarades baissaient la tête, ne tentaient même pas de le défendre. Dans la panique qui soufflait, chacun tremblait pour soi ; Mignot, un jour qu'il sortait un paquet sous sa redingote, malgré le règlement, faillit être surpris et se crut du coup sur le pavé ; Liénard, dont la paresse était célèbre, dut à la situation de son père dans les nouveautés, de n'être pas mis à la porte, un après-midi que Bourdoncle le trouva dormant debout, entre deux piles de velours anglais. Mais les Lhomme surtout s'inquiétaient, s'attendaient chaque matin au renvoi de leur fils Albert ; on était très mécontent de la façon dont il tenait sa caisse, des femmes venaient le distraire ; et deux fois Mme Aurélie dut fléchir la direction.

Cependant, Denise, au milieu de ce coup de balai, était si menacée, qu'elle vivait dans la continuelle attente d'une catastrophe. Elle avait beau être courageuse, lutter de toute sa gaieté et de toute sa raison, pour ne pas céder aux crises de sa nature tendre : des larmes l'aveuglaient dès qu'elle avait refermé la porte de sa chambre, elle se désolait en se voyant à la rue, fâchée avec son oncle, ne sachant où aller, sans un sou d'économie, et ayant sur les bras les deux enfants. Les sensations des premières semaines renaissaient, il lui semblait être un grain de mil sous une meule puissante ; et c'était, en elle, un abandon découragé, à se sentir si peu de chose, dans cette grande machine qui l'écraserait avec sa tranquille indifférence. Aucune illusion n'était possible : si l'on congédiait une vendeuse des confections, elle se trouvait désignée. Sans doute, pendant la partie de Rambouillet, ces demoiselles avaient monté la tête de Mme Aurélie, car cette dernière la traitait depuis lors d'un air de sévérité, où il entrait comme une rancune. On ne lui pardonnait pas d'ailleurs d'être allée à Joinville, on voyait là une révolte, une façon de narguer le comptoir tout entier, en s'affichant dehors avec une demoiselle du comptoir ennemi.

Jamais Denise n'avait plus souffert au rayon, et maintenant elle désespérait de le conquérir.

– Laissez-les donc ! répétait Pauline, des poseuses qui sont bêtes comme des oies !

Mais c'était justement ces allures de dame qui intimidaient la jeune fille. Presque toutes les vendeuses, dans leur frottement quotidien avec la clientèle riche, prenaient des grâces, finissaient par être d'une classe vague, flottant entre l'ouvrière et la bourgeoise ; et, sous leur art de s'habiller, sous les manières et les phrases apprises, il n'y avait souvent qu'une instruction fausse, la lecture des petits journaux, des tirades de drame, toutes les sottises courantes du pavé de Paris.

– Vous savez que la mal peignée a un enfant, dit un matin Clara, en arrivant au rayon.

Et, comme on s'étonnait :

– Puisque je l'ai vue hier soir qui promenait le mioche !... Elle doit le remiser quelque part.

À deux jours de là, Marguerite, en remontant de dîner, donna une autre nouvelle.

– C'est du propre, je viens de voir l'amant de la mal peignée... Un ouvrier, imaginez-vous ! oui, un sale petit ouvrier, avec des cheveux jaunes, qui la guettait à travers les vitres.

Dès lors, ce fut une vérité acquise : Denise avait un manœuvre pour amant, et cachait un enfant dans le quartier. On la cribla d'allusions méchantes. La première fois qu'elle comprit, elle devint toute pâle, devant la monstruosité de pareilles suppositions. C'était abominable, elle voulut s'excuser, elle balbutia :

– Mais ce sont mes frères !

– Oh ! ses frères ! dit Clara de sa voix de blague.

Il fallut que Mme Aurélie intervînt.

– Taisez-vous ! mesdemoiselles, vous feriez mieux de changer ces étiquettes... Mlle Baudu est bien libre de se mal conduire dehors. Si elle travaillait ici, au moins !

Et cette défense sèche était une condamnation. La jeune fille, suffoquée comme si on l'avait accusée d'un crime, tâcha vainement d'expliquer les faits. On riait, on haussait les épaules. Elle en garda une plaie vive au cœur. Deloche, lorsque le bruit se répandit, fut tellement indigné, qu'il parlait de gifler ces demoiselles des confections ; et, seule, la crainte de la compromettre le retint. Depuis la soirée de Joinville, il avait pour elle un amour soumis, une amitié presque religieuse, qu'il lui témoignait par ses regards de bon chien. Personne ne devait soupçonner leur affection, car on se serait moqué d'eux ; mais cela ne l'empêchait pas de rêver de brusques violences, le coup de poing vengeur, si jamais on s'attaquait à elle devant lui.

Denise finit par ne plus répondre. C'était trop odieux, personne ne la croirait. Quand une camarade risquait une nouvelle allusion, elle se contentait de la regarder fixement, d'un air triste et calme. D'ailleurs, elle avait d'autres ennuis, des soucis matériels qui la préoccupaient davantage. Jean continuait à n'être pas raisonnable, il la harcelait toujours de demandes d'argent. Peu de semaines se passaient, sans qu'elle reçût de lui toute une histoire, en quatre pages ; et quand le vaguemestre[1] de la maison lui remettait ces lettres d'une grosse écriture passionnée, elle se hâtait de les cacher dans sa poche, car les vendeuses affectaient de rire, en chantonnant des gaillardises. Puis, après avoir inventé des prétextes pour aller déchiffrer les lettres

1. **Vaguemestre :** ici, l'employé de la maison chargé de remettre le courrier.

à l'autre bout du magasin, elle était prise de terreurs : ce pauvre Jean lui semblait perdu. Toutes les bourdes réussissaient auprès d'elle, des aventures d'amour extraordinaires, dont son ignorance de ces choses exagérait encore les périls. C'étaient une pièce de quarante sous pour échapper à la jalousie d'une femme, et des cinq francs, et des six francs qui devaient réparer l'honneur d'une pauvre fille, que son père tuerait sans cela. Alors, comme ses appointements et son tant pour cent ne suffisaient point, elle avait eu l'idée de chercher un petit travail, en dehors de son emploi. Elle s'en était ouverte à Robineau, qui lui restait sympathique, depuis leur première rencontre chez Vinçard ; et il lui avait procuré des nœuds de cravate, à cinq sous la douzaine. La nuit, de neuf heures à une heure, elle pouvait en coudre six douzaines, ce qui lui faisait trente sous, sur lesquels il fallait déduire une bougie de quatre sous. Mais ces vingt-six sous par jour entretenaient Jean, elle ne se plaignait pas du manque de sommeil, elle se serait estimée très heureuse, si une catastrophe n'avait une fois encore bouleversé son budget. À la fin de la seconde quinzaine, lorsqu'elle s'était présentée chez l'entrepreneuse des nœuds de cravate, elle avait trouvé porte close : une faillite, une banqueroute, qui lui emportait dix-huit francs trente centimes, somme considérable, et sur laquelle, depuis huit jours, elle comptait absolument. Toutes les misères du rayon disparaissaient devant ce désastre.

– Vous êtes triste, lui dit Pauline, qui la rencontra, dans la galerie de l'ameublement. Est-ce que vous avez besoin de quelque chose, dites ?

Mais Denise devait déjà douze francs à son amie. Elle répondit, en essayant de sourire :

– Non, merci... J'ai mal dormi, voilà tout.

C'était le 20 juillet, au plus fort de la panique des renvois. Sur les quatre cents employés, Bourdoncle en avait déjà balayé cinquante ; et le bruit courait d'exécutions nouvelles. Elle ne songeait guère pourtant aux menaces qui soufflaient, elle était tout entière à l'angoisse d'une aventure de Jean, plus terrifiante que les autres. Ce jour-là, il lui fallait quinze francs, dont l'envoi pouvait seul le sauver de la vengeance d'un mari trompé. La veille, elle avait reçu une première lettre, posant le drame ; puis, coup sur coup, il en était venu deux autres, la dernière surtout qu'elle achevait, quand Pauline l'avait rencontrée, et où Jean lui annonçait sa mort pour le soir, s'il n'avait pas les quinze francs. Elle se torturait l'esprit. Impossible de prendre sur la pension de Pépé, payée depuis deux jours. Toutes les malchances tombaient à la fois, car elle espérait rentrer dans ses dix-huit francs trente, en s'adressant à Robineau, qui retrouverait peut-être l'entrepreneuse des nœuds de cravate ; mais Robineau, ayant obtenu un congé de deux semaines, n'était pas revenu la veille, comme on l'attendait.

Cependant, Pauline la questionnait encore, amicalement. Lorsque toutes deux se rejoignaient ainsi, au fond d'un rayon écarté, elles causaient quelques minutes, l'œil aux aguets. Soudain, la lingère eut un geste de fuite : elle venait d'apercevoir la cravate blanche d'un inspecteur, qui sortait des châles.

– Ah ! non, c'est le père Jouve, murmura-t-elle d'un air rassuré. Je ne sais ce qu'il a, ce vieux, à rire, quand il nous voit ensemble... À votre place, j'aurais peur, car il est trop gentil pour vous. Un chien fini, mauvais comme la gale, et qui croit encore parler à ses troupiers !

En effet, le père Jouve était détesté de tous les vendeurs, pour la sévérité de sa surveillance. Plus de la moitié des renvois se faisaient sur ses rapports. Son grand nez rouge d'ancien capitaine noceur ne s'humanisait que dans les comptoirs tenus par des femmes.

– Pourquoi aurais-je peur ? demanda Denise.

– Dame ! répondit Pauline en riant, il exigera peut-être de la reconnaissance... Plusieurs de ces demoiselles se le ménagent.

Jouve s'était éloigné, en feignant de ne pas les voir ; et elles l'entendirent qui tombait sur un vendeur des dentelles, coupable de regarder un cheval abattu, dans la rue Neuve-Saint-Augustin.

– À propos, reprit Pauline, est-ce que vous ne cherchiez pas M. Robineau, hier ? Il est revenu.

Denise se crut sauvée.

– Merci, je vais faire le tour alors et passer par la soierie... Tant pis ! on m'a envoyée là-haut, à l'atelier, pour un poignard[1].

Elles se séparèrent. La jeune fille, d'un air affairé, comme si elle courait de caisse en caisse, à la recherche d'une erreur, gagna l'escalier et descendit dans le hall. Il était dix heures moins un quart, la première table venait d'être sonnée. Un lourd soleil chauffait les vitrages, et malgré les stores de toile grise, la chaleur tombait dans l'air immobile. Par moments, une haleine fraîche montait des parquets, que des garçons de magasin arrosaient d'un mince filet d'eau.

---

1. **Poignard :** retouche ; terme utilisé dans les grands magasins.

C'était une somnolence, une sieste d'été, au milieu du vide élargi des comptoirs, pareils à des chapelles, où l'ombre dort, après la dernière messe. Des vendeurs nonchalants se tenaient debout, quelques rares clientes suivaient les galeries, traversaient le hall, de ce pas abandonné des femmes que le soleil tourmente.

Comme Denise descendait, Favier métrait justement une robe de soie légère, à pois roses, pour Mme Boutarel, débarquée la veille du Midi. Depuis le commencement du mois, les départements donnaient, on ne voyait guère que des dames fagotées, des châles jaunes, des jupes vertes, le déballage en masse de la province. Les commis, indifférents, ne riaient même plus. Favier accompagna Mme Boutarel à la mercerie et, quand il reparut, il dit à Hutin :

– Hier toutes auvergnates, aujourd'hui toutes provençales... J'en ai mal à la tête.

Mais Hutin se précipita, c'était son tour, et il avait reconnu « la jolie dame », cette blonde adorable que le rayon désignait ainsi, ne sachant rien d'elle, pas même son nom. Tous lui souriaient, il ne se passait point de semaine sans qu'elle entrât au *Bonheur*, toujours seule. Cette fois, elle avait avec elle un petit garçon de quatre ou cinq ans. On en causa.

– Elle est donc mariée ? demanda Favier, lorsque Hutin revint de la caisse, où il avait fait débiter trente mètres de satin duchesse.

– Possible, répondit ce dernier, quoique ça ne prouve rien, ce mioche. Il pourrait être à une amie... Ce qu'il y a de sûr, c'est qu'elle doit avoir pleuré. Oh ! une tristesse, et des yeux rouges !

Un silence régna. Les deux vendeurs regardaient vaguement dans les lointains du magasin. Puis, Favier reprit d'une voix lente :

– Si elle est mariée, son mari lui a peut-être bien allongé des gifles.

– Possible, répéta Hutin, à moins que ce ne soit un amant qui l'ait plantée là.

Et il conclut, après un nouveau silence :

– Ce que je m'en fiche !

À ce moment, Denise traversait le rayon des soieries, en ralentissant sa marche et en regardant autour d'elle, pour découvrir Robineau. Elle ne le vit pas, alla dans la galerie du blanc, puis traversa une seconde fois. Les deux vendeurs s'étaient aperçus de son manège.

– La voilà encore, cette désossée ! murmura Hutin.

– Elle cherche Robineau, dit Favier. Je ne sais ce qu'ils fricotent ensemble. Oh ! rien de drôle, Robineau est trop bête là-dessus... On raconte qu'il lui a procuré un petit travail, des nœuds de cravate. Hein ? quel négoce !

Hutin méditait une méchanceté. Lorsque Denise passa près de lui, il l'arrêta, en disant :

– C'est moi que vous cherchez ?

Elle devint très rouge. Depuis la soirée de Joinville, elle n'osait lire dans son cœur, où se heurtaient des sentiments confus. Elle le revoyait sans cesse avec cette fille aux cheveux roux et, si elle frémissait encore devant lui, c'était peut-être de malaise. L'avait-elle aimé ? l'aimait-elle toujours ? elle ne voulait point remuer ces choses, qui lui étaient pénibles.

– Non, monsieur, répondit-elle, embarrassée.

Alors, Hutin s'amusa de sa gêne.

– Si vous désirez qu'on vous le serve... Favier, servez donc Robineau à mademoiselle.

Elle le regarda fixement, du regard triste et calme dont elle recevait les allusions blessantes de ces demoiselles. Ah ! il était méchant, il la frappait ainsi que les autres ! Et il y avait en elle comme un déchirement, un dernier lien qui se rompait. Son visage exprima une telle souffrance, que Favier, peu tendre de son naturel, vint pourtant à son secours.

– M. Robineau est au rassortiment[1], dit-il. Il rentrera pour déjeuner sans doute... Vous le trouverez cet après-midi, si vous avez à lui parler.

Denise remercia, remonta aux confections, où Mme Aurélie l'attendait, dans une colère froide. Comment ! elle était partie depuis une demi-heure ! d'où sortait-elle ? pas de l'atelier, bien sûr ? La jeune fille baissait la tête, songeait à cet acharnement du malheur. C'était fini, si Robineau ne rentrait pas. Cependant, elle se promettait de redescendre.

Aux soieries, le retour de Robineau avait déchaîné toute une révolution. Le comptoir espérait qu'il ne rentrerait pas, dégoûté des ennuis qu'on lui créait sans cesse ; et, un moment, en effet, toujours pressé par Vinçard, qui voulait lui céder son fonds de commerce, il avait failli le prendre. Le sourd travail de Hutin, la mine qu'il creusait depuis de longs mois sous les pieds du second, allait enfin éclater. Pendant le congé de celui-ci, comme il le suppléait à titre de pre-

1. **Rassortiment :** renouvellement des marchandises manquantes.

mier vendeur, il s'était efforcé de lui nuire dans l'esprit des chefs, de s'installer à sa place, par des excès de zèle : c'étaient de petites irrégularités découvertes et étalées, des projets d'améliorations soumis, des dessins nouveaux qu'il imaginait. Tous, d'ailleurs, dans le rayon, depuis le débutant rêvant de passer vendeur, jusqu'au premier convoitant la situation d'intéressé, tous n'avaient qu'une idée fixe, déloger le camarade au-dessus de soi pour monter d'un échelon, le manger s'il devenait un obstacle ; et cette lutte des appétits, cette poussée des uns sur les autres, était comme le bon fonctionnement même de la machine, ce qui enrageait la vente et allumait cette flambée du succès dont Paris s'étonnait. Derrière Hutin, il y avait Favier, puis derrière Favier, les autres, à la file. On entendait un gros bruit de mâchoires. Robineau était condamné, chacun déjà emportait son os. Aussi, lorsque le second reparut, le grognement fut-il général. Il fallait en finir, l'attitude des vendeurs lui avait semblé si menaçante, que le chef du comptoir, pour donner à la direction le temps de prendre un parti, venait d'envoyer Robineau au rassortiment.

– Nous préférons nous en aller tous, si on le garde, déclarait Hutin.

Cette affaire ennuyait Bouthemont, dont la gaieté s'accommodait mal d'un tel tracas intérieur. Il souffrait de ne plus avoir autour de lui que des visages renfrognés. Pourtant, il voulait être juste.

– Voyons, laissez-le tranquille, il ne vous fait rien.

Mais des protestations éclataient.

– Comment ! il ne nous fait rien ?... Un être insupportable, toujours nerveux, et qui vous passerait sur le corps, tant il est fier !

C'était la grande rancune du rayon. Robineau, avec des nerfs de femme, avait des raideurs et des susceptibilités inacceptables. On racontait vingt anecdotes, un petit jeune homme qui en était tombé malade, jusqu'à des clientes qu'il avait humiliées par ses remarques cassantes.

– Enfin, messieurs, dit Bouthemont, je ne peux rien prendre sur moi... J'ai averti la direction, je vais en causer tout à l'heure.

On sonnait la seconde table, une volée de cloche montait du sous-sol, lointaine et assourdie dans l'air mort du magasin. Hutin et Favier descendirent. De tous les comptoirs, des vendeurs arrivaient un à un, débandés[1], se pressant en bas, à l'entrée étroite du couloir

1. **Débandés :** en ordre dispersé.

de la cuisine, un couloir humide que des becs de gaz éclairaient continuellement. Le troupeau s'y hâtait, sans un rire, sans une parole, au milieu d'un bruit croissant de vaisselle et dans une odeur forte de nourriture. Puis, à l'extrémité du couloir, il y avait une halte brusque, devant un guichet. Flanqué de piles d'assiettes, armé de fourchettes et de cuillers qu'il plongeait dans des bassines de cuivre, un cuisinier y distribuait les portions. Et, quand il s'écartait, derrière son ventre tendu de blanc, on apercevait la cuisine flambante.

– Allons, bon ! murmura Hutin en consultant le menu, écrit sur un tableau noir, au-dessus du guichet, du bœuf sauce piquante, ou de la raie... Jamais de rôti, dans cette baraque ! Ça ne tient pas au corps, leur bouilli et leur poisson !

Du reste, le poisson était généralement méprisé, car la bassine restait pleine. Favier prit pourtant de la raie. Derrière lui, Hutin se baissa, en disant :

– Bœuf sauce piquante.

De son geste mécanique, le cuisinier avait piqué un morceau de viande, puis l'avait arrosé d'une cuillerée de sauce ; et Hutin, suffoqué d'avoir reçu au visage le souffle ardent du guichet, emportait à peine sa portion, que déjà derrière lui les mots : « Bœuf sauce piquante... Bœuf sauce piquante... », se suivaient comme des litanies ; pendant que, sans relâche, le cuisinier piquait des morceaux et les arrosait de sauce, avec le mouvement rapide et rythmique d'une horloge bien réglée.

– Elle est froide, leur raie, déclara Favier, dont la main ne sentait pas de chaleur.

Tous, maintenant, filaient, le bras tendu, leur assiette droite, pris de la crainte de se heurter. Dix pas plus loin, s'ouvrait la buvette, un autre guichet, avec un comptoir d'étain luisant, où étaient rangées les parts de vin, de petites bouteilles sans bouchon, encore humides du rinçage. Et chacun, de sa main vide, recevait au passage une de ces bouteilles, puis, dès lors embarrassé, gagnait sa table d'un air sérieux, veillant à l'équilibre.

Hutin grondait sourdement :

– En voilà une promenade, avec cette vaisselle !

Leur table, à Favier et à lui, se trouvait au bout du corridor, dans la dernière salle à manger. Toutes les salles se ressemblaient, étaient d'anciennes caves, de quatre mètres sur cinq, qu'on avait enduites au ciment et aménagées en réfectoires ; mais l'humidité crevait la peinture, les murailles jaunes se marbraient de taches verdâtres ; et, du puits étroit des soupiraux, ouvrant sur la rue, au ras du trottoir, tombait un jour livide, sans cesse traversé par les ombres vagues des passants. En juillet comme en décembre, on y étouffait, dans la buée chaude, chargée d'odeurs nauséabondes, que soufflait le voisinage de la cuisine.

Cependant, Hutin était entré le premier. Sur la table, scellée d'un bout dans le mur et couverte d'une toile cirée, il n'y avait que les verres, les fourchettes et les couteaux, marquant les places. Des piles d'assiettes de rechange se dressaient à chaque extrémité ; tandis que, au milieu, s'allongeait un gros pain, percé d'un couteau, le manche en l'air. Hutin se débarrassa de sa bouteille, posa son assiette ; puis, après avoir pris sa serviette, au bas du casier, qui était le seul ornement des murailles, il s'assit en poussant un soupir.

– Avec ça, j'ai une faim ! murmura-t-il.

– C'est toujours ainsi, dit Favier, qui s'installait à sa gauche. Il n'y a rien, quand on crève.

La table se remplissait rapidement. Elle contenait vingt-deux couverts. D'abord, il n'y eut qu'un tapage violent de fourchettes, une goinfrerie de grands gaillards aux estomacs creusés par treize heures de fatigues quotidiennes. Dans les commencements, les commis, qui avaient une heure pour manger, pouvaient aller prendre leur café dehors ; aussi dépêchaient-ils le déjeuner en vingt minutes, avec la hâte de gagner la rue. Mais cela les remuait trop, ils rentraient distraits, l'esprit détourné de la vente ; et la direction avait décidé qu'ils ne sortiraient plus, qu'ils paieraient trois sous de supplément, pour une tasse de café, s'ils en voulaient. Aussi, maintenant, faisaient-ils traîner le repas, peu soucieux de remonter au rayon avant l'heure. Beaucoup, en avalant de grosses bouchées, lisaient un journal, plié et tenu debout contre leur bouteille. D'autres, quand leur première faim était satisfaite, causaient bruyamment, revenaient aux éternels sujets de la mauvaise nourriture, de l'argent gagné, de ce qu'ils avaient fait, le dimanche précédent, et de ce qu'ils feraient, l'autre dimanche.

– Dites donc, et votre Robineau ? demanda un vendeur à Hutin.

La lutte des soyeux contre leur second occupait tous les comptoirs. On discutait la question chaque jour, au café Saint-Roch, jusqu'à minuit. Hutin, qui s'acharnait sur son morceau de bœuf, se contenta de répondre :

– Eh bien ! il est revenu, Robineau.

Puis, se fâchant tout d'un coup :

– Mais, sacredieu, ils m'ont donné de l'âne !... À la fin, c'est dégoûtant, ma parole d'honneur !

– Ne vous plaignez donc pas ! dit Favier. Moi qui ai fait la bêtise de prendre de la raie... Elle est pourrie.

Tous parlaient à la fois, s'indignaient, plaisantaient. Dans un coin de la table, contre le mur, Deloche mangeait silencieusement. Il était affligé d'un appétit excessif, qu'il n'avait jamais satisfait, et comme il gagnait trop peu pour se payer des suppléments, il se taillait des tranches de pain énormes, il avalait les platées les moins ragoûtantes, d'un air de gourmandise. Aussi tous s'amusaient-ils de lui, criant :

– Favier, passez votre raie à Deloche... Il l'aime comme ça.

– Et votre viande, Hutin : Deloche la demande pour son dessert.

Le pauvre garçon haussait les épaules, ne répondait même pas. Ce n'était point sa faute, s'il crevait de faim. D'ailleurs, les autres avaient beau cracher sur les plats, ils se gavaient tout de même.

Mais un léger sifflement les fit taire. On signalait la présence de Mouret et de Bourdoncle dans le couloir. Depuis quelque temps, les plaintes des employés devenaient telles, que la direction affectait de descendre juger par elle-même la qualité de la nourriture. Sur les trente sous qu'elle donnait au chef, par jour et par tête, celui-ci devait tout payer, provisions, charbon, gaz, personnel ; et elle montrait des étonnements naïfs, quand ce n'était pas très bon. Le matin encore, chaque rayon avait délégué un vendeur, Mignot et Liénard s'étaient chargés de parler au nom de leurs camarades. Aussi, dans le brusque silence, les oreilles se tendirent, on écouta des voix qui sortaient de la salle voisine, où Mouret et Bourdoncle venaient d'entrer. Celui-ci déclarait le bœuf excellent ; et Mignot, suffoqué par cette affirmation tranquille, répétait : « Mâchez-le, pour voir » ; pendant que Liénard, s'attaquant à la raie, disait avec douceur : « Mais elle pue, monsieur ! » Alors, Mouret se répandit en paroles cordiales : il ferait tout pour le bien-être de ses employés, il était leur père, il préférait manger du pain sec que de les savoir mal nourris.

– Je vous promets d'étudier la question, finit-il par conclure, en haussant le ton, de manière à être entendu d'un bout du couloir à l'autre.

L'enquête de la direction était terminée, le bruit des fourchettes recommença. Hutin murmurait :

– Oui, compte là-dessus, et bois de l'eau !... Ah ! ils ne sont pas chiches de bonnes paroles. Veux-tu des promesses, en voilà ! Et ils vous nourrissent de vieilles semelles, et ils vous flanquent à la porte comme des chiens !

Le vendeur qui l'avait déjà questionné, répéta :

– Vous dites donc que votre Robineau... ?

Mais un tapage de grosse vaisselle couvrit sa voix. Les commis changeaient d'assiettes eux-mêmes, les piles diminuaient, à gauche et à droite. Et, comme un aide de cuisine apportait de grands plats de fer-blanc, Hutin s'écria :

– Du riz au gratin, c'est complet !

– Bon pour deux sous de colle ! dit Favier en se servant.

Les uns l'aimaient, les autres trouvaient ça trop mastic. Et ceux qui lisaient, restaient silencieux, enfoncés dans le feuilleton de leur journal, ne sachant même pas ce qu'ils mangeaient. Tous s'épongeaient le front, l'étroit caveau s'emplissait d'une vapeur rousse ; tandis que les ombres des passants, continuellement, couraient en barres noires sur le couvert débandé.

– Passez le pain à Deloche, cria un farceur.

Chacun coupait son morceau, puis replantait le couteau dans la croûte, jusqu'au manche ; et le pain circulait toujours.

– Qui prend mon riz contre son dessert ? demanda Hutin.

Quand il eut conclu le marché avec un petit jeune homme mince, il tenta aussi de vendre son vin ; mais personne n'en voulut, on le trouvait exécrable.

– Je vous disais donc que Robineau est de retour, continua-t-il, au milieu des rires et des conversations qui se croisaient. Oh ! son affaire est grave... Imaginez-vous qu'il débauche les vendeuses ! Oui, il leur procure des nœuds de cravate !

– Silence ! murmura Favier. Voilà qu'on le juge.

Du coin de l'œil, il montrait Bouthemont, qui marchait dans le couloir, entre Mouret et Bourdoncle, tous trois absorbés, parlant à demi-voix, vivement. La salle à manger des chefs de comptoir et des seconds se trouvait justement en face. Lorsque Bouthemont avait vu passer Mouret, il s'était levé de table, ayant fini, et il contait les ennuis de son rayon, il disait son embarras. Les deux autres l'écoutaient, refusant encore de sacrifier Robineau, un vendeur de premier ordre, qui datait de Mme Hédouin. Mais, quand il en vint à l'histoire des nœuds de cravate, Bourdoncle s'emporta. Est-ce que ce garçon était fou, de s'entremettre pour donner des travaux supplémentaires aux vendeuses ? La maison payait assez cher le temps de ces demoiselles ; si elles travaillaient à leur compte la nuit, elles travaillaient moins dans le jour au magasin, c'était clair ; elles les volaient donc, elles risquaient leur santé qui ne leur appartenait pas. La nuit était faite pour dormir, toutes devaient dormir, ou bien on les flanquerait dehors !

– Ça chauffe, fit remarquer Hutin.

Chaque fois que les trois hommes, dans leur promenade lente, passaient devant la salle à manger, les commis les guettaient, commentaient leurs moindres gestes. Ils en oubliaient le riz au gratin, où un caissier venait de trouver un bouton de culotte.

– J'ai entendu le mot « cravate », dit Favier. Et vous avez vu le nez de Bourdoncle qui a blanchi tout d'un coup.

Cependant, Mouret partageait l'indignation de l'intéressé. Une vendeuse réduite à travailler la nuit, lui semblait une attaque contre l'organisation même du *Bonheur*. Quelle était donc la sotte qui ne savait pas se suffire, avec ses bénéfices sur la vente ? Mais, quand Bouthemont eut nommé Denise, il se radoucit, il trouva des excuses. Ah ! oui, cette petite fille : elle n'était pas encore très adroite et elle avait des charges, assurait-on. Bourdoncle l'interrompit pour déclarer qu'il fallait la renvoyer sur l'heure. On ne tirerait jamais rien d'un laideron pareil, il l'avait toujours dit ; et il semblait satisfaire une rancune. Alors, Mouret, pris d'embarras, affecta de rire. Mon Dieu ! quel homme sévère ! ne pouvait-on pardonner une fois ? On ferait venir la coupable, on la gronderait. En somme, c'était Robineau qui avait tous les torts, car il aurait dû la détourner, lui, un ancien commis au courant des habitudes de la maison.

– Eh bien ! voilà le patron qui rit maintenant ! reprit Favier étonné, comme le groupe passait de nouveau devant la porte.

– Ah ! sacristi ! jura Hutin, s'ils s'obstinent à nous coller leur Robineau sur les épaules, nous allons leur donner de l'agrément !

Bourdoncle regardait Mouret en face. Puis, il eut simplement un geste dédaigneux, pour dire qu'il comprenait enfin et que c'était imbécile. Bouthemont avait repris ses plaintes : les vendeurs menaçaient de partir, et il s'en trouvait d'excellents parmi eux. Mais ce qui parut toucher ces messieurs davantage, ce fut le bruit des bons rapports de Robineau avec Gaujean : celui-ci, disait-on, poussait le premier à s'établir à son compte dans le quartier, lui offrait les crédits les plus larges, afin de battre en brèche le *Bonheur des Dames.* Il y eut un silence. Ah ! ce Robineau rêvait de bataille ! Mouret était devenu sérieux ; il affecta le mépris, il évita de prendre une décision, comme si l'affaire n'avait pas eu d'importance. On verrait, on lui parlerait. Et, tout de suite, il plaisanta avec Bouthemont, dont le père, débarqué l'avant-veille de sa petite boutique de Montpellier, avait failli étouffer de stupeur et d'indignation, en tombant dans le hall énorme où régnait son fils. On riait encore du bonhomme, qui, retrouvant son aplomb de Méridional, s'était mis à tout dénigrer et à prétendre que les nouveautés allaient finir sur le trottoir.

– Justement, voici Robineau, murmura le chef de rayon. Je l'avais envoyé au rassortiment, pour éviter un conflit regrettable… Pardonnez-moi si j'insiste, mais les choses en sont à un état si aigu, qu'il faut agir.

En effet, Robineau, qui rentrait, passait et saluait ces messieurs, en se rendant à sa table.

Mouret se contenta de répéter :

– C'est bon, nous verrons cela.

Ils partirent. Hutin et Favier les attendaient toujours. Lorsqu'ils ne les virent pas reparaître, ils se soulagèrent. Est-ce que la direction, maintenant, descendrait ainsi à chaque repas compter leurs bouchées ? Ce serait gai, si l'on ne pouvait même plus être libre en mangeant ! La vérité était qu'ils venaient de voir rentrer Robineau, et que la belle humeur du patron les inquiétait sur l'issue de la lutte engagée par eux. Ils baissèrent la voix, ils cherchèrent des vexations nouvelles.

– Mais je meurs ! continua Hutin tout haut. On a encore plus faim en sortant de table !

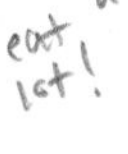

Pourtant, il avait mangé deux parts de confiture, la sienne et celle qu'il avait échangée contre sa portion de riz. Tout d'un coup, il cria :

– Zut ! je me fends d'un supplément !… Victor, une troisième confiture !

Le garçon achevait de servir les desserts. Ensuite, il apporta le café ; et ceux qui en prenaient, lui donnaient tout de suite leurs trois sous. Quelques vendeurs s'en étaient allés, flânant le long du corridor, cherchant les coins noirs pour fumer une cigarette. Les autres restaient alanguis, devant la table encombrée de vaisselle grasse. Ils roulaient des boulettes de mie de pain, revenaient sur les mêmes histoires, dans l'odeur de graillon, qu'ils ne sentaient plus, et dans la chaleur d'étuve, qui leur rougissait les oreilles. Les murs suaient, une asphyxie lente tombait de la voûte moisie. Adossé contre le mur, Deloche, bourré de pain, digérait en silence, les yeux levés sur le soupirail ; et sa récréation, tous les jours, après le déjeuner, était de regarder ainsi les pieds des passants qui filaient vite au ras du trottoir, des pieds coupés aux chevilles, gros souliers, bottes élégantes, fines bottines de femme, un va-et-vient continu de pieds vivants, sans corps et sans tête. Les jours de pluie, c'était très sale.

– Comment ! déjà ! cria Hutin.

Une cloche sonnait au bout du couloir, il fallait laisser la place à la troisième table. Les garçons de service arrivaient avec des seaux d'eau tiède et de grosses éponges, pour laver les toiles cirées. Lentement, les salles se vidaient, les vendeurs remontaient à leurs rayons, en traînant le long des marches. Et, dans la cuisine, le chef avait repris sa place devant le guichet, entre ses bassines de raie, de bœuf et de sauce, armé de ses fourchettes et de ses cuillers, prêt à remplir de nouveau les assiettes, de son mouvement rythmique d'horloge bien réglée.

Comme Hutin et Favier s'attardaient, ils virent descendre Denise.

– M. Robineau est de retour, mademoiselle, dit le premier, avec une politesse moqueuse.

– Il déjeune, ajouta l'autre. Mais si ça presse trop, vous pouvez entrer.

Denise descendait toujours sans répondre, sans tourner la tête. Pourtant, lorsqu'elle passa devant la salle à manger des chefs de comptoir et des seconds, elle ne put s'empêcher d'y jeter un coup d'œil. Robineau était là, en effet. Elle tâcherait de lui parler, l'après-midi ; et elle continua de suivre le corridor, pour se rendre à sa table, qui se trouvait à l'autre bout.

Les femmes mangeaient à part, dans deux salles réservées. Denise entra dans la première. C'était également une ancienne cave, transformée en réfectoire ; mais on l'avait aménagée avec plus de confort. Sur la table ovale, placée au milieu, les quinze couverts s'espaçaient davantage, et le vin était dans des carafes ; un plat de raie et un plat de bœuf à la sauce piquante tenaient les deux bouts. Des garçons en tablier blanc servaient ces dames, ce qui évitait à celles-ci le désagrément de prendre elles-mêmes leurs portions au guichet. La direction avait trouvé cela plus décent.

– Vous avez donc fait le tour ? demanda Pauline, assise déjà et se coupant du pain.

– Oui, répondit Denise en rougissant, j'accompagnais une cliente.

Elle mentait. Clara poussa le coude d'une vendeuse, sa voisine. Qu'avait donc la mal peignée, ce jour-là ? Elle était toute singulière. Coup sur coup, elle recevait des lettres de son amant ; puis, elle courait le magasin comme une perdue, elle prétextait des commissions à l'atelier, où elle n'allait seulement pas. Pour sûr, il se passait quelque histoire. Alors, Clara, tout en mangeant sa raie sans dégoût, avec une insouciance de fille nourrie autrefois de lard rance, causa d'un drame affreux, dont le récit emplissait les journaux.

– Vous avez lu, cet homme qui a guillotiné sa maîtresse d'un coup de rasoir ?

– Dame ! fit remarquer une petite lingère, de visage doux et délicat, il l'avait trouvée avec un autre. C'est bien fait.

Mais Pauline se récria. Comment ! parce qu'on n'aimera plus un monsieur, il lui sera permis de vous trancher la gorge ! Ah ! non, par exemple ! Et, s'interrompant, se tournant vers le garçon de service :

– Pierre, je ne puis pas avaler le bœuf, vous savez... Dites donc qu'on me fasse un petit supplément, une omelette, hein ! et moelleuse, s'il est possible !

Pour attendre, comme elle avait toujours des gourmandises dans les poches, elle en sortit des pastilles de chocolat, qu'elle se mit à croquer avec son pain.

– Certainement, ce n'est pas drôle, un homme pareil, reprit Clara. Et il y en a des jaloux ! L'autre jour encore, c'était un ouvrier qui jetait sa femme dans un puits !

Elle ne quittait pas Denise des yeux, elle crut avoir deviné, en la voyant pâlir. Évidemment, cette sainte-nitouche[1] tremblait d'être giflée par son amoureux, qu'elle devait tromper. Ce serait drôle, s'il la relançait jusque dans le magasin, comme elle semblait le craindre. Mais la conversation tournait, une vendeuse donnait une recette pour détacher le velours. On parla ensuite d'une pièce de la Gaîté[2], où des amours de petites filles dansaient mieux que des grandes personnes. Pauline, attristée un instant par la vue de son omelette qui était trop cuite, reprenait sa gaieté, en ne la trouvant pas trop mauvaise.

---

1. **Sainte-nitouche :** une femme affichant une innocence ridicule.
2. **Gaîté :** théâtre dans le quartier Montparnasse.

– Passez-moi donc le vin, dit-elle à Denise. Vous devriez vous commander une omelette.

– Oh ! le bœuf me suffit, répondit la jeune fille, qui, pour ne rien dépenser, s'en tenait à la nourriture de la maison, si répugnante qu'elle fût.

Lorsque le garçon apporta le riz au gratin, ces demoiselles protestèrent. Elles l'avaient laissé, la semaine d'auparavant, et elles espéraient qu'il ne reparaîtrait plus. Denise, distraite, troublée au sujet de Jean par les histoires de Clara, fut la seule à en manger ; et toutes la regardaient, d'un air de dégoût. Il y eut une débauche de suppléments, elles s'emplirent de confiture. C'était du reste une élégance, il fallait se nourrir sur son argent.

– Vous savez que ces messieurs ont réclamé, dit la lingère délicate, et que la direction a promis...

On l'interrompit avec des rires, on ne causa plus que de la direction. Toutes prenaient du café, sauf Denise, qui ne pouvait le supporter, disait-elle. Et elles s'attardèrent devant leurs tasses, les lingères en laine, d'une simplicité de petites bourgeoises, les confectionneuses en soie, la serviette au menton pour ne pas attraper de taches, pareilles à des dames qui seraient descendues manger à l'office, avec leurs femmes de chambre. On avait ouvert le châssis vitré du soupirail, afin de changer l'air étouffant et empesté ; mais il fallut le refermer tout de suite, les roues des fiacres semblaient passer sur la table.

– Chut ! souffla Pauline, voici cette vieille bête !

C'était l'inspecteur Jouve. Il rôdait ainsi volontiers, vers la fin des repas, du côté de ces demoiselles. D'ailleurs, il avait la surveillance de leurs salles. Les yeux souriants, il entrait, faisait le tour de la table ; quelquefois même, il causait, voulait savoir si elles avaient déjeuné de bon appétit. Mais, comme il les inquiétait et les ennuyait, toutes se hâtaient de fuir. Bien que la cloche n'eût pas sonné, Clara disparut la première ; d'autres la suivirent. Il ne resta bientôt plus que Denise et Pauline. Celle-ci, après avoir bu son café, achevait ses pastilles de chocolat.

– Tiens ! dit-elle en se levant, je vais envoyer un garçon me chercher des oranges... Venez-vous ?

– Tout à l'heure, répondit Denise, qui mordillait une croûte, résolue à demeurer la dernière, de façon à pouvoir aborder Robineau, quand elle remonterait.

Cependant, lorsqu'elle fut seule avec Jouve, elle ressentit un malaise ; et, contrariée, elle quitta enfin la table. Mais, en la voyant se diriger vers la porte, il lui barra le passage :

– Mademoiselle Baudu...

Debout devant elle, il souriait d'un air paterne[1]. Ses grosses moustaches grises, ses cheveux taillés en brosse, lui donnaient une grande honnêteté militaire. Et il poussait en avant sa poitrine, où s'étalait son ruban rouge.

– Quoi donc, monsieur Jouve ? demanda-t-elle rassurée.

– Je vous ai encore aperçue, ce matin, causant là-haut, derrière les tapis. Vous savez que c'est contraire au règlement, et si je faisais mon rapport... Elle vous aime donc bien, votre amie Pauline ?

Ses moustaches remuèrent, une flamme incendia son nez énorme, un nez creux et recourbé, aux appétits de taureau.

– Hein ? qu'avez-vous, toutes les deux, pour vous aimer comme ça ?

Denise, sans comprendre, était reprise de malaise. Il s'approchait trop, il lui parlait dans la figure.

– C'est vrai, nous causions, monsieur Jouve, balbutia-t-elle, mais il n'y a pas grand mal à causer un peu... Vous êtes bien bon pour moi, merci tout de même.

– Je ne devrais pas être bon, dit-il. La justice, je ne connais que ça... Seulement, quand on est si gentille...

Et il s'approchait encore. Alors, elle eut tout à fait peur. Les paroles de Pauline lui revenaient à la mémoire, elle se rappelait les histoires qui couraient, des vendeuses terrorisées par le père Jouve, achetant sa bienveillance. Au magasin, d'ailleurs, il se contentait de petites privautés, claquait doucement de ses doigts enflés les joues des demoiselles complaisantes, leur prenait les mains, puis les gardait, comme s'il les avait oubliées dans les siennes. Cela restait paternel, et il ne lâchait le taureau[2] que dehors, lorsqu'on voulait bien accepter des tartines de beurre, chez lui, rue des Moineaux.

– Laissez-moi, murmura la jeune fille en reculant.

– Voyons, disait-il, vous n'allez pas faire la sauvage avec un ami qui vous ménage toujours. Soyez aimable, venez ce soir tremper une tartine dans une tasse de thé. C'est de bon cœur.

---

1. **Paterne :** qui affecte une douceur bienveillante.
2. **Lâcher le taureau :** expression familière pour « avoir des relations sexuelles ».

Elle se débattait, maintenant.

– Non ! non !

La salle à manger demeurait vide, le garçon n'avait point reparu. Jouve, l'oreille tendue au bruit des pas, jeta vivement un regard autour de lui ; et, très excité, sortant de sa tenue, dépassant ses familiarités de père, il voulut la baiser sur le cou.

– Petite méchante, petite bête... Quand on a des cheveux comme ça, est-ce qu'on est si bête ? Venez donc ce soir, c'est pour rire.

Mais elle s'affolait, dans une révolte terrifiée, à l'approche de ce visage brûlant, dont elle sentait le souffle. Tout d'un coup, elle le poussa, d'un effort si rude, qu'il chancela et faillit tomber sur la table. Une chaise heureusement le reçut ; tandis que le choc faisait rouler une carafe de vin, qui éclaboussa la cravate blanche et trempa le ruban rouge. Et il restait là, sans s'essuyer, étranglé de colère, devant une brutalité pareille. Comment ! lorsqu'il ne s'attendait à rien, lorsqu'il n'y mettait pas ses forces et qu'il cédait simplement à sa bonté !

– Ah ! mademoiselle, vous vous en repentirez, parole d'honneur !

Denise s'était enfuie. Justement, la cloche sonnait ; et, troublée, encore frémissante, elle oublia Robineau, elle remonta au comptoir. Puis, elle n'osa plus redescendre. Comme le soleil, l'après-midi, chauffait la façade de la place Gaillon, on étouffait dans les salons de l'entresol, malgré les stores. Quelques clientes vinrent, mirent ces demoiselles en nage, sans rien acheter. Tout le rayon bâillait, sous les grands yeux somnolents de Mme Aurélie. Enfin, vers trois heures, Denise, voyant la première s'assoupir, fila doucement, reprit sa course à travers le magasin, de son air affairé. Pour dépister les curieux, qui pouvaient la suivre du regard, elle ne descendit pas directement à la soie ; d'abord, elle parut avoir affaire aux dentelles, elle aborda Deloche, lui demanda un renseignement ; ensuite, au rez-de-chaussée, elle traversa la rouennerie, et elle entrait aux cravates, lorsqu'un sursaut de surprise l'arrêta net. Jean était devant elle.

– Comment ! c'est toi ? murmura-t-elle toute pâle.

Il avait gardé sa blouse de travail, et il était nu-tête, avec ses cheveux blonds en désordre, dont les frisures coulaient sur sa peau de fille. Debout devant un casier de minces cravates noires, il semblait réfléchir profondément.

– Que fais-tu là ? reprit-elle.

– Dame ! répondit-il, je t'attendais... Tu me défends de venir. Alors, je suis bien entré, mais je n'ai rien dit à personne. Oh ! tu peux être tranquille. Ne fais pas semblant de me connaître, si tu veux.

Des vendeurs les regardaient déjà, l'air étonné. Jean baissa la voix.

– Tu sais, elle a voulu m'accompagner. Oui, elle est sur la place, devant la fontaine... Donne vite les quinze francs, ou nous sommes fichus, aussi vrai que le soleil nous éclaire !

Alors, Denise fut saisie d'un grand trouble. On ricanait, on écoutait cette aventure. Et, comme un escalier du sous-sol s'ouvrait derrière le rayon des cravates, elle y poussa son frère, elle le fit descendre vivement. En bas, il continua son histoire, embarrassé, cherchant les faits, craignant de n'être point cru.

– L'argent n'est pas pour elle. Elle est trop distinguée... Et son mari, ah ! bien, il se fiche joliment de quinze francs ! Pour un million, il n'autoriserait pas sa femme. Un fabricant de colle, te l'ai-je dit ? des gens extrêmement bien... Non, c'est pour une crapule, un ami à elle qui nous a vus ; et, tu comprends, si je ne lui donne pas les quinze francs, ce soir...

– Tais-toi, murmura Denise. Tout à l'heure... Marche donc !

Ils étaient descendus dans le service du départ. La morte-saison endormait la vaste cave, sous le jour blafard des soupiraux. Il y faisait froid, un silence tombait de la voûte. Mais pourtant un garçon prenait, dans un des compartiments, les quelques paquets destinés au quartier de la Madeleine ; et, sur la grande table de triage, Campion, le chef de service, était assis, les jambes ballantes, les yeux ouverts.

Jean recommençait :

– Le mari qui a un grand couteau...

– Va donc ! répéta Denise, en le poussant toujours.

Ils suivirent un des corridors étroits, où le gaz brûlait continuellement. À droite et à gauche, au fond des caveaux obscurs, les marchandises des réserves entassaient des ombres derrière les palissades. Enfin, elle s'arrêta contre une de ces claies de bois. Personne ne viendrait sans doute ; mais c'était défendu, et elle avait un frisson.

– Si cette crapule parle, reprit Jean, le mari qui a un grand couteau...

– Où veux-tu que je trouve quinze francs ? s'écria Denise désespérée. Tu ne peux donc pas être raisonnable ? Il t'arrive sans cesse des choses si drôles !

Il se frappa la poitrine. Au milieu de ses inventions romanesques, lui-même ne savait plus l'exacte vérité. Il dramatisait simplement ses besoins d'argent, il y avait toujours au fond quelque nécessité immédiate.

– Sur ce que j'ai de plus sacré, cette fois c'est bien vrai... Je la tenais comme ça, et elle m'embrassait...

Elle le fit taire de nouveau, elle se fâcha, torturée, poussée à bout.

– Je ne veux pas savoir. Garde pour toi ta mauvaise conduite. C'est trop vilain, entends-tu !... Et tu me tourmentes chaque semaine, je me tue à t'entretenir de pièces de cent sous. Oui, je passe les nuits... Sans compter que tu enlèves le pain de la bouche de ton frère.

Jean restait béant, la face pâle. Comment ! c'était vilain ? et il ne comprenait pas, il avait depuis l'enfance traité sa sœur en camarade, il lui semblait bien naturel de vider son cœur. Mais ce qui l'étranglait surtout, c'était d'apprendre qu'elle passait les nuits. L'idée qu'il la tuait et qu'il mangeait la part de Pépé, le bouleversa tellement qu'il se mit à pleurer.

– Tu as raison, je suis un chenapan, cria-t-il. Mais ce n'est pas vilain, va ! au contraire, et voilà pourquoi on recommence... Celle-là, vois-tu, a déjà vingt ans. Elle croyait rire, parce que j'en ai à peine dix-sept... Mon Dieu ! que je suis donc furieux contre moi ! Je me flanquerais des gifles !

Il lui avait pris les mains, il les baisait, les mouillait de larmes.

– Donne-moi les quinze francs, ce sera la dernière fois, je te le jure... Ou bien, non ! ne me donne rien, j'aime mieux mourir. Si le mari m'assassine, tu seras bien débarrassée.

Et, comme elle aussi pleurait, il eut un remords.

– Je dis ça, je n'en sais rien. Peut-être qu'il ne veut tuer personne. Nous nous arrangerons, je te le promets, petite sœur. Allons, adieu, je pars.

Mais un bruit de pas, au bout du corridor, les inquiéta. Elle le ramena contre la réserve, dans un coin d'ombre. Pendant un instant, ils n'entendirent plus que le sifflement d'un bec de gaz, près d'eux. Puis, les pas se rapprochèrent ; et, en allongeant la tête, elle reconnut l'inspecteur Jouve, qui venait de s'engager dans le corridor, de son air raide. Passait-il par hasard ? quelque autre surveillant, de planton[1] à la porte, l'avait-il averti ? Elle fut prise d'une telle crainte,

1. **De planton :** de garde.

qu'elle perdit la tête ; et elle poussa Jean hors du trou de ténèbres où ils se cachaient, le chassa devant elle, balbutia :

– Va-t'en ! va-t'en !

Tous deux galopaient, en entendant derrière leurs talons le souffle du père Jouve, qui s'était mis également à courir. Ils traversèrent de nouveau le service du départ, ils arrivèrent au pied de l'escalier dont la cage vitrée débouchait sur la rue de la Michodière.

– Va-t'en ! répétait Denise, va-t'en !... Si je peux, je t'enverrai les quinze francs tout de même.

Jean, étourdi, se sauva. Hors d'haleine, l'inspecteur, qui arrivait, distingua seulement un coin de la blouse blanche et les boucles des cheveux blonds, envolés dans le vent du trottoir. Un instant, il souffla, pour retrouver la correction de sa tenue. Il avait une cravate blanche toute neuve, prise au rayon de la lingerie, et dont le nœud, très large, luisait comme une neige.

– Eh bien ! c'est propre, mademoiselle, dit-il, les lèvres tremblantes. Oui, c'est propre, c'est très propre... Si vous espérez que je vais tolérer, dans le sous-sol, des choses si propres.

Et il la poursuivait de ce mot, tandis qu'elle remontait au magasin, la gorge serrée d'émotion, sans trouver une parole de défense. Maintenant, elle était désolée d'avoir couru. Pourquoi ne pas s'expliquer, montrer son frère ? On allait encore s'imaginer des vilenies ; et elle aurait beau jurer, on ne la croirait pas. Une fois de plus, elle oublia Robineau, elle rentra directement au comptoir.

Sans attendre, Jouve se rendit à la direction, pour faire son rapport. Mais le garçon de service lui dit que le directeur était avec M. Bourdoncle et M. Robineau : tous trois causaient depuis un quart d'heure. La porte, d'ailleurs, restait entrouverte ; on entendait Mouret demander gaiement au commis s'il venait de passer de bonnes vacances, il n'était nullement question d'un renvoi, la conversation au contraire tomba sur certaines mesures à prendre dans le rayon.

– Vous désirez quelque chose, monsieur Jouve ? cria Mouret. Entrez donc.

Mais un instinct avertit l'inspecteur. Bourdoncle étant sorti, Jouve préféra tout lui conter. Lentement, ils suivirent la galerie des châles, marchant côte à côte, l'un penché et parlant très bas, l'autre écoutant, sans qu'un trait de son visage sévère laissât voir ses impressions.

– C'est bien, finit par dire ce dernier.

Et, comme ils étaient arrivés devant les confections, il entra. Justement, Mme Aurélie se fâchait contre Denise. D'où venait-elle encore ? cette fois, elle ne dirait peut-être pas qu'elle était montée à l'atelier. Vraiment, ces disparitions continuelles ne pouvaient se tolérer davantage.

– Madame Aurélie ! appela Bourdoncle.

Il se décidait à un coup de force, il ne voulait pas consulter Mouret, de peur d'une faiblesse. La première s'avança, et de nouveau l'histoire fut contée à voix basse. Tout le rayon attendait, flairant une catastrophe. Enfin, Mme Aurélie se tourna, l'air solennel.

– Mademoiselle Baudu...

Et son masque empâté d'empereur avait l'immobilité inexorable de la toute-puissance.

– Passez à la caisse !

La terrible phrase sonna très haut, dans le rayon alors vide de clientes. Denise était demeurée droite et blanche, sans un souffle. Puis, elle eut des mots entrecoupés.

– Moi ! moi !... Pourquoi donc ? qu'ai-je fait ?

Bourdoncle répondit durement qu'elle le savait, qu'elle ferait mieux de ne pas provoquer une explication ; et il parla des cravates, et il dit que ce serait joli, si toutes ces demoiselles voyaient des hommes dans le sous-sol.

– Mais c'est mon frère ! cria-t-elle avec la colère douloureuse d'une vierge violentée.

Marguerite et Clara se mirent à rire, tandis que Mme Frédéric, si discrète d'habitude, hochait également la tête d'un air incrédule. Toujours son frère ! c'était bête à la fin ! Alors, Denise les regarda tous : Bourdoncle, qui dès la première heure ne voulait pas d'elle ; Jouve, resté là pour témoigner, et dont elle n'attendait aucune justice ; puis, ces filles qu'elle n'avait pu toucher par neuf mois de courage souriant, ces filles heureuses enfin de la pousser dehors. À quoi bon se débattre ? pourquoi vouloir s'imposer, quand personne ne l'aimait ? Et elle s'en alla sans ajouter une parole, elle ne jeta même pas un dernier regard, dans ce salon où elle avait lutté si longtemps.

Mais, dès qu'elle fut seule, devant la rampe du hall, une souffrance plus vive serra son cœur. Personne ne l'aimait, et la pensée brusque de Mouret venait de lui ôter toute sa résignation. Non ! elle ne pouvait accepter un pareil renvoi. Peut-être croirait-il cette vilaine histoire, ce rendez-vous avec un homme, au fond des caves. Une honte la torturait à cette idée, une angoisse dont elle n'avait jamais encore senti l'étreinte. Elle voulait l'aller trouver, elle lui expliquerait les choses, pour le renseigner simplement ; car il lui était égal de partir, lorsqu'il saurait la vérité. Et son ancienne peur, le frisson qui la glaçait devant lui, éclatait soudain en un besoin ardent de le voir, de ne point quitter la maison, sans lui jurer qu'elle n'avait pas appartenu à un autre.

Il était près de cinq heures, le magasin reprenait un peu de vie, dans l'air rafraîchi du soir. Vivement, elle se dirigea vers la direction. Mais, lorsqu'elle fut devant la porte du cabinet, une tristesse désespérée l'envahit de nouveau. Sa langue s'embarrassait, l'écrasement de l'existence retombait sur ses épaules. Il ne la croirait pas, il rirait comme les autres ; et cette crainte la fit défaillir. C'était fini, elle serait mieux seule, disparue, morte. Alors, sans même prévenir Deloche et Pauline, elle passa tout de suite à la caisse.

– Mademoiselle, dit l'employé, vous avez vingt-deux jours, ça fait dix-huit francs soixante-dix auxquels il faut ajouter sept francs de tant pour cent et de guelte. C'est bien votre compte, n'est-ce pas ?

– Oui, monsieur... Merci.

Et Denise s'en allait avec son argent, lorsqu'elle rencontra enfin Robineau. Il avait appris déjà le renvoi, il lui promit de retrouver l'entrepreneuse de cravates. Tout bas, il la consolait, il s'emportait : quelle existence ! se voir à la continuelle merci d'un caprice ! être jeté dehors d'une heure à l'autre, sans pouvoir même exiger les appointements du mois entier ! Denise monta prévenir Mme Cabin, qu'elle tâcherait de faire prendre sa malle dans la soirée. Cinq heures sonnaient, lorsqu'elle se trouva sur le trottoir de la place Gaillon, étourdie, au milieu des fiacres et de la foule.

Le soir même, comme Robineau rentrait chez lui, il reçut une lettre de la direction, l'avertissant en quatre lignes que, pour des raisons d'ordre intérieur, elle se voyait forcée de renoncer à ses services. Il était depuis sept ans dans la maison ; l'après-midi encore, il avait causé avec ces messieurs ; ce fut un coup de massue. Hutin et Favier chantaient victoire à la soie, aussi bruyamment que Marguerite et Clara triomphaient aux confections. Bon débarras ! les coups de balai font de la place ! Seuls, quand ils se rencontraient, à travers la cohue des rayons, Deloche et Pauline échangeaient des mots navrés, regrettant Denise, si douce, si honnête.

– Ah ! disait le jeune homme, si elle réussissait jamais autre part, je voudrais qu'elle rentrât ici, pour leur mettre le pied sur la gorge, à toutes ces pas grand-chose !

Et ce fut Bourdoncle qui, dans cette affaire, supporta le choc violent de Mouret. Lorsque ce dernier apprit le renvoi de Denise, il entra dans une grande irritation. D'habitude, il s'occupait fort peu du personnel ; mais il affecta cette fois de voir là un empiétement de pouvoir, une tentative d'échapper à son autorité. Est-ce qu'il n'était plus le maître, par hasard, pour qu'on se permît de donner des ordres ? Tout devait lui passer sous les yeux, absolument tout ; et il briserait comme une paille quiconque résisterait. Puis, quand il eut fait une enquête personnelle, dans un tourment nerveux qu'il ne pouvait cacher, il se fâcha de nouveau. Elle ne mentait pas, cette pauvre fille : c'était bien son frère, Campion l'avait parfaitement reconnu. Alors, pourquoi la renvoyer ? Il parla même de la reprendre.

Cependant, Bourdoncle, fort de sa résistance passive, pliait l'échine sous la bourrasque. Il étudiait Mouret. Enfin, un jour où il le vit plus calme, il osa dire, d'une voix particulière :

– Il vaut mieux pour tout le monde qu'elle soit partie.

Mouret resta gêné, le sang au visage.

– Ma foi, répondit-il en riant, vous avez peut-être raison... Descendons voir la vente. Ça remonte, on a fait près de cent mille francs, hier.

VII

Un instant, Denise était restée étourdie sur le pavé, dans le soleil encore brûlant de cinq heures. Juillet chauffait les ruisseaux, Paris avait sa lumière crayeuse d'été, aux aveuglantes réverbérations. Et la catastrophe venait d'être si brusque, on l'avait poussée dehors si rudement, qu'elle retournait au fond de sa poche ses vingt-cinq francs soixante-dix, d'une main machinale, en se demandant où aller et que faire.

Toute une file de fiacres l'empêchait de quitter le trottoir du *Bonheur des Dames*. Quand elle put se hasarder entre les roues, elle traversa la place Gaillon, comme si elle avait voulu gagner la rue Louis-le-Grand ; puis, elle se ravisa, descendit vers la rue Saint-Roch. Mais elle n'avait toujours aucun projet, car elle s'arrêta à l'angle de la rue Neuve-des-Petits-Champs, qu'elle finit par suivre, après avoir regardé autour d'elle d'un air indécis. Le passage Choiseul s'étant présenté, elle y entra, se trouva rue Monsigny sans savoir comment, retomba dans la rue Neuve-Saint-Augustin. Un grand bourdonnement emplissait sa tête, l'idée de sa malle lui revint, à la vue d'un commissionnaire[1] ; mais chez qui la faire porter, et pourquoi toute cette peine, lorsqu'une heure plus tôt elle avait encore un lit où coucher le soir ?

Alors, les yeux levés sur les maisons, elle se mit à examiner les fenêtres. Des écriteaux défilaient. Elle les voyait confusément, sans cesse reprise par le branle intérieur qui l'agitait tout entière. Était-ce possible ? seule d'une minute à l'autre, perdue dans cette grande ville inconnue, sans appui, sans ressources ! Il fallait manger et dormir cependant. Les rues se succédaient, la rue des Moulins, la rue Sainte-Anne. Elle battait le quartier, tournant sur elle-même, ramenée toujours au seul carrefour qu'elle connaissait bien. Brusquement, elle demeura stupéfaite, elle était de nouveau devant le *Bonheur des Dames* ; et, pour échapper à cette obsession, elle se jeta dans la rue de la Michodière.

Heureusement, Baudu n'était pas sur sa porte, le *Vieil Elbeuf* semblait mort, derrière ses vitrines noires. Jamais elle n'aurait osé se présenter chez son oncle, car il affectait de ne plus la reconnaître, et elle ne voulait point tomber à sa charge, dans le malheur qu'il avait prédit. Mais, de l'autre côté de la rue, un écriteau jaune l'arrêta : *Chambre garnie à louer*. C'était le premier qui ne lui faisait pas peur, tellement la maison paraissait pauvre. Puis, elle la reconnut, avec ses deux étages bas, sa façade couleur de rouille, étranglée entre le *Bonheur des Dames* et l'ancien hôtel Duvillard. Au seuil de la boutique de parapluies, le vieux Bourras, chevelu et barbu comme un prophète, des bésicles sur le nez, étudiait l'ivoire d'une pomme de canne. Locataire de toute la maison, il sous-louait en garni les deux étages, pour diminuer son loyer.

– Vous avez une chambre, monsieur ? demanda Denise, obéissant à une poussée instinctive.

---

1. **Commissionnaire :** coursier.

Il leva ses gros yeux embroussaillés, resta surpris de la voir. Toutes ces demoiselles lui étaient connues. Et il répondit, après avoir regardé sa petite robe propre, sa tournure honnête :

– Ça ne fait pas pour vous.

– Combien donc ? répondit Denise.

– Quinze francs par mois.

Alors, elle voulut visiter. Dans l'étroite boutique, comme il la dévisageait toujours de son air étonné, elle dit son départ du magasin et son désir de ne pas gêner son oncle. Le vieillard finit par aller chercher une clef sur une planche de l'arrière-boutique, une pièce obscure, où il faisait sa cuisine et où il couchait ; au-delà, derrière un vitrage poussiéreux, on apercevait le jour verdâtre d'une cour intérieure, large de deux mètres à peine.

– Je passe devant, pour que vous ne tombiez pas, dit Bourras dans l'allée humide qui longeait la boutique.

Il buta contre une marche, il monta, en multipliant les avertissements. Attention ! la rampe était contre la muraille, il y avait un trou au tournant, parfois les locataires laissaient leurs boîtes à ordures. Denise, dans une obscurité complète, ne distinguait rien, sentait seulement la fraîcheur des vieux plâtres mouillés. Au premier étage pourtant, un carreau donnant sur la cour lui permit de voir vaguement, comme au fond d'une eau dormante, l'escalier déjeté[1], les murailles noires de crasse, les portes craquées et dépeintes.

– Si encore l'une de ces deux chambres était libre ! reprit Bourras. Vous y seriez bien... Mais elles sont toujours occupées par des dames.

Au deuxième étage, le jour grandissait, éclairant d'une pâleur crue la détresse du logis. Un garçon boulanger occupait la première chambre ; et c'était l'autre, celle du fond, qui se trouvait vacante. Quand Bourras l'eut ouverte, il dut rester sur le palier, pour que Denise pût la visiter à l'aise. Le lit, dans l'angle de la porte, laissait tout juste le passage d'une personne. Au bout, il y avait une petite commode de noyer, une table de sapin noirci et deux chaises. Les locataires qui faisaient un peu de cuisine s'agenouillaient devant la cheminée, où se trouvait un fourneau de terre.

– Mon Dieu ! disait le vieillard, ce n'est pas riche, mais la fenêtre est gaie, on voit le monde dans la rue.

---

1. **Déjeté :** déformé.

Et, comme Denise regardait avec surprise l'angle du plafond, au-dessus du lit, où une dame de passage avait écrit son nom : Ernestine, en promenant la flamme d'une chandelle, il ajouta d'un air bonhomme :

– Si l'on réparait, on ne joindrait jamais les deux bouts... Enfin, voilà tout ce que j'ai.

– Je serai très bien, déclara la jeune fille.

Elle paya un mois d'avance, demanda le linge, une paire de draps et deux serviettes, et fit son lit sans attendre, heureuse, soulagée de savoir où coucher le soir. Une heure plus tard, elle avait envoyé un commissionnaire chercher sa malle, elle était installée.

Ce furent d'abord deux mois de terrible gêne. Ne pouvant plus payer la pension de Pépé, elle l'avait repris et le couchait sur une vieille bergère[1] prêtée par Bourras. Il lui fallait strictement trente sous chaque jour, le loyer compris, en consentant à vivre elle-même de pain sec, pour donner un peu de viande à l'enfant. La première quinzaine encore, les choses marchèrent : elle était entrée avec dix francs en ménage, puis elle eut la chance de retrouver l'entrepreneuse de cravates, qui lui paya ses dix-huit francs trente. Mais, ensuite, son dénuement devint complet. Elle eut beau se présenter dans les magasins, à la *Place Clichy*, au *Bon Marché*, au *Louvre* : la morte-saison arrêtait partout les affaires, on la renvoyait à l'automne, plus de cinq mille employés de commerce, congédiés comme elle, battaient le pavé, sans place. Alors, elle tâcha de se procurer de petits travaux ; seulement, dans son ignorance de Paris, elle ne savait où frapper, acceptait des besognes ingrates, ne touchait même pas toujours son argent. Certains soirs, elle faisait dîner Pépé tout seul, d'une soupe, en lui disant qu'elle avait mangé dehors ; et elle se mettait au lit, la tête bourdonnante, nourrie par la fièvre qui lui brûlait les mains. Lorsque Jean tombait au milieu de cette pauvreté, il se traitait de scélérat, avec une telle violence de désespoir, qu'elle était obligée de mentir ; souvent, elle trouvait encore le moyen de lui glisser une pièce de quarante sous, pour lui prouver qu'elle avait des économies. Jamais elle ne pleurait devant ses enfants. Les dimanches où elle pouvait faire cuire un morceau de veau dans la cheminée, à genoux sur le carreau, l'étroite pièce retentissait d'une

1. **Bergère :** fauteuil large et profond.

gaieté de gamins, insoucieux de l'existence. Puis, Jean retourné chez son patron, Pépé endormi, elle passait une nuit affreuse, dans l'angoisse du lendemain.

D'autres craintes la tenaient éveillée. Les deux dames du premier recevaient des visites très tard ; et parfois un homme se trompait, montait donner des coups de poing dans sa porte. Bourras lui ayant dit tranquillement de ne pas répondre, elle s'enfonçait la tête sous l'oreiller, pour échapper aux jurons. Puis, son voisin, le boulanger, avait voulu rire ; celui-là ne rentrait que le matin, la guettait, quand elle allait chercher son eau ; il faisait même des trous dans la cloison, la regardait se débarbouiller, ce qui la forçait à pendre ses vêtements le long du mur. Mais elle souffrait davantage encore des importunités de la rue, de la continuelle obsession des passants. Elle ne pouvait descendre acheter une bougie, sur ces trottoirs boueux où rôdait la débauche des vieux quartiers, sans entendre derrière elle un souffle ardent, des paroles crues de convoitise ; et les hommes la poursuivaient jusqu'au fond de l'allée noire, encouragés par l'aspect sordide de la maison. Pourquoi donc n'avait-elle pas un amant ? cela étonnait, semblait ridicule. Il faudrait bien qu'elle succombât un jour. Elle-même n'aurait pu expliquer comment elle résistait, sous la menace de la faim, et dans le trouble des désirs dont on chauffait l'air autour d'elle.

Un soir, Denise n'avait pas même de pain pour la soupe de Pépé, lorsqu'un monsieur décoré s'était mis à la suivre. Devant l'allée, il devint brutal, et ce fut dans une révolte de dégoût qu'elle lui jeta la porte au visage. Puis, en haut, elle s'assit, les mains tremblantes. Le petit dormait. Que répondrait-elle s'il s'éveillait et s'il demandait à manger ? Cependant, elle n'aurait eu qu'à consentir. Sa misère finissait, elle avait de l'argent, des robes, une belle chambre. C'était facile, on disait que toutes en arrivaient là, puisqu'une femme, à Paris, ne pouvait vivre de son travail. Mais un soulèvement de son être protestait, sans indignation contre les autres, répugnant simplement aux choses salissantes et déraisonnables. Elle se faisait de la vie une idée de logique, de sagesse et de courage.

Bien des fois, Denise s'interrogea de la sorte. Une ancienne romance chantait dans sa mémoire, la fiancée du matelot que son amour gardait des périls de l'attente. À Valognes, elle fredonnait le refrain sentimental, en regardant la rue déserte. Avait-elle donc, elle aussi, une tendresse au cœur pour être si brave ? Elle songeait encore à Hutin, pleine de malaise. Chaque jour, elle le voyait passer sous sa fenêtre. Maintenant qu'il était second, il marchait seul, au milieu du respect des simples vendeurs. Jamais il ne levait la tête, elle croyait souffrir de la vanité de ce garçon, le suivait des yeux, sans craindre d'être surprise. Et, dès qu'elle apercevait Mouret, qui passait également tous les soirs, un tremblement l'agitait, elle se cachait vite, la gorge battante. Il n'avait pas besoin d'apprendre où elle logeait ; puis, elle était honteuse de la maison, elle souffrait de ce qu'il pouvait penser d'elle, bien qu'ils ne dussent jamais plus se rencontrer.

D'ailleurs, Denise vivait toujours dans le branle du *Bonheur des Dames.* Un simple mur séparait sa chambre de son ancien rayon ; et, dès le matin, elle recommençait ses journées, elle sentait monter la foule, avec le ronflement plus large de la vente. Les moindres bruits ébranlaient la vieille masure collée au flanc du colosse : elle battait dans ce pouls énorme. En outre, Denise ne pouvait éviter certaines rencontres. Deux fois, elle s'était trouvée en face de Pauline, qui lui avait offert ses services, désolée de la savoir malheureuse ; même il lui avait fallu mentir, pour éviter de recevoir son amie ou d'aller lui rendre visite, un dimanche, chez Baugé. Mais elle se défendait plus difficilement contre l'affection désespérée de Deloche ; il la guettait, n'ignorait aucun de ses soucis, l'attendait sous les portes ; un soir, il avait voulu lui prêter trente francs, les économies d'un frère, disait-il, très rouge. Et ces rencontres la ramenaient au continuel regret du magasin, l'occupaient de la vie intérieure qu'on y menait, comme si elle ne l'avait pas quitté.

Personne ne montait chez Denise. Un après-midi, elle fut surprise d'entendre frapper. C'était Colomban. Elle le reçut debout. Lui, très gêné, balbutia d'abord, demanda de ses nouvelles, parla du *Vieil Elbeuf.* Peut-être l'oncle Baudu l'envoyait-il, regrettant sa rigueur ; car il continuait à ne pas même saluer sa nièce, bien qu'il ne pût ignorer la misère où elle se trouvait. Mais, quand elle questionna nettement le commis, celui-ci parut plus embarrassé encore : non, non, ce n'était pas le patron qui l'envoyait ; et il finit par nommer Clara, il voulait simplement causer de Clara. Peu à peu, il s'enhardissait, demandait des conseils, dans l'idée que Denise pouvait lui être utile auprès de son ancienne camarade. Vainement, elle le désespéra, en lui reprochant de faire souffrir Geneviève pour une fille sans cœur. Il remonta un autre jour, il prit l'habitude de la venir voir. Cela suffisait à son amour timide, sans cesse il recommençait la même conversation, malgré lui, tremblant de la joie d'être avec une femme qui avait approché Clara. Et Denise, alors, vécut davantage au *Bonheur des Dames*.

Ce fut vers les derniers jours de septembre que la jeune fille connut la misère noire. Pépé était tombé malade, un gros rhume inquiétant. Il aurait fallu le nourrir de bouillon, et elle n'avait même pas de pain. Un soir que, vaincue, elle sanglotait, dans une de ces débâcles sombres qui jettent les filles au ruisseau ou à la Seine, le vieux Bourras frappa doucement. Il apportait un pain et une boîte à lait pleine de bouillon.

– Tenez ! voilà pour le petit, dit-il de son air brusque. Ne pleurez pas si fort, ça dérange mes locataires.

Et, comme elle le remerciait, dans une nouvelle crise de larmes :

– Taisez-vous donc !... Demain, venez me parlez. J'ai du travail pour vous.

Bourras, depuis le coup terrible que le *Bonheur des Dames* lui avait porté en créant un rayon de parapluies et d'ombrelles, n'employait plus d'ouvrières. Il faisait tout lui-même, pour diminuer ses frais : les nettoyages, les reprises, la couture. Sa clientèle, du reste, diminuait au point qu'il manquait de travail parfois. Aussi dut-il inventer de la besogne, le lendemain, lorsqu'il installa Denise dans un coin de sa boutique. Il ne pouvait pas laisser mourir le monde chez lui.

– Vous aurez quarante sous par jour, dit-il. Quand vous trouverez mieux, vous me lâcherez.

Elle avait peur de lui, elle dépêcha son travail si vite, qu'il fut embarrassé pour lui en donner d'autre. C'étaient des lés de soie à coudre, des dentelles à réparer. Les premiers jours, elle n'osait lever la tête, gênée de le sentir autour d'elle, avec sa crinière de vieux lion, son nez crochu et ses yeux perçants, sous les touffes raides de ses sourcils. Il avait la voix dure, les gestes fous, et les mères du quartier terrifiaient leurs marmots en menaçant de l'envoyer chercher, comme on envoie chercher les gendarmes. Cependant, les gamins ne passaient jamais devant sa porte, sans lui crier quelque vilenie, qu'il ne semblait même pas entendre. Toute sa colère de maniaque s'exhalait contre les misérables qui déshonoraient son métier, en vendant du bon marché, de la camelote, des articles dont les chiens, disait-il, n'auraient pas voulu se servir.

Denise tremblait, quand il lui criait furieusement :

– L'art est fichu, entendez-vous !... Il n'y a plus un manche propre. On fait des bâtons, mais des manches, c'est fini !... Trouvez-moi un manche, et je vous donne vingt francs !

C'était son orgueil d'artiste, pas un ouvrier à Paris n'était capable d'établir un manche pareil aux siens, léger et solide. Il en sculptait surtout la pomme avec une fantaisie charmante, renouvelant toujours les sujets, des fleurs, des fruits, des animaux, des têtes, traités d'une façon vivante et libre. Un canif lui suffisait, on le voyait les journées entières, le nez chaussé de bésicles, fouillant le buis ou l'ébène.

– Un tas d'ignorants, disait-il, qui se contentent de coller de la soie sur des baleines ! Ils achètent leurs manches à la grosse, des manches tout fabriqués... Et ça vend ce que ça veut ! Entendez-vous, l'art est fichu !

Denise, enfin, se rassura. Il avait voulu que Pépé descendît jouer dans la boutique, car il adorait les enfants. Quand le petit marchait à quatre pattes, on ne pouvait plus remuer, elle au fond de son coin faisant des raccommodages, lui, devant la vitrine, creusant le bois, à l'aide de son canif. Maintenant, chaque journée ramenait les mêmes besognes et la même conversation. En travaillant, il retombait toujours sur le *Bonheur des Dames*, il expliquait sans se lasser où en était son terrible duel. Depuis 1845, il occupait la maison, pour laquelle il avait un bail de trente années, moyennant un loyer de dix-huit cents francs ; et, comme il rattrapait un millier de francs avec ses quatre chambres garnies, il payait huit cents francs la boutique. C'était peu, il n'avait pas de frais, il pouvait tenir longtemps encore. À l'entendre, sa victoire ne faisait pas un doute, il mangerait le monstre.

Brusquement, il s'interrompait.

– Est-ce qu'ils en ont, des têtes de chien comme ça ?

Et il clignait les yeux derrière ses lunettes, pour juger la tête de dogue qu'il sculptait, la lèvre retroussée, les crocs dehors, dans un grognement plein de vie. Pépé, en extase devant le chien, se soulevait, appuyait ses deux petits bras sur les genoux du vieux.

– Pourvu que je joigne les deux bouts, je me moque du reste, reprenait celui-ci, en attaquant délicatement la langue de la pointe de son canif. Les coquins ont tué mes bénéfices ; mais, si je ne gagne plus, je ne perds pas encore, ou peu de chose du moins. Et, voyez-vous, je suis décidé à y laisser ma peau, plutôt que de céder.

Il brandissait son outil, ses cheveux blancs s'envolaient sous un vent de colère.

– Cependant, risquait doucement Denise, sans lever les yeux, si l'on vous offrait une somme raisonnable, il serait plus sage d'accepter.

Alors, son obstination féroce éclatait.

– Jamais !... La tête sous le couteau, je dirai non, tonnerre de Dieu !... J'ai encore dix ans de bail, ils n'auront pas la maison avant dix ans, lorsque je devrais crever de faim entre les quatre murs vides... Deux fois déjà, ils sont venus pour m'entortiller. Ils m'offraient douze mille francs de mon fonds et les années à courir du bail, dix-huit mille francs, en tout trente mille... Pas pour cinquante mille ! Je les tiens, je veux les voir lécher la terre devant moi !

– Trente mille francs, c'est beau, reprenait Denise. Vous pourriez aller vous établir plus loin... Et s'ils achetaient la maison ?

Bourras, qui terminait la langue de son dogue, s'absorbait une minute, avec un rire d'enfant vaguement épandu sur sa face neigeuse de Père éternel. Puis, il repartait.

– La maison, pas de danger !... Ils parlaient de l'acheter l'année dernière, ils en donnaient quatre-vingt mille francs, le double de ce qu'elle vaut aujourd'hui. Mais le propriétaire, un ancien fruitier, un gredin comme eux, a voulu les faire chanter. Et, d'ailleurs, ils se méfient de moi, ils savent bien que je céderais encore moins... Non ! non ! j'y suis, j'y reste ! L'empereur, avec tous ses canons, ne m'en délogerait pas.

Denise n'osait plus souffler. Elle continuait de tirer son aiguille, pendant que le vieillard lâchait d'autres phrases entrecoupées, entre deux entailles de son canif : ça commençait à peine, on verrait plus tard des choses extraordinaires, il avait des idées qui balaieraient leur comptoir de parapluies ; et, au fond de son obstination, grondait la révolte du petit fabricant personnel, contre l'envahissement banal des articles de bazar.

Pépé, cependant, finissait par grimper sur les genoux de Bourras. Il tendait, vers la tête de dogue, des mains impatientes.

– Donne, monsieur.

– Tout à l'heure, mon petit, répondait le vieux d'une voix qui devenait tendre. Il n'a pas d'yeux, il faut lui faire des yeux, maintenant.

Et, tout en fignolant un œil, il s'adressait de nouveau à Denise.

– Les entendez-vous ?... Ronflent-ils encore, à côté ! c'est ça qui m'exaspère le plus, parole d'honneur ! de les avoir sans cesse dans le dos, avec leur sacrée musique de locomotive.

Sa petite table en tremblait, disait-il. Toute la boutique était secouée, il passait ses après-midi sans un client, dans la trépidation de la foule qui s'écrasait au *Bonheur des Dames*. C'était un sujet d'éternel rabâchage. Encore une bonne journée, on tapait derrière le mur, la soierie avait dû faire dix mille francs ; ou bien, il se gaudissait[1], le mur était resté froid, un coup de pluie avait tué la recette. Et les moindres rumeurs, les souffles les plus faibles, lui fournissaient ainsi des commentaires sans fin.

– Tenez, on a glissé. Ah ! s'ils pouvaient tous se casser les reins !... Ça, ma chère, ce sont des dames qui se disputent. Tant mieux ! tant mieux !... Hein ! entendez-vous les paquets tomber dans les sous-sols ? C'est dégoûtant !

Il ne fallait pas que Denise discutât ses explications, car il rappelait alors amèrement la manière indigne dont on l'avait congédiée. Puis, elle devait lui conter, pour la centième fois, son passage aux confections, les souffrances du début, les petites chambres malsaines, la mauvaise nourriture, la continuelle bataille des vendeurs ; et, tous deux, du matin au soir, ne parlaient ainsi que du magasin, le buvaient à chaque heure dans l'air même qu'ils respiraient.

– Donne, monsieur, répétait ardemment Pépé, les mains toujours tendues.

La tête de dogue était finie, Bourras la reculait, l'avançait, avec une gaieté bruyante.

– Prends garde, il va te mordre... Là, amuse-toi, et ne le casse pas, si c'est possible.

Puis, repris par son idée fixe, il brandissait le poing vers la muraille.

– Vous avez beau pousser pour que la maison tombe... Vous ne l'aurez pas, quand même vous envahiriez la rue entière !

Denise, maintenant, avait du pain tous les jours. Elle en gardait une vive gratitude au vieux marchand, dont elle sentait le bon cœur, sous les étrangetés violentes. Son vif désir était cependant de trouver ailleurs du travail, car elle le voyait inventer de petites besognes, elle comprenait qu'il n'avait pas besoin d'une ouvrière, dans la débâcle de son commerce, et qu'il l'employait par charité pure. Six mois s'étaient passés, on venait de retomber dans la morte-saison d'hiver. Elle désespérait de se caser avant mars, lorsque, un soir de janvier, Deloche, qui

1. **Se gaudissait :** se réjouissait de façon ironique ; du verbe « se gaudir ».

la guettait sous une porte, lui donna un conseil. Pourquoi n'allait-elle pas se présenter chez Robineau, où l'on avait peut-être besoin de monde ? En septembre, Robineau s'était décidé à acheter le fonds de Vinçard, tout en redoutant de compromettre les soixante mille francs de sa femme. Il avait payé quarante mille francs la spécialité de soies, et il se lançait avec les vingt mille autres. C'était peu, mais il avait derrière lui Gaujean, qui devait le soutenir par de longs crédits. Depuis sa brouille avec le *Bonheur des Dames*, ce dernier rêvait de susciter au colosse des concurrences ; il croyait la victoire certaine, si l'on créait dans le voisinage plusieurs spécialités, où les clientes trouveraient un choix très varié d'articles. Seuls les riches fabricants de Lyon, comme Dumonteil, pouvaient accepter les exigences des grands magasins ; ils se contentaient d'alimenter avec eux leurs métiers, quitte à chercher ensuite des bénéfices, en vendant aux maisons moins importantes. Mais Gaujean était loin d'avoir les reins solides de Dumonteil. Longtemps simple commissionnaire, il n'avait des métiers à lui que depuis cinq ou six ans, et encore faisait-il travailler beaucoup de façonniers[1], auxquels il fournissait la matière première, et qu'il payait tant du mètre. C'était même ce système qui, haussant ses prix de revient, ne lui permettait pas de lutter contre Dumonteil, pour la fourniture du Paris-Bonheur. Il en gardait une rancune, il voyait en Robineau l'instrument d'une bataille décisive, livrée à ces bazars des nouveautés, qu'il accusait de ruiner la fabrication française.

Lorsque Denise se présenta, elle trouva Mme Robineau seule. Fille d'un piqueur[2] des Ponts et Chaussées, absolument ignorante des choses du commerce, celle-ci avait encore la gaucherie charmante d'une pensionnaire élevée dans un couvent de Blois. Elle était très brune, très jolie, avec une douceur gaie qui lui donnait un grand charme. Du reste, elle adorait son mari et ne vivait que de cet amour. Comme Denise allait laisser son nom, Robineau rentra, et il la prit sur-le-champ, l'une de ses deux vendeuses l'ayant brusquement quitté la veille, pour entrer au *Bonheur des Dames*.

– Ils ne nous laissent pas un bon sujet, dit-il. Enfin, avec vous, je serai tranquille, car vous êtes comme moi, vous ne devez guère les aimer... Venez demain.

1. **Façonniers :** travailleurs à façon ; ils ne fournissent pas la matière première.
2. **Piqueur :** agent qui assiste le conducteur de travaux publics.

Le soir, Denise fut embarrassée pour annoncer à Bourras qu'elle le quittait. Il la traita en effet d'ingrate, s'emporta ; puis, lorsqu'elle se défendit, les larmes aux yeux, en lui faisant entendre qu'elle n'était pas dupe de ses charités, il s'attendrit à son tour, bégaya qu'il avait beaucoup de travaux, qu'elle l'abandonnait juste au moment où il allait lancer un parapluie de son invention.

– Et Pépé ? demanda-t-il.

L'enfant était le grand souci de Denise. Elle n'osait le remettre chez Mme Gras et ne pouvait pourtant le laisser seul dans sa chambre, enfermé du matin au soir.

– C'est bon, je le garderai, reprit le vieux. Il est bien dans ma boutique, ce petit... Nous ferons la cuisine ensemble.

Et, comme elle refusait, craignant de le gêner :

– Tonnerre de Dieu ! vous vous méfiez de moi... Je ne le mangerai pas, votre enfant !

Denise fut plus heureuse chez Robineau. Il la payait peu, soixante francs par mois, et nourrie seulement, sans intérêt sur la vente, comme dans les vieilles maisons. Mais elle était traitée avec beaucoup de douceur, surtout par Mme Robineau, toujours souriante à son comptoir. Lui, nerveux, tourmenté, avait parfois des brusqueries. Au bout d'un mois, Denise faisait partie de la famille, ainsi que l'autre vendeuse, une petite femme poitrinaire et silencieuse. On ne se gênait plus devant elles, on causait des affaires, à table, dans l'arrière-boutique, qui donnait sur une grande cour. Et ce fut là qu'un soir on décida l'entrée en campagne contre le *Bonheur des Dames.*

Gaujean était venu dîner. Dès le rôti, un gigot bourgeois, il avait abordé la question, de sa voix blanche de Lyonnais, épaissie par les brouillards du Rhône.

– Ça devient impossible, répétait-il. Ils arrivent chez Dumonteil, n'est-ce pas ? se réservent la propriété d'un dessin, emportent du coup trois cents pièces, en exigeant une diminution de cinquante centimes par mètre ; et, comme ils payent comptant, ils bénéficient encore de l'escompte de dix-huit pour cent... Souvent, Dumonteil ne gagne pas vingt centimes. Il travaille pour occuper ses métiers, car tout métier qui chôme est un métier qui meurt... Alors, comment voulez-vous que nous, avec notre outillage plus restreint, et surtout avec nos façonniers, nous puissions soutenir la lutte ?

Robineau, rêveur, oubliait de manger.

– Trois cents pièces ! murmura-t-il. Moi, je tremble, quand j'en prends douze, et à quatre-vingt-dix jours[1]... Ils peuvent afficher un franc, deux francs meilleur marché que nous. J'ai calculé qu'il y a une baisse de quinze pour cent au moins sur leurs articles de catalogue, quand on les compare à nos prix... C'est ce qui tue le petit commerce.

Il était dans une heure de découragement. Sa femme, inquiète, le regardait d'un air tendre. Elle ne mordait point aux affaires, la tête cassée par tous ces chiffres, ne comprenant pas qu'on se donnât un pareil souci, lorsqu'il était si facile de rire et de s'aimer. Pourtant, il suffisait que son mari voulût vaincre : elle se passionnait avec lui, serait morte à son comptoir.

– Mais pourquoi tous les fabricants ne s'entendent-ils pas ensemble ? reprit violemment Robineau. Ils leur feraient la loi, au lieu de la subir.

Gaujean, qui avait redemandé une tranche de gigot, mâchait avec lenteur.

– Ah ! pourquoi, pourquoi... Il faut que les métiers travaillent, je vous l'ai dit. Quand on a des tissages un peu partout, aux environs de Lyon, dans le Gard, dans l'Isère, on ne peut chômer un jour, sans des pertes énormes... Puis, nous autres qui employons parfois des façonniers ayant dix ou quinze métiers, nous sommes davantage maîtres de la production, au point de vue du stock ; tandis que les grands fabricants le trouvent obligés d'avoir de continuels débouchés, les plus larges et les plus rapides possible... Aussi sont-ils à genoux devant les grands magasins. J'en connais trois ou quatre qui se les disputent, qui consentent à perdre pour obtenir leurs ordres. Et ils se rattrapent avec les petites maisons comme la vôtre. Oui, s'ils existent par eux, ils gagnent par vous... La crise finira Dieu sait comment !

– C'est odieux ! conclut Robineau, que ce cri de colère soulagea.

Denise écoutait, en silence. Elle était secrètement pour les grands magasins, dans son amour instinctif de la logique et de la vie. On se taisait, on mangeait des haricots verts de conserve ; et elle finit par se risquer à dire d'un air gai :

– Le public ne se plaint pas, lui !

Mme Robineau ne put retenir un léger rire, qui mécontenta son mari et Gaujean. Sans doute, le client était satisfait, puisque, en

---

1. **À quatre-vingt-dix jours :** il demande un délai de quatre-vingt-dix jours pour payer la marchandise.

fin de compte, c'était le client qui bénéficiait de la baisse des prix. Seulement, il fallait bien que chacun vécût : où irait-on, si, sous le prétexte du bonheur général, on engraissait le consommateur au détriment du producteur ? Et une discussion s'engagea. Denise affectait de plaisanter, tout en apportant des arguments solides : les intermédiaires disparaissaient, agents de fabrique, représentants, commissionnaires, ce qui entrait pour beaucoup dans le bon marché ; du reste, les fabricants ne pouvaient même plus vivre sans les grands magasins, car dès qu'un d'entre eux perdait leur clientèle, la faillite devenait fatale ; enfin, il y avait là une évolution naturelle du commerce, on n'empêcherait pas les choses d'aller comme elles devaient aller, quand tout le monde y travaillait, bon gré, mal gré.

– Alors, vous êtes pour ceux qui vous ont flanquée à la rue ? demanda Gaujean.

Denise devint très rouge. Elle restait surprise elle-même de la vivacité de sa défense. Qu'avait-elle au cœur, pour qu'une flamme pareille lui fût montée dans la poitrine ?

– Mon Dieu ! non, répondit-elle. J'ai tort peut-être, car vous êtes plus compétent... Seulement, je dis ma pensée. Les prix, au lieu d'être faits comme autrefois par une cinquantaine de maisons, sont faits aujourd'hui par quatre ou cinq, qui les ont baissés, grâce à la puissance de leurs capitaux et à la force de leur clientèle... Tant mieux pour le public, voilà tout !

Robineau ne se fâcha pas. Il était devenu grave, il regardait la nappe. Souvent, il avait senti ce souffle du commerce nouveau, cette évolution dont parlait la jeune fille ; et il se demandait, aux heures de vision nette, pourquoi vouloir résister à un courant d'une telle énergie, qui emporterait tout. Mme Robineau elle-même, en voyant son mari songeur, approuvait du regard Denise, retombée modestement dans son silence.

– Voyons, reprit Gaujean pour couper court, tout ça, c'est des théories... Parlons de notre affaire.

Après le fromage, la bonne venait de servir des confitures et des poires. Il prit des confitures, les mangea à la cuiller, avec la gourmandise inconsciente d'un gros homme adorant le sucre.

– Voilà, il faut que vous battiez en brèche leur Paris-Bonheur, qui a fait leur succès, cette année... Je me suis entendu avec plusieurs de mes confrères de Lyon, je vous apporte une offre exceptionnelle, une soie noire, une faille, que vous pourrez vendre à cinq francs cinquante... Ils vendent la leur cinq francs soixante, n'est-ce pas ? Eh bien ! ce sera deux sous de moins, et cela suffit, vous les coulerez.

Les yeux de Robineau s'étaient rallumés. Dans son continuel tourment nerveux, il sautait souvent ainsi de la crainte à l'espoir.

– Vous avez un échantillon ? demanda-t-il.

Et, lorsque Gaujean eut tiré de son portefeuille un petit carré de soie, il acheva de s'exalter et cria :

– Mais elle est plus belle que le Paris-Bonheur ! En tout cas, elle fait plus d'effet, le grain est plus gros... Vous avez raison, il faut tenter le coup. Ah ! tenez ! je les veux à mes pieds, ou j'y resterai, cette fois !

Mme Robineau, partageant cet enthousiasme, déclara la soie superbe. Denise elle-même crut au succès. La fin du dîner fut ainsi très gaie. On parlait fort, il semblait que le *Bonheur des Dames* agonisât. Gaujean, qui achevait le pot de confiture, expliquait quels sacrifices énormes lui et ses collègues allaient s'imposer, pour livrer une pareille étoffe à si bon compte ; mais ils s'y ruineraient plutôt, ils avaient juré de tuer les grands magasins. Comme on apportait le café, la gaieté fut encore accrue par l'arrivée de Vinçard. Il entrait en passant dire un petit bonjour à son successeur.

– Fameux ! cria-t-il, en palpant la soie. Vous les roulerez, je vous en réponds !... Hein ! vous me devrez une fière chandelle. Je vous le disais bien, qu'il y avait ici une affaire d'or !

Lui, venait de prendre un restaurant à Vincennes. C'était un rêve ancien, nourri sournoisement tandis qu'il se débattait dans les soies, tremblant de ne pas trouver à vendre son fonds avant la débâcle, se jurant de mettre son pauvre argent dans un commerce où l'on pût voler à l'aise. Cette idée d'un restaurant lui était venue après la noce d'un cousin ; la bouche allait toujours, on leur avait fait payer dix francs de l'eau de vaisselle, où nageaient des pâtes. Et, devant Robineau, sa joie de leur avoir mis sur les épaules une mauvaise affaire dont il désespérait de se débarrasser, élargissait encore sa face aux yeux ronds et à la grande bouche loyale, qui crevait de santé.

– Et vos douleurs ? demanda obligeamment Mme Robineau.

– Hein ? mes douleurs ? murmura-t-il étonné.

– Oui, ces rhumatismes qui vous tourmentaient ici.

Il se souvint, il rougit légèrement.

– Oh ! j'en souffre toujours... Pourtant, l'air de la campagne, vous comprenez... N'importe, vous avez fait une riche affaire. Sans mes rhumatismes, je me retirais avec dix mille francs de rente, avant dix ans... parole d'honneur !

Quinze jours plus tard, la lutte s'engageait entre Robineau et le *Bonheur des Dames*. Elle fut célèbre, elle occupa un instant tout le marché parisien. Robineau, usant des armes de son adversaire, avait fait de la publicité dans les journaux. En outre, il soignait son étalage, entassait à ses vitrines des piles énormes de la fameuse soie, l'annonçait par de grandes pancartes blanches, où se détachait en chiffres géants le prix de cinq francs cinquante. C'était ce chiffre qui révolutionnait les femmes : deux sous de meilleur marché qu'au *Bonheur des Dames*, et la soie paraissait plus forte. Dès les premiers jours, il vint un flot de clientes : Mme Marty, sous le prétexte de se montrer économe, acheta une robe dont elle n'avait pas besoin ; Mme Bourdelais trouva l'étoffe belle, mais elle préféra attendre, flairant sans doute ce qui allait se passer. La semaine suivante, en effet, Mouret, baissant carrément le Paris-Bonheur de vingt centimes, le donna à cinq francs quarante ; il avait eu, avec Bourdoncle et les intéressés, une discussion vive, avant de les convaincre qu'il fallait accepter la bataille, quitte à perdre sur l'achat ; ces vingt centimes étaient une perte sèche, puisqu'on vendait déjà au prix coûtant. Le coup fut rude pour Robineau, il ne croyait pas que son rival baisserait, car ces suicides de la concurrence, ces ventes à perte étaient encore sans exemple ; et le flot des clientes, obéissant au bon marché, avait tout de suite reflué vers la rue Neuve-Saint-Augustin, tandis que le magasin de la rue Neuve-des-Petits-Champs se vidait. Gaujean accourut de Lyon, il y eut des conciliabules effarés, on finit par prendre une résolution héroïque : la soie serait baissée, on la laisserait à cinq francs trente, prix au-dessous duquel personne ne pouvait descendre, sans folie. Le lendemain, Mouret mettait son étoffe à cinq francs vingt. Et, dès lors, ce fut une rage : Robineau répliqua par cinq francs quinze, Mouret afficha cinq francs dix. Tous deux ne se battaient plus que d'un sou, perdant des sommes considérables, chaque fois qu'ils faisaient ce cadeau au public. Les clientes riaient, enchantées de ce duel, émues des coups terribles que se portaient les deux maisons, pour leur plaire. Enfin, Mouret osa le chiffre de cinq francs ; chez lui, le personnel était pâle, glacé d'un tel défi à la fortune. Robineau, atterré, hors d'haleine, s'arrêta de même à cinq francs, ne trouvant pas le courage de descendre davantage. Ils couchaient sur leurs positions, face à face, avec le massacre de leurs marchandises autour d'eux.

Mais si, de part et d'autre, l'honneur était sauf, la situation devenait meurtrière pour Robineau. Le *Bonheur des Dames* avait des avances et une clientèle qui lui permettaient d'équilibrer les bénéfices ; tandis que lui, soutenu seulement par Gaujean, ne pouvant se rattraper sur d'autres articles, restait épuisé, glissait chaque jour un peu sur la pente de la faillite. Il mourait de sa témérité, malgré la clientèle nombreuse que les péripéties de la lutte lui avaient amenée. Un de ses tourments secrets était de voir cette clientèle le quitter lentement, retourner au *Bonheur*, après l'argent perdu et les efforts qu'il avait faits pour la conquérir.

Un jour même, la patience lui échappa. Une cliente, Mme de Boves, était venue voir chez lui des manteaux, car il avait joint un comptoir de confections à sa spécialité de soies. Elle ne se décidait pas, se plaignait de la qualité des étoffes. Enfin, elle dit :

– Leur Paris-Bonheur est beaucoup plus fort.

Robineau se contenait, lui affirmait qu'elle se trompait, avec sa politesse marchande, d'autant plus respectueux, qu'il craignait de laisser éclater sa révolte intérieure.

– Mais voyez donc la soie de cette rotonde ! reprit-elle, on jurerait de la toile d'araignée... Vous avez beau dire, monsieur, leur soie à cinq francs est du cuir à côté de celle-ci.

Il ne répondait plus, le sang au visage, les lèvres serrées. Justement, il avait imaginé le coup ingénieux d'acheter, pour ses confections, la soie chez son rival. De cette façon, c'était Mouret, ce n'était pas lui qui perdait sur l'étoffe. Il coupait simplement la lisière.

– Vraiment, vous trouvez le Paris-Bonheur plus épais ? murmura-t-il.

– Oh ! cent fois, dit Mme de Boves. Il n'y a pas de comparaison.

Cette injustice de la cliente, dépréciant quand même la marchandise, l'indignait. Et, comme elle retournait toujours la rotonde de son air dégoûté, un petit bout de la lisière bleu et argent, échappé aux ciseaux, parut sous la doublure. Alors, il ne put se contraindre davantage, il avoua, il aurait donné sa tête.

– Eh bien ! madame, cette soie est du Paris-Bonheur, je l'ai achetée moi-même, parfaitement !... Voyez la lisière.

Mme de Boves partit très vexée. Beaucoup de ces dames le quittèrent, l'histoire avait couru. Et lui, au milieu de cette ruine, lorsque l'épouvante du lendemain le prenait, ne tremblait que pour sa femme, élevée dans une paix heureuse, incapable de vivre pauvre. Que deviendrait-elle, si une catastrophe les mettait sur le pavé, avec des dettes ? C'était sa faute, jamais il n'aurait dû toucher aux soixante mille francs. Il fallait qu'elle le consolât. Est-ce que cet argent n'était pas à lui comme à elle ? Il l'aimait bien, elle n'en demandait pas davantage, elle lui donnait tout, son cœur, sa vie. Dans l'arrière-boutique, on les entendait s'embrasser. Peu à peu, le train de la maison se régularisa ; chaque fois, les pertes augmentaient, dans une proportion lente, qui reculait l'issue fatale. L'espoir tenace les laissait debout, ils annonçaient toujours la déconfiture prochaine du *Bonheur des Dames*.

– Bah ! disait-il, nous sommes jeunes aussi, nous autres... L'avenir est à nous.

– Et puis, qu'importe ? si tu as fait ce que tu voulais faire, reprenait-elle. Pourvu que tu te contentes, ça me contente, mon bon chéri.

Denise se prenait d'affection, en voyant leur tendresse. Elle tremblait, elle sentait la chute inévitable ; mais elle n'osait plus intervenir. Ce fut là qu'elle acheva de comprendre la puissance du nouveau commerce et de se passionner pour cette force qui transformait Paris. Ses idées mûrissaient, une grâce de femme se dégageait, en elle, de l'enfant sauvage débarquée de Valognes. Du reste, sa vie était assez douce, malgré sa fatigue et son peu d'argent. Lorsqu'elle avait passé la journée debout, il lui fallait rentrer vite, s'occuper de Pépé, que le vieux Bourras, heureusement, s'obstinait à nourrir ; mais c'étaient encore des soins, une chemise à laver, une blouse à recoudre, sans compter le tapage du petit, dont elle avait la tête fendue. Elle ne se couchait jamais avant minuit. Le dimanche était un jour de grosse besogne : elle nettoyait sa chambre, se raccommodait elle-même, si occupée, qu'elle ne se peignait souvent qu'à cinq heures. Cependant, elle sortait quelquefois par raison, emmenait l'enfant, lui faisait faire une longue course à pied, du côté de Neuilly ; et leur régal était de boire, là-bas, une tasse de lait chez un nourrisseur, qui les laissait s'asseoir dans sa cour. Jean dédaignait ces parties ; il se montrait de loin en loin, les soirs de semaine, puis disparaissait, en prétextant d'autres visites ; il ne demandait plus d'argent, mais il arrivait avec des airs si mélancoliques, que sa sœur, inquiète, avait toujours pour lui une pièce de cent sous de côté. Son luxe était là.

– Cent sous ! criait chaque fois Jean. Sacristi ! tu es trop gentille !... Justement, il y a la femme du papetier...

– Tais-toi, interrompait Denise. Je n'ai pas besoin de savoir.

Mais il croyait qu'elle l'accusait de se vanter.

– Quand je te dis qu'elle est la femme d'un papetier !... Oh ! quelque chose de magnifique !

Trois mois se passèrent. Le printemps revenait, Denise refusa de retourner à Joinville avec Pauline et Baugé. Elle les rencontrait parfois rue Saint-Roch, en sortant de chez Robineau. Pauline, dans une de ces rencontres, lui confia qu'elle allait peut-être épouser son amant ; c'était elle qui hésitait encore, on n'aimait guère les vendeuses mariées au *Bonheur des Dames.* Cette idée de mariage surprit Denise, elle n'osa conseiller son amie. Un jour que Colomban venait de l'arrêter près de la fontaine, pour lui parler de Clara, celle-ci justement traversa la place ; et la jeune fille dut s'échapper, car il la suppliait de demander à son ancienne camarade si elle voulait bien se marier avec lui. Qu'avaient-ils donc tous ? Pourquoi se tourmenter de la sorte ? Elle s'estimait très heureuse de n'aimer personne.

– Vous savez la nouvelle ? lui dit un soir le marchand de parapluies, comme elle rentrait.

– Non, monsieur Bourras.

– Eh bien ! les gredins ont acheté l'hôtel Duvillard... Je suis cerné !

Il agitait ses grands bras, dans une crise de fureur qui hérissait sa crinière blanche.

– Un micmac à n'y rien comprendre ! reprit-il. Il paraît que l'hôtel appartenait au Crédit immobilier, dont le président, le baron Hartmann, vient de le céder à notre fameux Mouret... Maintenant, ils me tiennent à droite, à gauche, derrière, tenez ! voyez-vous, comme je tiens dans mon poing cette pomme de canne !

C'était vrai, on avait dû signer la cession la veille. La petite maison de Bourras, serrée entre le *Bonheur des Dames* et l'hôtel Duvillard, accrochée là comme un nid d'hirondelle dans la fente d'un mur, semblait devoir être écrasée du coup, le jour où le magasin envahirait l'hôtel, et ce jour était venu, le colosse tournait le faible obstacle, le ceignait de son entassement de marchandises, menaçait de l'engloutir, de l'absorber par la seule force de son aspiration géante. Bourras sentait bien l'étreinte dont craquait sa boutique. Il croyait le voir diminuer, il craignait d'être bu lui-même, de passer de l'autre côté avec ses parapluies et ses cannes, tant la terrible mécanique ronflait à cette heure.

– Hein ! les entendez-vous ? criait-il. Si l'on ne dirait pas qu'ils mangent les murailles ! Et, dans ma cave, dans mon grenier, partout, c'est le même bruit de scie mordant le plâtre... N'importe ! ils ne m'aplatiront peut-être pas comme une feuille de papier. Je resterai, quand ils feraient éclater mon toit et que la pluie tomberait à seaux dans mon lit !

Ce fut à ce moment que Mouret fit faire à Bourras de nouvelles propositions : on grossissait le chiffre, on achetait son fonds et le droit au bail cinquante mille francs. Cette offre redoubla la colère du vieillard, il refusa avec des injures. Fallait-il que ces gredins volassent le monde, pour payer cinquante mille francs une chose qui n'en valait pas dix mille ! Et il défendait sa boutique comme une fille honnête défend sa vertu, au nom de l'honneur, par respect de lui-même.

Denise vit Bourras préoccupé pendant une quinzaine de jours. Il tournait fiévreusement, métrait les murs de sa maison, la regardait du milieu de la rue, avec des airs d'architecte. Puis, un matin, des ouvriers arrivèrent. C'était la bataille décisive, il avait l'idée téméraire de battre le *Bonheur des Dames* sur son terrain, en faisant des concessions au luxe moderne. Les clientes, qui lui reprochaient sa boutique sombre, reviendraient certainement, quand elles la verraient flamber, toute neuve. D'abord, on boucha les crevasses et on badigeonna la façade ; ensuite, on repeignit les boiseries de la devanture en vert clair ; même on poussa la splendeur jusqu'à dorer l'enseigne. Trois mille francs, que Bourras tenait de côté comme une ressource suprême, furent dévorés. D'ailleurs, le quartier était en révolution ; on venait le contempler au milieu de ces richesses, perdant la tête, ne retrouvant pas ses habitudes. Il ne semblait plus chez lui, dans ce cadre luisant, sur ces fonds tendres, effaré avec sa grande barbe et ses cheveux. Maintenant, du trottoir d'en face, les passants s'étonnaient, à le regarder agiter les bras et sculpter ses manches. Et il était galopé de fièvre, il craignait de salir, il s'engouffrait davantage, dans ce commerce luxueux, auquel il ne comprenait rien.

Cependant, comme chez Robineau, la campagne contre le *Bonheur des Dames* était ouverte chez Bourras. Il venait de lancer son invention, le parapluie à godet[1], qui plus tard devait se populariser. Du

1. **À godet :** dont le tissu, taillé en biais, présente un bord ondulé.

reste, le *Bonheur* perfectionna immédiatement l'invention. Alors, la lutte s'engagea sur les prix. Il eut un article à un franc quatre-vingt-quinze, en zanella[1], monture acier, inusable, disait l'étiquette. Mais il voulut surtout battre son concurrent avec ses manches, des manches de bambou, de cornouiller, d'olivier, de myrte, de rotin, toutes les variétés de manches imaginables. Le *Bonheur*, moins artiste, soignait l'étoffe, vantait ses alpagas et ses mohairs, ses sergés et ses taffetas cuits. Et la victoire lui resta, le vieillard désespéré répéta que l'art était fichu, qu'il en était réduit à tailler ses manches pour le plaisir, sans espoir de les vendre.

– C'est ma faute ! criait-il à Denise. Est-ce que j'aurais dû tenir des saletés à un franc quatre-vingt-quinze ?... Voilà où les idées nouvelles peuvent conduire. J'ai voulu suivre l'exemple de ces brigands, tant mieux si j'en crève !

Juillet fut très chaud. Denise souffrait dans son étroite chambre, sous les ardoises. Aussi lorsqu'elle sortait de son magasin, prenait-elle Pépé chez Bourras ; et, au lieu de monter tout de suite, elle allait respirer un peu au jardin des Tuileries, jusqu'à la fermeture des grilles. Un soir, comme elle se dirigeait vers les marronniers, elle resta saisie : à quelques pas, marchant droit à elle, il lui semblait reconnaître Hutin. Puis, son cœur battit violemment. C'était Mouret, qui avait dîné sur la rive gauche et qui se hâtait de se rendre à pied chez Mme Desforges. Au brusque mouvement que fit la jeune fille pour lui échapper, il la regarda. La nuit tombait, il la reconnut pourtant.

– C'est vous, mademoiselle.

Elle ne répondit pas, éperdue qu'il eût daigné s'arrêter. Lui, souriant, cachait sa gêne sous un air d'aimable protection.

– Vous êtes toujours à Paris ?

– Oui, monsieur, dit-elle enfin.

Lentement, elle reculait, elle cherchait à saluer, pour continuer sa promenade. Mais il revint lui-même sur ses pas, il la suivit sous les ombres noires des grands marronniers. Une fraîcheur tombait, des enfants riaient au loin, en poussant des cerceaux.

– C'est votre frère, n'est-ce pas ? demanda-t-il encore, les yeux sur Pépé.

Celui-ci, intimidé par cette présence extraordinaire d'un monsieur, marchait gravement près de sa sœur, dont il tenait la main :

1. **Zanella :** toile imperméable.

– Oui, monsieur, répondit-elle de nouveau.

Elle avait rougi, elle songeait aux inventions abominables de Marguerite et de Clara. Sans doute, Mouret comprit la cause de sa rougeur, car il ajouta vivement :

– Écoutez, mademoiselle, j'ai des excuses à vous présenter... Oui, j'aurais été heureux de vous dire plus tôt combien j'ai regretté l'erreur qui a été commise. On vous a accusée trop légèrement d'une faute... Enfin, le mal est fait, je voulais seulement vous apprendre que tout le monde, chez nous, connaît aujourd'hui votre tendresse pour vos frères...

Il continua, fut d'une politesse respectueuse, à laquelle les vendeuses du *Bonheur des Dames* n'étaient guère habituées de sa part. Le trouble de Denise avait augmenté ; mais une joie inondait son cœur. Il savait donc qu'elle ne s'était donnée à personne ! Tous deux gardaient le silence, il restait près d'elle, réglant ses pas sur les petits pas de l'enfant ; et les bruits lointains de Paris se mouraient, sous les ombres noires des grands arbres.

– Je n'ai qu'une réhabilitation à vous offrir, mademoiselle, reprit-il. Naturellement, si vous désirez rentrer chez nous...

Elle l'interrompit, elle refusa avec une hâte fébrile.

– Monsieur, je ne puis pas... Je vous remercie tout de même, mais j'ai trouvé ailleurs.

Il le savait, on lui avait appris depuis peu qu'elle était chez Robineau. Et, tranquillement, sur un pied d'égalité charmante, il lui parla de ce dernier, auquel il rendait justice : un garçon d'une intelligence vive, trop nerveux seulement. Il aboutirait à une catastrophe, Gaujean l'avait écrasé d'une affaire trop lourde, où tous deux resteraient. Alors, Denise, gagnée par cette familiarité, se livra davantage, laissa voir qu'elle était pour les grands magasins, dans la bataille livrée entre ceux-ci et le petit commerce ; elle s'animait, citait des exemples, se montrait au courant de la question, remplie même d'idées larges et nouvelles. Lui, ravi, l'écoutait avec surprise. Il se tournait, tâchait de distinguer ses traits, dans la nuit grandissante. Elle semblait toujours la même, vêtue d'une robe simple, le visage doux ; mais, de cet effacement modeste, montait un parfum pénétrant dont il subissait la puissance. Sans doute, cette petite s'était faite à l'air de Paris, la voilà qui devenait femme, et elle était troublante, si raisonnable, avec ses beaux cheveux, lourds de tendresse.

– Puisque vous êtes des nôtres, dit-il en riant, pourquoi restez-vous chez nos adversaires ?... Ainsi, ne m'a-t-on pas dit également que vous logiez chez ce Bourras ?

– Un bien digne homme, murmura-t-elle.

– Non, laissez donc ! un vieux toqué, un fou qui me forcera à le mettre sur la paille, lorsque je voudrais m'en débarrasser avec une fortune !... D'abord, votre place n'est pas chez lui, sa maison est mal famée, il loue à des personnes...

Mais il sentit la jeune fille confuse, il se hâta d'ajouter :

– On peut être honnête partout, et il y a même plus de mérite à l'être, quand on n'est pas riche.

Ils firent de nouveau quelques pas en silence. Pépé semblait écouter de son air attentif d'enfant précoce. Par moments, il levait les yeux sur sa sœur, dont la main brûlante, secouée de légers tressaillements, l'étonnait :

– Tenez ! reprit gaiement Mouret, voulez-vous être mon ambassadeur ? Demain, j'avais l'intention d'augmenter encore mon offre, de faire proposer à Bourras quatre-vingt mille francs... Parlez-lui-en la première, dites-lui donc qu'il se suicide. Il vous écoutera peut-être, puisqu'il a de l'amitié pour vous, et vous lui rendriez un véritable service.

– Soit ! répondit Denise, souriante elle aussi. Je ferai la commission, mais je doute de réussir.

Et le silence retomba. Ni l'un ni l'autre n'avait plus rien à se dire. Un instant, il essaya de causer de l'oncle Baudu ; puis, il dut se taire, en voyant le malaise de la jeune fille. Cependant, ils continuaient de se promener côte à côte, ils débouchèrent enfin, vers la rue de Rivoli, dans une allée où il faisait jour encore. Au sortir de la nuit des arbres, ce fut comme un brusque réveil. Il comprit qu'il ne pouvait la retenir davantage.

– Bonsoir, mademoiselle.

– Bonsoir, monsieur.

Mais il ne s'en allait pas. En levant les yeux, d'un coup d'œil, il venait d'apercevoir devant lui, au coin de la rue d'Alger, les fenêtres éclairées de Mme Desforges, qui l'attendait. Et il avait reporté ses regards sur Denise, il la voyait bien, dans le pâle crépuscule : elle était toute chétive auprès d'Henriette, pourquoi donc lui chauffait-elle ainsi le cœur ? C'était un caprice imbécile.

– Voici un petit garçon qui se fatigue, reprit-il pour dire encore quelque chose. Et rappelez-vous bien, n'est-ce pas ? que notre maison vous est ouverte. Vous n'aurez qu'à y frapper, je vous donnerai toutes les compensations désirables... Bonsoir, mademoiselle.

– Bonsoir, monsieur.

Quand Mouret l'eut quittée, Denise rentra sous les marronniers, dans l'ombre noire. Longtemps, elle marcha sans but, entre les troncs énormes, le sang au visage, la tête bourdonnante d'idées confuses. Pépé, toujours pendu à sa main, allongeait ses courtes jambes pour la suivre. Elle l'oubliait. Il finit par dire :

– Tu vas trop fort, petite mère.

Alors, elle s'assit sur un banc : et, comme il était las, l'enfant s'endormit en travers de ses genoux. Elle le tenait, le serrait contre sa poitrine de vierge, les yeux perdus au fond des ténèbres. Lorsque, une heure plus tard, elle revint doucement avec lui rue de la Michodière, elle avait son tranquille visage de fille raisonnable.

– Tonnerre de Dieu ! lui cria Bourras, du plus loin qu'il l'aperçut, le coup est fait... Cette canaille de Mouret vient d'acheter ma maison.

Il était hors de lui, il se battait tout seul, au milieu de la boutique, avec des gestes si désordonnés, qu'il menaçait d'enfoncer les vitrines.

– Ah ! la crapule !... C'est le fruitier qui m'écrit. Et vous ne savez pas combien il l'a vendue, ma maison ? cent cinquante mille francs, quatre fois ce qu'elle vaut ! Encore un joli voleur, celui-là !... Imaginez-vous qu'il a prétexté mes embellissements ; oui, il a fait valoir que la maison venait d'être remise à neuf... Est-ce qu'ils n'auront pas bientôt fini de se ficher de moi ?

Cette idée que son argent, dépensé en badigeon et en peinture, avait pu profiter au fruitier, l'exaspérait. Et, maintenant, voilà Mouret qui devenait son propriétaire : c'était à lui qu'il devrait payer ! c'était chez lui, chez ce concurrent abhorré, qu'il logerait désormais ! Une telle pensée achevait de le soulever de fureur.

– Je les entendais bien trouer le mur... À cette heure, ils sont ici, c'est comme s'ils mangeaient dans mon assiette !

Et, de son poing abattu sur le comptoir, il secouait la boutique, il faisait danser les parapluies et les ombrelles.

Denise, étourdie, n'avait pu placer un mot. Elle restait immobile, attendant la fin de la crise ; pendant que Pépé, très las, s'endormait sur une chaise. Enfin, quand Bourras se calma un peu, elle résolut de faire la commission de Mouret ; sans doute, le vieillard était irrité, mais l'excès même de sa colère, l'impasse où il se trouvait, pouvaient déterminer une acceptation brusque.

– Justement, j'ai rencontré quelqu'un, commença-t-elle. Oui, une personne du *Bonheur*, et très bien informée... Il paraît que, demain, on vous offrira quatre-vingt mille francs...

Il l'interrompit d'un éclat de voix terrible :

– Quatre-vingt mille francs ! quatre-vingt mille francs !... Pas pour un million, maintenant !

Elle voulut le raisonner. Mais la porte de la boutique s'ouvrit, et elle recula tout d'un coup, muette et pâle. C'était l'onde Baudu, avec sa face jaune, l'air vieilli. Bourras saisit les boutons du paletot de son voisin, lui cria dans le visage, sans le laisser dire un mot, fouetté par sa présence :

– Savez-vous ce qu'ils ont le toupet de m'offrir ? quatre-vingt mille francs ! Ils en sont là, les bandits ! ils croient que je vais me vendre comme une fille... Ah ! ils ont acheté la maison, et ils pensent me tenir ! Eh bien, c'est fini, ils ne l'auront pas ! J'aurais cédé peut-être, mais puisqu'elle est à eux, qu'ils essaient donc de la prendre !

– Alors, la nouvelle est vraie ? dit Baudu de sa voix lente. On me l'avait affirmé, je venais pour savoir.

– Quatre-vingt mille francs ! répétait Bourras. Pourquoi pas cent mille ? C'est tout cet argent qui m'indigne. Est-ce qu'ils croient qu'ils me feraient commettre une coquinerie, avec leur argent ?... Ils ne l'auront pas, tonnerre de Dieu ! Jamais, jamais, entendez-vous !

Denise sortit de son silence, pour dire de son air calme :

– Ils l'auront dans neuf ans, quand votre bail sera fini.

Et, malgré la présence de son oncle, elle conjura le vieillard d'accepter. La lutte devenait impossible, il se battait contre une force supérieure, il ne pouvait, sans démence, refuser la fortune qui se présentait. Mais, lui, répondait toujours non. Dans neuf ans, il espérait bien être mort, pour ne pas voir ça.

– Vous entendez, monsieur Baudu ? reprit-il, votre nièce est avec eux, c'est elle qu'ils ont chargée de me corrompre... Elle est avec les brigands, parole d'honneur !

L'oncle, jusque-là, avait paru ne pas voir Denise. Il levait la tête, du mouvement bourru qu'il affectait sur le seuil de sa boutique, chaque fois qu'elle passait. Mais, lentement, il se tourna, il la regarda. Ses grosses lèvres tremblèrent.

– Je le sais, répondit-il à demi-voix.

Et il continuait à la regarder. Denise, touchée aux larmes, le trouvait bien changé par le chagrin. Lui, pris du sourd remords de ne l'avoir pas secourue, songeait peut-être à la vie de misère qu'elle venait de traverser. Puis, la vue de Pépé endormi sur la chaise, au milieu des éclats de la discussion, sembla l'attendrir.

– Denise, dit-il simplement, entre donc demain manger la soupe, avec le petit... Ma femme et Geneviève m'ont prié de t'inviter, si je te rencontrais.

Elle devint très rouge, elle l'embrassa. Et, lorsqu'il partit, Bourras, heureux de cette réconciliation, lui cria encore :

– Corrigez-la, elle a du bon... Moi, la maison peut crouler, on me trouvera sous les pierres.

– Nos maisons croulent déjà, voisin, dit Baudu d'un air sombre. Nous y resterons tous.

VIII

CEPENDANT, tout le quartier causait de la grande voie qu'on allait ouvrir, du nouvel Opéra à la Bourse, sous le nom de rue du 10-Décembre. Les jugements d'expropriation étaient rendus, deux bandes de démolisseurs attaquaient déjà la trouée, aux deux bouts, l'une abattant les vieux hôtels de la rue Louis-le-Grand, l'autre renversant les murs légers de l'ancien Vaudeville[1] ; et l'on entendait les pioches qui se rapprochaient, la rue de Choiseul et la rue de la Michodière se passionnaient pour leurs maisons condamnées. Avant quinze jours, la trouée devait les éventrer d'une large entaille, pleine de vacarme et de soleil.

Mais ce qui remuait le quartier plus encore, c'étaient les travaux entrepris au *Bonheur des Dames*. On parlait d'agrandissements considérables, de magasins gigantesques tenant les trois façades des rues de la Michodière, Neuve-Saint-Augustin et Monsigny. Mouret, disait-on, avait traité avec le baron Hartmann, président du Crédit

1. **Vaudeville :** théâtre.

immobilier, et il occuperait tout le pâté de maisons, sauf la façade future de la rue du 10-Décembre, où le baron voulait construire une concurrence au Grand-Hôtel. Partout, le *Bonheur des Dames* rachetait les baux, les boutiques fermaient, les locataires déménageaient ; et, dans les immeubles vides, une armée d'ouvriers commençait les aménagements nouveaux, sous des nuages de plâtre. Seule, au milieu de ce bouleversement, l'étroite masure du vieux Bourras restait immobile et intacte, obstinément accrochée entre les hautes murailles, couvertes de maçons.

Lorsque, le lendemain, Denise se rendit avec Pépé chez l'oncle Baudu, la rue était justement barrée par une file de tombereaux, qui déchargeaient des briques devant l'ancien hôtel Duvillard. Debout sur le seuil de sa boutique, l'oncle regardait d'un œil morne. À mesure que le *Bonheur des Dames* s'élargissait, il semblait que le *Vieil Elbeuf* diminuât. La jeune fille trouvait les vitrines plus noires, plus écrasées sous l'entresol bas, aux baies rondes de prison ; l'humidité avait encore déteint la vieille enseigne verte, une détresse tombait de la façade entière, plombée et comme amaigrie.

– Vous voilà, dit Baudu. Prenez garde ! ils vous passeraient sur le corps.

Dans la boutique, Denise éprouva le même serrement de cœur. Elle la revoyait assombrie, gagnée davantage par la somnolence de la ruine ; des angles vides creusaient des trous de ténèbres, la poussière envahissait les comptoirs et les casiers ; tandis qu'une odeur de cave salpêtrée montait des ballots de draps, qu'on ne remuait plus. À la caisse, Mme Baudu et Geneviève se tenaient muettes et immobiles, comme dans un coin de solitude, où personne ne venait les déranger. La mère ourlait des torchons. La fille, les mains tombées sur les genoux, regardait le vide devant elle.

– Bonsoir, ma tante, dit Denise. Je suis bien heureuse de vous revoir, et si je vous ai fait de la peine, veuillez me le pardonner.

Mme Baudu l'embrassa, très émue.

– Ma pauvre fille, répondit-elle, si je n'avais pas d'autres peines, tu me verrais plus gaie.

– Bonsoir, ma cousine, reprit Denise, en baisant la première Geneviève sur les joues.

Celle-ci s'éveillait comme en sursaut. Elle lui rendit ses baisers, sans trouver une parole. Les deux femmes prirent ensuite Pépé, qui tendait ses petits bras. Et la réconciliation fut complète.

– Eh bien ! il est six heures, mettons-nous à table, dit Baudu. Pourquoi n'as-tu pas amené Jean ?

– Mais il devait venir, murmura Denise embarrassée. Justement, je l'ai vu ce matin, il m'a formellement promis... Oh ! il ne faut pas l'attendre, son patron l'aura retenu.

Elle se doutait de quelque histoire extraordinaire, elle voulait l'excuser d'avance.

– Alors, mettons-nous à table, répéta l'oncle.

Puis, se tournant vers le fond obscur de la boutique :

– Colomban, vous pouvez dîner en même temps que nous. Personne ne viendra.

Denise n'avait pas aperçu le commis. La tante lui expliqua qu'ils avaient dû congédier l'autre vendeur et la demoiselle. Les affaires devenaient si mauvaises, que Colomban suffisait ; et encore passait-il des heures inoccupé, alourdi, glissant au sommeil, les yeux ouverts.

Dans la salle à manger, le gaz brûlait, bien qu'on fût aux longs jours de l'été. Denise eut un léger frisson en entrant, les épaules saisies par la fraîcheur qui tombait des murs. Elle retrouva la table ronde, le couvert mis sur une toile cirée, la fenêtre prenant l'air et la lumière au fond du boyau empesté de la petite cour. Et ces choses lui paraissaient, comme la boutique, s'être assombries encore et avoir des larmes.

– Père, dit Geneviève, gênée pour Denise, voulez-vous que je ferme la fenêtre ? Ça ne sent pas bon.

Lui, ne sentait rien. Il resta surpris.

– Ferme la fenêtre, si cela t'amuse, répondit-il enfin. Seulement, nous manquerons d'air.

En effet, on étouffa. C'était un dîner de famille, fort simple. Après le potage, dès que la bonne eut servi le bouilli, l'oncle en vint fatalement aux gens d'en face. Il se montra d'abord très tolérant, il permettait à sa nièce d'avoir une opinion différente.

– Mon Dieu ! tu es bien libre de soutenir ces grandes chabraques[1] de maisons... Chacun son idée, ma fille... Du moment que ça ne t'a pas dégoûtée d'être salement flanquée à la porte, c'est que tu dois avoir des raisons solides pour les aimer ; et tu y rentrerais, vois-tu, que je ne t'en voudrais pas du tout... N'est-ce pas ? personne ici ne lui en voudrait ?

---

1. **Chabraques :** femmes de mauvaise vie.

– Oh ! non, murmura Mme Baudu.

Denise, posément, dit ses raisons, comme elle les disait chez Robineau : l'évolution logique du commerce, les nécessités des temps modernes, la grandeur de ces nouvelles créations, enfin le bien-être croissant du public. Baudu, les yeux arrondis, la bouche épaisse, l'écoutait, avec une visible tension d'intelligence. Puis, quand elle eut terminé, il secoua la tête.

– Tout ça, ce sont des fantasmagories. Le commerce est le commerce, il n'y a pas à sortir de là... Oh ! je leur accorde qu'ils réussissent, mais c'est tout. Longtemps, j'ai cru qu'ils se casseraient les reins ; oui, j'attendais ça, je patientais, tu te rappelles ? Eh bien, non, il paraît qu'aujourd'hui ce sont les voleurs qui font fortune, tandis que les honnêtes gens meurent sur la paille... Voilà où nous en sommes, je suis forcé de m'incliner devant les faits. Et je m'incline, mon Dieu ! je m'incline...

Une sourde colère le soulevait peu à peu. Il brandit tout d'un coup sa fourchette.

– Mais jamais le *Vieil Elbeuf* ne fera une concession !... Entends-tu, je l'ai dit à Bourras : « Voisin, vous pactisez avec les charlatans, vos peinturlurages sont une honte. »

– Mange donc, interrompit Mme Baudu, inquiète de le voir s'allumer ainsi.

– Attends, je veux que ma nièce sache bien ma devise... Écoute ça, ma fille : je suis comme cette carafe, je ne bouge pas. Ils réussissent, tant pis pour eux ! Moi, je proteste, voilà tout !

La bonne apportait un morceau de veau rôti. De ses mains tremblantes, il découpa ; et il n'avait plus son coup d'œil juste, son autorité à peser les parts. La conscience de sa défaite lui ôtait son ancienne assurance de patron respecté. Pépé s'était imaginé que l'oncle se fâchait : il avait fallu le calmer, en lui donnant tout de suite du dessert, des biscuits qui se trouvaient devant son assiette. Alors l'oncle, baissant la voix, essaya de parler d'autre chose. Un instant, il causa des démolitions, il approuva la rue du 10-Décembre, dont la trouée allait certainement accroître le commerce du quartier. Mais là, de nouveau, il revint au *Bonheur des Dames* ; tout l'y ramenait, c'était une obsession maladive. On était pourri de plâtre, on ne vendait plus rien, depuis que les voitures de matériaux barraient la rue. D'ailleurs, ce serait ridicule, à force d'être grand ; les clientes se perdraient, pourquoi pas les Halles ? Et, malgré les regards suppliants de sa femme, malgré son effort, il passa des travaux au chiffre d'affaires du magasin. N'était-ce pas inconcevable ? en moins de quatre ans, ils avaient quintuplé ce chiffre : leur recette annuelle, autrefois de huit millions, atteignait le chiffre de quarante, d'après le dernier inventaire. Enfin, une folie, une chose qui ne s'était jamais vue, et contre laquelle il n'y avait plus à lutter. Toujours ils s'engraissaient, ils étaient maintenant mille employés, ils annonçaient vingt-huit rayons. Ce nombre de vingt-huit rayons surtout le jetait hors de lui. Sans doute on devait en avoir dédoublé quelques-uns, mais d'autres étaient complètement nouveaux : par exemple un rayon de meubles et un rayon d'articles de Paris. Comprenait-on cela ? des articles de Paris ! Vrai, ces gens n'étaient pas fiers, ils finiraient par vendre du poisson. L'oncle, tout en affectant de respecter les idées de Denise, en arrivait à l'endoctriner.

– Franchement, tu ne peux les défendre. Me vois-tu joindre un rayon de casseroles à mon commerce de draps ? Hein ? tu dirais que je suis fou... Avoue au moins que tu ne les estimes pas.

La jeune fille se contenta de sourire, gênée, comprenant l'inutilité des bonnes raisons. Il reprit :

– Enfin, tu es pour eux. Nous n'en parlerons plus, car il est inutile qu'ils nous fâchent encore. Ce serait le comble, de les voir se mettre entre ma famille et moi !... Rentre chez eux, si ça te plaît, mais je te défends de me casser davantage les oreilles avec leurs histoires !

Un silence régna. Son ancienne violence tombait à cette résignation fiévreuse. Comme on suffoquait dans l'étroite salle, chauffée par le bec de gaz, la bonne dut rouvrir la fenêtre ; et la pestilence humide de la cour souffla sur la table. Des pommes de terre sautées avaient paru. On se servit lentement, sans une parole.

– Tiens ! regarde ces deux-là, recommença Baudu, en désignant de son couteau Geneviève et Colomban. Demande-leur s'ils l'aiment, ton *Bonheur des Dames* !

Côte à côte, à la place accoutumée où ils se retrouvaient deux fois par jour depuis douze ans, Colomban et Geneviève mangeaient avec mesure. Ils n'avaient pas dit un mot. Lui, exagérant l'épaisse bonhomie de sa face, semblait cacher, derrière ses paupières tombantes, la flamme intérieure qui le brûlait ; tandis que, la tête courbée davantage sous sa chevelure trop lourde, elle, s'abandonnait, comme ravagée par une souffrance secrète.

– L'année dernière a été désastreuse, expliquait l'oncle. Il a bien fallu reculer leur mariage... Non, par plaisir, demande-leur un peu ce qu'ils pensent de tes amis.

Denise, pour le contenter, interrogea les jeunes gens.

– Je ne peux guère les aimer, ma cousine, répondit Geneviève. Mais, soyez tranquille, tout le monde ne les déteste pas.

Et elle regardait Colomban, qui roulait une mie de pain, d'un air absorbé. Quand il sentit sur lui les yeux de la jeune fille, il lâcha des mots violents.

– Une sale boutique !... Tous plus coquins les uns que les autres !... Enfin, un vrai choléra pour le quartier !

– Vous l'entendez ! vous l'entendez ! criait Baudu, ravi. En voilà un qu'ils n'auront jamais !... Va ! tu es le dernier, on n'en fera plus !

Mais Geneviève, le visage sévère et douloureux, ne quittait pas Colomban du regard. Elle pénétrait jusqu'à son cœur, et il se troublait, il redoublait d'invectives. Mme Baudu, devant eux, allait de l'un à l'autre, inquiète et silencieuse, comme si elle eût deviné là un nouveau malheur. Depuis quelque temps la tristesse de sa fille l'effrayait, elle la sentait mourir.

– La boutique est seule, dit-elle enfin, en quittant la table, désireuse de faire cesser la scène. Voyez donc, Colomban, j'ai cru entendre quelqu'un.

On avait fini, on se leva. Baudu et Colomban allèrent causer avec un courtier, qui venait prendre des ordres. Mme Baudu emmena Pépé, pour lui montrer des images. La bonne, vivement, avait desservi, et Denise s'oubliait près de la fenêtre, intéressée par la petite cour, lorsque, en se retournant, elle aperçut Geneviève, toujours à sa place, les yeux sur la toile cirée, humide encore d'un coup d'éponge.

– Vous souffrez, ma cousine ? lui demanda-t-elle.

La jeune fille ne répondit pas, étudiant du regard, obstinément, une cassure de la toile, comme envahie tout entière par les réflexions qui continuaient en elle. Puis, elle releva la tête avec peine, elle regarda le visage compatissant, penché vers le sien. Les autres étaient donc partis ? que faisait-elle sur cette chaise ? Et, tout d'un coup, des sanglots l'étouffèrent, sa tête retomba au bord de la table. Elle pleurait, elle trempait sa manche de larmes.

– Mon Dieu ! qu'avez-vous ? s'écria Denise, bouleversée. Voulez-vous que j'appelle ?

Geneviève l'avait saisie nerveusement au bras. Elle la retenait, elle bégayait :

– Non, non, restez... Oh ! que maman ne sache pas !... Avec vous, ça m'est égal ; mais pas les autres, pas les autres !... C'est malgré moi, je vous jure. C'est en me voyant toute seule... Attendez, je vais mieux, je ne pleure plus.

Et des crises la reprenaient, secouaient son corps frêle de grands frissons. Il semblait que le tas de ses cheveux noirs lui écrasât la nuque. Comme elle roulait sa tête malade sur ses bras repliés, une épingle se défit, les cheveux coulèrent dans son cou, l'ensevelirent de leurs ténèbres. Cependant, Denise, sans bruit, de peur d'éveiller l'attention, tâchait de la soulager. Elle la dégrafa et resta navrée de cette maigreur souffrante : la pauvre fille avait la poitrine creuse d'une enfant, le néant d'une vierge mangée d'anémie. À pleines mains, Denise lui prit les cheveux, ces cheveux superbes qui semblaient boire sa vie ; puis, elle les noua fortement, pour la dégager et lui donner un peu d'air.

– Merci, vous êtes bonne, disait Geneviève. Ah ! je ne suis pas grosse, n'est-ce pas ? J'étais plus forte, et tout s'en est allé... Rattachez ma robe, maman verrait mes épaules. Je les cache tant que je peux... Mon Dieu ! je ne vais pas bien, je ne vais pas bien.

Pourtant, la crise se calmait. Elle restait brisée sur sa chaise, elle regardait fixement sa cousine. Et, au bout d'un silence, elle demanda :

– Dites-moi la vérité, il l'aime ?

Denise sentit une rougeur qui lui montait aux joues. Elle avait parfaitement compris qu'il s'agissait de Colomban et de Clara. Mais elle affecta la surprise.

– Qui donc, ma chère ?

Geneviève hochait la tête d'un air incrédule.

– Ne mentez pas, je vous en prie. Rendez-moi le service de me donner enfin une certitude... Vous devez savoir, je le sens. Oui, vous avez été la camarade de cette femme, et j'ai vu Colomban vous poursuivre, vous parler à voix basse. Il vous chargeait de commissions pour elle, n'est-ce pas ?... Oh ! de grâce, dites-moi la vérité, je vous jure que ça me fera du bien.

Jamais Denise n'avait éprouvé un embarras pareil. Elle baissait les yeux, devant cette enfant toujours muette, et qui devinait tout. Cependant, elle eut la force de la tromper encore.

– Mais c'est vous qu'il aime !

Alors, Geneviève fit un geste désespéré.

– C'est bon, vous ne voulez rien dire... D'ailleurs, ça m'est égal, je les ai vus. Lui, sort continuellement sur le trottoir pour la regarder. Elle, en haut, rit comme une malheureuse... Bien sûr qu'ils se retrouvent dehors.

– Ça, non, je vous le jure ! cria Denise, s'oubliant, emportée par le désir de lui donner au moins cette consolation.

La jeune fille respira fortement. Elle eut un faible sourire. Puis, d'une voix affaiblie de convalescente :

– Je voudrais bien un verre d'eau... Excusez-moi, je vous dérange. Tenez, là, dans le buffet.

Et, lorsqu'elle tint la carafe, elle vida d'un trait un grand verre. De la main, elle écartait Denise, qui craignait qu'elle ne se fît mal.

– Non, non, laissez, j'ai toujours soif... La nuit, je me lève pour boire.

Il y eut un nouveau silence. Elle reprit doucement :

– Si vous saviez, depuis dix ans je suis accoutumée à l'idée de ce mariage. Je portais encore des robes courtes, que déjà Colomban était pour moi... Alors, je ne me souviens plus comment les choses ont tourné. De vivre toujours ensemble, de rester ici enfermés l'un contre l'autre, sans qu'il y eût jamais de distraction entre nous, j'ai dû finir par le croire mon mari, avant le temps. J'ignorais si je l'aimais, j'étais sa femme, voilà tout... Et aujourd'hui, il veut s'en aller avec une autre ! Oh ! mon Dieu ! mon cœur se fend. Voyez-vous, c'est une souffrance que je ne connaissais pas. Ça me prend dans la poitrine et dans la tête, puis ça va partout, ça me tue.

Des larmes remontaient à ses yeux. Denise, dont les paupières se mouillaient aussi de pitié, lui demanda :

– Est-ce que ma tante se doute de quelque chose ?

– Oui, maman se doute, je crois... Quant à papa, il est trop tourmenté, il ne sait pas la peine qu'il me cause, en reculant ce mariage... Plusieurs fois, maman m'a interrogée. Elle s'inquiète de me voir languir. Jamais elle n'a été forte elle-même, souvent elle m'a dit : « Ma pauvre fille, je ne t'ai pas faite bien solide. » Et puis, dans ces boutiques, on ne pousse guère. Mais elle doit trouver que je maigris trop à la fin... Regardez mes bras, est-ce raisonnable ?

D'une main tremblante, elle avait repris la carafe. Sa cousine voulut l'empêcher de boire.

– Non, j'ai trop soif, laissez-moi.

On entendit s'élever la voix de Baudu. Alors, cédant à une poussée de son cœur, Denise s'agenouilla, entoura Geneviève de ses bras fraternels. Elle la baisait, elle lui jurait que tout irait bien, qu'elle épouserait Colomban, qu'elle guérirait et serait heureuse. Vivement, elle se releva. L'oncle l'appelait.

– Jean est là, viens donc.

C'était Jean, en effet, Jean effaré qui arrivait pour dîner. Quand on lui dit que huit heures sonnaient, il demeura béant. Pas possible, il sortait de chez son patron. On le plaisanta, sans doute il avait pris par le bois de Vincennes. Mais, dès qu'il put s'approcher de sa sœur, il lui souffla très bas :

– C'est une petite blanchisseuse qui reportait son linge... J'ai là une voiture à l'heure. Donne-moi cent sous.

Il sortit une minute, et revint dîner, car Mme Baudu ne voulait absolument pas qu'il repartît sans manger au moins une soupe. Geneviève avait reparu, dans son silence et son effacement habituels. Colomban sommeillait à demi, derrière un comptoir. La soirée coula triste et lente, animée uniquement par les pas de l'onde, qui se promenait d'un bout à l'autre de la boutique vide. Un seul bec de gaz brûlait, l'ombre du plafond bas tombait à larges pelletées, comme la terre noire d'une fosse.

Des mois se passèrent. Denise entrait presque tous les jours égayer un instant Geneviève. Mais la tristesse augmentait chez les Baudu. Les travaux d'en face étaient un continuel tourment qui avivait leur malchance. Même lorsqu'ils avaient une heure d'espoir, une joie inattendue, il suffisait du fracas d'un tombereau de briques, de la scie d'un tailleur de pierres ou du simple appel d'un maçon, pour la leur gâter aussitôt. Tout le quartier, d'ailleurs, en était secoué. De l'enclos de planches longeant et embarrassant les trois rues, sortait un branle d'activité fiévreuse. Bien que l'architecte se servît des constructions existantes, il les ouvrait de toutes parts, pour les aménager ; et, au milieu, dans la trouée des cours, il bâtissait une galerie centrale, vaste comme une église, qui devait déboucher par une porte d'honneur, sur la rue Neuve-Saint-Augustin, au centre de la façade. On avait eu d'abord de grandes difficultés à établir les sous-sols, car on était tombé sur des infiltrations d'égout et sur des terres rapportées, pleine d'ossements humains. Ensuite, le forage du puits avait violemment préoccupé les maisons voisines, un puits de cent mètres, dont le débit devait être de cinq cents litres à la minute. Maintenant, les murs s'élevaient au premier étage ; des échafauds, des tours de charpentes, enfermaient l'île entière ; sans arrêt, on entendait le grincement des treuils montant les pierres de taille, le déchargement brusque des planchers de fer, la clameur de ce peuple d'ouvriers, accompagnée du bruit des pioches et des marteaux. Mais, par-dessus tout, ce qui assourdissait les gens, c'était la trépidation des machines ; tout marchait à la vapeur, des sifflements aigus déchiraient l'air ; tandis que, au moindre coup de vent, un nuage de plâtre s'envolait et s'abattait sur les toitures environnantes, ainsi qu'une tombée de neige. Les Baudu désespérés regardaient cette poussière implacable pénétrer partout, traverser les boiseries les mieux closes, salir les étoffes de la boutique, se glisser jusque dans leur lit ; et l'idée qu'ils la respiraient quand même, qu'ils finiraient par en mourir, leur empoisonnait l'existence.

Du reste, la situation allait empirer encore. En septembre, l'architecte, craignant de ne pas être prêt, se décida à faire travailler la nuit. De puissantes lampes électriques furent établies, et le branle ne cessa plus : des équipes se succédaient, les marteaux n'arrêtaient pas, les machines sifflaient continuellement, la clameur toujours aussi haute semblait soulever et semer le plâtre. Alors, les Baudu, exaspérés, durent même renoncer à fermer les yeux ; ils étaient secoués dans leur alcôve, les bruits se changeaient en cauchemars, dès que la fatigue les engourdissait. Puis, s'ils se levaient pieds nus, pour calmer leur fièvre, et s'ils venaient soulever un rideau, ils restaient effrayés devant la vision du *Bonheur des Dames* flambant au fond des ténèbres, comme une forge colossale, où se forgeait leur ruine. Au milieu des murs, à moitié construits, troués de baies vides, les lampes électriques jetaient de larges rayons bleus, d'une intensité aveuglante. Deux heures du matin sonnaient, puis trois heures, puis quatre heures. Et, dans le sommeil pénible du quartier, le chantier agrandi par cette clarté lunaire, devenu colossal et fantastique, grouillait d'ombres noires, d'ouvriers retentissants, dont les profils gesticulaient, sur la blancheur crue des murailles neuves.

L'oncle Baudu l'avait dit, le petit commerce des rues voisines recevait encore un coup terrible. Chaque fois que le *Bonheur des Dames* créait des rayons nouveaux, c'étaient de nouveaux écroulements, chez les boutiquiers des alentours. Le désastre s'élargissait, on entendait craquer les plus vieilles maisons. Mlle Tatin, la lingère du passage Choiseul, venait d'être déclarée en faillite ; Quinette, le gantier, en avait à peine pour six mois ; les fourreurs Vanpouille étaient obligés de sous-louer une partie de leurs magasins ; si Bédoré et sœur, les bonnetiers, tenaient toujours, rue Gaillon, ils mangeaient évidemment les rentes amassées jadis. Et voilà que, maintenant, d'autres ruines allaient s'ajouter à ces ruines prévues depuis longtemps : le rayon d'articles de Paris menaçait un bimbelotier[1] de la rue Saint-Roch, Deslignières, un gros homme sanguin ; tandis que le rayon des meubles atteignait les Piot et Rivoire, dont les magasins dormaient dans l'ombre du passage Sainte-Anne. On craignait même l'apoplexie pour le bimbelotier, car il ne dérageait pas, en voyant le *Bonheur* afficher les porte-monnaie à trente pour cent de rabais. Les marchands de meubles, plus calmes, affectaient de plaisanter ces calicots qui se mêlaient de vendre des tables et des armoires ; mais des clientes les quittaient déjà, le succès du rayon s'annonçait formidable. C'était fini, il fallait plier l'échine : après ceux-là, d'autres encore seraient balayés, et il n'y avait plus de raison pour que tous les commerces ne fussent tour à tour chassés de leurs comptoirs. Le *Bonheur* seul, un jour, couvrirait le quartier de sa toiture.

À présent, le matin et le soir, lorsque les mille employés entraient et sortaient, ils s'allongeaient en une queue si longue sur la place Gaillon, que le monde s'arrêtait pour les regarder, comme on regarde défiler un régiment. Pendant dix minutes, les trottoirs en étaient encombrés ; et les boutiquiers, devant leurs portes, songeaient à l'unique commis, qu'ils ne savaient déjà comment nourrir. Le dernier inventaire du grand magasin, ce chiffre de quarante millions d'affaires, avait aussi révolutionné le voisinage. Il courait de maison en maison, au milieu de cris de surprise et de colère. Quarante millions ! songeait-on à cela ? Sans doute, le bénéfice net se trouvait au plus de quatre pour cent, avec leurs frais généraux considérables et leur système de bon marché. Mais seize cent mille francs de gain était encore une jolie somme, on pouvait se contenter du quatre pour cent, lorsqu'on opérait sur des capitaux pareils. On racontait que l'ancien capital de Mouret, les premiers cinq cent mille francs

1. **Bimbelotier :** vendeur de bibelots.

augmentés chaque année de la totalité des bénéfices, un capital qui devait être à cette heure de quatre millions, avait ainsi passé dix fois en marchandises, dans les comptoirs. Robineau, quand il se livrait à ce calcul devant Denise, après le repas, restait un instant accablé, les yeux sur son assiette vide : elle avait raison, c'était ce renouvellement incessant du capital qui faisait la force invincible du nouveau commerce. Bourras seul niait les faits, refusait de comprendre, superbe et stupide comme une borne. Un tas de voleurs, voilà tout ! Des gens qui mentaient ! Des charlatans qu'on ramasserait dans le ruisseau, un beau matin !

Les Baudu, cependant, malgré leur volonté de ne rien changer aux habitudes du *Vieil Elbeuf*, tâchaient de soutenir la concurrence. La clientèle ne venant plus à eux, ils s'efforçaient d'aller à elle, par l'intermédiaire des courtiers. Il y avait alors, sur la place de Paris, un courtier, en rapport avec tous les grands tailleurs, qui sauvait les petites maisons de draps et de flanelles, lorsqu'il voulait bien les représenter. Naturellement, on se le disputait, il prenait une importance de personnage ; et Baudu, l'ayant marchandé, eut le malheur de le voir s'entendre avec les Matignon, de la rue Croix-des-Petits-Champs. Coup sur coup, deux autres courtiers le volèrent ; un troisième, honnête homme, ne faisait rien. C'était la mort lente, sans secousse, un ralentissement continu des affaires, des clientes perdues une à une. Le jour vint où les échéances furent lourdes. Jusque-là, on avait vécu sur les économies d'autrefois ; maintenant, la dette commençait. En décembre, Baudu, terrifié par le chiffre des billets souscrits, se résigna au plus cruel des sacrifices : il vendit sa maison de campagne de Rambouillet, une maison qui lui coûtait tant d'argent en réparations continuelles, et dont les locataires ne l'avaient pas même payé, lorsqu'il s'était décidé à en tirer parti. Cette vente tuait le seul rêve de sa vie, son cœur en saignait comme de la perte d'une personne chère. Et il dut céder, pour soixante-dix mille francs, ce qui lui en coûtait plus de deux cent mille. Encore fut-il heureux de trouver les Lhomme, ses voisins, que le désir d'augmenter leurs terres détermina. Les soixante-dix mille francs allaient soutenir la maison pendant quelque temps encore. Malgré tous les échecs, l'idée de la lutte renaissait : avec de l'ordre, à présent, on pouvait vaincre peut-être.

Le dimanche où les Lhomme donnèrent l'argent, ils voulurent bien dîner au *Vieil Elbeuf*. Mme Aurélie arriva la première ; il fallut attendre le caissier, qui vint en retard, effaré par tout un après-midi de musique ; quant au jeune Albert, il avait accepté l'invitation, mais il ne parut pas. Ce fut, d'ailleurs, une soirée pénible. Les Baudu, vivant sans air au fond de leur étroite salle à manger, souffrirent du coup de vent que les Lhomme y apportaient, avec leur famille débandée et leur goût de libre existence. Geneviève, blessée des allures impériales de Mme Aurélie, n'avait pas ouvert la bouche ; tandis que Colomban l'admirait, pris de frissons, en songeant qu'elle régnait sur Clara.

Avant de se coucher, le soir, comme Mme Baudu était déjà au lit, Baudu se promena longtemps dans la chambre. Il faisait doux, un temps humide de dégel. Au-dehors, malgré les fenêtres closes et les rideaux tirés, on entendait ronfler les machines des travaux d'en face.

– Sais-tu à quoi je pense, Élisabeth ? dit-il enfin. Eh bien ! ces Lhomme ont beau gagner beaucoup d'argent, j'aime mieux être dans ma peau que dans la leur... Ils réussissent, c'est vrai. La femme a raconté, n'est-ce pas ? qu'elle s'était fait près de vingt mille francs cette année, et cela lui a permis de me prendre ma pauvre maison. N'importe ! je n'ai plus la maison, mais au moins je ne vais pas jouer de la musique d'un côté, tandis que tu cours la prétentaine de l'autre... Non, vois-tu, ils ne peuvent pas être heureux.

Il était encore dans la grosse douleur de son sacrifice, il gardait une rancune contre ces gens qui lui avaient acheté son rêve. Quand il arrivait près du lit, il gesticulait, penché vers sa femme ; puis, de retour devant la fenêtre, il se taisait un instant, il écoutait la clameur du chantier. Et il reprenait ses vieilles accusations, ses doléances désespérées sur les temps nouveaux : on n'avait jamais vu ça, des commis gagnaient à cette heure plus que des commerçants, c'étaient les caissiers qui rachetaient les propriétés des patrons. Aussi tout craquait, la famille n'existait plus, on vivait à l'hôtel, au lieu de manger honnêtement la soupe chez soi. Enfin, il termina en prophétisant que le jeune Albert dévorerait plus tard la terre de Rambouillet avec des actrices.

Mme Baudu l'écoutait, la tête droite sur l'oreiller, si pâle que son visage avait la couleur de la toile.

– Ils t'ont payé, finit-elle par dire doucement.

Du coup, Baudu resta muet. Il marcha quelques secondes, les yeux à terre. Puis il reprit :

– Ils m'ont payé, c'est vrai ; et, après tout, leur argent est aussi bon qu'un autre... Ce serait drôle, de relever la maison avec cet argent-là. Ah ! si je n'étais pas si vieux, si fatigué !

Un long silence régna. Le drapier était envahi par des projets vagues. Brusquement, sa femme parla, les yeux au plafond, sans remuer la tête.

– As-tu remarqué ta fille, depuis quelque temps ?

– Non, répondit-il.

– Eh bien ! elle m'inquiète un peu... Elle pâlit, elle semble se désespérer.

Debout devant le lit, il était plein de surprise.

– Tiens ! pourquoi donc ?... Si elle est malade, elle devrait le dire. Demain il faudra faire venir le médecin.

Mme Baudu restait toujours immobile. Après une grande minute, elle déclara seulement de son air réfléchi :

– Ce mariage avec Colomban, je crois qu'il vaudrait mieux en finir.

Il la regarda, puis il se remit à marcher. Des faits lui revenaient. Était-ce possible que sa fille tombât malade, à cause du commis ? Elle l'aimait donc au point de ne pouvoir attendre ? Encore un malheur de ce côté ! Cela le bouleversait, d'autant plus qu'il avait lui-même des idées arrêtées sur ce mariage. Jamais il n'aurait voulu le conclure dans les conditions présentes. Pourtant, l'inquiétude l'attendrissait.

– C'est bon, dit-il enfin, je parlerai à Colomban.

Et, sans ajouter une parole, il continua sa promenade. Bientôt les yeux de sa femme se fermèrent, elle dormait toute blanche, comme morte. Lui, marchait encore. Avant de se coucher, il écarta les rideaux, il jeta un coup d'œil : de l'autre côté de la rue, les fenêtres béantes de l'ancien hôtel Duvillard ouvraient des trous sur le chantier, où les ouvriers s'agitaient, dans l'éblouissement des lampes électriques.

Dès le lendemain matin, Boudu emmena Colomban au fond d'un étroit magasin de l'entresol. La veille, il avait arrêté ce qu'il aurait à dire.

– Mon garçon, commença-t-il, tu sais que j'ai vendu ma propriété de Rambouillet. Cela va nous permettre de donner un coup de collier... Mais, avant tout, je voudrais causer un peu avec toi.

Le jeune homme, qui semblait redouter l'entretien, attendait d'un air gauche. Ses petits yeux clignotaient dans sa large face, et il restait la bouche ouverte, signe chez lui d'une perturbation profonde.

– Écoute-moi bien, reprit le drapier. Quand le père Hauchecorne m'a cédé le *Vieil Elbeuf*, la maison était prospère ; lui-même l'avait reçue autrefois du vieux Finet, en bon état... Tu connais mes idées : je croirais commettre une vilaine action, si je passais diminué à mes enfants ce dépôt de famille ; et c'est pourquoi j'ai toujours reculé ton mariage avec Geneviève... Oui, je m'entêtais, j'espérais ramener la prospérité ancienne, je voulais te mettre les livres sous le nez, en disant : « Tiens ! l'année où je suis entré, on a vendu tant de drap, et cette année-ci, l'année où je sors, on en a vendu dix mille ou vingt mille francs de plus... » Enfin, tu comprends, un serment que je me suis fait, le désir bien naturel de me prouver que la maison n'a pas perdu entre mes mains. Autrement, il me semblerait que je vous vole.

Une émotion étranglait sa voix. Il se moucha pour se remettre, il demanda :

– Tu ne dis rien ?

Mais Colomban n'avait rien à dire. Il hochait la tête, il attendait, de plus en plus troublé, croyant deviner où allait en venir le patron. C'était le mariage à bref délai. Comment refuser ? Jamais il n'aurait la force. Et l'autre, celle dont il rêvait la nuit, la chair brûlée d'une telle flamme qu'il se jetait tout nu sur le carreau, de peur d'en mourir !

– Aujourd'hui, continua Baudu, voilà un argent qui peut nous sauver. La situation devient plus mauvaise chaque jour, mais peut-être qu'en faisant un suprême effort... Enfin, je tenais à t'avertir. Nous allons risquer le tout pour le tout. Si nous sommes battus, eh bien ! ça nous enterrera... Seulement, mon pauvre garçon, votre mariage, du coup, va être encore reculé, car je ne veux pas vous jeter tout seuls dans la bagarre. Ce serait trop lâche, n'est-ce pas ?

Colomban, soulagé, s'était assis sur des pièces de molleton. Ses jambes gardaient un tremblement. Il craignait de laisser voir sa joie, il baissait la tête, en roulant les doigts sur les genoux.

– Tu ne dis rien ? répéta Baudu.

Non, il ne disait rien, il ne trouvait rien à dire. Alors, le drapier reprit avec lenteur :

– J'étais sûr que ça te chagrinerait... Il te faut du courage. Secoue-toi un peu, ne reste pas écrasé ainsi... Surtout, comprends bien ma position. Puis-je vous attacher au cou un pareil pavé ? Au lieu de vous laisser une bonne affaire, je vous laisserais une faillite peut-être. Non, les coquins seuls se permettent de ces tours-là... Sans doute, je ne désire que votre bonheur, mais jamais on ne me fera aller contre ma conscience.

Et il parla longtemps de la sorte, se débattant au milieu de phrases contradictoires, en homme qui aurait voulu être deviné à demi-mot et avoir la main forcée. Puisqu'il avait promis sa fille et la boutique, la stricte probité le forçait à donner les deux en bon état, sans tares ni dettes. Seulement, il était las, le fardeau lui semblait trop lourd, des supplications perçaient dans sa voix balbutiante. Les mots s'embrouillaient davantage sur ses lèvres, il attendait, chez Colomban, un élan, un cri du cœur, qui ne venait point.

– Je sais bien, murmura-t-il, que les vieux manquent de flamme... Avec des jeunes, les choses se rallument. Ils ont le feu au corps, c'est naturel... Mais, non, non, je ne puis pas, parole d'honneur ! Si je vous cédais, vous me le reprocheriez plus tard.

Il se tut, frémissant ; et, comme le jeune homme demeurait toujours la tête basse, il lui demanda pour la troisième fois, au bout d'un silence pénible :

– Tu ne dis rien ?

Enfin, sans le regarder, Colomban répondit :

– Il n'y a rien à dire... Vous êtes le maître, vous avez plus de sagesse que nous tous. Puisque vous l'exigez, nous attendrons, nous tâcherons d'être raisonnables.

C'était fini, Baudu espérait encore qu'il allait se jeter dans ses bras, en criant : « Père, reposez-vous, nous nous battrons à notre tour, donnez-nous la boutique telle qu'elle est, pour que nous fassions le miracle de la sauver ! » Puis, il le regarda, et il fut pris de honte, il s'accusa sourdement d'avoir voulu duper ses enfants. La vieille honnêteté maniaque du boutiquier se réveillait en lui ; c'était ce garçon prudent qui avait raison, car il n'y a pas de sentiment dans le commerce, il n'y a que des chiffres.

– Embrasse-moi, mon garçon, dit-il pour conclure. C'est décidé, nous ne reparlerons du mariage que dans un an. Avant tout, il faut songer au sérieux.

Le soir, dans leur chambre, quand Mme Baudu questionna son mari sur le résultat de l'entretien, celui-ci avait retrouvé son obstination à combattre en personne, jusqu'au bout. Il fit un grand éloge de Colomban : un garçon solide, ferme dans ses idées, élevé d'ailleurs selon les bons principes, incapable par exemple de rire avec les clientes, ainsi que les godelureaux du *Bonheur*. Non, c'était honnête, c'était de la famille, ça ne jouait pas sur la vente comme sur une valeur de Bourse.

– Alors, à quand le mariage ? demanda Mme Baudu.

– Plus tard, répondit-il, lorsque je serai en mesure de tenir mes promesses.

Elle n'eut pas un geste, elle dit seulement :

– Notre fille en mourra.

Baudu se retint, soulevé de colère. C'était lui qui en mourrait, si on le bouleversait ainsi continuellement ! Était-ce sa faute ? Il aimait sa fille, il parlait de donner son sang pour elle ; mais il ne pouvait cependant pas faire que la maison marchât quand elle ne voulait plus marcher. Geneviève devait avoir un peu de raison et patienter jusqu'à un meilleur inventaire. Que diable ! Colomban restait là, personne ne le lui volerait !

– C'est incroyable ! répétait-il, une fille si bien élevée !

Mme Baudu n'ajouta rien. Sans doute elle avait deviné les tortures jalouses de Geneviève ; mais elle n'osa les confier à son mari. Une singulière pudeur de femme l'avait toujours empêchée d'aborder avec lui certains sujets de tendresse délicate. Quand il la vit muette, il tourna sa colère contre les gens d'en face, il tendait les poings dans le vide, du côté du chantier, où l'on posait, cette nuit-là, des charpentes de fer, à grands coups de marteau.

Denise allait rentrer au *Bonheur des Dames*. Elle avait compris que les Robineau, forcés de restreindre leur personnel, ne savaient comment la congédier. Pour tenir encore, il leur fallait tout faire par eux-mêmes ; Gaujean, obstiné dans sa rancune, allongeait les crédits, promettait même de leur trouver des fonds ; mais la peur les prenait, ils voulaient tenter de l'économie et de l'ordre. Pendant quinze jours, Denise les sentit gênés avec elle ; et elle dut parler la première, dire qu'elle avait une place autre part. Ce fut un soulagement, Mme Robineau l'embrassa, très émue, en jurant qu'elle la regretterait toujours. Puis, lorsque, sur une question, la jeune fille répondit qu'elle retournait chez Mouret, Robineau devint pâle.

– Vous avez raison ! cria-t-il violemment.

Il était moins facile d'annoncer la nouvelle au vieux Bourras. Pourtant, Denise devait lui donner congé, et elle tremblait, car elle lui gardait une vive reconnaissance. Bourras, justement, ne décolérait plus, en plein dans le vacarme du chantier voisin. Les voitures de matériaux barraient sa boutique ; les pioches tapaient dans ses murs ; tout, chez lui, les parapluies et les cannes, dansait au bruit des marteaux. Il semblait que la masure, s'entêtant au milieu de ces démolitions, allait se fendre. Mais le pis était que l'architecte, pour relier les rayons existants du magasin, avec les rayons qu'on installait dans l'ancien hôtel Duvillard, avait imaginé de creuser un passage sous la petite maison qui les séparait. Cette maison appartenant à la société Mouret et Cie, et le bail portant que le locataire devrait supporter les travaux de réparation, des ouvriers se présentèrent un matin. Du coup, Bourras faillit avoir une attaque. N'était-ce pas assez de l'étrangler de tous les côtés, à gauche, à droite, derrière ? il fallait encore qu'on le prît par les pieds, qu'on mangeât la terre sous lui ! Et il avait chassé les maçons, il plaidait. Des travaux de réparation, soit ! mais c'étaient là des travaux d'embellissement. Le quartier pensait qu'il gagnerait, sans pourtant jurer de rien. En tout cas, le procès menaçait d'être long, on se passionnait pour ce duel interminable.

Le jour où Denise résolut enfin de lui donner congé, Bourras revenait précisément de chez son avocat.

– Croyez-vous ! cria-t-il, ils disent maintenant que la maison n'est pas solide, ils prétendent établir qu'il faut en reprendre les fondations... Parbleu ! ils sont las de la secouer, avec leurs sacrées machines. Ce n'est pas étonnant, si elle se casse !

Puis, quand la jeune fille lui eut annoncé qu'elle partait, qu'elle rentrait au *Bonheur* avec mille francs d'appointements, il fut si saisi, qu'il leva seulement vers le ciel ses vieilles mains tremblantes. L'émotion l'avait fait tomber sur une chaise.

– Vous ! vous ! balbutia-t-il. Enfin, il n'y a que moi, il ne reste plus que moi !

Au bout d'un silence, il demanda :

– Et le petit ?

– Il retournera chez Mme Gras, répondit Denise. Elle l'aimait beaucoup.

De nouveau, ils se turent. Elle l'aurait préféré furieux, jurant, tapant du poing ; ce vieillard suffoqué, écrasé, la navrait. Mais il se remettait peu à peu, il recommençait à crier.

– Mille francs, ça ne se refuse pas... Vous irez tous. Partez donc, laissez-moi seul. Oui, seul, entendez-vous ! Il y en aura un qui ne pliera jamais la tête... Et dites-leur que je gagnerai mon procès, quand je devrais y manger ma dernière chemise !

Denise ne devait quitter Robineau qu'à la fin du mois. Elle avait revu Mouret, tout se trouvait réglé. Un soir, elle allait remonter chez elle, lorsque Deloche, qui la guettait sous une porte cochère, l'arrêta au passage. Il était bien heureux, il venait d'apprendre la grande nouvelle, tout le magasin en causait, disait-il. Et il lui conta gaiement les commérages des comptoirs.

– Vous savez, ces dames des confections font une figure !

Puis, s'interrompant :

– À propos, vous vous souvenez de Clara Prunaire. Eh bien, il paraît que le patron l'aurait... Vous comprenez ?

Il était devenu rouge. Elle, toute pâle, s'écria :

– M. Mouret !

– Un drôle de goût, n'est-ce pas ? reprit-il. Une femme qui ressemble à un cheval... La petite lingère qu'il avait eue deux fois, l'an passé, était gentille au moins. Enfin, ça le regarde.

Denise, rentrée chez elle, se sentit défaillir. C'était sûrement d'avoir monté trop vite. Accoudée à la fenêtre, elle eut la brusque vision de Valognes, de la rue déserte, au pavé moussu, qu'elle voyait de sa chambre d'enfant ; et un besoin la prenait de revivre là-bas, de se réfugier dans l'oubli et la paix de la province. Paris l'irritait, elle haïssait le *Bonheur des Dames*, elle ne savait plus pourquoi elle avait consenti à y retourner. Certainement, elle y souffrirait encore, elle souffrait déjà d'un malaise inconnu, depuis les histoires de Deloche. Alors, sans motif, une crise de larmes la força de quitter la fenêtre. Elle pleura longtemps, elle retrouva quelque courage à vivre.

Le lendemain, au déjeuner, comme Robineau l'avait envoyée en course et qu'elle passait devant le *Vieil Elbeuf*, elle poussa la porte, en voyant Colomban seul dans la boutique. Les Baudu déjeunaient, on entendait le bruit des fourchettes, au fond de la petite salle.

– Vous pouvez entrer, dit le commis. Ils sont à table.

Mais elle le fit taire, elle l'attira dans un coin. Et, baissant la voix :

– C'est à vous que je veux parler... Vous manquez donc de cœur ? vous ne voyez donc pas que Geneviève vous aime et qu'elle en mourra ?

Elle était toute frémissante, sa fièvre de la veille la secouait de nouveau. Lui, effaré, étonné de cette brusque attaque, ne trouvait pas une parole.

– Entendez-vous ! continua-t-elle, Geneviève sait que vous en aimez une autre. Elle me l'a dit, elle a sangloté comme une malheureuse... Ah ! la pauvre enfant ! elle ne pèse plus lourd, allez ! Si vous aviez vu ses petits bras ! C'est à pleurer... Dites, vous ne pouvez pas la laisser mourir ainsi !

Il parla enfin, tout à fait bouleversé.

– Mais elle n'est pas malade, vous exagérez... Moi, je ne vois pas... Et puis, c'est son père qui recule le mariage.

Denise, rudement, releva ce mensonge. Elle avait senti que la moindre insistance du jeune homme déciderait l'oncle. Quant à la surprise de Colomban, elle n'était pas feinte : il ne s'était réellement jamais aperçu de la lente agonie de Geneviève. Ce fut, pour lui, une révélation très désagréable. Tant qu'il ignorait, il n'avait pas de reproches trop gros à se faire.

– Et pour qui ? reprenait Denise, pour une rien du tout !... Mais vous ignorez donc qui vous aimez ? Je n'ai pas voulu vous chagriner jusqu'à présent, j'ai évité souvent de répondre à vos continuelles questions... Eh bien, oui, elle va avec tout le monde, elle se moque de vous, jamais vous ne l'aurez, ou bien vous l'aurez comme les autres, une fois, en passant.

Très pâle, il l'écoutait ; et, à chacune des phrases qu'elle lui jetait à la face, entre ses dents serrées, il avait un petit tremblement des lèvres. Elle, prise de cruauté, cédait à un emportement dont elle n'avait pas conscience.

– Enfin, dit-elle dans un dernier cri, elle est avec M. Mouret, si vous voulez le savoir !

Sa voix s'était étranglée, elle devint plus pâle que lui. Tous deux se regardèrent.

Puis, il bégaya :

– Je l'aime.

Alors, Denise fut honteuse. Pourquoi parlait-elle ainsi à ce garçon et qu'avait-elle à se passionner ? Elle resta muette, le simple mot qu'il venait de répondre lui retentissait dans le cœur, avec un lointain bruit de cloche, dont elle était assourdie. « Je l'aime, je l'aime », et cela s'élargissait : il avait raison, il ne pouvait en épouser une autre. Comme elle se tournait, elle aperçut Geneviève, sur le seuil de la salle à manger.

– Taisez-vous ! dit-elle rapidement.

Mais il était trop tard, Geneviève devait avoir entendu. Elle n'avait plus de sang au visage. Justement, une cliente poussait la porte, Mme Bourdelais, une des dernières fidèles du *Vieil Elbeuf*, où elle trouvait des articles solides ; depuis longtemps, Mme de Boves avait suivi la mode, en passant au *Bonheur*, Mme Marty elle-même ne venait plus, conquise tout entière par les séductions des étalages d'en face. Et Geneviève fut forcée de s'avancer, pour dire de sa voix blanche :

– Que désire madame ?

Mme Bourdelais voulait voir de la flanelle. Colomban descendit une pièce d'un casier, Geneviève montra l'étoffe ; et, tous deux, les mains froides, se trouvaient rapprochés derrière le comptoir. Cependant, Baudu sortait le dernier de la petite salle, à la suite de sa femme, qui était allée s'asseoir sur la banquette de la caisse. Mais il ne se mêla pas d'abord de la vente, il avait souri à Denise, et se tenait debout, en regardant Mme Bourdelais.

– Elle n'est pas assez belle, disait celle-ci. Montrez-moi ce que vous avez de plus fort.

Colomban descendit une autre pièce. Il y eut un silence. Mme Bourdelais examinait l'étoffe.

– Et combien ?

– Six francs, madame, répondit Geneviève.

La cliente fit un brusque mouvement.

– Six francs ! mais ils ont la même, en face, à cinq francs.

Une contraction légère passa sur le visage de Baudu. Il ne put s'empêcher d'intervenir, très poliment. Madame se trompait sans doute, cet article-là aurait dû être vendu six francs cinquante, il était impossible qu'on le donnât à cinq francs. Certainement, il s'agissait d'un autre article.

– Non, non, répétait-elle, avec l'entêtement d'une bourgeoise qui se piquait de s'y connaître. L'étoffe est la même. Peut-être encore est-elle plus épaisse.

Et la discussion finit par s'aigrir. Baudu, la bile au visage, faisait effort pour rester souriant. Son amertume contre le *Bonheur* crevait dans sa gorge.

– Vraiment, dit enfin Mme Bourdelais, il faut me mieux traiter, autrement, j'irai en face, comme les autres.

Alors, il perdit la tête, il cria, secoué de colère contenue :

– Eh bien ! allez en face !

Du coup, elle se leva, très blessée, et elle s'en alla, sans se retourner, en répondant :

– C'est ce que je vais faire, monsieur.

Ce fut une stupeur. La violence du patron les avait tous saisis. Il restait lui-même effaré et tremblant de ce qu'il venait de dire. La phrase était partie sans qu'il le voulût, dans l'explosion d'une longue rancune amassée. Et, maintenant, les Baudu, immobiles, les bras tombés, suivaient du regard Mme Bourdelais, qui traversait la rue. Elle leur semblait emporter leur fortune. Lorsque, de son pas tranquille, elle entra sous la haute porte du *Bonheur*, lorsqu'ils virent son dos se noyer dans la foule, il y eut en eux comme un arrachement.

– Encore une qu'ils nous prennent ! murmura le drapier.

Puis, se tournant vers Denise, dont il connaissait l'engagement nouveau :

– Toi aussi, ils t'ont reprise... Va, je ne t'en veux pas. Puisqu'ils ont l'argent, ils sont les plus forts.

Justement, Denise, espérant encore que Geneviève n'avait pu entendre Colomban, lui disait à l'oreille :

– Il vous aime, soyez plus gaie.

Mais la jeune fille lui répondait très bas, d'une voix déchirée :

– Pourquoi mentez-vous ?... Tenez ! il ne peut s'en empêcher, il regarde là-haut... Je sais bien qu'ils me l'ont volé, comme ils nous volent tout.

Et elle s'était assise sur la banquette de la caisse, près de sa mère. Celle-ci avait sans doute deviné le nouveau coup reçu par la jeune fille, car ses yeux navrés allèrent d'elle à Colomban, puis se reportèrent sur le *Bonheur*. C'était vrai, il leur volait tout : au père, la fortune ; à la mère, son enfant mourante ; à la fille, un mari attendu depuis dix ans. Devant cette famille condamnée, Denise, dont le cœur se noyait de compassion, eut un instant peur d'être mauvaise. N'allait-elle pas remettre la main à la machine qui écrasait le pauvre monde ? Mais elle se trouvait comme emportée par une force, elle sentait qu'elle ne faisait pas le mal.

– Bah ! reprit Baudu pour se donner du courage, nous n'en mourrons pas. Une cliente perdue, deux de retrouvées... Tu entends, Denise ; j'ai là soixante-dix mille francs qui vont faire passer des nuits blanches à ton Mouret... Voyons, vous autres ! n'ayez donc pas des figures d'enterrement !

Il ne put les égayer, lui-même retombait dans une consternation blême ; et tous restaient les yeux sur le monstre, attirés, possédés, se rassasiant de leur malheur. Les travaux s'achevaient, on avait débarrassé la façade des échafaudages, tout un pan du colossal édifice apparaissait, avec ses murs blancs, troués de larges vitrines claires. Justement, le long du trottoir, rendu enfin à la circulation, s'alignaient huit voitures, que des garçons chargeaient l'une après l'autre, devant le bureau du départ. Sous le soleil, dont un rayon enfilait la rue, les panneaux verts, aux rechampis jaunes et rouges, miroitaient comme des glaces, envoyaient des reflets aveuglants jusqu'au fond du *Vieil Elbeuf*. Les cochers vêtus de noir, d'une allure correcte, tenaient court les chevaux, des attelages superbes, qui secouaient leurs mors argentés. Et chaque fois qu'une voiture était pleine, il y avait, sur le pavé, un roulement sonore, dont tremblaient les petites boutiques voisines.

Alors, devant ce défilé triomphal qu'ils devaient subir deux fois chaque jour, le cœur des Baudu se fendit. Le père défaillait, en se demandant où pouvait aller ce continuel flot de marchandises ; tandis que la mère, malade du tourment de sa fille, continuait à regarder sans voir, les yeux noyés de grosses larmes.

IX

UN LUNDI, 14 mars, le *Bonheur des Dames* inaugurait ses magasins neufs par la grande exposition des nouveautés d'été, qui devait durer trois jours. Au-dehors, une aigre bise soufflait, les passants, surpris de ce retour d'hiver, filaient vite, en boutonnant leurs paletots. Cependant, toute une émotion fermentait dans les boutiques du voisinage ; et l'on voyait, contre les vitres, les faces pâles des petits commerçants, occupés à compter les premières voitures, qui s'arrêtaient devant la nouvelle porte d'honneur, rue Neuve-Saint-Augustin. Cette porte, haute et profonde comme un porche d'église, surmontée d'un groupe, l'Industrie et le Commerce se donnant la main au milieu d'une complication d'attributs[1], était abritée sous une vaste marquise, dont les dorures fraîches semblaient éclairer les trottoirs d'un coup de soleil. À droite, à gauche, les façades, d'une blancheur crue encore, s'allongeaient, faisaient retour sur les rues Monsigny et de la Michodière, occupaient toute l'île, sauf le côté de

1. **Attributs :** emblèmes et symboles.

la rue du 10-Décembre, où le Crédit immobilier allait bâtir. Le long de ce développement de caserne, lorsque les petits commerçants levaient la tête, ils apercevaient l'amoncellement des marchandises, par les glaces sans tain, qui, du rez-de-chaussée au second étage, ouvraient la maison au plein jour. Et ce cube énorme, ce colossal bazar leur bouchait le ciel, leur paraissait être pour quelque chose dans le froid dont ils grelottaient, au fond de leurs comptoirs glacés.

Dès six heures, cependant, Mouret était là, donnant ses derniers ordres. Au centre, dans l'axe de la porte d'honneur, une large galerie allait de bout en bout, flanquée à droite et à gauche de deux galeries plus étroites, la galerie Monsigny et la galerie Michodière. On avait vitré les cours, transformées en halls ; et des escaliers de fer s'élevaient du rez-de-chaussée, des ponts de fer étaient jetés d'un bout à l'autre, aux deux étages. L'architecte, par hasard intelligent, un jeune homme amoureux des temps nouveaux, ne s'était servi de la pierre que pour les sous-sols et les piles d'angle, puis avait monté toute l'ossature en fer, des colonnes supportant l'assemblage des poutres et des solives. Les voûtins des planchers, les cloisons des distributions intérieures, étaient en briques. Partout on avait gagné de l'espace, l'air et la lumière entraient librement, le public circulait à l'aise, sous le jet hardi des fermes[1] à longue portée. C'était la cathédrale du commerce moderne solide et légère, faite pour un peuple de clientes. En bas, dans la galerie centrale, après les soldes de la porte, il y avait les cravates, la ganterie, la soie ; la galerie Monsigny était occupée par le blanc et la rouennerie, la galerie Michodière par la mercerie, la bonneterie, la draperie et les lainages. Puis, au premier, se trouvaient les confections, la lingerie, les châles, les dentelles, d'autres rayons nouveaux, tandis qu'on avait relégué au second étage la literie, les tapis, les étoffes d'ameublement, tous les articles encombrants et d'un maniement difficile. À cette heure, le nombre des rayons était de trente-neuf, et l'on comptait dix-huit cents employés, dont deux cents femmes. Un monde poussait là, dans la vie sonore des hautes nefs métalliques.

Mouret avait l'unique passion de vaincre la femme. Il la voulait reine dans sa maison, il lui avait bâti ce temple, pour l'y tenir à sa merci. C'était toute sa tactique, la griser d'attentions galantes et trafi-

1. **Fermes :** charpentes.

quer de ses désirs, exploiter sa fièvre. Aussi, nuit et jour, se creusait-il la tête, à la recherche de trouvailles nouvelles. Déjà, voulant éviter la fatigue des étages aux dames délicates, il avait fait installer deux ascenseurs, capitonnés de velours. Puis, il venait d'ouvrir un buffet, où l'on donnait gratuitement des sirops et des biscuits, et un salon de lecture, une galerie monumentale, décorée avec un luxe trop riche, dans laquelle il risquait même des expositions de tableaux. Mais son idée la plus profonde était, chez la femme sans coquetterie, de conquérir la mère par l'enfant ; il ne perdait aucune force, spéculait sur tous les sentiments, créait des rayons pour petits garçons et fillettes, arrêtait les mamans au passage, en offrant aux bébés des images et des ballons. Un trait de génie que cette prime des ballons, distribuée à chaque acheteuse, des ballons rouges, à la fine peau de caoutchouc, portant en grosses lettres le nom du magasin, et qui, tenus au bout d'un fil, voyageant en l'air, promenaient par les rues une réclame vivante !

La grande puissance était surtout la publicité. Mouret en arrivait à dépenser par an trois cent mille francs de catalogues, d'annonces et d'affiches. Pour sa mise en vente des nouveautés d'été, il avait lancé deux cent mille catalogues, dont cinquante mille à l'étranger, traduits dans toutes les langues. Maintenant, il les faisait illustrer de gravures, il les accompagnait même d'échantillons, collés sur les feuilles. C'était un débordement d'étalages, le *Bonheur des Dames* sautait aux yeux du monde entier, envahissait les murailles, les journaux, jusqu'aux rideaux des théâtres.

Il professait que la femme est sans force contre la réclame, qu'elle finit fatalement par aller au bruit. Du reste, il lui tendait des pièges plus savants, il l'analysait en grand moraliste. Ainsi, il avait découvert qu'elle ne résistait pas au bon marché, qu'elle achetait sans besoin, quand elle croyait conclure une affaire avantageuse ; et, sur cette observation, il basait son système des diminutions de prix, il baissait progressivement les articles non vendus, préférant les vendre à perte, fidèle au principe du renouvellement rapide des marchandises. Puis, il avait pénétré plus avant encore dans le cœur de la femme, il venait d'imaginer « les rendus », un chef-d'œuvre de séduction jésuitique[1]. « Prenez toujours, madame : vous nous

1. **Jésuitique** : hypocrite.

rendrez l'article, s'il cesse de vous plaire. » Et la femme, qui résistait, trouvait là une dernière excuse, la possibilité de revenir sur une folie : elle prenait, la conscience en règle. Maintenant, les rendus et la baisse des prix entraient dans le fonctionnement classique du nouveau commerce.

Mais où Mouret se révélait comme un maître sans rival, c'était dans l'aménagement intérieur des magasins. Il posait en loi que pas un coin du *Bonheur des Dames* ne devait rester désert ; partout, il exigeait du bruit, de la foule, de la vie ; car la vie, disait-il, attire la vie, enfante et pullule. De cette loi, il tirait toutes sortes d'applications. D'abord, on devait s'écraser pour entrer, il fallait que, de la rue, on crût à une émeute ; et il obtenait cet écrasement, en mettant sous la porte les soldes, des casiers et des corbeilles débordant d'articles à vil prix ; si bien que le menu peuple s'amassait, barrait le seuil, faisait penser que les magasins craquaient de monde, lorsque souvent ils n'étaient qu'à demi pleins. Ensuite, le long des galeries, il avait l'art de dissimuler les rayons qui chômaient, par exemple les châles en été et les indiennes en hiver ; il les entourait de rayons vivants, les noyait dans un vacarme. Lui seul avait encore imaginé de placer au deuxième étage les comptoirs des tapis et des meubles, des comptoirs où les clientes étaient plus rares, et dont la présence au rez-de-chaussée aurait creusé des trous vides et froids. S'il en avait découvert le moyen, il aurait fait passer la rue au travers de sa maison.

Justement, Mouret se trouvait en proie à une crise d'inspiration. Le samedi soir, comme il donnait un dernier coup d'œil aux préparatifs de la grande vente du lundi, dont on s'occupait depuis un mois, il avait eu la conscience soudaine que le classement des rayons adopté par lui, était inepte. C'était pourtant un classement d'une logique absolue, les tissus d'un côté, les objets confectionnés de l'autre, un ordre intelligent qui devait permettre aux clientes de se diriger elles-mêmes. Il avait rêvé cet ordre autrefois, dans le fouillis de l'étroite boutique de Mme Hédouin ; et voilà qu'il se sentait ébranlé, le jour où il le réalisait. Brusquement, il s'était écrié qu'il fallait « lui casser tout ça ». On avait quarante-huit heures, il s'agissait de déménager une partie des magasins. Le personnel, effaré, bousculé, avait dû passer les deux nuits et la journée entière du dimanche, au milieu d'un gâchis épouvantable. Même le lundi matin, une heure avant l'ouverture, des marchandises ne se trouvaient pas encore en place.

Certainement, le patron devenait fou, personne ne comprenait, c'était une consternation générale.

– Allons ! dépêchons ! criait Mouret, avec la tranquille assurance de son génie. Voici encore des costumes qu'il faut me porter là-haut... Et le Japon est-il installé sur le palier central ?... Un dernier effort, mes enfants, vous verrez la vente tout à l'heure !

Bourdoncle, lui aussi, était là depuis le petit jour. Pas plus que les autres, il ne comprenait, et ses regards suivaient le directeur d'un air d'inquiétude. Il n'osait lui poser des questions, sachant de quelle manière on était reçu, dans ces moments de crise. Pourtant, il se décida, il demanda doucement :

– Est-ce qu'il était bien nécessaire de tout bouleverser ainsi, à la veille de notre exposition ?

D'abord, Mouret haussa les épaules, sans répondre. Puis, comme l'autre se permit d'insister, il éclata.

– Pour que les clientes se tassent toutes dans le même coin, n'est-ce pas ? Une jolie idée de géomètre que j'avais eue là ! Je ne m'en serais jamais consolé... Comprenez donc que je localisais la foule. Une femme entrait, allait droit où elle voulait aller, passait du jupon à la robe, de la robe au manteau, puis se retirait, sans même s'être un peu perdue !... Pas une n'aurait seulement vu nos magasins !

– Mais, fit remarquer Bourdoncle, maintenant que vous avez tout brouillé et tout jeté aux quatre coins, les employés useront leurs jambes à conduire les acheteuses de rayon en rayon.

Mouret eut un geste superbe.

– Ce que je m'en fiche ! Ils sont jeunes, ça les fera grandir... Et tant mieux, s'ils se promènent ! Ils auront l'air plus nombreux, ils augmenteront la foule. Qu'on s'écrase, tout ira bien !

Il riait, il daigna expliquer son idée, en baissant la voix :

– Tenez ! Bourdoncle, écoutez les résultats... Premièrement, ce va-et-vient continuel de clientes les disperse un peu partout, les multiplie et leur fait perdre la tête ; secondement, comme il faut qu'on les conduise d'un bout des magasins à l'autre, si elles désirent par exemple la doublure après avoir acheté la robe, ces voyages en tous sens triplent pour elles la grandeur de la maison ; troisièmement, elles sont forcées de traverser des rayons où elles n'auraient pas mis les pieds, des tentations les y accrochent au passage, et elles succombent ; quatrièmement...

Bourdoncle riait avec lui. Alors, Mouret, enchanté, s'arrêta, pour crier aux garçons :

– Très bien, mes enfants ! Maintenant, un coup de balai, et voilà qui est beau !

Mais, en se tournant, il aperçut Denise. Lui et Bourdoncle se trouvaient devant le rayon des confections, qu'il venait justement de dédoubler, en faisant monter les robes et costumes au second étage, à l'autre bout des magasins. Denise, descendue la première, ouvrait de grands yeux, dépaysée par les aménagements nouveaux.

– Quoi donc ? murmura-t-elle, on déménage ?

Cette surprise parut amuser Mouret, qui adorait ces coups de théâtre. Dès les premiers jours de février, Denise était rentrée au *Bonheur*, où elle avait eu l'heureux étonnement de retrouver le personnel poli, presque respectueux. Mme Aurélie surtout se montrait bienveillante ; Marguerite et Clara semblaient résignées ; jusqu'au père Jouve qui pliait l'échine, l'air embarrassé, comme désireux d'effacer le vilain souvenir d'autrefois. Il suffisait que Mouret eût dit un mot, tout le monde chuchotait, en la suivant des yeux. Et, dans cette amabilité générale, elle n'était un peu blessée que par la tristesse singulière de Deloche et les sourires inexplicables de Pauline.

Cependant, Mouret la regardait toujours de son air ravi.

– Que cherchez-vous donc, mademoiselle ? demanda-t-il enfin.

Denise ne l'avait pas aperçu. Elle rougit légèrement. Depuis sa rentrée, elle recevait de lui des marques d'intérêt, qui la touchaient beaucoup. Pauline, sans qu'elle sût pourquoi, lui avait conté en détail les amours du patron et de Clara, où il la voyait, ce qu'il la payait ; et elle en reparlait souvent, elle ajoutait même qu'il avait une autre maîtresse, cette Mme Desforges, bien connue de tout le magasin. De telles histoires remuaient Denise, elle était reprise devant lui de ses peurs d'autrefois, d'un malaise où sa reconnaissance luttait contre de la colère.

– C'est tout ce remue-ménage, murmura-t-elle.

Alors, Mouret s'approcha pour lui dire à voix plus basse :

– Ce soir, après la vente, veuillez passer à mon cabinet. Je désire vous parler.

Troublée, elle inclina la tête, sans prononcer un mot. D'ailleurs, elle entra au rayon, où les autres vendeuses arrivaient. Mais Bourdoncle avait entendu Mouret, et il le regardait en souriant. Même il osa lui dire, quand ils furent seuls :

– Encore celle-là ! Méfiez-vous, ça finira par être sérieux !

Vivement, Mouret se défendit, cachant son émotion sous un air d'insouciance supérieure.

– Laissez donc, une plaisanterie ! La femme qui me prendra n'est pas née, mon cher !

Et, comme les magasins ouvraient enfin, il se précipita pour donner un dernier coup d'œil aux divers comptoirs. Bourdoncle hochait la tête. Cette Denise, simple et douce, commençait à l'inquiéter. Une première fois, il avait vaincu, par un renvoi brutal. Mais elle reparaissait, et il la traitait en ennemie sérieuse, muet devant elle, attendant de nouveau.

Mouret, qu'il rattrapa, criait en bas, dans le hall Saint-Augustin, en face de la porte d'entrée :

– Est-ce qu'on se fiche de moi ! J'avais dit de mettre les ombrelles bleues en bordure... Cassez-moi tout ça et vite !

Il ne voulut rien entendre, une équipe de garçons dut remanier l'exposition des ombrelles. En voyant les clientes arriver, il fit même fermer un instant les portes ; et il répétait qu'il n'ouvrirait pas, plutôt que de laisser les ombrelles bleues au centre. Ça tuait sa composition. Les étalagistes renommés, Hutin, Mignot, d'autres encore, venaient voir, levaient les yeux ; mais ils affectaient de ne pas comprendre, étant d'une école différente.

Enfin, on rouvrit les portes, et le flot entra. Dès la première heure, avant que les magasins fussent pleins, il se produisit sous le vestibule un écrasement tel, qu'il fallut avoir recours aux sergents de ville, pour rétablir la circulation sur le trottoir. Mouret avait calculé juste : toutes les ménagères, une troupe serrée de petites bourgeoises et de femmes en bonnet[1], donnaient assaut aux occasions, aux soldes et aux coupons, étalés jusque dans la rue. Des mains en l'air continuellement tâtaient « les pendus » de l'entrée, un calicot à sept sous, une grisaille[2] laine et coton à neuf sous, surtout un orléans[3] à trente-huit centimes, qui ravageait les bourses pauvres. Il y avait des poussées d'épaules, une bousculade fiévreuse autour des casiers et des corbeilles, où des articles au rabais, dentelles à dix

1. **Femmes en bonnet :** femmes de milieu populaire portant une coiffe souple en tissu.
2. **Grisaille :** tissu à petits carreaux blancs et noirs.
3. **Orléans :** tissu léger en laine et coton.

centimes, rubans à cinq sous, jarretières à trois sous, gants, jupons, cravates, chaussettes et bas de coton s'éboulaient, disparaissaient, comme mangés par une foule vorace. Malgré le temps froid, les commis qui vendaient au plein air du pavé ne pouvaient suffire. Une femme grosse[1] jeta des cris. Deux petites filles manquèrent d'être étouffées.

Toute la matinée, cet écrasement augmenta. Vers une heure, des queues s'établissaient, la rue était barrée, ainsi qu'en temps d'émeute. Justement, comme Mme de Boves et sa fille Blanche se tenaient sur le trottoir d'en face, hésitantes, elles furent abordées par Mme Marty, également accompagnée de sa fille Valentine.

– Hein ? quel monde ! dit la première. On se tue là-dedans... Je ne devais pas venir, j'étais au lit, puis je me suis levée pour prendre l'air.

– C'est comme moi, déclara l'autre. J'ai promis à mon mari d'aller voir sa sœur, à Montmartre... Alors, en passant, j'ai songé que j'avais besoin d'une pièce de lacet. Autant l'acheter ici qu'ailleurs, n'est-ce pas ? Oh ! je ne dépenserai pas un sou ! Il ne me faut rien, du reste.

Cependant, leurs yeux ne quittaient pas la porte, elles étaient prises et emportées dans le vent de la foule.

– Non, non, je n'entre pas, j'ai peur, murmura Mme de Boves. Blanche, allons-nous-en, nous serions broyées.

Mais sa voix faiblissait, elle cédait peu à peu au désir d'entrer où entre le monde ; et sa crainte se fondait dans l'attrait irrésistible de l'écrasement. Mme Marty s'était aussi abandonnée. Elle répétait :

– Tiens ma robe, Valentine... Ah ! bien, je n'ai jamais vu ça. On vous porte. Qu'est-ce que ça va être, à l'intérieur !

Ces dames, saisies par le courant, ne pouvaient plus reculer. Comme les fleuves tirent à eux les eaux errantes d'une vallée, il semblait que le flot des clientes, coulant à plein vestibule, buvait les passants de la rue, aspirait la population des quatre coins de Paris. Elles n'avançaient que très lentement, serrées à perdre haleine, tenues debout par des épaules et des ventres, dont elles sentaient la molle chaleur ; et leur désir satisfait jouissait de cette approche pénible, qui fouettait davantage leur curiosité. C'était un pêle-mêle de dames vêtues de soie, de petites bourgeoises à robes pauvres, de filles en cheveux, toutes soulevées, enfiévrées de la même passion.

1. **Grosse :** enceinte, ne pas confondre avec « une grosse femme ».

Quelques hommes, noyés sous les corsages débordants, jetaient des regards inquiets autour d'eux. Une nourrice, au plus épais, levait très haut son poupon, qui riait d'aise. Et, seule, une femme maigre se fâchait, éclatant en paroles mauvaises, accusant une voisine de lui entrer dans le corps.

– Je crois bien que mon jupon va y rester, répétait Mme de Boves.

Muette, le visage encore frais du grand air, Mme Marty se haussait pour voir avant les autres, par-dessus les têtes, s'élargir les profondeurs des magasins. Les pupilles de ses yeux gris étaient minces comme celles d'une chatte arrivant du plein jour ; et elle avait la chair reposée, le regard clair d'une personne qui s'éveille.

– Ah ! enfin, dit-elle en poussant un soupir.

Ces dames venaient de se dégager. Elles étaient dans le hall Saint-Augustin. Leur surprise fut grande de le trouver presque vide. Mais un bien-être les envahissait, il leur semblait entrer dans le printemps, au sortir de l'hiver de la rue. Tandis que, dehors, soufflait le vent glacé des giboulées, déjà la belle saison, dans les galeries du *Bonheur*, s'attiédissait avec les étoffes légères, l'éclat fleuri des nuances tendres, la gaieté champêtre des modes d'été et des ombrelles.

– Regardez donc ! cria Mme de Boves, immobilisée, les yeux en l'air. C'était l'exposition des ombrelles. Toutes ouvertes, arrondies comme des boucliers, elles couvraient le hall, de la baie vitrée du plafond à la cimaise[1] de chêne verni. Autour des arcades des étages supérieurs, elles dessinaient des festons ; le long des colonnes, elles descendaient en guirlandes ; sur les balustrades des galeries, jusque sur les rampes des escaliers, elles filaient en lignes serrées ; et, partout, rangées symétriquement, bariolant les murs de rouge, de vert et de jaune, elles semblaient de grandes lanternes vénitiennes, allumées pour quelque fête colossale. Dans les angles, il y avait des motifs compliqués, des étoiles faites d'ombrelles à trente-neuf sous, dont les teintes claires, bleu pâle, blanc crème, rose tendre, brûlaient avec une douceur de veilleuse ; tandis que, au-dessus, d'immenses parasols japonais, où des grues couleur d'or volaient dans un ciel de pourpre, flambaient avec des reflets d'incendie.

Mme Marty cherchait une phrase pour dire son ravissement, et elle ne trouva que cette exclamation :

---

1. **Cimaise :** moulure formant la partie supérieure d'une corniche.

– C'est féerique !

Puis, tâchant de s'orienter :

– Voyons, le lacet est à la mercerie... J'achète mon lacet et je me sauve.

– Je vous accompagne, dit Mme de Boves. N'est-ce pas, Blanche, nous traversons les magasins, pas davantage ?

Mais, dès la porte, ces dames étaient perdues. Elles tournèrent à gauche ; et, comme on avait déménagé la mercerie, elles tombèrent au milieu des ruches, puis au milieu des parures. Sous les galeries couvertes, il faisait très chaud, une chaleur de serre, moite et enfermée, chargée de l'odeur fade des tissus, et dans laquelle s'étouffait le piétinement de la foule. Alors, elles revinrent devant la porte, où s'établissait un courant de sortie, tout un défilé interminable de femmes et d'enfants, sur qui flottait un nuage de ballons rouges. Quarante mille ballons étaient prêts, il y avait des garçons chargés spécialement de la distribution. À voir les acheteuses qui se retiraient, on aurait dit en l'air, au bout des fils invisibles, un vol d'énormes bulles de savon, reflétant l'incendie des ombrelles. Le magasin en était tout illuminé.

– C'est un monde, déclarait Mme de Boves. On ne sait plus où l'on est.

Pourtant, ces dames ne pouvaient rester dans le remous de la porte, en pleine bousculade de l'entrée et de la sortie. L'inspecteur Jouve, heureusement, vint à leur secours. Il se tenait sous le vestibule, grave, attentif, dévisageant chaque femme au passage. Chargé spécialement de la police intérieure, il flairait les voleuses et suivait surtout les femmes grosses, lorsque la fièvre de leurs yeux l'inquiétait.

– La mercerie, mesdames ? dit-il obligeamment, allez à gauche, tenez ! là-bas, derrière la bonneterie.

Mme de Boves remercia. Mais Mme Marty, en se retournant, n'avait plus trouvé près d'elle sa fille Valentine. Elle s'effrayait, lorsqu'elle l'aperçut, déjà loin, au bout du hall Saint-Augustin, profondément absorbée devant une table de proposition, sur laquelle s'entassaient des cravates de femme à dix-neuf sous. Mouret pratiquait la proposition, les articles offerts à voix haute, la cliente raccrochée et dévalisée ; car il usait de toutes les réclames, il se moquait de la discrétion de certains confrères, dont l'opinion était que les marchandises devaient parler toutes seules. Des vendeurs spéciaux, des Parisiens fainéants et blagueurs, écoulaient ainsi des quantités considérables de petits objets de camelote.

– Oh ! maman, murmura Valentine, vois donc ces cravates... Elles ont, au coin, un oiseau brodé.

Le commis faisait l'article, jurait que c'était tout soie, que le fabricant était en faillite, et qu'on ne retrouverait jamais une occasion pareille.

– Dix-neuf sous, est-ce possible ! disait Mme Marty, séduite comme sa fille. Bah ! je puis bien en prendre deux, ce n'est pas ça qui nous ruinera.

Mme de Boves restait dédaigneuse. Elle détestait la proposition, un commis qui l'appelait la mettait en fuite. Surprise, Mme Marty ne comprenait pas cette horreur nerveuse du boniment, car elle avait l'autre nature, elle était des femmes heureuses de se laisser violenter, de baigner dans la caresse de l'offre publique, avec la jouissance de mettre ses mains partout et de perdre son temps en paroles inutiles.

– Maintenant, reprit-elle, vite à mon lacet... Je ne veux même plus rien voir.

Cependant, comme elle traversait les foulards et la ganterie, son cœur défaillit de nouveau. Il y avait là, sous la lumière diffuse, un étalage aux colorations vives et gaies, d'un effet ravissant. Les comptoirs, rangés symétriquement, semblaient être des plates-bandes, changeaient le hall en un parterre français, où souriait la gamme tendre des fleurs. À nu sur le bois, dans des cartons éventrés, hors des casiers trop pleins, une moisson de foulards mettait le rouge vif des géraniums, le blanc laiteux des pétunias, le jaune d'or des chrysanthèmes, le bleu céleste des verveines ; et, plus haut, sur des tiges de cuivre, s'enguirlandait une autre floraison, des fichus jetés, des rubans déroulés, tout un cordon éclatant qui se prolongeait, montait autour des colonnes, se multipliait dans les glaces. Mais ce qui ameutait la foule, c'était, à la ganterie, un chalet suisse fait uniquement avec des gants : un chef-d'œuvre de Mignot, qui avait exigé deux jours de travail. D'abord, des gants noirs établissaient le rez-de-chaussée ; puis, venaient des gants paille, réséda, sang-de-bœuf, distribués dans la décoration, bordant les fenêtres, indiquant les balcons, remplaçant les tuiles.

– Que désire madame ? demanda Mignot en voyant Mme Marty plantée devant le chalet. Voici des gants de Suède à un franc soixante-quinze, première qualité...

Il avait la proposition acharnée, appelant les passantes du fond de son comptoir, les importunant de sa politesse. Comme elle refusait de la tête, il continua :

– Des gants du Tyrol à un franc vingt-cinq... Des gants de Turin pour enfants, des gants brodés toutes couleurs...

– Non, merci, je n'ai besoin de rien, déclara Mme Marty.

Mais il sentit que sa voix mollissait, il l'attaqua plus rudement, en lui mettant sous les yeux les gants brodés ; et elle fut sans force, elle en acheta une paire. Puis, comme Mme de Boves la regardait avec un sourire, elle rougit.

– Hein ? suis-je enfant ?... Si je ne me dépêche pas de prendre mon lacet et de me sauver, je suis perdue.

Par malheur, il y avait, à la mercerie, un encombrement tel, qu'elle ne put se faire servir. Toutes deux attendaient depuis dix minutes, et elles s'irritaient, lorsque la rencontre de Mme Bourdelais et de ses trois enfants les occupa. Cette dernière expliquait de son air tranquille de jolie femme pratique, qu'elle avait voulu montrer ça aux petits. Madeleine avait dix ans, Edmond huit, Lucien quatre ; et ils riaient d'aise, c'était une partie à bon compte[1], promise depuis longtemps.

– Elles sont drôles, je vais acheter une ombrelle rouge, dit tout à coup Mme Marty, qui piétinait, impatientée de rester là, à ne rien faire.

Elle en choisit une de quatorze francs cinquante. Mme Bourdelais, après avoir suivi l'achat d'un regard de blâme, lui dit amicalement :

– Vous avez eu bien tort de vous presser. Dans un mois, vous l'auriez eue pour dix francs... Ce n'est pas moi qu'ils attraperont !

Et elle fit toute une théorie de bonne ménagère. Puisque les magasins baissaient les prix, il n'y avait qu'à attendre. Elle ne voulait pas être exploitée par eux, c'était elle qui profitait de leurs véritables occasions. Même elle y apportait une lutte de malice, elle se vantait de ne leur avoir jamais laissé un sou de gain.

– Voyons, finit-elle par dire, j'ai promis à mon petit monde de lui montrer des images, là-haut, dans le salon... Venez donc avec moi, vous avez le temps.

Alors, le lacet fut oublié, Mme Marty céda tout de suite, tandis que Mme de Boves refusait, préférant faire d'abord le tour du rez-de-chaussée. Du reste, ces dames espéraient bien se retrouver en haut. Mme Bourdelais cherchait un escalier, lorsqu'elle aperçut l'un des ascenseurs ; et elle y poussa les enfants, pour compléter la partie. Mme Marty et Valentine entrèrent aussi dans l'étroite cage, où l'on

---

1. **Une partie à bon compte :** une sortie, une fête qui ne coûte rien.

fut très serré ; mais les glaces, les banquettes de velours, la porte de cuivre ouvragé, les occupaient à ce point qu'elles arrivèrent au premier étage, sans avoir senti le glissement doux de la machine. Un autre régal les attendait d'ailleurs, dès la galerie des dentelles. Comme on passait devant le buffet, Mme Bourdelais ne manqua pas de gorger la petite famille de sirop. C'était une salle carrée, avec un large comptoir de marbre ; aux deux bouts, des fontaines argentées laissaient couler un mince filet d'eau ; derrière, sur des tablettes, s'alignaient des bouteilles. Trois garçons, continuellement, essuyaient et emplissaient les verres. Pour contenir la clientèle altérée, on avait dû établir une queue, ainsi qu'aux portes des théâtres, à l'aide d'une barrière recouverte de velours. La foule s'y écrasait. Des personnes, perdant tout scrupule devant ces gourmandises gratuites, se rendaient malades.

– Eh bien, où sont-elles donc ? s'écria Mme Bourdelais, lorsqu'elle se dégagea de la cohue, après avoir essuyé les enfants avec son mouchoir.

Mais elle aperçut Mme Marty et Valentine au fond d'une autre galerie, très loin. Toutes deux, noyées sous un déballage de jupons, achetaient encore. C'était fini, la mère et la fille disparurent dans la fièvre de dépense qui les emportait.

Quand elle arriva enfin au salon de lecture et de correspondance, Mme Bourdelais installa Madeleine, Edmond et Lucien devant la grande table ; puis, elle prit elle-même, dans une bibliothèque, des albums de photographies qu'elle leur apporta. La voûte de la longue salle était chargée d'or ; aux deux extrémités, des cheminées monumentales se faisaient face ; de médiocres tableaux, très richement encadrés, couvraient les murs ; et, entre les colonnes, devant chacune des baies cintrées qui ouvraient sur les magasins, il y avait de hautes plantes vertes, dans des vases de majolique[1]. Tout un public silencieux entourait la table, encombrée de revues et de journaux, garnie de papeteries et d'encriers. Des dames ôtaient leurs gants, écrivaient des lettres sur du papier au chiffre de la maison, dont elles biffaient l'en-tête d'un trait de plume. Quelques hommes, renversés au fond de leurs fauteuils, lisaient des journaux. Mais beaucoup de personnes restaient là sans rien faire : maris attendant leurs

1. **Majolique :** faïence italienne.

femmes lâchées au travers des rayons, jeunes dames discrètes guettant l'arrivée d'un amant, vieux parents déposés comme au vestiaire, pour être repris à la sortie. Et ce monde, assis mollement, se reposait, jetait des coups d'œil, par les baies ouvertes, sur les profondeurs des galeries et des halls, dont la voix lointaine montait, dans le petit bruit des plumes et le froissement des journaux.

– Comment ! vous voilà ! dit Mme Bourdelais. Je ne vous reconnaissais pas.

Près des enfants, une dame disparaissait entre les pages d'une revue. C'était Mme Guibal. Elle sembla contrariée de la rencontre. Mais elle se remit tout de suite, raconta qu'elle était montée s'asseoir un peu, pour échapper à l'écrasement de la foule. Et, comme Mme Bourdelais lui demandait si elle était venue faire des emplettes, elle répondit de son air de langueur, en éteignant de ses paupières l'âpreté égoïste de son regard :

– Oh ! non... Au contraire, je suis venue rendre. Oui, des portières, dont je ne suis pas satisfaite. Seulement, il y a un tel monde, que j'attends de pouvoir approcher du rayon.

Elle causa, dit que c'était bien commode, ce mécanisme des rendus ; auparavant, elle n'achetait jamais, tandis que, maintenant, elle se laissait tenter parfois. À la vérité, elle rendait quatre objets sur cinq, elle commençait à être connue de tous les comptoirs, pour les négoces étranges, flairés sous l'éternel mécontentement qui lui faisait rapporter les articles un à un, après les avoir gardés plusieurs jours. Mais, en parlant, elle ne quittait pas des yeux les portes du salon ; et elle parut soulagée, quand Mme Bourdelais retourna vers ses enfants, afin de leur expliquer les photographies. Presque au même moment, M. de Boves et Paul de Vallagnosc entrèrent. Le comte, qui affectait de faire visiter au jeune homme les nouveaux magasins, échangea avec elle un vif regard ; puis, elle se replongea dans sa lecture, comme si elle ne l'avait pas aperçu.

– Tiens ! Paul ! dit une voix derrière ces messieurs.

C'était Mouret, en train de donner son coup d'œil aux divers services. Les mains se tendirent, et il demanda tout de suite :

– Mme de Boves nous a-t-elle fait l'honneur de venir ?

– Mon Dieu ! non, répondit le comte, et à son grand regret. Elle est souffrante, oh ! rien de dangereux.

Mais brusquement, il feignit de voir Mme Guibal. Il s'échappa, s'approcha, tête nue ; tandis que les deux autres se contentaient de la saluer de loin. Elle, également, jouait la surprise. Paul avait eu un sourire ; il comprenait enfin, il raconta tout bas à Mouret comment le comte, rencontré par lui rue Richelieu, s'était efforcé de lui échapper et avait pris le parti de l'entraîner au *Bonheur*, sous le prétexte qu'il fallait absolument voir ça. Depuis un an, la dame tirait de ce dernier l'argent et le plaisir qu'elle pouvait, n'écrivant jamais, lui donnant rendez-vous dans des lieux publics, les églises, les musées, les magasins, pour s'entendre.

– Je crois qu'à chaque rendez-vous ils changent de chambre d'hôtel, murmurait le jeune homme. L'autre mois, il était en tournée d'inspection, il écrivait à sa femme tous les deux jours, de Blois, de Libourne, de Tarbes ; et je suis pourtant convaincu de l'avoir vu entrer dans une pension bourgeoise des Batignolles... Mais, regarde-le donc ! est-il beau, devant elle, avec sa correction de fonctionnaire ! La vieille France ! mon ami, la vieille France !

– Et ton mariage ? demanda Mouret.

Paul, sans quitter le comte des yeux, répondit qu'on attendait toujours la mort de la tante. Puis, l'air triomphant :

– Hein ? tu as vu ? il s'est baissé, il lui a glissé une adresse. La voilà qui accepte, de sa mine la plus vertueuse : une terrible femme, cette rousse délicate, aux allures insouciantes... Eh bien, il se passe de jolies choses chez toi !

– Oh ! dit Mouret en souriant, ces dames ne sont point ici chez moi, elles sont chez elles.

Ensuite, il plaisanta. L'amour, comme les hirondelles, portait bonheur aux maisons. Sans doute, il les connaissait, les filles qui battaient les comptoirs, les dames qui, par hasard, y rencontraient un ami ; mais si elles n'achetaient pas, elles faisaient nombre, elles chauffaient les magasins. Tout en causant, il emmena son ancien condisciple, il le planta au seuil du salon, en face de la grande galerie centrale, dont les halls successifs se déroulaient à leurs pieds. Derrière eux, le salon gardait son recueillement, ses petits bruits de plumes nerveuses et de journaux froissés. Un vieux monsieur s'était endormi sur le *Moniteur*[1]. M. de Boves examinait les tableaux, avec l'intention évidente de perdre dans la foule son futur gendre. Et, seule, au milieu de ce calme, Mme Bourdelais égayait ses enfants, très haut, comme en pays conquis.

1. ***Moniteur :*** journal officiel de l'Empire.

– Tu le vois, elles sont chez elles, répéta Mouret, qui montrait d'un geste large l'entassement de femmes dont craquaient les rayons.

Justement, Mme Desforges, après avoir failli laisser son manteau dans la foule, entrait enfin et traversait le premier hall. Puis, arrivée à la grande galerie, elle leva les yeux. C'était comme une nef de gare, entourée par les rampes des deux étages, coupée d'escaliers suspendus, traversée de ponts volants. Les escaliers de fer, à double révolution, développaient des courbes hardies, multipliaient les paliers ; les ponts de fer, jetés sur le vide, filaient droit, très haut ; et tout ce fer mettait là, sous la lumière blanche des vitrages, une architecture légère, une dentelle compliquée où passait le jour, la réalisation moderne d'un palais du rêve, d'une Babel entassant des étages, élargissant des salles, ouvrant des échappées sur d'autres étages et d'autres salles, à l'infini. Du reste, le fer régnait partout, le jeune architecte avait eu l'honnêteté et le courage de ne pas le déguiser sous une couche de badigeon, imitant la pierre ou le bois. En bas, pour ne point nuire aux marchandises, la décoration était sobre, de grandes parties unies, de teinte neutre ; puis, à mesure que la charpente métallique montait, les chapiteaux des colonnes devenaient plus riches, les rivets formaient fleurons, les consoles[1] et les corbeaux[2] se chargeaient de sculptures ; dans le haut enfin, les peintures éclataient, le vert et le rouge, au milieu d'une prodigalité d'or, des flots d'or, des moissons d'or, jusqu'aux vitrages dont les verres étaient émaillés et niellés d'or. Sous les galeries couvertes, les briques apparentes des voûtins étaient également émaillées de couleurs vives. Des mosaïques et des faïences entraient dans l'ornementation, égayaient les frises, éclairaient de leurs notes fraîches la sévérité de l'ensemble ; tandis que les escaliers, aux rampes de velours rouge, étaient garnis d'une bande de fer découpé et poli, luisant comme l'acier d'une armure.

Bien qu'elle connût déjà la nouvelle installation, Mme Desforges s'était arrêtée, saisie par la vie ardente qui animait ce jour-là l'immense nef. En bas, autour d'elle, continuait le remous de la foule, dont le double courant d'entrée et de sortie se faisait sentir jusqu'au rayon de la soie : foule encore très mêlée, où pourtant l'après-midi amenait

1. **Consoles :** moulures en volute.
2. **Corbeaux :** éléments en saillie soutenant une corniche.

davantage de dames, parmi les petites bourgeoises et les ménagères ; beaucoup de femmes en deuil, avec leurs grands voiles ; toujours des nourrices fourvoyées, protégeant leurs poupons de leurs coudes élargis. Et cette mer, ces chapeaux bariolés, ces cheveux nus, blonds ou noirs, roulaient d'un bout de la galerie à l'autre, confus et décolorés au milieu de l'éclat vibrant des étoffes. Mme Desforges ne voyait de toutes parts que les grandes pancartes, aux chiffres énormes, dont les taches crues se détachaient sur les indiennes vives, les soies luisantes, les lainages sombres. Des piles de rubans écornaient les têtes, un mur de flanelle avançait en promontoire, partout les glaces reculaient les magasins, reflétaient des étalages avec des coins de public, des visages renversés, des moitiés d'épaules et de bras ; pendant que, à gauche, à droite, les galeries latérales ouvraient des échappées, les enfoncements neigeux du blanc, les profondeurs mouchetées de la bonneterie, lointains perdus, éclairés par le coup de lumière de quelque baie vitrée, et où la foule n'était plus qu'une poussière humaine. Puis, lorsque Mme Desforges levait les yeux, c'était le long des escaliers, sur les ponts volants, autour des rampes de chaque étage, une montée continue et bourdonnante, tout un peuple en l'air, voyageant dans les découpures de l'énorme charpente métallique, se dessinant en noir sur la clarté diffuse des vitres émaillées. De grands lustres dorés descendaient du plafond ; un pavoisement de tapis, de soies brodées, d'étoffes lamées d'or, retombait, tendait les balustrades de bannières éclatantes ; il y avait, d'un bout à l'autre, des vols de dentelles, des palpitations de mousseline, des trophées de soieries, des apothéoses de mannequins à demi vêtus, et, au-dessus de cette confusion, tout en haut, le rayon de la literie, comme suspendu, mettait des petits lits de fer garnis de leurs matelas, drapés de leurs rideaux blancs, un dortoir de pensionnaires qui dormait dans le piétinement de la clientèle, plus rare à mesure que les rayons s'élevaient davantage.

– Madame désire-t-elle des jarretières bon marché ? dit un vendeur à Mme Desforges, en la voyant immobile. Tout soie, vingt-neuf sous.

Elle ne daigna pas répondre. Autour d'elle, les propositions glapissaient, s'enfiévraient encore. Pourtant, elle voulut s'orienter. La caisse d'Albert Lhomme se trouvait à sa gauche ; il la connaissait de vue, il se permit un sourire aimable, sans hâte aucune au milieu du flot de factures qui l'assiégeait ; pendant que, derrière lui, Joseph, se battant avec la boîte à ficelle, ne pouvait suffire à empaqueter les articles. Alors, elle se reconnut, la soie devait être devant elle. Mais il lui fallut dix minutes pour s'y rendre, tellement la foule augmentait. En l'air, au bout de leurs fils invisibles, les ballons rouges s'étaient multipliés ; ils s'amassaient en nuages de pourpre, filaient doucement vers les portes, continuaient à se déverser dans Paris ; et elle devait baisser la tête sous le vol des ballons, lorsque de tout jeunes enfants les tenaient, le fil enroulé à leurs petites mains.

– Comment ! madame, vous vous êtes risquée ! s'écria gaiement Bouthemont, dès qu'il aperçut Mme Desforges.

Maintenant, le chef de comptoir, introduit chez elle par Mouret lui-même, y allait parfois prendre le thé. Elle le trouvait commun, mais fort aimable, d'une belle humeur sanguine, qui la surprenait et l'amusait. D'ailleurs, l'avant-veille, il lui avait conté carrément les amours de Mouret et de Clara, sans calcul, par bêtise de gros garçon aimant à rire ; et, mordue de jalousie, cachant sa blessure sous des airs de dédain, elle venait pour tâcher de découvrir cette fille, une demoiselle des confections, avait-il dit simplement, en refusant de la nommer.

– Est-ce que vous désirez quelque chose chez nous ? reprit-il.

– Mais certainement, sans quoi je ne serais pas venue... Avez-vous du foulard[1] pour des matinées[2] ?

Elle espérait obtenir de lui le nom de la demoiselle, prise du besoin de la voir. Tout de suite, il avait appelé Favier ; et il se remit à causer avec elle, en attendant le vendeur qui achevait de servir une cliente, justement « la jolie dame », cette belle personne blonde dont tout le rayon causait parfois, sans connaître sa vie, ni même son nom. Cette fois, la jolie dame était en grand deuil. Tiens ! qui avait-elle donc perdu, son mari ou son père ? Pas son père sans doute, car elle aurait paru plus triste. Alors, que disait-on ? ce n'était pas une cocotte, elle avait eu un mari véritable. À moins, cependant, qu'elle ne fût en deuil de sa mère. Pendant quelques minutes malgré le gros du travail, le rayon échangea des hypothèses.

– Dépêchez-vous, c'est insupportable ! cria Hutin à Favier, qui revenait de conduire sa cliente à une caisse. Quand cette dame est là, vous n'en finissez plus... Elle se moque bien de vous !

1. **Foulard :** léger tissu de soie.
2. **Matinées :** déshabillés du matin.

– Pas tant que je me moque d'elle, répondit le vendeur vexé.

Mais Hutin menaça de le signaler à la direction, s'il ne respectait pas davantage la clientèle. Il devenait terrible, d'une sévérité hargneuse, depuis que le rayon s'était ligué pour lui faire avoir la place de Robineau. Même il se montrait tellement insupportable, après les promesses de bonne camaraderie dont il chauffait autrefois ses collègues, que ceux-ci, désormais, soutenaient sourdement Favier contre lui.

– Allons, ne répliquez pas, reprit sévèrement Hutin. M. Bouthemont vous demande du foulard, les dessins les plus clairs.

Au milieu du rayon, une exposition des soieries d'été éclairait le hall d'un éclat d'aurore, comme un lever d'astre dans les teintes les plus délicates de la lumière, le rose pâle, le jaune tendre, le bleu limpide, toute l'écharpe flottante d'Iris[1]. C'étaient des foulards d'une finesse de nuée, des surahs[2] plus légers que les duvets envolés des arbres, des pékins[3] satinés à la peau souple de vierge chinoise. Et il y avait encore les pongés[4] du Japon, les tussors et les corahs[5] des Indes, sans compter nos soies légères, les mille raies, les petits damiers, les semis de fleurs, tous les dessins de la fantaisie, qui faisaient songer à des dames en falbalas, se promenant par les matinées de mai, sous les grands arbres d'un parc.

– Je prendrai celui-ci, le Louis XIV, à bouquets de roses, dit enfin Mme Desforges.

Et, pendant que Favier métrait, elle fit une dernière tentative sur Bouthemont, resté près d'elle.

– Je vais monter aux confections voir les manteaux de voyage... Est-ce qu'elle est blonde, la demoiselle de votre histoire ?

Le chef de rayon, que son insistance commençait à inquiéter, se contenta de sourire. Mais, justement, Denise passait. Elle venait de remettre entre les mains de Liénard, aux mérinos, Mme Boutarel, cette dame de province, qui débarquait à Paris deux fois par an, pour

1. **Iris :** dans la mythologie grecque, messagère des dieux, aux vêtements multicolores comme l'arc-en-ciel.
2. **Surahs :** le surah est un tissu de soie très fin et léger.
3. **Pékins :** le pékin est un tissu de soie orné de fleurs ou de rayures mates et brillantes.
4. **Pongés :** le pongé est un taffetas de soie léger.
5. **Les tussors et les corahs :** tissus de soie comparables au foulard.

jeter aux quatre coins du *Bonheur* l'argent qu'elle rognait sur son ménage. Et, comme Favier prenait déjà le foulard de Mme Desforges, Hutin, croyant le contrarier, l'arrêta.

– C'est inutile, mademoiselle aura l'obligeance de conduire madame.

Denise, troublée, voulut bien se charger du paquet et de la note de débit. Elle ne pouvait rencontrer le jeune homme face à face, sans éprouver une honte, comme s'il lui rappelait une faute ancienne. Cependant, son rêve seul avait péché.

– Dites-moi, demanda tout bas Mme Desforges à Bouthemont, n'est-ce pas cette fille si maladroite ? Il l'a donc reprise ?... Mais c'est elle, l'héroïne de l'aventure !

– Peut-être, répondit le chef de rayon, toujours souriant et bien décidé à ne pas dire la vérité.

Alors, précédée de Denise, Mme Desforges monta lentement l'escalier. Il lui fallait s'arrêter toutes les trois secondes, pour ne pas être emportée par le flot qui descendait. Dans la vibration vivante de la maison entière, les limons[1] de fer avaient sous les pieds un branle sensible, comme tremblant aux haleines de la foule. À chaque marche, un mannequin, solidement fixé, plantait un vêtement immobile, costumes, paletots, robes de chambre ; et l'on eût dit une double haie de soldats pour quelque défilé triomphal, avec le petit manche de bois pareil au manche d'un poignard, enfoncé dans le molleton rouge, qui saignait à la section fraîche du cou.

Mme Desforges arrivait enfin au premier étage, lorsqu'une poussée plus rude que les autres l'immobilisa un instant. Elle avait maintenant, au-dessous d'elle, les rayons du rez-de-chaussée, ce peuple de clientes épandu qu'elle venait de traverser. C'était un nouveau spectacle, un océan de têtes vues en raccourci, cachant les corsages, grouillant dans une agitation de fourmilière. Les pancartes blanches n'étaient plus que des lignes minces, les piles de rubans s'écrasaient, le promontoire de flanelle coupait la galerie d'un mur étroit ; tandis que les tapis et les soies brodées qui pavoisaient les balustrades, pendaient à ses pieds ainsi que des bannières de procession, accrochées sous le jubé[2] d'une église. Au loin, elle apercevait

---

1. **Limon :** pièce de bois ou de pierre taillée qui reçoit les marches et les contremarches et limite l'escalier du côté du vide.
2. **Jubé :** dans une église, clôture surmontée d'une plate-forme, séparant le chœur de la nef.

des angles de galeries latérales, comme du haut des charpentes d'un clocher on distingue des coins de rues voisines, où remuent les taches noires des passants. Mais ce qui la surprenait surtout, dans la fatigue de ses yeux aveuglés par le pêle-mêle éclatant des couleurs, c'était, lorsqu'elle fermait les paupières, de sentir davantage la foule, à son bruit sourd de marée montante et à la chaleur humaine qu'elle exhalait. Une fine poussière s'élevait des planchers, chargée de l'odeur de la femme, l'odeur de son linge et de sa nuque, de ses jupes et de sa chevelure, une odeur pénétrante, envahissante, qui semblait être l'encens de ce temple élevé au culte de son corps.

Cependant, Mouret, toujours debout devant le salon de lecture, en compagnie de Vallagnosc, respirait cette odeur, s'en grisait, en répétant :

– Elles sont chez elles, j'en connais qui passent la journée ici, à manger des gâteaux et à écrire leur correspondance... Il ne me reste qu'à les coucher.

Cette plaisanterie fit sourire Paul, qui, dans l'ennui de son pessimisme, continuait à trouver inepte la turbulence de cette humanité, pour des chiffons. Quand il venait serrer la main de son ancien condisciple, il s'en allait presque vexé de le voir si vibrant de vie, au milieu de son peuple de coquettes. Est-ce qu'une d'elles, le cerveau et le cœur vides, ne lui apprendrait pas la bêtise et l'inutilité de l'existence ? Justement, ce jour-là, Octave semblait perdre de son bel équilibre ; lui qui, d'habitude, soufflait la fièvre à ses clientes, avec la grâce tranquille d'un opérateur, il était comme pris dans la crise de passion dont peu à peu les magasins brûlaient. Depuis qu'il avait vu Denise et Mme Desforges monter le grand escalier, il parlait plus haut, gesticulait sans le vouloir ; et, tout en affectant de ne pas tourner la tête vers elles, il s'animait ainsi davantage, à mesure qu'il les sentait approcher. Son visage se colorait, ses yeux avaient un peu du ravissement éperdu dont vacillaient à la longue les yeux des acheteuses.

– On doit rudement vous voler, murmura Vallagnosc, qui trouvait à la foule des airs criminels.

Mouret avait ouvert les bras tout grands.

– Mon cher, ça dépasse l'imagination.

Et, nerveusement, enchanté d'avoir un sujet, il donnait des détails intarissables, racontait des faits, en tirait un classement. D'abord, il citait les voleuses de profession, celles qui faisaient le moins de mal, car la police les connaissait presque toutes. Puis, venaient les voleuses par manie, une perversion du désir, une névrose nouvelle qu'un aliéniste avait classée, en y constatant le résultat aigu de la tentation exercée par les grands magasins. Enfin, il y avait les femmes enceintes, dont les vols se spécialisaient : ainsi, chez une d'elles, le commissaire de police avait découvert deux cent quarante-huit paires de gants roses, volées dans tous les comptoirs de Paris.

– C'est donc ça que les femmes ont ici des yeux si drôles ! murmurait Vallagnosc. Je les regardais, avec leurs mines gourmandes et honteuses de créatures en folie... Une jolie école d'honnêteté !

– Dame ! répondit Mouret, on a beau les mettre chez elles, on ne peut pourtant pas leur laisser emporter les marchandises sous leurs manteaux... Et des personnes très distinguées. Nous avons eu, la semaine dernière, la sœur d'un pharmacien et la femme d'un conseiller à la Cour. On tâche d'arranger cela.

Il s'interrompit pour montrer l'inspecteur Jouve, qui précisément filait une femme enceinte, en bas, au comptoir des rubans. Cette femme, dont le ventre énorme souffrait beaucoup des poussées du public, était accompagnée d'une amie, chargée de la défendre sans doute contre les chocs trop rudes ; et, chaque fois qu'elle s'arrêtait devant un rayon, Jouve ne la quittait plus des yeux, tandis que l'amie, près d'elle, fouillait à son aise au fond des casiers.

– Oh ! il la pincera, reprit Mouret, il connaît toutes leurs inventions.

Mais sa voix trembla, il eut un rire contraint. Denise et Henriette, qu'il n'avait cessé de guetter, passaient enfin derrière lui, après avoir eu beaucoup de mal à se dégager de la foule. Et il se tourna, il salua sa cliente du salut discret d'un ami, qui ne veut pas compromettre une femme en l'arrêtant au milieu du monde. Seulement, celle-ci, mise en éveil, s'était très bien aperçue du regard dont il avait d'abord enveloppé Denise. Cette fille, décidément, devait être la rivale qu'elle avait eu la curiosité de venir voir.

Aux confections, les vendeuses perdaient la tête. Deux demoiselles étaient malades, et Mme Frédéric, la seconde, avait tranquillement donné son congé, la veille, passant à la caisse pour faire régler son compte, lâchant le *Bonheur* d'une minute à l'autre, comme le *Bonheur* lui-même lâchait ses employés. Depuis le matin, dans le coup de fièvre de la vente, on ne causait que de cette aventure. Clara, maintenue au rayon par le caprice de Mouret, trouvait ça

« très chic » ; Marguerite racontait l'exaspération de Bourdoncle ; tandis que Mme Aurélie, vexée, déclarait que Mme Frédéric aurait au moins dû la prévenir, car on n'avait pas idée d'une dissimulation pareille. Bien que celle-ci n'eût jamais fait une confidence à personne, on la soupçonnait d'avoir quitté les nouveautés, pour épouser le propriétaire d'un établissement de bains, du côté des Halles.

– C'est un manteau de voyage que madame désire ? demanda Denise à Mme Desforges, après lui avoir offert une chaise.

– Oui, répondit sèchement cette dernière, décidée à être impolie.

La nouvelle installation du rayon était d'une sévérité riche, de hautes armoires de chêne sculpté, des glaces tenant la largeur des panneaux, une moquette rouge qui étouffait le piétinement continu des clientes. Pendant que Denise était allée chercher des manteaux de voyage, Mme Desforges, qui regardait autour d'elle, s'aperçut dans une glace ; et elle restait à se contempler. Elle vieillissait donc, qu'on la trompait pour la première fille venue ? La glace reflétait le rayon entier, avec sa turbulence ; mais elle ne voyait que sa face pâle, elle n'entendait pas, derrière elle, Clara qui racontait à Marguerite une des cachotteries de Mme Frédéric, la façon dont celle-ci faisait le tour, matin et soir, en enfilant le passage Choiseul, afin de donner l'idée qu'elle logeait peut-être sur la rive gauche.

– Voici nos derniers modèles, dit Denise. Nous les avons en plusieurs couleurs.

Elle étalait quatre ou cinq manteaux. Mme Desforges les considérait d'un air dédaigneux ; et, à chacun, elle devenait plus dure. Pourquoi ces fronces, qui étriquaient le vêtement ? et celui-ci, carré des épaules, ne l'aurait-on pas dit taillé à coups de hache ? On avait beau aller en voyage, on ne s'habillait pas comme une guérite.

– Montrez-moi autre chose, mademoiselle.

Denise dépliait les vêtements, les repliait, sans se permettre un geste d'humeur. Et c'était cette sérénité dans la patience qui exaspérait davantage Mme Desforges. Ses regards, continuellement, retournaient à la glace, en face d'elle. Maintenant, elle s'y regardait près de Denise, elle établissait des comparaisons. Était-ce possible qu'on lui eût préféré cette créature insignifiante ? Elle se souvenait, cette créature était bien celle qu'elle avait vue, autrefois, faire à ses débuts une figure si sotte, maladroite comme une gardeuse d'oies qui débarque de son village. Sans doute, aujourd'hui, elle se tenait mieux, l'air pincé et correct dans sa robe de soie. Seulement, quelle pauvreté, quelle banalité !

– Je vais soumettre à madame d'autres modèles, disait tranquillement Denise.

Quand elle revint, la scène recommença. Puis, ce furent les draps qui étaient trop lourds et qui ne valaient rien. Mme Desforges se tournait, élevait la voix, tâchait d'attirer l'attention de Mme Aurélie, dans l'espoir de faire gronder la jeune fille. Mais celle-ci, depuis sa rentrée, avait conquis peu à peu le rayon ; elle y était chez elle à présent, et la première lui reconnaissait même des qualités rares de vendeuse, la douceur obstinée, la conviction souriante. Aussi Mme Aurélie haussa-t-elle légèrement les épaules, en se gardant d'intervenir.

– Si madame voulait bien m'indiquer le genre ? demandait de nouveau Denise, avec son insistance polie que rien ne décourageait.

– Mais puisque vous n'avez rien ! cria Mme Desforges.

Elle s'interrompit, étonnée de sentir une main se poser sur son épaule. C'était Mme Marty, que sa crise de dépense emportait au travers des magasins. Ses achats avaient tellement grossi, depuis les cravates, les gants brodés et l'ombrelle rouge, que le dernier vendeur venait de se décider à mettre sur une chaise le paquet, qui lui aurait cassé les bras ; et il la précédait, en tirant cette chaise, où s'entassaient des jupons, des serviettes, des rideaux, une lampe, trois paillassons.

– Tiens ! dit-elle, vous achetez un manteau de voyage ?

– Oh ! mon Dieu ! non, répondit Mme Desforges. Ils sont affreux.

Mais Mme Marty était tombée sur un manteau à rayures, qu'elle ne trouvait pourtant pas mal. Sa fille Valentine l'examinait déjà. Alors, Denise appela Marguerite, pour débarrasser le rayon de l'article, un modèle de l'année précédente, que cette dernière, sur un coup d'œil de sa camarade, présenta comme une occasion exceptionnelle. Quand elle eut juré qu'on l'avait baissé de prix deux fois, que de cent cinquante on l'avait mis à cent trente, et qu'il était maintenant à cent dix, Mme Marty fut sans force contre la tentation du bon marché. Elle l'acheta, le vendeur qui l'accompagnait laissa la chaise et tout le paquet des notes de débit, jointes aux marchandises.

Cependant, derrière ces dames, au milieu des bousculades de la vente, les commérages du rayon continuaient sur Mme Frédéric.

– Vrai ! elle avait quelqu'un ? disait une petite vendeuse, nouvelle au comptoir.

– L'homme des bains, pardi ! répondait Clara. Faut se défier de ces veuves si tranquilles.

Alors, tandis que Marguerite débitait le manteau, Mme Marty tourna la tête ; et, désignant Clara d'un léger mouvement des paupières, elle dit très bas à Mme Desforges :

– Vous savez, le caprice de M. Mouret.

L'autre, surprise, regarda Clara, puis reporta les yeux sur Denise, en répondant :

– Mais non, pas la grande, la petite !

Et, comme Mme Marty n'osait plus rien affirmer, Mme Desforges ajouta à voix plus haute, avec un mépris de dame pour des femmes de chambre :

– Peut-être la petite et la grande, toutes celles qui veulent !

Denise avait entendu. Elle leva ses grands yeux purs sur cette dame qui la blessait ainsi et qu'elle ne connaissait pas. Sans doute, c'était la personne dont on lui avait parlé, cette amie que le patron voyait au-dehors. Dans le regard qu'elles échangèrent, Denise eut alors une dignité si triste, une telle franchise d'innocence, qu'Henriette resta gênée.

– Puisque vous n'avez rien de possible à me montrer, dit-elle brusquement, conduisez-moi aux robes et costumes.

– Tiens ! cria Mme Marty, j'y vais avec vous... Je voulais voir un costume pour Valentine.

Marguerite prit la chaise par le dossier, et la traîna, renversée, sur les pieds de derrière, qu'un tel charriage usait à la longue. Denise ne portait que les mètres de foulard, achetés par Mme Desforges. C'était tout un voyage, maintenant que les robes et costumes se trouvaient au second, à l'autre bout des magasins.

Et le grand voyage commença, le long des galeries encombrées. En tête marchait Marguerite, tirant la chaise comme une petite voiture, s'ouvrant un chemin avec lenteur. Dès la lingerie, Mme Desforges se plaignit : était-ce ridicule, ces bazars où il fallait faire deux lieues pour mettre la main sur le moindre article ! Mme Marty se disait aussi morte de fatigue ; et elle n'en jouissait pas moins profondément de cette fatigue, de cette mort lente de ses forces, au milieu de l'inépuisable déballage des marchandises. Le coup de génie de Mouret la tenait tout entière. Au passage, chaque rayon l'arrêtait. Elle fit une première halte devant les trousseaux, tentée par des chemises que Pauline lui vendit, et Marguerite se trouva débarrassée de la chaise, ce fut Pauline qui dut la prendre. Mme Desforges aurait pu continuer sa marche, pour libérer Denise plus vite ; mais elle semblait heureuse de la sentir derrière elle, immobile et patiente, tandis qu'elle s'attardait également, à conseiller son amie. Aux layettes, ces dames s'extasièrent sans rien acheter. Puis, les faiblesses de Mme Marty recommencèrent : elle succomba successivement devant un corset de satin noir, des manchettes de fourrure vendues au rabais, à cause de la saison, des dentelles russes dont on garnissait alors le linge de table. Tout cela s'empilait sur la chaise, les paquets montaient, faisaient craquer le bois ; et les vendeurs qui se succédaient, s'attelaient avec plus de peine, à mesure que la charge devenait plus lourde.

– Par ici, madame, disait Denise sans une plainte, après chaque halte.

– Mais c'est stupide ! criait Mme Desforges. Nous n'arriverons jamais. Pourquoi n'avoir pas mis les robes et costumes près des confections ? En voilà un gâchis !

Mme Marty, dont les yeux se dilataient, grisée par ce défilé de choses riches qui dansaient devant elle, répétait à demi-voix :

– Mon Dieu ! que va dire mon mari ?... Vous avez raison, il n'y a pas d'ordre, dans ce magasin. On se perd, on fait des bêtises.

Sur le grand palier central, la chaise eut peine à passer. Mouret, justement, venait d'encombrer le palier d'un déballage d'articles de Paris[1], des coupes montées sur du zinc doré, des nécessaires et des caves à liqueur de camelote, trouvant qu'on y circulait trop librement, que la foule ne s'y étouffait pas. Et, là, il avait autorisé un de ses vendeurs à exposer, sur une petite table, des curiosités de la Chine et du Japon, quelques bibelots à bas prix, que les clientes s'arrachaient. C'était un succès inattendu, déjà il rêvait d'élargir cette vente. Mme Marty, pendant que deux garçons montaient la chaise au second étage, acheta six boutons d'ivoire, des souris en soie, un porte-allumettes en émail cloisonné.

Au second, la course recommença. Denise, qui depuis le matin promenait ainsi des clientes, tombait de lassitude ; mais elle restait correcte, avec sa douceur polie. Elle dut encore attendre ces dames aux étoffes d'ameublement, où une cretonne ravissante avait accroché Mme Marty. Puis, aux meubles, ce fut une table à ouvrage dont

1. **Articles de Paris :** petits articles, comme des bijoux fantaisie ou des objets de toilette.

cette dernière eut le désir. Ses mains tremblaient, elle suppliait en riant Mme Desforges de l'empêcher de dépenser davantage, lorsque la rencontre de Mme Guibal lui apporta une excuse. C'était au rayon des tapis, celle-ci venait enfin de monter rendre tout un achat de portières d'Orient, fait par elle depuis cinq jours ! et elle causait, debout devant le vendeur, un grand gaillard, dont les bras de lutteur remuaient, du matin au soir, des charges à tuer un bœuf. Naturellement, il était consterné par ce « rendu », qui lui enlevait son tant pour cent. Aussi tâchait-il d'embarrasser la cliente, flairant quelque aventure louche, sans doute un bal donné avec les portières, prises au *Bonheur*, puis renvoyées, afin d'éviter une location chez un tapissier ; il savait que cela se faisait parfois, dans la bourgeoisie économe. Madame devait avoir une raison pour les rendre ; si c'étaient les dessins ou les couleurs qui n'allaient pas à madame, il lui montrerait autre chose, il avait un assortiment très complet. À toutes ces insinuations, Mme Guibal répondait tranquillement, de son air assuré de femme reine, que les portières ne lui plaisaient plus, sans daigner ajouter une explication. Elle refusa d'en voir d'autres, et il dut s'incliner, car les vendeurs avaient ordre de reprendre les marchandises, même s'ils s'apercevaient qu'on s'en fût servi.

Comme les trois dames s'éloignaient ensemble, et que Mme Marty revenait avec remords sur la table à ouvrage dont elle n'avait aucun besoin, Mme Guibal lui dit de sa voix tranquille :

– Eh bien, vous la rendrez... Vous avez vu ? ce n'est pas plus difficile que ça... Laissez-la toujours porter chez vous. On la met dans son salon, on la regarde ; puis, quand elle vous ennuie, on la rend.

– C'est une idée ! cria Mme Marty. Si mon mari se fâche trop fort, je leur rends tout.

Et ce fut pour elle l'excuse suprême, elle ne compta plus, elle acheta encore, avec le sourd besoin de tout garder, car elle n'était pas des femmes qui rendent.

Enfin, on arriva aux robes et costumes. Mais, comme Denise allait remettre à des vendeuses le foulard acheté par Mme Desforges, celle-ci parut se raviser et déclara que, décidément, elle prendrait un des manteaux de voyage, le gris clair ; et Denise dut attendre complaisamment, pour la ramener aux confections. La jeune fille sentait bien la volonté de la traiter en servante, dans ces caprices de cliente impérieuse ; seulement, elle s'était juré de rester à son devoir, elle gardait son attitude calme, malgré les bonds de son cœur et les révoltes de sa fierté. Mme Desforges n'acheta rien aux robes et costumes.

– Oh ! maman, disait Valentine, ce petit costume-là, s'il est à ma taille !

Tout bas, Mme Guibal expliquait à Mme Marty sa tactique. Quand une robe lui plaisait dans un magasin, elle se la faisait envoyer, en prenait le patron, puis la rendait. Et Mme Marty acheta le costume pour sa fille, en murmurant :

– Bonne idée ! Vous êtes pratique, vous, chère madame.

On avait dû abandonner la chaise. Elle était restée en détresse, au rayon des meubles, à côté de la table à ouvrage. Le poids devenait trop lourd, les pieds de derrière menaçaient de casser ; et il était convenu que tous les achats seraient centralisés à une caisse, pour être descendus ensuite au service du départ.

Alors, ces dames, toujours conduites par Denise, vagabondèrent. On les revit de nouveau dans tous les rayons. Il n'y avait plus qu'elles sur les marches des escaliers et le long des galeries. Des rencontres, à chaque instant, les arrêtaient. Ce fut ainsi que, près du salon de lecture, elles retrouvèrent Mme Bourdelais et ses trois enfants. Les petits étaient chargés de paquets : Madeleine avait sous le bras une robe pour elle, Edmond portait une collection de petits souliers, tandis que le plus jeune, Lucien, était coiffé d'un képi neuf.

– Toi aussi ! dit en riant Mme Desforges à son amie de pension.

– Ne m'en parle pas ! s'écria Mme Bourdelais. Je suis furieuse... Ils vous prennent par ces petits êtres maintenant ! Tu sais si je fais des folies pour moi ! Mais comment veux-tu résister à des bébés qui ont envie de tout ? J'étais venue les promener, et voilà que je dévalise les magasins !

Justement, Mouret qui se trouvait encore là, en compagnie de Vallagnosc et de M. de Boves, l'écoutait d'un air souriant. Elle l'aperçut, elle se plaignit gaiement, avec un fond d'irritation réelle, de ces pièges tendus à la tendresse des mères ; l'idée qu'elle venait de céder aux fièvres de la réclame, la soulevait ; et lui, toujours souriant, s'inclinait, jouissait de ce triomphe. M. de Boves avait manœuvré de façon à se rapprocher de Mme Guibal, qu'il finit par suivre, en tâchant une seconde fois de perdre Vallagnosc ; mais celui-ci, fatigué de la cohue, se hâta de rejoindre le comte. Denise, de nouveau, s'était arrêtée, pour attendre ces dames. Elle tournait le dos, Mouret lui-même affectait de ne pas la voir. Dès lors, Mme Desforges, avec son flair délicat de femme jalouse, ne douta plus. Tandis qu'il la complimentait et qu'il faisait quelques pas près d'elle, en maître de maison galant, elle réfléchissait, elle se demandait comment le convaincre de sa trahison.

Cependant, M. de Boves et Vallagnosc, qui marchaient en avant de Mme Guibal, arrivaient au rayon des dentelles. C'était, près des confections, un salon luxueux, garni de casiers, dont les tiroirs de chêne sculpté se rabattaient. Autour des colonnes, recouvertes de velours rouge, montaient des spirales de dentelle blanche ; et, d'un bout à l'autre de la pièce, filaient des vols de guipure ; tandis que, sur les comptoirs, il y avait des éboulements de grandes cartes, toutes pelotonnées de valenciennes, de malines, de points à l'aiguille. Au fond, deux dames étaient assises devant un transparent de soie mauve, sur lequel Deloche jetait des pointes de chantilly[1] ; et elles regardaient sans se décider, silencieuses.

– Tiens ! dit Vallagnosc très surpris, vous disiez Mme de Boves souffrante... Mais la voilà debout, là-bas, avec Mlle Blanche.

Le comte ne put retenir un sursaut, en jetant un regard oblique sur Mme Guibal.

– C'est ma foi vrai, dit-il.

Dans le salon, il faisait très chaud. Les clientes, qui s'y étouffaient, avaient des visages pâles aux yeux luisants. On eût dit que toutes les séductions des magasins aboutissaient à cette tentation suprême, que c'était là l'alcôve reculée de la chute, le coin de perdition où les plus fortes succombaient. Les mains s'enfonçaient parmi les pièces débordantes, et elles en gardaient un tremblement d'ivresse.

– Je crois que ces dames vous ruinent, reprit Vallagnosc, amusé par la rencontre.

M. de Boves eut le geste d'un mari d'autant plus sûr de la raison de sa femme, qu'il ne lui donne pas un sou. Celle-ci, après avoir battu tous les rayons avec sa fille, sans rien acheter, venait d'échouer aux dentelles, dans une rage de désir inassouvi. Brisée de fatigue, elle se tenait pourtant debout devant un comptoir. Elle fouillait dans le tas, ses mains devenaient molles, des chaleurs lui montaient aux épaules. Puis, brusquement, comme sa fille tournait la tête et que le vendeur s'éloignait, elle voulut glisser sous son manteau une pièce de point

1. **Pointes de chantilly :** pièces de dentelle noire à fond clair de forme triangulaire.

d'Alençon. Mais elle tressaillit, elle lâcha la pièce, en entendant la voix de Vallagnosc, qui disait gaiement :

– Nous vous surprenons, madame.

Pendant quelques secondes, elle demeura muette, toute blanche. Ensuite, elle expliqua que, se sentant beaucoup mieux, elle avait désiré prendre l'air. Et, en remarquant enfin que son mari se trouvait avec Mme Guibal, elle se remit complètement, elle les regarda d'un air si digne, que celle-ci crut devoir dire :

– J'étais avec Mme Desforges, ces messieurs nous ont rencontrées.

Précisément, les autres dames arrivaient. Mouret les avait accompagnées, et il les retint un instant encore, pour leur montrer l'inspecteur Jouve, qui filait toujours la femme enceinte et son amie. C'était très curieux, on ne s'imaginait pas le nombre de voleuses qu'on arrêtait aux dentelles. Mme de Boves, qui l'écoutait, se voyait entre deux gendarmes, avec ses quarante-cinq ans, son luxe, la haute situation de son mari ; et elle était sans remords, elle songeait qu'elle aurait dû glisser le coupon dans sa manche. Jouve, cependant, venait de se décider à mettre la main sur la femme enceinte, désespérant de la prendre en flagrant délit, la soupçonnant d'ailleurs de s'être empli les poches, d'un tour de doigts si habile, qu'il lui échappait. Mais, quand il l'eut emmenée à l'écart et fouillée, il éprouva la confusion de ne rien trouver sur elle, pas une cravate, pas un bouton. L'amie avait disparu. Tout d'un coup, il comprit : la femme enceinte n'était là que pour l'occuper, c'était l'amie qui volait.

L'histoire amusa ces dames. Mouret, un peu vexé, se contenta de dire :

– Le père Jouve est refait cette fois... Il prendra sa revanche.

– Oh ! conclut Vallagnosc, je crois qu'il n'est pas de taille... Du reste, pourquoi étalez-vous tant de marchandises ? C'est bien fait, si l'on vous vole. On ne doit pas tenter à ce point de pauvres femmes sans défense.

Ce fut le dernier mot, qui sonna comme la note aiguë de la journée, dans la fièvre croissante des magasins. Ces dames se séparaient, traversaient une dernière fois les comptoirs encombrés. Il était quatre heures, les rayons du soleil à son coucher entraient obliquement par les larges baies de la façade, éclairaient de biais les vitrages des halls ; et, dans cette clarté d'un rouge d'incendie, montaient, pareilles à une vapeur d'or, les poussières épaisses, soulevées depuis le matin par le piétinement de la foule. Une nappe enfilait la grande galerie centrale, découpait sur un fond de flammes les escaliers, les ponts volants, toute cette guipure de fer suspendue. Les mosaïques et les faïences des frises miroitaient, les verts et les rouges des peintures s'allumaient aux feux des ors prodigués. C'était comme une braise vive, où brûlaient maintenant les étalages, les palais de gants et de cravates, les girandoles[1] de rubans et de dentelles, les hautes piles de lainage et de calicot, les parterres diaprés que fleurissaient les soies légères et les foulards. Des glaces resplendissaient. L'exposition des ombrelles, aux rondeurs de bouclier, jetait des reflets de métal. Dans les lointains, au-delà de coulées d'ombre, il y avait des comptoirs perdus, éclatants, grouillant d'une cohue blonde de soleil.

Et, à cette heure dernière, au milieu de cet air surchauffé, les femmes régnaient. Elles avaient pris d'assaut les magasins, elles y campaient comme en pays conquis, ainsi qu'une horde envahissante, installée dans la débâcle des marchandises. Les vendeurs, assourdis, brisés, n'étaient plus que leurs choses, dont elles disposaient avec une tyrannie de souveraines. De grosses dames bousculaient le monde. Les plus minces tenaient de la place, devenaient arrogantes. Toutes, la tête haute, les gestes brusques, étaient chez elles, sans politesse les unes pour les autres, usant de la maison tant qu'elles pouvaient, jusqu'à en emporter la poussière des murs. Mme Bourdelais, désireuse de rattraper ses dépenses, avait de nouveau conduit ses trois enfants au buffet ; maintenant, la clientèle s'y ruait dans une rage d'appétit, les mères elles-mêmes s'y gorgeaient de malaga[2] ; on avait bu, depuis l'ouverture, quatre-vingts litres de sirop et soixante-dix bouteilles de vin. Après avoir acheté son manteau de voyage, Mme Desforges s'était fait offrir des images à la caisse ; et elle partait en songeant au moyen de tenir Denise chez elle, où elle l'humilierait en présence de Mouret lui-même, pour voir leur figure et tirer d'eux une certitude. Enfin, pendant que M. de Boves réussissait à se perdre dans la foule et à disparaître avec Mme Guibal, Mme de Boves, suivie de Blanche et de Vallagnosc, avait eu le caprice de demander un ballon rouge, bien qu'elle n'eût rien acheté. C'était toujours cela, elle ne s'en irait pas les mains vides, elle se ferait une amie de la petite fille de son concierge. Au

---

1. **Girandoles :** guirlandes lumineuses ; le terme est employé ici métaphoriquement.
2. **Malaga :** vin doux d'Espagne.

comptoir de distribution, on entamait le quarantième mille : quarante mille ballons rouges qui avaient pris leur vol dans l'air chaud des magasins, toute une nuée de ballons rouges qui flottaient à cette heure d'un bout à l'autre de Paris, portant au ciel le nom du *Bonheur des Dames* !

Cinq heures sonnèrent. De toutes ces dames, Mme Marty demeurait seule avec sa fille, dans la crise finale de la vente. Elle ne pouvait s'en détacher, lasse à mourir, retenue par des liens si forts, qu'elle revenait toujours sur ses pas, sans besoin, battant les rayons de sa curiosité inassouvie. C'était l'heure où la cohue, fouettée de réclames, achevait de se détraquer ; les soixante mille francs d'annonces payés aux journaux, les dix mille affiches collées sur les murs, les deux cent mille catalogues lancés dans la circulation, après avoir vidé les bourses, laissaient à ces nerfs de femmes l'ébranlement de leur ivresse ; et elles restaient secouées encore de toutes les inventions de Mouret, la baisse des prix, les rendus, les galanteries sans cesse renaissantes. Mme Marty s'attardait devant les tables de proposition, parmi les appels enroués des vendeurs, dans le bruit d'or des caisses et le roulement des paquets tombant aux sous-sols ; elle traversait une fois de plus le rez-de-chaussée, le blanc, la soie, la ganterie, les lainages ; puis, elle remontait, s'abandonnait à la vibration métallique des escaliers suspendus et des ponts volants, retournait aux confections, à la lingerie, aux dentelles, poussait jusqu'au second étage, dans les hauteurs de la literie et des meubles ; et, partout, les commis, Hutin et Favier, Mignot et Liénard, Deloche, Pauline, Denise, les jambes mortes, donnaient un coup de force, arrachaient des victoires à la fièvre dernière des clientes. Cette fièvre, depuis le matin, avait grandi peu à peu, comme la griserie même qui se dégageait des étoffes remuées. La foule flambait sous l'incendie du soleil de cinq heures. Maintenant, Mme Marty avait la face animée et nerveuse d'une enfant qui a bu du vin pur. Entrée les yeux clairs, la peau fraîche du froid de la rue, elle s'était lentement brûlé la vue et le teint, au spectacle de ce luxe, de ces couleurs violentes, dont le galop continu irritait sa passion. Lorsqu'elle partit enfin, après avoir dit qu'elle paierait chez elle, terrifiée par le chiffre de sa facture, elle avait les traits tirés, les yeux élargis d'une malade. Il lui fallut se battre pour se dégager de l'écrasement obstiné de la porte ; on s'y tuait, au milieu du massacre des soldes. Puis, sur le trottoir, quand elle eut retrouvé sa fille qu'elle avait perdue, elle frissonna à l'air vif, elle demeura effarée, dans le détraquement de cette névrose des grands bazars.

Le soir, comme Denise revenait de dîner, un garçon l'appela.

– Mademoiselle, on vous demande à la direction.

Elle oubliait l'ordre que Mouret lui avait donné, le matin, de passer à son cabinet, après la vente. Il l'attendait debout. En entrant, elle ne repoussa pas la porte, qui resta ouverte.

– Nous sommes contents de vous, mademoiselle, dit-il, et nous avons songé à vous témoigner notre satisfaction... Vous savez de quelle indigne manière Mme Frédéric nous a quittés. Dès demain, vous la remplacerez comme seconde.

Denise l'écoutait, immobile de saisissement. Elle murmura, la voix tremblante :

– Mais, monsieur, il y a des vendeuses beaucoup plus anciennes que moi au rayon.

– Eh bien ? qu'est-ce que cela fait ? reprit-il. Vous êtes la plus capable, la plus sérieuse. Je vous choisis, c'est bien naturel... N'êtes-vous pas satisfaite ?

Alors, elle rougit. C'était, en elle, un bonheur et un embarras délicieux, où son premier effroi se fondait. Pourquoi donc avait-elle songé d'abord aux suppositions dont on allait accueillir cette faveur inespérée ? Et elle demeurait confuse, malgré l'élan de sa reconnaissance. Lui, la regardait en souriant, dans sa robe de soie toute simple, sans un bijou, n'ayant que le luxe de sa royale chevelure blonde. Elle s'était affinée, la peau blanche, l'air délicat et grave. Son insignifiance chétive d'autrefois devenait un charme d'une discrétion pénétrante.

– Vous êtes bien bon, monsieur, balbutia-t-elle. Je ne sais comment vous dire...

Mais elle eut la voix coupée. Dans le cadre de la porte, Lhomme était debout. Il tenait de sa bonne main une grande sacoche de cuir, et son bras mutilé serrait contre sa poitrine un portefeuille énorme ; tandis que, derrière son dos, son fils Albert portait une charge de sacs, qui lui cassait les membres.

– Cinq cent quatre-vingt-sept mille, deux cent dix francs, trente centimes ! cria le caissier dont la face molle et usée semblait s'éclairer d'un coup de soleil, au reflet d'une pareille somme.

C'était la recette de la journée, la plus forte que le *Bonheur* eût encore faite. Au loin, dans les profondeurs des magasins, que

Lhomme venait de traverser lentement, de la marche pesante d'un bœuf trop chargé, on entendait le brouhaha, le remous de surprise et de joie, laissé par cette recette géante qui passait.

– Mais c'est superbe ! dit Mouret enchanté. Mon brave Lhomme, mettez ça là, reposez-vous, car vous n'en pouvez plus. Je vais faire porter cet argent à la caisse centrale... Oui, oui, tout sur mon bureau. Je veux voir le tas.

Il avait une gaieté d'enfant. Le caissier et son fils se déchargèrent. La sacoche eut une claire sonnerie d'or, deux des sacs en crevant lâchèrent des coulées d'argent et de cuivre, tandis que, du portefeuille, sortaient des coins de billets de banque. Tout un bout du grand bureau fut couvert, c'était comme l'écroulement d'une fortune, ramassée en dix heures.

Lorsque Lhomme et Albert se furent retirés, en s'épongeant le visage, Mouret demeura un moment immobile, perdu, les yeux sur l'argent. Puis, ayant levé la tête, il aperçut Denise qui s'était écartée. Alors, il se remit à sourire, il la força de s'avancer, finit par dire qu'il lui donnerait ce qu'elle pourrait prendre dans une poignée ; et il y avait un marché d'amour, au fond de sa plaisanterie.

– Tenez ! dans la sacoche, je parie pour moins de mille francs, votre main est si petite !

Mais elle se recula encore. Il l'aimait donc ? Brusquement, elle comprenait, elle sentait la flamme croissante du coup de désir dont il l'enveloppait, depuis qu'elle était de retour aux confections. Ce qui la bouleversait davantage, c'était de sentir son cœur battre à se rompre. Pourquoi la blessait-il avec tout cet argent, lorsqu'elle débordait de gratitude et qu'il l'eût fait défaillir d'une seule parole amie ? Il se rapprochait, en continuant de plaisanter, lorsque, à son grand mécontentement, Bourdoncle parut, sous le prétexte de lui apprendre le chiffre des entrées, l'énorme chiffre de soixante-dix mille clientes, venues au *Bonheur* ce jour-là. Et elle se hâta de sortir, après avoir remercié de nouveau.

X

Le premier dimanche d'août, on faisait l'inventaire, qui devait être terminé le soir même. Dès le matin, comme un jour de semaine, tous les employés étaient à leur poste, et la besogne avait commencé, les portes closes, dans les magasins vides de clientes.

Denise n'était pas descendue à huit heures, avec les autres vendeuses. Retenue depuis le jeudi dans sa chambre, par une entorse prise en montant aux ateliers, elle allait enfin beaucoup mieux ; mais, comme Mme Aurélie la gâtait, elle ne se hâtait pas, achevait de se chausser avec peine, résolue cependant à se montrer au rayon. Maintenant, les chambres des demoiselles occupaient le cinquième étage des bâtiments neufs, le long de la rue Monsigny ; elles étaient au nombre de soixante, aux deux côtés d'un corridor, et plus confortables, toujours meublées pourtant du lit de fer, de la grande armoire et de la petite toilette de noyer. La vie intime des vendeuses y prenait des propretés et des élégances, une pose pour les savons chers et les linges fins, toute une montée naturelle vers la bourgeoisie, à mesure que leur sort s'améliorait ; bien qu'on entendît encore voler des gros mots et les portes battre, dans le coup de vent d'hôtel garni qui les emportait matin et soir. D'ailleurs, à titre de seconde, Denise avait une des plus grandes chambres, dont les deux fenêtres mansardées ouvraient sur la rue. Riche à présent, elle se donnait du luxe, un édredon rouge recouvert d'un voile de guipure, un petit tapis devant l'armoire, deux vases de verre bleu sur la toilette, où se fanaient des roses.

Quand elle fut chaussée, elle essaya de marcher dans la pièce. Il lui fallut s'appuyer aux meubles, car elle boitait encore. Mais cela s'échaufferait. Tout de même elle avait eu raison de refuser, pour le soir, une invitation à dîner de l'oncle Baudu, et de prier sa tante de faire sortir Pépé, qu'elle avait remis en pension chez Mme Gras. Jean, qui était venu la voir la veille, dînait aussi chez l'oncle. Doucement, elle continuait de s'essayer à marcher, en se promettant de se coucher de bonne heure, afin de reposer sa jambe, lorsque la surveillante, Mme Cabin, frappa et lui donna une lettre, d'un air de mystère.

La porte refermée, Denise, étonnée du sourire discret de cette femme, ouvrit la lettre. Elle se laissa tomber sur une chaise : c'était une lettre de Mouret, où il se disait heureux de son rétablissement et la priait de descendre le soir dîner avec lui, puisqu'elle ne pouvait sortir. Le ton de ce billet, à la fois familier et paternel, n'avait rien de blessant ; mais il lui était impossible de se méprendre, le *Bonheur* connaissait bien la signification vraie de ces invitations, une légende courait là-dessus : Clara avait dîné, d'autres aussi, toutes celles que le patron remarquait. Après le dîner, comme disaient les commis farceurs, il y avait le dessert. Et les joues blanches de la jeune fille étaient peu à peu envahies par un flot de sang.

Alors, la lettre glissée entre les genoux, le cœur battant à coups profonds, Denise resta les yeux fixés sur la lumière aveuglante d'une des fenêtres. C'était un aveu qu'elle avait dû se faire, dans cette chambre même, aux heures d'insomnie : si elle tremblait encore quand il passait, elle savait maintenant que ce n'était pas de crainte ; et son malaise d'autrefois, son ancienne peur ne pouvait être que l'ignorance effarée de l'amour, le trouble de ses tendresses naissantes, dans sa sauvagerie d'enfant. Elle ne raisonnait pas, elle sentait seulement qu'elle l'avait toujours aimé, depuis l'heure où elle avait frémi et balbutié devant lui. Elle l'aimait lorsqu'elle le redoutait comme un maître sans pitié, elle l'aimait lorsque son cœur éperdu rêvait de Hutin, inconscient, cédant à un besoin d'affection. Peut-être se serait-elle donnée à un autre, mais jamais elle n'avait aimé que cet homme dont un regard la terrifiait. Et tout le passé revivait, se déroulait dans la clarté de la fenêtre : les sévérités des premiers temps, cette promenade si douce sous les ombrages noirs des Tuileries, enfin les désirs dont il l'effleurait depuis l'heure où elle était rentrée. La lettre glissa jusqu'à terre, Denise regardait toujours la fenêtre, dont le plein soleil l'éblouissait.

Brusquement, on frappa, et elle se hâta de ramasser la lettre, de la faire disparaître dans sa poche. C'était Pauline, qui, s'échappant de son rayon sous un prétexte, venait causer un peu.

– Êtes-vous remise, ma chère ? On ne se rencontre plus.

Mais, comme il était défendu de remonter dans les chambres, et surtout de s'y enfermer à deux, Denise l'emmena au bout du couloir, où se trouvait le salon de réunion, une galanterie du directeur pour ces demoiselles, qui pouvaient y causer ou y travailler, en attendant onze heures. La pièce, blanc et or, d'une nudité banale de salle d'hôtel, était meublée d'un piano, d'un guéridon central, de fauteuils et de canapés recouverts de housses blanches. Du reste, après quelques soirées passées entre elles, dans le premier feu de la nouveauté, les vendeuses ne s'y rencontraient plus, sans en arriver tout de suite aux mots désagréables. C'était une éducation à faire, la petite cité phalanstérienne manquait de concorde. Et, en attendant, il n'y avait guère là, le soir, que la seconde des corsets, miss Powell, qui tapait sèchement du Chopin sur le piano, et dont le talent jalousé achevait de mettre en fuite les autres.

– Vous voyez, mon pied va mieux, dit Denise. Je descendais.

– Ah bien ! cria la lingère, en voilà du zèle !... C'est moi qui resterais à me dorloter, si j'avais un prétexte !

Toutes deux s'étaient assises sur un canapé. L'attitude de Pauline avait changé, depuis que son amie était seconde aux confections. Il entrait, dans sa cordialité de bonne fille, une nuance de respect, une surprise de sentir la petite vendeuse chétive d'autrefois en marche pour la fortune. Cependant, Denise l'aimait beaucoup et se confiait à elle seule, au milieu du continuel galop des deux cents femmes que la maison occupait maintenant.

– Qu'avez-vous ? demanda vivement Pauline, quand elle remarqua le trouble de la jeune fille.

– Mais rien, assura celle-ci, avec un sourire embarrassé.

– Si, si, vous avez quelque chose... Vous vous méfiez donc de moi, que vous ne me dites plus vos chagrins ?

Alors, Denise, dans l'émotion qui gonflait sa poitrine et qui ne pouvait se calmer, s'abandonna. Elle tendit la lettre à son amie, en balbutiant :

– Tenez ! il vient de m'écrire.

Entre elles, jamais encore elles n'avaient parlé ouvertement de Mouret. Mais ce silence même était comme un aveu de leurs secrètes préoccupations. Pauline n'ignorait rien. Après avoir lu la lettre, elle se serra contre Denise, la prit à la taille, pour lui murmurer doucement :

– Ma chère, si vous voulez que je sois franche, je croyais que c'était fait... Ne vous révoltez donc pas, je vous assure que tout le magasin doit le croire comme moi. Dame ! il vous a nommée seconde si vite, puis il est toujours après vous, ça crève les yeux !

Elle lui mit un gros baiser sur la joue. Puis, elle l'interrogea.

– Vous irez ce soir, naturellement ?

Denise la regardait sans répondre. Et, tout d'un coup, elle éclata en sanglots, la tête appuyée sur l'épaule de son amie. Celle-ci demeura très surprise.

– Voyons, calmez-vous. Il n'y a rien là-dedans qui puisse vous bouleverser ainsi.

– Non, non, laissez-moi, bégayait Denise. Si vous saviez comme j'ai du chagrin ! Depuis que j'ai reçu cette lettre, je ne vis plus... Laissez-moi pleurer, cela me soulage.

Très apitoyée, sans comprendre pourtant, la lingère chercha des consolations. D'abord, il ne voyait plus Clara. On disait bien qu'il allait chez une dame au-dehors, mais ce n'était pas prouvé. Puis, elle expliqua qu'on ne pouvait être jalouse d'un homme dans une pareille position. Il avait trop d'argent, il était le maître après tout.

Denise l'écoutait ; et, si elle avait encore ignoré son amour, elle n'en aurait plus douté à la souffrance dont le nom de Clara et l'allusion à Mme Desforges lui tordirent le cœur. Elle entendait la voix mauvaise de Clara, elle revoyait Mme Desforges la promener dans les magasins, avec son mépris de dame riche.

– Alors, vous iriez, vous ? demanda-t-elle.

Pauline, sans se consulter, cria :

– Sans doute, est-ce qu'on peut faire autrement !

Puis, elle réfléchit, elle ajouta :

– Pas maintenant, autrefois, parce que maintenant je vais me marier avec Baugé, et ce serait mal tout de même.

En effet, Baugé, qui avait quitté depuis peu le *Bon Marché* pour le *Bonheur des Dames*, allait l'épouser, vers le milieu du mois. Bourdoncle n'aimait guère les ménages ; cependant, ils avaient l'autorisation, ils espéraient même obtenir un congé de quinze jours.

– Vous voyez bien, déclara Denise. Quand un homme vous aime, il vous épouse... Baugé vous épouse.

Pauline eut un bon rire.

– Mais, ma chérie, ce n'est pas la même chose. Baugé m'épouse, parce que c'est Baugé. Il est mon égal, ça va tout seul... Tandis que M. Mouret ! Est-ce que M. Mouret peut épouser ses vendeuses ?

– Oh ! non, oh ! non, cria la jeune fille révoltée par l'absurdité de la question, et c'est pourquoi il n'aurait pas dû m'écrire.

Ce raisonnement acheva d'étonner la lingère. Son visage épais, aux petits yeux tendres, prenait une commisération maternelle.

Puis, elle se leva, ouvrit le piano, joua doucement avec un seul doigt *Le Roi Dagobert*, pour égayer la situation sans doute. Dans la nudité du salon, dont les housses blanches semblaient augmenter le vide, montaient les bruits de la rue, la mélopée[1] lointaine d'une marchande criant des pois verts. Denise s'était renversée au fond du canapé, la tête contre le bois, secouée par une nouvelle crise de sanglots, qu'elle étouffait dans son mouchoir.

– Encore ! reprit Pauline, en se retournant. Vous n'êtes vraiment pas raisonnable... Pourquoi m'avez-vous amenée ici ? Nous aurions mieux fait de rester dans votre chambre.

Elle s'agenouilla devant elle, recommença à la sermonner. Que d'autres auraient voulu être à sa place ! D'ailleurs, si la chose ne lui plaisait pas, c'était bien simple : elle n'avait qu'à dire non, sans se chagriner si fort. Mais elle réfléchirait, avant de risquer sa position par un refus que rien n'expliquait, puisqu'elle n'avait pas d'engagement ailleurs. Était-ce donc si terrible ? et la semonce finissait par des plaisanteries chuchotées gaiement, lorsqu'un bruit de pas vint du corridor.

Pauline courut à la porte jeter un coup d'œil.

– Chut ! Mme Aurélie ! murmura-t-elle. Je me sauve... Et vous, essuyez vos yeux. On n'a pas besoin de savoir.

Quand Denise fut seule, elle se mit debout, renfonça ses larmes ; et, les mains tremblantes encore, de peur d'être surprise ainsi, elle ferma le piano, que son amie avait laissé ouvert. Mais elle entendit Mme Aurélie frapper à sa porte. Alors, elle quitta le salon.

– Comment ! vous êtes levée ! cria la première. C'est une imprudence, ma chère enfant. Je montais justement prendre de vos nouvelles et vous dire que nous n'avons pas besoin de vous, en bas.

Denise lui assura qu'elle allait mieux, que cela lui ferait du bien de s'occuper, de se distraire.

– Je ne me fatiguerai pas, madame. Vous m'installerez sur une chaise, je travaillerai aux écritures.

Toutes deux descendirent. Très prévenante, Mme Aurélie l'obligeait à s'appuyer sur son épaule. Elle avait dû remarquer les yeux rouges de la jeune fille, car elle l'examinait à la dérobée. Sans doute, elle savait bien des choses.

---

1. **Mélopée :** mélodie monotone.

C'était une victoire inespérée : Denise avait enfin conquis le rayon. Après s'être jadis débattue pendant près de dix mois, au milieu de ses tourments de souffre-douleur, sans lasser le mauvais vouloir de ses camarades, elle venait en quelques semaines de les dominer, de les voir autour d'elle souples et respectueuses. La brusque tendresse de Mme Aurélie l'avait beaucoup aidée, dans cette ingrate besogne de se concilier les cœurs ; on racontait tout bas que la première était la complaisante de Mouret, qu'elle lui rendait des services délicats ; et elle prenait si chaudement la jeune fille sous sa protection, qu'on devait en effet la lui recommander, d'une façon spéciale. Mais celle-ci avait également travaillé de tout son charme pour désarmer ses ennemies. La tâche était d'autant plus rude, qu'il lui fallait se faire pardonner sa nomination au poste de seconde. Ces demoiselles criaient à l'injustice, l'accusaient d'avoir gagné ça au dessert, avec le patron ; même elles ajoutaient des détails abominables. Malgré leurs révoltes pourtant, le titre de seconde agissait sur elles, Denise prenait une autorité, qui étonnait et pliait les plus hostiles. Bientôt, elle trouva des flatteuses, parmi les dernières venues. Sa douceur et sa modestie achevèrent la conquête. Marguerite se rallia. Et Clara seule continua de se montrer mauvaise, risquant encore l'ancienne injure de « mal peignée », qui maintenant n'égayait personne. Pendant la courte fantaisie de Mouret, elle en avait abusé pour lâcher la besogne, d'une paresse bavarde et vaniteuse ; puis, comme il s'était lassé tout de suite, elle ne récriminait même pas, incapable de jalousie dans la débandade galante de son existence, simplement satisfaite d'en tirer le bénéfice d'être tolérée à ne rien faire. Seulement, elle considérait que Denise lui avait volé la succession de Mme Frédéric. Jamais elle ne l'aurait acceptée, à cause du tracas ; mais elle était vexée du manque de politesse, car elle avait les mêmes titres que l'autre, et des titres antérieurs.

– Tiens ! voilà qu'on sort l'accouchée, murmura-t-elle, quand elle aperçut Mme Aurélie amenant Denise à son bras.

Marguerite haussa les épaules, en disant :

– Si vous croyez que c'est drôle !

Neuf heures sonnaient. Au-dehors, un ciel d'un bleu ardent chauffait les rues, des fiacres roulaient vers les gares, toute la population endimanchée gagnait en longues files les bois de la banlieue. Dans le magasin, inondé de soleil par les grandes baies ouvertes, le personnel enfermé venait de commencer l'inventaire. On avait retiré les boutons des portes, des gens s'arrêtaient sur le trottoir, regardant par les glaces, étonnés de cette fermeture, lorsqu'on distinguait à l'intérieur une activité extraordinaire. C'était, d'un bout à l'autre des galeries, du haut en bas des étages, un piétinement d'employés, des bras en l'air, des paquets volant par-dessus les têtes ; et cela au milieu d'une tempête de cris, de chiffres lancés, dont la confusion montait et se brisait en un tapage assourdissant. Chacun des trente-neuf rayons faisait sa besogne à part, sans s'inquiéter des rayons voisins. D'ailleurs, on attaquait à peine les casiers, il n'y avait encore par terre que quelques pièces d'étoffe. La machine devait s'échauffer, si l'on voulait finir le soir même.

– Pourquoi descendez-vous ? reprit Marguerite obligeamment, en s'adressant à Denise. Vous allez vous faire du mal, et nous avions le monde nécessaire.

– C'est ce que je lui ai dit, déclara Mme Aurélie. Mais elle a voulu quand même nous aider.

Toutes ces demoiselles s'empressaient auprès de Denise. Le travail s'en trouva interrompu. On la complimentait, on écoutait avec des exclamations l'histoire de son entorse. Enfin, Mme Aurélie la fit asseoir devant une table ; et il fut entendu qu'elle se contenterait d'inscrire les articles appelés. D'ailleurs, le dimanche de l'inventaire, on mettait à réquisition tous les employés capables de tenir une plume : les inspecteurs, les caissiers, les commis aux écritures, jusqu'aux garçons de magasin ; puis, les divers rayons se partageaient ces aides d'un jour, pour bâcler vivement la besogne. C'était ainsi que Denise se trouvait installée près du caissier Lhomme et du garçon Joseph, l'un et l'autre penchés sur de grandes feuilles de papier.

– Cinq manteaux, drap, garnis fourrure, troisième grandeur, à deux cent quarante ! criait Marguerite. Quatre idem, première grandeur, à deux cent vingt !

Le travail recommença. Derrière Marguerite, trois vendeuses vidaient les armoires, classaient les articles, les lui donnaient par paquets ; et, quand elle les avait appelés, elle les jetait sur les tables, où ils s'entassaient peu à peu, en piles énormes. Lhomme inscrivait, Joseph dressait une autre liste, pour le contrôle. Pendant ce temps, Mme Aurélie elle-même, aidée de trois autres vendeuses, dénombrait de son côté les vêtements de soie, que Denise portait sur des feuilles. Clara était chargée de veiller aux tas, de les ranger et de les échafauder, de manière à ce qu'ils tinssent le moins de place possible, le long des tables. Mais elle n'était guère à sa tâche, des piles croulaient déjà.

– Dites donc, demanda-t-elle à une petite vendeuse entrée de l'hiver, est-ce qu'on vous augmente ?... Vous savez qu'on va mettre la seconde à deux mille francs, ce qui lui fera près de sept mille, avec son intérêt.

La petite vendeuse, sans cesser de passer des rotondes, répondit que, si on ne lui donnait pas huit cents francs, elle lâcherait la boîte. Les augmentations avaient lieu au lendemain de l'inventaire ; c'était également l'époque où, le chiffre d'affaires réalisées pendant l'année étant connu, les chefs de rayon touchaient leurs intérêts sur l'augmentation de ce chiffre, comparé au chiffre de l'année précédente. Aussi, malgré le vacarme et le tohu-bohu de la besogne, les commérages passionnés allaient-ils leur train. Entre deux articles appelés, on ne causait que d'argent. Le bruit courait que Mme Aurélie dépasserait vingt-cinq mille francs ; et une pareille somme excitait beaucoup ces demoiselles. Marguerite, la meilleure vendeuse après Denise, s'était fait quatre mille cinq cents francs, quinze cents francs d'appointements fixes et trois mille francs environ de tant pour cent ; tandis que Clara n'arrivait pas à deux mille cinq cents, en tout.

– Moi, je m'en fiche, de leurs augmentations ! reprenait celle-ci, en s'adressant à la petite vendeuse. Si papa était mort, ce que je les planterais là... ! Mais une chose qui m'exaspère, ce sont les sept mille francs de ce bout de femme. Hein ! et vous ?

Mme Aurélie interrompit violemment la conversation. Elle se tourna, de son air superbe.

– Taisez-vous donc, mesdemoiselles ! On ne s'entend pas, ma parole d'honneur !

Puis, elle se remit à crier :

– Sept mantes[1] à la vieille, sicilienne[2], première grandeur, à cent trente !... Trois pelisses, surah, deuxième grandeur, à cent cinquante !... Y êtes-vous, mademoiselle Baudu ?

– Oui, madame.

---

1. **Mantes :** manteaux de femme sans manche.
2. **Sicilienne :** soie de Sicile.

Alors, Clara dut s'occuper des brassées de vêtements empilés sur les tables. Elle les bouscula, gagna de la place. Mais bientôt elle les lâcha encore, pour répondre à un vendeur qui la cherchait. C'était le gantier Mignot, échappé de son rayon. Il chuchota une demande de vingt francs ; déjà, il lui en devait trente, un emprunt pratiqué un lendemain de courses, après avoir perdu sa semaine sur un cheval ; cette fois, il avait mangé à l'avance sa guelte touchée la veille, il ne lui restait pas dix sous pour son dimanche. Clara n'avait sur elle que dix francs, qu'elle prêta d'assez bonne grâce. Et ils causèrent, ils parlèrent d'une partie à six, faite par eux dans un restaurant de Bougival, où les femmes avaient payé leur écot : ça valait mieux, tout le monde était à son aise. Puis, Mignot, qui voulait ses vingt francs, alla se pencher à l'oreille de Lhomme. Celui-ci, arrêté dans ses écritures, parut saisi d'un grand trouble. Il n'osait refuser pourtant, il cherchait une pièce de dix francs, dans son porte-monnaie, lorsque Mme Aurélie, étonnée de ne plus entendre la voix de Marguerite, qui avait dû s'interrompre, aperçut Mignot et comprit. Elle le renvoya rudement à son rayon, elle n'avait pas besoin qu'on vînt distraire ces demoiselles. La vérité était qu'elle redoutait le jeune homme, le grand ami de son fils Albert, le complice de farces louches qu'elle tremblait de voir mal finir un jour. Aussi, lorsque Mignot tint les dix francs et qu'il se fut sauvé, ne put-elle s'empêcher de dire à son mari :

– S'il est permis ! vous laisser dindonner de la sorte !

– Mais, ma bonne, je ne pouvais vraiment refuser à ce garçon...

Elle lui ferma la bouche d'un haussement de ses fortes épaules. Puis, comme les vendeuses s'égayaient sournoisement de cette explication de famille, elle reprit avec sévérité :

– Allons, mademoiselle Vadon, ne nous endormons pas.

– Vingt paletots, cachemire double, quatrième grandeur, à dix-huit francs cinquante ! lança Marguerite, de sa voix chantante.

Lhomme, la tête basse, écrivait de nouveau. Peu à peu, on avait élevé ses appointements à neuf mille francs ; et il gardait son humilité devant Mme Aurélie, qui apportait toujours près du triple dans le ménage.

Pendant un instant, la besogne marcha. Les chiffres volaient, les paquets de vêtements pleuvaient dru sur les tables. Mais Clara avait inventé une autre distraction : elle taquinait le garçon Joseph, au sujet d'une passion qu'on lui prêtait pour une demoiselle employée à l'échantillonnage. Cette demoiselle, âgée de vingt-huit ans déjà, maigre et pâle, était une protégée de Mme Desforges, qui avait voulu la faire engager par Mouret comme vendeuse, en contant à celui-ci une histoire touchante : une orpheline, la dernière des Fontenailles, vieille noblesse du Poitou, débarquée sur le pavé de Paris avec un père ivrogne, restée honnête dans cette déchéance, d'une éducation trop rudimentaire malheureusement pour être institutrice ou donner des leçons de piano. Mouret, d'habitude, s'emportait, lorsqu'on lui recommandait des filles du monde pauvres ; il n'y avait pas, disait-il, de créatures plus incapables, plus insupportables, d'un esprit plus faux ; et, d'ailleurs, on ne pouvait s'improviser vendeuse, il fallait un apprentissage, c'était un métier complexe et délicat. Cependant, il prit la protégée de Mme Desforges, il la mit seulement au service des échantillons, comme il avait déjà casé, pour être agréable à des amis, deux comtesses et une baronne au service de la publicité, où elles faisaient des bandes[1] et des enveloppes. Mlle de Fontenailles gagnait trois francs par jour, qui lui permettaient tout juste de vivre, dans une petite chambre de la rue d'Argenteuil. C'était à la rencontrer l'air triste, vêtue pauvrement, que le cœur de Joseph, de tempérament tendre sous sa raideur muette d'ancien soldat, avait fini par être touché. Il n'avouait pas, mais il rougissait, quand ces demoiselles des confections le plaisantaient ; car l'échantillonnage se trouvait dans une salle voisine du rayon, et elles l'avaient remarqué rôdant sans cesse devant la porte.

– Joseph a des distractions, murmurait Clara. Son nez se tourne vers la lingerie.

On avait réquisitionné Mlle de Fontenailles, qui aidait à l'inventaire du comptoir des trousseaux. Et, comme en effet le garçon jetait de continuels coups d'œil vers ce comptoir, les vendeuses se mirent à rire. Il se troubla, s'enfonça dans ses feuilles ; tandis que Marguerite, pour étouffer le flot de gaieté qui lui chatouillait la gorge, criait plus fort :

– Quatorze jaquettes[2], drap anglais, deuxième grandeur, à quinze francs !

---

1. **Elles faisaient des bandes :** elles découpaient des échantillons pour envoi aux clientes.
2. **Jaquettes :** une jaquette est une veste cintrée.

Du coup, Mme Aurélie, en train d'appeler des rotondes, eut la voix couverte. Elle dit, l'air blessé, avec une lenteur majestueuse :

– Un peu plus bas, mademoiselle. Nous ne sommes pas à la halle... Et vous êtes toutes bien peu raisonnables, de vous amuser à des gamineries, quand notre temps est si précieux.

Justement, comme Clara ne veillait plus aux paquets, une catastrophe se produisit. Des manteaux s'éboulèrent, tous les tas de la table, entraînés, tombèrent les uns sur les autres. Le tapis en était jonché.

– Là, qu'est-ce que je disais ! cria la première hors d'elle. Faites donc un peu attention, mademoiselle Prunaire, c'est insupportable à la fin !

Mais un frémissement courut : Mouret et Bourdoncle, faisant leur tournée d'inspection, venaient de paraître. Les voix repartirent, les plumes grincèrent, tandis que Clara se hâtait de ramasser les vêtements. Le patron n'interrompit pas le travail. Il resta là quelques minutes, muet, souriant ; et ses lèvres seules avaient un frisson de fièvre, dans son visage gai et victorieux des jours d'inventaire. Lorsqu'il aperçut Denise, il faillit laisser échapper un geste d'étonnement. Elle était donc descendue ? Ses yeux rencontrèrent ceux de Mme Aurélie. Puis, après une courte hésitation, il s'éloigna, il entra aux trousseaux.

Cependant, Denise, avertie par la rumeur légère, avait levé la tête. Et, après avoir reconnu Mouret, elle s'était de nouveau penchée sur ses feuilles, simplement. Depuis qu'elle écrivait d'une main machinale, au milieu de l'appel régulier des articles, un apaisement se faisait en elle. Toujours elle avait cédé ainsi au premier excès de sa sensibilité : des larmes la suffoquaient, sa passion doublait ses tourments ; puis, elle rentrait dans sa raison, elle retrouvait un beau courage calme, une force de volonté douce et inexorable. Maintenant, les yeux limpides, le teint pâle, elle était sans un frisson, toute à sa besogne, résolue à s'écraser le cœur et à ne faire que son vouloir.

Dix heures sonnèrent, le vacarme de l'inventaire montait, dans le branle-bas des rayons. Et, sous les cris jetés sans relâche, qui se croisaient de toutes parts, la même nouvelle circulait avec une rapidité surprenante : chaque vendeur savait déjà que Mouret avait écrit le matin, pour inviter Denise à dîner. L'indiscrétion venait de Pauline. En redescendant, secouée encore, elle avait rencontré Deloche aux dentelles ; et, sans remarquer que Liénard parlait au jeune homme, elle s'était soulagée.

– C'est fait, mon cher... Elle vient de recevoir la lettre. Il l'invite pour ce soir.

Deloche était devenu blême. Il avait compris, car il questionnait souvent Pauline, tous deux causaient chaque jour de leur amie commune, du coup de tendresse de Mouret, de l'invitation fameuse qui finirait par dénouer l'aventure. Du reste, elle le grondait d'aimer secrètement Denise, dont il n'aurait jamais rien, et elle haussait les épaules, quand il approuvait la jeune fille de résister au patron.

– Son pied va mieux, elle descend, continuait-elle. Ne prenez donc pas cette figure d'enterrement... C'est une chance pour elle, ce qui arrive.

Et elle se hâta de retourner à son rayon.

– Ah ! bon, murmura Liénard qui avait entendu, il s'agit de la demoiselle à l'entorse... Eh bien, vous aviez raison de vous presser, vous qui la défendiez au café, hier soir !

À son tour, il se sauva ; mais, quand il rentra aux lainages, il avait déjà raconté l'histoire de la lettre à quatre ou cinq vendeurs. Et de là, en moins de dix minutes, elle venait de faire le tour des magasins.

La dernière phrase de Liénard rappelait une scène qui s'était passée la veille, au café Saint-Roch. Maintenant, Deloche et lui ne se quittaient plus. Le premier avait pris, à l'hôtel de Smyrne, la chambre de Hutin, lorsque celui-ci, nommé second, s'était loué un petit logement de trois pièces ; et les deux commis venaient ensemble le matin au *Bonheur*, s'attendaient le soir pour repartir ensemble. Leurs chambres, qui se touchaient, donnaient sur la même cour noire, un puits étroit dont les odeurs empoisonnaient l'hôtel. Ils faisaient bon ménage, malgré leur dissemblance, l'un mangeant avec insouciance l'argent qu'il tirait à son père, l'autre sans un sou, torturé par des idées d'économies, ayant pourtant tous deux un point de commun, leur maladresse comme vendeurs, qui les laissait végéter dans leurs comptoirs, sans augmentations. Après leur sortie du magasin, ils vivaient surtout au café Saint-Roch. Vide de clients pendant le jour, ce café s'emplissait vers huit heures et demi d'un flot débordant d'employés de commerce, le flot lâché à la rue par la haute porte de la place Gaillon. Dès lors, éclataient un bruit assourdissant de dominos, des rires, des voix glapissantes, au milieu de la fumée épaisse des pipes. La bière et le café coulaient. Dans le coin de gauche, Liénard demandait des choses chères, tandis que Deloche se contentait d'un bock[1], qu'il mettait quatre heures à boire. C'était là que celui-ci avait entendu Favier, à une table voisine, raconter des abominations sur Denise, la façon dont elle avait « fait » le patron, en se retroussant, quand elle montait un escalier devant lui. Il s'était retenu de le gifler. Puis, comme l'autre continuait, disait que la petite descendait chaque nuit retrouver son amant, il l'avait traité de menteur, fou de colère.

– Quel sale individu !... Il ment, il ment, entendez-vous !

Et, dans l'émotion qui le secouait, il lâchait des aveux, la voix bégayante, vidant son cœur.

– Je la connais, je le sais bien... Elle n'a jamais eu de l'amitié que pour un homme : oui, pour M. Hutin, et encore il ne s'en est pas aperçu, il ne peut même pas se vanter de l'avoir touchée du bout des doigts.

Le récit de cette querelle, grossi, dénaturé, égayait déjà le magasin, lorsque l'histoire de la lettre de Mouret circula. Justement, ce fut à un vendeur de la soie que Liénard confia d'abord la nouvelle. Chez les soyeux, l'inventaire fonctionnait rondement. Favier et deux commis, sur des escabeaux, vidaient les casiers, passaient au fur et à mesure les pièces d'étoffe à Hutin, qui, debout au milieu d'une table, criait les chiffres, après avoir consulté les étiquettes ; et il jetait ensuite les pièces par terre, elles encombraient peu à peu le parquet, elles montaient comme une marée d'automne. D'autres employés écrivaient, Albert Lhomme aidait ces messieurs, le teint brouillé par une nuit blanche, passée dans un bastringue[2] de la Chapelle. Une nappe de soleil tombait des vitres du hall, qui laissaient voir le bleu ardent du ciel.

– Tirez donc les stores ! criait Bouthemont, très occupé à surveiller la besogne. Il est insupportable, ce soleil !

Favier, en train de se hausser pour atteindre une pièce, grogna sourdement :

– S'il est permis d'enfermer le monde par ce temps superbe ! Pas de danger qu'il pleuve, un jour d'inventaire !... Et l'on vous tient sous les verrous comme des galériens, lorsque tout Paris se promène !

Il passa la pièce à Hutin. Sur l'étiquette, le métrage était porté, diminué à chaque vente de la quantité vendue ; ce qui simplifiait beaucoup le travail. Le second cria :

---

1. **Bock :** verre de bière.
2. **Bastringue :** bal populaire.

– Soie de fantaisie, petits carreaux, vingt et un mètres, à six francs cinquante !

Et la soie alla grossir le tas, par terre. Puis, il continua une conversation commencée, en disant à Favier :

– Alors, il a voulu vous battre ?

– Mais oui. Je buvais tranquillement mon bock... Ça valait bien la peine de démentir, la petite vient de recevoir une lettre du patron, qui l'invite à dîner... Toute la boîte en cause.

– Comment ! ce n'était pas fait !

Favier lui tendait une nouvelle pièce.

– N'est-ce pas ? on en aurait mis la main au feu. Ça semblait déjà un vieux collage.

– Idem, vingt-cinq mètres ! lança Hutin.

On entendit le coup sourd de la pièce, tandis qu'il ajoutait plus bas :

– Vous savez qu'elle a fait la vie[1] chez ce vieux toqué de Bourras.

Maintenant, tout le rayon s'égayait, sans que la besogne en fût interrompue pourtant. On se murmurait le nom de la jeune fille, les dos s'enflaient, les nez tournaient à la friandise. Bouthemont lui-même, que les histoires gaillardes épanouissaient, ne put se tenir de lâcher une plaisanterie, dont le mauvais goût le fit éclater d'aise. Albert, réveillé, jura avoir vu la seconde des confections entre deux militaires, au Gros-Caillou[2]. Justement, Mignot descendait, avec les vingt francs qu'il venait d'emprunter ; et il s'était arrêté, il coulait dix francs dans la main d'Albert, en lui donnant rendez-vous pour le soir, une noce projetée, entravée par le manque d'argent, possible enfin, malgré la médiocrité de la somme. Mais le beau Mignot, lorsqu'il apprit l'envoi de la lettre, eut une réflexion si grossière, que Bouthemont se vit forcé d'intervenir.

– En voilà assez, messieurs. Ça ne nous regarde pas... Allez, allez donc, monsieur Hutin.

– Soie de fantaisie, petits carreaux, trente-deux mètres à six francs cinquante ! cria ce dernier.

Les plumes marchaient de nouveau, les paquets tombaient régulièrement, la mare d'étoffes montait toujours, comme si les eaux d'un fleuve s'y fussent déversées. Et l'appel des soies de fantaisie ne cessait

1. **Elle a fait la vie :** elle a mené une vie de débauche.
2. **Gros-Caillou :** nom d'un restaurant.

pas. Favier, à demi-voix, fit alors remarquer que le stock serait joli : la direction allait être contente, cette grosse bête de Bouthemont était peut-être le premier acheteur de Paris, mais comme vendeur on n'avait jamais vu un pareil sabot. Hutin souriait, enchanté, approuvant d'un regard amical ; car, après avoir lui-même introduit jadis Bouthemont au *Bonheur des Dames*, pour en chasser Robineau, il le minait à son tour, dans le but obstiné de lui prendre sa place. C'était la même guerre qu'autrefois, des insinuations perfides glissées à l'oreille des chefs, des excès de zèle afin de se faire valoir, toute une campagne menée avec une sournoiserie affable. Cependant, Favier, auquel Hutin témoignait une nouvelle condescendance, le regardait en dessous, maigre et froid, la bile au visage, comme s'il eût compté les bouchées dans ce petit homme trapu, ayant l'air d'attendre que le camarade eût mangé Bouthemont, pour le manger ensuite. Lui, espérait avoir la place de second, si l'autre obtenait celle de chef de comptoir. Puis, on verrait. Et tous deux, pris de la fièvre qui battait d'un bout à l'autre des magasins, causaient des augmentations probables, sans cesser d'appeler le stock des soies de fantaisie : on prévoyait que Bouthemont irait à ses trente mille francs, cette année-là ; Hutin dépasserait dix mille ; Favier estimait son fixe et son tant pour cent à cinq mille cinq cents. Chaque saison, les affaires du comptoir augmentaient, les vendeurs y montaient en grade et y doublaient leurs soldes, comme des officiers en temps de campagne.

– Ah çà, est-ce que ce n'est pas fini, ces petites soies ? dit brusquement Bouthemont, l'air agacé. Aussi quel fichu printemps, toujours de l'eau ! On n'a acheté que des soies noires.

Sa grosse figure rieuse se rembrunissait, il regardait le tas s'élargir par terre, tandis que Hutin répétait plus haut, d'une voix sonore, où perçait le triomphe :

– Soie de fantaisie, petits carreaux, vingt-huit mètres, à six francs cinquante !

Il y en avait encore tout un casier. Favier, les bras rompus, y mettait de la lenteur. Comme il donnait pourtant les dernières pièces à Hutin, il reprit à voix basse :

– Dites donc, j'oubliais... Vous a-t-on raconté que la seconde des confections a eu une toquade pour vous ?

Le jeune homme parut très surpris.

– Tiens ! comment ça ?

– Oui, c'est ce grand serin de Deloche qui nous a fait la confidence... Je me souviens, autrefois, quand elle vous reluquait.

Depuis qu'il était second, Hutin avait lâché les chanteuses de café-concert et affichait des institutrices. Très flatté au fond, il répondit d'un air de mépris :

– Je les aime plus étoffées, mon cher, et puis on ne va pas avec tout le monde, comme le patron.

Il s'interrompit, il cria :

– Poult de soie[1] blanche, trente-cinq mètres, à huit francs soixante-quinze !

– Ah ! enfin ! murmura Bouthemont soulagé.

Mais une cloche sonnait, c'était la deuxième table, dont Favier faisait partie. Il descendit de l'escabeau, un autre vendeur prit sa place ; et il lui fallut enjamber la houle des pièces d'étoffe, qui avait encore monté sur les parquets. Maintenant, dans tous les rayons, des écroulements pareils encombraient le sol ; les casiers, les cartons, les armoires se vidaient peu à peu, tandis que les marchandises débordaient de toutes parts, sous les pieds, entre les tables, dans une crue continuelle. Au blanc, on entendait les chutes lourdes des piles de calicot ; à la mercerie, c'était un léger cliquetis de boîtes ; et des roulements lointains venaient du comptoir des meubles. Toutes les voix donnaient ensemble, des voix aiguës, des voix grasses, les chiffres sifflaient dans l'air, une clameur grésillante battait l'immense nef, la clameur des forêts, en janvier, lorsque le vent souffle dans les branches.

Favier se dégagea enfin et prit l'escalier des réfectoires. Depuis les agrandissements du *Bonheur des Dames*, ces derniers se trouvaient au quatrième étage, dans les bâtiments neufs. Comme il se hâtait, il rattrapa Deloche et Liénard, montés avant lui ; alors, il se rabattit sur Mignot, qui le suivait.

– Diable ! dit-il dans le corridor de la cuisine, devant le tableau noir où le menu était inscrit, on voit bien que c'est l'inventaire. Fête complète ! Poulet ou émincé de gigot, et artichauts à l'huile !... Leur gigot va remporter une jolie veste !

Mignot ricanait, en murmurant :

– Il y a donc une maladie sur la volaille ?

---

1. **Poult de soie :** taffetas souple et épais présentant des côtes perpendiculaires à la lisière, dues à la trame brillante et assez grosse. S'écrit aujourd'hui « poult-de-soie ».

Cependant, Deloche et Liénard avaient pris leurs portions, puis s'en étaient allés. Alors, Favier, penché au guichet, dit à voix haute :

– Poulet.

Mais il dut attendre, un des garçons qui découpaient venait de s'entailler le doigt, et cela jetait un trouble. Il restait la face à l'ouverture, regardant la cuisine, d'une installation géante, avec son fourneau central, sur lequel deux rails fixés au plafond amenaient, par un système de poulies et de chaînes, les colossales marmites que quatre hommes n'auraient pu soulever. Des cuisiniers, tout blancs dans le rouge sombre de la fonte, surveillaient le pot-au-feu du soir, montés sur des échelles de fer, armés d'écumoires, au bout de grands bâtons. Puis, c'étaient, contre le mur, des grils à faire griller des martyrs, des casseroles à fricasser un mouton, un chauffe-assiettes monumental, une vasque de marbre emplie par un continuel filet d'eau. Et l'on apercevait encore, à gauche, une laverie, des éviers de pierre larges comme des piscines ; tandis que, de l'autre côté, à droite, se trouvait un garde-manger, où l'on entrevoyait des viandes rouges, à des crocs d'acier. Une machine à pelurer les pommes de terre fonctionnait avec un tic-tac de moulin. Deux petites voitures, pleines de salades épluchées, passaient, traînées par des aides, qui allaient les remiser au frais, sous une fontaine.

– Poulet, répéta Favier, pris d'impatience.

Puis, se retournant, il ajouta plus bas :

– Il y en a un qui s'est coupé... C'est dégoûtant, ça coule dans la nourriture.

Mignot voulut voir. Toute une queue de commis grossissait, il y avait des rires, des poussées. Et, maintenant, les deux jeunes gens, la tête au guichet, se communiquaient leurs réflexions, devant cette cuisine de phalanstère, où les moindres ustensiles, jusqu'aux broches et aux lardoires[1], devenaient gigantesques. Il y fallait servir deux mille déjeuners et deux mille dîners, sans compter que le nombre des employés augmentait de semaine en semaine. C'était un gouffre, on y engloutissait en un jour seize hectolitres de pommes de terre, cent vingt livres de beurre, six cents kilogrammes de viande ; et, à chaque repas, on devait mettre trois tonneaux en perce[2], près de sept cents litres coulaient sur le comptoir de la buvette.

---

1. **Lardoires :** brochettes creuses servant à garnir de lardons un morceau de viande.
2. **Mettre trois tonneaux en perce :** « mettre en perce » signifie percer un tonneau pour en tirer le vin.

– Ah ! enfin ! murmura Favier, lorsque le cuisinier de service reparut avec une bassine, où il piqua une cuisse pour la lui donner.

– Poulet, dit Mignot derrière lui.

Et tous deux, tenant leurs assiettes, entrèrent dans le réfectoire, après avoir pris leur part de vin à la buvette ; pendant que, derrière leur dos, le mot « poulet » tombait sans relâche, régulièrement, et qu'on entendait la fourchette du cuisinier piquer les morceaux, avec un petit bruit rapide et cadencé.

Maintenant, le réfectoire des commis était une immense salle où les cinq cents couverts de chacune des trois séries tenaient à l'aise. Ces couverts se trouvaient alignés sur de longues tables d'acajou, placées parallèlement, dans le sens de la largeur ; aux deux bouts de la salle, des tables pareilles étaient réservées aux inspecteurs et aux chefs de rayon ; et il y avait, dans le milieu, un comptoir pour les suppléments. De grandes fenêtres, à droite et à gauche, éclairaient d'une clarté blanche cette galerie, dont le plafond, malgré ses quatre mètres de hauteur, semblait bas, écrasé par le développement démesuré des autres dimensions. Sur les murs, peints à l'huile d'une teinte jaune clair, les casiers aux serviettes étaient les seuls ornements. À la suite de ce premier réfectoire, venait celui des garçons de magasin et des cochers, où les repas étaient servis sans régularité, au fur et à mesure des besoins du service.

– Comment ! vous aussi, Mignot, vous avez une cuisse, dit Favier, lorsqu'il se fut assis à une des tables, en face de son compagnon.

D'autres commis s'installaient autour d'eux. Il n'y avait pas de nappe, les assiettes rendaient un bruit fêlé sur l'acajou ; et tous s'exclamaient, dans ce coin, car le nombre des cuisses était vraiment prodigieux.

– Encore des volailles qui n'ont que des pattes ! fit remarquer Mignot.

Ceux qui avaient des morceaux de carcasse se fâchaient. Pourtant, la nourriture s'était beaucoup améliorée, depuis les aménagements nouveaux. Mouret ne traitait plus avec un entrepreneur pour une somme fixe ; il dirigeait aussi la cuisine, il en avait fait un service organisé comme un de ses rayons, ayant un chef, des sous-chefs, un inspecteur ; et, s'il déboursait davantage, il obtenait plus de travail d'un personnel mieux nourri, calcul d'une humanitairerie pratique qui avait longtemps consterné Bourdoncle.

– Allons, la mienne est tendre tout de même, reprit Mignot.

Passez donc le pain !

Le gros pain faisait le tour, et lorsqu'il se fut coupé une tranche le dernier, il replanta le couteau dans la croûte. Des retardataires accouraient à la file, un appétit féroce, doublé par la besogne du matin, soufflait sur les longues tables, d'un bout à l'autre du réfectoire. C'étaient un cliquetis grandissant de fourchettes, des glouglous de bouteilles qu'on vidait, des chocs de verres reposés trop vivement, le bruit de meule de cinq cents mâchoires solides broyant avec énergie. Et les paroles, rares encore, s'étouffaient dans les bouches pleines.

Deloche, cependant, assis entre Baugé et Liénard, se trouvait presque en face de Favier, à quelques places de distance.

Tous deux s'étaient lancé un regard de rancune. Des voisins chuchotaient, au courant de leur querelle de la veille. Puis, on avait ri de la malchance de Deloche, toujours affamé, et tombant toujours, par une sorte de destinée maudite, sur le plus mauvais morceau de la table. Cette fois, il venait d'apporter un cou de poulet et un débris de carcasse. Silencieux, il laissait plaisanter, il avalait de grosses bouchées de pain, en épluchant le cou avec l'art infini d'un garçon qui avait le respect de la viande.

– Pourquoi ne réclamez-vous pas ? lui dit Baugé.

Mais il haussa les épaules. À quoi bon ? ça ne tournait jamais bien. Quand il ne se résignait pas, les choses allaient plus mal.

– Vous savez que les bobinards ont leur club, maintenant, raconta tout d'un coup Mignot. Parfaitement, le Bobin'-Club... Ça se passe chez un marchand de vin de la rue Saint-Honoré, qui leur loue une salle, le samedi.

Il parlait des vendeurs de la mercerie. Alors, toute la table s'égaya. Entre deux morceaux, la voix empâtée, chacun lâchait une phrase, ajoutait un détail ; et il n'y avait que les liseurs obstinés, qui restaient muets, perdus, le nez enfoncé dans un journal. On en tombait d'accord : chaque année, les employés de commerce prenaient un meilleur genre. Près de la moitié, à présent, parlaient l'allemand ou l'anglais. Le chic n'était plus d'aller faire du boucan à Bullier[1], de rouler les cafés-concerts pour y siffler les chanteuses laides. Non, on se réunissait une vingtaine, on fondait un cercle.

– Est-ce qu'ils ont un piano comme les toiliers ? demanda Liénard.

– Si le Bobin'-Club a un piano, je crois bien ! cria Mignot. Et ils jouent, et ils chantent !... Même il y en a un, le petit Bavoux, qui lit des vers.

1. **Bullier :** bal populaire à Montparnasse.

La gaieté redoubla, on blaguait le petit Bavoux ; pourtant, il y avait sous les rires une grande considération. Puis, on causa d'une pièce du Vaudeville, où un calicot jouait un vilain rôle ; plusieurs se fâchaient pendant que d'autres s'inquiétaient de l'heure à laquelle on les lâcherait le soir, car ils devaient aller en soirée, dans des familles bourgeoises. Et de tous les points de la salle immense partaient des conversations semblables, au milieu du vacarme croissant de la vaisselle. Pour chasser l'odeur de la nourriture, la buée chaude qui montait des cinq cents couverts débandés, on avait ouvert les fenêtres, dont les stores baissés étaient brûlants du lourd soleil d'août. Des souffles ardents venaient de la rue, des reflets d'or jaunissaient le plafond, baignaient d'une lumière rousse les convives en nage.

– S'il est permis de vous enfermer un dimanche, par un temps pareil ! répéta Favier.

Cette réflexion ramena ces messieurs à l'inventaire. L'année était superbe. Et l'on en vint aux appointements, aux augmentations, l'éternel sujet, la question passionnante qui les secouait tous. Il en était chaque fois de même les jours de volaille, une surexcitation se déclarait, le bruit finissait par être insupportable. Quand les garçons apportèrent les artichauts à l'huile, on ne s'entendait plus. L'inspecteur de service avait l'ordre d'être tolérant.

– À propos, cria Favier, vous connaissez l'aventure ?

Mais il eut la voix couverte. Mignot demandait :

– Qui est-ce qui n'aime pas l'artichaut ? Je vends mon dessert contre un artichaut.

Personne ne répondit. Tout le monde aimait l'artichaut. Ce déjeuner-là compterait parmi les bons, car on avait vu des pêches pour le dessert.

– Il l'a invitée à dîner, mon cher, disait Favier à son voisin de droite, en achevant son récit. Comment ! vous ne le saviez pas ?

La table entière le savait, on était fatigué d'en causer depuis le matin. Et des plaisanteries, toujours les mêmes, passèrent de bouche en bouche. Deloche frémissait, ses yeux finirent par se fixer sur Favier, qui répétait avec insistance :

– S'il ne l'a pas eue, il va l'avoir... Et il n'en aura pas l'étrenne[1], ah ! non, il n'en aura pas l'étrenne.

Lui aussi regardait Deloche. Il ajouta d'un air provocant :

---

1. **Il n'en aura pas l'étrenne :** il ne sera pas le premier.

– Ceux qui aiment les os peuvent se la payer pour cent sous.

Brusquement, il baissa la tête. Deloche, cédant à un mouvement irrésistible, venait de lui jeter son dernier verre de vin par la figure, en bégayant :

– Tiens ! sale menteur, j'aurais dû t'arroser hier !

Ce fut un esclandre[1]. Quelques gouttes avaient éclaboussé les voisins de Favier, dont les cheveux seuls se trouvaient mouillés légèrement : le vin, lancé d'une main trop rude, était allé tomber de l'autre côté de la table. Mais on se fâchait. Il couchait donc avec, qu'il la défendait ainsi ? Quelle brute ! il aurait mérité une paire de gifles, pour apprendre à se conduire. Pourtant, les voix baissèrent, on signalait l'approche de l'inspecteur, et c'était inutile de mettre la direction dans la querelle. Favier se contenta de dire :

– S'il m'avait attrapé, vous auriez vu quelle danse !

Puis, cela finit par des moqueries. Lorsque Deloche, encore tremblant, voulut boire pour cacher son trouble, et qu'il saisit d'une main tremblante son verre vide, des rires coururent. Il reposa son verre gauchement, il se mit à sucer les feuilles d'artichaut qu'il avait mangées déjà.

– Passez donc la carafe à Deloche, dit tranquillement Mignot. Il a soif.

Les rires redoublèrent. Ces messieurs prenaient des assiettes propres aux piles qui se dressaient sur la table, de distance en distance : tandis que les garçons promenaient le dessert, des pêches dans des corbeilles. Et tous se tinrent les côtes, lorsque Mignot ajouta :

– Chacun son goût, Deloche mange la pêche au vin.

Celui-ci restait immobile. La tête basse, comme sourd, il ne semblait pas entendre les plaisanteries, il éprouvait un regret désespéré de ce qu'il venait de faire. Ces gens avaient raison, à quel titre la défendait-il ? on allait croire toutes sortes de vilaines choses, il se serait battu lui-même, de l'avoir ainsi compromise, en voulant l'innocenter. C'était sa chance habituelle, il aurait mieux fait de crever tout de suite, car il ne pouvait même céder à son cœur, sans commettre des bêtises. Des larmes lui montaient aux yeux. N'était-ce pas également sa faute, si le magasin causait de la lettre écrite par le patron ? Il les entendait bien ricaner, avec des mots crus sur cette invitation, dont Liénard seul avait reçu la confidence ; et il s'accusait,

1. **Un esclandre :** un scandale.

il n'aurait pas dû laisser parler Pauline devant ce dernier, il se rendait responsable de l'indiscrétion commise.

– Pourquoi avez-vous raconté ça ? murmura-t-il enfin d'une voix douloureuse. C'est très mal.

– Moi ! répondit Liénard, mais je ne l'ai dit qu'à une ou deux personnes, en exigeant le secret... Est-ce qu'on sait comment les choses se répandent !

Lorsque Deloche se décida à boire un verre d'eau, toute la table éclata encore. On finissait, les employés, renversés sur leurs chaises, attendaient le coup de cloche, s'interpellant de loin dans l'abandon du repas. Au grand comptoir central, on avait demandé peu de suppléments, d'autant plus que, ce jour-là, c'était la maison qui payait le café. Les tasses fumaient, des visages en sueur luisaient sous les vapeurs légères, flottantes comme des nuées bleues de cigarettes. Aux fenêtres, les stores tombaient, immobiles, sans un battement. Un d'eux remonta, une nappe de soleil traversa la salle, incendia le plafond. Le brouhaha des voix battait les murs d'un tel bruit, que le coup de cloche ne fut d'abord entendu que des tables voisines de la porte. On se leva, la débandade de la sortie emplit longuement les corridors.

Cependant, Deloche était resté en arrière, pour échapper aux mots d'esprit qui continuaient. Baugé sortit même avant lui ; et Baugé d'habitude quittait la salle le dernier, faisait un détour et rencontrait Pauline, au moment où celle-ci se rendait au réfectoire des dames : c'était une manœuvre arrêtée entre eux, la seule manière de se voir une minute, durant les heures de travail. Mais, ce jour-là, comme ils se baisaient à pleine bouche, dans un angle du corridor, Denise qui montait également déjeuner, les surprit. Elle marchait d'un pas difficile, à cause de son pied.

– Oh ! ma chère, balbutia Pauline très rouge, ne dites rien, n'est-ce pas ?

Baugé, avec ses gros membres, sa carrure de géant, tremblait ainsi qu'un petit garçon. Il murmura :

– C'est qu'ils nous flanqueraient très bien dehors... Notre mariage a beau être annoncé, ils ne comprennent pas qu'on s'embrasse, ces animaux-là !

Denise, toute remuée, affecta de ne pas les avoir vus. Et Baugé se sauvait, lorsque Deloche, qui prenait le plus long, parut à son tour. Il voulut s'excuser, il balbutia quelques phrases que Denise ne saisit pas d'abord. Puis, comme il reprochait à Pauline d'avoir parlé devant

Liénard, et que celle-ci demeurait embarrassée, la jeune fille eut enfin l'explication des mots qu'on chuchotait derrière elle, depuis le matin. C'était l'histoire de la lettre qui circulait. Elle fut reprise du frisson dont cette lettre l'avait secouée, elle se voyait déshabillée par tous les hommes.

– Moi, je ne savais pas, répétait Pauline. D'ailleurs, il n'y a rien là-dedans de vilain... On laisse causer, ils ragent tous, pardi !

– Ma chère, dit enfin Denise de son air raisonnable, je ne vous en veux point... Vous n'avez raconté que la vérité. J'ai reçu une lettre, c'est à moi d'y répondre.

Deloche s'en alla navré, ayant compris que la jeune fille acceptait la situation et qu'elle irait, le soir, au rendez-vous. Quand les deux vendeuses eurent déjeuné, dans une petite salle voisine de la grande, et où les femmes étaient servies plus confortablement, Pauline dut aider Denise à descendre, car le pied de celle-ci se fatiguait.

En bas, dans l'échauffement de l'après-midi, l'inventaire ronflait davantage. L'heure était venue du coup de collier, lorsque, devant la besogne peu avancée du matin, toutes les forces se tendaient, pour avoir fini le soir. Les voix se haussaient encore, on ne voyait que la gesticulation des bras, vidant toujours les cases, jetant les marchandises, et on ne pouvait plus marcher, la crue des piles et des ballots, sur les parquets, montait à la hauteur des comptoirs. Une houle de têtes, de poings brandis, de membres volants, semblait se perdre au fond des rayons, dans un lointain confus d'émeute. C'était la fièvre dernière du branle-bas, la machine près de sauter ; tandis que, le long des glaces sans tain, autour du magasin fermé, continuaient à passer de rares promeneurs, blêmes de l'ennui étouffant du dimanche. Sur le trottoir de la rue Neuve-Saint-Augustin, trois grandes filles en cheveux, l'air souillon, s'étaient plantées, collant effrontément leurs visages aux glaces, tâchant de voir la drôle de cuisine qu'on bâclait là-dedans.

Lorsque Denise rentra aux confections, Mme Aurélie laissa Marguerite achever l'appel des vêtements. Il restait à faire un travail de contrôle, pour lequel, désireuse de silence, elle se retira dans la salle de l'échantillonnage, en emmenant la jeune fille.

– Venez avec moi, nous collationnerons... Puis, vous additionnerez.

Mais, comme elle voulut laisser la porte ouverte, afin de surveiller ces demoiselles, le vacarme entrait, on ne s'entendait guère plus, au fond de cette salle. C'était une vaste pièce carrée, garnie seulement de chaises et de trois longues tables. Dans un coin, étaient les grands couteaux mécaniques, pour couper les échantillons. Des pièces entières y passaient, on expédiait par an plus de soixante mille francs d'étoffes, ainsi déchiquetées en lanières. Du matin au soir, les couteaux hachaient la soie, la laine, la toile, avec un bruit de faux. Ensuite, il fallait assembler les cahiers, les coller ou les coudre. Et il y avait encore, entre les deux fenêtres, une petite imprimerie, pour les étiquettes.

– Plus bas donc ! criait de temps à autre Mme Aurélie, qui n'entendait pas Denise lire les articles.

Quand la collation des premières listes fut terminée, elle laissa la jeune fille devant une des tables, plongée dans les additions. Puis, elle reparut presque tout de suite, elle installa Mlle de Fontenailles, dont les trousseaux n'avaient plus besoin, et qu'ils lui passaient. Cette dernière additionnerait aussi, on gagnerait du temps. Mais l'apparition de la marquise, comme la nommait Clara méchamment, avait remué le rayon. On riait, on plaisantait Joseph, des mots féroces arrivaient par la porte.

– Ne vous reculez pas, vous ne me gênez aucunement, dit Denise saisie d'une grande pitié. Tenez ! mon encrier suffira, vous prendrez de l'encre avec moi.

Mlle de Fontenailles, dans l'hébétement de sa déchéance, ne trouva pas même un mot de gratitude. Elle devait boire, sa maigreur avait des teintes plombées, et ses mains seules, blanches et fines, disaient encore la distinction de sa race.

Cependant, les rires tombèrent tout d'un coup, on entendit la besogne reprendre son ronflement régulier. C'était Mouret qui faisait de nouveau le tour des rayons. Mais il s'arrêta, il chercha Denise, surpris de ne pas la voir. D'un signe, il avait appelé Mme Aurélie ; et tous deux s'écartèrent, parlèrent bas un instant. Il devait l'interroger. Elle désigna des yeux la salle de l'échantillonnage, puis sembla rendre des comptes. Sans doute elle rapportait que la jeune fille avait pleuré le matin.

– Parfait ! dit tout haut Mouret, en se rapprochant. Montrez-moi les listes.

– Par ici, monsieur, répondit la première. Nous nous sommes sauvées du tapage.

Il la suivit dans la pièce voisine. Clara ne fut pas dupe de la manœuvre : elle murmura qu'on ferait mieux d'aller chercher un lit tout de suite. Mais Marguerite lui jetait les vêtements d'une main plus vive, pour l'occuper et lui fermer la bouche. Est-ce que la seconde n'était pas une bonne camarade ? ses affaires ne regardaient personne. Le rayon devenait complice, les vendeuses s'agitaient davantage, les dos de Lhomme et de Joseph se renflaient, comme sourds. Et l'inspecteur Jouve, ayant remarqué de loin la tactique de Mme Aurélie, vint marcher devant la porte de l'échantillonnage, du pas régulier d'un factionnaire qui garde le bon plaisir d'un supérieur.

– Donnez les listes à monsieur, dit la première en entrant.

Denise les donna, puis resta les yeux levés. Elle avait eu un léger sursaut, mais elle s'était domptée, et elle gardait un beau calme, les joues pâles. Un instant, Mouret parut s'absorber dans l'énumération des articles, sans un regard pour la jeune fille. Le silence régnait. Alors, Mme Aurélie, s'étant approchée de Mlle de Fontenailles, qui n'avait pas même tourné la tête, parut mécontente de ses additions, et lui dit à demi-voix :

– Allez donc aider aux paquets... Vous n'avez pas l'habitude des chiffres.

Celle-ci se leva, retourna au rayon, où des chuchotements l'accueillirent. Joseph, sous les yeux rieurs de ces demoiselles, écrivait de travers, Clara, enchantée de cette aide qui lui arrivait, la bousculait pourtant, dans la haine qu'elle avait de toutes les femmes, au magasin. Était-ce idiot, de tomber à l'amour d'un homme de peine, quand on était marquise ! Et elle lui jalousait cet amour.

– Très bien ! très bien ! répétait Mouret, en affectant toujours de lire.

Cependant, Mme Aurélie ne savait comment sortir à son tour, d'une façon décente. Elle piétinait, allait regarder les couteaux mécaniques, furieuse que son mari n'inventât pas une histoire pour l'appeler ; mais il n'était jamais aux affaires sérieuses, il serait mort de soif à côté d'une mare. Ce fut Marguerite qui eut l'intelligence de demander un renseignement.

– J'y vais, répondit la première.

Et, sa dignité désormais à couvert, ayant un prétexte aux yeux de ces demoiselles qui la guettaient, elle laissa enfin seuls Mouret et Denise qu'elle venait de rapprocher, elle sortit d'un pas majestueux, le profil si noble, que les vendeuses n'osèrent même se permettre un sourire.

Lentement, Mouret avait reposé les listes sur la table. Il regardait la jeune fille, qui était restée assise, la plume à la main. Elle ne détournait pas les regards, elle avait seulement pâli davantage.

– Vous viendrez, ce soir ? demanda-t-il à mi-voix.

– Non, monsieur, répondit-elle, je ne pourrai pas. Mes frères doivent se trouver chez mon oncle, et j'ai promis de dîner avec eux.

– Mais votre pied ! vous marchez trop difficilement.

– Oh ! j'irai bien jusque-là, je me sens beaucoup mieux depuis ce matin.

À son tour, il était devenu pâle, devant ce refus tranquille. Une révolte nerveuse agitait ses lèvres. Pourtant, il se contenait, il reprit de son air de patron obligeant qui s'intéresse simplement à une de ses demoiselles :

– Voyons, si je vous priais... Vous savez dans quelle estime je vous tiens.

Denise garda son attitude respectueuse.

– Je suis très touchée, monsieur, de votre bonté pour moi, et je vous remercie de cette invitation. Mais, je le répète, c'est impossible, mes frères m'attendent ce soir.

Elle s'entêtait à ne pas comprendre. La porte demeurait ouverte, et elle sentait bien cependant le magasin entier qui la poussait. Pauline l'avait traitée amicalement de grande sotte, les autres se moqueraient d'elle, si elle refusait l'invitation. Mme Aurélie qui s'en était allée, Marguerite dont elle entendait monter la voix, le dos de Lhomme qu'elle apercevait immobile et discret, tous voulaient sa chute, tous la jetaient au maître. Et le ronflement lointain de l'inventaire, ces millions de marchandises, criés à la volée, remués à bout de bras, étaient comme un vent chaud qui soufflait la passion jusqu'à elle.

Il y eut un silence. Par moments, le bruit couvrait les paroles de Mouret, qu'il accompagnait du vacarme formidable d'une fortune de roi, gagnée dans les batailles.

– Alors, quand viendrez-vous ? demanda-t-il de nouveau. Demain ?

Cette simple question troubla Denise. Elle perdit un instant son calme, elle balbutia :

– Je ne sais pas... Je ne peux pas...

Il sourit, il essaya de lui prendre une main, qu'elle retira.

– De quoi donc avez-vous peur ?

Mais elle relevait déjà la tête, elle le regardait en face, et elle dit, en souriant de son air doux et brave :

– Je n'ai peur de rien, monsieur... On fait seulement ce qu'on veut faire, n'est-ce pas ? Moi je ne veux pas, voilà tout !

Comme elle se taisait, un craquement la surprit. Elle se retourna et vit la porte se fermer avec lenteur. C'était l'inspecteur Jouve qui prenait sur lui de la tirer. Les portes rentraient dans son service, aucune ne devait rester ouverte. Et il se mit à monter gravement sa faction. Personne ne parut s'apercevoir de cette porte fermée d'un air si simple. Clara seule lâcha un mot cru à l'oreille de Mlle de Fontenailles, qui demeura blême, le visage mort.

Denise, cependant, s'était levée. Mouret lui disait d'une voix basse et tremblante :

– Écoutez, je vous aime... Vous le savez depuis longtemps, ne jouez pas le jeu cruel de faire l'ignorante avec moi... Et ne craignez rien. Vingt fois, j'ai eu l'envie de vous appeler dans mon cabinet. Nous aurions été seuls, je n'aurais eu qu'à pousser un verrou. Mais je n'ai pas voulu, vous voyez bien que je vous parle ici, où chacun peut entrer... Je vous aime, Denise...

Elle était debout, la face blanche, l'écoutant, le regardant toujours en face.

– Dites, pourquoi refusez-vous ?... N'avez-vous donc pas de besoins ? Vos frères sont une lourde charge. Tout ce que vous me demanderiez, tout ce que vous exigeriez de moi...

D'un mot, elle l'arrêta :

– Merci, je gagne maintenant plus qu'il ne me faut.

– Mais c'est la liberté que je vous offre, c'est une existence de plaisirs et de luxe... Je vous mettrai chez vous, je vous assurerai une petite fortune.

– Non, merci, je m'ennuierais à ne rien faire... Je n'avais pas dix ans que je gagnais ma vie.

Il eut un geste fou. C'était la première qui ne cédait pas. Il n'avait eu qu'à se baisser pour prendre les autres, toutes attendaient son caprice en servantes soumises ; et celle-ci disait non, sans même donner un prétexte raisonnable. Son désir, contenu depuis longtemps, fouetté par la résistance, s'exaspérait. Peut-être n'offrait-il pas assez ; et il doubla ses offres, il la pressa davantage.

– Non, non, merci, répondait-elle chaque fois, sans une défaillance.

Alors, il laissa échapper ce cri de son cœur :

– Vous ne voyez donc pas que je souffre ! ... Oui, c'est imbécile, je souffre comme un enfant !

Des larmes mouillèrent ses yeux. Un nouveau silence régna. On entendit encore, derrière la porte close, le ronflement adouci de l'inventaire.

C'était comme un bruit mourant de triomphe, l'accompagnement se faisait discret, dans cette défaite du maître.

– Si je voulais pourtant ! dit-il d'une voix ardente, en lui saisissant les mains.

Elle les lui laissa, ses yeux pâlirent, toute sa force s'en allait. Une chaleur lui venait des mains tièdes de cet homme, l'emplissait d'une lâcheté délicieuse. Mon Dieu ! comme elle l'aimait, et quelle douceur elle aurait goûtée à se pendre à son cou, pour rester sur sa poitrine !

– Je veux, je veux, répétait-il affolé. Je vous attends ce soir, ou je prendrai des mesures...

Il devenait brutal. Elle poussa un léger cri, la douleur qu'elle ressentait aux poignets lui rendit son courage. D'une secousse, elle se dégagea. Puis, toute droite, l'air grandi dans sa faiblesse :

– Non, laissez-moi... Je ne suis pas une Clara, qu'on lâche le lendemain. Et puis, monsieur, vous aimez une personne, oui, cette dame qui vient ici... Restez avec elle. Moi, je ne partage pas.

La surprise le tenait immobile. Que disait-elle donc et que voulait-elle ? Jamais les filles ramassées par lui dans les rayons ne s'étaient inquiétées d'être aimées. Il aurait dû en rire, et cette attitude de fierté tendre achevait de lui bouleverser le cœur.

– Monsieur, reprit-elle, rouvrez cette porte. Ce n'est pas convenable, d'être ainsi ensemble.

Mouret obéit, et les tempes bourdonnantes, ne sachant comment cacher son angoisse, il rappela Mme Aurélie, s'emporta contre le stock des rotondes, dit qu'il faudrait baisser les prix, et les baisser tant qu'il en resterait une. C'était la règle de la maison, on balayait tout chaque année, on vendait à soixante pour cent de perte, plutôt que de garder un modèle ancien ou une étoffe défraîchie. Justement, Bourdoncle, à la recherche du directeur, l'attendait depuis un instant, arrêté devant la porte close par Jouve, qui lui avait glissé un mot à l'oreille, d'un air grave. Il s'impatientait, sans trouver cependant la hardiesse de déranger le tête-à-tête. Était-ce possible ? un jour pareil, avec cette chétive créature ! Et, lorsque la porte se rouvrit enfin, Bourdoncle parla des soies de fantaisie, dont le stock allait être énorme. Ce fut un soulagement pour Mouret, qui put crier à l'aise. À quoi songeait Bouthemont ? Il s'éloigna, en déclarant qu'il n'admettait pas qu'un acheteur manquât de flair, jusqu'à commettre la bêtise de s'approvisionner au-delà des besoins de la vente.

– Qu'a-t-il ? murmura Mme Aurélie, toute remuée par les reproches.

Et ces demoiselles se regardèrent avec surprise. À six heures, l'inventaire était terminé. Le soleil luisait encore, un blond soleil d'été, dont le reflet d'or tombait par les vitrages des halls. Dans l'air alourdi des rues, déjà des familles lasses revenaient de la banlieue, chargées de bouquets, et traînant des enfants. Un à un, les rayons avaient fait silence. On n'entendait plus, au fond des galeries, que les appels attardés de quelques commis vidant une dernière case. Puis, ces voix elles-mêmes se turent, il ne resta du vacarme de la journée qu'un grand frisson, au-dessus de la débâcle formidable des marchandises. Maintenant, les casiers, les armoires, les cartons, les boîtes, se trouvaient vides : pas un mètre d'étoffe, pas un objet quelconque n'était demeuré à sa place. Les vastes magasins n'offraient que la carcasse de leur aménagement, les menuiseries absolument nettes, comme au jour de l'installation. Cette nudité était la preuve visible du relevé complet et exact de l'inventaire. Et, à terre, s'entassaient seize millions de marchandises, une mer montante qui avait fini par submerger les tables et les comptoirs. Les commis, noyés jusqu'aux épaules, commençaient à replacer chaque article. On espérait avoir terminé vers dix heures.

Comme Mme Aurélie, qui était de la première table, descendait du réfectoire, elle rapporta le chiffre d'affaires réalisées dans l'année, un chiffre que les additions des divers rayons donnaient à l'instant. Le total était de quatre-vingts millions, dix millions de plus que l'année précédente. Il n'y avait eu une baisse réelle que sur les soies de fantaisie.

– Si M. Mouret n'est pas content, je ne sais ce qu'il lui faut, ajouta la première. Tenez ! il est là-bas, en haut du grand escalier, l'air furieux.

Ces demoiselles allèrent le voir. Il était seul, debout, le visage sombre, au-dessus des millions écroulés à ses pieds.

– Madame, vint demander à ce moment Denise, seriez-vous assez bonne pour me permettre de me retirer ? Je ne sers plus à rien, à cause de ma jambe, et comme je dois dîner chez mon oncle, avec mes frères...

Ce fut un étonnement. Elle n'avait donc pas cédé ? Mme Aurélie hésita, parut sur le point de lui défendre de sortir, la voix brève et mécontente ; pendant que Clara haussait les épaules, pleine d'incrédulité : laissez donc ! c'était bien simple, il ne voulait plus d'elle ! Quand Pauline apprit ce dénouement, elle se trouvait devant les layettes, avec Deloche. La joie brusque du jeune homme la mit en colère : ça l'avançait à grand-chose, n'est-ce pas ? il était peut-être heureux que son amie fût assez sotte pour manquer sa fortune ? Et Bourdoncle, qui n'osait aller déranger Mouret, dans son isolement farouche, se promenait au milieu des bruits, désolé lui-même, saisi d'inquiétude.

Cependant, Denise descendit. Comme elle arrivait au bas du petit escalier de gauche, doucement, en s'appuyant à la rampe, elle tomba sur un groupe de vendeurs qui ricanaient. Son nom fut prononcé, elle sentit qu'on parlait encore de son aventure. On ne l'avait pas aperçue.

– Allons donc ! des manières ! disait Favier. C'est pétri de vice... Oui, je connais quelqu'un qu'elle a voulu prendre de force.

Et il regardait Hutin, qui, pour conserver sa dignité de second, se tenait à quatre pas, sans se mêler aux plaisanteries. Mais il fut si flatté de l'air d'envie dont les autres le considéraient, qu'il daigna murmurer :

– Ce qu'elle m'a embêté, celle-là !

Denise, frappée au cœur, se retint à la rampe. On dut la voir, tous se dispersèrent avec des rires. Il avait raison, elle s'accusait de ses ignorances d'autrefois, quand elle songeait à lui. Mais comme il était lâche et comme elle le méprisait, maintenant ! Un grand trouble l'avait saisie : n'était-ce pas étrange qu'elle eût trouvé tout à l'heure la force de repousser un homme adoré, lorsqu'elle se sentait si faible, jadis, devant ce misérable garçon, dont elle rêvait seulement l'amour ? Sa raison et sa vaillance sombraient dans ces contradictions de son être, où elle cessait de lire clairement. Elle se hâta de traverser le hall.

Puis, un instinct lui fit lever la tête, pendant qu'un inspecteur ouvrait la porte, fermée depuis le matin. Et elle aperçut Mouret. Il était toujours en haut de l'escalier, sur le grand palier central, dominant la galerie. Mais il avait oublié l'inventaire, il ne voyait pas son empire, ces magasins crevant de richesses. Tout avait disparu, les victoires bruyantes d'hier, la fortune colossale de demain. D'un regard désespéré, il suivait Denise, et quand elle eut passé la porte, il n'y eut plus rien, la maison devint noire.

XI

BOUTHEMONT, ce jour-là, arriva le premier chez Mme Desforges, au thé de quatre heures. Seule encore dans son grand salon Louis XVI, dont les cuivres et la brocatelle avaient une gaieté claire, celle-ci se leva d'un air d'impatience, en disant :

– Eh bien ?

– Eh bien, répondit le jeune homme, quand je lui ai dit que je monterais sans doute vous saluer, il m'a formellement promis de venir.

– Vous lui avez fait entendre que je comptais sur le baron, aujourd'hui ?

– Sans doute... C'est cela qui a paru le décider.

Ils parlaient de Mouret. L'année précédente, ce dernier s'était pris d'une brusque tendresse pour Bouthemont, au point de l'admettre dans ses plaisirs ; et même il l'avait introduit chez Henriette, heureux d'avoir un complaisant[1] à demeure, qui égayait un peu une liaison dont il se fatiguait. C'était ainsi que le premier à la soie avait fini par devenir le confident de son patron et de la jolie veuve : il faisait leurs petites commissions, causait de l'un avec l'autre, les raccommodait parfois. Henriette, dans les crises de sa jalousie, s'abandonnait à une intimité dont il restait surpris et embarrassé, car elle perdait ses prudences de femme du monde, mettant son art à sauver les apparences.

Elle s'écria violemment :

– Il fallait l'amener. J'aurais été sûre.

– Dame ! dit-il avec un rire bon garçon, ce n'est pas ma faute, s'il s'échappe toujours, à présent... Oh ! il m'aime bien quand même. Sans lui, j'aurais du mal là-bas.

En effet, sa situation au *Bonheur des Dames* était menacée, depuis le dernier inventaire. Il avait eu beau prétexter la saison pluvieuse, on ne lui pardonnait pas le stock considérable des soies de fantaisie ; et, comme Hutin exploitait l'aventure, le minait auprès des chefs avec un redoublement de rage sournoise, il sentait très bien le sol craquer sous lui. Mouret l'avait condamné, ennuyé sans doute maintenant de ce témoin qui le gênait pour rompre, las d'une familiarité sans bénéfices. Mais, selon son habituelle tactique, il poussait Bourdoncle

1. **Complaisant :** quelqu'un d'aimable, de serviable.

en avant : c'était Bourdoncle et les autres intéressés qui exigeaient le renvoi, à chaque conseil ; tandis que lui résistait, disait-il, défendait son ami énergiquement, au risque des plus gros embarras.

– Enfin, je vais attendre, reprit Mme Desforges. Vous savez que cette fille doit être ici à cinq heures... Je veux les mettre en présence. Il faut que j'aie leur secret.

Et elle revint sur ce plan médité, elle répéta, dans sa fièvre, qu'elle avait fait prier Mme Aurélie de lui envoyer Denise, pour voir un manteau qui allait mal. Quand elle tiendrait la jeune fille au fond de sa chambre, elle trouverait bien le moyen d'appeler Mouret ; et elle agirait ensuite.

Bouthemont, assis en face d'elle, la regardait de ses beaux yeux rieurs, qu'il tâchait de rendre graves. Ce joyeux compère à la barbe d'un noir d'encre, ce noceur braillard dont le sang chaud de Gascon empourprait la face, songeait que les femmes du monde n'étaient guère bonnes, et qu'elles lâchaient un joli déballage, quand elles osaient vider leur sac. Certainement, les maîtresses de ses amis, des filles de boutique, ne se permettaient pas de confidences plus complètes.

– Voyons, se hasarda-t-il à dire enfin, qu'est-ce que ça peut vous faire, puisque je vous jure qu'il n'y a absolument rien entre eux ?

– Justement ! cria-t-elle, il l'aime, celle-là... Je me moque des autres, de simples rencontres, des hasards d'un jour !

Elle parla de Clara avec dédain. On lui avait bien dit que Mouret, après les refus de Denise, s'était rejeté sur cette grande rousse à tête de cheval, sans doute par calcul ; car il la maintenait au rayon, pour l'afficher, en la comblant de cadeaux. D'ailleurs, depuis près de trois mois, il menait une vie terrible de plaisirs, semant l'argent avec une prodigalité dont on causait : il avait acheté un hôtel à une rouleuse[1] de coulisses, il était mangé par deux ou trois autres coquines à la fois, qui semblaient lutter de caprices coûteux et bêtes.

– C'est la faute de cette créature, répétait Henriette. Je sens qu'il se ruine avec d'autres, parce qu'elle le repousse... Du reste, que m'importe son argent ! Je l'aurais mieux aimé pauvre. Vous savez comme je l'aime, vous qui êtes devenu notre ami.

Elle s'arrêta, étranglée, près d'éclater en larmes ; et, d'un mouvement d'abandon, elle lui tendit les deux mains. C'était vrai, elle ado-

1. **Une rouleuse :** une fille facile.

rait Mouret pour sa jeunesse et ses triomphes, jamais un homme ne l'avait ainsi prise tout entière, dans un frisson de sa chair et de son orgueil ; mais, à la pensée de le perdre, elle entendait aussi sonner le glas de la quarantaine, elle se demandait avec terreur comment remplacer ce grand amour.

– Oh ! je me vengerai, murmura-t-elle, je me vengerai, s'il se conduit mal !

Bouthemont lui tenait toujours les mains. Elle était encore belle. Ce serait seulement une maîtresse gênante, et il n'aimait guère ce genre-là. La chose pourtant méritait réflexion, il y aurait peut-être intérêt à risquer des ennuis.

– Pourquoi ne vous établissez-vous pas ? dit-elle tout d'un coup, en se dégageant.

Il demeura étonné. Puis, il répondit :

– Mais il faudrait des fonds considérables... L'année dernière, une idée m'a bien travaillé la tête. Je suis convaincu qu'on trouverait encore, dans Paris, la clientèle d'un ou deux grands magasins ; seulement, il faudrait choisir le quartier. *Le Bon Marché* a la rive gauche ; le *Louvre* tient le centre ; nous accaparons, au *Bonheur*, les quartiers riches de l'ouest. Reste le nord, où l'on pourrait créer une concurrence à la *Place Clichy*. Et j'avais découvert une situation superbe, près de l'Opéra...

– Eh bien ?

Il se mit à rire bruyamment.

– Imaginez-vous que j'ai eu la bêtise de parler de cela à mon père... Oui, j'ai été assez naïf pour le prier de chercher des actionnaires à Toulouse.

Et il conta gaiement la colère du bonhomme, enragé contre les grands bazars parisiens, du fond de sa petite boutique de province. Le vieux Bouthemont, que les trente mille francs gagnés par son fils suffoquaient, avait répondu qu'il donnerait son argent et celui de ses amis aux hospices, plutôt que de contribuer pour un centime à un de ces grands magasins qui étaient les maisons de tolérance du commerce.

– D'ailleurs, conclut le jeune homme, il faudrait des millions.

– Si on les trouvait ? dit simplement Mme Desforges.

Il la regarda, subitement sérieux. N'était-ce qu'une parole de femme jalouse ? Mais elle ne lui laissa pas le temps de la questionner, elle ajouta :

– Enfin, vous savez combien je m'intéresse à vous... Nous en recauserons.

Le timbre de l'antichambre avait retenti. Elle se leva, et lui-même, d'un mouvement instinctif, recula sa chaise, comme si déjà l'on eût pu les surprendre. Un silence régna, dans le salon aux tentures riantes, garni d'une telle profusion de plantes vertes, qu'il y avait comme un petit bois entre les deux fenêtres. Debout, l'oreille vers la porte, elle attendait.

– C'est lui, murmura-t-elle.

Le domestique annonça :

– M. Mouret, M. de Vallagnosc.

Elle ne put retenir un geste de colère. Pourquoi ne venait-il pas seul ? Il devait être allé chercher son ami, dans la crainte d'un tête-à-tête possible. Puis, elle eut un sourire, elle tendit la main aux deux hommes.

– Comme vous devenez rare !... Je dis cela aussi pour vous, monsieur de Vallagnosc.

Son désespoir était de grossir, elle se serrait dans des toilettes de soie noire, afin de dissimuler l'embonpoint qui montait. Pourtant, sa jolie tête, aux cheveux sombres, gardait sa finesse aimable. Et Mouret put lui dire familièrement, en l'enveloppant d'un regard :

– Il est inutile de vous demander de vos nouvelles... Vous êtes fraîche comme une rose.

– Oh ! je me porte trop bien, répondit-elle. Du reste, j'aurais pu mourir, vous n'en auriez rien su.

Elle l'examinait aussi, le trouvait nerveux et las, les paupières battues, le teint plombé.

– Eh bien, reprit-elle d'un ton qu'elle tâcha de rendre plaisant, je ne vous rendrai pas votre flatterie, vous n'avez guère bonne mine, ce soir.

– Le travail ! dit Vallagnosc.

Mouret eut un geste vague, sans répondre. Il venait d'apercevoir Bouthemont, il lui adressait un signe amical de la tête. Au temps de leur grande intimité, il l'enlevait lui-même au rayon, et l'amenait chez Henriette, pendant le gros travail de l'après-midi. Mais les temps étaient changés, il lui dit à demi-voix :

– Vous avez filé de bien bonne heure... Vous savez qu'ils se sont aperçus de votre sortie et qu'ils sont furieux, là-bas.

Il parlait de Bourdoncle et des autres intéressés, comme s'il n'avait pas été le maître.

– Ah ! murmura Bouthemont, inquiet.

– Oui, j'ai à causer avec vous... Attendez-moi, nous nous en irons ensemble.

Cependant, Henriette s'était assise de nouveau ; et, tout en écoutant Vallagnosc, qui lui annonçait la visite probable de Mme de Boves, elle ne quittait pas Mouret des yeux. Celui-ci, redevenu muet, regardait les meubles, semblait chercher au plafond. Puis, comme elle se plaignait en riant de n'avoir plus que des hommes à son thé de quatre heures, il s'oublia jusqu'à lâcher cette phrase :

– Je croyais trouver le baron Hartmann.

Henriette avait pâli. Sans doute elle savait qu'il venait chez elle uniquement pour s'y rencontrer avec le baron ; mais il aurait pu ne pas lui jeter ainsi son indifférence à la face. Justement, la porte s'était ouverte, et le domestique se tenait debout derrière elle. Quand elle l'eut interrogé d'un mouvement de tête, il se pencha, il lui dit très bas :

– C'est pour ce manteau. Madame m'a recommandé de la prévenir... La demoiselle est là.

Alors, elle haussa la voix, de façon à être entendue. Toute sa souffrance jalouse se soulagea dans ces mots, d'une sécheresse méprisante :

– Qu'elle attende !

– Faut-il la faire entrer dans le cabinet de madame ?

– Non, non, qu'elle reste dans l'antichambre !

Et, quand le domestique fut sorti, elle reprit tranquillement sa conversation avec Vallagnosc. Mouret, retombé dans sa lassitude, avait écouté d'une oreille distraite, sans comprendre. Bouthemont, que préoccupait l'aventure, réfléchissait. Mais presque aussitôt la porte se rouvrit, deux dames furent introduites.

– Imaginez-vous, dit Mme Marty, je descendais de voiture, lorsque j'ai vu arriver Mme de Boves sous les arcades.

– Oui, expliqua celle-ci, il fait beau, et comme mon médecin veut toujours que je marche...

Puis, après un échange général de poignées de main, elle demanda à Henriette :

– Vous prenez donc une nouvelle femme de chambre ?

– Non, répondit celle-ci étonnée. Pourquoi ?

– C'est que je viens de voir dans l'antichambre une jeune fille...

Henriette l'interrompit en riant.

– N'est-ce pas ? toutes ces filles de boutique ont l'air de femmes de chambre... Oui, c'est une demoiselle qui vient pour corriger un manteau.

Mouret la regarda fixement, effleuré d'un soupçon. Elle continuait avec une gaieté forcée, elle racontait qu'elle avait acheté cette confection au *Bonheur des Dames*, la semaine précédente.

– Tiens ! dit Mme Marty, ce n'est donc plus Sauveur qui vous habille ?

– Si, ma chère, seulement j'ai voulu faire une expérience. Et puis, j'étais assez satisfaite d'un premier achat, d'un manteau de voyage... Mais, cette fois, ça n'a pas réussi du tout. Vous avez beau dire, on est fagotée, dans vos magasins. Oh ! je ne me gêne pas, je parle devant M. Mouret... Jamais vous n'habillerez une femme un peu distinguée.

Mouret ne défendait pas sa maison, les yeux toujours sur elle, se rassurant, se disant qu'elle n'aurait point osé. Et ce fut Bouthemont qui dut plaider la cause du *Bonheur*.

– Si toutes les femmes du beau monde qui s'habillent chez nous s'en vantaient, répliqua-t-il gaiement, vous seriez bien étonnée de notre clientèle... Commandez-nous un vêtement sur mesure, il vaudra ceux de Sauveur, et vous le paierez la moitié moins cher. Mais voilà, c'est justement parce qu'il est moins cher, qu'il est moins bien.

– Alors, elle ne va pas, cette confection ? reprit Mme de Boves. Maintenant, je reconnais la demoiselle... Il fait un peu sombre, dans votre antichambre.

– Oui, ajouta Mme Marty, je cherchais où j'avais déjà vu cette tournure... Eh bien, allez, ma chère, ne vous gênez pas avec nous.

Henriette eut un geste de dédaigneuse insouciance.

– Oh ! tout à l'heure, rien ne presse.

Ces dames continuèrent la discussion sur les vêtements des grands magasins. Puis, Mme de Boves parla de son mari, qui, disait-elle, venait de partir en inspection, pour visiter le dépôt d'étalons de Saint-Lô, et, justement, Henriette racontait que la maladie d'une tante avait appelé la veille Mme Guibal en Franche-Comté. Du reste, elle ne comptait pas non plus, ce jour-là, sur Mme Bourdelais, qui, toutes les fins de mois, s'enfermait avec une ouvrière, afin de passer en revue le linge de son petit monde. Cependant, Mme Marty semblait agitée d'une sourde inquiétude. La situation de M. Marty était menacée au lycée Bonaparte, à la suite de leçons données par le pauvre homme, dans des institutions louches, où se faisait tout un négoce sur les diplômes de bachelier ; il battait monnaie[1] comme il pouvait, fiévreusement, pour suffire aux rages de dépense qui saccageaient son ménage ; et elle, en le voyant pleurer un soir, devant la crainte d'un renvoi, avait eu l'idée d'employer son amie Henriette auprès d'un directeur du ministère de l'Instruction publique, que celle-ci connaissait. Henriette finit par la tranquilliser d'un mot. Du reste, M. Marty allait venir lui-même connaître son sort et apporter ses remerciements.

– Vous avez l'air indisposé, monsieur Mouret, fit remarquer Mme de Boves.

– Le travail ! répéta Vallagnosc avec son flegme ironique.

Mouret s'était levé vivement, en homme désolé de s'oublier ainsi. Il prit sa place habituelle au milieu de ces dames, il retrouva toute sa grâce. Les nouveautés d'hiver l'occupaient, il parla d'un arrivage considérable de dentelles ; et Mme de Boves le questionna sur le prix du point d'Alençon : elle en achèterait peut-être. Maintenant, elle se trouvait réduite à économiser les trente sous d'une voiture, elle rentrait malade de s'être arrêtée devant les étalages. Drapée dans un manteau qui datait déjà de deux ans, elle essayait en rêve sur ses épaules de reine toutes les étoffes chères qu'elle voyait ; puis, c'était comme si on les lui arrachait de la peau, quand elle s'éveillait vêtue de ses robes retapées, sans espoir de jamais satisfaire sa passion.

– M. le baron Hartmann, annonça le domestique.

Henriette remarqua de quelle heureuse poignée de main Mouret accueillit le nouveau venu. Celui-ci salua ces dames, regarda le jeune homme de l'air fin qui éclairait par moments sa grosse figure alsacienne.

– Toujours dans les chiffons ! murmura-t-il avec un sourire.

Puis, en familier de la maison, il se permit d'ajouter :

– Il y a une bien charmante jeune fille, dans l'antichambre... Qui est-ce ?

– Oh ! personne, répondit Mme Desforges de sa voix mauvaise. Une demoiselle de magasin qui attend.

Mais la porte restait entrouverte, le domestique servait le thé. Il sortait, rentrait de nouveau, posait sur le guéridon le service de Chine, puis des assiettes de sandwiches et des biscuits. Dans le

1. **Il battait monnaie :** il gagnait de l'argent.

vaste salon, une lumière vive, adoucie par les plantes vertes, allumait les cuivres, baignait d'une joie tendre la soie des meubles ; et, chaque fois que la porte s'ouvrait, on apercevait un coin obscur de l'antichambre, éclairée seulement par des vitres dépolies. Là, dans le noir, une forme sombre apparaissait, immobile et patiente. Denise se tenait debout ; il y avait bien une banquette recouverte de cuir, mais une fierté l'en éloignait. Elle sentait l'injure. Depuis une demi-heure, elle était là, sans un geste, sans un mot ; ces dames et le baron l'avaient dévisagée au passage ; maintenant, les voix du salon lui arrivaient par bouffées légères, tout ce luxe aimable la souffletait de son indifférence ; et elle ne bougeait toujours pas. Brusquement, dans l'entrebâillement de la porte, elle reconnut Mouret. Lui, venait enfin de la deviner.

– Est-ce une de vos vendeuses ? demandait le baron Hartmann.

Mouret avait réussi à cacher son grand trouble. L'émotion fit seulement trembler sa voix.

– Sans doute, mais je ne sais pas laquelle.

– C'est la petite blonde des confections, se hâta de répondre Mme Marty, celle qui est seconde, je crois.

Henriette le regardait à son tour.

– Ah ! dit-il simplement.

Et il tâcha de parler des fêtes données au roi de Prusse, depuis la veille à Paris. Mais le baron revint avec malice sur les demoiselles des grands magasins. Il affectait de vouloir s'instruire, il posait des questions : d'où venaient-elles en général ? avaient-elles d'aussi mauvaises mœurs qu'on le disait ? Toute une discussion s'engagea.

– Vraiment, répétait-il, vous les croyez sages ?

Mouret défendait leur vertu avec une conviction qui faisait rire Vallagnosc. Alors, Bouthemont intervint, pour sauver son chef. Mon Dieu ! il y avait un peu de tout parmi elles, des coquines et de braves filles. Le niveau de leur moralité montait, d'ailleurs. Autrefois, on n'avait guère que les déclassées du commerce, les filles vagues et pauvres tombaient dans les nouveautés ; tandis que, maintenant, des familles de la rue de Sèvres, par exemple, élevaient positivement leurs gamines pour le *Bon Marché*. En somme, quand elles voulaient se bien conduire, elles le pouvaient ; car elles n'étaient pas, comme les ouvrières du pavé parisien, obligées de se nourrir et de se loger : elles avaient la table et le lit, leur existence se trouvait assurée, une existence très dure sans doute. Le pis était leur situation neutre, mal déterminée, entre la boutiquière et la dame. Ainsi jetées dans le luxe, souvent sans instruction première, elles formaient une classe à part, innommée. Leurs misères et leurs vices venaient de là.

– Moi, dit Mme de Boves, je ne connais pas de créatures plus désagréables... C'est à les gifler, des fois.

Et ces dames exhalèrent leur rancune. On se dévorait devant les comptoirs, la femme y mangeait la femme, dans une rivalité aiguë d'argent et de beauté. C'était une jalousie maussade des vendeuses contre les clientes bien mises, les dames dont elles s'efforçaient de copier les allures, et une jalousie encore plus aigre des clientes mises pauvrement, des petites bourgeoises contre les vendeuses, ces filles vêtues de soie, dont elles voulaient obtenir une humilité de servante, pour un achat de dix sous.

– Laissez donc ! conclut Henriette, toutes des malheureuses à vendre, comme leurs marchandises !

Mouret eut la force de sourire. Le baron l'examinait, touché de sa grâce à se vaincre. Aussi détourna-t-il la conversation, en reparlant des fêtes données au roi de Prusse : elles seraient superbes, tout le commerce parisien allait en profiter. Henriette se taisait, semblait rêveuse, partagée entre le désir d'oublier davantage Denise dans l'anti-chambre, et la peur que Mouret, prévenu maintenant, ne s'en allât. Aussi finit-elle par quitter son fauteuil.

– Vous permettez ?

– Comment donc, ma chère ! dit Mme Marty. Tenez ! je vais faire les honneurs de chez vous.

Elle se leva, prit la théière, emplit les tasses. Henriette s'était tournée vers le baron Hartmann.

– Vous restez bien quelques minutes ?

– Oui, j'ai à causer avec M. Mouret. Nous allons envahir votre petit salon.

Alors, elle sortit, et sa robe de soie noire, contre la porte, eut un frôlement de couleuvre, filant dans les broussailles.

Tout de suite, le baron manœuvra pour emmener Mouret, en abandonnant ces dames à Bouthemont et à Vallagnosc. Puis, ils causèrent devant la fenêtre du salon voisin, debout, baissant la voix. C'était toute une affaire nouvelle. Depuis longtemps, Mouret caressait le rêve de réaliser son ancien projet, l'envahissement de l'îlot entier par le *Bonheur des Dames,* de la rue Monsigny à la rue de la Michodière, et de la rue Neuve-Saint-Augustin à la rue du 10-Décembre. Dans le pâté énorme, il y avait encore, sur cette dernière voie, un vaste terrain en bordure, qu'il ne possédait point ; et cela suffisait à gâter son triomphe, il était torturé par le besoin de compléter sa conquête, de dresser, là, comme apothéose, une façade monumentale. Tant que l'entrée d'honneur se trouverait rue Neuve-Saint-Augustin, dans une rue noire du vieux Paris, son œuvre demeurait infirme, manquait de logique ; il la voulait afficher devant le nouveau Paris, sur une de ces jeunes avenues où passait au grand soleil la cohue de la fin du siècle ; il la voyait dominer, s'imposer comme le palais géant du commerce, jeter plus d'ombre sur la ville que le vieux Louvre. Mais, jusque-là, il s'était heurté contre l'entêtement du Crédit immobilier, qui tenait à sa première idée d'élever, le long du terrain en bordure, une concurrence au Grand-Hôtel. Les plans étaient prêts, on attendait seulement le déblaiement de la rue du 10-Décembre, pour creuser les fondations. Enfin, dans un dernier effort, Mouret avait presque convaincu le baron Hartmann.

– Eh bien, commença celui-ci, nous avons eu hier un conseil, et je suis venu, pensant vous rencontrer et désireux de vous tenir au courant... Ils résistent toujours.

Le jeune homme laissa échapper un geste nerveux.

– Ce n'est pas raisonnable... Que disent-ils ?

– Mon Dieu ! ils disent ce que je vous ai dit moi-même, ce que je pense encore un peu... Votre façade n'est qu'un ornement, les nouvelles constructions n'agrandiraient que d'un dixième la superficie de vos magasins, et c'est jeter de bien grosses sommes dans une simple réclame.

Du coup, Mouret éclata.

– Une réclame ! une réclame ! En tout cas, celle-ci sera en pierre, et elle nous enterrera tous. Comprenez donc que ce sont nos affaires décuplées ! En deux ans, nous rattrapons l'argent. Qu'importe ce que vous appelez du terrain perdu, si ce terrain vous rend un intérêt énorme !... Vous verrez la foule, quand notre clientèle n'étranglera plus la rue Neuve-Saint-Augustin, et qu'elle pourra librement se ruer par la voie large où six voitures rouleront à l'aise.

– Sans doute, reprit le baron en riant. Mais vous êtes un poète dans votre genre, je vous le répète. Ces messieurs estiment qu'il y aurait danger à élargir encore vos affaires. Ils veulent avoir de la prudence pour vous.

– Comment ! de la prudence ? Je ne comprends plus... Est-ce que les chiffres ne sont pas là et ne démontrent pas la progression constante de notre vente ? D'abord, avec un capital de cinq cent mille francs, je faisais deux millions d'affaires. Ce capital passait quatre fois. Puis, il est devenu de quatre millions, a passé dix fois et a produit quarante millions d'affaires. Enfin, après des augmentations successives, je viens de constater, lors du dernier inventaire, que le chiffre d'affaires atteint aujourd'hui le total de quatre-vingts millions ; et le capital, qui n'a guère augmenté, car il est seulement de six millions, a donc passé en marchandises sur nos comptoirs plus de douze fois.

Il élevait la voix, tapant les doigts de sa main droite sur la paume de sa main gauche, abattant les millions comme il aurait cassé des noisettes. Le baron l'interrompit.

– Je sais, je sais... Mais vous n'espérez peut-être pas monter toujours ainsi ?

– Pourquoi pas ? dit Mouret naïvement. Il n'y a aucune raison pour que ça s'arrête. Le capital peut passer quinze fois, voici longtemps que je le prédis. Même, dans certains rayons, il passera vingt-cinq et trente fois... Ensuite, eh bien ! ensuite, nous trouverons un truc pour le faire passer davantage.

– Alors, vous finirez par boire l'argent de Paris, comme on boit un verre d'eau ?

– Sans doute. Est-ce que Paris n'est pas aux femmes, et les femmes ne sont-elles pas à nous ?

Le baron lui posa les deux mains sur les épaules, le regarda d'un air paternel.

– Tenez ! vous êtes un gentil garçon, je vous aime... On ne peut pas vous résister. Nous allons piocher l'idée sérieusement, et j'espère leur faire entendre raison. Jusqu'à présent, nous n'avons qu'à nous louer de vous. Les dividendes stupéfient la Bourse... Vous devez être dans le vrai, il vaut mieux mettre encore de l'argent dans votre machine, que de risquer cette concurrence au Grand-Hôtel, qui est hasardeuse.

L'excitation de Mouret tomba, il remercia le baron, mais sans y mettre son élan d'enthousiasme habituel ; et celui-ci le vit tourner les yeux vers la porte de la chambre voisine, repris de la sourde inquiétude qu'il cachait. Cependant, Vallagnosc s'était approché, en comprenant qu'ils ne causaient plus d'affaires. Il se tint debout près d'eux, il écouta le baron qui murmurait de son air galant d'ancien viveur :

– Dites, je crois qu'elles se vengent ?

– Qui donc ? demanda Mouret, embarrassé.

– Mais les femmes... Elles se lassent d'être à vous, et vous êtes à elles, mon cher : juste retour !

Il plaisanta, il était au courant des amours bruyantes du jeune homme. L'hôtel acheté à la rouleuse de coulisses, les sommes énormes mangées avec des filles ramassées dans les cabinets particuliers, l'égayaient comme une excuse aux folies qu'il avait faites lui-même autrefois. Sa vieille expérience se réjouissait.

– Vraiment, je ne comprends pas, répétait Mouret.

– Eh ! vous comprenez très bien. Elles ont toujours le dernier mot... Aussi je pensais : « Ce n'est pas possible, il se vante, il n'est pas si fort ! » Et vous y voilà ! Tirez donc tout de la femme, exploitez-la comme une mine de houille, pour qu'elle vous exploite ensuite et vous fasse rendre gorge !... Méfiez-vous, car elle vous tirera plus de sang et d'argent que vous ne lui en aurez sucé.

Il riait davantage, et Vallagnosc, près de lui, ricanait, sans dire une parole.

– Mon Dieu ! il faut bien goûter à tout, finit par confesser Mouret, en affectant de s'égayer également. L'argent est bête, si on ne le dépense pas.

– Ça, je vous approuve, reprit le baron. Amusez-vous, mon cher. Ce n'est pas moi qui vous ferai de la morale, ni qui tremblerai pour les gros intérêts que nous vous avons confiés. On doit jeter sa gourme, on a la tête plus libre ensuite... Et puis, il n'est pas désagréable de se ruiner, quand on est homme à rebâtir sa fortune... Mais si l'argent n'est rien, il y a des souffrances...

Il s'arrêta, son rire devint triste, d'anciennes peines passaient dans l'ironie de son scepticisme. Il avait suivi le duel d'Henriette et de Mouret, en curieux que les batailles du cœur passionnaient encore chez les autres ; et il sentait bien que la crise était venue, il devinait le drame, au courant de l'histoire de cette Denise, qu'il avait vue dans l'antichambre.

– Oh ! quant à souffrir, cela n'est pas dans ma spécialité, dit Mouret d'un ton de bravade. C'est déjà bien joli de payer.

Le baron le regarda quelques secondes en silence. Sans vouloir insister, il ajouta lentement :

– Ne vous faites pas plus mauvais que vous n'êtes... Vous y laisserez autre chose que votre argent. Oui, vous y laisserez de votre chair, mon ami.

Il s'interrompit pour demander, en plaisantant de nouveau :

– N'est-ce pas ? monsieur de Vallagnosc, ça arrive ?

– On le dit, monsieur le baron, déclara simplement ce dernier.

Et, juste à ce moment, la porte de la chambre s'ouvrit. Mouret, qui allait répondre, eut un léger sursaut. Les trois hommes se tournèrent. C'était Mme Desforges, l'air très gai, allongeant seulement la tête, appelant d'une voix pressée :

– Monsieur Mouret ! monsieur Mouret !

Puis, quand elle les aperçut :

– Oh ! messieurs, vous permettez, j'enlève M. Mouret pour une minute. C'est bien le moins, puisqu'il m'a vendu un manteau affreux, qu'il me prête ses lumières. Cette fille est une sotte qui n'a pas une idée... Voyons, je vous attends.

Il hésitait, combattu, reculant devant la scène qu'il prévoyait. Mais il dut obéir. Le baron lui disait de son air paternel et railleur à la fois :

– Allez, allez donc, mon cher. Madame a besoin de vous.

Alors, Mouret la suivit. La porte retomba, et il crut entendre le ricanement de Vallagnosc, étouffé par les tentures. D'ailleurs, il était à bout de courage. Depuis qu'Henriette avait quitté le salon, et qu'il savait Denise au fond de l'appartement, entre des mains jalouses, il éprouvait une anxiété croissante, un tourment nerveux qui lui faisait prêter l'oreille, comme tressaillant à un bruit lointain de larmes. Que pouvait inventer cette femme pour la torturer ? Et tout son amour, cet amour qui le surprenait encore, allait à la jeune fille, ainsi qu'un soutien et une consolation. Jamais il n'avait aimé ainsi, avec ce charme puissant dans la souffrance. Ses tendresses d'homme affairé, Henriette elle-même, si fine, si jolie, et dont la possession flattait son orgueil, n'étaient qu'un agréable passe-temps, parfois un calcul, où il cherchait uniquement du plaisir profitable. Il sortait tranquille de chez ses maîtresses, rentrait se coucher, heureux de sa liberté de garçon, sans un regret ni un souci au cœur. Tandis que, maintenant, son cœur battait d'angoisse, sa vie était prise, il n'avait plus l'oubli du sommeil, dans son grand lit solitaire. Toujours Denise le possédait.

Même à cette minute, il n'y avait qu'elle, et il songeait qu'il préférait être là pour la protéger, tout en suivant l'autre avec la peur de quelque scène fâcheuse.

D'abord, ils traversèrent la chambre à coucher, silencieuse et vide. Puis, Mme Desforges, poussant une porte, passa dans le cabinet, où Mouret entra derrière elle. C'était une pièce assez vaste, tendue de soie rouge, meublée d'une toilette de marbre et d'une armoire à trois corps, aux larges glaces. Comme la fenêtre donnait sur la cour, il y faisait déjà sombre ; et l'on avait allumé deux becs de gaz, dont les bras nickelés s'allongeaient à droite et à gauche de l'armoire.

– Voyons, dit Henriette, ça va mieux marcher peut-être.

En entrant, Mouret avait trouvé Denise toute droite, au milieu de la vive lumière. Elle était très pâle, modestement serrée dans une jaquette de cachemire, coiffée d'un chapeau noir ; et elle tenait, sur un bras, le manteau acheté au *Bonheur*. Lorsqu'elle vit le jeune homme, ses mains eurent un léger tremblement.

– Je veux que monsieur juge, reprit Henriette. Aidez-moi, mademoiselle.

Et Denise, s'approchant, dut lui remettre le manteau. Dans un premier essayage, elle avait posé des épingles aux épaules, qui n'allaient pas. Henriette se tournait, s'étudiait devant l'armoire.

– Est-ce possible ? Parlez franchement.

– En effet, madame, il est manqué, dit Mouret, pour couper court. C'est bien simple, mademoiselle va vous prendre mesure, et nous vous en ferons un autre.

– Non, je veux celui-ci, j'en ai besoin tout de suite, reprit-elle avec vivacité. Seulement, il m'étrangle la poitrine, tandis qu'il fait une poche là, entre les épaules.

Puis, de sa voix sèche :

– Quand vous me regarderez, mademoiselle, ça ne corrigera pas le défaut !... Cherchez, trouvez quelque chose. C'est votre affaire.

Denise, sans ouvrir la bouche, recommença à poser des épingles. Cela dura longtemps : il lui fallait passer d'une épaule à l'autre ; même elle dut un instant se baisser, s'agenouiller presque, pour tirer le devant du manteau. Au-dessus d'elle, s'abandonnant à ses soins, Mme Desforges avait le visage dur d'une maîtresse difficile à contenter. Heureuse de rabaisser la jeune fille à cette besogne de servante, elle lui donnait des ordres brefs, en guettant sur la face de Mouret les moindres plis nerveux.

– Mettez une épingle ici. Eh ! non, pas là, ici, près de la manche. Vous ne comprenez donc pas ?... Ce n'est pas ça, voici la poche qui reparaît... Et prenez garde, vous me piquez maintenant !

À deux reprises encore, Mouret tâcha vainement d'intervenir, pour faire cesser cette scène. Son cœur bondissait, sous l'humiliation de son amour ; et il aimait Denise davantage, d'une tendresse émue, devant le beau silence qu'elle gardait. Si les mains de la jeune fille tremblaient toujours un peu, d'être ainsi traitée en face de lui, elle acceptait les nécessités du métier, avec la résignation fière d'une fille de courage. Quand Mme Desforges comprit qu'ils ne se trahiraient pas, elle chercha autre chose, elle inventa de sourire à Mouret, de l'afficher comme son amant. Alors, les épingles étant venues à manquer :

– Tenez, mon ami, regardez dans la boîte d'ivoire, sur la toilette... Vraiment ! elle est vide ?... Soyez aimable, voyez donc sur la cheminée de la chambre : vous savez, au coin de la glace.

Et elle le mettait chez lui, l'installait en homme qui avait couché là, qui connaissait la place des peignes et des brosses. Quand il lui rapporta une pincée d'épingles, elle les prit une par une, le força de rester debout près d'elle, le regardant, lui parlant à voix basse.

– Je ne suis pas bossue peut-être... Donnez votre main, tâtez les épaules, par plaisir. Est-ce que je suis faite ainsi ?

Denise, lentement, avait levé les yeux, plus pâle encore, et s'était remise à piquer en silence les épingles. Mouret n'apercevait que ses lourds cheveux blonds, tordus sur la nuque délicate ; mais, au frisson qui les soulevait, il croyait voir le malaise et la honte du visage. Maintenant, elle le repousserait, elle le renverrait à cette femme, qui ne cachait même pas sa liaison devant les étrangers. Et des brutalités lui venaient aux poignets, il aurait battu Henriette. Comment la faire taire ? comment dire à Denise qu'il l'adorait, qu'elle seule existait à cette heure, qu'il lui sacrifiait toutes ses anciennes tendresses d'un jour ? Une fille n'aurait pas eu les familiarités équivoques de cette bourgeoise. Il retira sa main, il répéta :

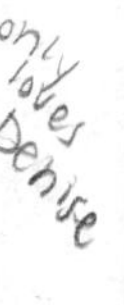

– Vous avez tort de vous entêter, madame, puisque je trouve moi-même que ce vêtement est manqué.

Un des becs de gaz sifflait ; et dans l'air étouffé et moite de la pièce, on n'entendit plus que ce souffle ardent. Les glaces de l'armoire reflétaient de larges pans de clarté vive sur les tentures de soie rouge, où dansaient les ombres des deux femmes. Un flacon de verveine, qu'on avait oublié de reboucher, exhalait une odeur vague et perdue de bouquet qui se fane.

– Voilà, madame, tout ce que je puis faire, dit enfin Denise en se relevant.

Elle se sentait à bout de forces. Deux fois, elle s'était enfoncé les épingles dans les mains, comme aveuglée, les yeux troubles. Était-il du complot ? l'avait-il fait venir, pour se venger de ses refus, en lui montrant que d'autres femmes l'aimaient ? Et cette pensée la glaçait, elle ne se souvenait pas d'avoir jamais eu besoin d'autant de courage, même aux heures terribles de son existence où le pain lui avait manqué. Ce n'était rien encore d'être humiliée ainsi, mais de le voir presque aux bras d'une autre, comme si elle n'eût pas été là !

Henriette s'examinait devant la glace. De nouveau, elle éclata en paroles dures.

– C'est une plaisanterie, mademoiselle. Il va plus mal qu'auparavant... Regardez comme il me bride la poitrine. J'ai l'air d'une nourrice.

Alors, Denise, poussée à bout, eut une parole fâcheuse.

– Madame est un peu forte... Nous ne pouvons pourtant pas faire que madame soit moins forte.

– Forte, forte, répéta Henriette qui blêmissait à son tour. Voilà que vous devenez insolente, mademoiselle... En vérité, je vous conseille de juger les autres !

Toutes deux, face à face, frémissantes, se contemplaient. Il n'y avait désormais ni dame, ni demoiselle de magasin. Elles n'étaient plus que femmes, comme égalées dans leur rivalité. L'une avait violemment retiré le manteau pour le jeter sur une chaise ; tandis que l'autre lançait au hasard sur la toilette les quelques épingles qui lui restaient entre les doigts.

– Ce qui m'étonne, reprit Henriette, c'est que M. Mouret tolère une pareille insolence... Je croyais, monsieur, que vous étiez plus difficile pour votre personnel.

Denise avait retrouvé son calme brave. Elle répondit doucement :

– Si M. Mouret me garde, c'est qu'il n'a rien à me reprocher... Je suis prête à vous faire des excuses, s'il l'exige.

Mouret écoutait, saisi par cette querelle, ne trouvant pas la phrase pour en finir. Il avait l'horreur de ces explications entre femmes, dont l'âpreté blessait son continuel besoin de grâce. Henriette voulait lui arracher un mot qui condamnât la jeune fille ; et, comme il restait muet, partagé encore, elle le fouetta d'une dernière injure.

– C'est bien, monsieur, s'il faut que je souffre chez moi les insolences de vos maîtresses !... Une fille ramassée dans quelque ruisseau.

Deux grosses larmes jaillirent des yeux de Denise. Elle les retenait depuis longtemps ; mais tout son être défaillait sous l'insulte. Quand il la vit pleurer ainsi, sans répondre par une violence, d'une dignité muette et désespérée, Mouret n'hésita plus, son cœur allait vers elle, dans une tendresse immense. Il lui prit les mains, il balbutia :

– Partez vite, mon enfant, oubliez cette maison.

Henriette, pleine de stupeur, étranglée de colère, les regardait.

– Attendez, continua-t-il en pliant lui-même le manteau, remportez ce vêtement. Madame en achètera un autre ailleurs. Et ne pleurez plus, je vous en prie. Vous savez quelle estime j'ai pour vous.

Il l'accompagna jusqu'à la porte, qu'il referma ensuite. Elle n'avait pas prononcé une parole ; seulement, une flamme rose était montée à ses joues, tandis que ses yeux se mouillaient de nouvelles larmes, d'une douceur délicieuse.

Henriette, qui suffoquait, avait tiré son mouchoir et s'en écrasait les lèvres. C'était le renversement de ses calculs, elle-même prise au piège qu'elle avait tendu. Elle se désolait d'avoir poussé les choses trop loin, torturée de jalousie. Être quittée pour une pareille créature ! se voir dédaignée devant elle ! Son orgueil souffrait plus que son amour.

– Alors, c'est cette fille que vous aimez ? dit-elle péniblement, quand ils furent seuls.

Mouret ne répondit pas tout de suite, il marchait de la fenêtre à la porte, en cherchant à vaincre sa violente émotion. Enfin, il s'arrêta, et très poliment, d'une voix qu'il tâchait de rendre froide, il dit avec simplicité :

– Oui, madame.

Le bec de gaz sifflait toujours, dans l'air étouffé du cabinet. Maintenant, les reflets des glaces n'étaient plus traversés d'ombres dansantes, la pièce semblait nue, tombée à une tristesse lourde. Et Henriette s'abandonna brusquement sur une chaise, tordant son mouchoir entre ses doigts fébriles, répétant au milieu de ses sanglots :

– Mon Dieu ! que je suis malheureuse !

Il la regarda quelques secondes, immobile. Puis, tranquillement, il s'en alla. Elle, toute seule, pleurait dans le silence, devant les épingles semées sur la toilette et sur le parquet.

Lorsque Mouret entra dans le petit salon, il n'y trouva plus que Vallagnosc, le baron étant retourné près des dames. Comme il se sentait tout secoué encore, il s'assit au fond de la pièce, sur un canapé ; et son ami, en le voyant défaillir, vint charitablement se planter devant lui, pour le cacher aux regards curieux. D'abord, ils se contemplèrent, sans échanger un mot. Puis, Vallagnosc, que le trouble de Mouret semblait égayer en dedans, finit par demander de sa voix goguenarde :

– Tu t'amuses ?

Mouret ne parut pas comprendre tout de suite. Mais, lorsqu'il se fut rappelé leurs conversations anciennes sur la bêtise vide et l'inutile torture de la vie, il répondit :

– Sans doute, jamais je n'ai tant vécu... Ah ! mon vieux, ne te moque pas, ce sont les heures les plus courtes, celles où l'on meurt de souffrance !

Il baissa la voix, il continua gaiement, sous ses larmes mal essuyées :

– Oui, tu sais tout, n'est-ce pas ? elles viennent, à elles deux, de me hacher le cœur. Mais c'est encore bon, vois-tu, presque aussi bon que des caresses, les blessures qu'elles font... Je suis brisé, je n'en peux plus ; n'importe, tu ne saurais croire combien j'aime la vie !... Oh ! je finirai par l'avoir, cette enfant qui ne veut pas !

Vallagnosc dit simplement :

– Et après ?

– Après ?... Tiens ! je l'aurai ! N'est-ce point assez ?... Si tu te crois fort, parce que tu refuses d'être bête et de souffrir ! Tu n'es qu'une dupe, pas davantage !... Tâche donc d'en désirer une et de la tenir enfin : cela paye en une minute toutes les misères.

Mais Vallagnosc exagérait son pessimisme. À quoi bon tant travailler, puisque l'argent ne donnait pas tout ? C'était lui qui aurait fermé boutique et qui se serait allongé sur le dos, pour ne plus remuer un doigt, le jour où il aurait reconnu qu'avec des millions on ne pouvait même pas acheter la femme désirée ! Mouret, en l'écoutant, devenait grave. Puis, il repartit violemment, il croyait à la toute-puissance de sa volonté.

– Je la veux, je l'aurai !... Et si elle m'échappe, tu verras quelle machine je bâtirai pour me guérir. Ce sera superbe quand même... Tu n'entends pas cette langue, mon vieux : autrement, tu saurais que l'action contient en elle sa récompense. Agir, créer, se battre contre les faits, les vaincre ou être vaincu par eux, toute la joie et toute la santé humaine sont là !

– Simple façon de s'étourdir, murmura l'autre.

– Eh bien ! j'aime mieux m'étourdir... Crever pour crever, je préfère crever de passion que de crever d'ennui !

Ils rirent tous les deux, cela leur rappelait leurs vieilles discussions du collège. Vallagnosc, d'une voix molle, se plut alors à étaler la platitude des choses. Il mettait une sorte de fanfaronnade dans l'immobilité et le néant de son existence. Oui, il s'ennuierait le lendemain au ministère, comme il s'y était ennuyé la veille ; en trois ans, on l'avait augmenté de six cents francs, il était maintenant à trois mille six, pas même de quoi fumer des cigares propres ; ça devenait de plus en plus inepte, et si l'on ne se tuait pas, c'était par simple paresse, pour éviter de se déranger. Mouret lui ayant parlé de son mariage avec Mlle de Boves, il répondit que, malgré l'obstination de la tante à ne pas mourir, l'affaire allait être conclue ; du moins, il le pensait, les parents étaient d'accord, lui affectait de n'avoir pas de volonté. Pourquoi vouloir ou ne pas vouloir, puisque jamais ça ne tournait comme on le désirait ? Il donna en exemple son futur beau-père, qui comptait trouver en Mme Guibal une blonde indolente, le caprice d'une heure, et que la dame menait à coups de fouet, ainsi qu'un vieux cheval dont on use les dernières forces. Tandis qu'on le croyait occupé à inspecter les étalons de Saint-Lô, elle achevait de le manger, dans une petite maison louée par lui à Versailles.

– Il est plus heureux que toi, dit Mouret en se levant.

– Oh ! lui, pour sûr ! déclara Vallagnosc. Il n'y a peut-être que le mal qui soit un peu drôle.

Mouret s'était remis. Il songeait à s'échapper ; mais il ne voulait pas que son départ eût l'air d'une fuite. Aussi, résolu à prendre une tasse de thé, rentra-t-il dans le grand salon avec son ami, plaisantant l'un et l'autre. Le baron Hartmann lui demanda si le manteau allait enfin ; et, sans se troubler, Mouret répondit qu'il y renonçait pour son compte. Il y eut une exclamation. Pendant que Mme Marty se hâtait de le servir, Mme de Boves accusait les magasins de tenir toujours les vêtements trop étroits. Enfin, il put s'asseoir près de Bouthemont, qui n'avait pas bougé. On les oublia, et sur les questions inquiètes de celui-ci, désireux de connaître son sort, il n'attendit pas d'être dans la rue, il lui apprit que ces messieurs du conseil s'étaient décidés à se priver de ses services. Entre chaque phrase, il buvait une cuillerée de thé, tout en protestant de son désespoir. Oh ! une querelle dont il se remettait à peine, car il avait quitté la salle hors de lui. Seulement, que faire ? il ne pouvait briser avec ces messieurs, pour une simple question de personnel. Bouthemont, très pâle, dut encore le remercier.

– Voilà un manteau terrible, fit remarquer Mme Marty. Henriette n'en sort pas.

En effet, cette absence prolongée commençait à gêner tout le monde. Mais, à l'instant même, Mme Desforges reparut.

– Vous y renoncez aussi ? cria gaiement Mme de Boves.

– Comment ça ?

– Oui, M. Mouret nous a dit que vous ne pouviez vous en tirer.

Henriette montra la plus grande surprise.

– M. Mouret a plaisanté. Ce manteau ira parfaitement.

Elle semblait très calme, souriante. Sans doute elle avait baigné ses paupières, car elles étaient fraîches, sans une rougeur. Tandis que tout son être tressaillait et saignait encore, elle trouvait la force de cacher sa torture, sous le masque de sa bonne grâce mondaine. Ce fut avec son rire accoutumé qu'elle présenta des sandwiches à Vallagnosc. Le baron seul, qui la connaissait bien, remarqua la légère contraction de ses lèvres et le feu sombre qu'elle n'avait pu éteindre au fond de ses yeux. Il devina toute la scène.

– Mon Dieu ! chacun son goût, disait Mme de Boves, en acceptant elle aussi un sandwich. Je connais des femmes qui n'achèteraient pas un ruban ailleurs qu'au *Louvre*. D'autres ne jurent que par le *Bon Marché*... C'est une question de tempérament sans doute.

– Le *Bon Marché* est bien province, murmura Mme Marty, et l'on est si bousculé au *Louvre* !

Ces dames étaient retombées sur les grands magasins. Mouret dut donner son avis, il revint au milieu d'elles, et affecta d'être juste. Une excellente maison que le *Bon Marché*, solide, respectable ; mais le *Louvre* avait certainement une clientèle plus brillante.

– Enfin, vous préférez le *Bonheur des Dames*, dit le baron souriant.

– Oui, répondit tranquillement Mouret. Chez nous, on aime les clientes.

Toutes les femmes présentes furent de son avis. C'était bien cela, elles se trouvaient comme en partie fine au *Bonheur*, elles y sentaient une continuelle caresse de flatterie, une adoration épandue qui retenait les plus honnêtes. L'énorme succès du magasin venait de cette séduction galante.

– À propos, demanda Henriette, qui voulait montrer une grande liberté d'esprit, et ma protégée, qu'en faites-vous, monsieur Mouret ?... Vous savez, Mlle de Fontenailles.

Et, se tournant vers Mme Marty :

– Une marquise, ma chère, une pauvre fille tombée dans la gêne.

– Mais, dit Mouret, elle gagne ses trois francs par jour à coudre des cahiers d'échantillons, et je crois que je vais lui faire épouser un de mes garçons de magasin.

– Fi ! l'horreur ! cria Mme de Boves.

Il la regarda, il reprit de sa voix calme :

– Pourquoi donc, madame ? Est-ce qu'il ne vaut pas mieux pour elle épouser un brave garçon, un gros travailleur, que de courir le risque d'être ramassée par des fainéants sur le trottoir ?

Vallagnosc voulut intervenir, en plaisantant.

– Ne le poussez pas, madame. Il va vous dire que toutes les vieilles familles de France devraient se mettre à vendre du calicot.

– Mais, déclara Mouret, pour beaucoup d'entre elles ce serait au moins une fin honorable.

On finit par rire, le paradoxe semblait un peu fort. Lui, continuait à célébrer ce qu'il appelait l'aristocratie du travail. Une faible rougeur avait coloré les joues de Mme de Boves, que sa gêne réduite aux expédients enrageait ; tandis que Mme Marty, au contraire, approuvait, prise de remords, en songeant à son pauvre mari. Justement, le domestique introduisit le professeur, qui venait la chercher. Il était plus sec, plus desséché par ses dures besognes, dans sa mince redingote luisante. Quand il eut remercié Mme Desforges d'avoir parlé pour lui au ministère, il jeta vers Mouret le regard craintif d'un homme qui rencontre le mal dont il mourra. Et il resta saisi d'entendre ce dernier lui adresser la parole.

– N'est-ce pas, monsieur, que le travail mène à tout ?

– Le travail et l'épargne, répondit-il avec un léger grelottement de tout son corps. Ajoutez l'épargne, monsieur.

Cependant, Bouthemont était demeuré immobile dans son fauteuil. Les paroles de Mouret sonnaient encore à ses oreilles. Il se leva enfin, il vint dire tout bas à Henriette :

– Vous savez qu'il m'a signifié mon congé, oh ! très gentiment... Mais du diable s'il ne s'en repent pas ! Je viens de trouver mon enseigne : *Aux Quatre Saisons*, et je me plante près de l'Opéra !

Elle le regarda, ses yeux s'assombrirent.

– Comptez sur moi, j'en suis. Attendez.

Et elle attira le baron Hartmann dans l'embrasure d'une fenêtre. Sans attendre, elle lui recommanda Bouthemont, le donna comme un gaillard qui allait à son tour révolutionner Paris, en s'établissant à son compte. Quand elle parla d'une commandite pour son nouveau protégé, le baron, bien qu'il ne s'étonnât plus de rien, ne put réprimer un geste d'effarement. C'était le quatrième garçon de génie qu'elle lui confiait, il finissait par se sentir ridicule. Mais il ne refusa pas nettement, l'idée de faire naître une concurrence au *Bonheur des Dames* lui plaisait même assez ; car il avait déjà inventé, en matière de banque, de se créer ainsi des concurrences, pour en dégoûter les autres. Puis, l'aventure l'amusait. Il promit d'examiner l'affaire.

– Il faut que nous causions ce soir, revint dire Henriette à l'oreille de Bouthemont. Vers neuf heures, ne manquez pas... Le baron est à nous.

À ce moment, la vaste pièce s'emplissait de voix. Mouret, toujours debout au milieu de ces dames, avait retrouvé sa bonne grâce : il se défendait gaiement de les ruiner en chiffons, il offrait de démontrer, chiffres en main, qu'il leur faisait économiser trente pour cent sur leurs achats. Le baron Hartmann le regardait, repris d'une admiration fraternelle d'ancien coureur de guilledou. Allons ! le duel était fini, Henriette restait par terre, elle ne serait certainement pas la femme qui devait venir. Et il crut revoir le profil modeste de la jeune fille, qu'il avait aperçue en traversant l'antichambre. Elle était là, patiente, seule, redoutable dans sa douceur.

XII

Ce fut le 25 septembre que commencèrent les travaux de la nouvelle façade du *Bonheur des Dames.* Le baron Hartmann, selon sa promesse, avait enlevé l'affaire, dans la dernière réunion générale du Crédit immobilier. Et Mouret touchait enfin à la réalisation de son rêve : cette façade qui allait grandir sur la rue du 10-Décembre, était comme l'épanouissement même de sa fortune. Aussi voulut-il fêter la pose de la première pierre. Il en fit une cérémonie, distribua des gratifications à ses vendeurs, leur donna le soir du gibier et du champagne. On remarqua son humeur joyeuse sur le chantier, le geste victorieux dont il scella la pierre, d'un coup de truelle. Depuis des semaines, il était inquiet, agité d'un tourment nerveux, qu'il ne parvenait pas toujours à cacher ; et son triomphe apportait un répit, une distraction dans sa souffrance. Tout l'après-midi, il sembla revenu à sa gaieté d'homme bien portant. Mais, dès le dîner, lorsqu'il traversa le réfectoire pour boire un verre de champagne avec son personnel, il reparut fiévreux, souriant d'un air pénible, les traits tirés par le mal inavoué qui le rongeait. Il était repris.

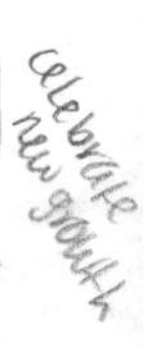

Le lendemain, aux confections, Clara Prunaire essaya d'être désagréable à Denise. Elle avait remarqué l'amour transi de Colomban, elle eut l'idée de plaisanter les Baudu. Comme Marguerite taillait son crayon en attendant les clientes, elle lui dit à voix haute :

– Vous savez, mon amoureux d'en face... Il finit par me chagriner dans cette boutique noire, où il n'entre jamais personne.

– Il n'est pas si malheureux, répondit Marguerite, il doit épouser la fille du patron.

– Tiens ! reprit Clara, ce serait drôle de l'enlever alors !... Je vais en faire la blague, parole d'honneur !

Et elle continua, heureuse de sentir Denise révoltée. Celle-ci lui pardonnait tout ; mais l'idée de sa cousine Geneviève mourante, achevée par cette cruauté, la jetait hors d'elle. Justement, une cliente se présentait, et comme Mme Aurélie venait de descendre au sous-sol, elle prit la direction du comptoir, elle appela Clara.

– Mademoiselle Prunaire, vous feriez mieux de vous occuper de cette dame que de causer.

– Je ne causais pas.

– Veuillez vous taire, je vous prie. Et occupez-vous de madame tout de suite.

Clara se résigna, domptée. Lorsque Denise faisait acte de force, sans élever le ton, pas une ne résistait. Elle avait conquis une autorité absolue, par sa douceur même. Un instant, elle se promena en silence, au milieu de ces demoiselles devenues sérieuses. Marguerite s'était remise à tailler son crayon, dont la mine cassait toujours. Elle seule continuait à approuver la seconde de résister à Mouret, hochant la tête, n'avouant pas l'enfant qu'elle avait fait par hasard, mais déclarant que, si l'on se doutait des embarras d'une bêtise, on aimerait mieux se bien conduire.

– Vous vous fâchez ? dit une voix derrière Denise.

C'était Pauline qui traversait le rayon. Elle avait vu la scène, elle parlait bas, en souriant.

– Mais il le faut bien, répondit de même Denise. Je ne puis venir à bout de mon petit monde.

La lingère haussa les épaules.

– Laissez donc, vous serez notre reine à toutes, quand vous voudrez.

Elle, ne comprenait toujours pas les refus de son amie. Depuis la fin d'août, elle avait épousé Baugé, une vraie sottise, disait-elle gaiement. Le terrible Bourdoncle la traitait maintenant en sabot, en femme perdue pour le commerce. Sa frayeur était qu'on ne les envoyât un beau matin s'aimer dehors, car ces messieurs de la direction décrétaient l'amour exécrable et mortel à la vente. C'était au point que lorsqu'elle rencontrait Baugé dans les galeries, elle affectait de ne pas le connaître. Justement, elle venait d'avoir une alerte, le père Jouve avait failli la surprendre causant avec son mari, derrière une pile de torchons.

– Tenez ! il m'a suivie, ajouta-t-elle, après avoir conté vivement l'aventure à Denise. Le voyez-vous qui me flaire de son grand nez !

Jouve, en effet, sortait des dentelles, correctement cravaté de blanc, le nez à l'affût de quelque faute. Mais, lorsqu'il aperçut Denise, il fit le gros dos et passa d'un air aimable.

– Sauvée ! murmura Pauline. Ma chère, vous lui avez rentré ça dans la gorge... Dites donc, s'il m'arrivait malheur, vous parleriez pour moi ? Oui, oui, ne prenez pas votre air étonné, on sait qu'un mot de vous révolutionnerait la maison.

Et elle se hâta de rentrer à son comptoir. Denise avait rougi, troublée de ces allusions amicales. C'était vrai, du reste. Elle avait la sensation vague de sa puissance, aux flatteries qui l'entouraient. Lorsque Mme Aurélie remonta, et qu'elle trouva le rayon tranquille et actif, sous la surveillance de la seconde, elle lui sourit amicalement. Elle lâchait Mouret lui-même, son amabilité grandissait chaque jour pour une personne qui pouvait, un beau matin, ambitionner sa situation de première. Le règne de Denise commençait.

Seul, Bourdoncle ne désarmait pas. Dans la guerre sourde qu'il continuait contre la jeune fille, il y avait d'abord une antipathie de nature. Il la détestait pour sa douceur et son charme. Puis, il la combattait comme une influence néfaste qui mettrait la maison en péril, le jour où Mouret aurait succombé. Les facultés commerciales du patron lui semblaient devoir sombrer, au milieu de cette tendresse inepte : ce qu'on avait gagné par les femmes, s'en irait par cette femme. Toutes le laissaient froid, il les traitait avec le dédain d'un homme sans passion, dont le métier était de vivre d'elles, et qui avait perdu ses illusions dernières, en les voyant à nu, dans les misères de son trafic. Au lieu de le griser, l'odeur des soixante-dix mille clientes lui donnait d'intolérables migraines : il battait ses maîtresses, dès qu'il rentrait chez lui. Et ce qui l'inquiétait surtout, devant cette petite vendeuse devenue peu à peu si redoutable, c'était qu'il ne croyait point à son désintéressement, à la franchise de ses refus. Pour lui, elle jouait un rôle, le plus habile des rôles ; car, si elle s'était livrée le premier jour, Mouret sans doute l'aurait oubliée le lendemain ; tandis que, en se refusant, elle avait fouetté son désir, elle le rendait fou, capable de toutes les sottises. Une rouée, une fille de vice savant n'aurait pas agi d'une autre façon que cette innocente. Aussi Bourdoncle ne pouvait-il la voir, avec ses yeux clairs, son visage doux, toute son attitude simple, sans être pris maintenant d'une peur véritable, comme s'il avait eu, en face de lui, une mangeuse de chair déguisée, l'énigme sombre de la femme, la mort sous les traits d'une vierge. De quelle manière déjouer la tactique de cette fausse ingénue ? Il ne cherchait plus qu'à pénétrer ses artifices, dans l'espoir de les dévoiler au grand jour ; certainement, elle commettrait quelque faute, il la surprendrait avec un de ses amants, et elle serait chassée de nouveau, la maison retrouverait enfin son beau fonctionnement de machine bien montée.

– Veillez, monsieur Jouve, répétait Bourdoncle à l'inspecteur. C'est moi qui vous récompenserai.

Mais Jouve y apportait de la mollesse, car il avait pratiqué les femmes, et il songeait à se mettre du côté de cette enfant, qui pouvait être la maîtresse souveraine du lendemain. S'il n'osait plus y toucher, il la trouvait diablement jolie. Son colonel, autrefois, s'était tué pour une gamine pareille, une figure insignifiante, délicate et modeste, dont un seul regard retournait les cœurs.

– Je veille, je veille, répondait-il. Mais, parole d'honneur ! je ne découvre rien.

Pourtant, des histoires circulaient, il y avait un courant de commérages abominables, sous les flatteries et le respect que Denise sentait monter autour d'elle. La maison entière, à cette heure, racontait qu'elle avait eu jadis Hutin pour amant ; on n'osait jurer que la liaison continuât, seulement on les soupçonnait de se revoir, de loin en loin. Et Deloche aussi couchait avec elle : ils se retrouvaient sans cesse dans les coins noirs, ils causaient pendant des heures. Un véritable scandale !

– Alors, rien du premier à la soie, rien du jeune homme des dentelles ? répétait Bourdoncle.

– Non, monsieur, rien encore, affirmait l'inspecteur.

C'était surtout avec Deloche que Bourdoncle comptait surprendre Denise. Un matin, lui-même les avait aperçus en train de rire dans le sous-sol. En attendant, il traitait la jeune fille de puissance à puissance, car il ne la dédaignait plus, il la sentait assez forte pour le culbuter lui-même, malgré ses dix ans de service, s'il perdait la partie.

– Je vous recommande le jeune homme des dentelles, concluait-il chaque fois. Ils sont toujours ensemble. Si vous les pincez, appelez-moi, et je me charge du reste.

Mouret, cependant, vivait dans l'angoisse. Était-ce possible ? cette enfant le torturait à ce point ! Toujours il la revoyait arrivant au *Bonheur*, avec ses gros souliers, sa mince robe noire, son air sauvage. Elle bégayait, tous se moquaient d'elle, lui-même l'avait trouvée laide d'abord. Laide ! et, maintenant, elle l'aurait fait mettre à genoux d'un regard, il ne l'apercevait plus que dans un rayonnement ! Puis, elle était restée la dernière de la maison, rebutée, plaisantée, traitée par lui en bête curieuse. Pendant des mois, il avait voulu voir comment une fille poussait, il s'était amusé à cette expérience, sans comprendre qu'il y jouait son cœur. Elle, peu à peu, grandissait, devenait redoutable. Peut-être l'aimait-il depuis la première minute, même à l'époque où il ne croyait avoir que de la pitié. Et, pourtant, il ne s'était senti à elle que le soir de leur promenade, sous les marronniers des Tuileries. Sa vie partait de là, il entendait les rires d'un groupe de fillettes, le ruissellement lointain d'un jet d'eau, tandis que, dans l'ombre chaude, elle marchait près de lui, silencieuse. Ensuite, il ne savait plus, sa fièvre avait augmenté d'heure en heure, tout son sang, tout son être s'était donné. Une enfant pareille, était-ce possible ? Quand elle passait à présent, le vent léger de sa robe lui paraissait si fort, qu'il chancelait.

Longtemps, il s'était révolté, et parfois encore, il s'indignait, il voulait se dégager de cette possession imbécile. Qu'avait-elle donc pour le lier ainsi ? ne l'avait-il pas vue sans chaussures ? n'était-elle pas entrée presque par charité ? Au moins, s'il se fût agi d'une de ces créatures superbes qui ameutent la foule ! mais cette petite fille, cette rien du tout ! Elle avait, en somme, une de ces figures moutonnières dont on ne dit rien. Elle ne devait même pas être d'une intelligence vive, car il se rappelait ses mauvais débuts de vendeuse. Puis, après chacune de ses colères, il y avait en lui une rechute de passion, comme une terreur sacrée d'avoir insulté son idole. Elle apportait tout ce qu'on trouve de bon chez la femme, le courage, la gaieté, la simplicité ; et, de sa douceur, montait un charme, d'une subtilité pénétrante de parfum. On ne pouvait ne pas la voir, la coudoyer ainsi que la première venue ; bientôt, le charme agissait avec une force lente, invincible ; on lui appartenait à jamais, si elle daignait sourire. Tout souriait alors dans son visage blanc, ses yeux de pervenche, ses joues et son menton troués de fossettes ; tandis que ses lourds cheveux blonds semblaient s'éclairer aussi, d'une beauté royale et conquérante. Il s'avouait vaincu, elle était intelligente comme elle était belle, son intelligence venait du meilleur de son être. Lorsque les autres vendeuses, chez lui, n'avaient qu'une éducation de frottement, le vernis qui s'écaille des filles déclassées, elle, sans élégances fausses, gardait sa grâce, la saveur de son origine. Les idées commerciales les plus larges naissaient de la pratique, sous ce front étroit, dont les lignes pures annonçaient la volonté et l'amour de l'ordre. Et il aurait joint les deux mains, pour lui demander pardon de blasphémer, dans ses heures de révolte.

Aussi pourquoi se refusait-elle avec une pareille obstination ? Vingt fois, il l'avait suppliée, augmentant ses offres, offrant de l'argent, beaucoup d'argent. Puis, il s'était dit qu'elle devait être ambitieuse, il lui avait promis de la nommer première, dès qu'un rayon serait vacant. Et elle refusait, elle refusait encore ! C'était pour lui une stupeur, une lutte où son désir s'enrageait. Le cas lui semblait impossible, cette enfant finirait par céder, car il avait toujours regardé la sagesse d'une femme comme une chose relative. Il ne voyait plus d'autre but, tout disparaissait dans ce besoin : la tenir enfin chez lui, l'asseoir sur ses genoux, en la baisant aux lèvres ; et, à cette vision, le sang de ses veines battait, il demeurait tremblant, bouleversé de son impuissance.

Désormais, ses journées s'écoulaient dans la même obsession douloureuse. L'image de Denise se levait avec lui. Il avait rêvé d'elle la nuit, elle le suivait devant le grand bureau de son cabinet, où il signait les traites et les mandats, de neuf à dix heures : besogne qu'il accomplissait machinalement, sans cesser de la sentir présente, disant toujours non de son air tranquille. Puis, à dix heures, c'était le conseil, un véritable conseil des ministres, une réunion des douze intéressés de la maison, qu'il lui fallait présider : on discutait les questions d'ordre intérieur, on examinait les achats, on arrêtait les étalages ; et elle était encore là, il entendait sa voix douce au milieu des chiffres, il voyait son clair sourire dans les situations financières les plus compliquées. Après le conseil, elle l'accompagnait, faisait avec lui l'inspection quotidienne des comptoirs, revenait l'après-midi dans le cabinet de la direction, restait près de son fauteuil de deux à quatre, pendant qu'il recevait toute une foule, les fabricants de la France entière, de hauts industriels, des banquiers, des inventeurs : va-et-vient continu de la richesse et de l'intelligence, danse affolée des millions, entretiens rapides où l'on brassait les plus grosses affaires du marché de Paris. S'il l'oubliait une minute en décidant de la ruine ou de la prospérité d'une industrie, il la retrouvait debout, à un élancement de son cœur ; sa voix expirait, il se demandait à quoi bon cette fortune remuée, puisqu'elle ne voulait pas. Enfin, lorsque sonnaient cinq heures, il devait signer le courrier, le travail machinal de sa main recommençait, pendant qu'elle se dressait plus dominatrice, le reprenant tout entier, pour le posséder à elle seule, durant les heures solitaires et ardentes de la nuit. Et, le lendemain, la même journée recommençait, ces journées si actives, si pleines d'un colossal labeur, que l'ombre fluette d'une enfant suffisait à ravager d'angoisse.

Mais c'était surtout pendant son inspection quotidienne des magasins, qu'il sentait sa misère. Avoir bâti cette machine géante, régner sur un pareil monde, et agoniser de douleur, parce qu'une petite fille ne veut pas de vous ! Il se méprisait, il traînait la fièvre et la honte de son mal. Certains jours, le dégoût le prenait de sa puissance, il ne lui venait que des nausées, d'un bout à l'autre des galeries. D'autres fois, il aurait voulu étendre son empire, le faire si grand, qu'elle se serait livrée peut-être, d'admiration et de peur.

D'abord, en bas, dans les sous-sols, il s'arrêtait devant la glissoire. Elle se trouvait toujours rue Neuve-Saint-Augustin ; mais on avait dû l'élargir, elle avait maintenant un lit de fleuve, où le continuel flot des marchandises roulait avec la voix haute des grandes eaux ; c'étaient des arrivages du monde entier, des files de camions venus de toutes les gares, un déchargement sans arrêt, un ruissellement de caisses et de ballots coulant sous terre, bu par la maison insatiable. Il regardait ce torrent tomber chez lui, il songeait qu'il était un des maîtres de la fortune publique, qu'il tenait dans ses mains le sort de la fabrication française, et qu'il ne pouvait acheter le baiser d'une de ses vendeuses.

Puis, il passait au service de la réception, qui occupait à cette heure la partie des sous-sols en bordure sur la rue Monsigny. Vingt tables s'y allongeaient, dans la clarté pâle des soupiraux ; tout un peuple de commis s'y bousculait, vidant les caisses, vérifiant les marchandises, les marquant en chiffres connus ; et l'on entendait sans relâche le ronflement voisin de la glissoire, qui dominait les voix. Des chefs de rayon l'arrêtaient, il devait résoudre des difficultés, confirmer des ordres. Ce fond de cave s'emplissait de l'éclat tendre des satins, de la blancheur des toiles, d'un déballage prodigieux où les fourrures se mêlaient aux dentelles, et les articles de Paris, aux portières d'Orient. Lentement, il marchait parmi ces richesses jetées sans ordre, entassées à l'état brut. En haut, elles allaient s'allumer aux étalages, lâcher le galop de l'argent à travers les comptoirs, aussi vite emportées que montées, dans le furieux courant de vente qui traversait la maison. Lui, songeait qu'il avait offert à la jeune fille des soies, des velours, tout ce qu'elle voudrait prendre à pleines mains, dans ces tas énormes, et qu'elle avait refusé, d'un petit signe de sa tête blonde.

Ensuite, il se rendait à l'autre bout des sous-sols, pour donner son coup d'œil habituel au service du départ. D'interminables corridors s'étendaient, éclairés au gaz ; à droite et à gauche, les réserves, fermées par des claies, mettaient comme des boutiques souterraines, tout un quartier commerçant, des merceries, des lingeries, des ganteries, des bimbeloteries, dormant dans l'ombre. Plus loin, se trouvait un des trois calorifères ; plus loin encore, un poste de pompiers gardait le compteur central, enfermé dans sa cage métallique. Il trouvait, au départ, les tables de triage encombrées déjà des charges de paquets, de cartons et de boîtes, que des paniers descendaient continuellement ; et Campion, le chef du service, le renseignait sur la besogne courante, tandis que les vingt hommes placés sous ses ordres distribuaient les paquets dans les compartiments, qui portaient chacun le nom d'un quartier de Paris, et d'où les garçons les montaient ensuite aux voitures, rangées le long du trottoir. C'étaient des appels, des noms de rue jetés, des recommandations criées, tout un vacarme, toute une agitation de paquebot sur le point de lever l'ancre. Et il restait un moment immobile, il regardait ce dégorgement des marchandises, dont il venait de voir la maison s'engorger, à l'extrémité opposée des sous-sols : l'énorme courant aboutissait là, sortait par là dans la rue, après avoir déposé de l'or au fond des caisses. Ses yeux se troublaient, ce départ colossal n'avait plus d'importance, il ne lui restait qu'une idée de voyage, l'idée de s'en aller dans des pays lointains, de tout abandonner, si elle s'obstinait à dire non.

Alors, il remontait, il continuait sa tournée, parlant et s'agitant davantage, sans pouvoir se distraire. Au second étage, il visitait le service des expéditions, cherchait des querelles, s'exaspérait sourdement contre la régularité parfaite de la machine qu'il avait réglée lui-même. Ce service était celui qui prenait de jour en jour l'importance la plus considérable : il nécessitait à présent deux cents employés, dont les uns ouvraient, lisaient, classaient les lettres venues de la province et de l'étranger, tandis que les autres réunissaient dans des cases les marchandises demandées par les signataires. Et le nombre des lettres croissait tellement, qu'on ne les comptait plus ; on les pesait, il en arrivait jusqu'à cent livres par jour. Lui, fiévreux, traversait les trois salles du service, questionnait Levasseur, le chef, sur le poids du courrier : quatre-vingts livres, quatre-vingt-dix parfois, le lundi cent. Le chiffre montait toujours, il aurait dû être ravi.

Mais il demeurait frissonnant, dans le tapage que l'équipe voisine des emballeurs faisait en clouant des caisses. En vain, il battait la maison : l'idée fixe restait enfoncée entre ses deux yeux, et à mesure que sa puissance se déroulait, que les rouages des services et l'armée de son personnel défilaient devant lui, il sentait plus profondément l'injure de son impuissance. Les commandes de l'Europe entière affluaient, il fallait une voiture des Postes spéciale pour apporter la correspondance ; et elle disait non, toujours non.

Il redescendait, visitait la caisse centrale, où quatre caissiers gardaient les deux coffres-forts géants, dans lesquels venaient de passer, l'année précédente, quatre-vingt-huit millions. Il donnait un coup d'œil au bureau de la vérification des factures, qui occupait vingt-cinq employés, choisis parmi les plus sérieux. Il entrait au bureau de défalcation, un service de trente-cinq jeunes gens, les débutants de la comptabilité, chargés de contrôler les notes de débit et de calculer le tant pour cent des vendeurs. Il revenait à la caisse centrale, s'irritait à la vue des coffres-forts, marchait au milieu de ces millions, dont l'inutilité le rendait fou. Elle disait non, toujours non.

Non toujours, dans tous les comptoirs, dans les galeries de vente, dans les salles, dans les magasins entiers ! Il allait de la soie à la draperie, du blanc aux dentelles ; il montait les étages, s'arrêtait sur les ponts volants, prolongeait son inspection avec une minutie maniaque et douloureuse. La maison s'était agrandie démesurément, il avait créé ce rayon, cet autre encore, il gouvernait ce nouveau domaine, il étendait son empire jusqu'à cette industrie, la dernière conquise ; et c'était non, toujours non, quand même. Aujourd'hui, son personnel aurait peuplé une petite ville : il y avait quinze cents vendeurs, mille autres employés de toute espèce, dont quarante inspecteurs et soixante-dix caissiers ; les cuisines seules occupaient trente-deux hommes ; on comptait dix commis pour la publicité, trois cent cinquante garçons de magasin portant la livrée, vingt-quatre pompiers à demeure. Et, dans les écuries, des écuries royales, installées rue Monsigny, en face des magasins, se trouvaient cent quarante-cinq chevaux, tout un luxe d'attelage déjà célèbre. Les quatre premières voitures qui remuaient le commerce du quartier, autrefois, lorsque la maison n'occupait encore que l'angle de la place Gaillon, étaient montées peu à peu au chiffre de soixante-deux : petites voitures à bras, voitures à un cheval, lourds chariots à deux chevaux.

Continuellement, elles sillonnaient Paris, conduites avec correction par des cochers vêtus de noir, promenant l'enseigne d'or et de pourpre du *Bonheur des Dames*. Même elles sortaient des fortifications, couraient la banlieue ; on les rencontrait dans les chemins creux de Bicêtre, le long des berges de la Marne, jusque sous les ombrages de la forêt de Saint-Germain ; parfois, du fond d'une avenue ensoleillée, en plein désert, en plein silence, on en voyait une surgir, passer au trot de ses bêtes superbes, en jetant à la paix mystérieuse de la grande nature la réclame violente de ses panneaux vernis. Il rêvait de les lancer plus loin, dans les départements voisins, il aurait voulu les entendre rouler sur toutes les routes de France, d'une frontière à l'autre. Mais, il ne descendait même plus visiter ses chevaux, qu'il adorait. À quoi bon cette conquête du monde, puisque c'était non, toujours non ?

Maintenant, le soir, lorsqu'il arrivait devant la caisse de Lhomme, il regardait encore par habitude le chiffre de la recette, inscrit sur une carte, que le caissier embrochait dans une pique de fer, à côté de lui ; rarement le chiffre tombait au-dessous de cent mille francs, il montait parfois à huit ou neuf cent mille, les jours de grande exposition ; et ce chiffre ne sonnait plus à son oreille comme un coup de trompette, il regrettait de l'avoir regardé, il en emportait une amertume, la haine et le mépris de l'argent.

Mais les souffrances de Mouret devaient grandir. Il devint jaloux. Un matin, dans le cabinet, avant le conseil, Bourdoncle osa lui faire entendre que cette petite fille des confections se moquait de lui.

– Comment ça ? demanda-t-il très pâle.

– Eh oui ! elle a des amants ici même.

Mouret eut la force de sourire.

– Je ne songe plus à elle, mon cher. Vous pouvez parler... Qui donc, des amants ?

– Hutin, assure-t-on, et encore un vendeur des dentelles, Deloche, ce grand garçon bête... Je n'affirme rien, je ne les ai pas vus. Seulement, il paraît que ça crève les yeux.

Il y eut un silence. Mouret affectait de ranger des papiers sur son bureau, pour cacher le tremblement de ses mains. Enfin, il dit sans lever la tête :

– Il faudrait des preuves, tâchez de m'apporter des preuves... Oh ! pour moi, je vous le répète, je m'en moque, car elle a fini par m'agacer. Mais nous ne pourrions tolérer des choses pareilles chez nous.

Bourdoncle répondit simplement :

– Soyez tranquille, vous aurez des preuves un de ces jours. Je veille.

Alors, Mouret acheva de perdre toute tranquillité. Il n'eut plus le courage de revenir sur cette conversation, il vécut dans la continuelle attente d'une catastrophe, où son cœur resterait broyé. Et son tourment le rendit terrible, la maison entière trembla. Il dédaignait de se cacher derrière Bourdoncle, il faisait lui-même les exécutions, dans un besoin nerveux de rancune, se soulageant à abuser de sa puissance, de cette puissance qui ne pouvait rien pour le contentement de son désir unique. Chacune de ses inspections devenait un massacre, on ne le voyait plus paraître, sans qu'un frisson de panique soufflât de comptoir en comptoir. Justement, on entrait dans la morte-saison d'hiver, et il balaya les rayons, il entassa les victimes, poussant tout à la rue. Sa première idée était de chasser Hutin et Deloche ; puis, il avait réfléchi que, s'il ne les gardait pas, il ne saurait jamais rien ! et les autres payaient pour eux, le personnel entier craquait. Le soir, quand il se retrouvait seul, des larmes lui gonflaient les paupières.

Un jour surtout, la terreur régna. Un inspecteur croyait remarquer que le gantier Mignot volait. Toujours des filles aux allures étranges rôdaient devant son comptoir ; et l'on venait d'arrêter une d'elles, les hanches garnies et la gorge bourrée de soixante paires de gants. Dès lors, une surveillance fut organisée, l'inspecteur prit Mignot en flagrant délit, facilitant les tours de main d'une grande blonde, une ancienne vendeuse du *Louvre* tombée au trottoir : la manœuvre était simple, il affectait de lui essayer des gants, attendait qu'elle se fût emplie, et la menait ensuite à une caisse, où elle en payait une paire. Justement, Mouret se trouvait là. D'habitude, il préférait ne pas se mêler de ces sortes d'aventures, qui étaient fréquentes ; car, malgré le fonctionnement de machine bien réglée, un grand désordre régnait dans certains rayons du *Bonheur des Dames*, et il ne se passait pas de semaine, sans qu'on chassât un employé pour vol. Même la direction aimait mieux faire le plus de silence possible autour de ces vols, jugeant inutile de mettre la police sur pied, ce qui aurait étalé une des plaies fatales des grands bazars. Seulement, ce jour-là, Mouret avait le besoin de se fâcher, et il traita violemment le joli Mignot, qui tremblait de peur, la face blême et décomposée.

– Je devrais appeler un sergent de ville, criait-il au milieu des autres vendeurs. Mais répondez ! quelle est cette femme ?... Je vous jure que j'envoie chercher le commissaire, si vous ne me dites pas la vérité.

On avait emmené la femme, deux vendeuses la déshabillaient. Mignot balbutia :

– Monsieur, je ne la connais pas autrement... C'est elle qui est venue...

– Ne mentez donc pas ! interrompit Mouret avec un redoublement de violence. Et personne ici qui nous avertisse ! Vous vous entendez tous, ma parole ! Nous sommes dans une véritable forêt de Bondy[1], volés, pillés, saccagés ! C'est à n'en plus laisser sortir un seul, sans fouiller ses poches !

Des murmures se firent entendre. Les trois ou quatre clientes qui achetaient des gants restaient effarées.

– Silence ! reprit-il furieusement, ou je balaie la maison !

Mais Bourdoncle était accouru, inquiet à l'idée du scandale. Il murmura quelques mots à l'oreille de Mouret, l'affaire prenait une gravité exceptionnelle ; et il le décida à conduire Mignot dans le bureau des inspecteurs, une pièce située au rez-de-chaussée, près de la porte Gaillon. La femme se trouvait là, en train de remettre tranquillement son corset. Elle venait de nommer Albert Lhomme. Mignot, questionné de nouveau, perdit la tête, sanglota : lui, n'était pas coupable, c'était Albert qui lui envoyait ses maîtresses ; d'abord, il les avantageait simplement, les faisait profiter des occasions ; puis, quand elles finissaient par voler, il était trop compromis déjà pour avertir ces messieurs. Et ceux-ci apprirent alors toute une série de vols extraordinaires : des marchandises enlevées par des filles, qui allaient les attacher sous leurs jupons, dans les cabinets luxueux, installés près du buffet, au milieu des plantes vertes ; des achats qu'un vendeur négligeait d'appeler à une caisse, lorsqu'il y conduisait une cliente, et dont il partageait le prix avec le caissier ; jusqu'à de faux « rendus », des articles qu'on annonçait comme rentrés dans la maison, pour empocher l'argent remboursé fictivement ; sans compter le vol classique, des paquets sortis le soir sous la redingote, roulés autour de la taille, parfois même pendus le long des cuisses. Depuis quatorze mois, grâce à Mignot et à d'autres vendeurs sans doute qu'ils refusèrent de nommer, il se faisait ainsi, à la caisse d'Albert, une cuisine louche, tout un gâchis impudent, pour des sommes dont on ne connut jamais le chiffre exact.

Cependant, la nouvelle s'était répandue dans les rayons. Les consciences inquiètes frissonnaient, les honnêtetés les plus sûres

1. **Forêt de Bondy :** forêt à l'est de Paris qui était autrefois infestée de voleurs.

d'elles redoutaient le coup de balai général. On avait vu Albert disparaître dans le bureau des inspecteurs. Ensuite Lhomme était passé, étouffant, le sang au visage, le cou serré déjà par l'apoplexie. Puis, Mme Aurélie elle-même venait d'être appelée ; et elle, la tête haute sous l'affront, avait la bouffissure grasse et blême d'un masque de cire. L'explication dura longtemps, personne n'en sut au juste les détails : on raconta que la première des confections avait giflé son fils, à lui retourner la tête, et que le vieux brave homme de père pleurait, pendant que le patron, sorti de toutes ses habitudes de grâce, jurait comme un charretier, en voulant absolument livrer les coupables aux tribunaux. Cependant, on étouffa le scandale. Seul, Mignot fut chassé sur-le-champ. Albert ne disparut que deux jours plus tard ; sans doute, sa mère avait obtenu qu'on ne déshonorât pas la famille par une exécution immédiate. Mais la panique souffla plusieurs jours encore, car, après la scène, Mouret s'était promené d'un bout à l'autre des magasins, l'œil terrible, sabrant devant lui ceux qui osaient simplement lever les yeux.

– Que faites-vous là, monsieur, à regarder les mouches ?... Passez à la caisse !

Enfin, l'orage éclata un jour sur la tête de Hutin lui-même. Favier, nommé second, mangeait le premier, afin de le déloger de sa place. C'était la continuelle tactique, des rapports sournois adressés à la direction, des occasions exploitées pour faire prendre le chef du comptoir en défaut. Donc, un matin, comme Mouret traversait la soie, il s'arrêta, surpris de voir Favier en train de modifier les étiquettes de tout un solde de velours noir.

– Pourquoi baissez-vous les prix ? demanda-t-il. Qui vous en a donné l'ordre ?

Le second, qui menait grand bruit autour de ce travail, comme s'il eût voulu accrocher le directeur au passage, en prévoyant la scène, répondit d'un air naïvement surpris :

– Mais c'est M. Hutin, monsieur.

– M. Hutin !... Où est donc M. Hutin ?

Et, lorsque celui-ci fut remonté de la réception, où un vendeur était descendu le chercher, une explication vive s'engagea. Comment ! il baissait maintenant les prix de lui-même ! Mais il parut très étonné à son tour, il avait simplement causé de cette baisse avec Favier, sans donner un ordre positif. Alors, ce dernier prit l'air chagrin d'un employé qui se voit dans l'obligation de contredire son supérieur. Pourtant, il voulait bien accepter la faute, s'il s'agissait de le tirer d'un mauvais pas. Du coup, les choses se gâtèrent.

– Entendez-vous ! monsieur Hutin, criait Mouret, je n'ai jamais toléré ces tentatives d'indépendance... Nous seuls décidons de la marque.

Il continua, d'une voix âpre, avec des intentions blessantes, qui surprirent les vendeurs, car d'ordinaire ces sortes de discussions avaient lieu à l'écart, et le cas pouvait du reste venir en effet d'un malentendu. On sentait chez lui comme une rancune inavouée à satisfaire. Enfin, il le prenait donc en défaut, ce Hutin qu'on donnait pour amant à Denise ! il pouvait donc se soulager un peu, en lui faisant sentir durement qu'il était le maître ! Et il exagérait les choses, il finissait par insinuer que la baisse des prix cachait des intentions peu honnêtes.

– Monsieur, répétait Hutin, je comptais vous soumettre cette baisse... Elle est nécessaire, vous le savez, car ces velours n'ont pas réussi.

Mouret voulut couper court, par une dernière dureté.

– C'est bien, monsieur, nous examinerons l'affaire... Et ne recommencez pas, si vous tenez à la maison.

Il tourna le dos. Hutin, étourdi, furieux, ne trouvant que Favier pour vider son cœur, lui jura qu'il allait flanquer sa démission à la tête de cette brute-là. Puis, il ne parla plus de s'en aller, il remuait seulement toutes les accusations abominables qui traînaient parmi les vendeurs contre les chefs. Et Favier, l'œil luisant, se défendait, avec de grandes démonstrations de sympathie. Il avait dû répondre, n'est-ce pas ? et puis, est-ce qu'on pouvait s'attendre à une pareille histoire pour des bêtises ? Sur quoi donc marchait le patron, depuis quelque temps, qu'il devenait indécrottable ?

– Oh ! sur quoi il marche, on le sait, reprit Hutin. Est-ce ma faute, à moi, si cette grue des confections le fait tourner en bourrique !... Voyez-vous, mon cher, le coup vient de là. Il sait que j'ai couché avec, et ça ne lui est pas agréable ; ou bien c'est elle qui veut me faire flanquer à la porte, parce que je la gêne... Je vous jure qu'elle aura de mes nouvelles, si jamais elle tombe sous ma patte.

Deux jours plus tard, comme Hutin était monté à l'atelier des confections, en haut, sous les toits, pour recommander lui-même une ouvrière, il eut un léger sursaut, en apercevant, au bout d'un couloir, Denise et Deloche accoudés devant une fenêtre ouverte, si enfoncés dans une conversation intime, qu'ils ne tournèrent pas la tête. L'idée de les faire surprendre lui vint brusquement, lorsqu'il s'aperçut que Deloche pleurait. Alors, il se retira sans bruit ; et, dans l'escalier, ayant rencontré Bourdoncle et Jouve, il leur conta une histoire, un des extincteurs dont la porte semblait arrachée ; de cette façon, ils monteraient, ils tomberaient sur les deux autres. Bourdoncle les découvrit le premier. Il s'arrêta net, dit à Jouve d'aller chercher le directeur, pendant que lui resterait là. L'inspecteur dut obéir, très contrarié de se compromettre dans une pareille affaire.

C'était un coin perdu du vaste monde où s'agitait le peuple du *Bonheur des Dames.* On y arrivait par une complication d'escaliers et de couloirs. Les ateliers occupaient les combles, une suite de salles basses et mansardées, éclairées de larges baies taillées dans le zinc, uniquement meublées de longues tables et de gros poêles de fonte ; il y avait, à la file, des lingères, des dentellières, des tapissiers, des confectionneuses, vivant l'été et l'hiver dans une chaleur étouffante, au milieu de l'odeur spéciale du métier ; et l'on devait longer toute l'aile, prendre à gauche après les confectionneuses, monter cinq marches, avant d'atteindre ce bout écarté de corridor. Les rares clientes, qu'un vendeur amenait là parfois, pour une commande, reprenaient haleine, brisées, effarées, avec la sensation de tourner sur elles-mêmes depuis des heures, et d'être à cent lieues du trottoir.

Plusieurs fois déjà, Denise avait trouvé Deloche qui l'attendait. Comme seconde, elle était chargée des rapports du rayon avec l'atelier, où l'on ne faisait d'ailleurs que les modèles et les retouches ; et, à toute heure, elle montait, pour donner des ordres. Il la guettait, inventait un prétexte, filait derrière elle ; puis, il affectait la surprise, quand il la rencontrait, à la porte des confectionneuses. Elle avait fini par en rire, c'étaient comme des rendez-vous acceptés. Le corridor longeait le réservoir, un énorme cube de tôle qui contenait soixante mille litres d'eau ; et il y en avait, sur le toit, un second d'égale grandeur, auquel on arrivait par une échelle de fer. Un instant, Deloche causait, appuyé d'une épaule contre le réservoir, dans le continuel abandon de son grand corps ployé de fatigue. Des bruits d'eau chantaient, des bruits mystérieux dont la tôle gardait toujours la vibration musicale. Malgré le profond silence, Denise se retournait avec inquiétude, ayant cru voir passer une ombre sur les murailles nues, peintes en jaune clair. Mais, bientôt, la fenêtre les attirait, ils s'y accoudaient, s'y oubliaient dans des bavardages rieurs, des souvenirs sans fin sur le pays de leur enfance. Au-dessous d'eux, s'étendait l'immense vitrage de la galerie centrale, un lac de verre borné par les toitures lointaines, comme par des côtes rocheuses. Et ils ne voyaient au-delà que du ciel, une nappe de ciel, qui reflétait, dans l'eau dormante des vitres, le vol de ses nuages et le bleu tendre de son azur.

Justement, ce jour-là, Deloche parlait de Valognes.

– J'avais six ans, ma mère m'emmenait dans une carriole au marché de la ville. Vous savez qu'il y a treize bons kilomètres, il fallait partir de Briquebec à cinq heures... C'est très beau, par chez nous. Est-ce que vous connaissez ?

– Oui, oui, répondait lentement Denise, les regards au loin. J'y suis allée une fois, mais j'étais bien petite... Des routes, avec des gazons à droite et à gauche, n'est-ce pas ? et, de loin en loin, des moutons lâchés deux à deux, traînant la corde de leurs entraves...

Elle se taisait, puis reprenait avec un vague sourire :

– Nous autres, nous avons des routes droites pendant des lieues, entre les arbres qui font de l'ombre... Nous avons des herbages entourés de haies plus grandes que moi, où il y a des chevaux et des vaches... Nous avons une petite rivière, et l'eau est très froide, sous les broussailles, dans un endroit que je sais bien.

– C'est comme nous ! c'est comme nous ! criait Deloche ravi. Il n'y a que de l'herbe, chacun enferme son morceau avec des aubépines et des ormes, et l'on est chez soi, et c'est tout vert, oh ! d'un vert qu'ils n'ont pas à Paris... Mon Dieu ! que j'ai joué au fond du chemin creux, à gauche, en descendant du moulin !

Et leurs voix défaillaient, ils demeuraient les yeux fixés et perdus sur le lac ensoleillé des vitres. Un mirage se levait pour eux de cette eau aveuglante, ils voyaient des pâturages à l'infini, le Cotentin trempé par les haleines de l'océan, baigné d'une vapeur lumineuse, qui fondait l'horizon dans un gris délicat d'aquarelle. En bas, sous la colossale charpente de fer, dans le hall des soieries, ronflait la vente, la trépidation de la machine en travail ; toute la maison vibrait du piétinement de la foule, de la hâte des vendeurs, de la vie des trente mille personnes qui s'écrasaient là ; et eux, emportés par leur rêve, à sentir ainsi cette profonde et sourde clameur dont les toits frémissaient, croyaient entendre le vent du large passer sur les herbes, en secouant les grands arbres.

– Mon Dieu ! mademoiselle Denise, balbutia Deloche, pourquoi n'êtes-vous pas plus gentille ?... Moi qui vous aime tant !

Des larmes lui étaient montées aux yeux et comme elle voulait l'interrompre d'un geste, il continua vivement :

– Non, laissez-moi vous dire ces choses une fois encore... Nous nous entendrions si bien ensemble ! On a toujours à causer, quand on est du même pays.

Il suffoqua, elle put enfin dire doucement :

– Vous n'êtes pas raisonnable, vous m'aviez promis de ne plus parler de cela... C'est impossible. J'ai beaucoup d'amitié pour vous, parce que vous êtes un brave garçon ; mais je veux rester libre.

– Oui, oui, je sais, reprit-il d'une voix brisée, vous ne m'aimez pas. Oh ! vous pouvez le dire, je comprends ça, je n'ai rien pour que vous m'aimiez... Tenez ! il n'y a eu qu'une bonne heure dans ma vie, le soir où je vous ai rencontrée à Joinville, vous vous souvenez ? Un instant, sous les arbres, où il faisait si noir, j'ai cru que votre bras tremblait, j'ai été assez bête pour m'imaginer...

Mais elle lui coupa de nouveau la parole. Son oreille fine venait d'entendre les pas de Bourdoncle et de Jouve, au bout du corridor.

– Écoutez donc, on a marché.

– Non, dit-il, en l'empêchant de quitter la fenêtre. C'est dans ce réservoir : il en sort toujours des bruits extraordinaires, on croirait qu'il y a un monde dedans.

Et il continua ses plaintes timides et caressantes. Elle ne l'écoutait plus, reprise d'une songerie à ce bercement d'amour, promenant ses regards sur les toitures du *Bonheur des Dames*. À droite et à gauche de la galerie vitrée, d'autres galeries, d'autres halls luisaient au soleil, entre des combles troués de fenêtres et allongés symétriquement, comme des ailes de caserne. Des charpentes métalliques se dressaient, des échelles, des ponts, qui découpaient leur dentelle dans le bleu de l'air ; tandis que la cheminée des cuisines faisait une grosse fumée de fabrique, et que le grand réservoir carré, tenu en plein ciel sur des piliers de fonte, prenait un étrange profil de construction barbare, haussée à cette place par l'orgueil d'un homme. Au loin, Paris grondait.

Lorsque Denise revint de ces espaces, de ce développement du *Bonheur* où ses pensées flottaient comme dans une solitude, elle vit que Deloche s'était emparé de sa main. Et il avait le visage si bouleversé, qu'elle ne la retira pas.

– Pardonnez-moi, murmurait-il. C'est fini maintenant, je serais trop malheureux, si vous me punissiez en reprenant votre amitié... Je vous jure que je voulais vous dire autre chose. Oui, je m'étais promis de comprendre la situation, d'être bien sage...

Ses larmes coulaient de nouveau, il tâchait d'affermir sa voix.

– Car, enfin, je connais mon lot, dans l'existence. Ce n'est pas maintenant que la chance peut tourner. Battu là-bas, battu à Paris, battu partout. Voici quatre ans que je suis ici, et je reste le dernier du rayon... Alors, je voulais vous dire de ne pas avoir de la peine à cause de moi. Je ne vous ennuierai plus. Tâchez d'être heureuse, aimez-en un autre ; oui, ça me fera plaisir. Si vous êtes heureuse, je serai heureux... Ce sera mon bonheur.

Il ne put continuer. Comme pour sceller sa promesse, il avait posé les lèvres sur la main de la jeune fille, qu'il baisait d'un humble baiser d'esclave. Elle était très touchée, elle dit simplement, avec une fraternité attendrie, qui atténuait la pitié des mots :

– Mon pauvre garçon !

Mais ils tressaillirent, ils se tournèrent. Mouret était devant eux.

Depuis dix minutes, Jouve cherchait le directeur dans les magasins. Celui-ci se trouvait sur les chantiers de la nouvelle façade, rue du 10-Décembre. Tous les jours, il y passait de longues heures, il tentait de s'intéresser à ces travaux, dont il avait si longtemps rêvé. C'était son refuge contre ses tourments, au milieu des maçons établissant les piles d'angle en pierres de taille, et des serruriers posant les fers des grandes charpentes. Déjà, la façade, sortie du sol, indiquait le vaste porche, les baies du premier étage, un développement de palais à l'état d'ébauche. Il montait aux échelles, discutait avec l'architecte l'ornementation qui devait être tout à fait neuve, enjambait les fers et les briques, descendait jusque dans les caves ; et le ronflement de la machine à vapeur, le tic-tac des treuils, le tapage des marteaux, la clameur de ce peuple d'ouvriers, au travers de cette grande cage entourée de planches sonores, arrivaient à l'étourdir un instant. Il en sortait blanc de plâtre, noir de limaille, les pieds éclaboussés par les robinets des prises d'eau, si peu guéri de son mal, que l'angoisse revenait et battait son cœur à coups plus retentissants, à mesure que le vacarme du chantier s'éteignait derrière lui. Précisément, ce jour-là, une distraction lui avait rendu sa gaieté, il se passionnait en regardant sur un album les dessins des mosaïques et des terres cuites émaillées qui devaient décorer les frises, lorsque Jouve était venu le chercher essoufflé, très ennuyé de salir sa redingote parmi ces matériaux. D'abord, il avait crié qu'on pouvait bien l'attendre ; puis, sur un mot de l'inspecteur dit à voix basse, il l'avait suivi, frissonnant, repris tout entier. Plus rien n'existait, la façade croulait avant d'être debout : à quoi bon ce triomphe suprême de son orgueil, si le nom seul d'une femme, murmuré tout bas, le torturait à ce point !

En haut, Bourdoncle et Jouve crurent prudent de disparaître. Deloche s'était enfui. Seule Denise restait en face de Mouret, plus blanche que d'habitude, mais le regard franchement levé sur lui.

– Mademoiselle, veuillez me suivre, dit-il d'une voix dure.

Elle le suivit, ils descendirent deux étages, traversèrent les rayons des meubles et des tapis, sans dire un mot. Quand il fut devant son cabinet, il ouvrit la porte toute grande.

– Entrez, mademoiselle.

Et il referma la porte, il marcha jusqu'à son bureau. Le nouveau cabinet du directeur était plus luxueux que l'ancien, une tenture de velours vert avait remplacé le reps, un corps de bibliothèque incrusté d'ivoire tenait tout un panneau ; mais, sur les murs, on ne voyait toujours que le portrait de Mme Hédouin, une jeune femme au beau visage calme, qui souriait dans son cadre d'or.

– Mademoiselle, dit-il enfin, en tâchant de garder une sévérité froide, il y a des choses que nous ne pouvons tolérer... La bonne conduite est ici de rigueur...

Il s'arrêtait, cherchait les mots, pour ne pas céder à la colère qui lui montait des entrailles. Eh quoi ! c'était ce garçon qu'elle aimait, ce misérable vendeur, la risée de son comptoir ! c'était le plus humble et le plus gauche de tous qu'elle lui préférait, à lui le maître ! car il les avait bien vus, elle abandonnant sa main, lui couvrant cette main de baisers.

– J'ai été très bon pour vous, mademoiselle, continua-t-il, en faisant un nouvel effort. Je ne m'attendais guère à être récompensé de cette façon.

Denise, dès la porte, avait eu les yeux attirés par le portrait de Mme Hédouin ; et, malgré son grand trouble, elle en demeurait préoccupée. Chaque fois qu'elle entrait à la direction, son regard se croisait avec celui de cette dame peinte. Elle en avait un peu peur, elle la sentait pourtant très bonne. Cette fois, elle trouvait là comme une protection.

– En effet, monsieur, répondit-elle doucement, j'ai eu tort de m'arrêter à causer, et je vous demande pardon de cette faute... Ce jeune homme est de mon pays...

– Je le chasse ! cria Mouret, qui mit toute sa souffrance dans ce cri furieux.

Et, bouleversé, sortant de son rôle de directeur sermonnant une vendeuse coupable d'une infraction au règlement, il se répandit en paroles violentes. N'avait-elle pas de honte ? une jeune fille comme elle s'abandonner à un être pareil ! et il en vint à des accusations atroces, il lui reprocha Hutin, d'autres encore, dans un tel flot de paroles, qu'elle ne pouvait même se défendre. Mais il allait faire maison nette, il les jetterait dehors à coups de pied. L'explication sévère qu'il s'était promis d'avoir, en suivant Jouve, tombait aux brutalités d'une scène de jalousie.

– Oui, vos amants !... On me le disait bien, et j'étais assez bête pour en douter... Il n'y avait que moi ! il n'y avait que moi !

Denise, suffoquée, étourdie, écoutait ces affreux reproches. Elle n'avait pas compris d'abord. Mon Dieu ! il la prenait donc pour une malheureuse ? À un mot plus dur, elle se dirigea vers la porte, silencieusement. Et, sur un geste qu'il fit pour l'arrêter :

– Laissez, monsieur, je m'en vais... Si vous croyez ce que vous dites, je ne veux pas rester une seconde de plus dans la maison.

Mais il se précipita devant la porte.

– Défendez-vous, au moins !... Dites quelque chose !

Elle restait toute droite, dans un silence glacé. Longtemps, il la pressa de questions, avec une anxiété croissante ; et la dignité muette de cette vierge semblait une fois encore le calcul savant d'une femme rompue à la tactique de la passion. Elle n'aurait pu jouer un jeu qui le jetât à ses pieds, plus déchiré de doute, plus désireux d'être convaincu.

– Voyons, vous dites qu'il est de votre pays... Vous vous êtes peut-être rencontrés là-bas... Jurez-moi qu'il ne s'est rien passé entre vous.

Alors, comme elle s'entêtait dans son silence, et qu'elle voulait toujours ouvrir la porte et s'en aller, il acheva de perdre la tête. Il eut une explosion suprême de douleur.

– Mon Dieu ! je vous aime, je vous aime... Pourquoi prenez-vous plaisir à me martyriser ainsi ? Vous voyez bien que plus rien n'existe, que les gens dont je vous parle ne me touchent que par vous, que c'est vous seule maintenant qui importez dans le monde... Je vous ai crue jalouse et j'ai sacrifié mes plaisirs. On vous a dit que j'avais des maîtresses ; eh bien ! je n'en ai plus, c'est à peine si je sors. Ne vous ai-je pas préférée, chez cette dame ? n'ai-je pas rompu pour être à vous seule ? J'attends encore un remerciement, un peu de gratitude... Et, si vous craignez que je retourne chez elle, vous pouvez être tranquille : elle se venge, en aidant un de nos anciens commis à fonder une maison rivale... Dites, faut-il que je me mette à genoux, pour toucher votre cœur ?

Il en était là. Lui qui ne tolérait pas une peccadille à ses vendeuses, qui les jetait sur le pavé au moindre caprice, se trouvait réduit à supplier une d'elles de ne pas partir, de ne pas l'abandonner dans sa misère. Il défendait la porte contre elle, il était prêt à lui pardonner, à s'aveugler, si elle daignait mentir. Et il disait vrai, le dégoût lui venait des filles ramassées dans les coulisses des petits théâtres et dans les restaurants de nuit ; il ne voyait plus Clara, il n'avait pas remis les pieds chez Mme Desforges, où Bouthemont régnait maintenant, en attendant l'ouverture des nouveaux magasins : les *Quatre Saisons*, qui emplissaient déjà les journaux de réclames.

– Dites, dois-je me mettre à genoux, répéta-t-il, la gorge étranglée de larmes contenues.

Elle l'arrêta de la main, ne pouvant plus elle-même cacher son trouble, profondément remuée par cette passion souffrante.

– Vous avez tort de vous faire de la peine, monsieur, répondit-elle enfin. Je vous jure que ces vilaines histoires sont des mensonges... Ce pauvre garçon de tout à l'heure est aussi peu coupable que moi.

Et elle avait sa belle franchise, ses yeux clairs qui regardaient droit devant elle.

– C'est bien, je vous crois, murmura-t-il, je ne renverrai aucun de vos camarades, puisque vous prenez tout ce monde sous votre protection... Mais alors pourquoi me repoussez-vous, si vous n'aimez personne ?

Une gêne soudaine, une pudeur inquiète s'empara de la jeune fille.

– Vous aimez quelqu'un, n'est-ce pas ? reprit-il d'une voix tremblante. Oh ! vous pouvez le dire, je n'ai aucun droit sur vos tendresses... Vous aimez quelqu'un.

Elle devenait très rouge, son cœur était sur ses lèvres, et elle sentait le mensonge impossible, avec cette émotion qui la trahissait, cette répugnance à mentir qui mettait quand même la vérité sur son visage.

– Oui, finit-elle par avouer faiblement. Je vous en prie, monsieur, laissez-moi, vous me faites du chagrin.

À son tour, elle souffrait. N'était-ce point assez déjà d'avoir à se défendre contre lui ? aurait-elle encore à se défendre contre elle, contre les souffles de tendresse qui lui ôtaient par moments tout courage ? Quand il lui parlait ainsi, quand elle le voyait si ému, si bouleversé, elle ne savait plus pourquoi elle se refusait ; et elle ne retrouvait qu'ensuite, au fond même de sa nature de fille bien portante, la fierté et la raison qui la tenaient debout, dans son obstination de vierge. C'était par un instinct du bonheur qu'elle s'entêtait, pour satisfaire son besoin d'une vie tranquille, et non pour obéir à l'idée de la vertu. Elle serait tombée aux bras de cet homme, la chair prise, le cœur séduit, si elle n'avait éprouvé une révolte, presque une répulsion devant le don définitif de son être, jeté à l'inconnu du lendemain. L'amant lui faisait peur, cette peur folle qui blêmit la femme à l'approche du mâle.

Cependant, Mouret avait eu un geste de morne découragement. Il ne comprenait pas. Il retourna vers son bureau, où il feuilleta des papiers qu'il reposa tout de suite, en disant :

– Je ne vous retiens plus, mademoiselle, je ne puis vous garder malgré vous.

– Mais je ne demande pas à m'en aller, répondit-elle en souriant. Si vous me croyez honnête, je reste... On doit toujours croire les femmes honnêtes, monsieur. Il y en a beaucoup qui le sont, je vous assure.

Les yeux de Denise, involontairement, s'étaient levés sur le portrait de Mme Hédouin, de cette dame si belle et si sage, dont le sang, disait-on, portait bonheur à la maison. Mouret suivit le regard de la jeune fille, en tressaillant, car il avait cru entendre sa femme morte prononcer la phrase, une phrase à elle, qu'il reconnaissait. Et c'était comme une résurrection, il retrouvait chez Denise le bon sens, le juste équilibre de celle qu'il avait perdue, jusqu'à la voix douce, avare de paroles inutiles. Il en resta frappé, plus triste encore.

– Vous savez que je vous appartiens, murmura-t-il pour conclure. Faites de moi ce qu'il vous plaira.

Alors, elle reprit avec gaieté :

– C'est cela, monsieur. L'avis d'une femme, si humble qu'elle soit, est toujours utile à écouter, quand elle a un peu d'intelligence... Je ne ferai de vous qu'un brave homme, allez ! si vous vous remettez entre mes mains.

Elle plaisantait, de son air simple qui avait tant de charme. Il eut à son tour un faible sourire, il la reconduisit jusqu'à la porte, comme une dame.

Le lendemain, Denise était nommée première. La direction avait dédoublé le rayon des robes et costumes, en créant spécialement en sa faveur un rayon de costumes pour enfants, qui fut installé près du comptoir des confections. Depuis le renvoi de son fils, Mme Aurélie tremblait, car elle sentait ces messieurs devenir froids, et elle voyait de jour en jour grandir la puissance de la jeune fille. N'allait-on pas la sacrifier à cette dernière, en profitant d'un prétexte quelconque ? Son masque d'empereur soufflé de graisse semblait avoir maigri de la honte qui entachait maintenant la dynastie des Lhomme : et elle affectait de s'en aller chaque soir au bras de son mari, rapprochés tous deux par l'infortune, comprenant que le mal venait de la débandade de leur intérieur ; tandis que le pauvre homme, plus affecté qu'elle, dans la peur maladive qu'on ne le soupçonnât lui-même de vol, comptait deux fois les recettes, bruyamment, en faisant avec son mauvais bras de véritables miracles. Aussi, lorsqu'elle vit Denise passer première aux costumes pour enfants, éprouva-t-elle une joie si vive, qu'elle afficha à l'égard de celle-ci les sentiments les plus affectueux. C'était bien beau de ne pas lui avoir pris sa place. Et elle la comblait d'amitiés, la traitait désormais en égale, allait causer souvent avec elle, dans le rayon voisin, d'un air d'apparat, comme une reine mère rendant visite à une jeune reine.

Du reste, Denise était maintenant au sommet. Sa nomination de première avait abattu autour d'elle les dernières résistances. Si l'on clabaudait toujours, par cette démangeaison de langue qui ravage toute réunion d'hommes et de femmes, on s'inclinait très bas, jusqu'à terre. Marguerite, passée seconde aux confections, se répandait en éloges. Clara elle-même, travaillée d'un sourd respect en face de cette fortune dont elle était incapable, avait plié la tête. Mais la victoire de Denise était plus complète encore sur ces messieurs, sur Jouve qui ne lui parlait à présent que courbé en deux, sur Hutin pris d'inquiétude en sentant craquer sa situation, sur Bourdoncle enfin réduit à l'impuissance. Quand ce dernier l'avait vue sortir du cabinet de la direction, souriante, de son air tranquille, et que le lendemain le directeur avait exigé du conseil la création du nouveau comptoir, il s'était incliné, vaincu sous la terreur sacrée de la femme. Toujours il avait cédé ainsi devant la grâce de Mouret, il le reconnaissait pour son maître, malgré les fuites du génie et les coups de cœur imbéciles. Cette fois, la femme était la plus forte, et il attendait d'être emporté dans le désastre.

Cependant, Denise avait le triomphe paisible et charmant. Elle était touchée de ces marques de considération, elle voulait y voir une sympathie pour la misère de ses débuts et le succès final de son long courage. Aussi accueillait-elle avec une joie rieuse les moindres témoignages d'amitié, ce qui la fit réellement aimer de quelques-uns, tellement elle était douce et accueillante, toujours prête à donner son cœur. Elle ne montra une invincible répulsion que pour Clara, car elle avait appris que cette fille s'était amusée, comme elle en annonçait en plaisantant le projet, à mener un soir Colomban chez elle ; et le commis, emporté par sa passion enfin satisfaite, découchait maintenant, tandis que la triste Geneviève agonisait. On en causait au *Bonheur*, on trouvait l'aventure drôle.

Mais ce chagrin, le seul qu'elle eût au-dehors, n'altérait pas l'humeur égale de Denise. C'était surtout à son rayon qu'il fallait la voir, au milieu de son peuple de bambins de tout âge. Elle adorait les enfants, on ne pouvait la mieux placer. Parfois, on comptait là une cinquantaine de fillettes, autant de garçons, tout un pensionnat turbulent, lâché dans les désirs de la coquetterie naissante. Les mères perdaient la tête. Elle, conciliante, souriait, faisait aligner ce petit monde sur des chaises ; et, quand il y avait dans le tas une gamine rose, dont le joli museau la tentait, elle voulait la servir elle-même, apportait la robe, l'essayait sur les épaules potelées, avec des précautions tendres de grande sœur. Des rires clairs sonnaient, de légers cris d'extase partaient, au milieu de voix grondeuses. Parfois, une fillette déjà grande personne, neuf ou dix ans, ayant aux épaules un paletot de drap, l'étudiait devant la glace, se tournait, la mine absorbée, les yeux luisant du besoin de plaire. Et le déballage encombrait les comptoirs, des robes en toile d'Asie rose ou bleue pour enfants d'un an à cinq ans, des costumes de marin en zéphyr[1], jupe plissée

1. **Zéphyr :** lainage très fin.

et blouse ornée d'appliques en percale, des costumes Louis XV, des manteaux, des jaquettes, un pêle-mêle de vêtements étroits, raidis dans leur grâce enfantine, quelque chose comme le vestiaire d'une bande de grandes poupées, sorti des armoires et livré au pillage. Denise avait toujours au fond des poches quelques friandises, apaisait les pleurs d'un marmot désespéré de ne pas emporter des culottes rouges, vivait là parmi les petits, comme dans sa famille naturelle, rajeunie elle-même de cette innocence et de cette fraîcheur sans cesse renouvelées autour de ses jupes.

Maintenant, il lui arrivait d'avoir de longues conversations amicales avec Mouret. Quand elle devait se rendre à la direction pour prendre des ordres ou pour donner un renseignement, il la retenait à causer, il aimait l'entendre. C'était ce qu'elle appelait en riant « faire de lui un brave homme ». Dans sa tête raisonneuse et avisée de Normande, poussaient toutes sortes de projets, ces idées sur le nouveau commerce, qu'elle osait effleurer déjà chez Robineau, et dont elle avait exprimé quelques-unes, le beau soir de leur promenade aux Tuileries. Elle ne pouvait s'occuper d'une chose, voir fonctionner une besogne, sans être travaillée du besoin de mettre de l'ordre, d'améliorer le mécanisme. Ainsi, depuis son entrée au *Bonheur des Dames*, elle était surtout blessée par le sort précaire des commis ; les renvois brusques la soulevaient, elle les trouvait maladroits et iniques, nuisibles à tous, autant à la maison qu'au personnel. Ses souffrances du début la poignaient[1] encore, une pitié lui remuait le cœur, à chaque nouvelle venue qu'elle rencontrait dans les rayons, les pieds meurtris, les yeux gros de larmes, traînant sa misère sous sa robe de soie, au milieu de la persécution aigrie des anciennes. Cette vie de chien battu rendait mauvaises les meilleures ; et le triste défilé commençait : toutes mangées par le métier avant quarante ans, disparaissant, tombant à l'inconnu, beaucoup mortes à la peine, phtisiques[2] ou anémiques, de fatigue et de mauvais air, quelques-unes roulées au trottoir, les plus heureuses mariées, enterrées au fond d'une petite boutique de province. Était-ce humain, était-ce juste, cette consommation effroyable de chair que les grands magasins faisaient chaque année ? Et elle plaidait la cause des rouages

1. **La poignaient :** l'étreignaient.
2. **Phtisiques :** tuberculeuses.

de la machine, non par des raisons sentimentales, mais par des arguments tirés de l'intérêt même des patrons. Quand on veut une machine solide, on emploie du bon fer ; si le fer casse ou si on le casse, il y a un arrêt du travail, des frais répétés de mise en train, toute une déperdition de force. Parfois, elle s'animait, elle voyait l'immense bazar idéal, le phalanstère du négoce, où chacun aurait sa part exacte des bénéfices, selon ses mérites, avec la certitude du lendemain, assurée à l'aide d'un contrat. Mouret alors s'égayait, malgré sa fièvre. Il l'accusait de socialisme, l'embarrassait en lui montrant des difficultés d'exécution ; car elle parlait dans la simplicité de son âme, et elle s'en remettait bravement à l'avenir, lorsqu'elle s'apercevait d'un trou dangereux, au bout de sa pratique de cœur tendre. Cependant, il était ébranlé, séduit, par cette voix jeune, encore frémissante des maux endurés, si convaincue, lorsqu'elle indiquait des réformes qui devaient consolider la maison ; et il l'écoutait en la plaisantant, le sort des vendeurs était amélioré peu à peu, on remplaçait les renvois en masse par un système de congés accordés aux mortes-saisons, enfin on allait créer une caisse de secours mutuels, qui mettrait les employés à l'abri des chômages forcés, et leur assurerait une retraite. C'était l'embryon des vastes sociétés ouvrières du vingtième siècle.

D'ailleurs, Denise ne s'en tenait pas à vouloir panser les plaies vives dont elle avait saigné : des idées délicates de femme, soufflées à Mouret, ravirent la clientèle. Elle fit aussi la joie de Lhomme, en appuyant un projet qu'il nourrissait depuis longtemps, celui de créer un corps de musique, dont les exécutants seraient tous choisis dans le personnel. Trois mois plus tard, Lhomme avait cent vingt musiciens sous sa direction, le rêve de sa vie était réalisé. Et une grande fête fut donnée dans les magasins, un concert et un bal, pour présenter la musique du *Bonheur* à la clientèle, au monde entier. Les journaux s'en occupèrent, Bourdoncle lui-même, ravagé par ces innovations, dut s'incliner devant l'énorme réclame. Ensuite, on installa une salle de jeu pour les commis, deux billards, des tables de trictrac et d'échecs. Il y eut des cours le soir dans la maison, cours d'anglais et d'allemand, cours de grammaire, d'arithmétique, de géographie ; on alla jusqu'à des leçons d'équitation et d'escrime. Une bibliothèque fut créée, dix mille volumes mis à la disposition des employés. Et l'on ajouta encore un médecin à demeure donnant des consultations gratuites, des bains, des buffets, un salon de coiffure. Toute la vie était là, on avait tout sans sortir, l'étude, la table, le lit, le vêtement. Le *Bonheur des Dames* se suffisait, plaisirs et besoins, au milieu du grand Paris, occupé de ce tintamarre, de cette cité du travail qui poussait si largement dans le fumier des vieilles rues, ouvertes enfin au plein soleil.

Alors, un nouveau mouvement d'opinion se fit en faveur de Denise. Comme Bourdoncle, vaincu, répétait avec désespoir à ses familiers qu'il aurait donné beaucoup pour la coucher lui-même dans le lit de Mouret, il fut acquis qu'elle n'avait pas cédé, que sa toute-puissance résultait de ses refus. Et, dès ce moment, elle devint populaire. On n'ignorait pas les douceurs qu'on lui devait, on l'admirait pour la force de sa volonté. En voilà une, au moins, qui mettait le pied sur la gorge du patron, et qui les vengeait tous, et qui savait tirer de lui autre chose que des promesses ! Elle était donc venue, celle qui faisait respecter un peu les pauvres diables ! Lorsqu'elle traversait les comptoirs, avec sa tête fine et obstinée, son air tendre et invincible, les vendeurs lui souriaient, étaient fiers d'elle, l'auraient volontiers montrée à la foule. Denise, heureuse, se laissait porter par cette sympathie grandissante. Était-ce possible, mon Dieu ! Elle se voyait arriver en jupe pauvre, effarée, perdue au milieu des engrenages de la terrible machine ; longtemps, elle avait eu la sensation de n'être rien, à peine un grain de mil sous les meules qui broyaient un monde ; et, aujourd'hui, elle était l'âme même de ce monde, elle seule importait, elle pouvait d'un mot précipiter ou ralentir le colosse, abattu à ses petits pieds. Cependant, elle n'avait pas voulu ces choses, elle s'était simplement présentée, sans calcul, avec l'unique charme de la douceur. Sa souveraineté lui causait parfois une surprise inquiète : qu'avaient-ils donc tous à lui obéir ? elle n'était point jolie, elle ne faisait pas le mal. Puis, elle souriait, le cœur apaisé, n'ayant en elle que de la bonté et de la raison, un amour de la vérité et de la logique qui était toute sa force.

Une des grandes joies de Denise, dans sa faveur, fut de pouvoir être utile à Pauline. Celle-ci était enceinte, et elle tremblait, car deux vendeuses, en quinze jours, avaient dû partir au septième mois de leur grossesse. La direction ne tolérait pas ces accidents-là, la maternité était supprimée comme encombrante et indécente ; à la rigueur, on permettait le mariage, mais on défendait les enfants.

Pauline, sans doute, avait un mari dans la maison ; elle se méfiait pourtant, elle n'en était pas moins impossible au comptoir ; et, afin de retarder un renvoi probable, elle se serrait à étouffer, résolue de cacher ça tant qu'elle pourrait. Une des deux vendeuses congédiées venait justement d'accoucher d'un enfant mort, pour s'être torturé ainsi la taille ; on désespérait de la sauver elle-même. Cependant, Bourdoncle regardait le teint de Pauline se plomber, tandis qu'il lui trouvait une raideur pénible dans la démarche. Un matin, il était près d'elle, aux trousseaux, quand un garçon de magasin, qui enlevait un paquet, la heurta d'un tel coup, qu'elle porta les deux mains à son ventre, en poussant un cri. Tout de suite, il l'emmena, la confessa, soumit au conseil la question de son renvoi, sous le prétexte qu'elle avait besoin du bon air de la campagne : l'histoire du coup allait se répandre, l'effet serait désastreux sur le public, si elle faisait une fausse couche, comme il y en avait eu déjà une aux layettes, l'année précédente. Mouret, qui n'assistait pas à ce conseil, ne put donner son avis que le soir. Mais Denise avait eu le temps d'intervenir, et il ferma la bouche de Bourdoncle, au nom des intérêts mêmes de la maison. On voulait donc ameuter les mères, froisser les jeunes accouchées de la clientèle ? Pompeusement, il fut décidé que toute vendeuse mariée qui deviendrait enceinte, serait mise chez une sage-femme spéciale, dès que sa présence au comptoir blesserait les bonnes mœurs.

Le lendemain, lorsque Denise monta voir à l'infirmerie Pauline, qui avait dû s'aliter à la suite du coup reçu, celle-ci l'embrassa violemment sur les deux joues.

– Que vous êtes gentille ! Sans vous, ils me jetaient dehors... Et ne vous inquiétez pas, le médecin affirme que ce ne sera rien.

Baugé, échappé de son rayon, était là, de l'autre côté du lit. Il balbutiait aussi des remerciements, troublé devant Denise, qu'il traitait maintenant en personne arrivée et d'une classe supérieure. Ah ! s'il entendait encore des saletés sur son compte, c'était lui qui fermerait le bec des jaloux ! Mais Pauline le renvoya, en haussant amicalement les épaules.

– Mon pauvre chéri, tu ne dis que des bêtises... Tiens ! laisse-nous causer.

L'infirmerie était une longue pièce claire, où douze lits s'alignaient, avec leurs rideaux blancs. On y soignait les commis logés dans la maison, lorsqu'ils ne témoignaient pas le désir de rejoindre leurs familles. Mais, ce jour-là, Pauline seule s'y trouvait couchée, près d'une des grandes fenêtres, qui ouvraient sur la rue Neuve-Saint-Augustin. Et les confidences, les paroles tendres et chuchotées vinrent tout de suite, au milieu de ces linges candides, dans cet air assoupi, parfumé d'une vague odeur de lavande.

– Il fait donc quand même ce que vous voulez ?... Comme vous êtes dure, de lui causer tant de peine ! Voyons, expliquez-moi ça, puisque j'ose aborder ce sujet. Vous le détestez ?

Elle avait gardé la main de Denise, assise près du lit, accoudée au traversin ; et cette dernière, gagnée par une soudaine émotion, les joues envahies de rougeur, eut une faiblesse, à cette question directe et inattendue. Son secret lui échappa, elle cacha la tête dans l'oreiller, en murmurant :

– Je l'aime !

Pauline restait stupéfaite.

– Comment ! vous l'aimez ? Mais, c'est bien simple : dites oui.

Denise, le visage toujours caché, répondait non d'un branle énergique de la tête. Et elle disait non, justement parce qu'elle l'aimait, sans expliquer cela. Certainement, c'était ridicule ; mais elle sentait ainsi, elle ne pouvait se refaire. La surprise de son amie augmentait, elle demanda enfin :

– Alors, tout ça, c'est pour en arriver à ce qu'il vous épouse ?

Du coup, la jeune fille se redressa. Elle était bouleversée.

– Lui, m'épouser ! oh ! non, oh ! je vous jure que je n'ai jamais voulu une pareille chose !... Non, jamais un tel calcul n'est entré dans ma tête, et vous savez que j'ai horreur du mensonge !

– Dame ! ma chère, reprit doucement Pauline, vous auriez l'idée de vous faire épouser, que vous ne vous y prendriez pas autrement... Il faudra bien que ça finisse, et il n'y a encore que le mariage, puisque vous ne voulez point de l'autre affaire... Écoutez, je dois vous prévenir que tout le monde a la même pensée : oui, on est persuadé que vous lui tenez la dragée haute pour le mener devant M. le maire... Mon Dieu ! quelle drôle de femme vous êtes !

Et elle dut consoler Denise, qui était retombée la tête sur le traversin, sanglotant, répétant qu'elle finirait par s'en aller, puisqu'on lui prêtait sans cesse toutes sortes d'histoires, qui ne pouvaient seulement lui entrer dans le crâne. Sans doute, quand un homme

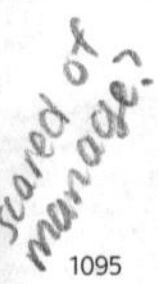

aimait une femme, il devait l'épouser. Mais elle ne demandait rien, elle ne calculait rien, elle suppliait seulement qu'on la laissât vivre tranquille, avec ses chagrins et ses joies, comme tout le monde. Elle s'en irait.

À la même minute, en bas, Mouret traversait les magasins. Il avait voulu s'étourdir en visitant les travaux une fois encore. Des mois s'étaient écoulés, la façade dressait maintenant ses lignes monumentales, derrière la vaste chemise de planches qui la cachait au public. Toute une armée de décorateurs se mettaient à l'œuvre : des marbriers, des faïenciers, des mosaïstes ; on dorait le groupe central, au-dessus de la porte, tandis que, sur l'acrotère[1], on scellait déjà les piédestaux qui devaient recevoir les statues des villes manufacturières de la France. Du matin au soir, le long de la rue du 10-Décembre, ouverte depuis peu, stationnait une foule de badauds, le nez en l'air, ne voyant rien, mais préoccupés des merveilles qu'on se racontait de cette façade dont l'inauguration allait révolutionner Paris. Et c'était sur ce chantier enfiévré de travail, au milieu des artistes achevant la réalisation de son rêve, commencée par les maçons, que Mouret venait de sentir plus amèrement que jamais la vanité de sa fortune. La pensée de Denise lui avait brusquement serré la poitrine, cette pensée qui, sans relâche, le traversait d'une flamme, comme l'élancement d'un mal inguérissable. Il s'était enfui, il n'avait pas trouvé un mot de satisfaction, craignant de montrer ses larmes, laissant derrière lui le dégoût du triomphe. Cette façade, qui se trouvait debout enfin, lui semblait petite, pareille à un de ces murs de sable que les gamins bâtissent, et l'on aurait pu la prolonger d'un faubourg de la cité à l'autre, l'élever jusqu'aux étoiles, elle n'aurait pas rempli le vide de son cœur, que seul le « oui » d'une enfant pouvait combler.

Lorsque Mouret rentra dans son cabinet, il étouffait de sanglots contenus. Que voulait-elle donc ? il n'osait plus lui offrir de l'argent, l'idée confuse d'un mariage se levait, au milieu de ses révoltes de jeune veuf. Et, dans l'énervement de son impuissance, ses larmes coulèrent. Il était malheureux.

---

1. **Acrotère :** socle servant de support à une statue ou à un élément ornemental et placé à l'extrémité ou au sommet d'un fronton.

XIII

UN MATIN de novembre, Denise donnait les premiers ordres à son rayon, lorsque la bonne des Baudu vint lui dire que Mlle Geneviève avait passé une bien mauvaise nuit, et qu'elle voulait voir sa cousine tout de suite. Depuis quelque temps, la jeune fille s'affaiblissait de jour en jour, et elle avait dû s'aliter l'avant-veille.

– Dites que je descends à l'instant, répondit Denise très inquiète.

Le coup qui achevait Geneviève, était la disparition brusque de Colomban. D'abord, plaisanté par Clara, il avait découché ; puis, cédant à la folie de désir des garçons sournois et chastes, devenu le chien obéissant de cette fille, il n'était pas rentré un lundi, il avait simplement écrit à son patron une lettre d'adieu, faite avec des phrases soignées d'homme qui se suicide. Peut-être, au fond de ce coup de passion, aurait-on trouvé aussi le calcul rusé d'un garçon ravi de renoncer à un mariage désastreux ; la maison de draperie se portait aussi mal que sa future, l'heure était bonne de rompre par une sottise. Et tout le monde le citait comme une victime fatale de l'amour.

Lorsque Denise arriva au *Vieil Elbeuf*, Mme Baudu s'y trouvait seule. Elle était immobile derrière la caisse, avec sa petite figure blanche, mangée d'anémie, gardant le silence et le vide de la boutique. Il n'y avait plus de commis ; la bonne donnait un coup de plumeau aux casiers ; et encore était-il question de la remplacer par une femme de ménage. Un froid noir tombait du plafond ; des heures se passèrent sans qu'une cliente vînt déranger cette ombre, et les marchandises qu'on ne remuait pas, étaient de plus en plus gagnées par le salpêtre des murs.

– Qu'y a-t-il ? demanda vivement Denise. Est-ce que Geneviève est en danger ?

Mme Baudu ne répondit pas tout de suite. Ses yeux s'emplirent de larmes. Puis, elle balbutia :

– Je ne sais rien, on ne me dit rien... Ah ! c'est fini, c'est fini...

Et ses regards noyés faisaient le tour de la boutique sombre, comme si elle eût senti sa fille et la maison partir ensemble. Les soixante-dix mille francs produits par la vente de la propriété de Rambouillet, s'étaient fondus en moins de deux ans dans le gouffre de la concurrence. Pour lutter contre le *Bonheur,* qui tenait à présent les draps d'homme, les velours de chasse, les livrées, le drapier avait fait des sacrifices considérables. Enfin, il venait d'être définitivement écrasé sous les molletons et les flanelles de son rival, un assortiment tel qu'il n'en existait pas encore sur la place. Peu à peu, la dette avait grandi ; il s'était décidé, comme ressource suprême, à hypothéquer l'antique immeuble de la rue de la Michodière, où le vieux Finet, l'ancêtre, avait fondé la maison ; et ce n'était plus, maintenant, qu'une question de jours, l'émiettement s'achevait, les plafonds eux-mêmes devaient s'écrouler et s'envoler en poussière, ainsi qu'une construction barbare et vermoulue, emportée par le vent.

– Le père est là-haut, reprit Mme Baudu de sa voix brisée. Nous y passons deux heures chacun ; il faut bien que quelqu'un garde ici, oh ! seulement par précaution, car en vérité...

Son geste acheva la phrase. Ils auraient mis les volets, sans leur vieil orgueil commercial qui les tenait encore debout devant le quartier.

– Alors, je monte, ma tante, dit Denise dont le cœur se serrait, dans ce désespoir résigné que les pièces de drap exhalaient elles-mêmes.

– Oui, monte, monte vite, ma fille... Elle t'attend, elle t'a demandée toute la nuit. C'est quelque chose qu'elle veut te dire.

Mais, juste à ce moment, Baudu descendit. La bile tournée verdissait son visage jaune, où ses yeux se tachaient de sang. Il gardait le pas étouffé dont il venait de quitter la chambre, il murmura, comme si on avait pu l'entendre d'en haut :

– Elle dort.

Et, les jambes cassées, il s'assit sur une chaise. D'un geste machinal, il s'essuyait le front, avec l'essoufflement d'un homme qui sort d'une rude besogne. Un silence régna. Enfin, il dit à Denise :

– Tu la verras tout à l'heure... Quand elle dort, il nous semble qu'elle est guérie.

Le silence recommença. Face à face, le père et la mère se contemplaient. Puis, à demi-voix, il remâcha ses douleurs, ne nommant personne, ne s'adressant à personne.

– Ma tête sous le couteau, je ne l'aurais pas cru !... Il était le dernier, je l'avais élevé comme mon fils. On serait venu me dire : « Ils te le prendront aussi, tu le verras faire la culbute », j'aurais répondu : « Alors, c'est qu'il n'y aura plus de bon Dieu ! » Et il l'a faite, la culbute !... Ah ! le malheureux, qui était si bien au courant du vrai commerce, qui avait toutes mes idées ! Pour une guenuche[1], pour un de ces mannequins qui paradent aux vitrines des maisons louches !... Non, voyez-vous, c'est à confondre la raison !

Il branlait la tête, ses yeux vagues s'étaient baissés et regardaient les dalles humides, usées par des générations de clientes.

– Voulez-vous savoir ? continua-t-il à voix plus basse, eh bien ! il y a des moments où je me sens le plus coupable, dans notre malheur. Oui, c'est ma faute, si notre pauvre fille est là-haut, dévorée de fièvre. Est-ce que je n'aurais pas dû les marier tout de suite, sans céder à mon bête d'orgueil, à mon entêtement de ne point leur laisser la maison moins prospère ? Maintenant, elle aurait celui qu'elle aime, et peut-être leur jeunesse à tous deux accomplirait-elle ici le miracle que je n'ai pas su réaliser... Mais je suis un vieux fou, je n'y ai rien compris, je ne croyais pas qu'on tombât malade pour des choses pareilles... Vrai ! ce garçon était extraordinaire : un don de la vente, et une probité, une simplicité de mœurs, un ordre en toutes sortes, enfin mon élève...

Il relevait la tête, défendant encore ses idées, dans ce commis qui le trahissait. Denise ne put l'entendre s'accuser, et elle lui dit tout, emportée par son émotion, à le voir si humble, les yeux pleins de larmes, lui qui autrefois régnait là, en maître grondeur et absolu.

– Mon oncle, ne l'excusez pas, je vous en prie... Il n'a jamais aimé Geneviève, il se serait enfui plus tôt, si vous aviez voulu hâter le mariage. Je lui en ai parlé moi-même ; il savait parfaitement que ma pauvre cousine souffrait à cause de lui, et vous voyez bien que cela ne l'a pas empêché de partir... Demandez à ma tante.

Sans ouvrir les lèvres, Mme Baudu confirma ces paroles d'un signe de tête. Alors, le drapier blêmit davantage, tandis que les larmes achevaient de l'aveugler. Il bégaya :

– Ça devait être dans le sang, le père est mort l'été dernier d'avoir trop couru la gueuse.

Et, machinalement, son regard fit le tour des coins obscurs, passant des comptoirs nus aux casiers pleins, puis revint se fixer sur sa femme, qui se tenait toujours droite à la caisse, dans l'attente vaine de la clientèle disparue.

– Allons, c'est la fin, reprit-il. Ils nous ont tué notre commerce, et voilà qu'une de leurs coquines nous tue notre fille.

1. **Guenuche :** petite guenon ; ici, femme très laide.

Personne ne parla plus. Le roulement des voitures, qui ébranlait par instants les dalles, passait comme une batterie funèbre de tambours, dans l'air immobile, étouffé sous le plafond bas. Et, au milieu de cette morne tristesse des vieilles boutiques agonisantes, on entendit des coups sourds, frappés quelque part dans la maison. C'était Geneviève qui venait de se réveiller et qui tapait avec un bâton, laissé près d'elle.

– Montons vite, dit Baudu, se levant en sursaut. Tâche de rire, il ne faut pas qu'elle sache.

Lui-même, dans l'escalier, se frottait rudement les yeux, pour effacer la trace de ses larmes. Dès qu'il eut ouvert la porte, au premier étage, on entendit une faible voix, une voix éperdue, criant :

– Oh ! je ne veux pas être seule... Oh ! ne me laissez pas seule... Oh ! j'ai peur d'être seule...

Puis, quand elle aperçut Denise, Geneviève se calma, eut un sourire de joie.

– Vous voilà donc !... Comme je vous ai attendue, depuis hier ! Je croyais déjà que vous m'abandonniez, vous aussi !

C'était une pitié. La chambre de la jeune fille donnait sur la cour, une petite chambre où tombait une clarté livide. D'abord, les parents avaient couché la malade dans leur propre chambre, sur la rue ; mais la vue du *Bonheur des Dames*, en face, la bouleversait, et ils avaient dû la ramener chez elle. Là, elle était allongée, si fluette sous les couvertures, qu'on ne sentait même plus la forme et l'existence d'un corps. Ses maigres bras, brûlés de la fièvre ardente des phtisiques, avaient un perpétuel mouvement de recherche anxieuse et inconsciente ; tandis que ses cheveux noirs, lourds de passion, semblaient s'être encore épaissis et mangeaient de leur vie vorace son pauvre visage, où agonisait la dégénérescence dernière d'une longue famille poussée à l'ombre, dans cette cave du vieux commerce parisien.

Cependant, Denise, le cœur crevé de commisération, la regardait. Elle ne parlait pas, de peur de laisser couler ses larmes. Enfin, elle murmura :

– Je suis venue tout de suite... Si je pouvais vous être utile ? Vous me demandiez... Voulez-vous que je reste ?

Geneviève, l'haleine courte, les mains toujours errantes dans les plis de la couverture, ne la quittait pas des yeux.

– Non, merci, je n'ai besoin de rien... Je voulais seulement vous embrasser.

Des pleurs gonflèrent ses paupières. Alors, Denise, vivement, se pencha, la baisa sur les joues, toute frissonnante de se sentir aux lèvres la flamme de ces joues creuses. Mais la malade l'avait prise, et elle l'étreignait, et elle la gardait dans un embrassement désespéré. Puis, ses regards allèrent vers son père.

– Voulez-vous que je reste ? répéta Denise. Si vous aviez quelque chose à faire ?

– Non, non.

Les regards de Geneviève se tournaient obstinément vers son père, qui demeurait debout, l'air hébété, la gorge étranglée. Il finit par comprendre, il se retira, sans prononcer un mot, et l'on entendit son pas descendre pesamment les marches.

– Dites-moi, il est avec cette femme ? demanda la malade tout de suite, en saisissant la main de sa cousine, qu'elle fit asseoir au bord de la couchette. Oui, j'ai voulu vous voir, il n'y a que vous pour me dire... N'est-ce pas, ils vivent ensemble ?

Denise, dans la surprise de ces questions, balbutia, dut avouer la vérité, les bruits qui couraient au magasin. Clara, ennuyée de ce garçon qui lui tombait sur le dos, lui avait déjà fermé sa porte ; et Colomban, désolé, la poursuivait partout, tâchait d'obtenir d'elle une rencontre de temps à autre, par une humilité de chien battu. On assurait qu'il allait entrer au *Louvre*.

– Si vous l'aimez tant, il peut vous revenir encore, continua la jeune fille, pour endormir la mourante dans ce dernier espoir. Guérissez vite, il reconnaîtra ses fautes, il vous épousera.

Geneviève l'interrompit. Elle avait écouté de tout son être, avec une passion muette qui la redressait. Mais elle retomba aussitôt.

– Non, laissez, je sais bien que c'est fini... Je ne dis rien, parce que j'entends papa pleurer, et que je ne veux pas rendre maman plus malade. Seulement, je m'en vais, voyez-vous, et si je vous appelais cette nuit, c'était par crainte de m'en aller avant le jour... Mon Dieu ! quand on pense qu'il n'est pas même heureux !

Et, Denise s'étant récriée, en lui assurant que son état n'était pas si grave, elle lui coupa une seconde fois la parole, elle rejeta soudain la couverture d'un geste chaste de vierge qui n'a plus rien à cacher dans la mort. Découverte jusqu'au ventre, elle murmura :

– Regardez-moi donc !... N'est-ce pas fini ?

Tremblante, Denise quitta le bord de la couchette, comme si, d'un souffle, elle eût craint de détruire cette nudité misérable. C'était la fin de la chair, un corps de fiancée usé dans l'attente, retourné à l'enfance grêle des premiers ans. Lentement, Geneviève se recouvrit, et elle répétait :

– Vous voyez bien, je ne suis plus une femme... Ce serait mal, de le vouloir encore.

Toutes deux se turent. Elles se regardaient de nouveau, ne trouvant plus une phrase. Ce fut Geneviève qui reprit :

– Allons, ne restez pas là, vous avez vos affaires. Et merci, j'étais tourmentée du besoin de savoir ; maintenant, je suis contente. Si vous le revoyez, dites-lui que je lui pardonne... Adieu, ma bonne Denise. Embrassez-moi bien, c'est la dernière fois.

La jeune fille l'embrassa, en protestant.

– Non, non, ne vous frappez donc pas, il vous faut des soins, rien de plus.

Mais la malade eut un hochement de tête obstiné. Elle souriait, elle était sûre. Et, comme sa cousine se dirigeait enfin vers la porte :

– Attendez, tapez avec ce bâton, pour que papa monte... J'ai trop peur toute seule.

Puis, quand Baudu fut là, dans cette petite chambre morne, où il passait les heures sur une chaise, elle prit un air de gaieté, elle cria à Denise :

– Ne venez pas demain, c'est inutile. Mais, dimanche, je vous attends, vous resterez l'après-midi avec moi.

Le lendemain, à six heures, au petit jour, Geneviève expirait, après quatre heures d'un râle affreux. Ce fut un samedi que tomba l'enterrement, par un temps noir, un ciel de suie qui pesait sur la ville frissonnante. Le *Vieil Elbeuf*, tendu de drap blanc, éclairait la rue d'une tache blanche ; et les cierges, brûlant dans le jour bas, semblaient des étoiles noyées de crépuscule. Des couronnes de perles, un gros bouquet de roses blanches, couvraient le cercueil, un cercueil étroit de fillette, posé sur l'allée obscure de la maison, au ras du trottoir, si près du ruisseau, que les voitures avaient déjà éclaboussé les draperies. Tout le vieux quartier suait l'humidité, exhalait son odeur moisie de cave, avec sa continuelle bousculade de passants sur le pavé boueux.

Dès neuf heures, Denise était venue, pour rester auprès de sa tante. Mais, comme le convoi allait partir, celle-ci, qui ne pleurait plus, les yeux brûlés de larmes, la pria de suivre le corps et de veiller sur l'oncle, dont l'accablement muet, la douleur imbécile inquiétait la famille. En bas, la jeune fille trouva la rue pleine de monde. Le petit commerce du quartier voulait donner aux Baudu un témoignage de sympathie ; et il y avait aussi, dans cet empressement, comme une manifestation contre le *Bonheur des Dames*, que l'on accusait de la lente agonie de Geneviève. Toutes les victimes du monstre étaient là, Bédoré et sœur, les bonnetiers de la rue Gaillon, les fourreurs Vanpouille frères, et Deslignières le bimbelotier, et Piot et Rivoire les marchands de meubles ; même Mlle Tatin, la lingère, et le gantier Quinette, balayés depuis longtemps par la faillite, s'étaient fait un devoir de venir, l'une des Batignolles, l'autre de la Bastille, où ils avaient dû reprendre du travail chez les autres. En attendant le corbillard qu'une erreur attardait, ce monde vêtu de noir, piétinant dans la boue, levait des regards de haine sur le *Bonheur*, dont les vitrines claires, les étalages éclatants de gaieté, leur semblaient une insulte, en face du *Vieil Elbeuf*, qui attristait de son deuil l'autre côté de la rue. Quelques têtes de commis curieux se montraient derrière les glaces ; mais le colosse gardait son indifférence de machine lancée à toute vapeur, inconsciente des morts qu'elle peut faire en chemin.

Denise cherchait des yeux son frère Jean. Elle finit par l'apercevoir devant la boutique de Bourras, où elle le rejoignit pour lui recommander de marcher près de l'oncle et de le soutenir, s'il avait de la peine à marcher. Depuis quelques semaines, Jean était grave, comme tourmenté d'une préoccupation. Ce jour-là, serré dans une redingote noire, homme fait à cette heure et gagnant des journées de vingt francs, il semblait si digne et si triste, que sa sœur en fut frappée, car elle ne le soupçonnait pas d'aimer à ce point leur cousine. Désireuse d'éviter à Pépé des tristesses inutiles, elle l'avait laissé chez Mme Gras, en se promettant d'aller l'y chercher l'après-midi, pour lui faire embrasser son oncle et sa tante.

Cependant, le corbillard n'arrivait toujours pas, et Denise, très émue, regardait brûler les cierges, lorsqu'elle tressaillit, au son connu d'une voix qui parlait derrière elle. C'était Bourras. Il avait appelé d'un signe un marchand de marrons, installé en face, dans une étroite guérite, prise sur la boutique d'un marchand de vin, et il lui disait :

– Hein ? Vigouroux, rendez-moi ce service... Vous voyez, je retire le bouton... Si quelqu'un venait, vous diriez de repasser. Mais que ça ne vous dérange pas, il ne viendra personne.

Puis, il resta debout au bord du trottoir, attendant comme les autres. Denise, gênée, avait jeté un coup d'œil sur la boutique. Maintenant, il l'abandonnait, on ne voyait plus, à l'étalage, qu'une débandade pitoyable de parapluies mangés par l'air et de cannes noires de gaz. Les embellissements qu'il y avait faits, les peintures vert tendre, les glaces, l'enseigne dorée, tout craquait, se salissait déjà, offrait cette décrépitude rapide et lamentable du faux luxe, badigeonné sur des ruines. Pourtant, si les anciennes crevasses reparaissaient, si les taches d'humidité avaient repoussé sous les dorures, la maison tenait toujours, entêtée, collée au flanc du *Bonheur des Dames*, comme une verrue déshonorante, qui, bien que gercée et pourrie, refusait d'en tomber.

– Ah ! les misérables, gronda Bourras, ils ne veulent même pas qu'on l'emporte !

Le corbillard, qui arrivait enfin, venait d'être accroché par une voiture du *Bonheur*, dont les panneaux vernis filaient, jetant dans la brume leur rayonnement d'astre, au trot rapide de deux chevaux superbes. Et le vieux marchand lançait vers Denise un coup d'œil oblique, allumé sous la broussaille de ses sourcils.

Lentement, le convoi s'ébranla, pataugeant au milieu des flaques, dans le silence des fiacres et des omnibus brusquement arrêtés. Lorsque le corps drapé de blanc traversa la place Gaillon, les regards sombres du cortège plongèrent une fois encore derrière les glaces du grand magasin, où seules deux vendeuses accourues regardaient, heureuses de cette distraction. Baudu suivait le corbillard, d'un pas lourd et machinal ; et il avait refusé d'un signe le bras de Jean, qui marchait près de lui. Puis, après la queue du monde, venaient trois voitures de deuil. Comme on coupait la rue Neuve-des-Petits-Champs, Robineau accourut se joindre au cortège, très pâle, l'air vieilli.

À Saint-Roch, beaucoup de femmes attendaient, les petites commerçantes du quartier, qui avaient redouté l'encombrement de la maison mortuaire. La manifestation tournait à l'émeute ; et, lorsque, après le service, le convoi se remit en marche, tous les hommes suivirent de nouveau, bien qu'il y eût une longue course, de la rue Saint-Honoré au cimetière Montmartre. On dut remonter la rue Saint-Roch et passer une seconde fois devant le *Bonheur des Dames*. C'était une obsession, ce pauvre corps de jeune fille était promené autour du grand magasin, comme la première victime tombée sous les balles, eu temps de révolution. À la porte, des flanelles rouges claquaient au vent ainsi que des drapeaux, un étalage de tapis éclatait en une floraison saignante d'énormes roses et de pivoines épanouies.

Denise, cependant, était montée dans une voiture, agitée de doutes si cuisants, la poitrine serrée d'une telle tristesse, qu'elle n'avait plus la force de marcher. Il y eut justement un arrêt rue du 10-Décembre, devant les échafaudages de la nouvelle façade, qui gênait toujours la circulation. Et la jeune fille remarqua le vieux Bourras, resté en arrière, traînant la jambe, dans les roues mêmes de la voiture où elle se trouvait seule. Jamais il n'arriverait au cimetière. Il avait levé la tête, il la regardait. Puis, il monta.

– Ce sont mes sacrés genoux, murmurait-il. Ne vous reculez donc pas !... Est-ce que c'est vous qu'on déteste !

Elle le sentit amical et furieux, comme autrefois. Il grondait, déclarait ce diable de Baudu joliment solide, pour aller quand même, après de tels coups sur le crâne. Le convoi avait repris sa marche lente ; et, en se penchant, elle voyait en effet l'oncle s'entêter derrière le corbillard, de son pas alourdi, qui semblait régler le train sourd et pénible du cortège. Alors, elle s'abandonna dans son coin, elle écouta les paroles sans fin du vieux marchand de parapluies, au long bercement mélancolique de la voiture.

– Si la police ne devrait pas débarrasser la voie publique !... Il y a plus de dix-huit mois qu'ils nous encombrent, avec leur façade, où un homme s'est encore tué l'autre jour. N'importe ! lorsqu'ils voudront s'agrandir désormais, il leur faudra jeter des ponts par-dessus les rues... On dit que vous êtes deux mille sept cents employés et que le chiffre d'affaires atteindra cent millions cette année... Cent millions ! mon Dieu ! cent millions !

Denise n'avait rien à répondre. Le convoi venait de s'engager dans la rue de la Chaussée-d'Antin, où des embarras de voitures l'attardaient. Bourras continua, les yeux vagues, comme s'il eût maintenant rêvé tout haut. Il ne comprenait toujours pas le triomphe du *Bonheur des Dames*, mais il avouait la défaite de l'ancien commerce.

– Ce pauvre Robineau est fichu, il a une figure d'homme qui se noie... Et les Bédoré, et les Vanpouille, ça ne tient plus debout, c'est comme moi, les jambes cassées. Deslignières crèvera d'un coup de sang, Piot et Rivoire ont eu la jaunisse. Ah ! nous sommes tous jolis, un beau cortège de carcasses que nous faisons à la chère enfant ! Ça doit être drôle, pour les gens qui regardent défiler cette queue de faillites... D'ailleurs, il paraît que le nettoyage va continuer. Les coquins créent des rayons de fleurs, de modes, de parfumerie, de cordonnerie, que sais-je encore ? Grognet, le parfumeur de la rue de Grammont, peut déménager, et je ne donnerais pas dix francs de la cordonnerie Naud, rue d'Antin. Le choléra souffle jusqu'à la rue Sainte-Anne, où Lacassagne, qui tient les plumes et les fleurs, et Mme Chadeuil, dont les chapeaux sont pourtant connus, seront balayés avant deux ans... Après ceux-là, d'autres, et toujours d'autres ! Tous les commerces du quartier y passeront. Quand des calicots se mettent à vendre des savons et des galoches, ils peuvent bien avoir l'ambition de vendre des pommes de terre frites. Ma parole, la terre se détraque !

Le corbillard traversait alors la place de la Trinité, et, du coin de la sombre voiture, où Denise écoutait la plainte continue du vieux marchand, bercée au train funèbre du convoi, elle put voir, en débouchant de la rue de la Chaussée-d'Antin, le corps qui montait déjà la pente de la rue Blanche. Derrière l'oncle, à la marche aveugle et muette de bœuf assommé, il lui semblait entendre le piétinement d'un troupeau conduit à l'abattoir, toute la déconfiture des boutiques d'un quartier, le petit commerce traînant sa ruine, avec un bruit mouillé de savates, dans la boue noire de Paris. Cependant, Bourras parlait d'une voix plus sourde, comme ralentie par la montée rude de la rue Blanche.

– Moi, j'ai mon compte... Mais je le tiens tout de même et je ne le lâche pas. Il a encore perdu en appel. Ah ! ça m'a coûté bon : près de deux ans de procès, et les avoués, et les avocats ! N'importe, il ne passera pas sous ma boutique, les juges ont décidé qu'un tel travail n'avait point le caractère d'une réparation motivée. Quand on pense qu'il parlait de créer, là-dessous, un salon de lumières, pour juger la couleur des étoffes au gaz, une pièce souterraine qui aurait relié la bonneterie à la draperie ! Et il ne dérage plus, il ne peut avaler qu'un vieux démoli de mon espèce lui barre la route, quand tout le monde est à genoux devant son argent... Jamais ! je ne veux pas ! c'est bien entendu. Possible que je reste sur le carreau. Depuis que j'ai à me battre contre les huissiers, je sais que le gredin recherche mes créances, histoire sans doute de me jouer un vilain tour. Ça ne fait rien, il dit oui, je dis non, et je dirai non toujours ; tonnerre de Dieu ! même lorsque je serai cloué entre quatre planches, comme la petite qui s'en va, là-bas.

Quand on arriva au boulevard de Clichy, la voiture roula plus vite, on entendit l'essoufflement du monde, la hâte inconsciente du cortège, pressé d'en finir. Ce que Bourras ne disait pas nettement, c'était la misère noire où il était tombé, la tête perdue dans les tracas du petit boutiquier qui sombre et qui s'entête pour durer, sous la grêle des protêts. Denise, au courant de sa situation, rompit enfin le silence, en murmurant d'une voix de prière :

– Monsieur Bourras, ne faites pas le méchant davantage... Laissez-moi arranger les choses.

Il l'interrompit d'un geste violent.

– Taisez-vous, ça ne regarde personne... Vous êtes une bonne petite fille, je sais que vous lui rendez la vie dure, à cet homme qui vous croyait à vendre comme ma maison. Mais que répondriez-vous, si je vous conseillais de dire oui ? Hein ? vous m'enverriez coucher... Eh bien ! lorsque je dis non, ne mettez pas votre nez là-dedans.

Et, la voiture s'étant arrêtée à la route du cimetière, il descendit avec la jeune fille. Le caveau des Baudu se trouvait dans la première allée, à gauche. En quelques minutes, la cérémonie fut terminée. Jean avait écarté l'oncle, qui regardait le trou d'un air béant. La queue du cortège se répandait parmi les tombes voisines, tous les visages de ces boutiquiers, appauvris de sang au fond de leurs rez-de-chaussée malsains, prenaient une laideur souffrante, sous le ciel couleur de boue. Quand le cercueil roula doucement, des joues éraflées de couperose pâlirent, des nez s'abaissèrent pincés d'anémie, des paupières jaunes de bile, meurtries par les chiffres, se détournèrent.

– Nous devrions tous nous coller dans ce trou, dit Bourras à Denise, qui était restée près de lui. Cette petite, c'est le quartier qu'on enterre... Oh ! je me comprends, l'ancien commerce peut aller rejoindre ces roses blanches qu'on jette avec elle.

Denise ramena son oncle et son frère, dans une voiture de deuil. La journée fut pour elle d'une tristesse noire. D'abord, elle commençait à s'inquiéter de la pâleur de Jean ; et, quand elle eut compris qu'il s'agissait d'une nouvelle histoire de femme, elle voulut le faire taire, en lui ouvrant sa bourse ; mais il secouait la tête, il refusait, c'était sérieux cette fois, la nièce d'un pâtissier très riche, qui n'acceptait pas même des bouquets de violettes. Ensuite, l'après-midi, lorsque Denise alla chercher Pépé chez Mme Gras, celle-ci lui déclara qu'il devenait trop grand pour qu'elle le gardât davantage ; encore un tracas, il faudrait trouver un collège, éloigner l'enfant peut-être. Et elle eut enfin, en menant Pépé embrasser les Baudu, l'âme déchirée par la douleur morne du *Vieil Elbeuf*. La boutique était fermée, l'oncle et la tante se tenaient au fond de la petite salle, dont ils oubliaient d'allumer le gaz, malgré l'obscurité complète de cette journée d'hiver. Il n'y avait plus qu'eux, ils demeuraient face à face, dans la maison vidée lentement par la ruine ; et la mort de leur fille creusait davantage les coins de ténèbres, était comme le craquement suprême qui allait faire se rompre les vieilles poutres mangées d'humidité. Sous cet écrasement, l'oncle, sans pouvoir s'arrêter, marchait toujours autour de la table, de son pas du convoi, aveugle et muet ; tandis que la tante ne disait rien non plus, tombée sur une chaise, avec la face blanche d'une blessée, dont le sang s'épuisait goutte à goutte. Ils ne pleurèrent même pas, lorsque Pépé mit de gros baisers sur leurs joues froides. Denise étouffait de larmes.

Le soir, justement, Mouret fit demander la jeune fille, pour causer d'un vêtement d'enfant qu'il voulait lancer, un mélange d'écossais et de zouave. Et, toute frémissante de pitié, révoltée de tant de souffrances, elle ne put se contenir ; elle osa d'abord parler de Bourras, de ce pauvre homme à terre qu'on allait égorger. Mais, au nom du marchand de parapluies, Mouret s'emporta. Le vieux toqué, comme il l'appelait, désolait sa vie, gâtait son triomphe, par son entêtement idiot à ne pas céder sa maison, cette ignoble masure dont les plâtres salissaient le *Bonheur des Dames*, le seul petit coin du vaste pâté échappé à la conquête. L'affaire tournait au cauchemar ; tout autre que la jeune fille, parlant en faveur de Bourras, aurait risqué d'être jeté dehors, tellement Mouret était torturé du besoin maladif d'abattre la masure à coups de pied. Enfin, que voulait-on qu'il fît ? Pouvait-il laisser ce tas de décombres au flanc du *Bonheur* ? Il fallait bien qu'il disparût, le magasin devait passer. Tant pis pour le vieux fou ! Et il rappelait ses offres, il lui avait proposé jusqu'à cent mille francs. N'était-ce pas raisonnable ? Certes, il ne marchandait pas, il donnait l'argent qu'on exigeait ; mais, au moins, qu'on eût un peu d'intelligence, qu'on le laissât finir son œuvre ! Est-ce qu'on se mêlait d'arrêter les locomotives, sur les chemins de fer ? Elle l'écoutait, les yeux baissés, ne trouvant que des raisons de sentiment. Le bonhomme était si vieux, on aurait pu attendre sa mort, une faillite le tuerait. Alors, il déclara qu'il n'était même plus le maître d'empêcher les choses, Bourdoncle s'en occupait, car le conseil avait résolu d'en finir. Elle n'eut rien à ajouter, malgré l'apitoiement douloureux de ses tendresses.

Après un silence pénible, ce fut Mouret lui-même qui parla des Baudu. Il commença par les plaindre beaucoup de la perte de leur fille. C'étaient de très bonnes gens, très honnêtes, et sur lesquels la mauvaise chance s'acharnait. Puis, il reprit ses arguments : au fond, ils avaient voulu leur malheur, on ne s'obstinait pas de la sorte dans la baraque vermoulue de l'ancien commerce ; rien d'étonnant à ce que la maison leur tombât sur la tête. Vingt fois, il l'avait prédit ; même elle devait se souvenir qu'il l'avait chargée d'avertir son oncle d'un désastre fatal, si ce dernier s'attardait dans des vieilleries ridicules. Et la catastrophe était venue, personne au monde ne l'empêcherait maintenant. On ne pouvait raisonnablement exiger qu'il se ruinât, afin d'épargner le quartier. Du reste, s'il avait eu la folie de fermer le *Bonheur*, un autre grand magasin aurait poussé de lui-même à côté, car l'idée soufflait des quatre points du ciel, le triomphe des cités ouvrières et industrielles était semé par le coup de vent du siècle, qui emportait l'édifice croulant des vieux âges. Peu à peu, Mouret s'échauffait, trouvait une émotion éloquente pour se défendre contre la haine de ses victimes involontaires, la clameur des petites boutiques moribondes, qu'il entendait monter autour de lui. On ne gardait pas ses morts, il fallait bien les enterrer ; et, d'un geste, il envoyait dans la terre, il balayait et jetait à la fosse commune le cadavre de l'antique négoce, dont les restes verdis et empestés devenaient la honte des rues ensoleillées du nouveau Paris. Non, non, il n'avait aucun remords, il faisait simplement la besogne de son âge, et elle le savait bien, elle qui aimait la vie, qui avait la passion des affaires larges, conclues au plein jour de la publicité. Réduite au silence, elle l'écouta longtemps, elle se retira, l'âme pleine de trouble.

Cette nuit-là, Denise ne dormit guère. Une insomnie traversée de cauchemars, la retournait sous la couverture. Il lui semblait qu'elle était toute petite, et elle éclatait en larmes, au fond de leur jardin de Valognes, en voyant les fauvettes manger les araignées, qui elles-mêmes mangeaient les mouches. Était-ce donc vrai, cette nécessité de la mort engraissant le monde, cette lutte pour la vie qui faisait pousser les êtres sur le charnier de l'éternelle destruction ? Ensuite, elle se revoyait devant le caveau où l'on descendait Geneviève, elle apercevait son oncle et sa tante, seuls au fond de leur salle à manger obscure. Dans le profond silence, un bruit sourd d'écroulement traversait l'air mort : c'était la maison de Bourras qui s'effondrait, comme minée par les grandes eaux. Le silence recommençait, plus sinistre, et un nouvel écroulement retentissait, puis un autre, puis un autre : les Robineau, les Bédoré et sœur, les Vanpouille, craquaient et s'écrasaient chacun à son tour, le petit commerce du quartier Saint-Roch s'en allait sous une pioche invisible, avec de brusques tonnerres de charrettes qu'on décharge. Alors, un chagrin immense l'éveillait en sursaut. Mon Dieu ! que de tortures ! des familles qui pleurent, des vieillards jetés au pavé, tous les drames poignants de la ruine ! Et elle ne pouvait sauver personne, et elle avait conscience que cela était bon, qu'il fallait ce fumier de misères à la santé du Paris de demain. Au jour, elle se calma, une grande tristesse résignée la tenait les yeux ouverts, tournés vers la fenêtre dont les vitres s'éclairaient. Oui, c'était la part du sang, toute révolution voulait des martyrs, on ne marchait en avant que sur des morts. Sa peur d'être une âme mauvaise, d'avoir travaillé au meurtre de ses proches, se fondait à présent dans une pitié navrée, en face de ces maux irrémédiables, qui sont l'enfantement douloureux de chaque génération. Elle finit par chercher les soulagements possibles, sa bonté rêva longtemps aux moyens à prendre, pour sauver au moins les siens de l'écrasement final.

Mouret, maintenant, se dressait devant elle, avec sa tête passionnée, aux yeux caressants. Certes, il ne lui refusait rien, elle était sûre qu'il accorderait tous les dédommagements raisonnables. Et sa pensée s'égarait, tâchait de le juger. Elle connaissait sa vie, n'ignorait pas le calcul ancien de ses tendresses, sa continuelle exploitation de la femme, des maîtresses prises pour faire son chemin, et sa liaison avec Mme Desforges dans l'unique but de tenir le baron Hartmann, et toutes les autres, les Clara de rencontre, le plaisir achevé, payé, rejeté au trottoir. Seulement, ces débuts d'un aventurier de l'amour, dont le magasin plaisantait, finissaient par se perdre dans le coup de génie de cet homme, dans sa grâce victorieuse. Il était la séduction. Ce qu'elle ne lui aurait jamais pardonné, c'était son mensonge d'autrefois, sa froideur d'amant sous la comédie galante de ses prévenances. Mais elle se sentait sans rancune, aujourd'hui qu'il souffrait par elle. Cette souffrance l'avait grandi. Quand elle le voyait torturé, expiant si durement son dédain de la femme, il lui semblait racheté de ses fautes.

Dès ce matin-là, Denise obtint de Mouret les compensations qu'elle jugerait légitimes, le jour où les Baudu et le vieux Bourras succomberaient. Les semaines se passèrent, elle allait voir son oncle presque tous les après-midi, s'échappant quelques minutes, apportant son rire, son courage de brave fille, pour égayer la sombre boutique. Sa tante surtout l'inquiétait, elle était restée dans une stupeur blême, depuis la mort de Geneviève ; il semblait que sa vie s'en allât un peu à chaque heure ; et, lorsqu'on l'interrogeait, elle répondait d'un air étonné qu'elle ne souffrait pas, qu'elle était comme prise de sommeil, simplement. Dans le quartier, on hochait la tête : la pauvre dame ne s'ennuierait pas longtemps de sa fille.

Un jour, Denise sortait de chez les Baudu, lorsque, au détour de la place Gaillon, elle entendit un grand cri. La foule se précipitait, un coup de panique soufflait, ce vent de peur et de pitié qui ameute brusquement une rue. C'était un omnibus à caisse brune, une des voitures faisant le trajet de la Bastille aux Batignolles, dont les roues passaient sur le corps d'un homme, au débouché de la rue Neuve-Saint-Augustin, devant la fontaine. Debout sur son siège, dans un mouvement furieux, le cocher retenait ses deux chevaux noirs, qui se cabraient ; et il jurait, il s'emportait en gros mots.

– Nom de Dieu ! nom de Dieu !... Faites donc attention, sacré maladroit !

Maintenant, l'omnibus était arrêté. La foule entourait le blessé, un sergent de ville se trouvait là par hasard. Toujours debout, appelant en témoignage les voyageurs de l'impériale, qui s'étaient levés, eux aussi, pour se pencher et voir le sang, le cocher s'expliquait avec des gestes exaspérés, la gorge étranglée d'une colère croissante.

– On n'a pas idée... Qui est-ce qui m'a fichu un particulier pareil ? Il était là comme chez lui. J'ai crié, et le voilà qui se fout sous les roues !

Alors, un ouvrier, un peintre en bâtiment, accouru avec son pinceau d'une devanture voisine, dit d'une voix aiguë, au milieu des clameurs :

– Ne te fais donc pas de bile ! Je l'ai vu, il s'est collé dessous, parbleu !... Tiens ! il a piqué une tête comme ça. Encore un qui s'embêtait, faut croire !

D'autres voix s'élevèrent, on tombait d'accord sur l'idée d'un suicide, pendant que le sergent de ville verbalisait. Des dames, toutes pâles, descendaient vivement, emportaient, sans se retourner, l'horreur de la secousse molle dont l'omnibus leur avait remué les entrailles, en passant sur le corps. Cependant, Denise s'approcha, attirée par la pitié active, qui la faisait se mêler de tous les accidents, des chiens écrasés, des chevaux abattus, des couvreurs tombés des toits. Et, sur le pavé, elle reconnut le malheureux, évanoui, la redingote souillée de boue.

– C'est M. Robineau ! cria-t-elle, dans son douloureux étonnement.

Tout de suite, le sergent de ville interrogea cette jeune fille. Elle donna le nom, la profession, l'adresse. Grâce à l'énergie du cocher, l'omnibus avait fait un crochet, et les jambes seules de Robineau s'étaient trouvées engagées sous les roues. Seulement, il y avait à craindre qu'elles ne fussent rompues l'une et l'autre. Quatre hommes de bonne volonté transportèrent le blessé chez un pharmacien de la rue Gaillon, pendant que l'omnibus reprenait lentement sa marche.

– Nom de Dieu ! dit le cocher en enveloppant ses chevaux d'un coup de fouet, j'ai fait ma journée.

Denise avait suivi Robineau chez le pharmacien. Celui-ci, dans l'attente d'un médecin, qu'on ne pouvait trouver, déclarait qu'il n'y avait aucun danger immédiat et que le mieux était de porter le blessé à son domicile, puisqu'il habitait le voisinage. Un homme était allé au poste de police demander un brancard. Alors, la jeune fille conçut la bonne pensée de partir en avant, afin de préparer Mme Robineau à ce coup affreux. Mais elle eut toutes les peines du monde à gagner la rue, au travers de la foule, qui s'écrasait devant la porte. Cette foule, avide de mort, augmentait de minute en minute ; des enfants, des femmes, se haussaient, tenaient bon dans les poussées brutales ; et chaque nouveau venu inventait son accident, c'était à cette heure un mari que l'amant de sa femme avait jeté par la fenêtre.

Rue Neuve-des-Petits-Champs, Denise aperçut de loin Mme Robineau sur la porte de la spécialité de soies. Cela lui donna un prétexte pour s'arrêter, et elle causa un instant, en cherchant une façon d'amortir la terrible nouvelle. Le magasin sentait le désordre et l'abandon des luttes dernières, dans un commerce qui se meurt. C'était le dénouement prévu de la grande bataille des deux soies rivales, le Paris-Bonheur avait écrasé la concurrence, à la suite d'une nouvelle baisse de cinq centimes : il ne se vendait plus que quatre francs quatre-vingt-quinze, la soie de Gaujean avait trouvé son Waterloo. Depuis deux mois, Robineau, réduit aux expédients, menait une vie d'enfer, pour empêcher une déclaration de faillite.

– J'ai vu passer votre mari sur la place Gaillon, murmura Denise, qui avait fini par entrer dans la boutique.

Mme Robineau, dont une sourde inquiétude semblait ramener continuellement les regards vers la rue, dit vivement :

– Ah ! tout à l'heure, n'est-ce pas ?... Je l'attends, il devrait être ici. Ce matin, M. Gaujean est venu, et ils sont sortis ensemble.

Elle était toujours charmante, délicate et gaie ; mais une grossesse avancée déjà la fatiguait, elle restait plus effarée, plus dépaysée que jamais, dans ces affaires, auxquelles sa nature tendre ne mordait pas, et qui tournaient mal. Comme elle le répétait souvent, pourquoi donc tout ça ? ne serait-ce pas plus gentil de vivre tranquille, au fond d'un petit logement, où l'on ne mangerait que du pain ?

– Ma chère enfant, reprit-elle avec un sourire qui s'attristait, nous n'avons rien à vous cacher... Ça ne va pas bien, mon pauvre chéri n'en dort plus. Aujourd'hui encore, ce Gaujean l'a tourmenté, à propos de billets en retard... Je me sentais mourir d'inquiétude, à être là toute seule...

Et elle retournait sur la porte, lorsque Denise l'arrêta. Au loin, celle-ci venait d'entendre une rumeur de foule. Elle devina le brancard qu'on apportait, le flot de curieux qui n'avaient pas lâché l'accident. Alors, la gorge sèche, ne trouvant pas les mots consolateurs qu'elle aurait voulu, elle dut parler.

– Ne vous inquiétez pas, il n'y a pas de danger immédiat... Oui, j'ai vu M. Robineau, il lui est arrivé un malheur... On l'apporte, ne vous inquiétez pas, je vous en prie.

La jeune femme l'écoutait, toute blanche, sans comprendre nettement encore. La rue s'était emplie de monde, les fiacres arrêtés juraient, des hommes avaient posé le brancard devant la porte du magasin, pour ouvrir les deux battants vitrés.

– C'est un accident, continuait Denise, résolue à cacher la tentative de suicide. Il était sur le trottoir, et il a glissé sous les roues d'un omnibus... Oh ! les pieds seulement. On cherche un médecin. Ne vous inquiétez pas.

Un grand frisson secouait Mme Robineau. Elle eut deux ou trois cris inarticulés ; puis, elle ne parla plus, elle s'abattit près du brancard, dont elle écarta les toiles de ses mains tremblantes. Les hommes qui venaient de le porter, attendaient devant la maison, pour le remporter, lorsqu'on aurait enfin trouvé un médecin. On n'osait plus toucher à Robineau, qui avait repris connaissance, et dont les souffrances devenaient atroces, au moindre mouvement. Quand il vit sa femme, deux grosses larmes coulèrent sur ses joues. Elle l'avait embrassé, et elle pleurait, en le regardant de ses yeux fixes. Dans la rue, la cohue continuait, les visages s'entassaient comme au spectacle, avec des yeux luisants ; des ouvrières, échappées d'un atelier, menaçaient d'enfoncer les glaces des vitrines, pour mieux voir. Afin d'échapper à cette fièvre de curiosité, et jugeant d'ailleurs qu'il n'était pas convenable de laisser le magasin ouvert, Denise eut l'idée de baisser le rideau métallique. Elle-même alla tourner la manivelle, l'engrenage avait un cri plaintif, les feuilles de tôle descendaient avec lenteur, ainsi qu'une draperie lourde tombant sur le dénouement d'un cinquième acte. Et, lorsqu'elle rentra et qu'elle eut fermé derrière elle la petite porte ronde, elle retrouva Mme Robineau serrant toujours son mari entre ses bras éperdus, sous le demi-jour louche qui venait des deux étoiles découpées dans la tôle. La boutique ruinée semblait glisser au néant ; seules les deux étoiles luisaient sur cette catastrophe rapide et brutale du pavé parisien. Enfin, Mme Robineau recouvra la parole.

– Oh ! mon chéri... Oh ! mon chéri... Oh ! mon chéri...

Elle ne trouvait que ces mots, et lui suffoqua, se confessa dans une crise de remords, en la voyant ainsi agenouillée, renversée, avec son ventre de mère qui s'écrasait contre le brancard. Lorsqu'il ne bougeait pas, il ne sentait que le plomb brûlant de ses jambes.

– Pardonne-moi, j'ai dû être fou... Quand l'avoué m'a dit devant Gaujean que les affiches seraient posées demain, il m'a semblé que des flammes dansaient, comme si les murs avaient brûlé... Et puis, je ne me souviens plus : je descendais la rue de la Michodière, j'ai cru que les gens du *Bonheur* se fichaient de moi, cette grande gueuse de maison m'écrasait... Alors, quand l'omnibus a tourné, j'ai songé à Lhomme et à son bras, je me suis jeté dessous...

Lentement, Mme Robineau tomba assise sur le parquet, dans l'horreur de ces aveux. Mon Dieu ! il avait voulu mourir. Elle saisit la main de Denise, qui s'était penchée vers elle, toute retournée par cette scène. Le blessé, que son émotion épuisait, venait encore de perdre connaissance. Et ce médecin qui n'arrivait pas ! Deux hommes avaient déjà battu le quartier, le concierge de la maison s'était mis en campagne à son tour.

– Ne vous inquiétez pas, répétait Denise machinalement, sanglotant elle aussi.

Alors, Mme Robineau, assise par terre, la tête à la hauteur du brancard, la joue contre la sangle où gisait son mari, soulagea son cœur.

– Oh ! si je vous racontais... C'est pour moi qu'il a voulu mourir. Il me disait sans cesse : « Je t'ai volée, l'argent venait de toi. » Et, la nuit, il rêvait de ces soixante mille francs, il se réveillait en sueur, se traitait d'incapable. Quand on n'avait pas plus de tête, on ne risquait pas la fortune des autres. Vous savez qu'il a toujours été nerveux, l'esprit tourmenté. Il finissait par voir des choses qui me faisaient peur, il m'apercevait dans la rue, en guenilles, mendiant, moi qu'il aimait si fort, qu'il désirait riche, heureuse...

Mais, en tournant la tête, elle le retrouva les yeux ouverts ; et elle continua, de sa voix bégayante :

– Oh ! mon chéri, pourquoi as-tu fait cela ?... Tu me crois donc bien vilaine ? Va, ça m'est égal, que nous soyons ruinés. Pourvu qu'on soit ensemble, on n'est pas malheureux... Laisse-les donc tout prendre. Allons-nous-en quelque part, où tu n'entendras plus parler d'eux. Tu travailleras quand même, tu verras comme ce sera bon encore.

Son front était tombé près du visage pâle de son mari, tous deux se taisaient maintenant, dans l'attendrissement de leur angoisse. Il y eut un silence, la boutique semblait dormir, engourdie par le crépuscule blafard qui la noyait ; tandis qu'on entendait, derrière la tôle mince de la fermeture, le fracas de la rue, la vie du plein jour passant avec le grondement des voitures et la bousculade des trottoirs. Enfin, Denise, qui allait, à chaque minute, jeter un coup d'œil par la petite porte ouvrant sur le vestibule de la maison, revint en criant :

– Le médecin !

C'était un jeune homme, aux yeux vifs, que le concierge ramenait. Il préféra visiter le blessé avant qu'on le couchât. Une seule des jambes, la gauche, se trouvait cassée, au-dessus de la cheville. La rupture était simple, aucune complication ne semblait à craindre. Et l'on se disposait à porter le brancard au fond, dans la chambre, lorsque Gaujean se présenta. Il venait rendre compte d'une dernière démarche, dans laquelle du reste il avait échoué : la déclaration de faillite était définitive.

– Quoi donc ? murmura-t-il, qu'est-il arrivé ?

D'un mot, Denise le renseigna. Alors, il resta gêné. Robineau lui dit faiblement :

– Je ne vous en veux pas, mais tout cela est un peu de votre faute.

– Dame ! mon cher, répondit Gaujean, il fallait avoir des reins plus solides que les nôtres... Vous savez que je ne suis guère mieux portant que vous.

On soulevait le brancard. Le blessé trouva encore la force de dire :

– Non, non, des reins plus solides auraient plié tout de même... Je comprends que les vieux entêtés, comme Bourras et Baudu, y restent ; mais nous autres, qui étions jeunes, qui acceptions le nouveau train des choses !... Non, voyez-vous, Gaujean, c'est la fin d'un monde.

On l'emporta. Mme Robineau embrassa Denise, dans un élan où il y avait presque de la joie, à être enfin débarrassée du tracas des affaires. Et, comme Gaujean se retirait avec la jeune fille, il lui confessa que ce pauvre diable de Robineau avait raison. C'était imbécile de vouloir lutter contre le *Bonheur des Dames*. Lui, personnellement, se sentait perdu, s'il ne rentrait pas en grâce. Déjà, la veille, il avait fait une démarche secrète auprès de Hutin, qui justement allait partir pour Lyon. Mais il désespérait, et il tâcha d'intéresser Denise, au courant sans doute de sa puissance.

– Ma foi ! répétait-il, tant pis pour la fabrication ! On se moquerait de moi, si je me ruinais en bataillant davantage dans l'intérêt des autres, lorsque les gaillards se disputent à qui fabriquera le moins cher... Mon Dieu ! comme vous le disiez autrefois, la fabrication n'a qu'à suivre le progrès, par une meilleure organisation et des procédés nouveaux. Tout s'arrangera, il suffit que le public soit content.

Denise souriait. Elle répondit :

– Allez donc dire cela à M. Mouret lui-même... Votre visite lui fera plaisir, et il n'est pas homme à vous tenir rancune, si vous lui offrez seulement un bénéfice d'un centime par mètre.

Ce fut en janvier que Mme Baudu expira, par un clair après-midi de soleil. Depuis quinze jours, elle ne pouvait plus descendre à la boutique, qu'une femme de journée gardait. Elle était assise au milieu de son lit, les reins soutenus par des oreillers. Seuls, dans son visage blanc, les yeux vivaient encore ; et, la tête droite, elle les tournait obstinément vers le *Bonheur des Dames*, en face, à travers les petits rideaux des fenêtres. Baudu, souffrant lui-même de cette obsession, de la fixité désespérée de ces regards, voulait parfois tirer les grands rideaux. Mais, d'un geste suppliant, elle l'arrêtait, elle s'entêtait à voir, jusqu'à son dernier souffle. Maintenant, le monstre lui avait tout pris, sa maison, sa fille ; elle-même s'en était allée peu à peu avec le *Vieil Elbeuf*, perdant de sa vie à mesure qu'il perdait de sa clientèle ; le jour où il râlait, elle n'avait plus d'haleine. Quand elle se sentit mourir, elle eut encore la force d'exiger de son mari qu'il ouvrît les deux fenêtres. Il faisait doux, une nappe de gai soleil dorait le *Bonheur*, tandis que la chambre de l'antique logis frissonnait dans l'ombre. Mme Baudu demeurait les regards fixes, emplis de cette vision de monument triomphal, de ces glaces limpides, derrière lesquelles passait un galop de millions. Lentement, ses yeux pâlissaient, envahis de ténèbres, et lorsqu'ils s'éteignirent dans la mort, ils restèrent grands ouverts, regardant toujours, noyés de grosses larmes.

Une fois encore, tout le petit commerce ruiné du quartier défila au convoi. On y vit les frères Vanpouille, blêmes de leurs échéances de décembre, payées par un suprême effort qu'ils ne pourraient recommencer. Bédoré et sœur s'appuyait sur une canne, travaillé de tels soucis, que sa maladie d'estomac s'aggravait. Deslignières avait eu une attaque, Piot et Rivoire marchaient en silence, le nez à terre, en hommes finis. Et l'on n'osait s'interroger sur les disparus, Quinette, Mlle Tatin, d'autres qui, du matin au soir, sombraient, roulés, emportés dans le flot des désastres ; sans compter Robineau allongé sur son lit, avec sa jambe cassée. Mais on se montrait surtout, d'un air d'intérêt, les nouveaux commerçants atteints par la peste : le parfumeur Grognet, la modiste Mme Chadeuil, et Lacassagne le fleuriste, et Naud le cordonnier, encore debout, pris seulement de l'anxiété du mal qui devait les balayer à leur tour. Derrière le corbillard, Baudu marchait du même pas de bœuf assommé, dont il avait accompagné sa fille ; tandis que, au fond de la première voiture de deuil, on apercevait les yeux étincelants de Bourras, sous les broussailles de ses sourcils et de ses cheveux, d'un blanc de neige.

Denise eut un grand chagrin. Depuis quinze jours, elle était brisée de soucis et de fatigues. Il lui avait fallu mettre Pépé au collège, et Jean la faisait courir, tellement amoureux de la nièce du pâtissier, qu'il avait supplié sa sœur de la demander en mariage. Ensuite, la mort de la tante, ces catastrophes répétées, venaient d'accabler la jeune fille. Mouret s'était de nouveau mis à sa disposition : ce qu'elle ferait pour son oncle et les autres, serait bien fait. Un matin encore, elle eut un entretien avec lui, à la nouvelle que Bourras était jeté sur le pavé, et que Baudu allait fermer boutique. Puis, elle sortit après le déjeuner, avec l'espoir de soulager au moins ceux-là.

Dans la rue de la Michodière, Bourras était debout, planté sur le trottoir en face de sa maison, dont on l'avait expulsé la veille, à la suite d'un joli tour, une trouvaille de l'avoué : comme Mouret possédait des créances, il venait d'obtenir aisément la mise en faillite du marchand de parapluies, puis il avait acheté cinq cents francs le droit au bail, dans la vente faite par le syndic ; de sorte que le vieillard entêté s'était laissé prendre pour cinq cents francs ce qu'il n'avait pas voulu lâcher pour cent mille. D'ailleurs, l'architecte, qui arrivait avec sa bande de démolisseurs, avait dû requérir le commissaire pour le mettre dehors. Les marchandises étaient vendues, les chambres déménagées ; lui, s'obstinait dans le coin où il couchait, et dont on n'osait le chasser, par une pitié dernière. Même les démolisseurs attaquèrent la toiture sur sa tête. On avait retiré les ardoises pourries, les plafonds s'effondraient, les murs craquaient, et il restait là, sous les vieilles charpentes à nu, au milieu des décombres. Enfin, devant la police, il était parti. Mais, dès le lendemain matin, il avait reparu sur le trottoir d'en face, après avoir passé la nuit dans un hôtel meublé du voisinage.

– Monsieur Bourras, dit doucement Denise.

Il ne l'entendait pas, ses yeux de flamme dévoraient les démolisseurs, dont la pioche entamait la façade de la masure. Maintenant, par les fenêtres vides, on voyait l'intérieur, les chambres misérables, l'escalier noir, où le soleil n'avait pas pénétré depuis deux cents ans.

– Ah ! c'est vous, répondit-il enfin, quand il l'eut reconnue. Hein ? ils en font une besogne, ces voleurs !

Elle n'osait plus parler, remuée par la tristesse lamentable de la vieille demeure, ne pouvant elle-même détacher les yeux des pierres moisies qui tombaient. En haut, dans un coin du plafond de son ancienne chambre, elle apercevait encore le nom en lettres noires et tremblées : Ernestine, écrit avec la flamme d'une chandelle ; et le souvenir des jours de misère lui revenait, plein d'un attendrissement pour toutes les douleurs. Mais les ouvriers, afin d'abattre d'un coup un pan de muraille, avaient eu l'idée de l'attaquer à la base. Il chancelait.

– S'il pouvait les écraser tous ! murmura Bourras d'une voix sauvage.

On entendit un craquement terrible. Les ouvriers épouvantés se sauvèrent dans la rue. En s'abattant, la muraille ébranlait et emportait toute la ruine. Sans doute, la masure ne tenait plus, au milieu des tassements et des gerçures : une poussée avait suffi pour la fendre du haut en bas. Ce fut un éboulement pitoyable, l'aplatissement d'une maison de fange, détrempée par les pluies. Pas une cloison ne resta debout, il n'y eut plus par terre qu'un amas de débris, le fumier du passé tombé à la borne.

– Mon Dieu ! avait crié le vieillard, comme si le coup lui eût retenti dans les entrailles.

Il demeurait béant, jamais il n'aurait cru que ce serait fini si vite. Et il regardait l'entaille ouverte, le creux libre enfin dans le flanc du *Bonheur des Dames*, débarrassé de la verrue qui le déshonorait. C'était le moucheron écrasé, le dernier triomphe sur l'obstination cuisante de l'infiniment petit, toute l'île envahie et conquise. Des passants attroupés causaient très haut avec les démolisseurs, qui se fâchaient contre ces vieilles bâtisses, bonnes à tuer le monde.

– Monsieur Bourras, répéta Denise, en tâchant de l'emmener à l'écart, vous savez qu'on ne vous abandonnera pas. Il sera pourvu à tous vos besoins...

Il se redressa.

– Je n'ai pas de besoins... Ce sont eux qui vous envoient, n'est-ce pas ? Eh bien ! dites-leur que le père Bourras sait encore travailler, et qu'il trouvera de l'ouvrage où il voudra... Vrai ! ce serait trop commode, de faire la charité aux gens qu'on assassine !

Alors, elle le supplia.

– Je vous en prie, acceptez, ne me laissez pas ce chagrin.

Mais il secouait sa tête chevelue.

– Non, non, c'est fini, bonsoir... Vivez donc heureuse, vous qui êtes jeune, et n'empêchez pas les vieux de partir avec leurs idées.

Il jeta un dernier coup d'œil sur le tas des décombres, puis s'en alla, péniblement. Elle suivit son dos, au milieu des bousculades du trottoir. Le dos tourna l'angle de la place Gaillon, et ce fut tout.

Un instant, Denise resta immobile, les yeux perdus. Enfin, elle entra chez son oncle. Le drapier était seul, dans la boutique sombre du *Vieil Elbeuf*. La femme de ménage ne venait que le matin et le soir, pour faire un peu de cuisine et pour l'aider à ôter et à mettre les volets. Il passait les heures, au fond de cette solitude, sans que personne souvent le dérangeât de la journée, effaré et ne trouvant plus les marchandises, lorsqu'une cliente se risquait encore. Et là, dans le silence, dans le demi-jour, il marchait continuellement, il gardait le pas alourdi de ses deuils, cédant à un besoin maladif, à de véritables crises de marche forcée, comme s'il avait voulu bercer et endormir sa douleur.

– Allez-vous mieux, mon oncle ? demanda Denise.

Il ne s'arrêta qu'une seconde, il repartit, allant de la caisse à un angle obscur.

– Oui, oui, très bien... Merci.

Elle cherchait un sujet consolant, des paroles gaies, et n'en trouvait point.

– Vous avez entendu ce bruit ? La maison est par terre.

– Tiens ! c'est vrai, murmura-t-il d'un air étonné, ce devait être la maison... J'ai senti le sol trembler... Moi, ce matin, en les voyant sur le toit, j'avais fermé ma porte.

Et il eut un geste vague, pour dire que ces choses ne l'intéressaient plus. Chaque fois qu'il revenait devant la caisse, il regardait la banquette vide, cette banquette de velours usé, où sa femme et sa fille avaient grandi. Puis, lorsque son perpétuel piétinement le ramenait à l'autre bout, il regardait les casiers noyés d'ombre, dans lesquels achevaient de moisir quelques pièces de drap. C'était la maison veuve, ceux qu'il aimait partis, son commerce tombé à une fin honteuse, lui seul promenant son cœur mort et son orgueil abattu, au milieu de ces catastrophes. Il levait les yeux vers le plafond noir, il écoutait le silence qui sortait des ténèbres de la petite salle à manger, le coin familial dont il aimait autrefois jusqu'à l'odeur enfermée. Plus un souffle dans l'antique logis, son pas régulier et pesant faisait sonner les vieux murs, comme s'il avait marché sur la tombe de ses tendresses.

Enfin, Denise aborda le sujet qui l'amenait.

– Mon oncle, vous ne pouvez rester ainsi. Il faudrait prendre une détermination.

Il répondit sans s'arrêter :

– Sans doute, mais que veux-tu que je fasse ? J'ai tâché de vendre, personne n'est venu... Mon Dieu ! un matin, je fermerai la boutique, et je m'en irai.

Elle savait qu'une faillite n'était plus à craindre. Les créanciers avaient préféré s'entendre, devant un pareil acharnement du sort. Tout payé, l'oncle allait simplement se trouver à la rue.

– Mais que ferez-vous ensuite ? murmura-t-elle, cherchant une transition pour arriver à l'offre qu'elle n'osait formuler.

– Je ne sais pas, répondit-il. On me ramassera bien.

Il avait changé son trajet, il marchait de la salle à manger aux vitrines de la devanture ; et, maintenant, il considérait chaque fois d'un regard morne ces vitrines lamentables, avec leur étalage oublié. Ses yeux ne se levaient même pas sur la façade triomphante du *Bonheur des Dames*, dont les lignes architecturales se perdaient à droite et à gauche, aux deux bouts de la rue. C'était un anéantissement, il ne trouvait plus la force de se fâcher.

– Écoutez, mon oncle, finit par dire Denise embarrassée, il y aurait peut-être une place pour vous...

Elle se reprit, elle bégaya :

– Oui, je suis chargée de vous offrir une place d'inspecteur.

– Où donc ? demanda Baudu.

– Mon Dieu ! là, en face... Chez nous... Six mille francs, un travail sans fatigue.

Brusquement, il s'était arrêté devant elle. Mais, au lieu de s'emporter comme elle le craignait, il devenait très pâle, il succombait sous une émotion douloureuse, d'une amère résignation.

– En face, en face, balbutia-t-il à plusieurs reprises. Tu veux que j'entre en face ?

Denise elle-même était gagnée par cette émotion. Elle revoyait la longue lutte des deux boutiques, elle assistait aux convois de Geneviève et de Mme Baudu, elle avait sous les yeux le *Vieil Elbeuf* renversé, égorgé à terre par le *Bonheur des Dames*. Et l'idée de son oncle entrant en face, se promenant là en cravate blanche, lui faisait sauter le cœur de pitié et de révolte.

– Voyons, Denise, ma fille, est-ce possible ? dit-il simplement, tandis qu'il croisait ses pauvres mains tremblantes.

– Non, non, mon oncle ! cria-t-elle dans un élan de tout son être juste et bon. Ce serait mal... Pardonnez-moi, je vous en supplie.

Il avait repris sa marche, son pas ébranlait de nouveau le vide sépulcral de la maison. Et, quand elle le quitta, il allait, il allait toujours, dans cette locomotion entêtée des grands désespoirs qui tournent sur eux-mêmes, sans pouvoir en sortir jamais.

Denise, cette nuit-là, eut encore une insomnie. Elle venait de toucher le fond de son impuissance. Même en faveur des siens, elle ne trouvait pas un soulagement. Jusqu'au bout, il lui fallut assister à l'œuvre invincible de la vie, qui veut la mort pour continuelle semence. Elle ne se débattait plus, elle acceptait cette loi de la lutte ; mais son âme de femme s'emplissait d'une bonté en pleurs, d'une tendresse fraternelle, à l'idée de l'humanité souffrante. Depuis des années, elle-même était prise entre les rouages de la machine. N'y avait-elle pas saigné ? ne l'avait-on pas meurtrie, chassée, traînée dans l'injure ? Aujourd'hui encore, elle s'épouvantait parfois, lorsqu'elle se sentait choisie par la logique des faits. Pourquoi elle, si chétive ? pourquoi sa petite main pesant tout d'un coup si lourd, au milieu de la besogne du monstre ? Et la force qui balayait tout, l'emportait à son tour, elle dont la venue devait être une revanche. Mouret avait inventé cette mécanique à écraser le monde, dont le fonctionnement brutal l'indignait ; il avait semé le quartier de ruines, dépouillé les uns, tué les autres ; et elle l'aimait quand même pour la grandeur de son œuvre, elle l'aimait davantage à chacun des excès de son pouvoir, malgré le flot de larmes qui la soulevait, devant la misère sacrée des vaincus.

XIV

LA RUE du 10-Décembre, toute neuve, avec ses maisons d'une blancheur de craie et les derniers échafaudages des quelques bâtisses attardées, s'allongeait sous un limpide soleil de février ; un flot de voitures passait, d'un large train de conquête, au milieu de cette trouée de lumière qui coupait l'ombre humide du vieux quartier Saint-Roch ; et, entre la rue de la Michodière et la rue de Choiseul, il y avait une émeute, l'écrasement d'une foule chauffée par un mois de réclame, les yeux en l'air, bayant[1] devant la façade monumentale du *Bonheur des Dames*, dont l'inauguration avait lieu ce lundi-là, à l'occasion de la grande exposition de blanc.

---

1. **Bayant** : regardant bouche bée.

XIV

C'était, dans sa fraîcheur gaie, un vaste développement d'architecture polychrome, rehaussée d'or, annonçant le vacarme et l'éclat du commerce intérieur, accrochant les yeux comme un gigantesque étalage qui aurait flambé des couleurs les plus vives. Au rez-de-chaussée, pour ne pas tuer les étoffes des vitrines, la décoration restait sobre : un soubassement en marbre vert de mer ; les piles d'angle et les piliers d'appui recouverts de marbre noir, dont la sévérité s'éclairait de cartouches[1] dorés ; et le reste en glaces sans tain, dans les châssis de fer, rien que des glaces qui semblaient ouvrir les profondeurs des galeries et des halls au plein jour de la rue. Mais, à mesure que les étages montaient, s'allumaient les tons éclatants. La frise du rez-de-chaussée déroulait des mosaïques, une guirlande de fleurs rouges et bleues, alternées avec des plaques de marbre, où étaient gravés des noms de marchandises, à l'infini, ceignant le colosse. Puis, le soubassement du premier étage, en briques émaillées, supportait de nouveau les glaces des larges baies, jusqu'à la frise, faite d'écussons dorés, aux armes des villes de France, et de motifs en terre cuite, dont l'émail répétait les teintes claires du soubassement. Enfin, tout en haut, l'entablement[2] s'épanouissait comme la floraison ardente de la façade entière, les mosaïques et les faïences reparaissaient avec des colorations plus chaudes, le zinc des chéneaux[3] était découpé et doré, l'acrotère alignait un peuple de statues, les grandes cités industrielles et manufacturières, qui détachaient en plein ciel leurs fines silhouettes. Et les curieux s'émerveillaient surtout devant la porte centrale, d'une hauteur d'arc de triomphe, décorée elle aussi d'une profusion de mosaïques, de faïences, de terres cuites, surmontée d'un groupe allégorique dont l'or neuf rayonnait, la Femme habillée et baisée par une volée rieuse de petits Amours.

Vers deux heures, un piquet d'ordre dut faire circuler la foule et veiller au stationnement des voitures. Le palais était construit, le temple élevé à la folie dépensière de la mode. Il dominait, il couvrait un quartier de son ombre. Déjà, la plaie, laissée à son flanc par la démolition de la masure de Bourras, se trouvait si bien cicatrisée, qu'on aurait vainement cherché la place de cette verrue ancienne ;

1. **Cartouches :** ornements mettant en valeur une inscription.
2. **Entablement :** saillie supportant la charpente.
3. **Chéneaux :** gouttières.

les quatre façades filaient le long des quatre rues, sans une lacune, dans leur isolement superbe. Sur l'autre trottoir, depuis l'entrée de Baudu dans une maison de retraite, le *Vieil Elbeuf* était fermé, muré ainsi qu'une tombe, derrière les volets qu'on n'enlevait plus ; peu à peu, les roues de fiacres les éclaboussaient, des affiches les noyaient, les collaient ensemble, flot montant de la publicité, qui semblait la dernière pelletée de terre jetée sur le vieux commerce ; et, au milieu de cette devanture morte, salie des crachats de la rue, bariolée des guenilles du vacarme parisien, s'étalait, comme un drapeau planté sur un empire conquis, une immense affiche jaune, toute fraîche, annonçant en lettres de deux pieds la grande mise en vente du *Bonheur des Dames*. On eût dit que le colosse, après ses agrandissements successifs, pris de honte et de répugnance pour le quartier noir, où il était né modestement, et qu'il avait plus tard égorgé, venait de lui tourner le dos, laissant la boue des rues étroites sur ses derrières, présentant sa face de parvenu à la voie tapageuse et ensoleillée du nouveau Paris. Maintenant, tel que le montrait la gravure des réclames, il s'était engraissé, pareil à l'ogre des contes, dont les épaules menacent de faire craquer les nuages. D'abord, au premier plan de cette gravure, la rue du 10-Décembre, les rues de la Michodière et Monsigny, emplies de petites figures noires, s'élargissaient démesurément, comme pour donner passage à la clientèle du monde entier. Puis, c'étaient les bâtiments eux-mêmes, d'une immensité exagérée, vus à vol d'oiseau avec leurs corps de toitures qui dessinaient les galeries couvertes, leurs cours vitrées où l'on devinait les halls, tout l'infini de ce lac de verre et de zinc luisant au soleil. Au-delà, Paris s'étendait, mais un Paris rapetissé, mangé par le monstre : les maisons, d'une humilité de chaumières dans le voisinage, s'éparpillaient ensuite en une poussière de cheminées indistinctes ; les monuments semblaient fondre, à gauche deux traits pour Notre-Dame, à droite un accent circonflexe pour les Invalides, au fond le Panthéon, honteux et perdu, moins gros qu'une lentille. L'horizon tombait en poudre, n'était plus qu'un cadre dédaigné, jusqu'aux hauteurs de Châtillon, jusqu'à la vaste campagne, dont les lointains noyés indiquaient l'esclavage.

Depuis le matin, la cohue augmentait. Aucun magasin n'avait encore remué la ville d'un tel fracas de publicité. Maintenant, le *Bonheur* dépensait chaque année près de six cent mille francs en affiches, en annonces, en appels de toutes sortes ; le nombre des catalogues envoyés allait à quatre cent mille, on déchiquetait plus de cent mille francs d'étoffes pour les échantillons. C'était l'envahissement définitif des journaux, des murs, des oreilles du public, comme une monstrueuse trompette d'airain, qui, sans relâche, soufflait aux quatre coins de la terre le vacarme des grandes mises en vente. Et, désormais, cette façade, devant laquelle on s'écrasait, devenait la réclame vivante, avec son luxe bariolé et doré de bazar, ses vitrines larges à y exposer le poème entier des vêtements de la femme, ses enseignes prodiguées, peintes, gravées, taillées, depuis les plaques de marbre du rez-de-chaussée, jusqu'aux feuilles de tôle arrondies en arc au-dessus des toits, déroulant l'or de leurs banderoles, et où le nom de la maison se lisait en lettres couleur du temps, découpées sur le bleu de l'air. Pour fêter l'inauguration, on avait ajouté des trophées, des drapeaux ; chaque étage se trouvait pavoisé de bannières et d'étendards aux armes des principales villes de France ; tandis que, tout en haut, les pavillons des peuples étrangers, hissés à des mâts, battaient au vent du ciel. En bas, enfin, l'exposition de blanc prenait, au fond des vitrines, une intensité de ton aveuglante. Rien que du blanc, un trousseau complet et une montagne de draps de lit à gauche, des rideaux en chapelle et des pyramides de mouchoirs à droite, fatiguaient le regard ; et, entre les « pendus » de la porte, des pièces de toile, de calicot, de mousseline, tombant en nappe, pareilles à des éboulements de neige, étaient plantées debout des gravures habillées, des feuilles de carton bleuâtre, où une jeune mariée et une dame en toilette de bal, toutes deux de grandeur naturelle, vêtues de vraies étoffes, dentelle et soie, souriaient de leurs figures peintes. Un cercle de badauds se reformait sans cesse, un désir montait de l'ébahissement de la foule.

Ce qui ameutait encore la curiosité autour du *Bonheur des Dames*, c'était un sinistre dont Paris entier causait, l'incendie des *Quatre Saisons*, le grand magasin que Bouthemont avait ouvert près de l'Opéra, depuis trois semaines à peine. Les journaux débordaient de détails : le feu mis par une explosion de gaz pendant la nuit, la fuite épouvantée des vendeuses en chemise, l'héroïsme de Bouthemont qui en avait sauvé cinq sur ses épaules. Du reste, les pertes énormes se trouvaient couvertes, et le public commençait à hausser les épaules, en disant que la réclame était superbe. Mais, pour le moment, l'attention refluait vers le *Bonheur*, enfiévrée des histoires qui couraient, occupée jusqu'à l'obsession de ces bazars dont l'importance prenait une si large place dans la vie publique. Toutes les chances, ce Mouret ! Paris saluait son étoile, accourait le voir debout, puisque les flammes maintenant se chargeaient de balayer à ses pieds la concurrence ; et l'on chiffrait déjà les gains de la saison, on estimait le flot élargi de cohue qu'allait faire couler, sous sa porte, la fermeture forcée de la maison rivale. Un instant, il avait éprouvé des inquiétudes, troublé de sentir contre lui une femme, cette Mme Desforges, à laquelle il devait un peu sa fortune. Le dilettantisme financier du baron Hartmann, mettant de l'argent dans les deux affaires, l'énervait aussi. Puis, il était surtout exaspéré de n'avoir pas eu une idée géniale de Bouthemont : ce bon vivant ne venait-il pas de faire bénir ses magasins par le curé de la Madeleine, suivi de tout son clergé ! une cérémonie étonnante, une pompe religieuse promenée de la soierie à la ganterie, Dieu tombé dans les pantalons de femme et dans les corsets ; ce qui n'avait pas empêché le tout de brûler, mais ce qui valait un million d'annonces, tellement le coup était porté sur la clientèle mondaine. Mouret, depuis ce temps, rêvait d'avoir l'archevêque !

Cependant, trois heures sonnaient à l'horloge qui surmontait la porte. C'était l'écrasement de l'après-midi, près de cent mille clientes s'étouffant dans les galeries et dans les halls. Dehors, des voitures stationnaient, d'un bout à l'autre de la rue du 10-Décembre ; et, du côté de l'Opéra, une autre masse profonde occupait le cul-de-sac, où devait s'amorcer la future avenue. De simples fiacres se mêlaient aux coupés de maître, les cochers attendaient parmi les roues, les rangées de chevaux hennissaient, secouaient les étincelles de leurs gourmettes, allumées de soleil. Sans cesse, les queues se refaisaient, au milieu des appels des garçons, de la poussée des bêtes, qui, d'elles-mêmes, serraient la file, tandis que des voitures nouvelles, continuellement, s'ajoutaient aux autres. Les piétons s'envolaient sur les refuges par bandes effarouchées, les trottoirs étaient noirs de monde, dans la perspective fuyante de la voie large et droite. Et une clameur montait entre les maisons blanches, ce fleuve humain roulait sous l'âme de Paris épandue, un souffle énorme et doux, dont on sentait la caresse géante.

Devant une vitrine, Mme de Boves, accompagnée de sa fille Blanche, regardait avec Mme Guibal un étalage de costumes mi-confectionnés.

– Oh ! voyez donc, dit-elle, ces costumes de toile, pour dix-neuf francs soixante-quinze !

Dans leurs cartons carrés, les costumes noués d'une faveur, étaient pliés de façon à présenter les garnitures seules, brodées de bleu et de rouge ; et, occupant l'angle de chaque carton, une gravure montrait le vêtement tout fait, porté par une jeune personne aux airs de princesse.

– Mon Dieu ! ça ne vaut pas davantage, murmura Mme Guibal. De vraies loques, dès qu'on a ça dans la main !

Maintenant, elles étaient intimes, depuis que M. de Boves restait dans un fauteuil, cloué par des accès de goutte. La femme supportait la maîtresse, préférant encore que la chose eût lieu chez elle, car elle y gagnait un peu d'argent de poche, des sommes que le mari se laissait voler, ayant lui-même besoin de tolérance.

– Eh bien ! entrons, reprit Mme Guibal. Il faut voir leur exposition... Est-ce que votre gendre ne vous a pas donné rendez-vous là-dedans ?

Mme de Boves ne répondit pas, les regards perdus, l'air absorbé par la queue des voitures, qui, une à une, s'ouvraient et lâchaient toujours des clientes.

– Si, dit enfin Blanche de sa voix molle. Paul doit nous prendre vers quatre heures dans la salle de lecture, après sa sortie du ministère.

Ils étaient mariés depuis un mois, et Vallagnosc, à la suite d'un congé de trois semaines, passé dans le Midi, venait de rentrer à son poste. La jeune femme avait déjà la carrure de sa mère, la chair soufflée et comme épaissie par le mariage.

– Mais c'est Mme Desforges, là-bas ! s'écria la comtesse, les yeux sur un coupé qui s'arrêtait.

– Oh ! croyez-vous ? murmura Mme Guibal. Après toutes ces histoires... Elle doit encore pleurer l'incendie des *Quatre Saisons*.

C'était bien Henriette pourtant. Elle aperçut ces dames, elle s'avança d'un air gai, cachant sa défaite sous l'aisance mondaine de ses manières.

– Mon Dieu ! oui, j'ai voulu me rendre compte. Il vaut mieux savoir par soi-même, n'est-ce pas ?... Oh ! nous sommes toujours bons amis avec M. Mouret, bien qu'on le dise furieux, depuis que je me suis intéressée à cette maison rivale... Moi, il n'y a qu'une chose que je ne lui pardonne pas, c'est d'avoir poussé à ce mariage, vous savez ? ce Joseph, avec ma protégée, Mlle de Fontenailles...

– Comment ! c'est fait ? interrompit Mme de Boves. Quelle horreur !

– Oui, ma chère, et uniquement pour mettre le talon sur nous. Je le connais, il a voulu dire que nos filles du monde ne sont bonnes qu'à épouser ses garçons de magasin.

Elle s'animait. Toutes quatre demeuraient sur le trottoir, au milieu des bousculades de l'entrée. Peu à peu, cependant, le flot les prenait ; et elles n'eurent qu'à s'abandonner au courant, elles passèrent la porte comme soulevées, sans en avoir conscience, causant plus fort pour s'entendre. Maintenant, elles se demandaient des nouvelles de Mme Marty. On racontait que le pauvre M. Marty, à la suite de violentes scènes de ménage, venait d'être frappé du délire des grandeurs : il puisait à pleines mains dans les trésors de la terre, il vidait les mines d'or, chargeait des tombereaux de diamants et de pierreries.

– Pauvre bonhomme ! dit Mme Guibal, lui toujours si râpé, avec son humilité de coureur de cachet !... Et la femme ?

– Elle mange un oncle, à présent, répondit Henriette, un vieux brave homme d'oncle, qui s'est retiré chez elle, après son veuvage... D'ailleurs, elle doit être ici, nous allons la voir.

Une surprise immobilisa ces dames. Devant elles, s'étendaient les magasins, les plus vastes magasins du monde, comme disaient les réclames. À cette heure, la grande galerie centrale allait de bout en bout, ouvrait sur la rue du 10-Décembre et sur la rue Neuve-Saint-Augustin ; tandis que, à droite et à gauche, pareilles aux bas-côtés d'une église, la galerie Monsigny et la galerie Michodière, plus étroites, filaient elles aussi le long des deux rues, sans une interruption. De place en place, les halls élargissaient des carrefours, au milieu de la charpente métallique des escaliers suspendus et des ponts volants. On avait retourné la disposition intérieure : maintenant, les soldes étaient sur la rue du 10-Décembre, la soie se trouvait au milieu, la ganterie occupait, au fond, le hall Saint-Augustin ; et du nouveau vestibule d'honneur, lorsqu'on levait les yeux, on apercevait toujours la literie, déménagée d'une extrémité à l'autre du second étage. Le chiffre énorme des rayons montait au nombre de cinquante ; plusieurs, tout neufs, étaient inaugurés ce jour-là ; d'autres, devenus trop importants, avaient dû être simplement dédoublés, afin de faciliter la vente ; et, devant cet accroissement continu des affaires, le personnel lui-même, pour la nouvelle saison, venait d'être porté à trois mille quarante-cinq employés.

XIV

Ce qui arrêtait ces dames, c'était le spectacle prodigieux de la grande exposition de blanc. Autour d'elles, d'abord, il y avait le vestibule, un hall aux glaces claires, pavé de mosaïques, où les étalages à bas prix retenaient la foule vorace. Ensuite, les galeries s'enfonçaient, dans une blancheur éclatante, une échappée boréale, toute une contrée de neige, déroulant l'infini des steppes tendues d'hermine, l'entassement des glaciers allumés sous le soleil. On retrouvait le blanc des vitrines du dehors, mais avivé, colossal, brûlant d'un bout à l'autre de l'énorme vaisseau, avec la flambée blanche d'un incendie en plein feu. Rien que du blanc, tous les articles blancs de chaque rayon, une débauche de blanc, un astre blanc dont le rayonnement fixe aveuglait d'abord, sans qu'on pût distinguer les détails, au milieu de cette blancheur unique. Bientôt les yeux s'accoutumaient : à gauche, la galerie Monsigny allongeait les promontoires blancs des toiles et des calicots, les roches blanches des draps de lit, des serviettes, des mouchoirs ; tandis que la galerie Michodière, à droite, occupée par la mercerie, la bonneterie et les lainages, exposait des constructions blanches en boutons de nacre, un grand décor bâti avec des chaussettes blanches, toute une salle recouverte de molleton blanc, éclairée au loin d'un coup de lumière. Mais le foyer de clarté rayonnait surtout de la galerie centrale, aux rubans et aux fichus, à la ganterie et à la soie. Les comptoirs disparaissaient sous le blanc des soies et des rubans, des gants et des fichus. Autour des colonnettes de fer, s'élevaient des bouillonnés de mousseline blanche, noués de place en place par des foulards blancs. Les escaliers étaient garnis de draperies blanches, des draperies de piqué[1] et de basin[2] alternées, qui filaient le long des rampes, entouraient les halls, jusqu'au second étage ; et cette montée du blanc prenait des ailes, se pressait et se perdait, comme une envolée de cygnes. Puis, le blanc retombait des voûtes, une tombée de duvet, une nappe neigeuse en larges flocons : des couvertures blanches, des couvre-pieds blancs, battaient l'air, accrochés, pareils à des bannières d'église ; de longs jets de guipure traversaient, semblaient suspendre des essaims de papillons blancs, au bourdonnement immobile ; des dentelles frissonnaient de toutes parts, flottaient comme des fils de la Vierge

1. **Piqué :** tissu de coton dont le tissage fait apparaître des dessins géométriques.

2. **Basin :** tissu de fil et de coton.

par un soleil d'été, emplissaient l'air de leur haleine blanche. Et la merveille, l'autel de cette religion du blanc, était, au-dessus du comptoir des soieries, dans le grand hall, une tente faite de rideaux blancs, qui descendaient du vitrage. Les mousselines, les gazes, les guipures d'art, coulaient à flots légers, pendant que des tulles brodés, très riches, et des pièces de soie orientale, lamées d'argent, servaient de fond à cette décoration géante, qui tenait du tabernacle et de l'alcôve. On aurait dit un grand lit blanc, dont l'énormité virginale attendait, comme dans les légendes, la princesse blanche, celle qui devait venir un jour, toute-puissante, avec le voile blanc des épousées.

– Oh ! extraordinaire ! répétaient ces dames. Inouï !

Elles ne se lassaient pas de cette chanson du blanc, que chantaient les étoffes de la maison entière. Mouret n'avait encore rien fait de plus vaste, c'était le coup de génie de son art de l'étalage. Sous l'écroulement de ces blancheurs, dans l'apparent désordre des tissus, tombés comme au hasard des cases éventrées, il y avait une phrase harmonique, le blanc suivi et développé dans tous ses tons, qui naissait, grandissait, s'épanouissait, avec l'orchestration compliquée d'une fugue[1] de maître, dont le développement continu emporte les âmes d'un vol sans cesse élargi. Rien que du blanc, et jamais le même blanc, tous les blancs, s'enlevant les uns sur les autres, s'opposant, se complétant, arrivant à l'éclat même de la lumière. Cela partait des blancs mats du calicot et de la toile, des blancs sourds de la flanelle et du drap ; puis, venaient les velours, les soies, les satins, une gamme montante, le blanc peu à peu allumé, finissant en petites flammes aux cassures des plis ; et le blanc s'envolait avec la transparence des rideaux, devenait de la clarté libre avec les mousselines, les guipures, les dentelles, les tulles surtout, si légers, qu'ils étaient comme la note extrême et perdue ; tandis que l'argent des pièces de soie orientale chantait le plus haut, au fond de l'alcôve géante.

Cependant, les magasins vivaient, du monde assiégeait les ascenseurs, on s'écrasait au buffet et au salon de lecture, tout un peuple voyageait au milieu de ces espaces couverts de neige. Et la foule paraissait noire, on eût dit les patineurs d'un lac de Pologne, en

1. **Fugue :** composition musicale, avec entrée successive des voix et reprise d'un même thème.

décembre. Au rez-de-chaussée, il y avait une houle assombrie, agitée d'un reflux, où l'on ne distinguait que les visages délicats et ravis des femmes. Dans les découpures des charpentes de fer, le long des escaliers, sur les ponts volants, c'était ensuite une ascension sans fin de petites figures, comme égarées au milieu de pics neigeux. Une chaleur de serre, suffocante, surprenait, en face de ces hauteurs glacées. Le bourdonnement des voix faisait un bruit énorme de fleuve qui charrie. Au plafond, les ors prodigués, les vitres niellées[1] d'or et les rosaces d'or semblaient un coup de soleil, luisant sur les Alpes de la grande exposition de blanc.

– Voyons, dit Mme de Boves, il faut pourtant avancer. Nous ne pouvons rester là.

Depuis qu'elle était entrée, l'inspecteur Jouve, debout près de la porte, ne la quittait pas des yeux. Lorsqu'elle se retourna, leurs regards se rencontrèrent. Puis, comme elle se remettait en marche, il lui laissa quelque avance, et la suivit de loin, sans paraître s'occuper d'elle davantage.

– Tiens ! dit Mme Guibal, en s'arrêtant encore devant la première caisse, au milieu des poussées, c'est une idée gentille, ces violettes !

Elle parlait de la nouvelle prime du *Bonheur*, une idée de Mouret dont il menait tapage dans les journaux, de petits bouquets de violettes blanches, achetés par milliers à Nice et distribués à toute cliente qui faisait le moindre achat. Près de chaque caisse, des garçons en livrée délivraient la prime, sous la surveillance d'un inspecteur. Et, peu à peu, la clientèle se trouvait fleurie, les magasins s'emplissaient de ces noces blanches, toutes les femmes promenaient un parfum pénétrant de fleur.

– Oui, murmura Mme Desforges d'une voix jalouse, l'idée est bonne.

Mais, au moment où ces dames allaient s'éloigner, elles entendirent deux vendeurs qui plaisantaient sur les violettes. Un grand maigre s'étonnait : ça se faisait donc, ce mariage du patron avec la première des costumes ? tandis qu'un petit gras répondait qu'on n'avait jamais su, mais que les fleurs tout de même étaient achetées.

– Comment ! dit Mme de Boves, M. Mouret se marie ?

– C'est la première nouvelle, répondit Henriette qui jouait l'indifférence. Du reste, il faut bien finir par là.

---

1. **Niellées** : incrustées d'émaux.

La comtesse avait lancé un vif regard à sa nouvelle amie. Maintenant, toutes deux comprenaient pourquoi Mme Desforges était venue au *Bonheur des Dames*, malgré les batailles de la rupture. Sans doute, elle cédait au besoin invincible de voir et de souffrir.

– Je reste avec vous, lui dit Mme Guibal, dont la curiosité s'éveillait. Nous retrouverons Mme de Boves au salon de lecture.

– Eh bien ! c'est cela, déclara celle-ci. Moi, j'ai affaire au premier... Viens-tu, Blanche ?

Et elle monta, suivie de sa fille, pendant que l'inspecteur Jouve, toujours à sa suite, allait prendre un escalier voisin, pour ne pas attirer son attention. Les deux autres se perdirent dans la foule compacte du rez-de-chaussée.

Tous les comptoirs, au milieu des bousculades de la vente, ne causaient une fois encore que des amours du patron. L'aventure, qui, depuis des mois, occupait les commis enchantés de la longue résistance de Denise, venait tout d'un coup d'aboutir à une crise : on avait appris la veille que la jeune fille quittait le *Bonheur*, malgré les supplications de Mouret, en prétextant un grand besoin de repos. Et les avis étaient ouverts : partirait-elle ? ne partirait-elle pas ? De rayon à rayon, on pariait cent sous, pour le dimanche suivant. Les malins mettaient un déjeuner sur la carte du mariage final ; pourtant, les autres, ceux qui croyaient au départ, ne risquaient pas non plus leur argent sans de bonnes raisons. À coup sûr, la demoiselle avait la force d'une femme adorée qui se refuse ; mais le patron, de son côté, était fort de sa richesse, de son heureux veuvage, de son orgueil qu'une exigence dernière pouvait exaspérer. Du reste, les uns comme les autres, tombaient d'accord que cette petite vendeuse avait mené l'affaire avec la science d'une rouée de génie, et qu'elle jouait la partie suprême, en lui mettant ainsi le marché à la main. Épouse-moi, ou je m'en vais.

Denise, cependant, ne songeait guère à ces choses. Elle n'avait jamais eu ni une exigence ni un calcul. Et la situation qui la décidait au départ, était justement résultée des jugements qu'on portait sur sa conduite, à sa continuelle surprise. Est-ce qu'elle avait voulu tout cela ? est-ce qu'elle se montrait rusée, coquette, ambitieuse ? Elle était venue simplement, elle s'étonnait la première qu'on pût l'aimer ainsi. Aujourd'hui encore, pourquoi voyait-on une habileté dans sa résolution de quitter le *Bonheur* ? C'était si naturel pourtant ! Elle en arrivait à un malaise nerveux, à des angoisses intolérables, au milieu des commérages sans cesse renaissants de la maison, des brûlantes obsessions de Mouret, des combats qu'elle avait à livrer contre elle-même ; et elle préférait s'éloigner, prise de la peur de céder un jour et de le regretter ensuite toute son existence. S'il y avait là une tactique savante, elle l'ignorait, elle se demandait avec désespoir comment faire, pour n'avoir pas l'air d'être une coureuse de maris. L'idée d'un mariage l'irritait maintenant, elle était décidée à dire non encore, non toujours, dans le cas où il pousserait la folie jusque-là. Elle seule devait souffrir. La nécessité de la séparation la mettait en larmes ; mais elle se répétait, avec son grand courage, qu'il le fallait, qu'elle n'aurait plus de repos ni de joie, si elle agissait autrement.

Lorsque Mouret reçut sa démission, il resta muet et comme froid, dans l'effort qu'il faisait pour se contenir. Puis, il déclara sèchement qu'il lui accordait huit jours de réflexion, avant de lui laisser commettre une pareille sottise. Au bout des huit jours, quand elle revint sur ce sujet, en exprimant la volonté formelle de s'en aller après la grande mise en vente, il ne s'emporta pas davantage, il affecta de parler raison : elle manquait sa fortune, elle ne retrouverait nulle part la position qu'elle occupait chez lui. Avait-elle donc une autre place en vue ? il était tout prêt à lui donner les avantages qu'elle espérait obtenir ailleurs. Et la jeune fille ayant répondu qu'elle n'avait pas cherché de place, qu'elle comptait se reposer d'abord un mois à Valognes, grâce aux économies déjà faites par elle, il demanda ce qui l'empêcherait de rentrer ensuite au *Bonheur*, si le soin de sa santé l'obligeait seul à en sortir. Elle se taisait, torturée par cet interrogatoire. Alors, il s'imagina qu'elle allait retrouver un amant, un mari peut-être. Ne lui avait-elle pas avoué, un soir, qu'elle aimait quelqu'un ? Depuis ce moment, il portait en plein cœur, enfoncé comme un couteau, cet aveu arraché dans une heure de trouble. Et, si cet homme devait l'épouser, elle abandonnait tout pour le suivre : cela expliquait son obstination. C'était fini, il ajouta simplement de sa voix glacée qu'il ne la retenait plus, puisqu'elle ne pouvait lui confier les vraies causes de son départ. Cette conversation dure, sans colère, la bouleversa davantage que la scène violente dont elle avait peur.

Pendant la semaine que Denise dut passer encore au magasin, Mouret garda sa pâleur rigide. Quand il traversait les rayons, il affectait de ne pas la voir ; jamais il n'avait semblé plus détaché, plus enfoncé dans le travail ; et les paris recommencèrent, les braves seuls osaient risquer un déjeuner sur la carte du mariage. Cependant, sous cette froideur, si peu habituelle chez lui, Mouret cachait une crise affreuse d'indécision et de souffrance. Des fureurs lui battaient le crâne d'un flot de sang : il voyait rouge, il rêvait de prendre Denise d'une étreinte, de la garder, en étouffant ses cris. Ensuite, il voulait raisonner, il cherchait des moyens pratiques, pour l'empêcher de franchir la porte ; mais il butait sans cesse contre son impuissance, avec la rage de sa force et de son argent inutiles. Une idée, cependant, grandissait au milieu de projets fous, s'imposait peu à peu, malgré ses révoltes. Après la mort de Mme Hédouin, il avait juré de ne pas se remarier, tenant d'une femme sa première chance, résolu désormais à tirer sa fortune de toutes les femmes. C'était, chez lui, comme chez Bourdoncle, une superstition, que le directeur d'une grande maison de nouveautés devait être célibataire, s'il voulait garder sa royauté de mâle sur les désirs épandus de son peuple de clientes : une femme introduite changeait l'air, chassait les autres, en apportant son odeur. Et il résistait à l'invincible logique des faits, il préférait en mourir que de céder, pris de soudaines colères contre Denise, sentant bien qu'elle était la revanche, craignant de tomber vaincu sur ses millions, brisé comme une paille par l'éternel féminin, le jour où il l'épouserait. Puis, lentement, il redevenait lâche, il discutait ses répugnances : pourquoi trembler ? elle était si douce, si raisonnable, qu'il pouvait s'abandonner à elle sans crainte. Vingt fois par heure, le combat recommençait dans son être ravagé. L'orgueil irritait la plaie, il achevait de perdre un peu de raison, lorsqu'il songeait que, même après cette soumission dernière, elle pouvait dire non, toujours non, si elle aimait quelqu'un. Le matin de la grande mise en vente, il n'avait encore rien décidé, et Denise partait le lendemain.

Justement, lorsque Bourdoncle, ce jour-là, entra dans le cabinet de Mouret, vers trois heures, selon son habitude, il le surprit les coudes sur le bureau, les poings sur les yeux, tellement absorbé, qu'il dut le toucher à l'épaule. Mouret leva sa face mouillée de larmes, tous deux se regardèrent, leurs mains se tendirent, et il y eut une étreinte brusque, entre ces hommes qui avaient livré ensemble tant de batailles commerciales. Depuis un mois, l'attitude de Bourdoncle s'était du reste complètement modifiée : il pliait devant Denise, il poussait même sourdement le patron au mariage. Sans doute, il manœuvrait ainsi pour ne pas être balayé par une force qu'il reconnaissait maintenant comme supérieure. Mais on aurait trouvé en outre, au fond de ce changement, le réveil d'une ambition ancienne, l'espoir effrayé et peu à peu élargi de manger à son tour Mouret, devant lequel il avait si longtemps courbé l'échine. Cela était dans l'air de la maison, dans cette bataille pour l'existence, dont les massacres continus chauffaient la vente autour de lui. Il était emporté par le jeu de la machine, pris de l'appétit des autres, de la voracité qui, de bas en haut, jetait les maigres à l'extermination des gras. Seule, une sorte de peur religieuse, la religion de la chance, l'avait empêché jusque-là de donner son coup de mâchoire. Et le patron redevenait enfant, glissait à un mariage imbécile, allait tuer sa chance, gâter son charme sur la clientèle. Pourquoi l'en aurait-il détourné ? lorsqu'il pourrait ensuite ramasser si aisément la succession de cet homme fini, tombé aux bras d'une femme. Aussi était-ce avec l'émotion d'un adieu, la pitié d'une vieille camaraderie, qu'il serrait les mains de son chef en répétant :

– Voyons, du courage, que diable !... Épousez-la, et que cela finisse.

Déjà Mouret avait honte de sa minute d'abandon. Il se leva, il protesta.

– Non, non, c'est trop bête... Venez, nous allons faire notre tour dans les magasins. Ça marche, n'est-ce pas ? Je crois que la journée sera magnifique.

Ils sortirent et commencèrent leur inspection de l'après-midi, au milieu des rayons encombrés de foule. Bourdoncle coulait vers lui des regards obliques, inquiet de cette énergie dernière, l'étudiant aux lèvres, pour y surprendre les moindres plis de douleur.

La vente, en effet, jetait son feu, dans un train d'enfer, dont la maison tremblait, d'une secousse de grand navire filant à pleine machine. Au comptoir de Denise, s'étouffait une cohue de mères, traînant des bandes de fillettes et de petits garçons, noyées sous les vêtements qu'on leur essayait. Le rayon avait sorti tous ses articles blancs, et c'était là, comme partout, une débauche de blanc, de quoi vêtir de blanc une troupe d'Amours frileux : des paletots en drap blanc, des robes en piqué, en nansouk[1], en cachemire blanc, des

1. **Nansouk :** toile légère de coton.

matelots et jusqu'à des zouaves blancs. Au milieu, pour le décor et bien que la saison ne fût pas venue, se trouvait un étalage de costumes de première communion, la robe et le voile de mousseline blanche, les souliers de satin blanc, une floraison jaillissante, légère, qui plantait là comme un bouquet énorme d'innocence et de ravissement candide. Mme Bourdelais, devant ses trois enfants, assis par rang de taille, Madeleine, Edmond, Lucien, se fâchait contre ce dernier, le plus petit, parce qu'il se débattait, tandis que Denise s'efforçait de lui passer une jaquette de mousseline de laine.

– Tiens-toi donc tranquille !... Vous ne pensez pas, mademoiselle, qu'elle soit un peu étroite ?

Et, avec son regard clair de femme qu'on ne trompe pas, elle étudiait l'étoffe, jugeait la façon, retournait les coutures.

– Non, elle va bien, reprit-elle. C'est toute une affaire, quand il faut habiller ce petit monde... Maintenant, il me faudrait un manteau pour cette grande fille.

Denise avait dû se mettre à la vente, dans la prise d'assaut du rayon. Elle cherchait le manteau demandé, lorsqu'elle eut un léger cri de surprise.

– Comment ! c'est toi ! qu'y a-t-il donc ?

Son frère Jean, les mains embarrassées d'un paquet, se trouvait devant elle. Il était marié depuis huit jours, et le samedi, sa femme, une petite brune d'un visage tourmenté et charmant, avait fait une longue visite au *Bonheur des Dames*, pour des achats. Le jeune ménage devait accompagner Denise à Valognes : un vrai voyage de noces, un mois de vacances dans les souvenirs d'autrefois.

– Imagine-toi, répondit-il, que Thérèse a oublié une foule d'affaires. Il y a des choses à changer, d'autres à prendre... Alors, comme elle est pressée, elle m'a envoyé avec ce paquet... Je vais t'expliquer...

Mais elle l'interrompit, en apercevant Pépé.

– Tiens ! Pépé aussi ! et le collège ?

– Ma foi, dit Jean, après le dîner, hier dimanche, je n'ai pas eu le courage de le reconduire. Il rentrera ce soir... Le pauvre enfant est assez triste de rester enfermé à Paris, lorsque nous nous promènerons là-bas.

Denise leur souriait, malgré son tourment. Elle confia Mme Bourdelais à une de ses vendeuses, elle revint vers eux, dans un coin du rayon, qui heureusement se dégarnissait. Les petits, ainsi qu'elle les nommait encore, étaient à cette heure de grands gaillards. Pépé, à douze ans, la dépassait déjà, plus gros qu'elle, toujours muet et vivant de caresses, d'une douceur câline dans sa tunique de collégien ; tandis que Jean, carré des épaules, la dominant de toute la tête, gardait sa beauté de femme, avec sa chevelure blonde, envolée sous le coup de vent des ouvriers artistes. Et elle, restée mince, pas plus grosse qu'une mauviette, comme elle disait, conservait entre eux son autorité inquiète de mère, les traitait en gamins qu'il faut soigner, reboutonnant la redingote de Jean pour qu'il n'eût pas l'air d'un coureur, s'assurant que Pépé avait un mouchoir propre. Ce jour-là, quand elle vit les yeux gros de ce dernier, elle le sermonna doucement.

– Sois raisonnable, mon petit. On ne peut pas interrompre tes études. Je t'emmènerai aux vacances... As-tu envie de quelque chose, hein ? Tu préfères que je te laisse des sous, peut-être.

Puis, elle revint vers l'autre.

– Aussi, toi, petit, tu lui montes la tête, tu lui fais croire que nous allons nous amuser !... Tâchez donc d'avoir un peu de raison.

Elle avait donné à l'aîné quatre mille francs, la moitié de ses économies, pour qu'il pût installer son ménage. Le cadet lui coûtait gros au collège, tout son argent allait à eux, comme autrefois. Ils étaient sa seule raison de vivre et de travailler, puisque, de nouveau, elle jurait de ne se marier jamais.

– Enfin, voici, reprit Jean. Il y a d'abord, dans ce paquet, le paletot havane que Thérèse...

Mais il s'arrêta, et Denise en se tournant pour voir ce qui l'intimidait, aperçut Mouret debout derrière eux. Depuis un instant, il la regardait faire son ménage de petite mère, entre les deux gaillards, les grondant et les embrassant, les retournant comme des bébés qu'on change de linge. Bourdoncle était resté à l'écart, l'air intéressé par la vente ; et il ne perdait pas la scène des yeux.

– Ce sont vos frères, n'est-ce pas ? demanda Mouret, après un silence.

Il avait sa voix glacée, cette attitude rigide dont il lui parlait à présent. Denise elle-même faisait un effort, afin de rester froide. Son sourire s'effaça, elle répondit :

– Oui, monsieur... J'ai marié l'aîné, et sa femme me l'envoie, pour des emplettes.

Mouret continuait à les regarder tous les trois. Il finit par reprendre :

– Le plus jeune a beaucoup grandi. Je le reconnais, je me souviens de l'avoir vu aux Tuileries, un soir, avec vous.

Et sa voix, qui se ralentissait, eut un léger tremblement. Elle, suffoquée, se baissa, sous le prétexte d'arranger le ceinturon de Pépé. Les deux frères, devenus roses, souriaient au patron de leur sœur.

– Ils vous ressemblent, dit encore celui-ci.

– Oh ! cria-t-elle, ils sont plus beaux que moi.

Un moment, il sembla comparer les visages. Mais il était à bout de forces. Comme elle les aimait ! Et il fit quelques pas ; puis, il revint lui dire à l'oreille :

– Montez à mon cabinet, après la vente. Je veux vous parler, avant votre départ.

Cette fois, Mouret s'éloigna et reprit son inspection. La bataille recommençait en lui, car ce rendez-vous donné l'irritait maintenant. À quelle poussée avait-il donc cédé, en la voyant avec ses frères ? C'était fou, puisqu'il ne trouvait plus la force d'avoir une volonté. Enfin, il en serait quitte pour lui dire un mot d'adieu. Bourdoncle, qui l'avait rejoint, semblait moins inquiet, tout en l'étudiant encore de minces coups d'œil.

Cependant, Denise était revenue près de Mme Bourdelais.

– Et ce manteau, va-t-il ?

– Oui, oui, très bien… Pour aujourd'hui, en voilà assez. C'est une ruine que ces petits êtres !

Alors, pouvant s'esquiver, Denise écouta les explications de Jean, puis l'accompagna dans les comptoirs, où il aurait certainement perdu la tête. C'était d'abord le paletot havane, que Thérèse, après réflexion, voulait changer contre un paletot de drap blanc, même taille, même coupe. Et la jeune fille, ayant pris le paquet, se rendit aux confections, suivie de ses deux frères.

Le rayon avait exposé ses vêtements de couleur tendre, des jaquettes et des mantilles d'été, en soie légère, en lainage de fantaisie. Mais la vente se portait ailleurs, les clientes y étaient relativement clairsemées. Presque toutes les vendeuses se trouvaient nouvelles. Clara avait disparu depuis un mois, enlevée selon les uns par le mari d'une acheteuse, tombée à la débauche de la rue, selon les autres. Quant à Marguerite, elle allait enfin retourner prendre la direction du petit magasin de Grenoble, où son cousin l'attendait. Et, seule, Mme Aurélie restait là, immuable, dans la cuirasse ronde de sa robe de soie, avec son masque impérial, qui gardait l'empâtement jaunâtre d'un marbre antique. Pourtant, la mauvaise conduite de son fils Albert la ravageait, et elle se serait retirée à la campagne, sans les brèches faites aux économies de la famille par ce vaurien, dont les dents terribles menaçaient même d'emporter, morceau à morceau, la propriété des Rigolles. C'était comme la revanche du foyer détruit, pendant que la mère avait recommencé ses parties fines entre femmes, et que le père, de son côté, continuait à jouer du cor. Déjà Bourdoncle regardait Mme Aurélie d'un air mécontent, surpris qu'elle n'eût pas le tact de prendre sa retraite : trop vieille pour la vente ! ce glas allait sonner bientôt, emportant la dynastie des Lhomme.

– Tiens ! c'est vous, dit-elle à Denise, avec une amabilité exagérée. Hein ? vous voulez qu'on change ce paletot ? Mais tout de suite... Ah ! voilà vos frères. De vrais hommes, à présent !

Malgré son orgueil, elle se serait mise à genoux pour faire sa cour. On ne causait, aux confections, comme dans les autres comptoirs, que du départ de Denise ; et la première en était toute malade, car elle comptait sur la protection de son ancienne vendeuse. Elle baissa la voix.

– On dit que vous nous quittez... Voyons, ce n'est pas possible ?

– Mais si, répondit la jeune fille.

Marguerite écoutait. Depuis qu'on avait fixé son mariage, elle promenait sa face de lait tourné, avec des mines plus dégoûtées encore. Elle s'approcha, en disant :

– Vous avez bien raison. L'estime de soi avant tout, n'est-ce pas ?... Je vous adresse mes adieux, ma chère.

Des clientes arrivaient. Mme Aurélie la pria durement de veiller à la vente. Puis, comme Denise prenait le paletot, pour faire elle-même le « rendu », elle se récria et appela une auxiliaire. Justement, c'était une innovation soufflée par la jeune fille à Mouret, des femmes de service chargées de porter les articles, ce qui soulageait la fatigue des vendeuses.

– Accompagnez mademoiselle, dit la première, en lui remettant le paletot.

Et, revenant à Denise :

– Je vous en prie, réfléchissez... Nous sommes tous désolés de votre départ.

Jean et Pépé, qui attendaient, souriants au milieu de ce flot débordé de femmes, se remirent à suivre leur sœur. Maintenant, il s'agissait d'aller aux trousseaux, pour reprendre six chemises, pareilles à la demi-douzaine, que Thérèse avait achetée le samedi. Mais, dans les comptoirs de lingerie, où l'exposition de blanc neigeait de toutes les cases, on étouffait, il devenait très difficile d'avancer.

D'abord, aux corsets, une petite émeute attroupait la foule. Mme Boutarel, tombée cette fois du Midi avec son mari et sa fille, sillonnait les galeries depuis le matin, en quête d'un trousseau pour cette dernière, qu'elle mariait. Le père était consulté, cela n'en finissait plus. Enfin, la famille venait d'échouer aux comptoirs de lingerie ; et, pendant que la demoiselle s'absorbait dans une étude approfondie des pantalons, la mère avait disparu, ayant elle-même le caprice d'un corset. Lorsque M. Boutarel, un gros homme sanguin, lâcha sa fille, effaré, à la recherche de sa femme, il finit par retrouver cette dernière dans un salon d'essayage, devant lequel on offrit poliment de le faire asseoir. Ces salons étaient d'étroites cellules, fermées de glaces dépolies, et où les hommes, même les maris, ne pouvaient entrer, par une exagération décente de la direction. Des vendeuses en sortaient, y rentraient vivement, laissant chaque fois deviner, dans le battement rapide de la porte, des visions de dames en chemise et en jupon, le cou nu, les bras nus, des grasses dont la chair blanchissait, des maigres au ton de vieil ivoire. Une file d'hommes attendaient sur des chaises, l'air ennuyé. Et M. Boutarel, quand il avait compris, s'était fâché carrément, criant qu'il voulait sa femme, qu'il entendait savoir ce qu'on lui faisait, qu'il ne la laisserait certainement pas se déshabiller sans lui. Vainement, on tâchait de le calmer : il semblait croire qu'il se passait là-dedans des choses inconvenantes. Mme outarel dut reparaître pendant que la foule discutait et riait.

Alors, Denise put passer avec ses frères. Tout le linge de la femme, les dessous blancs qui se cachent, s'étalait dans une suite de salles, classé en divers rayons. Les corsets et les tournures[1] occupaient un comptoir, les corsets cousus, les corsets à taille longue, les corsets cuirasses, surtout les corsets de soie blanche, éventaillés de couleur, dont on avait fait ce jour-là un étalage spécial, une armée de mannequins sans tête et sans jambes, n'alignant que des torses, des gorges de poupée aplaties sous la soie, d'une lubricité troublante d'infirme ; et, près de là, sur d'autres bâtons, les tournures de crin et

1. **Tournures :** rembourrages donnant l'impression de fesses rebondies.

de brillanté prolongeaient ces manches à balai en croupes énormes et tendues, dont le profil prenait une inconvenance caricaturale. Mais, ensuite, le déshabillé galant commençait, un déshabillé qui jonchait les vastes pièces, comme si un groupe de jolies filles s'étaient dévêtues de rayon en rayon, jusqu'au satin nu de leur peau. Ici, les articles de lingerie fine, les manchettes et les cravates blanches, les fichus et les cols blancs, une variété infinie de fanfreluches légères, une mousse blanche qui s'échappait des cartons et montait en neige. Là, les camisoles, les petits corsages, les robes du matin, les peignoirs, de la toile, du nansouk, des dentelles, de longs vêtements blancs, libres et minces, où l'on sentait l'étirement des matinées paresseuses, au lendemain des soirs de tendresse. Et les dessous apparaissaient, tombaient un à un ; les jupons blancs de toutes les longueurs, le jupon qui bride les genoux et le jupon à traîne dont la balayeuse[1] couvre le sol, une mer montante de jupons, dans laquelle les jambes se noyaient ; les pantalons en percale, en toile, en piqué, les larges pantalons blancs où danseraient les reins d'un homme ; les chemises enfin, boutonnées au cou pour la nuit, découvrant la poitrine le jour, ne tenant plus que par d'étroites épaulettes, en simple calicot, en toile d'Irlande, en batiste, le dernier voile blanc qui glissait de la gorge, le long des hanches. C'était, aux trousseaux, le déballage indiscret, la femme retournée et vue par le bas, depuis la petite bourgeoise aux toiles unies, jusqu'à la dame riche blottie dans les dentelles, une alcôve publiquement ouverte, dont le luxe caché, les plissés, les broderies, les valenciennes, devenait comme une dépravation sensuelle, à mesure qu'il débordait davantage en fantaisies coûteuses. La femme se rhabillait, le flot blanc de cette tombée de linge rentrait dans le mystère frissonnant des jupes, la chemise raidie par les doigts de la couturière, le pantalon froid et gardant les plis du carton, toute cette percale et toute cette batiste mortes, éparses sur les comptoirs, jetées, empilées, allaient se faire vivantes de la vie de la chair, odorantes et chaudes de l'odeur de l'amour, une nuée blanche devenue sacrée, baignée de nuit, et dont le moindre envolement, l'éclair rose du genou aperçu au fond des blancheurs, ravageait le monde. Puis, il y avait encore une salle, les layettes, où le blanc voluptueux de la femme aboutissait au blanc candide de

---

1. **Balayeuse :** plissé de mousseline traînant à terre qui garnissait le bas des jupes longues.

l'enfant : une innocence, une joie, l'amante qui se réveille mère, des brassières en piqué pelucheux, des béguins en flanelle, des chemises et des bonnets grands comme des joujoux, et des robes de baptême, et des pelisses de cachemire, le duvet blanc de la naissance, pareil à une pluie fine de plumes blanches.

– Tu sais, ce sont des chemises à coulisse, dit Jean, que ce déshabillé, cette crue de chiffons où il enfonçait, ravissait d'aise.

Aux trousseaux, Pauline accourut tout de suite, quand elle aperçut Denise. Et, avant même de savoir ce que celle-ci désirait, elle lui parla bas, très émue des bruits dont causait le magasin entier. À son rayon, deux vendeuses s'étaient même querellées, l'une affirmant, l'autre niant le départ.

– Vous nous restez, j'ai parié ma tête... Que deviendrais-je, moi ?

Et, comme Denise répondait qu'elle partait le lendemain :

– Non, non, vous croyez ça, mais je sais le contraire... Dame ! à présent que j'ai un bébé, il faut bien que vous me nommiez seconde. Baugé y compte, ma chère.

Pauline souriait d'un air convaincu. Ensuite, elle donna les six chemises ; et, Jean ayant dit qu'ils allaient maintenant aux mouchoirs, elle appela aussi une auxiliaire, pour porter ces chemises et le paletot laissé par l'auxiliaire des confections. La fille qui se présenta était Mlle de Fontenailles, mariée récemment à Joseph. Elle venait d'obtenir par faveur ce poste de servante, elle avait une grande blouse noire, marquée à l'épaule d'un chiffre en laine jaune.

– Suivez mademoiselle, dit Pauline.

Puis, revenant et baissant la voix de nouveau :

– Hein ? je suis seconde, c'est entendu !

Denise promit en riant, pour plaisanter à son tour. Et elle s'en alla, elle descendit avec Pépé et Jean, accompagnés tous les trois de l'auxiliaire. Au rez-de-chaussée, ils tombèrent dans les lainages, un coin de galerie entièrement tendu de molleton blanc et de flanelle blanche. Liénard, que son père rappelait vainement à Angers, y causait avec le beau Mignot, devenu courtier, et qui osait reparaître effrontément au *Bonheur des Dames*. Sans doute ils parlaient de Denise, car tous deux se turent pour la saluer d'un air empressé. Du reste, à mesure qu'elle avançait, au travers des rayons, les vendeurs s'émotionnaient et s'inclinaient, dans le doute de ce qu'elle serait le lendemain. On chuchotait, on la trouvait triomphante ; et les paris en reçurent un nouveau contrecoup, on se remit à risquer sur elle du vin d'Argenteuil et des fritures. Elle s'était engagée dans la galerie du blanc, pour atteindre les mouchoirs, qui étaient au bout. Le blanc défilait : le blanc de coton, les madapolams[1], les basins, les piqués, les calicots : le blanc de fil, les nansouks, les mousselines, les tarlatanes[2] ; puis venaient les toiles, en piles énormes, bâties à pièces alternées comme des cubes de pierres de taille, les toiles fortes, les toiles fines, de toutes largeurs, blanches ou écrues, en lin pur, blanchies sur le pré ; puis, cela recommençait, des rayons se succédaient pour chaque sorte de linge, le linge de maison, le linge de table, le linge d'office, un éboulement continu de blanc, des draps de lit, des taies d'oreiller, des modèles innombrables de serviettes, de nappes, de tabliers et de torchons. Et les saluts continuaient, on se rangeait sur le passage de Denise, Baugé s'était précipité aux toiles pour lui sourire, comme à la bonne reine de la maison. Enfin, après avoir traversé les couvertures, une salle pavoisée de bannières blanches, elle entra aux mouchoirs, dont la décoration ingénieuse faisait pâmer la foule : ce n'était que colonnes blanches, que pyramides blanches, que châteaux blancs, une architecture compliquée, uniquement construite avec des mouchoirs, en linon[3], en batiste de Cambrai, en toile d'Irlande, en soie de Chine, chiffrés, brodés au plumetis, garnis de dentelle, avec des ourlets à jour et des vignettes tissées, toute une ville en briques blanches d'une variété infinie, se découpant dans un mirage sur un ciel oriental, chauffé à blanc.

– Tu dis encore une douzaine ? demanda Denise à son frère. Des Cholet, n'est-ce pas ?

– Oui, je crois, les pareils à celui-ci, répondit-il en montrant un mouchoir dans le paquet.

Jean et Pépé n'avaient pas quitté ses jupes, se serrant toujours contre elle, comme autrefois, lorsqu'ils étaient débarqués à Paris, brisés du voyage. Ces vastes magasins, où elle se trouvait chez elle, finissaient par les troubler ; et ils s'abritaient à son ombre, ils se remettaient sous la protection de leur petite mère, par un réveil instinctif de leur enfance. On les suivait des yeux, on souriait de ces

1. **Madapolams :** un madapolam est une étoffe lourde de coton.
2. **Tarlatanes :** la tarlatane est une étoffe légère de coton.
3. **Linon :** toile transparente.

deux grands gaillards filant sur les pas de cette fille mince et grave, Jean effaré avec sa barbe, Pépé éperdu dans sa tunique, tous les trois du même blond aujourd'hui, un blond qui faisait chuchoter sur leur passage, d'un bout à l'autre des comptoirs :

– Ce sont ses frères... Ce sont ses frères...

Mais, pendant que Denise cherchait un vendeur, il y eut une rencontre. Mouret et Bourdoncle entraient dans la galerie ; et, comme le premier s'arrêtait de nouveau en face de la jeune fille, sans lui adresser du reste la parole, Mme Desforges et Mme Guibal passèrent. Henriette réprima le tressaillement dont toute sa chair avait frémi. Elle regarda Mouret, elle regarda Denise. Eux-mêmes l'avaient regardée, ce fut le dénouement muet, la fin commune des gros drames du cœur, un coup d'œil échangé dans la bousculade d'une foule. Déjà Mouret s'était éloigné, tandis que Denise se perdait au fond du rayon, accompagnée de ses frères, toujours à la recherche d'un vendeur libre.

Alors, Henriette, ayant reconnu Mlle de Fontenailles dans l'auxiliaire qui suivait, avec son chiffre jaune à l'épaule et son masque épaissi et terreux de servante, se soulagea, en disant d'une voix irritée à Mme Guibal :

– Voyez ce qu'il a fait de cette malheureuse... N'est-ce pas blessant ? une marquise ! Et il la force à suivre comme un chien les créatures ramassées par lui sur le trottoir !

Elle tâcha de se calmer, elle affecta d'ajouter d'un air indifférent :

– Allons donc à la soie voir leur étalage.

Le rayon des soieries était comme une grande chambre d'amour, drapée de blanc par un caprice d'amoureuse à la nudité de neige, voulant lutter de blancheur. Toutes les pâleurs laiteuses d'un corps adoré se retrouvaient là, depuis le velours des reins, jusqu'à la soie fine des cuisses et au satin luisant de la gorge. Des pièces de velours étaient tendues entre les colonnes, des soies et des satins se détachaient, sur ce fond de blanc crémeux, en draperies d'un blanc de métal et de porcelaine ; et il y avait encore, retombant en arceaux, des poults-de-soie et des siciliennes à gros grain, des foulards et des surahs légers, qui allaient du blanc alourdi d'une blonde de Norvège au blanc transparent, chauffé de soleil, d'une rousse d'Italie ou d'Espagne.

Justement, Favier métrait du foulard blanc pour la « jolie dame », cette blonde élégante, une habituée du comptoir, que les vendeurs ne désignaient que par ces mots. Depuis des années, elle venait, et on ne savait toujours rien d'elle, ni sa vie, ni son adresse, ni même son nom. Aucun, du reste, ne tâchait de savoir, bien que tous, à chacune de ses apparitions, se permissent des hypothèses, simplement pour causer. Elle maigrissait, elle engraissait, elle avait bien dormi ou elle devait s'être couchée tard, la veille ; et chaque petit fait de sa vie inconnue, événements du dehors, drames de l'intérieur, avait de la sorte un contrecoup, longuement commenté. Ce jour-là, elle paraissait très gaie. Aussi, lorsque Favier revint de la caisse où il l'avait conduite, communiqua-t-il ses réflexions à Hutin.

– Peut-être bien qu'elle se remarie.

– Elle est donc veuve ? demanda l'autre.

– Je ne sais pas... Seulement, vous devez vous rappeler, la fois qu'elle était en deuil... À moins qu'elle n'ait gagné de l'argent à la Bourse.

Un silence régna. Ensuite, il conclut :

– Ça la regarde... Si l'on tutoyait toutes les femmes qui viennent ici ?

Mais Hutin se montrait songeur. Il avait eu, l'avant-veille, une explication vive avec la direction, et il se sentait condamné. Après la grande mise en vente, son renvoi était certain. Depuis longtemps, sa situation craquait ; au dernier inventaire, on lui avait reproché d'être resté au-dessous du chiffre d'affaires fixé d'avance ; et c'était encore, c'était surtout la lente poussée des appétits qui le mangeait à son tour, toute la guerre sourde du rayon le jetant dehors, dans le branle même de la machine. On entendait le travail obscur de Favier, un gros bruit de mâchoires, étouffé sous terre. Celui-ci avait déjà la promesse d'être nommé premier. Hutin, qui savait ces choses, au lieu de gifler son ancien camarade, le regardait maintenant comme très fort. Un garçon si froid, l'air obéissant, dont il s'était servi pour user Robineau et Bouthemont ! ça le frappait d'une surprise où il entrait du respect.

– À propos, reprit Favier, vous savez qu'elle reste. On vient de voir le patron jouer de la prunelle... Je vais en être pour une bouteille de champagne, moi.

Il parlait de Denise. D'un comptoir à l'autre, les commérages soufflaient plus fort, au travers du flot sans cesse épaissi des clientes. La soie surtout était en révolution, car on y pariait des choses chères.

– Sacrédié ! lâcha Hutin, s'éveillant comme d'un rêve, ai-je été bête de ne pas coucher avec !... C'est aujourd'hui que je serais chic !

Puis, il rougit de cet aveu, en voyant rire Favier. Et il feignit de rire également, il ajouta, pour rattraper sa phrase, que c'était cette créature qui l'avait perdu dans l'esprit de la direction. Cependant, un besoin de violence le prenait, il finit par s'emporter contre les vendeurs débandés sous l'assaut de la clientèle. Mais, tout d'un coup, il se remit à sourire : il venait d'apercevoir Mme Desforges et Mme Guibal traversant le rayon avec lenteur.

– Il ne vous faut rien, aujourd'hui, madame ?

– Non, merci, répondit Henriette. Vous voyez, je me promène, je ne suis venue qu'en curieuse.

Quand il l'eut arrêtée, il baissa la voix. Tout un plan germait dans sa tête. Et il la flatta, il dénigra la maison : lui, en avait assez, il préférait s'en aller, que d'assister davantage à un pareil désordre. Elle l'écoutait, ravie. Ce fut elle qui, croyant l'enlever au *Bonheur*, lui offrit de le faire engager par Bouthemont comme premier à la soie, lorsque les magasins des *Quatre Saisons* seraient réinstallés. L'affaire fut conclue, tous deux chuchotaient très bas, tandis que Mme Guibal s'intéressait aux étalages.

– Puis-je vous offrir un de ces bouquets de violettes ? reprit Hutin tout haut, en montrant sur une table trois ou quatre des bouquets primes, qu'il s'était procurés à une caisse, pour des cadeaux personnels.

– Ah ! non, par exemple ! s'écria Henriette, avec un mouvement de recul. Je ne veux pas être de la noce.

Ils se comprirent, ils se séparèrent en riant de nouveau, avec des coups d'œil d'intelligence.

Comme Mme Desforges cherchait Mme Guibal, elle s'exclama, en l'apercevant avec Mme Marty. Cette dernière, suivie de sa fille Valentine, était depuis deux heures emportée à travers les magasins, par une de ces crises de dépense, dont elle sortait brisée et confuse. Elle avait battu le rayon des meubles qu'une exposition de mobiliers blancs laqués changeait en vaste chambre de jeune fille, les rubans et les fichus dressant des colonnades blanches tendues de vélums[1] blancs, la mercerie et la passementerie aux effilés blancs qui encadraient d'ingénieux trophées patiemment composés de cartes à boutons et de paquets d'aiguilles, la bonneterie où l'on s'étouffait cette année-là, pour voir un motif de décoration immense, le nom resplen-

1. **Vélums :** un vélum est une grande pièce d'étoffe tendue pour tamiser la lumière.

dissant du *Bonheur des Dames*, des lettres de trois mètres de haut, faites de chaussettes blanches, sur un fond de chaussettes rouges. Mais Mme Marty était surtout enfiévrée par les rayons nouveaux ; on ne pouvait ouvrir un rayon sans qu'elle l'inaugurât ; elle s'y précipitait, achetait quand même. Et elle avait passé une heure aux modes, installée dans un salon neuf du premier étage, faisant vider les armoires, prenant les chapeaux sur les champignons de palissandre qui garnissaient deux tables, les essayant tous, à elle et à sa fille, les chapeaux blancs, les capotes blanches, les toques blanches. Puis, elle était redescendue à la cordonnerie, au fond d'une galerie du rez-de-chaussée, derrière les cravates, un comptoir ouvert de ce jour-là, dont elle avait bouleversé les vitrines, prise de désirs maladifs devant les mules de soie blanche garnies de cygne, les souliers et les bottines de satin blanc montés sur de grands talons Louis XV.

– Oh ! ma chère, bégayait-elle, vous ne vous doutez pas ! Ils ont un assortiment de capotes extraordinaire. J'en ai choisi une pour moi et une pour ma fille... Et les chaussures, hein ? Valentine.

– C'est inouï ! ajoutait la jeune fille, avec sa hardiesse de femme. Il y a des bottes à vingt francs cinquante, ah ! des bottes !

Un vendeur les suivait, traînant l'éternelle chaise, où s'entassait déjà tout un amoncellement d'articles.

– Comment va M. Marty ? demanda Mme Desforges.

– Pas mal, je crois, répondit Mme Marty, effarée par cette brusque question, qui tombait méchamment dans sa fièvre dépensière. Il est toujours là-bas, mon oncle a dû aller le voir ce matin...

Mais elle s'interrompit, elle eut une exclamation d'extase.

– Voyez donc, est-ce adorable !

Ces dames, qui avaient fait quelques pas, se trouvaient devant le nouveau rayon des fleurs et plumes, installé dans la galerie centrale, entre la soierie et la ganterie. C'était, sous la lumière vive du vitrage, une floraison énorme, une gerbe blanche, haute et large comme un chêne. Des piquets de fleurs garnissaient le bas, des violettes, des muguets, des jacinthes, des marguerites, toutes les blancheurs délicates des plates-bandes. Puis, des bouquets montaient, des roses blanches, attendries d'une pointe de chair, de grosses pivoines blanches, à peine teintées de carmin, des chrysanthèmes blancs, en fusées légères étoilées de jaune. Et les fleurs montaient toujours, de grands lis mystiques, des branches de pommier printanières, des bottes de lilas embaumé, un épanouissement continu que surmontaient, à la hauteur du premier étage, des panaches de plumes d'autruche, des plumes blanches qui étaient comme le souffle envolé de ce peuple de fleurs blanches. Tout un coin étalait des garnitures et des couronnes de fleurs d'oranger. Il y avait des fleurs métalliques, des chardons d'argent, des épis d'argent. Dans les feuillages et dans les corolles au milieu de cette mousseline, de cette soie et de ce velours, où des gouttes de gomme faisaient des gouttes de rosée, volaient des oiseaux des Îles pour chapeaux, les tangaras[1] de pourpre à queue noire, et les septicolores[2] au ventre changeant, couleur de l'arc-en-ciel.

– J'achète une branche de pommier, reprit Mme Marty. N'est-ce pas ? c'est délicieux... Et ce petit oiseau, regarde donc, Valentine. Oh ! je le prends !

Cependant, Mme Guibal s'ennuyait, à rester immobile, dans les remous de la foule. Elle finit par dire :

– Eh bien ! nous vous laissons à vos achats. Nous montons, nous autres.

– Mais non, attendez-moi ! cria l'autre. Je remonte aussi... Il y a là-haut la parfumerie. Il faut que j'aille à la parfumerie.

Ce rayon, créé de la veille, se trouvait à côté du salon de lecture. Mme Desforges, pour éviter l'encombrement des escaliers, parla de prendre l'ascenseur ; mais elles durent y renoncer, on faisait queue à la porte de l'appareil. Enfin, elles arrivèrent, elles passèrent devant le buffet public, où la cohue devenait telle, qu'un inspecteur devait refréner les appétits, en ne laissant plus entrer la clientèle gloutonne que par petits groupes. Et, du buffet même, ces dames commencèrent à sentir le rayon de parfumerie, une odeur pénétrante de sachet enfermé, qui embaumait la galerie. On s'y disputait un savon, le savon Bonheur, la spécialité de la maison. Dans les comptoirs à vitrines, et sur les tablettes de cristal des étagères, s'alignaient les pots de pommades et de pâtes, les boîtes de poudres et de fards, les fioles d'huiles et d'eaux de toilette ; tandis que la brosserie fine, les peignes, les ciseaux, les flacons de poche, occupaient une armoire spéciale. Les vendeurs s'étaient ingéniés à décorer l'étalage de tous

1. **Tangaras :** oiseaux des Tropiques.
2. **Septicolores :** sorte de tangaras.

leurs pots de porcelaine blanche, de toutes leurs fioles de verre blanc. Ce qui ravissait, c'était, au milieu, une fontaine d'argent, une Bergère debout sur une moisson de fleurs, et d'où coulait un filet continu d'eau de violette, qui résonnait musicalement dans la vasque de métal. Une senteur exquise s'épandait alentour, les dames en passant trempaient leurs mouchoirs.

– Voilà ! dit Mme Marty, lorsqu'elle se fut bourrée de lotions, de dentifrices, de cosmétiques. Maintenant, c'est fini, je suis à vous. Allons rejoindre Mme de Boves.

Mais, sur le palier du grand escalier central, le Japon l'arrêta encore. Ce comptoir avait grandi, depuis le jour où Mouret s'était amusé à risquer, au même endroit, une petite table de proposition, couverte de quelques bibelots défraîchis, sans prévoir lui-même l'énorme succès. Peu de rayons avaient eu des débuts plus modestes, et maintenant il débordait de vieux bronzes, de vieux ivoires, et de vieilles laques, il faisait quinze cent mille francs d'affaires chaque année, il remuait tout l'Extrême-Orient, où des voyageurs fouillaient pour lui les palais et les temples. D'ailleurs, les rayons poussaient toujours, on en avait essayé deux nouveaux en décembre, afin de boucher les vides de la morte-saison d'hiver : un rayon de livres et un rayon de jouets d'enfants, qui devaient certainement grandir aussi et balayer encore des commerces voisins. Quatre ans venaient de suffire au Japon pour attirer toute la clientèle artistique de Paris.

Cette fois, Mme Desforges elle-même, malgré sa rancune qui lui avait fait jurer de ne rien acheter, succomba devant un ivoire d'une finesse charmante.

– Envoyez-le-moi, dit-elle rapidement, à une caisse voisine. Quatre-vingt-dix francs, n'est-ce pas ?

Et, voyant Mme Marty et sa fille enfoncées dans un choix de porcelaines de camelote, elle reprit, emmenant Mme Guibal :

– Vous nous retrouverez au salon de lecture... J'ai vraiment besoin de m'asseoir un peu.

Au salon de lecture, ces dames durent rester debout. Toutes les chaises étaient prises, autour de la grande table couverte de journaux. De gros hommes lisaient, renversés, étalant des ventres, sans avoir l'idée aimable de céder la place. Quelques femmes écrivaient, le nez dans leurs phrases, comme pour cacher le papier sous les fleurs de leurs chapeaux. Du reste, Mme de Boves n'était pas là, et

Henriette s'impatientait, lorsqu'elle aperçut Vallagnosc, qui cherchait aussi sa femme et sa belle-mère. Il salua, il finit par dire :

– Elles sont pour sûr aux dentelles, on ne peut les en arracher... Je vais voir.

Et il eut la galanterie de leur procurer deux sièges, avant de s'éloigner.

L'écrasement, aux dentelles, croissait de minute en minute. La grande exposition de blanc y triomphait, dans ses blancheurs les plus délicates et les plus chères. C'était la tentation aiguë, le coup de folie du désir, qui détraquait toutes les femmes. On avait changé le rayon en une chapelle blanche. Des tulles, des guipures tombant de haut, faisaient un ciel blanc, un de ces voiles de nuages dont le fin réseau pâlit le soleil matinal. Autour des colonnes, descendaient des volants de malines et de valenciennes, des jupes blanches de danseuses, déroulées en un frisson blanc, jusqu'à terre. Puis, de toutes parts, sur tous les comptoirs, le blanc neigeait, les blondes espagnoles légères comme un souffle, les applications de Bruxelles avec leurs fleurs larges sur les mailles fines, les points à l'aiguille et les points de Venise aux dessins plus lourds, les points d'Alençon et les dentelles de Bruges d'une richesse royale et comme religieuse. Il semblait que le dieu du chiffon eût là son tabernacle blanc.

Mme de Boves, après s'être longtemps promenée avec sa fille, rôdant devant les étalages, ayant le besoin sensuel d'enfoncer les mains dans les tissus, venait de se décider à se faire montrer du point d'Alençon par Deloche. D'abord, il avait sorti de l'imitation ; mais elle avait voulu voir de l'Alençon véritable, et elle ne se contentait pas de petites garnitures à trois cents francs le mètre, elle exigeait les hauts volants à mille, les mouchoirs et les éventails à sept et huit cents. Bientôt le comptoir fut couvert d'une fortune. Dans un coin du rayon l'inspecteur Jouve, qui n'avait pas lâché Mme de Boves, malgré l'apparente flânerie de cette dernière, se tenait immobile au milieu des poussées, l'attitude indifférente, l'œil toujours sur elle.

– Et avez-vous des berthes[1] en point à l'aiguille ? demanda la comtesse à Deloche. Faites voir, je vous prie.

Le commis, qu'elle tenait depuis vingt minutes, n'osait résister, tellement elle avait grand air, avec sa taille et sa voix de princesse. Cependant, il fut pris d'une hésitation, car on recommandait aux ven-

1. **Berthes :** larges cols arrondis.

deurs de ne pas amonceler ainsi les dentelles précieuses, et il s'était laissé voler dix mètres de malines, la semaine précédente. Mais elle le troublait, il céda, abandonna un instant le tas de point d'Alençon, pour prendre derrière lui, dans une case, les berthes demandées.

– Regarde donc, maman, disait Blanche qui fouillait, à côté, un carton plein de petites valenciennes à bas prix, on pourrait prendre de ça pour les oreillers.

Mme de Boves ne répondait pas. Alors la fille, en tournant sa face molle, vit sa mère, les mains au milieu des dentelles, en train de faire disparaître, dans la manche de son manteau, des volants de point d'Alençon. Elle ne parut pas surprise, elle s'avançait pour la cacher d'un mouvement instinctif, lorsque Jouve, brusquement, se dressa entre elles. Il se penchait, il murmurait à l'oreille de la comtesse, d'une voix polie :

– Madame, veuillez me suivre.

Elle eut une courte révolte.

– Mais pourquoi, monsieur ?

– Veuillez me suivre, madame, répéta l'inspecteur, sans élever le ton.

Le visage ivre d'angoisse, elle jeta un rapide coup d'œil autour d'elle. Puis, elle se résigna, elle reprit son allure hautaine, marchant près de lui comme une reine qui daigne se confier aux bons soins d'un aide de camp. Pas une des clientes entassées là, ne s'était même aperçue de la scène. Deloche, revenu devant le comptoir avec les berthes, la regardait emmener, bouche béante : comment ? celle-là aussi ! cette dame si noble ! c'était à les fouiller toutes ! Et Blanche, qu'on laissait libre, suivait de loin sa mère, s'attardait au milieu de la houle des épaules, livide, partagée entre le devoir de ne pas l'abandonner et la terreur d'être gardée avec elle. Elle la vit entrer dans le cabinet de Bourdoncle, elle se contenta de rôder devant la porte.

Justement, Bourdoncle, dont Mouret venait de se débarrasser, était là. D'habitude, il se prononçait sur ces sortes de vols, commis par des personnes honorables. Depuis longtemps, Jouve, qui guettait celle-ci, lui avait fait part de ses doutes ; aussi ne fut-il pas étonné, lorsque l'inspecteur le mit au courant d'un mot ; du reste, des cas si extraordinaires lui passaient par les mains, qu'il déclarait la femme capable de tout, dès que la rage du chiffon l'emportait. Comme il n'ignorait pas les rapports mondains du directeur avec la voleuse, il montra lui aussi une politesse parfaite.

– Madame, nous excusons ces moments de faiblesse... Je vous en prie, considérez où un pareil oubli de vous-même pourrait vous conduire. Si quelque autre personne vous avait vue glisser ces dentelles...

Mais elle l'interrompit avec indignation. Elle, une voleuse ! pour qui la prenait-il ? Elle était la comtesse de Boves, son mari, inspecteur général des haras, allait à la cour.

– Je sais, je sais, madame, répétait paisiblement Bourdoncle. J'ai l'honneur de vous connaître... Veuillez d'abord rendre les dentelles que vous avez sur vous...

Elle se récria de nouveau, elle ne lui laissait plus dire une parole, belle de violence, osant jusqu'aux larmes de la grande dame outragée. Tout autre que lui, ébranlé, aurait craint quelque méprise déplorable, car elle le menaçait de s'adresser aux tribunaux, pour venger une telle injure.

– Prenez garde, monsieur ! mon mari ira jusqu'au ministre.

– Allons, vous n'êtes pas plus raisonnable que les autres, déclara Bourdoncle, impatienté. On va vous fouiller, puisqu'il le faut.

Elle ne broncha pas encore, elle dit avec son assurance superbe :

– C'est ça, fouillez-moi... Mais, je vous en avertis, vous risquez votre maison.

Jouve alla chercher deux vendeuses des corsets. Quand il revint, il avertit Bourdoncle que la demoiselle de cette dame, laissée libre, n'avait pas quitté la porte, et il demandait s'il fallait l'empoigner, elle aussi, bien qu'il ne l'eût rien vue prendre. L'intéressé, toujours correct, décida, au nom de la morale, qu'on ne la ferait pas entrer, pour ne point forcer une mère à rougir devant sa fille. Cependant, les deux hommes se retirèrent dans une pièce voisine, tandis que les vendeuses fouillaient la comtesse et lui ôtaient même sa robe, afin de visiter sa gorge et ses hanches. Outre les volants de point d'Alençon, douze mètres à mille francs, cachés au fond d'une manche, elles trouvèrent, dans la gorge, aplatis et chauds, un mouchoir, un éventail, une cravate, en tout pour quatorze mille francs de dentelles environ. Depuis un an, Mme de Boves volait ainsi, ravagée d'un besoin furieux, irrésistible. Les crises empiraient, grandissaient, jusqu'à être une volupté nécessaire à son existence, emportant tous les raisonnements de prudence, se satisfaisant avec une jouissance d'autant plus âpre, qu'elle risquait, sous les yeux d'une foule, son nom, son orgueil, la haute situation de son mari. Maintenant que ce dernier lui laissait vider ses tiroirs, elle volait avec de l'argent plein sa poche, elle volait pour voler, comme on aime pour aimer, sous le coup de fouet du désir, dans le détraquement de la névrose que ses appétits de luxe inassouvis avaient développée en elle, autrefois, à travers l'énorme et brutale tentation des grands magasins.

– C'est un guet-apens ! cria-t-elle, lorsque Bourdoncle et Jouve rentrèrent. On a glissé ces dentelles sur moi, oh ! devant Dieu, je le jure !

À présent, elle pleurait des larmes de rage, tombée sur une chaise, suffoquant dans sa robe mal rattachée. L'intéressé renvoya les vendeuses. Puis, il reprit de son air tranquille :

– Nous voulons bien, madame, étouffer cette fâcheuse affaire, par égard pour votre famille. Mais, auparavant, vous allez signer un papier ainsi conçu : « J'ai volé des dentelles au *Bonheur des Dames* », et le détail des dentelles, et la date du jour... Du reste, je vous rendrai ce papier, dès que vous m'apporterez deux mille francs pour les pauvres.

Elle s'était relevée, elle déclara dans une révolte nouvelle :

– Jamais je ne signerai cela, j'aime mieux mourir.

– Vous ne mourrez pas, madame. Seulement, je vous préviens que je vais envoyer chercher le commissaire de police.

Alors, il y eut une scène affreuse. Elle l'injuriait, elle bégayait que c'était lâche à des hommes de torturer ainsi une femme. Sa beauté de Junon, son grand corps majestueux se fondait dans une fureur de poissarde. Puis, elle voulut essayer de l'attendrissement, elle les suppliait au nom de leurs mères, elle parlait de se traîner à leurs pieds. Et, comme ils restaient froids, bronzés par l'habitude, elle s'assit tout d'un coup, écrivit d'une main tremblante. La plume crachait ; les mots : J'ai volé, appuyés rageusement, faillirent crever le papier mince, tandis qu'elle répétait, la voix étranglée :

– Voilà, monsieur, voilà, monsieur... Je cède à la force...

Bourdoncle prit le papier, le plia soigneusement, l'enferma devant elle dans un tiroir, en disant :

– Vous voyez qu'il est en compagnie, car ces dames, après avoir parlé de mourir plutôt que de les signer, négligent généralement de venir reprendre leurs billets doux... Enfin, je le tiens à votre disposition. Vous jugerez s'il vaut deux mille francs.

Elle achevait de rattacher sa robe, elle retrouvait toute son arrogance, maintenant qu'elle avait payé.

– Je puis sortir ? demanda-t-elle d'un ton bref.

Déjà Bourdoncle s'occupait d'autre chose. Sur le rapport de Jouve, il décidait le renvoi de Deloche : ce vendeur était stupide, il se laissait continuellement voler, jamais il n'aurait d'autorité sur les clientes. Mme de Boves répéta sa question, et comme ils la congédiaient d'un signe affirmatif, elle les enveloppa tous deux d'un regard d'assassin. Dans le flot de gros mots qu'elle renfonçait, un cri de mélodrame lui vint aux lèvres.

– Misérables ! dit-elle en faisant claquer la porte.

Cependant, Blanche ne s'était pas éloignée du cabinet. Son ignorance de ce qui se passait là-dedans, les allées et venues de Jouve et des deux vendeuses, la bouleversaient, évoquaient les gendarmes, la cour d'assises, la prison. Mais elle resta béante : Vallagnosc était devant elle, ce mari d'un mois dont le tutoiement la gênait encore ; et il la questionnait en s'étonnant de sa stupeur.

– Où est ta mère ?... Vous vous êtes perdues ?... Voyons, réponds-moi, tu m'inquiètes.

Pas un mensonge raisonnable ne lui venait aux lèvres. Dans sa détresse, elle dit tout à voix basse.

– Maman, maman... Elle a volé...

Comment ! volé ! Enfin, il comprit. La face bouffie de sa femme, ce masque blême, ravagé par la peur, l'épouvantait.

– De la dentelle, comme ça, dans sa manche, continuait-elle à balbutier.

– Tu l'as donc vue, tu regardais ? murmura-t-il, glacé de la sentir complice.

Ils durent se taire, des personnes déjà tournaient la tête. Une hésitation pleine d'angoisse tint Vallagnosc immobile un moment. Que faire ? et il se décidait à entrer chez Bourdoncle, lorsqu'il aperçut Mouret, qui traversait la galerie. Il ordonna à sa femme de l'attendre, il saisit le bras de son vieux camarade, qu'il mit au courant, en paroles entrecoupées. Celui-ci s'était hâté de le mener dans son cabinet, où il le tranquillisa sur les suites possibles. Il lui assurait qu'il n'avait pas besoin d'intervenir, il expliquait de quelle façon les choses allaient certainement se passer, sans paraître lui-même s'émouvoir de ce vol, comme s'il l'avait prévu depuis longtemps. Mais Vallagnosc, lorsqu'il ne craignit plus une arrestation immédiate, n'accepta pas l'aventure avec cette belle tranquillité. Il s'était abandonné au fond d'un fauteuil, et maintenant qu'il pouvait raisonner, il se répandait en lamentations sur son propre compte. Était-ce possible ? voilà qu'il était entré dans une famille de voleuses ! Un mariage stupide qu'il avait bâclé, afin d'être agréable au père ! Surpris de cette violence d'enfant maladif, Mouret le regardait pleurer, en se rappelant l'ancienne pose de son pessimisme. Ne lui avait-il pas entendu soutenir vingt fois le néant final de la vie, où il ne trouvait que le mal d'un peu drôle ? Aussi, pour le distraire, s'amusa-t-il une minute à lui prêcher l'indifférence sur un ton de plaisanterie amicale. Et, du coup, Vallagnosc se fâcha : il ne pouvait décidément rattraper sa philosophie compromise, toute son éducation bourgeoise repoussait en indignations vertueuses contre sa belle-mère. Dès que l'expérience tombait sur lui, au moindre effleurement de la misère humaine, dont il ricanait à froid, le sceptique fanfaron s'abattait et saignait. C'était abominable, on traînait dans la boue l'honneur de sa race, le monde semblait en craquer.

– Allons, calme-toi, conclut Mouret pris de pitié. Je ne te dirai plus que tout arrive et que rien n'arrive, puisque cela n'a pas l'air de te consoler en ce moment. Mais je crois que tu devrais aller donner ton bras à Mme de Boves, ce qui serait plus sage que de faire un scandale... Que diable ! toi qui professais le flegme du mépris, devant la canaillerie universelle !

– Tiens ! cria naïvement Vallagnosc, quand ça se passe chez les autres !

Cependant, il s'était levé. il suivit le conseil de son ancien condisciple. Tous deux retournaient dans la galerie, lorsque Mme de Boves sortit de chez Bourdoncle. Elle accepta avec majesté le bras de son gendre, et comme Mouret la saluait d'un air galamment respectueux, il l'entendit qui disait :

– Ils m'ont fait des excuses. Vraiment, ces méprises sont épouvantables.

Blanche les avait rejoints, et elle marchait derrière eux. Ils se perdirent lentement dans la foule.

Alors, Mouret, seul et songeur, traversa de nouveau les magasins. Cette scène, qui l'avait distrait du combat dont il était déchiré, augmentait sa fièvre maintenant, déterminait en lui la lutte suprême. Tout un rapport vague s'élevait dans son esprit : le vol de cette malheureuse, cette folie dernière de la clientèle conquise, abattue aux pieds du tentateur, évoquait l'image fière et vengeresse de Denise, dont il sentait sur sa gorge le talon victorieux. Il s'arrêta en haut de l'escalier central, il regarda longtemps l'immense nef, où s'écrasait son peuple de femmes.

Six heures allaient sonner, le jour qui baissait au-dehors se retirait des galeries couvertes, noires déjà, pâlissait au fond des halls, envahis de lentes ténèbres. Et, dans ce jour mal éteint encore, s'allumaient, une à une, des lampes électriques, dont les globes d'une blancheur opaque constellaient de lunes intenses les profondeurs lointaines des comptoirs. C'était une clarté blanche, d'une aveuglante fixité, épandue comme une réverbération d'astre décoloré, et qui tuait le crépuscule. Puis, lorsque toutes brûlèrent, il y eut un murmure ravi de la foule, la grande exposition de blanc prenait une splendeur féerique d'apothéose, sous cet éclairage nouveau. Il sembla que cette colossale débauche de blanc brûlait elle aussi, devenait de la lumière. La chanson du blanc s'envolait dans la blancheur enflammée d'une aurore. Une lueur blanche jaillissait des toiles et des calicots de la galerie Monsigny, pareille à la bande vive qui blanchit le ciel la première du côté de l'Orient ; tandis que, le long de la galerie Michodière, la mercerie et la passementerie, les articles de Paris et les rubans, jetaient des reflets de coteaux éloignés, l'éclair blanc des boutons de nacre, des bronzes argentés et des perles. Mais la nef centrale surtout chantait le blanc trempé de flammes : les bouillonnés de mousseline blanche autour des colonnes, les basins et les piqués blancs qui drapaient les escaliers, les couvertures blanches accrochées comme des bannières, les guipures et les dentelles blanches volant dans l'air, ouvraient un firmament du rêve, une trouée sur la blancheur éblouissante d'un paradis, où l'on célébrait les noces de la reine inconnue. La tente du hall des soieries en était l'alcôve géante, avec ses rideaux blancs, ses gazes blanches, ses tulles blancs, dont l'éclat défendait contre les regards la nudité blanche de l'épousée. Il n'y avait plus que cet aveuglement, un blanc de lumière où tous les blancs se fondaient, une poussière d'étoiles neigeant dans la clarté blanche.

Et Mouret regardait toujours son peuple de femmes, au milieu de ces flamboiements. Les ombres noires s'enlevaient avec vigueur sur les fonds pâles. De longs remous brisaient la cohue, la fièvre de cette journée de grande vente passait comme un vertige, roulant la houle désordonnée des têtes. On commençait à sortir, le saccage des étoffes jonchait les comptoirs, l'or sonnait dans les caisses ; tandis que la clientèle, dépouillée, violée, s'en allait à moitié défaite, avec la volupté assouvie et la sourde honte d'un désir contenté au fond d'un hôtel louche. C'était lui qui les possédait de la sorte, qui les tenait à sa merci, par son entassement continu de marchandises, par sa baisse des prix et ses rendus, sa galanterie et sa réclame. Il avait conquis les mères elles-mêmes, il régnait sur toutes avec la brutalité d'un despote, dont le caprice ruinait des ménages. Sa création apportait une religion nouvelle, les églises que désertait peu à peu la foi chancelante étaient remplacées par son bazar, dans les âmes inoccupées désormais. La femme venait passer chez lui les heures vides, les heures frissonnantes et inquiètes qu'elle vivait jadis au fond des chapelles : dépense nécessaire de passion nerveuse, lutte renaissante d'un dieu contre le mari, culte sans cesse renouvelé du corps, avec l'au-delà divin de la beauté. S'il avait fermé ses portes, il y aurait eu un soulèvement sur le pavé, le cri éperdu des dévotes auxquelles on supprimerait le confessionnal et l'autel. Dans leur luxe accru depuis dix ans, il les voyait, malgré l'heure, s'entêter au travers de l'énorme charpente métallique, le long des escaliers suspendus et des ponts volants. Mme Marty et sa fille, emportées au plus haut, vagabondaient parmi les meubles. Retenue par son petit monde, Mme Bourdelais ne pouvait s'arracher des articles de Paris. Puis, venait la bande, Mme de Boves toujours au bras de Vallagnosc, et suivie de Blanche, s'arrêtant à chaque rayon, osant regarder encore les étoffes de son air superbe. Mais, de la clientèle entassée, de cette mer de corsages gonflés de vie, battant de désirs, tous fleuris de bouquets de violettes, comme pour les noces populaires de quelque souveraine, il finit par ne plus distinguer que le corsage nu de Mme Desforges, qui s'était arrêtée à la ganterie avec Mme Guibal. Malgré sa rancune jalouse, elle aussi achetait, et il se sentit le maître une dernière fois, il les tenait à ses pieds, sous l'éblouissement des feux électriques, ainsi qu'un bétail dont il avait tiré sa fortune.

D'un pas machinal, Mouret suivit les galeries, tellement absorbé, qu'il s'abandonnait à la poussée de la foule. Quand il leva la tête, il était dans le nouveau rayon des modes, dont les glaces donnaient sur la rue du 10-Décembre. Et là, le front contre le verre, il fit encore une halte, il regarda la sortie. Le soleil couchant jaunissait le faîte des maisons blanches, le ciel bleu de cette belle journée pâlissait, rafraîchi d'un grand souffle pur ; tandis que, dans le crépuscule qui noyait déjà la chaussée, les lampes électriques du *Bonheur des Dames* jetaient cet éclat fixe des étoiles allumées sur l'horizon, au déclin du jour. Vers l'Opéra et vers la Bourse, s'enfonçait le triple rang des voitures immobiles, gagnées par l'ombre, et dont les harnais gardaient des reflets de vive lumière, l'éclair d'une lanterne, l'étincelle d'un mors argenté. À chaque seconde, un appel de garçon en livrée retentissait, et un fiacre avançait, un coupé se détachait, prenait une cliente, puis s'éloignait d'un trot sonore. Les queues diminuaient maintenant, six voitures roulaient de front, d'un bord à l'autre, au milieu des battements de portières, des claquements de fouet, du bourdonnement des piétons, qui débordaient parmi les roues. Il y avait comme un élargissement continu, un rayonnement de la clientèle, remportée aux quatre points de la cité, vidant les magasins avec la clameur ronflante d'une écluse. Cependant, les voitures du *Bonheur*, les grandes lettres d'or des enseignes, les bannières hissées en plein ciel, flambaient toujours au reflet de l'incendie du couchant, si colossales dans cet éclairage oblique, qu'elles évoquaient le monstre des réclames, le phalanstère dont les ailes, multipliées sans cesse, dévoraient les quartiers, jusqu'aux bois lointains de la banlieue. Et l'âme épandue de Paris, un souffle énorme et doux, s'endormait dans la sérénité du soir, courait en longues et molles caresses sur les dernières voitures, filant par la rue peu à peu déblayée de foule, tombée au noir de la nuit.

Mouret, les regards perdus, venait de sentir passer en lui quelque chose de grand ; et, dans ce frisson du triomphe dont tremblait sa chair, en face de Paris dévoré et de la femme conquise, il éprouva une faiblesse soudaine, une défaillance de sa volonté, qui le renversait à son tour, sous une force supérieure. C'était un besoin irraisonnable d'être vaincu, dans sa victoire, le non-sens d'un homme de guerre pliant sous le caprice d'un enfant, au lendemain de ses conquêtes. Lui qui se débattait depuis des mois, qui le matin encore jurait d'étouffer sa passion, cédait tout d'un coup, saisi du vertige des hauteurs, heureux de faire ce qu'il croyait être une sottise. Sa décision, si rapide, avait pris d'une minute à l'autre une telle énergie, qu'il ne voyait plus qu'elle d'utile et de nécessaire dans le monde.

Le soir, après la dernière table, il attendit dans son cabinet. Frémissant comme un jeune homme qui va jouer son bonheur, il ne pouvait rester en place, il retournait sans cesse à la porte, pour prêter l'oreille aux rumeurs des magasins, où les commis faisaient le déplié, enfoncés jusqu'aux épaules dans le saccage de la vente. À chaque bruit de pas, son cœur battait. Et il eut une émotion, il se précipita, car il avait entendu au loin un sourd murmure, peu à peu grossi.

C'était l'approche lente de Lhomme, chargé de la recette. Ce jour-là, elle pesait si lourd, il y avait tellement du cuivre et de l'argent, dans le numéraire encaissé, qu'il s'était fait accompagner par deux garçons. Derrière lui, Joseph et un de ses collègues pliaient sous les sacs, des sacs énormes, jetés comme des sacs de plâtre sur leurs dos ; tandis que, marchant le premier, il portait les billets et l'or, un portefeuille gonflé de papiers, deux sacoches pendues à son cou, dont le poids le tirait à droite, du côté de son bras coupé. Et, lentement, suant et soufflant, il venait du fond des magasins, à travers l'émotion grandissante des vendeurs. Les gants et la soie s'étaient offerts en riant pour le soulager, la draperie et les lainages souhaitaient un faux pas, qui aurait semé l'or aux quatre coins des rayons. Puis, il avait dû monter un escalier, s'engager sur un pont volant, monter encore, tourner dans les charpentes, où les regards du blanc, de la bonneterie, de la mercerie, le suivaient, bayant d'extase devant cette fortune voyageant en l'air. Au premier, les confections, la parfumerie, les dentelles, les châles, s'étaient rangés avec dévotion, comme sur le passage du bon Dieu. De proche en proche, le brouhaha s'élevait, devenait une clameur de peuple saluant le veau d'or.

Cependant, Mouret avait ouvert la porte. Lhomme parut, suivi des deux garçons, qui chancelaient ; et, hors d'haleine, il eut encore la force de crier :

– Un million, deux cent quarante-sept francs, quatre-vingt-quinze centimes !

Enfin, c'était le million, le million ramassé en un jour, le chiffre dont Mouret avait longtemps rêvé ! Mais il eut un geste de colère, il dit avec impatience, de l'air déçu d'un homme dérangé dans son attente par un importun :

– Un million, eh bien ! mettez-le là.

Lhomme savait qu'il aimait ainsi à voir sur son bureau les fortes recettes, avant qu'on les déposât à la caisse centrale. Le million couvrit le bureau, écrasa les papiers, faillit renverser l'encre ; et l'or, et l'argent, et le cuivre, coulant des sacs, crevant des sacoches, faisaient un gros tas, le tas de la recette brute, telle qu'elle sortait des mains de la clientèle, encore chaude et vivante.

Au moment où le caissier se retirait, navré de l'indifférence du patron, Bourdoncle arriva, en criant gaiement :

– Hein ! nous le tenons, cette fois !... Il est décroché, le million !

Mais il remarqua la préoccupation fébrile de Mouret, il comprit et se calma. Une joie avait allumé son regard. Après un court silence, il reprit :

– Vous vous êtes décidé, n'est-ce pas ? Mon Dieu ! je vous approuve.

Brusquement, Mouret s'était planté devant lui, et de sa voix terrible des jours de crise :

– Dites donc, mon brave, vous êtes trop gai... N'est-ce pas ? vous me croyez fini, et les dents vous poussent. Méfiez-vous, on ne me mange pas, moi !

Décontenancé par la rude attaque de ce diable d'homme qui devinait tout, Bourdoncle balbutia :

– Quoi donc ? vous plaisantez ? moi qui ai tant d'admiration pour vous !

– Ne mentez pas ! reprit Mouret plus violemment. Écoutez, nous étions stupides, avec cette superstition que le mariage devait nous couler. Est-ce qu'il n'est pas la santé nécessaire, la force et l'ordre mêmes de la vie !... Eh bien ! oui, mon cher, je l'épouse, et je vous flanque tous à la porte, si vous bougez. Parfaitement ! vous passerez comme un autre à la caisse, Bourdoncle !

D'un geste, il le congédiait. Bourdoncle se sentit condamné, balayé dans cette victoire de la femme. Il s'en alla. Denise entrait justement, et il s'inclina dans un salut profond, la tête perdue.

– Enfin ! c'est vous ! dit Mouret, doucement.

Denise était pâle d'émotion. Elle venait d'éprouver un dernier chagrin, Deloche lui avait appris son renvoi ; et, comme elle essayait de le retenir, en offrant de parler en sa faveur, il s'était obstiné dans sa malchance, il voulait disparaître : à quoi bon rester ? pourquoi aurait-il gêné les gens heureux ? Denise lui avait dit un adieu fraternel, gagnée par les larmes. Elle-même n'aspirait-elle pas à l'oubli ? Tout allait finir, elle ne demandait plus à ses forces épuisées que le courage de la séparation. Dans quelques minutes, si elle était assez vaillante pour s'écraser le cœur, elle pourrait s'en aller seule, pleurer au loin.

– Monsieur, vous avez désiré me voir, dit-elle de son air calme. Du reste, je serais venue vous remercier de toutes vos bontés.

En entrant, elle avait aperçu le million sur le bureau, et l'étalage de cet argent la blessait. Au-dessus d'elle, comme s'il eût regardé la scène, le portrait de Mme Hédouin, dans son cadre d'or, gardait l'éternel sourire de ses lèvres peintes.

– Vous êtes toujours résolue à nous quitter ? demanda Mouret, dont la voix tremblait.

– Oui, monsieur, il le faut.

Alors, il lui prit les mains, il dit dans une explosion de tendresse, après la longue froideur qu'il s'était imposée :

– Et si je vous épousais, Denise, partiriez-vous ?

Mais elle avait retiré ses mains, elle se débattait comme sous le coup d'une grande douleur.

– Oh ! monsieur Mouret, je vous en prie, taisez-vous ! Oh ! ne me faites pas plus de peine encore !... Je ne peux pas ! je ne peux pas !... Dieu est témoin que je m'en allais pour éviter un malheur pareil !

Elle continuait de se défendre par des paroles entrecoupées. N'avait-elle pas trop souffert déjà des commérages de la maison ? Voulait-il donc qu'elle passât aux yeux des autres et à ses propres yeux pour une gueuse ? Non, non, elle aurait de la force, elle l'empêcherait bien de faire une telle sottise. Lui, torturé, l'écoutait, répétait avec passion :

– Je veux... je veux...

– Non, c'est impossible... Et mes frères ? j'ai juré de ne point me marier, je ne puis vous apporter deux enfants, n'est-ce pas ?

– Ils seront aussi mes frères... Dites oui, Denise.

– Non, non, oh ! laissez-moi, vous me torturez !

Peu à peu, il défaillait, ce dernier obstacle le rendait fou. Eh quoi ! même à ce prix, elle se refusait encore ! Au loin, il entendait la clameur de ses trois mille employés, remuant à pleins bras sa royale fortune. Et ce million imbécile qui était là ! il en souffrait comme d'une ironie, il l'aurait poussé à la rue.

– Partez donc ! cria-t-il dans un flot de larmes. Allez retrouver celui que vous aimez... C'est la raison, n'est-ce pas ? Vous m'aviez prévenu, je devrais le savoir et ne pas vous tourmenter davantage.

Elle était restée saisie, devant la violence de ce désespoir. Son cœur éclatait. Alors, avec une impétuosité d'enfant, elle se jeta à son cou, sanglota elle aussi, en bégayant :

– Oh ! monsieur Mouret, c'est vous que j'aime !

Une dernière rumeur monta du *Bonheur des Dames*, l'acclamation lointaine d'une foule. Le portrait de Mme Hédouin souriait toujours, de ses lèvres peintes. Mouret était tombé assis sur le bureau, dans le million, qu'il ne voyait plus. Il ne lâchait pas Denise, il la serrait éperdument sur sa poitrine, en lui disant qu'elle pouvait partir maintenant, qu'elle passerait un mois à Valognes, ce qui fermerait la bouche du monde, et qu'il irait ensuite l'y chercher lui-même, pour l'en ramener à son bras, toute-puissante.

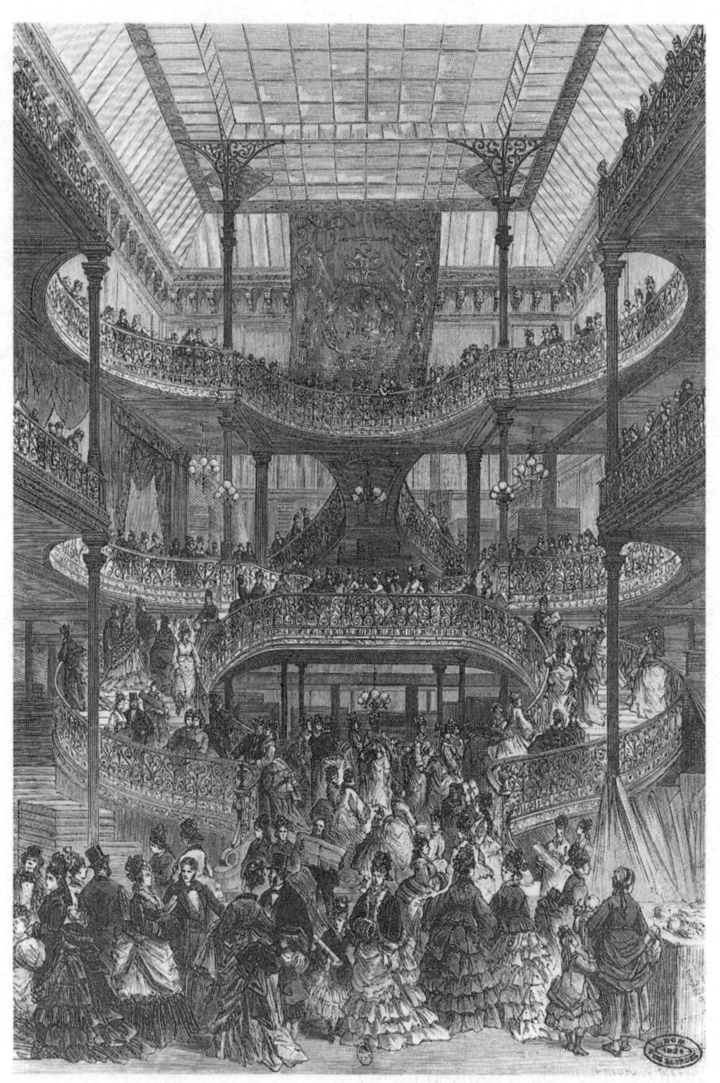

L'escalier du nouveau *Bon Marché*. Gravure de Deroy, 1870.

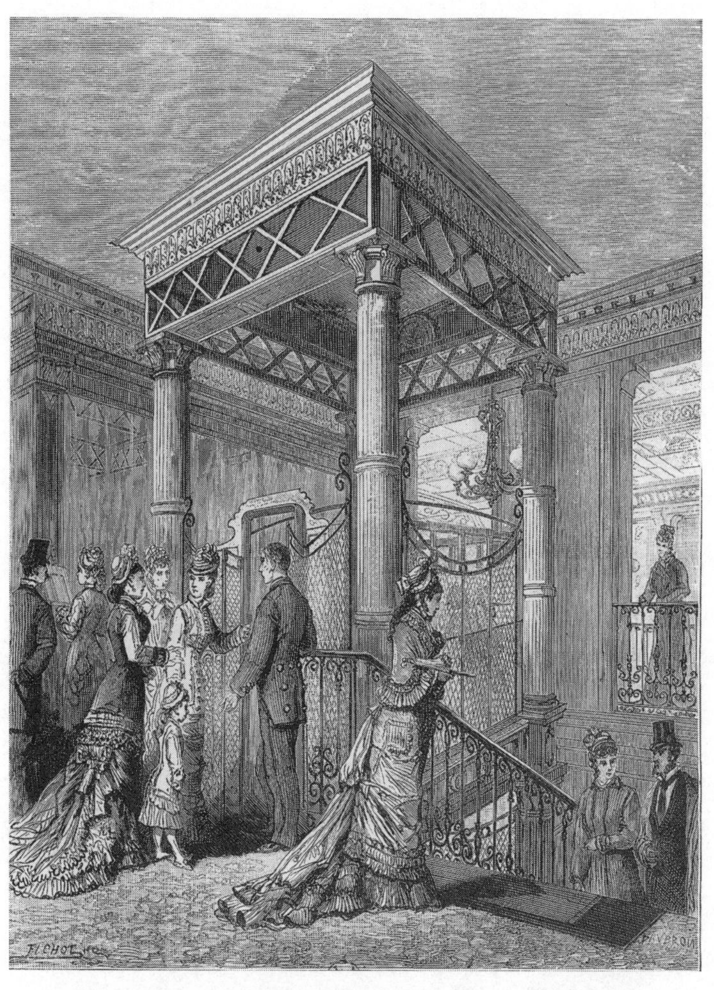

Les ascenseurs dans les grands magasins du Louvre, rue de Rivoli.
Lithographie de Michel-Charles Fichot, 1877.

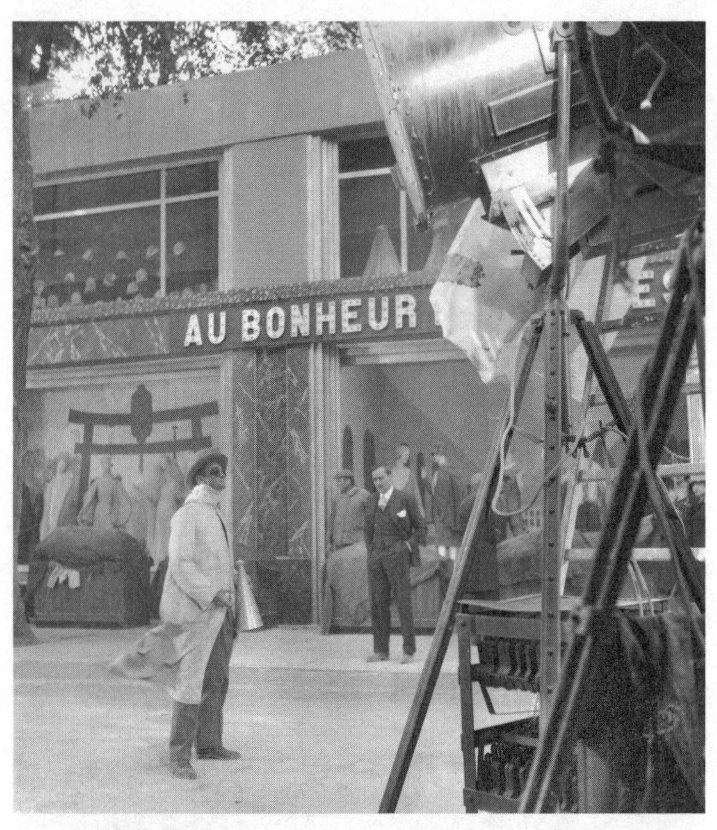

Julien Duvivier sur le tournage de son film, *Au Bonheur des Dames*, 1930.

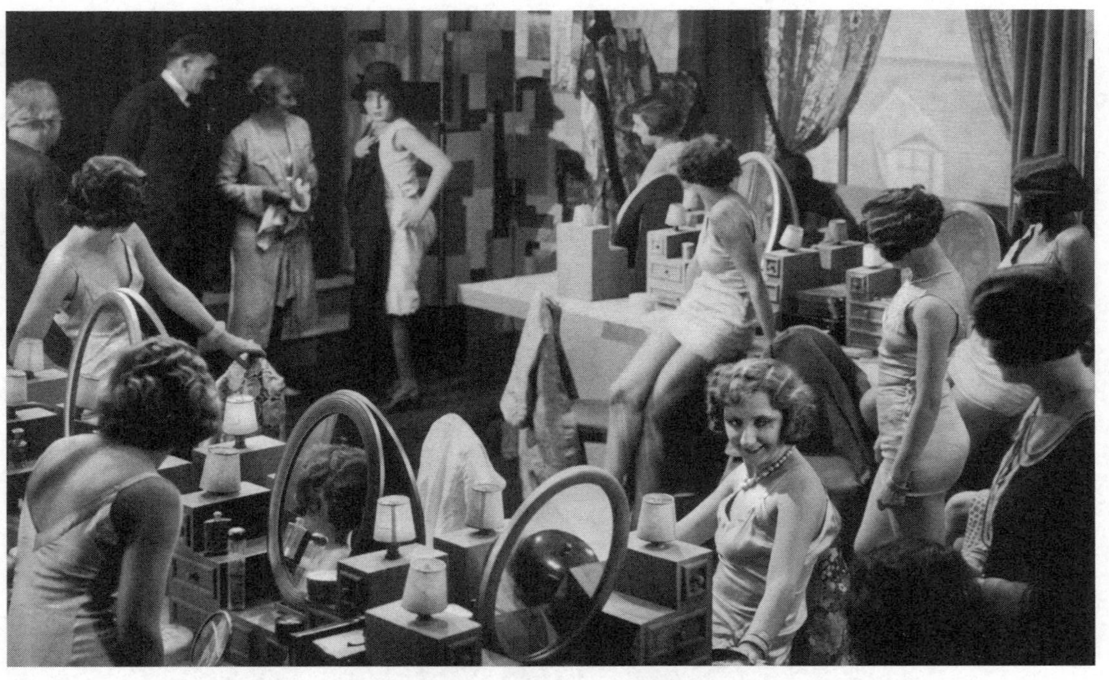

Au Bonheur des Dames, de Julien Duvivier, 1930. Avec Dita Parlo (Denise).

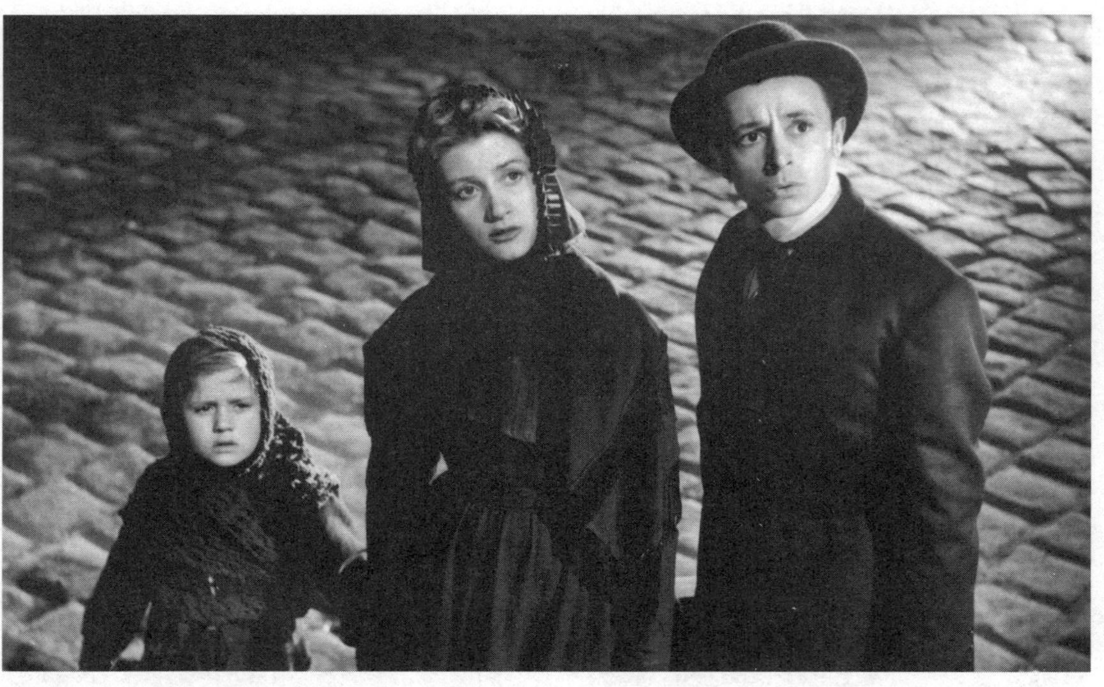

Au Bonheur des Dames, de André Cayatte, 1943. Denise (Blanchette Brunoy) et ses deux frères.

POUR APPROFONDIR

POUR APPROFONDIR

Clefs de lecture

La présentation du magasin

Chapitres I à III

p. 22 à 99

Compréhension

Une exposition rapide et efficace

- Montrer en quoi le titre donne l'une des clés du roman.
- Observer la progression de l'exposition et le dispositif de l'information tout au long des trois chapitres.
- Montrer que le roman est complètement lancé.

Le jeu des regards

- Observer la manière dont le narrateur s'efface derrière le personnage.
- Observer comment s'effectue la découverte du magasin.
- Observer le jeu des regards dans le magasin au chapitre II.
- Montrer comment le regard du baron sur Mouret évolue dans le chapitre III.

Analyse

L'art de débuter un roman

- Analyser la manière dont le schéma général d'oppositions est mis en place.
- Montrer en quoi le caractère et la position des personnages secondaires (Jean, Pépé, Baudu, sa femme et leur fille, Colomban pour la boutique, le personnel du magasin) préparent les chapitres suivants.
- Montrer comment est caractérisée la rencontre de Denise et d'Octave.
- Dégager la question principale de l'intrigue.

Le réalisme et le naturalisme

- Repérer les procédés réalistes en dégageant notamment l'ancrage historique et spatial et en soulignant le rôle des descriptions.

- Définir la dimension naturaliste de ce début de roman, en se souvenant que Zola conçoit le romancier comme un expérimentateur et que le roman doit avoir une fonction documentaire.

La mise en place d'une vision mythique

- Quelle métaphore principale métamorphose-t-elle le grand magasin ?
- Dire en quoi cette métaphore met en place une vision mythique.

À retenir :

En trois chapitres, le lecteur découvre avec l'héroïne un lieu précisément situé et magique à la fois ainsi que l'ensemble des personnages dont le destin va être déterminé par lui, ainsi que les projets d'Octave. Il est immédiatement emporté par une dynamique et séduit par la dimension mythique, source de poésie moderne.

Deux saisons dans la vie du magasin et les tribulations de Denise

Chapitres IV à VII

p. 99 à 211

Compréhension

Une chronologie dramatisée

- Repérer les indications chronologiques et le rythme du temps.
- Montrer comment la chronologie scande la progression de l'intrigue et la vie du magasin.
- Montrer comment le romancier maintient l'intérêt.

La description

- Montrer que la description érige le magasin en œuvre d'art.
- Montrer comment elle file ensuite la métaphore guerrière.

Clefs de lecture

- Montrer notamment le rapport entre la métaphore guerrière et les thèmes du désir et de la sexualité, dans le chapitre IV.
- Montrer comment la description de la partie de campagne du chapitre V reprend, sur un mode contrasté, celle de la vente.

Analyse

La mise en scène de la vente

- Montrer comment la première vente décrite dans le roman illustre les conceptions commerciales de Mouret.
- Identifier les registres présents lors de cette scène de vente.
- Dégager les points de vue en montrant leur variété.

Le roman d'amour

- Montrer que l'on est en présence d'une éducation sentimentale.
- Vérifier que l'auteur respecte les conventions du romanesque.

L'étude réaliste

- Observer le traitement réaliste de la vie de Denise et de celle des vendeuses.
- Observer l'étude réaliste du petit commerce.
- Montrer qu'il s'agit d'une étude sociale.

La convention romanesque

- Montrer comment le chapitre VII obéit à une structure dramatique.
- Définir le rôle de l'errance et du hasard dans la progression de l'intrigue.

À retenir :

Tout est parfaitement noué lorsque l'on parvient au milieu du roman, même si Denise n'a pas encore retrouvé sa place. Bien qu'il ne soit pas encore exprimé, l'amour lie le couple central. La puissance du grand magasin ne peut plus être contestée. Le petit commerce périclite sans recours.

Retour et victoire de Denise

Chapitre VIII à XII

p. 211 à 348

Compréhension

Relance et progression de l'intrigue

- Montrer que l'intrigue du roman combine extension du magasin et importance grandissante du thème sentimental.
- Montrer l'importance du thème de la rivalité amoureuse.

Un roman sociologique

- Observer la peinture des milieux.
- Observer la peinture des comportements.

Grand magasin et théorie sociale

- Montrer que les réformes préconisées par Denise renvoient à une théorie générale.
- Préciser la nature idéologique de celle-ci.

Analyse

L'art de la progression romanesque

- Repérer les choix du romancier.
- Montrer comment le romancier maintient l'intérêt de la lecture, alors que le dénouement semble bien programmé.

L'art des pauses dans l'action

- Observer la densité relative de l'action selon les chapitres.
- Montrer l'importance et l'intérêt des descriptions.

La peinture de la passion

- Observer comment Mouret est décrit dans le chapitre XII.
- Montrer le rôle de la jalousie de Mme Desforges dans le chapitre XI.

À retenir :

Le roman n'attend plus que sa conclusion. Si le chapitre XII semble repousser l'idée du mariage, au terme des péripéties menées jusqu'alors, le règne de Denise, les réformes engagées, les sentiments de Mouret se confortent mutuellement. L'éducation de l'héroïne est quasi achevée, l'évolution du héros parvient à son terme, le magasin est en passe de phagocyter tout le quartier.

Catastrophe au Vieil Elbeuf, *apothéose du* Bonheur des Dames *et bonheur amoureux*

Chapitres XIII et XIV

p. 349 à 413

Compréhension

Le double dénouement

- Montrer comment se résout l'opposition initialement posée entre petit et grand commerce.
- Justifier l'ampleur de la description dans le dernier chapitre et mettre en évidence la métamorphose du magasin en temple de l'amour et en cathédrale des temps modernes.

Analyse

Un espace remodelé

- Montrer l'importance de l'appropriation de l'espace.
- Situer ce thème dans les significations d'ensemble du roman et du traitement de l'espace parisien.

Une image contrastée de la femme

- Montrer que les femmes sont pour la plupart des victimes.
- Montrer en quoi la figure de Denise compense le tableau peu flatteur des femmes.

La religion moderne et le triomphe des valeurs matérielles et morales

- Relever la métaphore religieuse dans le chapitre XIV.
- En montrer l'importance idéologique.

Séduction et métaphore sexuelle

- Montrer que le rapport d'Octave avec la clientèle est celui d'un séducteur despotique.
- Repérer le champ lexical de la séduction.
- Analyser l'expression « la clientèle dépouillée, violée, s'en allait à moitié défaite » (p. 408).

La vie et la mort

- Montrer que les chapitres XIII et XIV opposent la mort d'un monde et le triomphe de la vie.
- Montrer que la notion de cycle naturel est appliquée ici à l'analyse du monde moderne.

À retenir :

Le dénouement du roman répond parfaitement à son ouverture. Les forts triomphent des faibles, les forces du progrès balaient les archaïsmes. Denise a conquis le magasin, mais se soumet à la volonté de l'homme aimé dont elle va partager la puissance. La note sentimentale adoucit donc cette dure loi de la compétition et consacre un couple harmonieux et complémentaire.

Genre, action, personnages

Le genre : Au Bonheur des Dames, *roman naturaliste*

Le roman du grand magasin

On pourrait voir dans le magasin le personnage principal. Lieu emblématique, il rassemble toute la dynamique d'une époque historique dans un espace à la fois clos et proliférant, magnétique, sidérant et contradictoire. Le lecteur se voit proposer une observation minutieuse, une analyse sociologique, une expérimentation fictive. Phénomène commercial, organisation économique et sociale se combinent avec une vision mythique qui dépasse de beaucoup la simple restitution. Le grand magasin se trouve présenté dans son développement, puisque son origine est rappelée et que l'intrigue du roman est en partie liée à sa croissance capitaliste et à son expansion géographique dont elle suit les phases commerciales (les grandes ventes). On a donc affaire à un roman du mouvement même de la modernité.

Entreprise de séduction, voire de sidération des clientes, et donc espace d'une guerre menée au nom du profit où les victoires se mesurent en chiffre d'affaires, le magasin est également un véritable champ de bataille où se déploie la logique darwinienne, celle de la lutte pour la vie. Concurrence, intéressement aux ventes, mobilisation des énergies, surveillance à tous les échelons : seuls les meilleurs peuvent tirer leur épingle du jeu, application brutale du principe du mérite, réduction de l'idéal démocratique et républicain. Plus largement, il concentre les évolutions de la société moderne. Étalage de l'abondance, affirmation des valeurs matérielles, nouvelles répartitions sociologiques (monde des employés, monde des clientes), nouveaux comportements, alliance de l'entrepreneur et du capital, nouveau mode d'aliénation… le monde de ce roman vieux de plus d'un siècle est familier au lecteur moderne.

Enfin, le roman édifie le grand magasin en espace mythique, à la fois labyrinthe, machine et cathédrale. On y erre, on s'y perd, on y est sacrifié au Minotaure de la vente. Comme dans *Germinal*, un monstre mythique semble dévorer les êtres : la femme, la chair affolée, se voit soutirer son argent ; elle est même contrainte de se donner symboliquement au monstre dévorant pour satisfaire les désirs artificiellement créés. Cette référence antique se combine avec une image moderne. En effet, dès le début du texte, Denise assimile le magasin à une « machine, fonctionnant à haute pression », une machine dont il est dit plus avant, dans le chapitre XIII, qu'elle est « lancée à toute vapeur, inconsciente des morts qu'elle peut faire en chemin ». Enfin, le magasin est explicitement comparé à une « cathédrale du commerce moderne » (chapitre IX), où se célèbre une « religion nouvelle » (chapitre XIV). Cette dimension mythique est parfaitement conforme à la perspective naturaliste zolienne.

Un roman de la femme

« Là apparaît le côté poème du livre : une vaste entreprise sur la femme, il faut que la femme soit reine dans le magasin, qu'elle s'y sente comme dans un temple élevé à sa gloire, pour sa jouissance et pour son triomphe. La toute-puissance de la femme, l'odeur de la femme domine tout le magasin. – Et l'idée d'Octave est là, plus ou moins consciente ou affichée » (*Ébauche du roman*). On retrouve cette idée dans le texte même du roman : « l'odeur de la femme, l'odeur de son linge et de sa nuque, de ses jupes et de sa chevelure, une odeur pénétrante, envahissante, qui semblait être l'encens de ce temple élevé au culte de son corps » (p. 253). Dans la perspective naturaliste, la femme est définie par ses sens ; dans *Au Bonheur des Dames*, l'étalage des marchandises l'exalte. Le dernier chapitre consacré à l'exposition du blanc est une véritable apothéose. Dans la cathédrale du commerce se célèbre le culte de la féminité ; la couleur blanche, symbole de virginité et de pureté dans la religion catholique, se trouve ici dévoyée, et la spiritualité laisse place à l'érotisme, exprimé de manière poétique, notamment avec la description de la « grande chambre d'amour » ou celle du comptoir de la lingerie féminine, tout empreinte de sensualité et quelque peu teintée de voyeurisme. On note la continuité logique de cette célébration vers la consécration du couple Denise-Octave.

Genre, action, personnages

Le narrateur

« Le romancier naturaliste affecte de disparaître complètement derrière l'action qu'il raconte » : dans *Les Romanciers naturalistes*, Zola affirme nettement que l'auteur doit s'effacer derrière un narrateur objectif. C'est le cas dans *Au Bonheur des Dames*, où on est en présence d'un narrateur externe, distinct des personnages. Un tel narrateur peut adopter différents points de vue appellés aussi « focalisations ».

La focalisation zéro lui permet d'expliciter le comportement de ses personnages sur lesquels il dispose d'un savoir exhaustif. Le narrateur est alors omniscient. Dans *Au Bonheur des Dames*, c'est lui qui présente les personnages, lui qui donne toutes les informations nécessaires au lecteur et met les pensées des personnages à nu.

Par la focalisation interne, le narrateur épouse le point de vue d'un personnage. Le lecteur voit donc les choses et perçoit les événements à travers la subjectivité fictive du personnage. Le narrateur peut adopter successivement le point de vue de plusieurs personnages. Dans la perspective naturaliste, on est donc en présence des motivations et des pensées des personnages, et, par conséquent, dans un roman naturaliste, la focalisation interne est fréquemment utilisée.

Le magasin est ainsi vu au début du roman par Denise et par son oncle ; la différence de leurs points de vue pose d'entrée de jeu le conflit central du roman. De même, le lecteur perçoit la marche du magasin grâce aux regards des différents employés, d'autant que les vendeurs sont en quelque sorte des observateurs par profession, s'évertuant constamment à deviner les désirs des clientes. Ensuite, l'évolution des perceptions des personnages entre dans la dramatisation de l'intrigue (le regard d'Octave posé sur Denise, de Denise sur Octave, celui d'Octave tout au long de la grande journée de vente, etc.). Enfin, elle permet au romancier de faire passer l'information documentaire par ce que voit (ou ce que dit) un personnage, au lieu de procéder par longs développements didactiques (ceux-ci ne sont pas totalement absents : la description des cuisines ou celle de l'architecture sont attribuables à un narrateur omniscient en focalisation zéro). Trois figures sont ainsi dispensatrices de savoir pour le lecteur : Denise, qui découvre le magasin, le parcourt dans son intégralité et qui observe également la boutique Baudu ; Baudu, qui raconte les origines du magasin et connaît le quartier par le menu ; Octave, qui inspecte son domaine et expose ses idées et ses vues.

La focalisation externe est celle d'un narrateur qui feint de ne rien savoir des motivations ou intentions d'un personnage, et qui se comporte donc comme un observateur extérieur. C'est une pratique assez rare dans le roman zolien. On peut en signaler un exemple à la fin du chapitre XIII, quand Bourras jette un dernier regard sur le tas de décombres de la boutique et « s'en [va] péniblement ». Le lecteur doit imaginer les sentiments et pensées du personnage quittant et la scène et le roman.

La place de la description

Narration et description se mêlent constamment dans le roman et *Au Bonheur des Dames* n'échappe pas à la règle. Alors que chez Balzac, elle est très fréquemment prise en charge par le narrateur omniscient, souvent, dans le roman zolien, la description intervient lorsqu'un personnage contemple ce qui l'entoure, et elle rend compte de sa vision. Elle donne à voir le paysage, le cadre, le milieu dans lequel évoluent les personnages, ainsi que les événements et les actions en cours.

Elle a d'abord une fonction que l'on qualifiera avec précaution de « réaliste », puisqu'elle crée l'illusion du réel. Elle offre au lecteur une grande quantité de détails sollicitant tous les sens et permettant de se représenter l'espace et la scène décrits. On en trouve de nombreux exemples dans le roman, ainsi le dîner à Joinville du chapitre V.

La description peut avoir une fonction narrative quand elle annonce la suite du récit. Les termes utilisés et les images suggèrent une évolution prévisible et se font prophétiques : on remarque notamment que les descriptions des petites boutiques annoncent leur inéluctable disparition prochaine.

La description exerce également une fonction symbolique quand elle révèle une émotion, une pensée ou une caractéristique psychologique du personnage à travers la peinture de paysages ou d'objets. Tout se passe comme si le lecteur était convié à partager la vision particulière du personnage et donc à le connaître de l'intérieur.

Enfin, la description a une fonction esthétique par excellence, visant à métamorphoser le « réel » suggéré en œuvre d'art. Lié à Cézanne durant son adolescence, fréquentant le milieu des artistes parisiens, se tournant ensuite vers Courbet, militant pour le Salon des refusés en 1866, défendant Manet, Zola traite un certain nombre de sujets identiques à ceux des peintres contemporains, comme le spectacle de la ville, depuis les scènes de rue jusqu'aux théâtres en passant par les gares. Il s'agit de rendre compte de la poésie du monde moderne. Dans *Au Bonheur des Dames*, on peut privilégier le tableau des étalages ou la fresque de l'exposition du blanc. Le romancier s'attache à restituer les jeux de lumière, les reflets, les couleurs ou leurs nuances, les volumes, les textures, tout en leur donnant le mouvement et la vie.

L'action et la structure

Les lignes de force de l'intrigue

Tout se met en place entre l'arrivée à Paris d'une jeune provinciale accompagnée de ses jeunes frères et un mariage annoncé. On a donc affaire à l'histoire d'une réussite féminine individuelle. Ensuite, le roman est dynamisé à la fois par l'opposition entre le petit commerce traditionnel et le grand magasin, puis par l'expansion commerciale de celui-ci. Enfin, le récit tend vers l'heureuse conclusion d'une histoire d'amour entre la provinciale devenue vendeuse émérite et le patron du magasin.

Un roman d'apprentissage au féminin

L'héroïne en passe par des étapes bien marquées, disposées le long d'un parcours d'apprentissage qui englobe tous les aspects de l'histoire individuelle du personnage, y compris son appropriation progressive de l'espace.

Tout d'abord, les débuts difficiles : ne pouvant trouver une place dans la boutique de son oncle dont les affaires vont mal, Denise Baudu va se faire engager au rayon des confections du *Bonheur des Dames*, introduite par un ami de son oncle qui y travaille et malgré l'avis défavorable du patron, Octave Mouret. Denise est raillée par les autres vendeuses qui la privent de ventes importantes ; elle connaît de grosses difficultés financières et décide de travailler de nuit (Robineau, du rayon des soieries, l'y aide).

Puis ce sont les débuts d'une éducation sentimentale. Pauline Cugnot, du rayon lingerie, lui conseille de prendre un amant qui l'aiderait financièrement ; mais elle ne peut s'y résoudre ; elle s'intéresse un peu à Hutin, quand une complicité s'installe entre elle et Mouret. L'inspecteur Jouve remarque qu'elle voit souvent Robineau ; mais il n'en dit rien à Bourdoncle, tyrannique adjoint de Mouret chargé des licenciements et qui n'apprécie guère Denise. Jouve espère en vain tirer profit de son silence ; surprenant Denise avec Jean, il la dénonce à Bourdoncle, qui la renvoie sans en référer à Mouret ; ce dernier s'emporte, trahissant ainsi son attachement pour Denise. Mais cette dernière est tout de même congédiée.

Dans la troisième phase, Denise va de place en place ; chez Bourras d'abord, un artisan fabricant de parapluies, puis chez Robineau qui s'est mis à son compte et, aidé de Gaujean, un tisserand lyonnais, tente de concurrencer les soieries de Mouret ; ce dernier n'hésite pas à vendre à perte pour ruiner Robineau.

Quatrième étape, les retrouvailles avec Octave. Denise le rencontre alors qu'il se rend chez Mme Desforges, sa maîtresse, pour discuter avec le baron Hartmann, un important financier parisien. Lors d'une promenade, Octave lui propose de réintégrer le *Bonheur des Dames*.

Dernier temps décisif, le retour triomphal. Vendeuse appointée, Denise devient l'objet de tous les regards. Pauline aiguise sa jalousie en lui décrivant la relation de Mouret avec une vendeuse, Clara

Prunaire. Deloche, vendeur au rayon dentelles est un amoureux transi. Mme Desforges, accompagnée de Bouthemont, ambitieux commis aux soieries, vient au magasin pour l'humilier ; en vain : Mouret promeut Denise le soir même. Le jour de l'inventaire, il l'invite à dîner ; elle refuse, sachant ce qu'il en est du « dessert ». Toutes les avances de Mouret échouent. Ce dernier rompt avec Mme Desforges, qui s'ingénie à humilier Denise ; il comprend enfin que Denise ne demande qu'à être aimée et non achetée. Torturé par une jalousie alimentée par Bourdoncle qui lui fait croire que Denise a plusieurs amants, Mouret fait une terrible scène à cette dernière, qui manque de quitter le magasin. Octave l'en empêche et lui offre une nouvelle promotion, la confection pour enfants. Un jour de grande vente du blanc, il la demande en mariage. Elle refuse, puis finit par accepter.

Un roman d'amour

Il suffit de lire ce que Zola énonce lui-même le 10 octobre 1882 : « Le côté passion, le plus important, est représenté par une jeune fille, Denise, qui débarque à Paris avec ses deux jeunes frères. Elle entre au « Bonheur des Dames » où elle endure toutes les souffrances du début, puis le fondateur de la maison, Octave Mouret, tombe amoureux d'elle ; et alors commence l'antagonisme que j'ai voulu établir. Cet Octave Mouret a basé sa grande affaire sur l'exploitation de la femme ; il spécule sur sa coquetterie, il flatte ses clientes, les installe chez lui comme des reines, pour mieux vider leurs bourses. Et le voilà amoureux d'une petite fille qui va venger toutes les femmes. Lui qui ne croyait qu'à la force, qui plaisantait l'amour, le voilà aux pieds de Denise, se mourant de passion. D'abord il a voulu en faire sa maîtresse. Puis, sur le refus de la jeune fille, il en vient peu à peu à l'épouser, après lui avoir donné dans sa maison des positions de plus en plus élevées. Elle l'a vaincu par sa simplicité et son honnêteté. Je le répète, c'est la revanche de la femme. Mouret, qui a gagné une immense fortune, souffre affreusement et donne tout pour être aimé de Denise. »

On voit donc que le roman entend traiter de l'amour, de sa place dans une société dominée par la passion des choses matérielles et qui évalue les rapports humains en termes marchands. L'intrigue amoureuse se trouve facilitée par la proximité professionnelle et le parallélisme des parcours individuels. Octave, « self made man », individu entreprenant, figure du mérite, donne sa chance à une vendeuse. L'amour passion redouble la passion pour le métier et la fascination pour la dynamique du commerce.

Pourtant, pour que cet amour s'accomplisse, il faut qu'Octave se convertisse aux valeurs de l'amour passion. Séducteur vulgaire, méprisant la femme, fondant le profit sur ce mépris même, Octave est en harmonie avec une entreprise qui semble exclure l'amour idéalisé. Il lui faudra reconnaître les qualités humaines et professionnelles de Denise, ses vertus féminines, sa supériorité en un mot. Dès lors, leur union apparaît comme une instance d'humanisation dans un univers impitoyable.

De là une possible ambiguïté : doit-on voir dans *Au Bonheur des Dames* une consécration de l'amour et une victoire de la femme, comme le proclame Zola dans le texte cité ci-dessus, ou bien l'apothéose d'une convention romanesque où triomphe le lieu commun de l'amour entre le patron et l'employée ?

D'un côté, le roman insiste sur l'égalité de la femme et de l'homme. Denise témoigne d'intelligence et elle fait naître une sincère estime chez Octave. Puis, à partir du chapitre XII, Octave entrevoit l'amour comme une force transcendant les valeurs matérielles ; il n'aura de cesse de penser à Denise. Il a quitté le royaume de la transaction permanente pour celui de l'absolu de la passion.

D'un autre côté, le roman se veut résolument optimiste en dépit de la catastrophe qui engloutit le petit commerce. Il présente l'amour comme la source de l'humanisation du grand magasin, et, plus largement, du système du profit. *Au Bonheur des Dames* prend alors une dimension utopique. La conjonction d'une héroïne toute de grâce et de vertu, d'une histoire édifiante et d'une leçon de mérite en font une sorte de conte.

Genre, action, personnages

Un roman du progrès

On pourrait voir dans *Au Bonheur des Dames* l'illustration romanesque des intentions fondatrices du grand magasin dans la France du XIXe siècle, conçu comme une manière de phalanstère fouriériste, une microsociété harmonieuse fédérant les énergies, dont celle de l'amour, , et favorisant l'épanouissement de chacun. Amour et progrès s'y combineraient justement.

Le progrès est le mythe de la seconde moitié du XIXe siècle auquel souscrit pleinement Zola. Plusieurs de ses personnages y adhèrent, soit de manière quasi utopique et vouée à l'échec, comme Saccard, soit de manière plus positive comme Octave Mouret. Le naturalisme paraît un progrès à Zola, tant sur le plan esthétique et littéraire que sur le plan moral. En matière politique et sociale, Zola définit une perspective à la fois scientifique et mythique.

Dans *Au Bonheur des Dames*, le progrès se lit dans les étapes de l'agrandissement spatial du magasin, et se quantifie par la progression des recettes (80 742,10 francs au chapitre IV ; 587 210,30 francs au chapitre IX, 1 000 247, 95 francs au chapitre XIV). Il s'exprime également dans les discours visionnaires d'Octave ; il se manifeste enfin dans l'écrasement du petit commerce, victime de son archaïsme.

Une structure efficace

Déterminée historiquement par la dynamique commerciale (la lutte du grand contre le petit commerce), l'intrigue est rythmée par le parcours de Denise qui fait le lien entre ces deux univers, elle-même ne cessant de naviguer de l'un à l'autre. Ce lien est secondairement redoublé par le parcours de Robineau, par la montée en puissance de l'ambition professionnelle d'Octave, par les grandes ventes et par les progrès de l'amour entre les héros : les ventes et l'amour s'y trouvent corrélés, puisque la déclaration d'Octave intervient lors de l'exposition du blanc, qui n'est pas sans évoquer la couleur du mariage.

Dès lors, des scènes parallèles (celle des ventes) et des scènes antithétiques (le début et la fin du roman) se mettent en place, soulignant l'évolution de Denise. On remarque aussi que les reprises de scènes se font selon une gradation chargée de mettre en évidence une irrésistible ascension : il en est ainsi des trois grandes ventes des chapitres IV, IX et XIV, situées dans un magasin de plus en plus étendu, tout comme des deux inspections d'Octave des chapitres II et XII et de ses deux visites chez Mme Desforges où il expose ses projets et chante l'hymne au progrès (chapitres III et IX) ; ces moments du récit sont directement reliés aux trois visites de Denise chez les Baudu (chapitres I, VIII et XIII) à l'occasion desquelles se donne à voir la dégradation de la boutique ; le tout aboutissant à la mort de Geneviève et de sa mère, dont la signification symbolique est évidente.

S'opposent donc tout au long du roman deux conceptions du commerce et de la vie elle-même : une image passéiste et sclérosée contre une vision d'avenir, inventive et énergique.

La chronologie interne

L'intrigue du *Bonheur des Dames* se déroule d'un lundi du début d'octobre 1864 à un lundi de février 1869. Les premiers chapitres relatent l'histoire du magasin, celle de Mouret, celle de Baudu. Sauf exception, et selon son habitude dans la plupart des romans des *Rougon-Macquart*, Zola ne donne pas de précision de dates, se contentant le plus souvent d'expressions du type : « La douce et pâle journée d'octobre », « Le lendemain à sept heures et demie ». Seules quelques références à des événements comme la percée de la rue du 10-Décembre, réalisée en 1868-1869, ancrent le récit dans la réalité (fin du chapitre XII).

On peut cependant établir une chronologie assez détaillée du roman :
– chapitre I : début octobre 1864 ;
– chapitre II : le lendemain matin ;
– chapitre III : samedi 8 octobre, à l'heure du thé ;
– chapitre IV : lundi 10 octobre ;
– chapitre V : octobre - juin 1865 ;
– chapitre VI : 20 juillet 1865 ;

– chapitre VII : juillet 1865 - juillet 1866 ;
– chapitre VIII : juillet 1866 - mars 1867 ;
– chapitre IX : 14 mars 1867 ;
– chapitre X : premier dimanche d'août 1867 ;
– chapitre XI : fin octobre à début novembre 1867, à l'heure du thé ;
– chapitre XII : 25 septembre à octobre 1868 ;
– chapitre XIII : novembre 1868 à février 1869 ;
– chapitre XIV : un lundi de février 1869.

On constate donc que les 3 chapitres II, III et XI occupent quelques heures, que les 6 chapitres I, IV, VI, IX, X et XIV se déroulent sur une journée (ce sont pourtant les plus longs) et que les 5 chapitres VII, VIII, XII et XIII s'étendent sur une période allant de deux à douze mois.

La structure privilégie donc les temps forts, entre lesquels le récit résume les événements : « ce furent d'abord deux mois de terrible gêne » (p. 189), « juillet fut très chaud » (p. 206), ou laisse des blancs dans la chronologie, comme entre les chapitres II et III. Le travail sur le temps de la fiction est donc bien une réorganisation de la réalité.

Le traitement de l'espace : agrandissement et disparition des boutiques

L'espace parisien choisi, celui de la rue de la Michodière, se répartit en deux ensembles : les lieux du petit commerce, disposé en boutiques étriquées, sombres et poussiéreuses et le grand magasin, étendu, bien éclairé, ouvert sur la rue et gagnant sans cesse du terrain.

Au croisement de la rue de la Michodière et de la rue Neuve-Saint-Augustin, donnant sur la place Gaillon, s'étendant ensuite sur la rue de Monsigny et profitant du percement de la rue du 10-Décembre pour s'agrandir, le grand magasin est significativement situé à un carrefour, ce qui accentue le principe dynamique de l'échange ; il se déploie dans un Paris en pleine restructuration depuis les travaux d'Haussmann (évoqués dans *La Curée*, 1871). C'est un terrain idéal pour un aventurier moderne.

Le thème de l'agrandissement constitue une ligne de force de l'intrigue : en octobre 1864, au moment de la vente des nouveautés d'hiver, le magasin occupe l'encoignure des rues de la Michodière et Neuve-Saint-Augustin et comporte 19 rayons, 403 employés, avec un chiffre d'affaires de 2 millions de francs (6 millions d'euros). En mars 1867, lors de la vente des nouveautés d'été, il a une troisième façade sur la rue de Monsigny, 39 rayons, 1 800 employés, 80 millions de chiffre d'affaires (240 millions d'euros). Plusieurs boutiques du quartier ferment. En février 1869, c'est la vente du blanc : le magasin occupe tout le pâté de maison, possède une façade rue du 10-Décembre, 50 rayons, 3 045 employés, 100 millions de chiffre d'affaires (300 millions d'euros). Baudu a dû mettre la clef sous la porte, la boutique de Bourras est détruite, *Les Quatre Saisons* de Bouthemont brûlent.

Expansion en surface, expansion par la publicité et la vente par correspondance, expansion en hauteur à l'aide des nouvelles techniques utilisant le verre et le fer, expansion par l'illusion créée à l'aide des miroirs et des éclairages, la multiplication et la disposition des rayons, vitrines et étalages : la croissance semble infinie. L'espace du magasin devient à la fois « un microcosme, une nouvelle Babel de la Babylone moderne, une exposition universelle » (C. Becker), un poème en prose où se combinent architecture novatrice, décoration, jeux de lumières et de couleurs. L'ensemble constitue une immense machine à vendre, faite pour étourdir les acheteuses.

Dominant l'espace du magasin, le patron l'organise et l'embrasse dans sa totalité. En tant que général de cette armée d'employés, il exerce le pouvoir du stratège. Il est le maître.

Denise apprend progressivement à se reconnaître et à se situer dans l'espace initialement intimidant et déconcertant du magasin. Son ascension professionnelle se traduit par une amélioration de son espace personnel et de travail, de la petite chambre bruyante des débuts à la chambre plus grande qu'elle peut décorer, de l'assignation à un rayon à la libre circulation, voire à la sortie hors du magasin durant les heures d'ouverture. Elle finit par partager l'espace du maître Mouret, et, comme associée, à participer à l'organisation et au fonctionnement du lieu.

Genre, action, personnages

Les petits commerçants perdent peu à peu leurs boutiques et donc leur espace propre. Cette perte, conséquence de leur ruine, signifie leur mort réelle ou symbolique (Bourras devient fou). La lutte pour la vie est d'abord la lutte pour l'espace vital personnel.

L'opposition symbolique entre un espace « euphorique » et un espace « dysphorique » (C. Becker), celui de l'expansion et celui de la disparition, est liée à celle qui se joue entre deux systèmes de personnages, les forts et les faibles, les modernes et les anciens.

Les personnages

Le couple central

Denise Baudu

Denise est dès l'origine conçue comme « une figure d'honnêteté, luttant » (Ébauche du roman). Ni sotte, ni perverse, ni soumise, elle occupe une place particulière dans le système des personnages féminins zoliens. Son portrait est peu développé : une bouche un peu grande, des yeux gris, des cheveux magnifiques. Dotée d'un « charme secret » d'emblée décelé par Octave, elle se remarque avant tout par sa personnalité.

Denise incarne le type de l'idéal féminin zolien – charme, douceur, discrétion, volonté, courage, simplicité, dévouement, bonté, indulgence, compassion – et combine les vertus de la mère, de la sœur et de l'épouse. Personnage modèle non affecté par la liberté de mœurs ambiante ou par la sophistication exaltée par le grand magasin, elle représente la femme travailleuse et méritante échappant aux dangers de la corruption ou de la débauche, sans pour autant user de pruderie ou d'affectation. Denise conserve la saveur de son origine provinciale, comparable à Mme Hédouin sur certains aspects, donnant, tout comme cette dernière, une image positive de la femme au travail. Tout en déplorant les effets de la « mécanique à écraser le monde », elle partage les valeurs du temps et approuve la loi du profit, non qu'elle les théorise, mais parce que son intuition la convainc de leur validité.

Ouvrant la fiction, lui donnant par son aveu d'amour sa conclusion euphorique, mêlée à toutes les intrigues, traversant les différents milieux, référence principale de la plupart des employés (Pauline, Deloche, Hutin), Denise se place au centre de leurs préoccupations (haine de Bourdoncle, le désir de Jouve), comme au cœur des tensions dramatiques (entre Mouret et Mme Desforges, entre Mouret et Bourdoncle) ; objet du désir douloureux d'Octave, elle est le seul personnage unissant tous les mondes du roman : la boutique, le grand magasin, le salon de Mme Desforges. Son point de vue est primordial, tant le narrateur lui délègue le sien.

Octave Mouret

Dans la lignée des Mouret, c'est le fils de François Mouret, né en 1817, et de la cousine de ce dernier, Marthe Rougon. Il a un frère, Serge, et une sœur, Désirée.

Né en 1840, Octave figure dans *La Conquête de Plassans, Pot-Bouille, La Joie de vivre, L'Œuvre, Le Docteur Pascal, Au Bonheur des Dames*. Monté à Paris après avoir raté son baccalauréat et doté d'un bon sens du commerce, il entend parvenir par les femmes. En 1865, il épouse la patronne du *Bonheur des Dames*, Caroline Hédouin, qui lui offre l'occasion d'une association. Il hérite du magasin. Octave porte un nom d'empereur romain – Auguste, le premier empereur de Rome, se prénommait Octave – et fait figure de conquérant, à l'instar d'autres personnages des *Rougon-Macquart*, comme Saccard (*La Curée*, *L'Argent*). Parfaitement en phase avec son époque, il cumule les qualités : prestance, élégance, éloquence, gaieté, optimisme, imagination, énergie, fantaisie, et incarne le type du Méridional, selon le cœur de Zola, qui lui confère la puissance de ses propres aspirations. Homme pratique, raisonnable, logique, audacieux, innovateur, ambitieux, passionné, homme d'action et de réflexion à la fois, il possède une vive intelligence. On peut voir en lui, comme en Saccard, un « poète des affaires » (C. Becker). Conformément au cahier des charges naturaliste, c'est un tempérament, doté du goût de la vie et d'appétits charnels savamment dosés.

Figure de patron, il met en œuvre une stratégie efficace pour satisfaire une clientèle avide de plaisirs et pour améliorer la rentabilité du travail. Grâce aux primes, aux avantages et à l'intéressement aux bénéfices, il contraint ses employés à adhérer pleinement aux objectifs qu'il leur fixe. Il met en rapport ses passions propres et celles de la clientèle. Maître et ordonnateur d'un système, il veille constamment à sa bonne marche. Dans la vision zolienne, il incarne le dynamisme du siècle. Sa réussite est bien celle d'un mouvement ascendant.

Le couple se fonde sur une attirance sentimentale réciproque. Octave est séduit par une femme différente de ses conquêtes faciles et des bourgeoises qu'il fréquente, notamment Mme Desforges. Denise voit en lui un génie tout de mâle énergie. En outre, leur union est celle de deux acteurs de la vie économique partageant les mêmes conceptions. La pitié de l'une compense la vision conquérante de l'autre. Figures d'ordre, ils visent tous deux l'efficacité. Denise est donc qualifiée pour succéder à Mme Hédouin.

Zola reprendra cette configuration de couple dans *L'Argent* (1890) : il placera aux côtés du spéculateur Saccard une femme de tête, Caroline ; peu érotisée par la fiction, cette dernière, à l'image de Denise, tempérera les excès du conquérant.

Les figures secondaires

Elles sont légion, en raison du cadre choisi. La description de la vie du grand magasin implique en effet que soient dénombrés le peuple des vendeurs et vendeuses ainsi que la foule des clientes. Ces personnages sont peu caractérisés. Quelques traits suffisent pour définir un caractère dominant. De plus, ces figures importent plus pour leur portée symbolique que pour leur spectre psychologique.

On peut distinguer cinq groupes principaux :

La famille et l'entourage des Baudu

Les deux frères de Denise, Jean, âgé de 16 ans, et Pépé, 5 ans ; l'oncle de Denise, et Elisabeth, sa tante, poussés à la ruine par le grand magasin ; Geneviève, leur fille, qui meurt ; Colomban, leur commis, fiancé de Geneviève, qui tombe amoureux d'une vendeuse du *Bonheur des Dames*, Clara Prunaire, et passe ainsi d'un monde à l'autre. Le drapier Baudu représente la quintessence d'un petit commerce auquel il est viscéralement attaché, mais qui est condamné.

L'entourage d'Octave

L'élégante Henriette Desforges, riche et jeune veuve, sa maîtresse ; le baron Hartmann, son protecteur et banquier, qui prête de l'argent à Octave pour agrandir le magasin ; Paul de Vallagnosc, ancien camarade de lycée, représentant de l'aristocratie déclinante. Ajoutons Duvillard, propriétaire d'un hôtel luxueux qu'il vend à Octave. Zola oppose nettement Octave et Paul. Ce dernier est modelé par l'enseignement qu'il a reçu à Plassans, par l'attachement à des valeurs désuètes et par son pessimisme.

Le personnel du *Bonheur des Dames*

Il s'agit de proposer un ensemble de types. Zola entend situer des positions à l'intérieur d'une hiérarchie et dépeindre une catégorie de femmes tout à la fois vêtues de soie et exploitées, une sorte d'intermédiaire « entre l'ouvrière et la dame », afin de décrire les difficultés engendrées par les conditions de travail ; le dispositif s'organise autour de Denise, la figure centrale. Bourdoncle, le sous-directeur, est l'homme de confiance d'Octave, hostile à Denise ; Jouve, le militaire à la retraite, est l'inspecteur du magasin ; Bouthemont, le premier vendeur aux soieries, est licencié ; il fondera un grand magasin ; Mme Cabin, qui surveille les vendeuses et nettoie leurs chambres ; Campion, responsable des livraisons ; Pauline Cugnot, vendeuse à la lingerie, amie de Denise ; son amant Baugé est vendeur au *Bon Marché*, elle l'épouse et il est embauché au *Bonheur* ; Deloche, vendeur aux dentelles, est amoureux de Denise ; il se trouve licencié quand il se fait voler par Mme de Boves ; Favier, vendeur aux soieries ; Mme Frédéric, seconde aux confections ; Hutin, vendeur aux soieries ; Aurélie Lhomme, première aux confections, et son mari, caissier ; Albert, leur fils, caissier, qui se livre à divers trafics ; Joseph, son frère de lait, qui fait les paquets ; Liénard, vendeur aux lainages ; Mignot, vendeur à la ganterie, complice d'Albert ; licencié, il devient courtier ; Clara Prunaire, vendeuse aux confections, maîtresse d'Octave ; Robineau, second aux soieries, qui se met à son compte ; Marguerite Vadon, vendeuse aux confections.

La clientèle du magasin

Elle comporte essentiellement des femmes de la petite et de la moyenne bourgeoisie, désireuses d'acquérir les signes d'une promotion sociale et de se donner les moyens de paraître, puisque le luxe leur est accessible grâce aux prix pratiqués par le magasin. On dénombre ainsi l'acheteuse avisée Mme Bourdelais, amie de Mme Desforges, laquelle, bourgeoise huppée et élégante, n'achète que quelques articles ; Mme de Boves, qui vole des dentelles, son mari et leur fille ; Mme Guibal, qui use à plein de la technique des rendus ; Mme Marty, atteinte de frénésie acheteuse. Zola compose un tableau sociologique dans lequel il distingue quelques types d'acheteuses ; il décrit les conséquences physiques et morales découlant de la « fièvre acheteuse » d'une clientèle aux prises avec le culte de la mode ; dans ce tableau, le magasin fait figure de temple.

Les petits commerçants

Les Baudu ; Bourras, le bourru, comme le suggère son nom, artisan talentueux, marchand de cannes et de parapluies, victime, comme son art, des temps modernes ; Gaujean, fabricant de soieries, associé de Robineau ; ce dernier, ancien vendeur au *Bonheur*, tente d'appliquer les méthodes de Mouret ; il pourrait ainsi renouveler le petit commerce. Acculé à la faillite, il tente de se suicider, alors que sa femme attend un bébé. Exemplaire, il tire la leçon du roman : « Non, voyez-vous Gaujean, c'est la fin d'un monde. »

L'œuvre : origines et prolongements

L'arbre généalogique des Rougon-Macquart

PUBLIÉ pour la première fois dans *Le Bien public* du 5 janvier 1878, mais élaboré dès 1868, il situe tous les principaux personnages en fonction de leurs liens familiaux. Zola a donc prévu tous les romans à venir et a établi les rapports avec ceux déjà écrits.

OCTAVE MOURET est issu de l'union de François Mouret et de sa cousine Marthe Rougon. François Mouret a pour mère Ursule Macquart, fille des amours adultères d'Adélaïde Fouque, épouse Rougon, l'ancêtre de tout le clan, avec Macquart. Il a pour père le chapelier Mouret. Marthe Rougon est la fille de Pierre Rougon et de Félicité Puech. Pierre Rougon est le héros de *La Fortune des Rougon*, qui prend le pouvoir à Plassans lors du coup d'État de Louis Napoléon Bonaparte. On voit donc qu'Octave a la double hérédité des Rougon et des Macquart. Il a un frère, Serge, héros de *La Faute de l'abbé Mouret* (1875), et une sœur, Désirée, qui figure dans ce même roman.

La conception

EN 1871, la préface générale des *Rougon-Macquart* définit le projet d'ensemble : « Je veux expliquer comment une famille, un petit groupe d'êtres, se comporte, dans une société, en s'épanouissant pour donner naissance à dix, à vingt individus qui paraissent, au premier coup d'œil, profondément dissemblables, mais que l'analyse montre intimement liés les uns aux autres. L'hérédité a ses lois, comme la pesanteur.

[...] LES *ROUGON-MACQUART*, le groupe, la famille que je me propose d'étudier a pour caractéristique le débordement des appétits, le large soulèvement de notre âge qui se rue aux jouissances. Physiologiquement, ils sont la lente succession des accidents nerveux et sanguins qui se déclarent dans une race, à la suite d'une première lésion organique, et qui déterminent, selon les milieux, chez chacun des individus de cette race, les sentiments, les désirs, les passions, toutes les manifestations humaines, naturelles et instinctives

Pour approfondir

dont les produits prennent les noms convenus de vertus et de vices. Historiquement, ils partent du peuple, ils s'irradient dans toute la société contemporaine, ils montent à toutes les situations par cette impulsion essentiellement moderne que reçoivent les basses classes en marche à travers le corps social, et ils racontent ainsi le second Empire à l'aide de leurs drames individuels, du guet-apens du coup d'État à la trahison de Sedan. »

Il s'agit donc de brosser le tableau de la société française sous le second Empire au moyen des aventures individuelles des membres de la famille. Un tel tableau doit faire apparaître les aspects les plus novateurs définissant la modernité. Parmi ceux-ci figurent des foyers d'énergie où circule la vie sociale. Ainsi Zola situe-t-il un roman aux Halles, *Le Ventre de Paris*. De même, le grand magasin, cette création de la seconde moitié du XIXe siècle, ne pouvait être absent du panorama. Dès l'élaboration du projet, Zola prévoit un roman consacré au « haut commerce », et particulièrement celui des « nouveautés », tel qu'il se pratiquait dans les grands magasins. Il a constaté dès son arrivée à Paris que ce nouveau type d'établissement était né des mutations de l'urbanisme et de la société.

D'un côté, il s'agit de reprendre un sujet balzacien traité dans *La Maison du chat-qui-pelote* (1829), roman de la boutique et dans *César Birotteau* (1837), roman de la réclame et de l'expansion commerciale, dont Zola avait écrit en décembre 1876, dans *Le Messager de l'Europe* : « César Birotteau est aussi grand dans sa boutique de parfumerie que les héros d'Homère devant Troie » ; mais il s'agit surtout de décrire la puissance nouvelle d'un commerce ayant compris les pulsions désirantes de sa clientèle. Par ailleurs, Zola arrivé à Paris en 1858 dans une capitale bouleversée par les grands travaux d'Haussmann, a travaillé chez Hachette, maison d'édition en pleine expansion et qui bénéficie du percement du boulevard Saint-Germain. Il est donc parfaitement au fait de cette modernité.

Dans *Le Ventre de Paris* (1873), Zola a déjà mis en scène le commerce, notamment la charcuterie moderne de Lisa Quenu, située près des Halles, rue Rambuteau, et il y a décrit les nouvelles conceptions de l'étalage.

ENFIN, Zola s'est intéressé aux aspects humains et sociaux de la mutation du commerce. Il décrit la vie des commis, les calicots (*Le Messager de l'Europe*, juin 1878), puis les « types de femmes en France », notamment les marchandes, les patronnes d'entreprise ; pour finir il revient sur les femmes travailleuses, ces héroïnes des classes moyennes, dans *Le Figaro* du 18 avril 1881.

Le travail préparatoire et la rédaction du Bonheur des Dames

LE 5 FÉVRIER 1880, Zola fait annoncer dans *Le Voltaire* qu'il se propose de peindre « le tableau, saisissant et nouveau, de ces grands bazars modernes qui ont, depuis quelques années, transformé les habitudes parisiennes ». À propos de ce onzième roman, Zola déclare qu'il veut « faire le poème de l'activité moderne. Donc, changement complet de philosophie : plus de pessimisme d'abord, ne pas conclure à la bêtise et à la mélancolie de la vie, conclure au contraire à son continuel labeur, à la puissance et à la gaieté de son enfantement. En un mot, aller avec le siècle, exprimer le siècle qui est un siècle d'action et de conquête, d'efforts dans tous les sens [...] Ensuite, comme conséquence, montrer la joie de l'action et le plaisir de l'existence ; il y a certainement des gens heureux de vivre, dont les jouissances ne ratent pas et qui se gorgent de bonheur et de succès : ce sont ces gens-là que je veux peindre, pour avoir l'autre face de la vérité, et pour être ainsi complet ; car *Pot-Bouille* et les autres suffisent pour montrer les médiocrités et les avortements de l'existence » (Ébauche du roman).

COMME À SON HABITUDE, Zola commence par effectuer des observations minutieuses, consignées dans les notes préparatoires, qui représentent 384 pages de carnets. Celles-ci concernent le *Bon Marché*, les *Grands Magasins du Louvre*, *À la Place Clichy*. L'écrivain enquête pendant deux mois en février et mars 1882, et il s'entretient notamment avec Beauchamp et Fèvre – ancien chef de comptoir et ancien sous-directeur du *Louvre* –, Karcher, secrétaire général du *Bon Marché,* et Léon Carbonnaux, chef de rayon, et Mlle Dulit, employée au *Saint-Joseph*. Il n'hésite pas à se mêler aux clientes lors des ventes, puis, au fil des visites et des rencontres, les lieux comme les personnages du roman se dessinent, tout comme le thème des innovations commerciales. De plus, Zola s'intéresse de très près à l'architecture des grands magasins : il transcrit les plans du *Bon Marché* et des *Grands Magasins du Louvre* et reçoit de Frantz Jourdain – architecte de la *Samaritaine* – un projet théorique de construction, avant d'inventer la topographie du *Bonheur des dames*. Il lit également des articles de presse sur le pittoresque des grands magasins, le travail et les divertissements des employés, sur la « névrose des grands bazars », et sur la « manie du vol ».

Parfaitement documenté donc, Zola n'en procède pas moins à une transformation fictionnelle. Il concentre en cinq années la croissance du *Bonheur des Dames*, alors que dans la réalité *Le Bon Marché,* par exemple, n'a atteint son plus grand développement qu'en 1872, soit vingt ans après que Boucicaut ait repris le magasin de mercerie qui portait ce nom. Le chiffre d'affaires passe de 450 000 francs (environ 1 350 000 d'euros) en 1852 à 123 millions de francs (environ 370 millions d'euros) en 1888. Les nouveaux magasins, qui occupaient tout un pâté de maisons, furent inaugurés officiellement le 2 avril 1872. Les employés sont passés de 673 en 1869 à 2 370 en 1882.

L'enquête documentaire a lieu au début de 1882. Il compose les plans en avril-mai, et commence la rédaction le 28 mai. Le roman est annoncé en ces termes dans le *Gil Blas* le 23 novembre : « Une œuvre nouvelle du grand romancier contemporain est toujours un événement considérable non seulement pour le monde littéraire, mais encore pour le public innombrable qui lit, en France aussi bien qu'à l'étranger. L'auteur de *La Curée*, de *L'Assommoir* et de *Nana* a imposé, par sa personnalité puissante, la lecture de ses œuvres à des millions de lecteurs, à un degré que n'ont connu ni Balzac, ni même le plus populaire des romanciers modernes, Alexandre Dumas père. »

La part des documents préparatoires est importante, et on ne saurait énumérer tous les épisodes ou détails du texte qui en procèdent directement. Prenons quelques exemples : le menu du repas des employés au chapitre VI est celui qui était affiché au *Bon marché* le jour où Zola l'a visité. Au chapitre IX, le romancier attribue à Mme Desforges les sensations qu'il a lui-même éprouvées au vu des agrandissements du magasin. La description des énormes cuisines et des étroites chambres des employées correspond aussi à ce qu'il a vu.

Le roman paraît d'abord sous forme de feuilleton dans le *Gil Blas* entre le 17 décembre 1882 et le 1er mars 1883, puis en volume chez l'éditeur Charpentier le 3 mars 1883.

La place du Bonheur des Dames *dans l'ensemble des* Rougon-Macquart

Situé comme l'ensemble allant de *La Fortune des Rougon* à *La Débâcle* dans la période historique entre le coup d'État du 2 décembre 1851 et la Commune de Paris (dernier titre de la série, *Le Docteur Pascal* se situe après), le roman se déroule entre 1864 et 1869. Trois moments principaux rythment sa chronologie interne : octobre 1864 (chap. IV) et la grande vente de nouveautés ; 14 mars 1867 (chap. IX), le jour de l'inauguration des nouveaux magasins ; février 1869 (chap. XIV), le mois du blanc.

Cette période correspond à peu près exactement à l'ouverture des grands magasins parisiens : *Le Bon Marché* (1852) ; *La Belle Jardinière* (1856) ; *Le Printemps* (1865) ; *À la Samaritaine* (1869).

Le nom du magasin apparaît déjà dans *Pot-Bouille* (1882), où nous faisons de nouveau connaissance avec Octave Mouret, originaire de Plassans, la ville fictive où s'origine toute la saga des Rougon-Macquart. Avant *Pot-Bouille*, Octave figure dans *La Conquête de Plassans*. Le roman s'ouvre avec son arrivée à Paris, employé comme calicot (commis de magasin) dans cet établissement qui n'est encore qu'une boutique, sous les ordres de Mme Veuve Hédouin, née Deleuze. Il est logé au quatrième étage dans un immeuble bourgeoisement habité, rue de Choiseul, et va y faire des conquêtes amoureuses ; il tente en vain de faire de sa patronne sa maîtresse. Il quitte donc le magasin ; après quelques péripéties, il se fait embaucher de nouveau par Mme Hédouin, dont il fera prospérer l'entreprise. D'une certaine façon, les deux romans constituent l'apprentissage et le triomphe du personnage.

DANS *POT-BOUILLE*, ce peu ragoûtant ragoût où macèrent les personnages de la petite et moyenne bourgeoisie, Octave, Rastignac du second Empire, entreprend sa conquête de Paris selon la très classique et balzacienne filière féminine. Avant d'échapper à cet antre de perdition en épousant Mme Hédouin (unique femme indemne de tare socialement ou familialement déterminée), avant de réussir superbement là où s'épuisent les impitoyables chasseuses de mari, avant de conclure une véritable association commerciale (on imagine un mariage blanc), au bout de laquelle se trouve la fortune, Octave, à travers ses conquêtes de cynique prédateur qui « n'épouse pas », mélange hardiment les genres et les classes.

JOUISSANT d'un statut particulier d'observateur rusé (il incarne l'œil du lecteur pour qui il ouvre les portes), ce nouvel Asmodée s'ébat parmi les femmes. Saisi par la rage du sexe, il ne les aime pas mais les veut. Progressant de lit en lit, pratiquant au-dedans ce que les autres hommes réservent au-dehors, Octave apprend son monde, et atteint à une vérité féminine qu'il saura mettre à profit dans *Au Bonheur des Dames*. *Pot-Bouille* mijote donc la réussite d'Octave. Comme Rastignac chez Mme Vauquer, il n'aura fait que passer dans l'immeuble. De ce point de vue, *Au Bonheur des Dames* est bien la suite de *Pot-Bouille*.

EN OUTRE, on peut établir des parallèles avec d'autres romans des *Rougon-Macquart*, notamment ceux qui composent le tableau de Paris : l'énergie de l'activité commerciale rappelle celle des grands travaux d'Haussmann dans *La Curée* ; le déballage des étoffes évoque celui de la nourriture dans *Le Ventre de Paris*, de même que la virtuosité descriptive est commune à ce dernier titre ou à *Une page d'amour*. Quant à la thématique du désir, elle constitue l'une des lignes de force essentielles de la série, comme en témoigne *Nana*.

Une image du capitalisme et du grand commerce

A*u* *Bonheur des Dames* demeure l'exemple même du roman du grand magasin. Plus encore que le traitement d'un thème devenu mythique, il s'impose par la mise en scène de la stratégie commerciale moderne qui séduit la clientèle en titillant le désir et en suscitant la compulsion d'achat. Il fait apparaître la dimension érotique du commerce tout en annonçant le déploiement des grandes surfaces.

Zola se livre à une peinture du système capitaliste dans sa dimension commerciale. Alors que dans *La Curée* le héros, Saccard, présentait des traits balzaciens, fondant sa fortune sur le mouvement spéculatif des affaires immobilières et exploitant une indiscrétion, ici, on assiste à l'alliance de professionnels de l'activité financière et économique, le banquier Hartmann et le commerçant Mouret, c'est-à-dire la conjonction d'une fortune établie et d'un capital à faire fructifier. Tout le monde est réuni par l'argent, la valeur suprême de la nouvelle société.

Le roman décrit l'irrésistible progression de nouvelles techniques de vente, liées à la production industrielle de biens de consommation. Sans être dupe du progrès matériel, il montre l'expansion vertigineuse et la séduction du bien-être, tout en mettant en scène l'aliénation moderne et ses conséquences pour les petits, irrémédiablement condamnés. Cette lutte inégale se poursuit de nos jours, de même que l'obsession consommatrice, malgré les invitations pressantes à « consommer moins » et surtout à « consommer mieux ». Certes, le petit commerce survit et a su s'adapter, démentant ainsi les prédictions pessimistes du roman ; mais il n'en reste pas moins que le tissu commercial a été métamorphosé, et que des pans entiers de l'activité boutiquière traditionnelle ont aujourd'hui disparu.

Un monde darwinien

PLUS PROFONDÉMENT, *Au Bonheur des Dames* témoigne d'une véritable réflexion sur l'évolution de la société. Selon Zola, influencé par la théorie darwinienne de la lutte pour la vie, celle-ci obéit à des lois, analogues à celles qui régissent la vie sur Terre. L'impitoyable concurrence des espèces animales, qui aboutit à la survie des plus fortes et des meilleures, autrement dit à la domination des mieux adaptées à leur environnement, est transposée à la vie sociale. Simpliste, mais efficace, cette conception sous-tend le roman zolien. Elle est présentée comme la condition du progrès. L'entreprise du grand magasin obéit en outre à une loi de concurrence interne entre les vendeurs, soumis à la pression et à l'attrait de l'intéressement. Champ clos, elle devient champ de bataille, où chacun est en lutte avec chacun, où la surveillance généralisée est de mise. Dès lors, le monde des employés est à la fois hiérarchisé et atomisé, gouverné par l'intérêt particulier et égoïste ; cette lutte sert les intérêts de l'entreprise, puisqu'elle accroît les ventes, oppose les membres du personnel les uns aux autres sans remettre le système en question. L'aliénation du monde du travail trouve son répondant dans l'aliénation de la clientèle.

LE TITRE désigne à la fois une enseigne commerciale et la satisfaction des désirs féminins. Le terme de « révolution » figurant dans le roman montre bien que, de la même manière que le progrès technique et industriel est au cœur de romans comme *La Bête humaine* ou *Germinal*, le grand magasin, et ses nouvelles techniques de vente, est le thème principal du *Bonheur des dames*. Zola y explique le triple mécanisme à l'œuvre : financier, commercial et passionnel. Il faut à la fois accumuler la marchandise, baisser les prix de marques connues et ne prendre qu'une marge minimale tout en attisant le désir d'achat. La réclame est conçue comme séduction et comme piège : la femme devient une victime « consentante ».

Un douteux bonheur

LE PLUS IMPORTANT est sans doute la métaphorisation érotique de la frénésie d'achat chez les femmes, lesquelles apparaissent comme un troupeau de clientes (le terme de « bétail » est utilisé). Le rapport d'Octave avec la clientèle est celui d'un séducteur despotique et d'un grand prêtre d'une religion matérialiste et sensuelle : le grand magasin devient un immense lieu de débauche où les femmes, véritables bacchantes prises de fièvre acheteuse, célèbrent le culte de leur corps par le moyen des tissus et des vêtements. Zola nous mène au cœur d'une conception de la femme comme être soumis à la loi de son désir et de ses nerfs ; cette aliénation est canalisée au profit de la vente. Nous baignons en plein naturalisme : le capital triomphe par la séduction et l'or se combine avec la chair.

Autre forme d'un bonheur douteux : le paternalisme. De même que les clientes sont choyées, prises en main et sollicitées dans le but de les manipuler, de même les employés sont pris en charge par l'entreprise. L'époque est celle d'indéniables avancées sociales, comme la mise en place de retraites et d'assurances ; on rêve à l'harmonie sociale dans et par le travail, et à la constitution de sociétés ouvrières (entendons de communautés de travail) ; *Le Bon Marché* est à la pointe de ces tentatives de réforme sociale. Zola n'est pas hostile à cette ambition, et, s'il décrit les ravages de l'expansion, s'il dépeint la rivalité des employés, il jette un regard intéressé, sinon favorable, sur cet univers en passe d'imposer ses valeurs.

Un roman du couple et de l'énergie vitale

Cependant, le roman est bien aussi celui du triomphe d'un couple. Il magnifie les héros : Mouret est l'exemple même de la réussite par le talent personnel et Denise fait triompher ses vertus morales et sa vertu sexuelle. Ce couple apparaît alors comme une sorte de modèle de la nouvelle société, où la vertueuse Denise tempère les débordements d'Octave et lui offre le moyen de faire une fin conjugale, conjonction de l'énergie économique et de la morale bourgeoise. L'amour – fort sage au demeurant – réconcilie affaires et sentiments. Issue de la province, ayant l'expérience du passé avec ses liens familiaux et son passage par le petit commerce, Denise est une figure rassurante et unificatrice.

L'œuvre : origines et prolongements

« POÈME de l'activité moderne », selon les termes mêmes de Zola, le roman développe une métaphore vitaliste dans la description de cette activité. Il célèbre une passion de l'inventivité, de la création de biens, de l'Éros moderne. Déploiement de forces vitales, de mouvement et de renouvellement permanent, il démontre comment les sensations sont provoquées, comment le temps et l'espace sont réinventés dans un univers semblable à une machine à vapeur qui serait une machine à susciter et combler les désirs. L'excitation des clientes se fait alors sexuelle. Le grand magasin devient alors une machine à satisfaire des plaisirs. Ce n'est pas là l'aspect le moins moderne du *Bonheur des Dames*.

L'œuvre : son courant, ses tendances

Le naturalisme

Du réalisme au naturalisme

Pour comprendre le naturalisme, il faut se référer à la notion de réalisme. Le réalisme triomphe dans le roman au cours de la première moitié du XIXe siècle. En privilégiant le réel sous tous ses aspects et en revendiquant l'objectivité, l'écrivain réaliste prend du même coup position contre une littérature jugée idéalisante, qu'elle soit classique ou romantique. Le réaliste se veut révolté. Contre les impératifs littéraires anciens et refusant les exclusions, les réalistes acceptent non seulement de traduire par l'art tout aspect de la réalité, mais ils affirment aussi que tout est beau et digne d'être porté par l'écrit. Se pose alors la question du style : comment retranscrire cette beauté jusqu'alors méprisée sans tomber dans la vulgarité et sans la stéréotyper ? On peut donc définir le réalisme comme un ensemble de moyens et de procédés stylistiques. Dans les arts plastiques, il s'agit d'un style figuratif. En littérature, c'est avant tout l'art de la description.

Genèse théorique et littéraire du projet naturaliste zolien

Dès la fin de 1867, Zola caresse l'idée d'un grand cycle romanesque. Il vient de terminer la lecture de *La Comédie humaine* de Balzac et il en retient la vision d'une société organisée et mue par des forces ainsi qu'une ambition littéraire : bâtir une immense construction narrative capable de reproduire cette société. Car le roman peut tout. Balzac avait écrit la première encyclopédie romanesque du siècle. Il est temps d'en rédiger une nouvelle. Zola partage le goût et surtout la confiance du XIXe siècle pour la science, clé de lecture du réel : la cohérence des savoirs autorise la compréhension globale du monde et des êtres.

En 1868, Zola se nourrit de traités de physiologie portant notamment sur l'hérédité ; ces ouvrages soulignent le primat déterministe dans le comportement humain. Ces lectures incitent Zola à privilégier des cas pour la conception de ses personnages. Dans la lignée balzacienne, le personnage zolien combine deux éléments : la physiologie (qui relève du discours scientifique pris en charge par la fiction) et l'influence du moment et du milieu (soit le déterminisme historique) ; conjuguant la tradition romanesque et un principe biologique, Zola met en place une nouvelle logique. Tout semble commencer avec *Thérèse Raquin* : « Dans *Thérèse Raquin*, j'ai voulu étudier des tempéraments et non des caractères. Là est le livre tout entier » (préface de 1868). Les objectifs de Zola sont définis par la préface de la deuxième édition parue en 1868. Zola y revendique un statut quasi scientifique pour son roman, fondé sur l'observation. Nous sommes aux origines du naturalisme.

Zola, théoricien du naturalisme

Saisir le vrai dans la nature

Dans la préface de *Thérèse Raquin*, Zola déclare : « J'ai simplement fait sur deux corps vivants le travail analytique que les chirurgiens font sur des cadavres. » On voit donc que la vérité s'oppose à l'idéalisme classique et mystique, au romantisme, au dogmatisme théologique et rhétorique. Il s'agit aussi de se différencier du réalisme, trop impersonnel, pas suffisamment méthodique ni scientifique.

« Un coin de la nature vu à travers un tempérament » : cette définition de l'œuvre d'art date de 1864. Le naturalisme trouve donc son équilibre dans l'alliance de la méthode analytique et du tempérament : « tout en nous piquant de réalité absolue, nous entendons souffler la vie à nos productions. De là le style personnel, qui est la vie des livres » (1881). Zola fait ainsi écho à la formule de Flaubert : « Le style est une manière absolue de voir les choses. » L'artiste ne se confond pas avec l'homme de science.

La méthode expérimentale

Après avoir lu Claude Bernard, Zola ajoute à sa doctrine la méthode expérimentale, et donne au naturalisme une visée universelle. D'observateur, le romancier devient expérimentateur, « faisant mouvoir les personnages dans une histoire particulière, pour y montrer que la succession des faits y sera telle que l'exige le déterminisme des phénomènes mis à l'étude ». Outre l'avancée considérable que représente, par l'influence capitale de la biologie, la prise en compte dans le roman du corps sous tous ses aspects, la méthode expérimentale vaut comme modèle de scénario pour le roman.

En 1891, le critique Jules Huret définit le naturalisme comme « une méthode de penser, de voir, de réfléchir, d'étudier, d'expérimenter, un besoin d'analyser pour savoir, non une façon spéciale d'écrire ».

Les Rougon-Macquart

Zola constitue un arbre généalogique à deux branches, les légitimes (les Rougon) et les bâtards (les Macquart). Véritable fresque historique et sociale et interrogation critique, le cycle des Rougon commence avec le coup d'État du 2 décembre 1851 (*La Fortune des Rougon*) et montre comment les Rougon prennent le pouvoir à Plassans. Les appétits d'une classe de petits-bourgeois et d'affairistes sont lâchés. Le peuple est mis à l'écart et les Macquart sont dépossédés de leur part d'héritage par les Rougon. Puis la série aborde les grandes questions politiques, économiques, sociales, intellectuelles, religieuses, artistiques, balayant les grands thèmes de la condition ouvrière (*L'Assommoir*, 1877 ; *Germinal*, 1885), de l'implantation des grands magasins (*Au Bonheur des Dames*, 1883), de la condition paysanne (*La Terre*, 1887) et de celle de la femme (*Une page d'amour*, 1878 ; *Nana*, 1880 ; *Pot-Bouille*, 1882 ; *La Joie de vivre*, 1884), etc. Le cycle s'achève sur *La Débâcle*, la fin de l'Empire (1892) et un résumé médical de la fresque, en même temps qu'une ouverture sur le triomphe de la science et de la vie (*Le Docteur Pascal*, 1893).

À la polémique et à la satire – Zola dénonçant férocement le régime impérial – s'ajoute le questionnement de la modernité. Le cycle traduit aussi l'inquiétude devant l'implacable fonctionnement de mécanismes économiques suscitant le vertige et menaçant d'aliénation les individus. Reportage ethnographique, anthropologie mythique, le roman zolien met en scène une succession de catastrophes issues à la fois de la fêlure originelle, que l'on se transmet héréditairement, et du coup d'État du 2 décembre 1851. Tout converge vers une crise fondamentale qui va lézarder une société entière.

L'écriture naturaliste

L'idéal de la transparence

Tout comme le texte réaliste, le texte naturaliste entretient en permanence l'artifice de la transparence et pose un simulacre du réel. Il identifie le personnage et le définit par une situation physique, affective ou sociale, le mettant en situation d'attente ou de découverte, à l'image du lecteur. C'est la fonction attribuée à Denise. L'ordre descriptif puis narratif introduit donc du sens supplémentaire pour orienter la lecture. À cela s'ajoute l'effacement apparent du narrateur.

Le statut du héros

Contre le héros romanesque traditionnel, les naturalistes privilégient le personnage principal, considéré comme un fil conducteur. Il s'agit de consacrer la mort de l'héroïsme romantique, et, au nom de la précision scientifique, d'imposer le refus de l'exception. À la recherche du type moyen que représente bien Denise s'ajoute la prise en compte de la démocratisation sociale ainsi que le principe de l'ouverture des représentations romanesques à toutes les classes. Les employés du magasin illustrent ce principe. Cela n'exclut pas qu'un personnage particulier soit doué de talents ; c'est le cas d'Octave.

La dynamique épique

Alors que certaines tendances du naturalisme vont vers la réduction de l'intrigue à la tranche de vie, le roman zolien obéit à une dynamique épique où l'action est primordiale, ce qui implique une forte structuration de l'intrigue principale et d'intrigues secondaires. *Au Bonheur des Dames* déploie une épopée du grand magasin conquérant, où se donne à voir la puissance d'une force irrésistible. Cela va de pair avec la mise en place d'un univers mythique, traduit par tout un ensemble de réseaux métaphoriques et une dramatisation généralisée.

La description

Si la description se distingue théoriquement de la narration, il faut bien comprendre que le rapport entre les deux est plus complexe qu'il n'y paraît, et particulièrement dans le texte naturaliste. La description peut être le fait du narrateur omniscient de type balzacien ou d'un personnage « porte-regard » (P. Hamon), qui l'appelle et la justifie. La description est évidemment un des moyens privilégiés pour créer l'effet de réel.

La description informe, interprète, symbolise, et même raconte. Elle peut alors renvoyer à l'état d'âme du personnage qui voit ce qui est décrit. Elle vise aussi à transcrire les sensations, visuelles, olfactives, auditives, etc., à restituer l'instant et la diversité par une série de procédés : parataxe (donnant un équivalent de touches picturales), phrases nominales, participiales, style indirect libre.

Une vision ambiguë de l'Histoire, de l'homme et de la société

Zola donne du second Empire une image déformée et mythifiée. Il écrit à sa manière ses *Châtiments* : il faut dévoiler les conditions d'un avènement, fustiger le crime fondateur. Napoléon III baptise dans le sang son pouvoir usurpé. Tout commence par la fêlure initiale de la famille et par le coup d'État. Hérédité et Histoire conjuguent leurs forces. Appétits et sang se déchaînent et circulent. Zola articule le projet des *Rougon-Macquart* autour de la question de la tare, de la fêlure originelle. L'histoire familiale est aussi organique et biologique. L'hérédité n'est au fond que la forme concrète d'une autre fatalité pesant sur les corps. Dans *Les Rougon-Macquart,* révolution des techniques, du commerce, de la ville, des sciences, tout est lié au progrès, mais aussi à l'origine historique maudite, depuis la Révolution française jusqu'au coup d'État.

Dans *Au Bonheur des Dames*, Zola altère la réalité historique en donnant du grand magasin une image positive, voire idéale, contrastant fortement avec celle du petit commerce, délibérément discrédité. D'une part, il déplace chronologiquement les caractéristiques de ce type de commerce en resserrant son évolution : le magasin du roman est bien plus proche des années 1880 que des années 1860. D'autre part, il passe sous silence les efforts de modernisation de l'activité boutiquière (l'éclairage au gaz par exemple), et il fait échouer les personnages qui s'évertuent à adapter à leur commerce les innovations des grands magasins ; ces derniers sont par ailleurs ridiculisés par leurs noms (Baudu, Bourras).

Ainsi, paradoxalement, alors que la plupart des romans des *Rougon-Macquart* ont un dénouement tragique ou catastrophique, *Au Bonheur des Dames* présente une fin ambivalente : mort du petit commerce, victoire sans partage du progrès marchand, mettant en place une contradiction dynamique ; triomphe du chacun pour soi, de la loi implacable de l'intérêt individuel, de l'argent, du capitalisme, mais victoire, aussi, du progrès et des forces de la vie. Par le paternalisme, il tempère la brutalité de l'ordre économique moderne. Roman darwinien illustrant une loi de l'évolution appliquée à l'activité humaine, *Au Bonheur des Dames* inscrit donc dans la logique du cycle des *Rougon-Macquart* une ligne positive qui s'oppose à la vision idéologiquement déterminée d'une époque historique globalement négative.

Vers le bac

Objet d'étude : le roman et ses personnages.

À l'**écrit**

Corpus bac : images de la femme zolienne et de son environnement.

TEXTE 1

Zola, ***La Curée***, 4e partie (1872).

Renée est la jeune épouse du spéculateur immobilier Saccard.

L'appartement particulier de Renée était un nid de soie et de dentelle, une merveille de luxe coquet. Un boudoir très petit précédait la chambre à coucher. Les deux pièces n'en faisaient qu'une, ou du moins le boudoir n'était guère que le seuil de la chambre, une grande alcôve, garnie de chaises longues, sans porte pleine, fermée par une double portière. Les murs, dans l'une et l'autre pièce, se trouvaient également tendus d'une étoffe de soie mate gris de lin, brochée d'énormes bouquets de roses, de lilas blancs et de boutons d'or. Les rideaux et portières étaient en guipure de Venise, posée sur une doublure de soie, faite de bandes alternativement grises et roses. Dans la chambre à coucher, la cheminée en marbre blanc, un véritable joyau, étalait, comme une corbeille de fleurs, ses incrustations de lapis et de mosaïques précieuses, reproduisant les roses, les lilas blancs et les boutons d'or de la tenture. Un grand lit gris et rose, dont on ne voyait pas le bois, recouvert d'étoffe et capitonné, et dont le chevet s'appuyait au mur, emplissait toute une moitié de la chambre avec son flot de draperies, ses guipures et sa soie brochée de bouquets, tombant du plafond jusqu'au tapis. On aurait dit une toilette de femme, arrondie, découpée, accompagnée de poufs, de nœuds, de volants, et ce large rideau qui se gonflait, pareil à une jupe, faisait rêver à quelque grande amoureuse penchée, se pâmant, près de choir sur les oreillers. [...] Et, aux deux côtés du lit, il y avait deux grandes peaux d'ours noir, garnies de velours rose, aux ongles d'argent, et dont les têtes, tournées vers la fenêtre, regardaient fixement le ciel vide de leurs yeux de verre. [...]. Il semblait que le lit se continuât, que la pièce entière fût un lit immense, avec ses tapis, ses peaux d'ours, ses sièges capitonnés, ses tentures matelassées qui continuaient la mollesse du sol le long des murs jusqu'au plafond. Et, comme dans un lit, la jeune femme laissait là sur toutes ces choses, l'empreinte, la tiédeur, le parfum de son corps. Quand on écartait la double portière du boudoir, il semblait qu'on soulevât une courtepointe de soie, qu'on entrât dans quelque grande couche encore chaude et moite, où l'on retrouvait, sur les toiles fines, les formes adorables, le sommeil et les rêves d'une Parisienne de trente ans. [...]

Mais la merveille de l'appartement, la pièce dont parlait tout Paris, c'était le cabinet de toilette. On disait « le cabinet de toilette de la belle Mme Saccard » comme on dit « la galerie des Glaces, à Versailles ». [...] le cabinet avait un coin délicieux, et ce coin-là surtout le rendait célèbre. En face de la fenêtre, les pans de la tente s'ouvraient et découvraient, au fond d'une sorte d'alcôve longue et peu profonde, une baignoire, une vasque de marbre rose, enfoncée dans le plancher, et dont les bords cannelés comme ceux d'une grande coquille arrivaient au ras du tapis. On descendait dans la baignoire par des marches de marbre. Au-dessus des robinets d'argent, au col de cygne, une glace de Venise, découpée, sans cadre, avec des dessins dépolis dans le cristal, occupait le fond de l'alcôve. Chaque matin Renée prenait un bain de quelques minutes. Ce bain emplissait pour la journée le cabinet d'une moiteur, d'une odeur de chair fraîche et mouillée. Parfois, un flacon débouché, un savon resté hors de sa boîte mettaient une pointe plus violente dans cette langueur un peu fade. La jeune femme aimait à rester là, jusqu'à midi, presque nue. La tente ronde, elle aussi, était nue. Cette baignoire rose, ces tables et ces cuvettes roses, cette mousseline du plafond et des murs, sous laquelle on croyait voir couler un sang rose, prenaient des rondeurs de chair, des rondeurs d'épaules et de seins ; et, selon l'heure de la journée, on eût dit la peau neigeuse d'un enfant ou la peau chaude d'une femme. C'était une grande nudité. Quand Renée sortait du bain, son corps blond n'ajoutait qu'un peu de rose à toute cette chair rose de la pièce.

TEXTE 2

Zola, **Au Bonheur des Dames**, chapitre XIV, p. 407 à 409, de « Six heures allaient sonner » jusqu'à « dont il avait tiré sa fortune ».

TEXTE 3

Zola, **Nana**, chapitre 10 (1880).

Actrice, Nana est lancée dans le monde de la galanterie. Elle a pour amant le comte Muffat.

L'hôtel de Nana se trouvait avenue de Villiers, à l'encoignure de la rue Cardinet, dans ce quartier de luxe, en train de pousser au milieu des terrains vagues de l'ancienne plaine Monceau. Bâti par un jeune peintre, grisé d'un premier succès et qui avait dû le revendre, à peine les plâtres essuyés, il était de style Renaissance, avec un air de palais, une fantaisie de distribution intérieure, des commodités modernes dans un cadre d'une originalité un peu voulue. Le comte Muffat avait acheté l'hôtel tout meublé, empli d'un monde de bibelots, de fort belles tentures d'Orient, de vieilles crédences, de grands fauteuils Louis XIII ; et Nana était ainsi tombée sur un fonds de mobilier artistique, d'un choix très fin, dans le tohu-bohu des époques. Mais, comme l'atelier, qui occupait le centre de la maison, ne pouvait lui servir, elle avait bouleversé les étages, laissant au rez-de-chaussée une serre, un grand salon et la salle à manger, établissant au premier un petit salon, près de sa chambre et de son cabinet de toilette. Elle étonnait l'architecte par les idées qu'elle lui donnait, née d'un coup aux raffinements du luxe, en fille du pavé de Paris ayant d'instinct toutes les élégances. [...]

Dans la cour, sous la grande marquise, un tapis montait le perron ; et c'était, dès le vestibule, une odeur de violette, un air tiède enfermé dans d'épaisses tentures. Un vitrail aux verres jaunes et roses, d'une pâleur blonde de chair, éclairait le large escalier. En bas, un nègre de bois sculpté tendait un plateau d'argent, plein de cartes de visite ; quatre femmes de marbre blanc, les seins nus, haussaient des lampadaires ; tandis que des bronzes et des cloisonnés chinois emplis de fleurs, des divans recouverts d'anciens tapis persans, des fauteuils aux vieilles tapisseries meublaient le vestibule, garnissaient les paliers, faisaient au premier étage comme une antichambre, où traînaient toujours des pardessus et des chapeaux d'homme. Les étoffes étouffaient les bruits, un recueillement tombait, on aurait cru entrer dans une chapelle traversée d'un frisson dévot, et dont le silence, derrière les portes closes, gardait un mystère.

Nana [...] vivait au premier étage, dans ses trois pièces, la chambre, le cabinet et le petit salon. [...] Il y avait pour vingt mille francs de point de Venise au et capitonné, bas comme un sopha. Les meubles étaient de laque blanche et bleue, incrustée de filets d'argent ; partout, des peaux d'ours blancs traînaient, si nombreuses, qu'elles couvraient le tapis ; un caprice, un raffinement de Nana, qui n'avait pu se déshabituer de s'asseoir à terre pour ôter ses bas. À côté de la chambre, le petit salon offrait un pêle-mêle amusant, d'un art exquis ; contre la tenture de soie rose pâle, un rose turc fané, broché de fils d'or, se détachaient un monde d'objets de tous les pays et de tous les styles, des cabinets italiens, des coffres espagnols et portugais, des pagodes chinoises, un paravent japonais d'un fini précieux, puis des faïences, des bronzes, des soies brodées, des tapisseries au petit point ; tandis que des fauteuils larges comme des lits, et des canapés profonds comme des alcôves, mettaient là une paresse molle, une vie somnolente de sérail. La pièce gardait le ton du vieil or, fondu de vert et de rouge, sans que rien marquât trop la fille, en dehors de la volupté des sièges ; seules, deux statuettes de biscuit, une femme en chemise cherchant ses puces, et une autre absolument nue, marchant sur les mains, les jambes en l'air, suffisaient à salir le salon d'une tache de bêtise originelle. Et, par une porte presque toujours ouverte, on apercevait le cabinet de toilette, tout en marbre et en glace, avec la vasque blanche de sa baignoire, ses pots et ses cuvettes d'argent, ses garnitures de cristal et d'ivoire. Un rideau fermé y faisait un petit jour blanc, qui semblait dormir, comme chauffé d'un parfum de violette, ce parfum troublant de Nana dont l'hôtel entier, jusqu'à la cour, était pénétré.

SUJET

a. Question préliminaire (sur 4 points)

Quelle image de la femme ces trois descriptions donnent-elles ? Vous vous appuierez sur des références précises aux textes.

b. Travaux d'écriture (sur 16 points) – au choix

Sujet 1. Commentaire.

Vous ferez le commentaire du texte 3.

Sujet 2. Dissertation.

On a pu dire à propos de Zola et plus largement du roman naturaliste qu'ils mettaient l'accent sur la sensualité.
Vous discuterez cette proposition en vous appuyant sur les textes du corpus et sur d'autres romans de Zola ou d'auteurs naturalistes de votre connaissance.

Sujet 3. Écriture d'invention.

Un critique conteste la réduction de la femme à ses désirs et à l'exaltation de ses sens qu'il croit lire chez Zola. Vous écrivez son article.

Documentation et compléments d'analyse sur :
www.petitsclassiqueslarousse.com

Vers le bac

À l'oral

Objet d'étude : le roman et ses personnages.

***Au Bonheur des Dames*, chapitre I. De : « Et, pendant près d'une heure » à : « cette grande vente », p. 35 à 36.**

Sujet : Un début de roman : quelle vision l'héroïne a-t-elle du grand magasin ?

RAPPEL

Une lecture analytique peut suivre les étapes suivantes :

I. Mise en situation du passage, puis lecture à haute voix

II. Projet de lecture

III. Composition du passage

IV. Analyse précise du passage

V. Conclusion – remarques à rassembler un jour d'oral en fonction de la question posée

I. Situation du passage

Nous sommes au début du roman. Arrivant de province, Denise, orpheline, accompagnée de ses deux frères, se rend chez son oncle Baudu, qui tient *Le Vieil Elbeuf*, une boutique de tissus à Paris, laquelle se trouve en face du *Bonheur des Dames*, un grand magasin qui lui fait une terrible concurrence, que la jeune fille a déjà eu l'occasion d'admirer dès l'incipit du roman. Nous nous trouvons dans la boutique Baudu.

II. Projet de lecture

La description se fait à partir du point de vue de Denise, en focalisation interne. Mesurant l'opposition entre la boutique et le *Bonheur des Dames*, vu dans une lumière de ciel voilé, l'héroïne perçoit le magasin comme une machine, première apparition d'un thème qui sera développé tout au long du roman, thème qui est par ailleurs récurrent dans l'ensemble des *Rougon-Macquart*. Cette image s'impose du même coup au lecteur, et elle propose un grandissement mythique du magasin, lequel se trouve métaphoriquement animé. Cette machine qui absorbe les clientes prend alors l'aspect d'une machine infernale, aliénante par son irrésistible pouvoir de séduction, lequel s'exerce également sur Denise.

III. Composition du passage

Il s'organise en trois paragraphes :

1. Le cadre du point de vue de Denise.
2. La métaphorisation du magasin comme machine.
3. L'attirance que le magasin exerce sur Denise.

IV. Analyse du passage

1. Le cadre du point de vue de Denise

Tout se dispose en fonction de l'observatrice, et oppose la faible activité de la boutique, disqualifiée par son odeur et sa pauvre luminosité, à l'animation du magasin, lequel est d'abord valorisé par des éléments picturaux et sensoriels : lumière solaire, tiédeur due à la douceur de la pluie. Le *Bonheur des Dames* se présente comme un tableau de facture impressionniste. On remarquera le rythme balancé des phrases qui participe à l'idéalisation poétique du magasin. Ce paragraphe fonctionne comme un préambule, une mise en situation et la préparation d'une description à venir. On insistera sur le procédé caractéristique du roman zolien : substituer un personnage au narrateur omniscient. Le personnage délégué perçoit les autres protagonistes, les événements, les actions. La fiabilité du récit dépend de sa compétence, qui s'appuie sur la documentation et joue un rôle capital dans le roman zolien. De là l'importance du nouveau venu, tel Denise, qui découvre et révèle un univers au lecteur. Le romancier prend soin au fait que ce que dit ou voit le personnage n'excède ni son savoir ni sa position. Notons que, au fur et à mesure que Denise progressera, elle accroîtra son savoir et permettra au lecteur d'appréhender de plus en plus d'éléments nécessaires à la progression du récit.

2. La métaphorisation du magasin comme machine

Le romancier a recours à une métaphore filée attribuée à Denise, celle de la machine à vapeur (« à haute pression »). On voit donc se mettre en texte l'imagination visionnaire, qui, via le personnage, développe une véritable thèse. La métaphore est cohérente : le dynamisme du magasin produit de la chaleur, la vente est la source d'énergie, l'ensemble est bruyant et trépidant. À noter les allitérations en [b], [t], [p], [d]... L'image de l'usine relaie et amplifie celle de la machine.

Si la métamorphose est attribuée techniquement à Denise, il est cependant clair que c'est bien le romancier visionnaire qui file la métaphore. On mesure combien le naturalisme sait s'affranchir des contraintes supposées de la conformité au réel. Cette machine est dévorante (comme l'est la mine dans *Germinal*). Le fonctionnement du magasin réduit les clientes, ce « peuple de femmes », à être elles-mêmes des machines consommantes, en même temps que des objets manipulés, piégées et traitées brutalement (« entassées », « étourdies », « jetées »). Complètement aliénées, elles sont entraînées, privées de volonté, et broyées par les « engrenages », comme si elles constituaient la matière première de la machine à faire du profit. L'image de l'enfournement parachève l'ensemble, assimilant le magasin à un monstre dévorant, véritable Moloch ou Minotaure se nourrissant de chair humaine. Ce thème de l'aliénation courra tout au long du roman. Un mythe moderne se met donc en place ici.

Le mouvement confère une vie quasi fantastique aux vitrines, où domine le motif du souffle. Cette respiration aux exhalaisons entêtantes suggère une érotisation encore discrète, mais qui prendra de l'ampleur dans la suite du roman, participant tout naturellement du thème de la tentation.

3. L'attirance que le magasin exerce sur Denise

Une jeune provinciale ignorante de la réalité parisienne, un étalage prodigieux de marchandises, une débauche d'étoffes, une boutique miteuse, vieille, obscure, la stagnation contre l'animation trépidante : le romancier se donne toutes les facilités pour légitimer la tentation à laquelle Denise ne peut manquer de succomber. Fascinée, captivée, elle est aussi étourdie, voire effrayée, saisie d'une « peur vague » qui contribue à l'attirer mais qui la constitue en victime potentielle, à l'instar des autres femmes. Elle a donc, sinon la conscience, du moins le pressentiment d'une double nature du magasin : exaltant et dangereux, jouissif et mortel. La séduction l'emporte aussi par contraste avec la « répugnance » qu'inspire à Denise le spectacle de la boutique Baudu.

La séduction exercée par le magasin est de nature sensuelle. C'est le paradoxe de la machine : loin de se réduire à une mécanique implacable, elle fait naître le désir. Les étoffes se font chair et se sexualisent, les mannequins prennent véritablement corps. Les femmes se contemplent elles-mêmes dans ces figures idéalisées. L'appel de la chair va leur faire sacrifier leur or.

On retrouve donc la dimension mythique, sous un aspect fantastique, le magasin faisant figure de temple païen à forte teneur érotique, d'espace orgiaque et embrasé. L'image du feu le rapproche aussi de l'enfer (« flambait »).

V. Conclusion

Tout l'essentiel est en place dès ce premier chapitre. Présentation des personnages (y compris Mouret, qui est mentionné) et des espaces, antithèse boutique / magasin, dimension mythique, séduction, érotisme, etc. Le passage étudié installe une thématique fondamentale par sa richesse métaphorique et son ambivalence, qui va dynamiser tout le roman.

AUTRES SUJETS TYPES

• ***Roman naturaliste et critique sociale : la condition des employés***
Au Bonheur des Dames, chapitre VI, de « Du reste, les vendeurs » (l. 35, p. 162) à « la direction » (l. 66, p. 162).

• ***Description naturaliste et poésie : la symphonie du blanc***
Au Bonheur des Dames, chapitre XIV, de « Ce qui arrêtait ces dames » (l. 235, p. 381) à « épousées » (l. 280, p. 382).

• ***Une vision de la femme : le peuple des femmes dans le magasin***
Au Bonheur des Dames, chapitre XIV, de « Et Mouret regardait toujours » (l. 1263, p. 408) à « sa fortune. » (l. 1299, p. 409).

Document complémentaire

La première apparition du *Bonheur des Dames* dans *Pot-Bouille*, tel que le découvre Octave Mouret, arrivé à Paris pour y travailler, accompagné de Campardon (*Pot-Bouille*, chapitre I) :

« C'était à l'encoignure des rues Neuve-Saint-Augustin et de la Michodière, un magasin de nouveautés dont la porte ouvrait sur le triangle étroit de la place Gaillon. Barrant deux fenêtres de l'entresol, une enseigne portait, en grandes lettres dédorées : *Au Bonheur des Dames, maison fondée en 1822* ; tandis que, sur les glaces sans tain des vitrines, on lisait, peinte en rouge, la raison sociale : *Deleuze, Hédouin & Cie.*

– Cela n'a pas le chic moderne, mais c'est honnête et c'est solide, expliquait rapidement Campardon. M. Hédouin, un ancien commis, a épousé la fille de l'aîné des Deleuze, qui est mort il y a deux ans ; de sorte que la maison est dirigée maintenant par le jeune ménage, le vieil oncle Deleuze et un autre associé, je crois, qui tous deux se tiennent à l'écart... Vous verrez Mme Hédouin. Oh ! une femme de tête !... Entrons.

Justement, M. Hédouin était à Lille, pour un achat de toile. Ce fut Mme Hédouin qui les reçut. Elle était debout, un porte-plume derrière l'oreille, donnant des ordres à deux garçons de magasin qui rangeaient des pièces d'étoffe dans des cases ; et elle lui apparut si grande, si admirablement belle avec son visage régulier et ses bandeaux unis, si gravement souriante dans sa robe noire, sur laquelle tranchaient un col plat et une petite cravate d'homme, qu'Octave, peu timide de sa nature pourtant, balbutia. Tout fut réglé en quelques mots.

– Eh bien ! dit-elle de son air tranquille, avec sa grâce accoutumée de marchande, puisque vous êtes libre, visitez le magasin.

Elle appela un commis, lui confia Octave ; puis, après avoir répondu poliment, sur une question de Campardon, que Mlle Gasparine était en course, elle tourna le dos, elle continua sa besogne, jetant des ordres de sa voix douce et brève.

– Pas là, Alexandre… Mettez les soies en haut… Ce n'est plus la même marque, prenez garde !

Campardon, hésitant, dit enfin à Octave qu'il repasserait le prendre, pour le dîner. Alors, pendant deux heures, le jeune homme visita le magasin. Il le trouva mal éclairé, petit, encombré de marchandises, qui débordaient du sous-sol, s'entassaient dans les coins, ne laissaient que des passages étranglés entre des murailles hautes de ballots. À plusieurs reprises, il s'y rencontra avec Mme Hédouin, affairée, filant par les plus étroits couloirs, sans jamais accrocher un bout de sa robe. Elle semblait l'âme vive et équilibrée de la maison, dont tout le personnel obéissait au moindre signe de ses mains blanches. Octave était blessé qu'elle ne le regardât pas davantage. »

Documentation et compléments d'analyse sur :

www.petitsclassiqueslarousse.com

Outils de lecture

Actant
Tout élément, animé ou non, qui joue un rôle dans une histoire. Il peut s'agir d'un personnage, d'un groupe de personnages, d'une idée, d'une référence abstraite ou d'une valeur (politique, religieuse, morale...). Dans une même action, les différents actants (sujet, objet, destinateur, destinataire, adjuvant, opposant) constituent un schéma actanciel.

Description
Modalité du récit, dans lequel elle constitue une pause, se distinguant de la narration proprement dite, laquelle assure la progression de l'intrigue. Elle prend en charge la représentation d'objets, de lieux, de personnages. Elle peut être explicative, ornementale, symbolique. Elle peut avoir une fonction narrative.

Énonciation
Acte d'utilisation de la parole, dont le résultat est l'énoncé. Il suppose des interlocuteurs, un lieu et un moment partagés. Dans la situation d'énonciation, un narrateur s'adresse à un destinataire.

Focalisation
Voir Point de vue.

Histoire
Au sens narratologique, contenu d'événements rapportés dans le roman.

Métaphore
Rapprochement par analogie de deux éléments sans lien logique explicite. Ce rapprochement produit une image.

Narrateur
Instance fictive qui raconte ou commente l'histoire. Il est distinct de l'auteur. Le narrateur peut déléguer sa fonction narrative à un personnage.

Personnage
Être fictif, qui peut être un individu pourvu de caractéristiques physiques, intellectuelles et morales, un rôle ou un type défini par un code plus ou moins prégnant (l'amoureux, le traître, le naïf, la coquette...), ou bien un actant.

Point de vue
On distingue quatre points de vue :
– la focalisation zéro ou point de vue omniscient, par lequel le narrateur rapporte les faits et les pensées des personnages ;
– la focalisation ou point de vue externe : le narrateur feint de ne pas connaître les pensées, voire l'histoire du personnage ;
– la focalisation ou point de vue interne : le narrateur feint d'adopter le regard du personnage. On parle

aussi de « vision avec » ou de « réalisme subjectif » ;
– le point de vue de l'auteur lui-même, qui intervient dans la narration pour commenter actions et pensées (on parle aussi d'« intrusion d'auteur »). Il peut également apporter des éléments objectifs de compréhension ou de situation historique, sociale, idéologique. On parle alors de « discours auctorial ».

Registre
Tonalité adoptée par un texte. On distingue par exemple les registres tragique, comique, lyrique, épique, pathétique…

Scène, sommaire, ellipse
Une scène est un moment du récit où le temps du récit semble suivre instant par instant le temps de l'histoire racontée. Le sommaire accélère le récit. L'ellipse supprime la relation de l'événement.

Schéma actanciel
Système d'organisation des actants. Un sujet recherche un objet. Il est aidé par des adjuvants et contrarié par des opposants. Stimulé par un destinateur, il accomplit sa quête pour un destinataire, qui peut être lui-même.

Styles direct, indirect, indirect libre
Le style direct rapporte exactement les propos des personnages. Il est marqué typographiquement par des guillemets ou un tiret avant chaque prise de parole. Le style indirect modalise les propos qui sont rapportés. Le style indirect libre intègre au récit des éléments du style direct sans les marques de celui-ci.

Bibliographie et filmographie

Éditions

- *Au Bonheur des Dames*, in *Les Rougon-Macquart*, tome III, éd. Armand Lanoux, Gallimard, « Bibliothèque de la Pléiade », 1964.
- *Au Bonheur des Dames*, in *Les Rougon-Macquart*, tome III, éd. Colette Becker, Robert Laffont, « Bouquins », 1992.
- Zola Émile, *Carnets d'enquêtes. Une ethnographie inédite de la France*, Plon, « Terre humaine », 1986.

Sur l'ensemble de l'œuvre de Zola et sur le naturalisme

- Becker Colette, *Zola*, Bordas, « En toutes lettres », 1990.
- Becker Colette, *Lire le réalisme et le naturalisme*, Dunod, 1992.
- Becker Colette, Gourdin-Servenière Gina et Lavielle Véronique, *Dictionnaire d'Émile Zola*, Robert Laffont, « Bouquins », 1993.
- De Biasi Chantal, *Zola et le roman*, Ellipses, « Résonances », 1999.
- Mitterand Henri, *Zola et le naturalisme*, P.U.F., « Que sais-je ? », 4e éd., 2002.
- Mitterand Henri, *Zola, la vérité en marche*, Gallimard, « Découvertes Gallimard », 1995.
- Pagès Alain et Morgan Owen, *Guide Émile Zola*, Ellipses, 2002.

Filmographie française disponible en DVD

- *Au Bonheur des Dames*, Julien Duvivier, 1930 ; avec Dita Parlo et Pierre de Guingand ; disponible en DVD chez Arte Video.
- *Au Bonheur des Dames*, André Cayatte, 1943 ; avec Blanchette Brunoy et Albert Préjean ; disponible en DVD chez Film Office et en VOD chez MK2.

Sites Internet

Le site de la Bibliothèque nationale de France a consacré en 2002-2003 une exposition à Zola, avec notamment de nombreux documents relatifs au *Bonheur des Dames*, et dont on peut faire une visite virtuelle.
http://www.expositions.bnf.fr/zola/index.htm

Crédits photographiques

Couverture	**Dessin Alain Boyer**
7	Bibliothèque nationale de France, Paris - Ph. Coll. Archives Larbor
11	Prod DB © Continental Films / DR
20	Ph. Olivier Ploton © Archives Larousse
414	Bibliothèque nationale de France, Paris - Ph. Jeanbor © Archives Larbor
415	Bibliothèque nationale de France, Paris - Ph. Coll. Archives Larbor
416	© Gaston Paris / Roger-Viollet
417	Prod DB © Films d'Art / DR
418	Prod DB © Continental Films / DR

Direction de la collection : Carine Girac - marinier
Direction éditoriale : jacques florent
Édition : Marie-Hélène Christensen
Lecture-correction : service lecture-correction Larousse
Recherche iconographique : Valérie Perrin, Agnès Calvo
Direction artistique : Uli Meindl
Couverture et maquette intérieure : Serge Cortesi, Sophie Rivoire, Uli Meindl
Responsable de fabrication : Marlène Delbeken

Photocomposition : CGI
Impression : Rotolito Lombarda (Italie)
Dépôt légal : Janvier 2009 – 302298
N° Projet : 11021136 – Octobre 2012